ELISABETH HERRMANN

Die letzte Instanz

GOLDMANN
Lesen erleben

Buch

Vor dem Landgericht Berlin wird Anwalt Joachim Vernau Zeuge einer merkwürdigen Szene: Die Rentnerin Margarethe Altenburg schießt auf einen Obdachlosen, bricht noch am Tatort zusammen und wird verhaftet. Ist sie verwirrt? Oder eine kaltblütige Mörderin? Joachim Vernau übernimmt die Verteidigung. Doch die scheinbar willkürliche Tat entpuppt sich als Auftakt zu einer rätselhaften Mordserie. Vernau reist in Margarethe Altenburgs Heimatstadt Görlitz. Der erst harmlos scheinende Auftrag wird für ihn zu einer aufwühlenden Begegnung mit der Vergangenheit der alten Frau – und er stößt auf eine längst vergessene Schuld, die nun ihren Tribut fordert.

Weitere Informationen zu lieferbaren Titeln der Autorin finden Sie am Ende des Buches.

Elisabeth Herrmann

Die letzte Instanz

Kriminalroman

GOLDMANN

Die Originalausgabe erschien 2009 im List Taschenbuch,
einem Verlag der Ullstein Buchverlage, GmbH, Berlin.

Neuausgabe

Sollte diese Publikation Links auf Webseiten Dritter enthalten, so übernehmen wir für deren Inhalte keine Haftung, da wir uns diese nicht zu eigen machen, sondern lediglich auf deren Stand zum Zeitpunkt der Erstveröffentlichung verweisen.

Dieses Buch ist auch als E-Book erhältlich.

MIX
Papier aus verantwortungsvollen Quellen
FSC® C014496

Verlagsgruppe Random House FSC® N001967

1. Auflage
Neuausgabe März 2018

Umschlaggestaltung: UNO Werbeagentur, München
Umschlagmotiv: plainpicture/Daniel Allan
FinePic®, München
CN · Herstellung: kw
Satz: omnisatz GmbH, Berlin
Druck und Bindung: GGP Media GmbH, Pößneck
Printed in Germany
ISBN: 978-3-442-48740-0
www.goldmann-verlag.de

Besuchen Sie den Goldmann Verlag im Netz:

Für Shirin

Ich schwöre bei Gott dem Allmächtigen und Allwissenden, die verfassungsmäßige Ordnung zu wahren und die Pflichten eines Rechtsanwaltes gewissenhaft zu erfüllen, so wahr mir Gott helfe.

Zulassungseid zur Rechtsanwaltschaft,
§ 12a BRAO

A11, BERLINER RING,
FREITAG, 3. MÄRZ, 16:25 UHR.
AUSSENTEMPERATUR PLUS 1 GRAD, GEFRIERENDE NÄSSE.

Die Gasflaschen.

Irgendwie muss sich der Gurt gelockert haben. Als er in die Spurrillen kurz vor der Ausfahrt Zehlendorf gerät, hört er das Klappern. Er wirft einen Blick in den Rückspiegel. Die Plane liegt straff über dem Gebinde, zwei 16-Flaschen-Bündel, jede gefüllt mit 50 Litern Crypton mit einem Druck von 300 bar. Der Fahrtwind fährt unter die Abdeckung und beult sie aus, sie knattert wie detonierende Knallerbsen, die Kartuschen schlagen gegeneinander.

Herrgottverdammtescheißenochmal.

Kurz vor halb fünf. Um fünf muss er auf der verfluchten Baustelle sein, sonst steht er wieder vor der verschlossenen Tür des Containers und kann sehen, wie, wann und wo er das Zeug loswird. Vermutlich gar nicht. Er kennt den Vorarbeiter, einen schlechtgelaunten, kurz angebundenen Mann, der Abhängige und Untergebene behandelt, als seien sie ihm Genugtuung schuldig für all die Jahre, die er in Unfreude und Unwillen an seinem Arbeitsplatz verharren muss, an den ihn die Alternativlosigkeit gefesselt hat wie den Fährmann an sein Boot über den ewigen Fluss.

Es ist ein Fährmann über den Fluss, der ewig, ewig fahren muss, hin und her, hin und her. Ist es der Fluss Styx? Oder die Überfahrt zum Teufel mit den drei goldenen Haaren? Ewig fahren. Hin und her. Niemals abgelöst. Es ist schwer, dem Kleinen zu erklären, was ewig ist. Er hat es versucht, doch irgendwann aufgegeben. Was ist ewig? – Das hört nicht auf. – Warum hört es nicht auf? – Weil es unendlich ist. – Was ist unendlich? – Der Himmel. Das Meer. Etwas ohne Ende eben. – Und wie ist es ohne Ende? – Weiß ich doch nicht. – Warum weißt du das nicht? – Weil … *Himmelherrgottverdammtescheißenochmal.*

Dann fängt es auch noch zu schneien an. Eine widerliche Mischung aus Regen und nassen, schweren Flocken, die auf die Windschutzscheibe klatschen. Es ist ein kalter März, und die Straßen sind noch immer vereist von dem nicht enden wollenden Winter. Er muss vorsichtig sein. Runter vom Gas. Langsam, Brauner. Langsam.

Ein Wagen hinter ihm hupt auf und flackert empört mit dem Fernlicht. Blöder Arsch. Fahr doch drauf. Dann wäre endlich ein neuer Lack fällig. Und der kaputte Riegel hinten würde auch ersetzt. War alles nicht drin gewesen im letzten Jahr. Vielleicht in diesem. Es geht wieder los auf dem Bau. Endlich. Früher war das die Zeit, in der es ihn in den Süden gezogen hat. Heute ist es die Zeit der Achtzehn-Stunden-Schichten. Von viel zu wenig Schlaf, weder im Führerhaus noch im eigenen Bett. Er mag das nicht, wenn Steffi so früh aufsteht. Jeden Morgen um drei. Bei Wind und Wetter. Brötchen ausliefern. Vor sechs ist sie selten zurück. Und wenn der Kleine wach wird, bleibt alles an ihm hängen. Waschen. Anziehen. Frühstück machen. Es ist nicht sein Job, sich um das Kind zu kümmern. Es ist ja auch nicht sein Kind.

Er sucht einen anderen Sender, bleibt hängen irgendwo auf der Skala. »Tunnel of Love« von Bruce Springsteen. Gott, ist das lange her.

Die Scheibenwischer verschmieren den Schnee auf der Scheibe, der glasige Film verwandelt die roten und weißen Lichter vor ihm zu tanzenden Flecken, die ihn blenden. Knapp achtzig. Hoffentlich kein Stau. Halb fünf. Die Baustelle. Die Gasflaschen klappern.

Den Pritschenrahmen hat er selbst geschlossen. Rausfallen kann also nichts. Aber wenn das Klirren nicht aufhört, muss er anhalten, aussteigen, mit dem Gurtstraffer auf die Ladefläche klettern, nachsehen, wo es denn dieses Mal wieder hakt. Wo ist der Scheiß-Gurtstraffer? Hat er ihn überhaupt dabei?

Er beugt sich nach rechts und tastet über den Beifahrersitz. Thermoskanne. Klemmbrett. Expander. Stadtplan. Kein Gurtstraffer. Er beugt sich noch tiefer, um auf dem Boden zu suchen, und verreißt das Lenkrad. Der LKW gerät ins Schlingern. Er steuert auf den weißen Randstreifen zu, überfährt ihn, hört das Trommeln der Rillen unter den Rädern, fühlt das Adrenalin in seine Adern schießen – ruhig, ganz ruhig –, fängt den Wagen ab, bremst stotternd, die Flaschen klirren und scheppern, keinen halben Meter vom Graben entfernt hat er ihn wieder im Griff und fädelt sich in den dichten Verkehr ein, der ihn kommentarlos wieder aufnimmt.

Na also. Gelernt ist gelernt. Zwanzig Jahre auf dem Bock jetzt. Er kennt den LKW, weiß um die schwammige Lenkung, den Rost, die Macken mit der Zündspule, das schweißt zusammen wie Ross und Reiter. Kurz nach halb fünf. Und erst an der Stadtgrenze.

Der Bär steht auf den Hinterbeinen und hat die Pfoten zum Gruß erhoben. Er passiert ihn, ohne hinzusehen, wie er das schon so oft gemacht hat, zu oft, um noch die Stele mit dem leeren Ring wahrzunehmen, in dem einst der Ährenkranz mit Hammer und Zirkel das Ende des DDR-Territoriums markierte, zu oft, um sich noch an die langen Warteschlangen zu erinnern, die Laufbänder mit den Pässen, die gelangweilt wirkenden Vopos mit ihren scharfen Hunden, zu oft auch, um noch der Erleichterung nachzuspüren, die er jedes Mal empfunden hatte, wenn er wieder Gas geben konnte auf der hell erleuchteten Avus, die durch den Grunewald direkt auf den Fernsehturm führte wie eine intergalaktische Startrampe zu den Sternen. Zwanzig vor fünf. Es wird knapp. Sehr knapp.

Wenn er ruhig fährt, sind auch die Flaschen ruhig. Er sieht in den Seitenspiegel und erkennt nichts, nur die Scheinwerfer der nachfolgenden Wagen. Der Dreck hat das Glas fast blind gemacht.

800 Liter Crypton. 64 mal 300 bar. Er will das Zeug loswerden. Er beschleunigt wieder auf hundert, wohl wissend, dass er in einer Kontrolle seinen Lappen los wäre. Zu schnell. Gefahrguttransport. Für die Ausnahmegenehmigung hätte er wieder … Scheiß drauf. Die Flaschen beginnen ihren rhythmischen Tanz auf der Ladefläche. Sie hüpfen und zittern, schubsen und rempeln sich an. Kein Rastplatz in Sicht. Er muss runter von der Avus. Scheiß-Gurtstraffer. Scheiß-Flaschen. Scheiß-Stress. Scheiß-Kohle.

Er setzt den Blinker und verlässt die Autobahn am Hüttenweg. Der Wald verschluckt das trübe Licht, Nebel kriecht durch das Unterholz und legt seinen weißen Atem lauernd über die Straße. An der ersten roten Ampel hält er mit quietschenden Bremsen, und die Flaschen kommentieren das Manöver mit einer atonalen Tonfolge, die klingt wie ein verrücktes Glockenspiel. Gleich kippen sie. Er hört das. Wenn eine kippt, reißt sie die anderen mit, wie beim Bowling. Er muss runter von der Straße. Gleich. Jetzt. Sofort. Rechts ein Parkplatz. Er behält die wenigen Jogger und Skater im Blick, die hastig zu ihren Autos zurückkehren, Hundebesitzer, Spaziergänger, Familien mit ihren Rädern. Weiße Wolken vor den Mündern, Frostatem, die Kälte im Nacken wie eine Knute, die sie vorwärtstreibt. Die Straßenlaterne springt flackernd an, verbreitet einen Heiligenschein aus Sprühnebel und Licht. Grün.

Er setzt den Blinker, sieht instinktiv in den Seitenspiegel und biegt ab. Rumpelt über etwas. Ein Mal, zwei Mal. Er sieht in den Rückspiegel. Die Flaschen stehen noch. Er gibt Gas und hört durch das Hochdrehen des Diesels, wie jemand etwas schreit. Brüllt. Nach seinem Hund vielleicht. Sieht noch einmal in den Rückspiegel. Erkennt ein Fahrrad. Verbogen. Und rumpelt ein drittes Mal über etwas. Bremst. Spürt Eiskristalle an seinen Nervenenden. Denkt nicht. Hält an. Steigt aus. Lässt die Tür offen stehen. Geht nach hinten. Sieht die kleinen Gummistiefel neben dem rechten Hinterrad.

Und plötzlich weiß er, was ewig ist.

SECHS JAHRE SPÄTER

1.

DONNERSTAG, 12. FEBRUAR, 12.34 UHR.

Erster Spatenstich für das Wohn- und Geschäftshaus Tauben- Ecke Glinkastraße, Berlin Mitte.

Der Phaeton rollte hinter der Kreuzung am rechten, frei gehaltenen Fahrbahnrand aus. Der Wind schleuderte Regentropfen an die Seitenscheiben und über den diamantschwarzen Lack. Sie perlten ab und sammelten sich zu kleinen Rinnsalen, die in nicht vorhersehbaren Linien kreuz und quer am Wagen hinunterliefen in den überfluteten Bordstein und in ein fast knöcheltiefes, straßenbreites Schlagloch.

Sieht immer noch aus wie nach dem Krieg hier, dachte er.

Der Mann im Fond des Wagens hatte die fünfzig bereits um einige Jahre überschritten, aber er hielt sich für eine bemerkenswert juvenile Erscheinung. Zumindest wurde ihm das oft genug signalisiert, um an Tagen wie diesen auch daran zu glauben. Die Haare trug er millimeterkurz, etwa so lang wie seinen Dreitagebart, den er mit Hingabe pflegte und der seinem prallen, fast faltenlosen Gesicht einen Hauch Verwegenheit verlieh, während er seine Kleidung in einer wohldosierten Mischung aus Eleganz und Understatement wählte. In den einschlägigen Bars und Nachtclubs der Stadt nahm er die interessierten Blicke der Frauen wie selbstverständlich zur Kenntnis, genauso selbstverständlich wie das Desinteresse seiner Gattin, die ihn noch ab und zu auf Veranstaltungen begleitete, wo ihr ein Mindestmaß an Zerstreuung geboten wurde oder doch wenigstens die Gelegenheit, einen adäquaten, sprich ebenso solventen Nachfolger für ihn zu finden. Da hier, in dieser Baugrube, bis auf ein paar mindestens ebenso fade wie schlecht bezahlte Beamte nur noch Angestellte, Arbeiter und ein paar Schaulustige zu erwarten waren, hatte Trixi es vorgezogen, in Hamburg zu bleiben und sich mit ihren ebenso frustrierten wie noch nicht geschiedenen Freundinnen zum Fünf-Uhr-Tee im Atlantic zu verabreden.

Er klappte den Kragen seines schwarzen Kaschmirmantels hoch und warf einen Blick durch die strömende Nässe auf den Bretterzaun gegenüber. Die Baustelle nahm das gesamte nordöstliche Areal Tauben- Ecke Glinkastraße ein. Es war die letzte Lücke in der goldenen Innenstadt, der Tusch auf das Finale des Hauptstadtbooms. In achtzehn Monaten würde sie geschlossen sein und Platz für 400 Büros, ein Dutzend Einzelhandelsgeschäfte und zwei Restaurants bieten. 1A Filetlage. Investitionssumme 23,4 Millionen. Zwei Dachterrassenwohnungen, eine hundertzwanzig, eine zweihundert Quadratmeter. Die Terrasse natürlich. Die zweihundert waren für ihn.

Die Bundesanstalt für Immobilienwesen, vertreten durch die Bundesanstalt für Bauwesen und Raumordnung, in großen Lettern stand es auf dem meterhohen Schild, das den Attacken der stürmischen Böen solide standhielt, direkt darunter dann sein Name. *Projektmanagement: Fides Immo Invest Jürgen Vedder. Ausführung: Fides Bauträger Invest Jürgen Vedder.* Noch über der Fachaufsicht, dem Bundesministerium für Verkehr, Bau und Stadtentwicklung. Der Ritterschlag. Bundesbauten im Portfolio, das war, als hätte der Staatsminister einen persönlich in die Arme genommen. Er lehnte sich zurück und atmete tief ein.

Schließ die Augen. Denk dran. Wie es angefangen hat. Und wo. Jetzt öffne sie und sieh dir an, wie weit du gekommen bist.

Zwei Polizeimotorräder mit Blaulicht bogen langsam und gemächlich um die Ecke. Der Verkehr wurde weiter vorne umgeleitet, so dass sie die gesamte Breite der Straße für sich hatten. Ihnen folgte eine Limousine, die jetzt direkt vor der Zufahrt zum Gelände anhielt. Das Tor im Zaun stand weit offen, vier Angestellte einer privaten Wachfirma sicherten den Eingang und kontrollierten mit stoischer Gleichmut die Einladungen. Dahinter konnte man das weiße Festzelt erkennen, die Baugrube mit dem provisorischen Unterstand, und viele dunkel und praktisch gekleidete Menschen, die sich unter den Heizstrahlern drängten.

Der Beifahrer sprang aus der Limousine und öffnete einen riesigen schwarzen Schirm. Zwei weitere Sicherheitsleute tauchten wie aus dem Nichts auf. Sie trugen keine Uniformen, sondern körpernah geschnittene Anzüge und wasserabweisende gewachste Jacken, weit genug, um die Waffen zu verbergen, die sie mit sich führten. Sie flüsterten in ihre Kragenmikrofone und ignorierten den Regen, der ihnen in Strömen den Rücken hinunterlaufen musste.

Aus dem Wagen stieg der Senator für Stadtentwicklung. Er nahm seinem Assistenten mit einem freundlichen Nicken den Schirm ab und ging zwei vorsichtige Schritte um eine Pfütze herum.

Vedder konnte erkennen, wie der Senator den Kopf in den Nacken legte und nach oben in den dunklen Nachmittagshimmel blickte, dorthin, wo die Brandmauer des Nachbargebäudes über einer blinden Wand endete. Der Putz blätterte ab. An einigen Stellen waren Buchstaben zu erkennen.

Vedder kniff die Augen zusammen. Gant Srcwan. Galanta Strickwaren, ersetzte er automatisch. Er lächelte über diesen Reflex und darüber, dass ihm die geschwungenen Linien hier noch nie aufgefallen waren. Aber wie oft hatte er sich das Grundstück auch schon angeschaut? Ein, zwei Mal. Gekauft und entschieden wurde nicht hier, sondern in Büros und Rechnungsabteilungen und an diskreten kleinen Tischen erstklassiger Hotelrestaurants. Zwei Mal waren sie auch im Capital Club gewesen – unnötig für das abgeschlossene Geschäft, nötig aber für die zukünftigen. Die letzte Unterschrift hatte er an seinem Schreibtisch geleistet, und das zufriedene Gefühl, das sich jedes Mal einstellte, wenn eine neue Herausforderung darauf wartete, souverän bewältigt zu werden, dieses Gefühl breitete sich auch jetzt in seiner Mitte aus.

In zwei Monaten würde der Schriftzug verschwunden sein, verdeckt von Stahlbeton und Sandstein, von hochgezogenen Mauern und gläsernen Aufzügen, vorbei war es dann mit Galanta Strickwaren, niemand würde sich mehr an sie erinnern, ach was, niemand würde sich an die Erinnerung an sie erinnern, denn sie war schon lange Vergangenheit, genauso wie die Buchstaben über verwitterten Kellereingängen und auf Mauern, wo *Kohlenhandlung* stand, *Obst und Gemüse* oder *Plaste aus Schkopau*. Das Gedächtnis der Menschen war flexibel. Es passte sich der Gegenwart an. In ein, zwei Jahren würde jeder schwören, das Ministerium hätte schon immer hier gestanden. So schnell ging das. Merkwürdig, dass der Senator die Buchstaben so weit da oben überhaupt eines Blickes würdigte. Vielleicht war er ein Romantiker. Oder er kam aus dem Osten. Für Vedder lief mittlerweile beides auf das Gleiche hinaus.

Aus der Gruppe der Frierenden löste sich ein Mann und eilte hastig zum Eingang. Mit Befriedigung erkannte Vedder den Senatsbaudirektor. Ein eloquenter Mittvierziger, ein wenig dünkelhaft vielleicht in seinen Ansichten, denn er war ein einsamer Verfechter antiquierter Traufhöhen und homogen gestalteter Stadtkerne. Keine Visionen. Keine Kühnheit. Es hatte Vedder Mühe gekostet und Überzeugungskraft, ihm diese zwei Geschosse mehr abzuringen, die aus einem simplen Bauvorhaben ein Renditeobjekt machten. Dafür mussten halt Sandstein her und Kupfer, damit Patina und Ocker sich nicht bissen mit der behördlichen Vorstellung von Innenstadt. Wenigstens das Glas war im Großen und Ganzen geblieben.

Vedder konnte damit leben. Und der Senatsbaudirektor war zufrieden mit seinem Sieg. Er beobachtete, wie er den Senator mit freundlichem Handschlag begrüßte. Dann flüsterte er ihm ein paar

Worte zu. Beide schauten sich suchend um. Man vermisste ihn. Zeit für den Auftritt.

Er öffnete die Tür und setzte das rechte Bein auf die Straße. Der Schlag traf ihn von hinten mit voller Wucht. Das hässliche Geräusch von schepperndem Blech erreichte sein Bewusstsein, als Nächstes schickten seine Nerven eine Fanfare wütenden Schmerz von seinem Knie hinauf in seinen Leib. Ein Schrei. Ein Aufprall. Sie fiel vor ihm auf den Asphalt, als wäre sie aus einer Regenwolke gerutscht. Ihr Einkaufswagen schlitterte weiter, schlitterte noch zwei Meter die Straße entlang, verteilte bunte Baumarktprospekte über die nasse Fahrbahn und blieb dann mit drehenden Vorderrädern mitten auf der leeren Fahrbahn liegen.

Er krümmte sich zusammen. Sie hatte dieses Ding direkt in ihn hineingerammt, als ob sie ihn mit Absicht hätte treffen wollen. Sein Fahrer öffnete die Tür und hastete auf die Frau zu. Vedder versuchte tief einzuatmen. Ihr war nichts geschehen. Langsam rappelte sie sich auf.

»Sind Sie noch ganz bei Trost?«

Vedder richtete sich auf und versuchte, sich nichts anmerken zu lassen. Mit zusammengebissenen Zähnen starrte er auf die Frau, die mit anklagend ausgestrecktem Arm auf den Einkaufswagen und die aufgeweichten Prospekte wies.

»Haben Sie Tomaten auf den Augen? Sie können doch nicht einfach die Tür aufmachen!«

Sein Knie schmerzte höllisch. Doch Vedder ließ sich nichts anmerken. Unauffällig bewegte er das rechte Bein. Nichts gebrochen, aber eine ordentliche Prellung. Zwei Uniformierte vom Eingang kamen zu Hilfe. Auch der Senator und der Baudirektor überquerten die Fahrbahn, nicht ohne vorher wie die ABC-Schützen nach links, nach rechts und wieder nach links zu schauen. Am liebsten hätte er dieser keifenden Schlampe eine geknallt. War das normal, dass man mit einem vollbeladenen Einkaufswagen mit dreißig Sachen um die Ecke bog?

»Ich bitte vielmals um Verzeihung«, sagte er. Seinem Mantel war nichts passiert. Der Hose auch nicht. »Ist alles in Ordnung? Sind Sie verletzt?«

»Ich … weiß nicht.«

Natürlich wusste sie es nicht. Flink flog ihr Blick über seinen Wagen. Bis auf einen Kratzer im Türleder war nichts passiert, sah man von seiner Kniescheibe ab. Er gab ihr zwanzig Sekunden, dann würde sie mit der Pianistengeschichte kommen und dass diese zarten Finger nun nie wieder Chopin spielen könnten. Natürlich kannte sie weder einen Phaeton noch Chopin. Aber groß war der Wagen, glänzend, und richtig teuer. Wahrscheinlich überschlug sie schon im Geiste, wie viel sie herausschlagen konnte.

Sein Fahrer hob den Einkaufswagen auf und stellte ihn prüfend vor sich hin. Er ließ ihn einige Male vor- und zurücklaufen, dann schob er ihn zu Vedder, der sich Mühe geben musste, die Frau vor sich besorgt zu mustern.

»Ist nichts passiert.«

Misstrauisch betrachtete sie ihr ungewöhnliches Transportmittel, doch es schien fahrbereit. Ein Sicherheitsmann begann damit, die nassen Prospekte aufzusammeln. Sie rieb sich vorsichtig die Arme, als wollte sie ausprobieren, ob noch alles funktionierte. Oder als ob sie frieren würde. Wie alt mochte sie sein? Mitte, Ende dreißig? Ein ungeschminktes Gesicht, nichtssagend, leer, mit geröteten, müden Augen und einem resignierten Mund. Ihre Jacke musste aus einem dieser Textildiscounter stammen, in denen Menschen einkauften, für die ein Mantel weniger kosten musste als ein Kasten Bier. Das dünne Haar hatte sie wohl irgendwann einmal an diesem Tag zu einem Pferdeschwanz gezwirnt. Strähnen hatten sich gelöst und klebten nass an ihren Schläfen. Sie war einen Kopf kleiner als er und wog wohl auch nur die Hälfte.

»Aber die Werbung. Was mach ich denn jetzt?«

Sie sah mit einer derart überzeugenden Ratlosigkeit auf den Müll, den der Sicherheitsmann in ihren Wagen stopfte, dass Vedder einen Augenblick lang geneigt war, ihr Glauben zu schenken. Keine Pianistenhände. Nur Prospekte. Das war gut.

»Hören Sie …«

Der Senator hatte sie erreicht und unterbrach ihn.

»Sollen wir einen Krankenwagen rufen? Vielleicht haben Sie einen Schock. Sie sollten sich untersuchen lassen. – Herr Vedder, sind Sie verletzt?«

Vedder schüttelte den Kopf. Er hätte der Frau gerne einen Schein in die Hand gedrückt und die Sache damit auf sich beruhen lassen. Da sich der Unfall aber vor mehreren Dutzend Zeugen abgespielt hatte, musste er auch noch den Betroffenen mimen.

»Mir geht es gut. Kann ich irgendetwas für Sie tun?«

Sie lächelte hilflos. »Is ja eh alles im Eimer. Kann ich auch gleich nach Hause gehen.«

»Nein«, protestierte er. Er packte sie am Arm. »Sie kommen jetzt erst mal mit uns und wärmen sich auf. Hier wird nämlich gefeiert. Und da Sie mir geradezu vor die Füße gefallen sind, lasse ich Sie ab jetzt nicht mehr aus den Augen.«

Er schenkte ihr das Lächeln, das er an Neujahr zum letzten Mal benutzt hatte, als er dem *Doorman* in seinem *Town House* einen Hunderter in die ausgestreckte Hand geschoben hatte.

»Ich bin jetzt für Sie verantwortlich.«

Er registrierte das Wohlwollen bei den Umstehenden. Er konnte sie geradezu denken hören. Schau an, schau an, der Vedder. Kümmert sich wirklich um alles und jeden. Ein Mann, der Verantwortung übernimmt. Einer, der nicht kneift. Ein gestopfter Vogel zwar, aber immerhin einer, der sich nicht schämt, mit einer Prospektverteilerin am Arm zu seiner eigenen Feier zu kommen.

»Wir legen heute einen Grundstein. Haben Sie so etwas schon mal erlebt?«

»Nö.«

Sie wischte sich mit dem freien Handrücken den Regen aus dem Gesicht. Gerade rechtzeitig kam sein Fahrer mit dem aufgespannten Schirm angerannt. Vedder nahm ihn, bot der Frau seinen Arm an und achtete sorgfältig darauf, dass sie geschützt vor Wind und Wetter die Baustelle und das Festzelt erreichte. Nach wenigen Schritten ließ der Schmerz in seinem Bein nach, auf der anderen Straßenseite hatte er ihn schon fast vergessen.

Es war ein großer Pavillon, in dem sich gut und gerne zweihundert Menschen drängelten. Er ließ dem Senator den Vortritt.

»Wie heißen Sie denn?«

»Rosi. Roswitha eigentlich. Kurz Rosi.«

»Rosi«, wiederholte Vedder. »Darf ich Ihnen ein Glas Wein anbieten? Oder einen heißen Kaffee? Möchten Sie etwas essen? Dort hinten ist das Buffet. Ich denke, wir schlagen uns einfach mal durch.«

Rosi nickte stumm. Vedder bahnte sich einen Weg durch die Gäste, die sich alle aus irgendwelchen Gründen direkt am Eingang zusammengeballt hatten und ihm nur dann eine Gasse öffneten, wenn sie ihn erkannten.

Die Architekten. Irgendjemand musste ihnen einmal sagen, dass diese kleinen Brillen mit den dunklen Horngestellen affig aussahen. Genauso wie die schwarzen Rollkragenpullover. Vedder hätte unter Millionen Menschen auf Anhieb bestimmen können, wer von ihnen Architekt war. Hielten sich immer irgendwie für Künstler.

Die Vorarbeiter. Schutzhelme, wattierte Jacken, klobige Schuhe. Ein paar Entscheidungsträger aus den Ministerien samt Vorzimmerpersonal. Zu dünn angezogen. Froren immer auf Baustellen, selbst im Sommer. Die Ingenieure. Die Zimmerleute. Die Frauen der Architekten mit dämlichen Ponyfrisuren und grellroten Mündern, verblühte Studentinnen vergessener Semester, gefangen im Vorstadthäuschen mit zweihundert Quadratmetern Garten. Ein paar von ihnen hatte er gefickt, sie waren so langweilig wie ihre DIN-gerechten Küchendurchreichen. Im Vorübergehen sah er, wie eine von ihnen den Kopf wandte und überrascht auf seine Begleitung starrte.

»Ach Rosi«, sagte er. »Rosi, Rosi, Rosi.«

Vor dem Buffet blieben sie stehen. »Möchten Sie eine Erbsensuppe? Oder erst die Vorspeisen?«

Rosi hing immer noch an seinem Arm. Er war ihr Fels in der Brandung. So eine Gesellschaft kannte sie höchstens aus den Zerrbildern der Vorabendserien, die um diese Uhrzeit in blauen Kisten hinter gelben Gardinen flimmerten. Die Hellste schien sie nicht zu sein. Kein Wunder, wenn sie ihr Geld bei diesem Wetter mit Prospektaustragen verdiente.

»Ich ersetze Ihnen natürlich den Schaden. Zwei Weißwein, bitte. Sie trinken doch Weißwein?«

Rosi machte ein unentschlossenes Gesicht. Er drückte ihr die Gläser in die Hand und wies auf einen kleinen Stehtisch in der Nähe des Buffets, auf dem sich bereits einige benutzte Tellerchen stapelten.

»Eigentlich wird erst später gegessen. Nach getaner Arbeit. Aber Sie sehen aus, als könnten Sie schon jetzt was vertragen. Was möchten Sie denn?«

»Mozzarella«, sagte sie. »Mit Tomaten.«

Vedder lud ein halbes Dutzend der kleinen Kugeln und einige Kirschtomaten auf einen Teller. Als er sich wieder umdrehte, stand die Architektenfrau neben ihm. Ihr Blick folgte Rosi, blieb an ihrem Rücken hängen, glitt über die Schmutzspuren auf der schäbigen Jacke und die vom Regen durchnässten Schultern, bevor ihre magere Gestalt hinter einer Gästegruppe verschwand. Mit einem ironischen Lächeln drehte sie sich zu ihm um.

»Deine neue Freundin?«

Sie sprach leise. Fieberhaft suchte er nach ihrem Namen. Johanna? Susanna?

»Sie ist mir mit einem Einkaufswagen in die Wagentür gelaufen.«

Anna vielleicht? Hanna? Die Frau lächelte amüsiert.

»Guter Trick. Ich werde ihn mir merken.«

Sie hob ihr Weinglas und trank einen Schluck. Er bemerkte die Gänsehaut über ihrem Schlüsselbein und spürte, dass er geil wurde. Hinter dem Zelt standen drei Bauwagen. Er müsste sich nur den Schlüssel geben lassen. Doch sie nickte ihm kurz zu und verschwand wieder in der Menge. Später. Jetzt musste er erst mal diese Rosi loswerden und sich dann um die wichtigen Gäste kümmern. Erst das Geschäft. Dann das Ficken. Eins nach dem anderen.

Er trat zu Rosi und stellte den Teller vor ihr ab. Die Zimmerleute drängelten nach draußen. Der Senator unterhielt sich mit einem Staatssekretär, doch während er sprach, sah er kurz auf die Armbanduhr und entschuldigte sich dann mit einem knappen Nicken.

»Rosi, Rosi.«

Vedder sah sie gar nicht an. »Ich muss jetzt los. Ist alles in Ordnung? Geben Sie meinem Fahrer Ihre Adresse. Ich komme für den Schaden auf.«

»Wer sind Sie eigentlich?«

Vedder, der sich gerade umdrehen wollte, hielt inne. »Sie kennen mich nicht?«

Rosi schüttelte den Kopf.

»Jürgen Vedder, ich bin der Investor. Ich baue das Ganze hier.«

Er hatte Überraschung erwartet. Bewunderung. Nicht aber, dass sich plötzlich ihre Augen weiteten und sie ihn mit offenem Mund anstarrte.

»Vedder?«, fragte sie. »*Der* Jürgen Vedder?«

Hastig kramte er nach seinen Visitenkarten und reichte ihr eine.

»Hier stehen meine Büronummern. Rufen Sie einfach an, dann können wir alles Weitere besprechen.«

»Jürgen Vedder?«

Stirnrunzelnd sah sie auf die Karte.

»Stimmt was nicht?«

Sie ließ die Karte sinken und sah ihn an. Sie hatte graue Augen. Eine Farbe, die ihn immer irritiert hatte. Unentschlossenheit, Lebensferne, Phlegma, das kam ihm in den Sinn, wenn er an graue

Augen dachte. Baumarktprospektverteileraugen. Doch plötzlich schien sich das Grau in Stahl zu verwandeln.

»Jürgen Vedder«, sagte sie. »Sie haben nicht immer Häuser gebaut.«

»Das stimmt. Aber ich muss jetzt leider.«

»Sie haben mal ganz klein angefangen. Damals, nach der Wende.«

Aus den Augenwinkeln beobachtete er, dass die Blaskapelle über die roh gezimmerte Holztreppe in die Baugrube stieg. Unten hatten sich bereits drei adrett gekleidete junge Damen vom Studentenwerk in den Schutz des kleinen Unterstandes begeben, sie trugen Schatulle, Kelle und Stein wie Orden auf roten Kissen. Es wurde Zeit. Als er sich wieder zu Rosi umdrehte, bemerkte er, dass sie gerade hastig etwas in ihre Jackentasche gesteckt hatte. Wahrscheinlich eine Stoffserviette oder ein kleines Salzfässchen. Es gab nichts, was auf Baustellen und Grundsteinlegungen nicht geklaut wurde. Am meisten von denen, die es am wenigsten nötig hatten. Was auch immer es gewesen war, er gönnte es ihr, und betrachtete in diesem Moment seine Fürsorge als erledigt.

»Das haben viele. Es waren gute Jahre.«

Er sah sich nach dem Senatsbaudirektor um, doch er konnte ihn nirgendwo entdecken. Die Architektenbraut stand ein paar Meter entfernt. Sie sah ihn an. Er hielt diesem Blick stand, solange es ging, und spürte, wie das Blut in seine Lenden schoss. Dann schob sich eine Abordnung der Bauverwaltung zwischen sie, und als das Menschenknäuel sich endlich Richtung Ausgang entwirrte, war sie weg. Er ignorierte seinen halbsteifen Schwanz, nahm einen Zahnstocher und spießte erst eine Mozzarellakugel und dann eine Tomate auf.

»Ich habe immer gesagt, wer in den Neunzigern kein Geld verdient hat, wollte keins.«

Er schob sich hastig den Happen in den Mund, nahm eine Papierserviette und tupfte sich kauend die Lippen ab.

»Ich muss jetzt. Wir sehen uns.«

Er schluckte und stockte. Etwas war ihm im Hals stecken geblieben. Er hustete und bekam keine Luft. Hilflos keuchte und würgte er, lächelte verzweifelt, dann verwirrt, hatte plötzlich Tränen in den Augen, spürte, wie er rot anlief und ihm jemand zu Hilfe kam. Jovial klopfte ihm ein Bauarbeiter auf die Schulter. Dann, als es nichts half und Vedder in die Knie ging, schlug der Mann heftiger. Rief etwas. Andere kamen dazu, beugten sich über ihn, schüttelten ihn, rissen ihm Kragen und Hemd auf. Er ging zu Boden. Verkrampfte die Hände um seinen Hals, spürte den Schmerz in seiner Lunge, hörte seinen Herzschlag dröhnend in den Ohren, rang verzweifelt um Luft, seine Zunge wurde dick und pelzig, sein Körper zuckte, seine Beine strampelten, und die ganze Zeit stand Rosi daneben, reglos, stumm, der graue Blick bohrte sich in seine Netzhaut, glühende Punkte tanzten in der Nacht, Rufe von weit her, die er nicht mehr verstand, schwarze Schleier, die heranschwebten, und er dachte noch, wie zynisch, wie unglaublich zynisch, wer in den Neunzigern kein Geld verdient hat, der wollte keins, das sind die letzten Worte von Jürgen Vedder, da hätte es wirklich Besseres gegeben, dann spürte er seinen Herzschlag wie einen tibetanischen Gong, wieder und immer wieder, er wunderte sich, wie lange es dauerte, bis der letzte Ton verklungen war und die Stille kam, und die Nacht, die eine nie gekannte Wärme über ihm ausgoss und ihn mit sich forttrug, weit, weit fort.

Vedder lag auf dem Boden. Seine Glieder hatten sich entspannt, seine leeren Augen starrten nach oben. Unwillkürlich folgte Rosi diesem letzten Blick durch die Regenschnüre, die vom Zeltdach liefen, wie ein nasser Vorhang sah das aus, dann die holzverschalte Grube, dahinter die Brandmauer und auf ihr ein paar verblasste große Buchstaben, DDR-Werbung aus den sechziger Jahren. Dorthin hatte er gesehen. Merkwürdig.

Jemand rempelte sie an. Die Menschen, die sich eben noch um Vedder bemüht hatten, traten zurück. Sie schoben die Umstehenden weg von der Leiche, als gebiete der tote Körper Respekt und

Abstand. Eine Frau schluchzte. Die Bauarbeiter nahmen die Helme ab. Alle Gespräche erstarben. Plötzlich konnte sie den Regen hören, der auf die Plastikplane trommelte.

Sie verließ das Zelt und ging über die rohen Bohlen zum Ausgang. Der große dunkle Wagen stand noch da, die Blaskapelle wartete auf den Einsatz, die Wachleute wehrten noch immer alle Neugierigen ab, die das Flutlicht der Scheinwerfer angelockt hatte. Sie ließen sie anstandslos passieren. Draußen auf der Behrenstraße fand sie ihren Einkaufswagen mit den völlig unbrauchbaren Prospekten. Langsam schob sie ihn vor sich her, bis sie die nächste Straßenecke erreichte. In einem Hauseingang suchte sie Schutz und kramte mit klammen Fingern ihr Handy hervor.

Vorsichtig warf sie einen Blick über die Schulter. Doch der Bürgersteig war leer. Von fern hörte sie die jaulende Sirene eines Notarztwagens, der von der Friedrichstraße heruntergebraust kam, zu spät, zu spät.

Sie musste nicht lange nach der Nummer suchen.

Früher war alles besser.

Früher gab es noch richtige Winter. Tomaten schmeckten nach Tomaten, die Mark war was wert in der Welt, und ich, ich ging im Landgericht ein und aus, weil ich große Strafprozesse und Granatenrevisionen führte und nicht so wie heute nur ein geduldeter Gast war, der mit seinem kläglichen, unbedeutenden Fall Asyl gefunden hatte, weil im Amtsgericht Charlottenburg mal wieder die Heizung ausgefallen war.

Ich stand in dem gewaltigen Treppenhaus und sah den anderen zu, wie sie geschäftig die Stufen hinauf- und hinabeilten, sich flüchtige Grußworte zuwarfen, mit ihren Handys redeten, ihre Klienten flüsternd ein letztes Mal berieten, ich sah all die großen Strafverteidiger und würdigen Richter in ihren schwarzen Roben, die Staatsanwälte und Schöffen, sogar die Mandanten sahen hier anders aus, und ich fühlte Wehmut. Ich gehörte nicht mehr dazu. Ich war abgewandert in die Welt der Kleinkriminalität und Amtsgerichte. Automatenknacker. Mietnomaden. Tachomanipulierer. Ich hatte hier nichts mehr zu suchen.

»Ich würd jetzt gern eine rauchen.«

Mein Mandant hatte sich extra für diesen Tag geduscht und rasiert. Er trug ein Hawaiihemd aus einer der Kleiderkammern irgendwelcher bezirklichen Sozialdienste, ausgeblichene Jeans und ein viel zu weites Sakko. Vielleicht hatte es ihm einmal gepasst, Jahre musste das her sein, auch so ein Leben von früher, als alles besser war und er noch nicht in einem Schlafsack neben einem verrotteten Toilettenhäuschen im Kleistpark schlief, wo er bereits zwei Mal von Mitarbeitern der Stadtmission halb erfroren gefunden und im Kältebus in eine der Notunterkünfte gebracht worden war.

Er hieß Hans-Jörg Hellmer. Er war zweiunddreißig und sah aus wie fünfzig. Ein Exjunkie mit einem derart langen, aber harmlosen Vorstrafenregister, dass ich die Akte Kevin überreicht und nur um eine kurze Zusammenfassung gebeten hatte. Hellmer hatte nichts an Beschaffungskriminalität ausgelassen. Irgendwann einmal, zu einem Zeitpunkt, zu dem andere sich den goldenen Schuss setzten, fing er mit Alkohol an, stieg aus sämtlichen Resozialisierungsmaßnahmen und Methadonprogrammen aus und beschloss, dem Schweinesystem komplett die kalte Schulter zu zeigen.

Ein paar Jahre ging das gut, weil das Schweinesystem trotz Hellmers Verachtung auch weiterhin darauf bestand, für ihn zu sorgen. Jeden Monat um den Fünfzehnten herum hatte er kein Geld mehr. Dann holte er sich Gutscheine, die er in den Discountern gegen Lebensmittel eintauschen konnte. Keine Zigaretten. Kein Alkohol. Nur Lebensmittel.

Hellmer hielt sich daran und kaufte mit den Gutscheinen Mineralwasser. Gebindeweise. In rauen Mengen. Gleich um die Ecke schüttete er das Wasser in den nächsten Gully und brachte die Flaschen zurück. Für das Pfandgeld kaufte er sich Lippstädter Doppelkorn. Die Sache lief wunderbar, bis er eines Tages den Fehler beging, mittags einen Discounter in der Nähe seines Sozialamtes aufzusuchen. Eine junge Sachbearbeiterin tätigte zu dieser Zeit einige Einkäufe und beobachtete mit steigender Entrüstung, wie das Geld des Steuerzahlers sprudelnd im Rinnstein versickerte, um sich unter gehörigem Reibungsverlust zurück in Wasser zu verwandeln, dieses Mal allerdings mit einem Alkoholgehalt von über 50 Prozent.

Noch vor dem ersten Schluck konfiszierte sie den Doppelkorn, stieß unhaltbare Drohungen aus und ließ den durstigen Hellmer verdattert auf seiner Parkbank zurück. Da mein Mandant körperlich an eine gewisse Mindestzufuhr geistiger Getränke gewöhnt war und sich die Möglichkeiten gerade erschöpft hatten, sie auf halbwegs legalem Wege zu beschaffen, dauerte es nicht lange, bis er den Discounter stürmte, eine Flasche Brandy köpfte, den heraneilenden Marktleiter als Büttel des verhassten Systems wüst beschimpfte, mehrere Flaschen unter seine Daunenjacke stopfte und tatsächlich glaubte, das Weite suchen zu können.

Er hatte nicht mit dem Widerstand der Kassiererin gerechnet. Und mit vier Kunden, die schnell feststellten, dass Hellmer kein Gegner war, und den schmächtigen, kleinen Mann quer durch die Regale hetzten. Dabei gingen die Brandyflaschen zu Bruch und zwei DVD-Recorder zu je 199 Euro, das Schnäppchenangebot der Woche.

Insgesamt entstand also ein Schaden von knapp 500 Euro. Den konnte Hellmer natürlich nie und nimmer abtragen. Das sah der Richter genauso. Dennoch mussten Diebstahl und Sachbeschädigung gesühnt werden, und Hellmer kam mit 200 Stunden gemeinnütziger Arbeit davon, die er irgendwann im Laufe des Jahres Laub kehrend im Dienste der Miniermottenbekämpfung ableisten durfte.

Mehr war nicht drin. Hellmer allerdings wirkte etwas unglücklich, als er seine selbstgedrehte Zigarette fertig hatte und sich suchend nach einem Aschenbecher umsah.

»Hier wird nicht geraucht«, sagte ich.

Hellmer runzelte die Stirn. »Seit wannen ditte?«

Seufzend steckte er das krumme Stäbchen zurück in seinen Tabaksbeutel. Ich beschloss, ihm etwas Gutes zu tun und ihn zum Essen einzuladen.

»In der Kantine gibt es heute Grießbrei mit Kirschen. Haben Sie Lust, mich zu begleiten?«

»Ich hätt aber eher Durst. Gibt's da auch Bier?«

»Natürlich.«

Ein paar Schritte weiter befand sich der Aufzug. Wir warteten schweigend, bis sich die schweren Metalltüren geräuschlos öffneten und ich Hellmer den Vortritt ließ. Der Fahrstuhl war fast voll, sämtliche Etagenknöpfe bis hoch zur Kantine leuchteten rot. Wir zwängten uns hinein, die Türen schlossen sich, und eine kräftige Stimme hinter mir rief: »Vernau! Ich werd verrückt!«

Mühsam drehte ich mich um. Ich sah einen beigen Seidenbinder und darüber das braungebrannte, fröhliche Gesicht von Sebastian Marquardt.

»Was machst du denn hier?«

Alle in der Kabine schien diese Frage zu bewegen, denn sie starrten mich an und warteten auf eine Antwort.

»Ich wollte in die Cafeteria.«

Marquardt lachte. Das hatte er nicht verlernt. Dieses herzhafte, aus dem Bauch hochkollernde Lachen, vertrauenerweckend, freundschaftlich, urgewaltig, und wer ihn nicht kannte, konnte glauben, es gelte tatsächlich seinem Gegenüber. In Wirklichkeit war es nur ein Ausdruck ganz persönlicher Erheiterung, ohne Rücksicht darauf, ob er gerade jemanden an- oder auslachte.

»Lange nicht gesehen. Hast du hier zu tun?«

Ich nickte. Der Fahrstuhl hielt in jedem einzelnen Stockwerk.

»Was Großes also?«

Ich schwieg.

Marquardt grinste. Wir erreichten die fünfte Etage. Alle drängten sich hinaus. Ich verlor Hellmer aus den Augen, und dann sah ich sie.

Sie kam durch die Schwingtür der Kantine auf den Flur geeilt, eine klitzekleine Flasche Multivitaminsaft in der Hand, sah die offenen Türen des Aufzugs, rief: »Nehmen Sie mich noch mit?«, schwebte auf zehn Zentimeter hohen Stilettos über das Linoleum, schenkte mir ein höfliches und Marquardt ein überwältigendes Lächeln, und schlüpfte an ihm vorbei, der bei ihrem Anblick wohl völlig zu vergessen schien, wer er war und wo er hinwollte. Er blieb freudestrahlend im Aufzug, und als er den Knopf zum Offenhalten der Tür losließ, entschloss ich mich im Bruchteil einer Sekunde, Hellmer Hellmer sein zu lassen und mit diesem Geschöpf aus einer anderen Welt nach unten zu fahren.

Ich rettete mich in die Kabine.

»Danke«, sagte sie.

»Bitte, gern geschehen«, erwiderte Marquardt.

Mit einem eleganten Schwung warf sie ihre schulterlangen, glänzenden dunklen Haare nach hinten, verstaute die Flasche in ihrer Handtasche und unterzog sich einer strengen Kontrolle im Spiegel an der Rückwand. Sie sah aus wie eine Mischung aus Demi Moore und Schneewittchen, und sie trug ein schmalgeschnittenes dunkelblaues Kostüm mit einer enganliegenden Jacke und einem knielangen Bleistiftrock, über den sie jetzt mit einigen hastigen Handbewegungen strich, um imaginäre Falten zu entfernen. Dann drehte sie sich zur Seite, musterte ihre Silhouette, und entdeckte im Spiegel, dass ich sie die ganze Zeit ansah. Sie runzelte die Stirn und drehte sich um.

»Darf ich vorstellen?«, fragte Marquardt. »Salome Noack, Staatsanwältin. Und das ist Joachim Vernau. Rechtsanwalt.«

Sie reichte mir die Hand. Sie war schmal und kühl und kräftig, und ich hätte sie am liebsten nicht mehr losgelassen.

»Welche Kanzlei?«

»Vernau und Hoffmann«, antwortete ich.

»Kenne ich nicht. Ist er in deiner Entourage?«

Marquardt schüttelte bedauernd den Kopf. Das Letzte, was ich im Zusammenhang mit ihm gehört hatte, war der glückliche Ausgang eines verhinderten Prozesses, in dem er ein Aufsichtsratsmitglied der Bank des Landes vertreten hatte. Bedauerlicherweise hatte sich sein Mandant aus Krankheitsgründen von der Verantwortung für einen läppischen 200-Millionen-Euro-Schaden entbinden lassen müssen. Das schwer zu definierende Gebrechen, von mehreren Gutachtern als eine Mischung aus narzisstischer Depression und Weltschmerz vage umrissen, schloss eine Teilnahme an weiteren Prozessen völlig aus. Sogar die Untersuchungshaft war dem Angeklagten wegen seiner zarten Konstitution nicht mehr zumutbar. Dass er die ihm verbliebenen schwindenden Kräfte dazu nutzte, sich unter anderem für den New-York-Marathon vorzubereiten, war etwas, das der Öffentlichkeit nur schwer zu vermitteln war. Vor allem, weil diese Öffentlichkeit für die in den Sand gesetzten Millionen aufzukommen hatte und dafür etliche Kindergärten, Nachtbuslinien und Leihbüchereien opfern musste.

Marquardt allerdings hatte seinen Mandanten so restlos überzeugend vertreten, dass dieser bis zu diesem Tag nicht zur Rechenschaft gezogen worden war und sein Privatvermögen auch weiterhin unangetastet blieb. Wenn man bedachte, dass Hellmer für einen Schaden von 500 Euro 200 Stunden lang Laub kehren musste, dann wären das, hochgerechnet auf 200 Millionen, achtzig Millionen Stunden Straßenfegen. 9100 Jahre lang rund um die Uhr. Gnädig berechnet hundert Mal lebenslänglich.

Im Namen des Volkes werden Sie wegen Anlagebetruges und den daraus resultierenden Folgen, unter anderem, dass hundertsechzigtausend Schüler nun ihre Lehrbücher selber kaufen müssen, weil das Land Berlin pleite ist, zu hundert Mal lebenslänglich Straßenfegen verurteilt. Das traute sich natürlich kein Richter, noch nicht einmal in Amerika. Beim Geld herrschten andere Gesetze. Vor allem ab sieben Nullen aufwärts.

Salome Noack nahm Marquardts Kopfschütteln zum Anlass, mich keines Blickes mehr zu würdigen. Trotzdem holte ich meine vorletzte Visitenkarte aus der Anzugtasche und überreichte sie ihr.

»Falls Sie mal einen richtig guten Anwalt brauchen.«

Irritiert warf sie einen kurzen Blick auf das Kärtchen. »Vielen Dank. Ich werde daran denken.«

»Ich bitte darum.«

»Herr Vernau war ein ganz großes Talent im Zivilstrafrecht.«

Marquardt legte nur den Hauch einer Betonung auf das *war* und schenkte mir ein inniges Du-hättest-ein-ganz-Großer-werden-können-Lächeln. Ein zarter Gongschlag ertönte. Erdgeschoss. Geräuschlos öffnete sich die Tür. Salome Noack zupfte die Ärmelenden ihrer Seidenbluse an den Handgelenken zurecht und ging hinaus, ohne sich noch einmal umzudrehen. Marquardt folgte ihr.

»Wir sollten mal zusammen essen gehen«, rief er mir zu. »Ich ruf dich an!«

Schon war er in ihrem Fahrwasser hinter der Ecke verschwunden. Drei kichernde Protokollführerinnen und eine Archivarin, die mir vage bekannt vorkam, traten ein und drängten mich zurück an den Spiegel. Ich fuhr wieder hinauf in den fünften Stock. Etwas Weißes lag auf dem Boden. Meine Visitenkarte. Ich hob sie auf, pustete den Dreck ab und steckte sie zurück zu der anderen.

In der Kantine war Hellmer nicht zu finden. Das ärgerte mich. Da wollte ich einem Obdachlosen etwas Gutes tun, und er verschwand einfach. Während ich auf den Aufzug wartete, der mich wieder nach unten bringen sollte, sah ich aus dem Fenster hinunter auf die Littenstraße.

Salome Noack ging zügig über die Fahrbahn auf die andere Straßenseite. Vermutlich hatte sie eine Verabredung in einem der gutbürgerlichen Lokale um die Ecke. Marquardt blieb zurück und rief ihr noch einen kurzen Gruß zu, den sie mit einem halbherzigen

Heben des Armes beantwortete. Er trollte sich hinters Haus zu den Parkplätzen, und ich freute mich über seine Abfuhr.

Dann sah ich Hellmer. Er verließ das Landgericht, zündete sich seine Selbstgedrehte an und hielt auf die Würstchenbude weiter vorne Richtung Leipziger zu. Vermutlich gab es dort Lippstädter. Eine ältere Dame stand dort an einem der kleinen Stehtische und suchte gerade etwas in ihrer Handtasche. Ein Mann führte einen Hund an der Leine. Ein Fahrradkurier preschte die Straße hinab. Jemand beging den unverzeihlichen Fehler, mit seinem Wagen direkt vorm Gericht in zweiter Reihe zu warten.

Dann kam der Aufzug, ich stellte mich an, und dann peitschte der Schuss.

In drei Schritten war ich wieder am Fenster.

Hellmer hatte die Hände erhoben und stand wie festgenagelt auf der Straße. Die Sache war ernst. Die alte Dame hielt eine Waffe in der Hand, zielte erneut und drückte ab. Die Schreie waren bis hier oben zu hören.

Der Aufzug war weg.

Ich rannte ins Treppenhaus und raste fünf Stockwerke nach unten. Vor dem Eingang hatte sich eine hysterische Menge versammelt, zwei bewaffnete Vollzugsbeamte keilten sich gerade durch die Gaffer. Ich folgte ihnen, bevor sich die Bresche hinter ihnen schloss. Wieder ein Schuss.

»Weg da!«, brüllte mich einer der Blauen an. »Zurück! Alle zurück!«

Er zog seine Dienstwaffe und suchte Deckung hinter einer der großen, runden Säulen, die den Eingang flankierten. Hellmer schwankte hin und her.

»Was sollen das?« Seine Stimme kippte. »Was ist das für 'ne Scheiße, he? Was tun Sie denn da?«

Sie drückte wieder ab. Der Rückschlag warf sie fast um. Die Kugel bohrte sich zwanzig Zentimeter vor ihm in den Boden. Hellmer, der endlich begriff, dass Treffen wohl nicht die größte Stärke seines Gegenübers war, tat nun endlich das einzig Richtige. Er türmte.

Die Dame rief ihm etwas hinterher. Sie hob noch einmal die Waffe, zielte und brach zusammen. Die Vollzugsbeamten sprinteten über die Straße. Ohne jede Gegenwehr wurde die Frau entwaffnet und mit Handschellen gefesselt. Dann versuchten sie, sie hochzuziehen. Es misslang. Sie war offenbar ohnmächtig.

Ich rannte los. Gerade tauchte der Imbissbudenbesitzer wieder hinter seinem Tresen auf. Auch zwei, drei Gäste, die sich zwischen parkenden Autos versteckt hatten, trauten sich aus ihrer Deckung hervor. Von Hellmer sah ich nur noch eine Staubwolke.

»Hallo? Hallo!«

Der dickere der beiden Schutzmänner beugte sich über die Frau. Sie war ungefähr siebzig Jahre alt, hatte schlohweiße, zu ordentlichen Löckchen gedrehte Haare, trug einen beigen Staubmantel und Schuhe, die ausgesprochen gesund aussahen. Irgendwie erinnerte sie mich an meine Mutter. Und das war wohl auch der Grund, weshalb ich neben ihr in die Hocke ging. Ihre Augenlider flatterten.

»Mein Kreislauf«, flüsterte sie. »Meine Tropfen.«

»In Ihrer Handtasche?«

Ich wollte nach der Tasche greifen, aber der Schutzmann hatte sie genau in diesem Moment an sich gerissen.

»Nichts da.« Mit grimmigem Blick öffnete er sie und stellte nach genauestem Durchwühlen fest, dass sich keine zweite Waffe in ihr befand. Er zog ein kleines Batisttaschentuch heraus und reichte es seinem Kollegen, der damit vorsichtig die Pistole umwickelte und an dem Lauf roch.

»Das waren keine Platzpatronen.«

Ich versuchte, einen Blick auf die Waffe zu erhaschen, aber aus dieser Entfernung war es aussichtslos. Makarov oder Walther, auf jeden Fall klobig, grau und schwer. Und ziemlich unhandlich. Vor allem für eine so zierliche, nette alte Dame.

Sie versuchte ein schwaches Lächeln. »Könnten Sie mir vielleicht die Handschellen abnehmen? Mir ist nicht gut. Ich brauche meine Tropfen.«

»Sie hören doch. Die Dame braucht Ihre Medizin.«

Der Schutzmann mit der Handtasche geruhte, mir einen kurzen Moment seine Aufmerksamkeit zu schenken. »Kennen Sie die Frau?«

»Nein, aber …«

»Junger Mann. Die Dame ist vorläufig festgenommen und wird umgehend dem Haftrichter vorgeführt. Ende der Diskussion. Bitte gehen Sie auf die andere Straßenseite.«

Ich hörte den kurzen, abgehackten Takt von eleganten Damenschuhen auf dem Straßenpflaster. Ich drehte mich um und sah Salome Noack. Mein Herz setzte aus, um dann umso heftiger weiterzuschlagen.

Sie erreichte uns und sah sich um. Die alte Frau hatte die Augen geschlossen. Salome beugte sich kurz herunter. Und dann geschah etwas Merkwürdiges. Sie berührte sie an der Schulter, als ob sie sie aufwecken wollte. Es war eine Geste, die überhaupt nicht zu ihr passte, weil all das Schnelle, zielgerichtete Tun plötzlich für eine Sekunde von tiefer Bestürzung abgelöst wurde und sie gar nicht zu bemerken schien, dass ich so nahe neben ihr kniete. Doch sofort hatte sie sich wieder in der Gewalt. Schnell richtete sie sich auf und ging zu den Beamten.

»Was ist passiert?«

Offenbar kannten sich Schutzmann und Staatsanwältin, denn bei ihr gab er sich wesentlich kooperativer.

»Die Frau hier hat vier Schüsse auf einen Mann abgegeben. Der Mann konnte flüchten, die Frau ist zusammengeklappt.«

»Auf … einen Mann? Ganz sicher? Wo ist er?«

Ich beobachtete sie genau. Sie war ratlos wie wir alle.

»Geflohen. Hätte ich auch getan an seiner Stelle. Sie hat ihn angesprochen und dann auf ihn geschossen. Gezielt geschossen.«

Salome nickte knapp. Sie hatte alles wieder unter Kontrolle.

Auch sich selbst. Jetzt erst fiel ihr Blick auf mich. Sie hatte blaue Augen. Wie schön, dachte ich. Es gab wenige Menschen mit dunklen Haaren und so einem intensiven azurblauen Blick. Leider lag nicht die geringste Wiedersehensfreude darin.

Ich stand auf. »Die Frau braucht einen Arzt.«

»Wer … ach so. Sie sind das. Bernau?«

»Vernau.«

»Kennen Sie die Frau? Oder den Flüchtigen, auf den sie geschossen hat?«

Die Frage kam kalt und professionell. Ich warf einen Blick auf die alte Dame. Sie war kreidebleich, atmete schwer und schien desorientiert. Außerdem lag sie immer noch auf dem Boden und sah so unglaublich harmlos und schutzbedürftig aus. Statt einer Antwort streifte ich mein Jackett ab, knüllte es zusammen und schob es ihr unter den Kopf. Ich fühlte ihre Stirn. Kalter Schweiß. Aus dem Augenwinkel sah ich, dass die Gaffer aus dem Gebäude sich langsam heraustrauten. Und dass Marquardt um die Ecke bog.

Wenn ich jetzt zugab, Hellmer zu kennen, wurde ich in null Komma nichts zum Zeugen und konnte das Feld räumen. Wenn ich es nicht zugab, dann …

Diese nette alte Dame hier war eine einmalige Chance. Die Rückkehr an den grünen Tisch, der ohne Limit spielte. Mein Strafprozess. Mein erster, richtiger großer Fisch seit ewigen Zeiten. Was konnte man daraus alles machen! Versuchter Totschlag. Nötigung. Mordversuch. Verstoß gegen das Waffengesetz …

Und da stand sie. Meine Staatsanwältin. Die allein mit ihrem Auftauchen das Zepter samt Ermittlungen an sich gerissen hatte und die sich beides ganz sicher nicht mehr aus der Hand nehmen ließ.

Und gegenüber wuchtete es sich empor aus der Straßenschlucht, das Landgericht. Die oberste Instanz des Rechts, steinerne Burg Justitias, Wehrturm der Gesetze, Arena der größten Prozesse. Wenn ich jetzt nicht zugriff, wäre ich ein Idiot, und Marquardt würde sie sich angeln. Es war Zeit. Höchste Zeit, hier etwas klarzustellen. Meine Visitenkarten ließ man nicht einfach so fallen.

Sie wartete ungeduldig auf meine Antwort, sah mich dabei aber gar nicht richtig an, sondern hielt Ausschau nach Kripo, Spurensicherung und Polizeiwagen, die jede Minute hier eintreffen sollten.

»Sie muss ins Krankenhaus. Auf der Stelle. Sonst stirbt sie Ihnen hier noch weg. Und das wäre doch fatal für Ihren Ruf, nicht wahr?«

Sie drehte sich wieder zu mir um. Ihre azurblauen Augen verengten sich zu schmalen Schlitzen. So attraktiv sie war, so sehr sollte man sich vor diesem Blick in Acht nehmen.

»Ich verstehe nicht, was Sie meinen.«

Ich wies mit einem kurzen Kopfnicken hin zu den Schaulustigen.

»Niemandem ist etwas passiert. Die Frau ist überwältigt. Und sie braucht Hilfe. Die Lage ist unter Kontrolle. Aber überlegen Sie mal, was die Presse schreibt, wenn eine alte, hilflose Dame vor den Stufen des Gerichts in Handschellen das Zeitliche segnet.«

Sie zog die schmalen, wie Adlerschwingen gebogenen Augenbrauen nach oben.

»Sie wollen mir doch nicht etwa …«

Marquardt kam dazu.

»Alttay ist da«, sagte er, und die Stimmung änderte sich schlagartig.

Salome lächelte. Mit zuckersüßer Stimme bat sie die Vollzugsbeamten, einen Krankenwagen zu rufen und der Dame die Handfesseln abzunehmen. Keine Sekunde zu früh, denn schon blitzte es mehrere Male. Berlins bekanntester Gerichtsreporter tauchte auf und schoss ohne Rücksicht auf Befindlichkeiten und Persönlichkeitsrechte zwei Dutzend Fotos, bis er endlich von den Beamten zurück auf die Straße gedrängt wurde.

»He!«, rief er. »Artikel drei Absatz drei Berliner Pressegesetz!«

»Artikel vier Absatz drei Punkt zwei, drei und vier«, konterte Salome ungerührt. »Erweiterung vom 1.8.65. Noch Fragen?«

Sie drehte sich weg. Marquardt hingegen stellte sich in Positur und schaute direkt in die Kamera. Ich ging vor der Dame wieder in die Knie.

»Hallo!«, flüsterte ich. »Bleiben Sie bei uns. Gleich kommt ein Krankenwagen.«

»Frau Noack«, hörte ich Alttay rufen, »könnten Sie sich mal eben kurz neben Herrn Marquardt stellen?«

»Nein!«, rief sie. »Sie verlassen sofort das Gelände! Herr Alttay, dies ist ein Tatort. Wir warten auf die Spurensicherung. Und auch wenn es noch keine Absperrung gibt, bitte ich Sie trotzdem um Respekt!«

»Und Sie da?«, rief Alttay. »Wer sind Sie?«

Ich stand auf. Er war ein kräftiger Mann Anfang fünfzig mit schlechtsitzender Kleidung, krausen Haaren und einem von zu viel Arbeit und zu viel Wein in der Mittagspause unnatürlich geröteten Gesicht. Aber seine Augen blickten wach, und in seiner Stimme lag ehrliches Interesse. Alttay war einer, der erst zuhörte und dann schrieb. Anders als viele seiner Kollegen. Der *Abendspiegel*, für den er arbeitete, war die seriöse Stimme Berlins, gerne zitiert in Pressespiegeln und Politikerkreisen. Zeit also auch, ihn endlich einmal mit mir bekannt zu machen. Ich spürte, dass Salome und Marquardt mich ansahen, aber ich tat ihnen nicht den Gefallen, es zu bemerken. Ich holte tief Luft.

»Ich bin ihr Anwalt.«

Sie hieß Margarethe Altenburg und war einundsiebzig Jahre alt. Sie gehörte zum Bibelkreis der Kirchengemeinde Peter und Paul in Görlitz und befand sich mit vierundvierzig weiteren Schäfchen sowie einem Hirten, Herrn Pfarrer Ludwig, auf einem Busausflug nach Berlin, inklusive Kaffee und Kuchen. Um sechs Uhr dreißig hatten sie die Stadt verlassen, um elf Uhr waren sie am Pariser Platz angekommen. Statt durchs Brandenburger Tor zu gehen und anschließend den Gendarmenmarkt samt Französischem Dom und Wiener Konditorei zu besuchen, hatte Margarethe Altenburg sich ein Taxi genommen und in die Littenstraße fahren lassen. Sie wartete, bis Hellmer das Gerichtsgebäude verließ und feuerte vier Schüsse aus einer Waffe ab, über deren Herkunft sie ebenso eisern schwieg wie über den Grund des Attentats.

»Kannten Sie den Mann?«

Ich saß im Notarztwagen neben der Pritsche und hielt ihre Hand. Margarethe Altenburg schüttelte mühsam den Kopf. Sie sah sterbenselend aus. Der Sanitäter hatte ihr eine Sauerstoffmaske aufgesetzt und eine Spritze gegeben. Beides schien nicht zu helfen.

»Aber warum um Gottes willen haben Sie auf ihn geschossen?«

Sie schloss die Augen und sagte nichts.

Der Sanitäter gab mir ein Zeichen, dass ich den Wagen verlassen sollte. Ich zog die Visitenkarte heraus, die Salome im Fahrstuhl verschmäht hatte, und drückte sie der alten Dame in die Hand.

»Ich bin Tag und Nacht für Sie da. Hören Sie? Ich bin Ihr Anwalt. Ich helfe Ihnen.«

Sie wollte etwas sagen. Ich beugte mich ganz nah herab an ihren schmalen, von unzähligen kleinen Falten umgebenen Mund.

Sie hob die Sauerstoffmaske an und flüsterte: »Ich … ich brauche ein Nachthemd.«

Ratlos stieg ich aus und sah der Ambulanz hinterher.

Die Spurensicherung war eingetroffen und hatte den Bürgersteig mit rot-weißem Plastikband abgesperrt. Beamte in weißen Overalls suchten gerade das Gelände nach Kugeln und Patronenhülsen ab. Die beiden Schupos gaben ihre Beobachtungen zu Protokoll. Salome telefonierte. Die Gaffer gafften.

Ich schlenderte zu der Imbissbude, die dem Geruch nach zu urteilen wieder in Betrieb war. Der Inhaber hatte sich von dem Schrecken erholt und erzählte seiner zahlreichen Kundschaft gerade, was er bzw. was er nicht gesehen hatte. Ich bestellte eine Currywurst und verzog mich damit an den äußersten Rand des Tresens, wo man mich am wenigsten bemerken würde. Doch ich hatte die Rechnung ohne Alttay gemacht.

Der Reporter hatte sich den Anweisungen Salomes gebeugt und den Tatort verlassen. Nun versuchte er ebenso wie ich zusätzliche Informationen aus erster Hand zu bekommen.

»Dolles Ding«, sagte er und stellte sich neben mich. »Sie sind also der Anwalt der Dame. Lesen Sie Ihre Mandanten immer in wehrlosem Zustand von der Straße auf, oder war das der reine Zufall?«

»Der reine Zufall.«

Alttay nickte und nahm eine Portion fettige Pommes entgegen, auf die der Chef der Bude noch zwei Kilo Paprikapulver und mehrere Pfund Mayonnaise gehäuft hatte.

»Und der Mann, auf den sie geschossen hat. Was wissen Sie über den?«

Ich kaute so lange auf einem Stück Currywurst, bis Alltay seufzte und resigniert in seinen Pommes herumstocherte.

»Und *Ihren* Namen? Wissen Sie noch, wie *Sie* heißen?«

»Vernau«, antwortete ich.

Ich zog meine letzte Karte heraus und überreichte sie ihm. Nachdem er den Text studiert hatte, sah er hoch und lächelte mich an.

»Ich erinnere mich an Sie. Ist lange her, was?«

Er warf einen Blick auf das Landgericht. Einige Schaulustige der unvermeidlichen Sorte lungerten noch vor dem Eingang herum und spähten zum Tatort. Salome telefonierte, immer noch oder schon wieder, die Spurensicherung sicherte Spuren, und weiter oben hielt gerade ein Einsatzfahrzeug der Polizei. Zwei Beamte sprangen heraus und näherten sich in hastigen Schritten. Ich erkannte die Kollegen vom Kriminaldauerdienst.

»Unsere Besten.« Alttay deutete mit einem schlappen Pommesstäbchen auf den Einsatzleiter der VB1, der als Erstes Salome Noack seine Aufwartung machte und von ihr mit ebenso viel Aufmerksamkeit bedacht wurde wie ich. Sie drehte ihm den Rücken zu und redete weiter mit ihrem Handy. Vermutlich lauerte am anderen Ende der Verbindung ein Haftrichter, dem sie jetzt erklären musste, dass eine verrückt gewordene ältere Dame aus Görlitz in Berlin Jagd auf Obdachlose machte. Und warum sie nun auf dem Weg ins St.-Hedwigs-Krankenhaus war und nicht in eine gemütliche Einzelzelle.

Alttay wischte sich die Finger mit einer Papierserviette ab, hob seine Kamera und schlenderte wieder zur Absperrung.

Der Imbissbudenbesitzer erzählte seine Version des Tatablaufs bereits zum dritten Mal, und ich konnte ihm endlich zuhören.

»Sie hat da vorne auf ihn gewartet. Und dann kam er raus und hier rüber, und da hat sie ihn was gefragt oder zugerufen, auf jeden Fall dreht er sich um, sieht sie an, und dann hat sie ja auch gleich geschossen. Komisch.«

»Was hat sie ihn denn gefragt? Oder gerufen?«, wollte ich wissen.

»Keine Ahnung. Wollte vielleicht seinen Namen wissen. Damit sie nicht den Falschen erwischt.« Er zuckte mit den Schultern und warf eine weitere Portion tiefgekühlte Pommes in die Fritteuse. »Ich steh seit zwanzig Jahren hier. Da kriegt man viel mit. Wenn sie rauskommen nach den Prozessen und erst mal einen Schnaps trinken müssen, um ein Urteil zu verkraften. Vielleicht hat er ihr ja was angetan und ist freigesprochen worden?«

»Nein«, sagte einer der Gäste.

Er wirkte wie ein Postbote in seiner dunkelblauen Windjacke und stand fröstelnd wie die anderen im eisigen Märzwind. »Der hatte was wegen Diebstahl im Supermarkt. Ich war bei der Verhandlung im Zuschauerraum. Das war nichts Spektakuläres. Ein Obdachloser.«

»Vielleicht hat sie was gegen Obdachlose?«, fragte ein anderer Gast, der sich an einem Fläschchen Magenbitter wärmte.

»Kann sein, kann nicht sein. Drinnen im Gericht war sie jedenfalls nicht.«

Er drehte sich zu mir um, als ob er aus meiner Ecke Widerspruch erwarten würde. Bevor ihm einfallen konnte, dass auch ich einer der Prozessbeteiligten gewesen war, verabschiedete ich mich mit einem hastigen Kopfnicken und zog es vor, um Alttay, Marquardt, die Kripo und Salome einen großen Bogen zu machen. Mein Fisch hing an der Angel. Ich musste nur noch Netz und Kescher besorgen.

Als ich den Hinterhof unserer Kanzlei betrat, unter dem Arm eine Plastiktüte mit einem Nachthemd aus der Damenwäscheabteilung eines Kaufhauses am Alexanderplatz, stand schon wieder einer da. Einer dieser nie frierenden Anzugträger in viel zu dünnen italienischen Schuhen, die in letzter Zeit auffällig unauffällig in und um das Gebäude schnürten. Die Überputz-Stromleitungen aus dem Keller in den zweiten Stock hatten es ihm besonders angetan. Er begutachtete sie genau, notierte etwas auf einem kleinen Block und ging dann an das Kellerfenster, um Verlauf und Montage der illegalen Zapfanlage weiterzuverfolgen.

»Darf ich fragen, was Sie hier zu suchen haben?«

Er zuckte zusammen und richtete sich auf. Da ich immer noch wie ein Anwalt angezogen war, riss er sich am Riemen und versuchte, nicht allzu unfreundlich auszusehen. Er war einen halben Kopf kleiner als ich, ein feingliedriger, glattrasierter, sehr junger Mann ohne weitere Eigenschaften. Er musste sich dieses Mangels durchaus bewusst sein, denn er versuchte, ihn durch die Wahl seiner übertrieben konservativen Kleidung zu korrigieren. Bei seinem Gegenüber sollte wohl der Eindruck entstehen, man habe es nicht mit einer Person, sondern mit einer Persönlichkeit zu tun. Ich ordnete ihn ein unter Nachwuchsimmobilienmakler, freiberuflicher PR-Agent kommunaler Galerien oder Gebäudeversicherungsvertreter.

»Mein Name ist Markus Hartung. Ich arbeite für eine Investorengruppe, die sich für dieses Haus interessiert. Sind Sie Mieter?«

»Ja. Uns gehört die Anwaltskanzlei. Ich kann Sie gerne über das Strafmaß von Hausfriedensbruch aufklären.«

»Eine Kanzlei? Also ein Gewerbemietvertrag? Davon ist uns nichts bekannt. Ist diese Nutzung ordnungsgemäß angemeldet?«

Das wusste ich nicht. Der ganze Kram lief über Marie-Luise.

»So ordnungsgemäß, dass ich Sie jetzt bitten muss, dieses Grundstück zu verlassen, weil ich sonst Anzeige gegen Sie erstatte.«

Er nickte ausgesprochen höflich und sah noch einmal hinauf zu den Stromleitungen, die durch das Fenster einer wirklich netten, chronisch klammen französischen Chansonsängerin in eine kleine Zweizimmerwohnung mit Außenklo führten und in ihrer Küche einen Radiator speisten, weil die asthmatische Heizung es nicht mehr schaffte, den Schimmel aus den Wänden zu treiben.

»Wir werden ja sehen, wer hier wen zur Anzeige bringt. Herr …«

»Da geht's hinaus.«

Er drehte sich um und verließ den Innenhof. Ich lief die zwei Etagen bis zu unserer »Kanzlei« im Eilschritt und fand Marie-Luise in ihrem Büro, wo sie, in zwei Wehrmachtswolldecken gehüllt, die Loseblattsammlung zum Asylrecht auf den neuesten Stand brachte. Um sie herum türmten sich kleine Gebirge zerknüllter, längst veralteter Papiere. Es war eine jener Aufgaben ohne echte Herausforderung, an die man sich nur machte, wenn sonst absolut nichts mehr zu tun war. Gelangweilt riss sie ein neues Blatt aus dem dicken Ordner, knüllte es zusammen und zielte auf ihr momentanes Lieblingsopferposter: das Pressefoto des Jahres. Es zeigte eine achtjährige Jemenitin und ihren dreißigjährigen Bräutigam. Sie verfehlte den Mann und seufzte abgrundtief, bevor sie sich wieder stirnrunzelnd über weitere Neuerungen im Abschiebegewahrsam beugte.

Ich balancierte um sie herum bis ans Fenster und sah hinunter in den Hof.

»Ich habe eben einen von denen rausgeschmissen.«

Marie-Luise sah hoch und nahm ihre Lesebrille ab. Sie trug sie nie vor Zeugen. Und dass ich sie eines Tages damit erwischt hatte, nahm sie mir bis heute übel. Wenigstens versuchte sie nicht mehr, ihr Gebrechen vor mir zu verstecken.

»Schon wieder?«

Die jungen Herren in ihren eleganten Anzügen waren seit Wochen Gesprächsthema in unseren Treppenhäusern. Sie tauchten unangemeldet auf, taxierten Bausubstanz und Mietrückstände, wussten erstaunlich gut Bescheid über unangemeldete Untermieter und zweckentfremdete Keller, und benahmen sich, als ob das Haus schon ihnen gehören würde. Dabei befand es sich noch immer in den Händen einer weit verzweigten und hoffnungslos zerstrittenen Erbengemeinschaft, was letztendlich dazu geführt hatte, dass niemand mehr auch nur eine Glühbirne in der Waschküche ersetzte und im Gegenzug die Mieten seit zehn Jahren nicht erhöht worden waren. So gab es die stille Übereinkunft, sich bei Mängeln selbst zu helfen und schlafende Hunde keinesfalls zu wecken. Dass diese mittlerweile von Wölfen umzingelt wurden, die sich langsam, aber sicher bis in unseren Innenhof wagten, war kein gutes Zeichen.

Marie-Luise schälte sich aus ihren Decken und kam zu mir. Gemeinsam stierten wir auf ein hässliches Geviert aus unansehnlichen Außenwänden, kleinen, schlecht dichtenden Fenstern, zwei verrostenden Fahrrädern und einer Waschmaschine, in der im letzten Jahr ein Amselpärchen gebrütet hatte und auf dessen Rückkehr wir sehnlichst warteten. In den Rissen des zerborstenen Asphalts blühte im Frühling der Raps. Wenn es denn eines Tages wieder Frühling würde. Und die Amseln zurückkehrten.

Sie rieb sich fröstelnd die Arme.

»Hat er gesagt, von wem er kommt?«

»Nein. Eine Investorengruppe, die sich für das Haus interessiert. Mehr nicht.«

»Investoren. Heuschrecken. Gesichtsloses Rattenpack.«

Ich stand der dräuenden Annektierung nicht ganz so negativ gegenüber. Das Haus war ein Schandfleck, auch wenn es sich langsam in ein urbanes Biotop verwandelte. Es vegetierte sterbenselend in der Dunckerstraße vor sich hin, während all seine Altersgenossen frisch geliftet und strotzend vor Schönheit ein neues Leben beginnen durften. Hübsche Terrassenwohnungen, üppig begrünte Hinterhöfe, kleine, aber feine Geschäfte, Bars und Cafés. Sie hatten alle nur einen klitzekleinen Schönheitsfehler. Wir konnten sie uns nicht leisten. Weder die Wohnungen noch die Cafés. Noch nicht mal die Hinterhöfe, um genau zu sein.

Noch nicht. Denn das Leben hatte sich vor einer Stunde geändert.

»Druckst du mir bitte eine Vollmacht aus? Ich habe eine neue Mandantin.«

»Ach.«

Verblüfft riss sie sich vom Anblick des Vorwendeidylls unter unserem Fenster los. »Wen denn?«

»Margarethe Altenburg aus Görlitz. Sie hat nach der Verhandlung gegen Hellmer versucht, ihn umzubringen.«

Der Fall Hellmer war ihr bekannt. Nicht aber, dass er ein Nachspiel hatte. Sie ging zurück an ihren Schreibtisch, wickelte sich wieder ein und startete den Computer.

»Ihn umzubringen? Habe ich dich da richtig verstanden?«

»Jawohl. Mordversuch. Na ja, versuchter Totschlag, schießen kann sie jedenfalls nicht. Sonst hätte sie ja getroffen.«

»Wir … wir haben einen Mordversuch?«

»Ja.«

»Und die Frau ist deine Mandantin?«

Triumphierend starrte ich sie an. Und jetzt ging ein Leuchten über ihr Gesicht, das sie vor jedem anderen genauso verborgen hätte wie ihre Lesebrille, weil es im Zusammenhang mit einer so schweren Straftat höchst unpassend war. Die kleine Sorgenfalte auf ihrer Stirn, die in der letzten Zeit tiefer geworden war, verschwand.

»Ein Mordversuch! Das ist ja großartig! Erzähl.«

Ich gab ihr eine kurze Zusammenfassung der Ereignisse. Als ich geendet hatte, strahlte sie immer noch.

»Wie willst du es anstellen? Psychiatrische Gutachten? Oder irgendetwas mit Demenz? Normal ist sie jedenfalls nicht. Schade für Marquardt. Der hat sich ja gerade erst auf solche Fälle spezialisiert.«

»Ich muss erst mal mit ihr reden. Und ihr das Nachthemd bringen.«

»Ach, das ist für sie?«

Sie hob die Tüte hoch, die ich auf dem Schreibtisch abgelegt hatte, und schaute hinein. »Sehr hübsch. – Wer leitet die Ermittlungen?«

»Vermutlich geht der Fall direkt vom KDD an Vaasenburg.«

Sie hob kurz die Augenbrauen, sagte aber nichts. Besser so. Was und ob jemals etwas zwischen den beiden gelaufen war, ich wusste es nicht. Jedenfalls kannten sie sich, besser, als es ein Kriminalhauptkommissar der Mordkommission und eine Feld-Wald-und-Wiesen-Anwältin normalerweise taten, und es hatte nicht gerade zur Entspannung meines Verhältnisses zu ihm beigetragen. Vaasenburg schien Anwälten nicht über den Weg zu trauen. Ob Marie-Luise daran schuld war oder ob er grundsätzlich ein Problem damit hatte, dass unsere Zunft existierte, wusste ich nicht.

»Dann werde ich ihn gleich mal anrufen. Vielleicht weiß er, wer von der Staatsanwaltschaft den Fall übernimmt.«

»Salome Noack.«

Marie-Luise stieß einen schwer zu deutenden, eventuell als Verblüffung zu interpretierenden Laut aus.

»Die Noack? Herzlichen Glückwunsch. Dann mach dich auf was gefasst.«

»Warum?«, fragte ich und versuchte, so unschuldig wie möglich auszusehen.

»Für sie ist jeder Prozess eine Stufe weiter auf dem Weg nach oben. Ich gebe ihr noch zehn Jahre, dann ist sie da, wo ihr zukünftiger Ex jetzt ist.«

»Und das wäre?«

»Das Bundesverfassungsgericht. Rudolf Mühlmann, sagt dir der Name was?«

»Nein.«

»Ihr dritter Ehemann. Mühlmann ist zwanzig Jahre älter als sie, brillant im Verkehrs- und Europarecht und war bis vor seiner Berufung Präsident des Landgerichts. Für diesen Job ist sie natürlich ein bisschen zu jung. Aber als Vizepräsidentin könnte sie nächstes Jahr durchaus in Frage kommen. Und wenn sie ihre Trennungs- und Paarungsmuster beibehält, wird sie ihn, sobald er ihr den Weg geebnet hat, fallen lassen wie die beiden armen Schweine vor ihm und von der Landes- auf die Bundesjustiz umsteigen. – Vertikal gesehen, natürlich«, setzte sie mit einem maliziösen Lächeln hinzu.

»Hast du was gegen sie?«

»Nichts gegen sie persönlich. Nur gegen die Art und Weise, wie sie sich nach oben schläft. Gottes Gaben sind eben sehr unfair verteilt.«

Sie schob sich eine struppige Haarsträhne aus dem Gesicht und vergrub sich noch tiefer in die Wolldecken. In diesem Moment sah sie aus wie eine Kartoffelverkäuferin vom Kollwitz-Markt. Eine bildhübsche, zerzauste kleine Kartoffelverkäuferin, eine Mischung aus Vogelscheuche und Aschenputtel, sieben Berge und Täler weit entfernt von Schneewittchen, die vielleicht aus diesem Grund munter weiter mit vergifteten Äpfeln warf.

»Ich kann ja verstehen, dass nach einem langen, harten Winter, der dir außer meiner zerfallenden Erscheinung nicht viel bieten konnte, Salome Noack gewisse Begehrlichkeiten bei dir weckt. Aber glaube mir, du hast ebenso wenig Chancen bei ihr wie ich beim CSU-Vorsitzenden. Abgesehen davon, dass diese viel beschworene erotische Komponente der Macht, auf die ja alle Frauen abfahren, bei mir nicht zieht.«

»Wie kommst du eigentlich darauf, dass sie Begehrlichkeiten bei mir wecken könnte?«

»Ich bitte dich. Wann hast du zum letzten Mal eine Frau in der Horizontalen erlebt?«

»Heute Vormittag.«

Sie schenkte mir einen langen, mitleidigen Blick.

»Alttay war übrigens auch da«, sagte ich, um das Thema zu wechseln.

Sie pfiff anerkennend durch die Zähne.

»Das muss ja wirklich ein First-Class-Event gewesen sein. Noack, Vaasenburg und Alttay – wie die Gästeliste beim Neujahrsempfang der Polizeipräsidentin. Ich gratuliere dir. Mach es richtig. Mach es gut. Das ist deine Chance.«

»Unsere«, sagte ich.

Marie-Luise wandte sich ihrem Computermonitor zu und schüttelte den Kopf.

»Du hast den Fisch an Land gezogen. Und du wirst gegen diese drei in den Ring steigen. Ich kann dir hinterher nur die blutenden Wunden verbinden. Und ich gebe dir einen einzigen guten Rat. Geh mit dem Kopf ran. Nicht mit dem Herz.«

»Das hatte ich vor.«

Sie druckte die Vollmacht aus und reichte sie mir.

»Dann halt dich auch dran.«

Ich machte mich auf den Weg ins Krankenhaus. In der Hoffnung, Margarethe Altenburg noch so weit bei Sinnen anzutreffen, dass sie diese Vollmacht auch unterschreiben würde.

Das St.-Hedwigs-Krankenhaus in der Großen Hamburger Straße war ein beeindruckendes Gebäudeensemble aus der Gründerzeit. Massive Ziegelbauten mit dunkel glasierten Kacheln wurden von wildwucherndem Efeu romantisch bedeckt, trostspendende Marienfiguren warteten in Nischen geduldig auf Zwiesprache mit geprüften Seelen, der Gekreuzigte grüßte milde von jeder sich bietenden Wand, und im Haupthaus, Joseph 1 genannt, erwartete mich ein zauberhaftes Osterensemble mit kleinen Wollschäfchen und buntverzierten handbemalten Eiern.

Die Eier stammten aus der Beschäftigungstherapie der Patientengruppe und standen zum Verkauf. Ebenso wie die Rosenkränze auf dem Empfangstresen im Eingang, hinter dem eine imposante Nonne jeden Besucher freundlich, aber bestimmt nach seinem Begehr fragte.

Margarethe Altenburg lag auf Station 2, Zimmer 273.

Ich kaufte einen Rosenkranz und stand wenig später vor der Tür der alten Dame. Ein B-Posten der Polizei hatte auf einem Flur im Gang Platz genommen und ließ mich, nachdem ich mich ausgewiesen hatte, anstandslos passieren. Es roch nach Eintopf und Krankheit.

Das Essen stand unberührt auf dem kleinen Nachttischchen. Eine Frau saß an ihrem Bett und stand auf, als sie mich sah. Auf den ersten Blick hielt ich sie für eine Krankenschwester, weil sie eine Schürze über ihrem Kleid trug. Dann aber griff sie nach einem Mantel, den sie über die Lehne des Stuhls gelegt hatte.

»Sie haben Besuch?«, fragte ich.

Margarethe Altenburg trug ein dünnes Krankenhausnachthemd und wirkte in diesem entwürdigenden Lätzchen noch elender, als ich sie in Erinnerung hatte. Sie schien mich nicht wiederzuerkennen. Im Gegenteil: Sie zog die Decke ein wenig höher, als hätte ich sie gerade bei etwas Unanständigem ertappt.

»Ich bin Joachim Vernau, Ihr Anwalt. Erinnern Sie sich?« Ich packte das Nachthemd aus und legte es auf ihre Bettdecke. »Ich kann auch draußen warten, wenn Sie das möchten.«

»Nein, das ist nicht nötig«, sagte die Frau. Sie war ungefähr Mitte fünfzig und machte einen sehr gepflegten Eindruck, hätte sie nicht diese absolut unkleidsame Kittelschürze getragen. »Ich wollte sowieso gerade gehen.«

Sie beugte sich herab und nahm Margarethe Altenburgs Hände.

»Ich kümmere mich um alles. Auf Wiedersehen.«

Sie nickte mir kurz zu und verließ das Zimmer.

»Wer war das?«, fragte ich und zog den Stuhl etwas näher an ihr Bett heran.

»Jemand von der Kirche hier aus Berlin. Ist das für mich?«

Ihre schmalen, mit braunen Flecken gesprenkelten Hände glitten über den Stoff des Nachthemdes.

»Flanell. Das ist gut. Ich friere hier nämlich so. Was bin ich Ihnen schuldig?«

»Nichts«, sagte ich. »Ich möchte Sie nur bitten, diese Vollmacht zu unterschreiben. Dann kann ich Sie vertreten und mit dabei sein, wenn man Sie zu dem Vorfall befragt. Es ist wichtig, dass Sie einen Anwalt haben.«

Ich überreichte ihr das Klemmbrett und einen Kugelschreiber. Doch Margarethe Altenburg wehrte mit einer schwachen Handbewegung ab.

»Ich brauche das nicht.«

»Frau Altenburg, Sie haben versucht, einen Menschen umzubringen. Das sieht unser Rechtssystem nicht gerne. Sobald Sie vernehmungsfähig sind, müssen Sie sich dafür verantworten.«

»Ach«, seufzte sie. »Das Rechtssystem. Ich habe es vermasselt. Das ist das Einzige, das ich mir vorzuwerfen habe.«

»Heißt das, Sie wollten Herrn Hellmer wirklich töten?«

»Aber natürlich.«

»Warum? Was hat er Ihnen getan?«

Sie wischte sich über die alten, müden Augen. Ihre Hand zitterte.

»Gar nichts. Hören Sie, ich bin müde. Und es geht mir schlecht. Wahrscheinlich kriegen sie mich hier noch einmal hin, aber mein Arzt hat gesagt, wenn ich mich nicht operieren lasse, stehe ich ziemlich schnell vorm lieben Gott. Und nur der ist mein Richter. Sonst niemand.«

Sie wollte mir die Vollmacht zurückreichen, aber ich verschränkte trotzig die Arme.

»Das Gericht wird einen Pflichtverteidiger bestimmen. Und ob das die erste Wahl ist, wage ich zu bezweifeln.«

Sie legte das Blatt auf die Bettdecke und faltete die Hände. Der Gekreuzigte über dem Bett hatte sein Haupt geneigt und hielt sich raus.

»Haben Sie Verwandte, die ich informieren könnte? Brauchen Sie etwas? Kann ich irgendetwas für Sie tun?«

Margarethe Altenburg antwortete nicht.

Sie sah hinaus durch die blankgeputzten Fensterscheiben, von denen leichter Nieselregen perlte. Kahle Äste wiegten sich in einem unfreundlichen Wind. Ab und zu klopfte einer von ihnen an die Scheibe. Es klang irgendwie ungeduldig. Obwohl das ein alberner Gedanke war.

Plötzlich füllten sich ihre Augen mit Tränen. Ihre Hände wanderten unruhig hin und her. Ich beugte mich vor und berührte sie sanft.

»Gibt es denn wirklich niemanden?«

Die Tränen rannen über ihre faltigen Wangen, zwei kleine Rinnsale in tiefen Furchen, wie sie das Alter und das Leben gruben. Sie riss ihren Blick von den nackten Bäumen los und sah mich an. Dann zog sie ihre Hände weg.

»Danke. Aber Sie können nichts für mich tun.«

Ich nahm das Klemmbrett und verstaute es in meiner Aktentasche. Ich wusste nicht, wie ich mich verhalten sollte. Zwingen konnte ich sie nicht. Aber es war hart, sehr hart, auf Margarethe Altenburg zu verzichten. Natürlich könnte ich mich auch auf Hellmer konzentrieren. Aber ob er jemals wieder auftauchen würde und es von seiner Seite überhaupt zu einer Anklage käme, stand in den Sternen. Abgesehen davon, dass man als Anwalt nicht wie ein Jo-Jo zwischen Täter und Opfer hin- und herspringen sollte.

Ich legte ihr den Rosenkranz auf die Decke. Dann stand ich leise auf und ging zur Tür. Ich hatte schon die Klinke in der Hand, da sagte sie hinter meinem Rücken: »Könnten Sie vielleicht nach Görlitz fahren?«

Ich drehte mich um. Sie hatte die Augen wieder geschlossen, doch ihre Hände hatten den Rosenkranz gefunden und tasteten fahrig die kleinen Holzperlen ab.

»Ja?«, fragte ich. »Und was soll ich da?«

»Holen Sie mir das Zigarrenkästchen aus der rechten Schreibtischschublade. Nicht reinschauen, bitte. Das ist privat. Nichts von Bedeutung, aber privat. Und … ein paar Dinge zum Anziehen. Ich möchte nicht im Nachthemd sterben.«

Ich ging zurück ans Bett. Sofort öffnete sie die Augen.

»Nachthemden sind so unkleidsam.«

Ich musste lächeln. Plötzlich lächelte sie auch.

»Ich habe ein hübsches dunkelblaues Strickkostüm. Das hängt in einer Folie im Kleiderschrank in meinem Schlafzimmer. Ich habe es nur einmal angehabt. Könnten Sie mir das bringen? Das Kleid und das Kästchen? Und ein bisschen Wäsche?«

»Natürlich. Gerne.«

»Dann geben Sie mir die Vollmacht.«

Ich holte das Klemmbrett wieder heraus, und Margarethe Altenburg unterschrieb. Anschließend zeigte sie auf die Nachttischschublade, in der ein Schlüsselbund, ein bis zum Bersten mit Quittungen vollgestopftes altes Lederportemonnaie, ein Kamm und ein Brillenetui herumlagen.

»Schiffergasse 17. Das ist in der Altstadt. Am Fuß von Peter und Paul. Kennen Sie Görlitz?«

Ich schüttelte bedauernd den Kopf.

»Ich wohne dort, wo früher die Fußgängerbrücke über die Neiße ans andere Ufer ging. Vor dem Krieg. Als wir noch hinüber zum Rabenberg liefen, wenn der Zirkus kam auf den Friedrichsplatz. Das waren Zeiten!«

Sie klopfte sacht mit der Hand auf die Matratze. Ich setzte mich neben sie.

»Heute ist das *Zgorzelec*. Kaum einer weiß noch etwas davon. Vom Tanzlokal Sanssouci oder dem Café Roland. Das Café Roland hatte eine verspiegelte Tanzfläche. Sie verstehen? Verspiegelt!«

Sie zwinkerte mir zu und sah mit einem Mal Jahrzehnte jünger aus. Wie so oft bei alten Menschen war es die Erinnerung, die sie leben ließ. Und die Gegenwart, an der sie langsam starben.

»Dort habe ich meinen Mann kennengelernt. Sechsundzwanzig war ich, fast schon ein spätes Mädchen. Er war Soldat in der Winterfeld-Kaserne, und am Wochenende hatte er Ausgang. Dann haben wir getanzt.«

Sie sank zurück in ihr Kissen. »Warum ist das so?«, fragte sie.

»Was?«

»Dass man sich so genau erinnern kann. Auf einmal kommen die Kleinigkeiten wieder. Dinge, an die man so lange nicht mehr gedacht hat. Die traurig machen, weil sie verloren sind, für immer.«

»Wo ist Ihr Mann?«, fragte ich, obwohl ich die Antwort vorhersehen konnte.

»Er ist schon lange gestorben.« Sie blinzelte und rieb sich über die Augen. »Es ist nicht schade, wenn ich zu ihm gehe.«

Doch, wollte ich sagen. Ich mochte sie. Auch wenn sie eine verhinderte Mörderin war, die im Vollbesitz ihrer geistigen Kräfte auf einen wehrlosen Mann geschossen hatte.

»Warum Hans-Jörg Hellmer?«, fragte ich.

Ich bekam keine Antwort.

»Was hat er Ihnen getan? Ein harmloser Obdachloser. Dafür muss es doch einen Grund geben.«

»Niemand ist so harmlos, wie er scheint.«

»Ich denke, Sie kannten ihn nicht.«

Ich beugte mich vor. »Warum?«

»Weil er es verdient hat.«

Ich suchte in ihrem Gesicht nach einem Hinweis, dass sie verwirrt sein könnte. Verrückt. Krank. Getrieben. Aber nichts davon war dort zu entdecken.

»Warum?«, wiederholte ich.

»Leben … um Leben.«

Sie atmete mühsamer. Ich konnte ihr ansehen, dass das Gespräch sie anstrengte. So rätselhaft ihre Andeutungen waren, so schwer es zu ertragen war, dass sie so gar keine Reue zeigte – dies war weder Zeit noch Ort. Doch uns beiden war klar, dass noch längst nicht alles gesagt war.

»Damit kommen Sie vor keinem Gericht der Welt durch.«

»Die Gerichte dieser Welt sind nicht die meinen.«

Sie lächelte schwach, als sie den Schlüsselbund in meiner Hand bemerkte. »Einfach über den Untermarkt hinunter zum Fluss. Es ist ein altes Haus. Nicht so schön wie die, die sie jetzt renoviert haben. Sie werden es nicht verfehlen.«

Sie nickte, ich stand auf.

»Und Sie werden sich verlieben.«

Überrascht starrte ich sie an. Sie hatte das mit einer solchen Inbrunst gesagt, dass ich einen Moment das Gefühl hatte, sie könnte meine Zukunft vorhersagen.

»In die Stadt, natürlich«, ergänzte sie. »In die Stadt.«

Der Bus mit der Aufschrift »Görlitz Touristik« stand in der Straße des 17. Juni. Dort, wo die Busse aus der gesamten Republik und dem benachbarten Ausland parkten, weil die direkte Nähe zum Brandenburger Tor selbst den orientierungslosesten Berlin-Besucher sicher in die Komfortsessel Richtung Heimat zurückbrachte.

Um 16 Uhr hatten sich alle Reiseteilnehmer der Kirchengemeinde wieder eingefunden, alle, bis auf Margarethe Altenburg.

Marie-Luise hatte die Nummer des Pfarrers herausgefunden, den Mann so schonend wie möglich über die verblüffenden Ereignisse des Vormittags informiert und auf meine Bitte hin den frei gewordenen Platz im Bus für mich reserviert. Wenn Frau Altenburg schon vorhatte, nur den Herrn als Richter anzuerkennen, so wollte ich als ihr Anwalt wenigstens so viel wie möglich über ihre irdische Existenz herausfinden. Die Mitglieder des Bibelkreises sollten mir einiges über sie erzählen können. Außerdem würde mich die Fahrt nichts kosten.

Pfarrer Peter Ludwig hatte die Nachricht vom Alleingang seiner verlorenen Tochter bereits an die Mitreisenden weitergegeben. So erwartete mich eine niedergeschlagene und ratlose Truppe, denn niemand konnte sich erklären, was diese nette Dame zu so einer Tat getrieben hatte.

»Was sagen denn die Ärzte?«, fragte mich Herr Ludwig, und ihm war anzusehen, wie sehr er auf eine schizoide Persönlichkeitsspaltung oder akute Wahnvorstellungen hoffte.

»Sie hat am Tatort einen Zusammenbruch erlitten. Vielleicht die Folge von zwei früheren Schlaganfällen und einer schweren Herz-Kreislauf-Schwäche.«

Das Wort »Tatort« erschreckte die Reisenden in den ersten Busreihen zutiefst. Einige tuschelten und flüsterten miteinander, andere schüttelten ungläubig die Köpfe. Diejenigen, die weiter hinten saßen, reckten die Hälse und versuchten, irgendetwas Neues aufzuschnappen.

»Das ist alles so unbegreiflich«, sagte der Pfarrer. »Hier, bitte sehr. Möchten Sie neben mir Platz nehmen? – Frau Stein, wenn Sie die Güte hätten …«

Frau Stein, etwa im gleichen Alter wie Margarethe, aber im Gegensatz zu ihr von robuster, geradezu blühender Gesundheit, wuchtete sich freundlich nickend aus dem engen Sitz und drängte sich seitlich durch den schmalen Gang nach hinten. Pfarrer Ludwig gab dem Busfahrer ein Zeichen. Der drückte auf einen Knopf, und zischend schloss sich die Tür. Ich bedankte mich und nahm am Fenster Platz. Wenige Minuten später umrundeten wir die Siegessäule und reihten uns in den Feierabendverkehr Richtung Stadtautobahn ein.

»Das ist ein Schock für uns alle. Verstehen Sie, Frau Altenburg wird sehr geschätzt in unserem Kreis. Eine absolut zuverlässige, wertvolle Stütze unserer Gemeinde. Wir sind sehr bestürzt und werden für sie beten.«

Ich nickte. Ich kannte keinen Fall, in dem das geschadet hätte.

»Herr Pfarrer, bitte denken Sie genau nach. Gibt es etwas, das sie zu dieser Tat getrieben haben könnte? Einen Vorfall? Ein Ereignis?«

»Nein.«

»Etwas, das schon längere Zeit zurückliegt?«

»Nein, wirklich nicht. Mir fällt nichts ein. Sie war bescheiden und zurückhaltend. Sehr still. Das heißt, … in letzter Zeit konnte sie sich im Bibelkreis geradezu leidenschaftlich für eine recht unübliche Position engagieren.«

»Was für eine Position denn?«

»Oh, dazu möchte ich nichts sagen.« Verstohlen sah er sich um. Aber die meisten der Mitreisenden waren von der großen Stadt Berlin derart geschafft, dass sie kurz nach der Abfahrt in eine Art Halbschlaf gesunken waren.

»Bitte verstehen Sie. Wir diskutieren Fragen des Glaubens. Dazu gehören Zweifel ebenso wie Hingabe. Wenn Frau Altenburg mit Ihnen darüber reden möchte, kann sie das tun. Ich nicht.«

Schönen Dank. Hochwürden fühlte sich auf den Schlips getreten. Ich überwand mich zu einer weiteren, gewissermaßen seelsorgerischen Annäherung.

»Das ist absolut richtig, wie Sie reagieren. Anwälte und Pfarrer müssen vieles für sich behalten.«

»Ja.«

»Hat sie Verwandte oder Freunde, die benachrichtigt werden müssen?«

Pfarrer Ludwig dachte nach. Er schob die Unterlippe vor und saugte sie anschließend wieder ein. Dabei schmatzte er leise.

»Nein. Nicht soweit ich wüsste. Und alle ihre Freunde sitzen in diesem Bus.«

Ich drehte den Kopf und sah mir die Mitglieder des Bibelkreises samt Ehegatten genauer an. Freundliche, ordentliche Leute zwischen fünfzig und achtzig. Sicher nicht die Brüller auf Sixties-Revival-Partys, aber was erwartete man schon vom gemeinsamen Bibelstudium. Vielleicht wollte sie einfach mal raus aus ihrem Rentnerleben? Vielleicht hatte sie freitagnachts zu viele Thriller im Fernsehen gesehen? Vielleicht stellte sie sich einen Lebensabend im Gefängnis spannender vor als im Stift für betreutes Wohnen?

Und vielleicht wollte sie auch nur Hellmer töten. Ihn und keinen anderen.

Auf dem Parkplatz einer Raststätte hinter Cottbus, Breslau war nur noch 120 Kilometer entfernt und die Grenze zu Polen gleich um die Ecke, legte der Busfahrer eine kurze Pause ein. Die meisten nutzten die Gelegenheit, sich die Beine zu vertreten, die Toiletten aufzusuchen oder schnell einen Kaffee zu trinken. Auch ich wollte gerade aussteigen, da sah ich ein paar Reihen hinter mir Frau Stein. Sie starrte durch die beschlagene Fensterscheibe nach draußen und hatte rote Augen. Überrascht schaute sie hoch, als ich plötzlich neben ihr auftauchte.

»Darf ich?«

Sie nickte kurz.

»Wie lange kannten Sie denn Frau Altenburg?«

Frau Stein öffnete ihre Handtasche und suchte ein Papiertaschentuch. Damit wischte sie sich über die Augen, bevor sie antwortete.

»Über vierzig Jahre«, flüsterte sie. »Und ein Unglück nach dem anderen.«

»Wie meinen Sie das?«

Sie putzte sich dezent die Nase. »Nur so. Sie war kein sehr glücklicher Mensch. Ach Gott, war. Das hört sich an, als ob sie schon tot wäre, nicht?«

»Machen Sie sich keine Sorgen. Sie ist in bester Obhut.«

»Aber wir werden sie nicht wiedersehen.«

»Das ist nicht gesagt. Wenn sie weiterhin so angeschlagen bleibt, hat sie beste Chancen, prozessunfähig zu sein. Dann wäre sie schneller wieder in Ihrem Kreis, als manche glauben.«

Was der Herr und die Ärzte verhüten mochten. Denn dann bliebe mir nicht mehr viel zu tun.

»Meinen Sie wirklich? Ich glaube nicht, dass sie im Gefängnis durchhält. Sie hat zu viel mitgemacht, verstehen Sie? Erst ihr Mann, dann ihr Sohn. Und …«

Sie brach ab.

Es schien einen ungeschriebenen Ehrenkodex unter allen Menschen dieser Welt zu geben, die gerne etwas loswerden wollten. Sie wollen erzählen, trauen sich aber nicht, sagen dann »Und« oder »Aber«, lassen das im Raum stehen, und man muss ihnen mühsam ein Wort nach dem anderen aus der Nase ziehen.

»Und?«, fragte ich.

»Ach nichts«, sagte sie.

Einige der Raststättenbesucher kamen zurück und suchten ihre Plätze. Sie bemerkten, dass ich plötzlich neben Frau Stein saß, taten aber so, als ginge sie das nichts an.

»Der Pfarrer sagte, sie hätte keine weiteren Verwandten.«

Frau Stein stieß einen schnaufenden Laut aus. »Da hat er ausnahmsweise mal recht. Verstehen Sie mich nicht falsch. Wir schätzen und respektieren ihn, aber er ist keiner von uns. Die Kirchengemeinde hat sich erst einige Zeit nach der Wende wieder gegründet. Alles, was davor war, kann er nicht wissen.«

»Was war denn davor?«

Frau Stein wischte das Kondenswasser von der Scheibe. Es half nicht viel. Außer verschwommenen Lichtreflexen war nichts zu erkennen.

»Viel Unglück«, sagte sie.

»Entschuldigung?«

Ein älterer Herr in grauer Polyesterjacke und mit einem kecken Wanderhütchen stand vor mir und deutete eine Verbeugung an.

»Das ist eigentlich mein Platz.«

»Oh, Verzeihung.«

Ich schälte mich aus dem Sitz. Frau Stein schien erleichtert, ihren rechtmäßigen Nachbarn wiederzuhaben. Doch bevor ich mich wieder in die erste Reihe begab, hatte ich noch eine Frage.

»Welches Thema hatten Sie denn zuletzt in Ihrem Bibelkreis?«

Der Herr nahm seinen Hut ab und verstaute ihn sorgfältig in der Gepäckablage.

»Das Buch Mose. Kapitel zwanzig und einundzwanzig im Verhältnis zu den Worten des Propheten Jeremiah, Kapitel einunddreißig, Vers neunundzwanzig.«

»Und Paulus, Römer IV, Vers fünfundzwanzig«, ergänzte Frau Stein.

Dann fiel ihr wohl ein, dass nicht jeder auf Anhieb verstehen konnte, wovon sie eigentlich redete. Mit der Nachsicht, mit der man orientierungslosen Ortsfremden den rechten Weg wies, beugte sie sich vor und sagte freundlich: »Die Frage von Sünde, Schuld und Vergebung.«

Der Herr nahm Platz und musterte mich abschätzend.

»Das zwölfte Jahrhundert vor Christus steht für einen gewaltigen Wendepunkt in der Rechtssprechung. Auge um Auge, Zahn um Zahn.«

»Genau so etwas Ähnliches hat auch Frau Altenburg erwähnt«, sagte ich. »Also ging es in ihren Gesprächen um Rache?«

Zwei verspätete Mitreisende drängten sich an uns vorbei in Richtung hintere Plätze. Wir waren fast vollständig. Pfarrer Ludwig stand vorne in seiner Sitzreihe und hielt schon nach mir Ausschau.

»Nein.« Frau Stein schüttelte den Kopf. »Das glauben heute viele, die sich nicht mit dem Wort beschäftigen. Es klingt ja auch so grausam und archaisch. Niemand sticht mehr hierzulande von Rechts wegen dem anderen das Auge aus.«

»Nein, heute wird das mit Schmerzensgeld geregelt.«

Der ältere Herr stieß ein verächtliches Schnauben aus. »Tausend Euro für eine Hand. Zweitausend für ein Bein. Tausendfünfhundert für ein totgefahrenes Kind. Wenn man heutzutage die Zeitungen liest, kann man fast glauben, die waren vor dreitausend Jahren moderner als wir heute.«

»Waren sie ja auch. Auge um Auge. Brandmal um Brandmal – nimm, was dir genommen wurde, aber nicht mehr. Es war das Ende der Blutrache und der Beginn des abendländischen Rechts.«

Frau Stein sah mich erwartungsvoll an, aber ich hatte eine andere Meinung zum gegenseitigen Augenausstechen. Ihr Begleiter schien meinen Missmut zu bemerken, denn er schlug mir gegenüber einen explizit missionarischen Ton an.

»Sie sind wohl eher für die Bergpredigt. Matthäus fünf definiert nämlich die Erfüllung der Gesetze völlig neu. Gnade und Barmherzigkeit, Verzeihen und Vergebung – das Hoffen und Vertrösten auf die göttliche Gerechtigkeit.«

»Eben«, unterstützte ihn Frau Stein, und die Leidenschaft, mit der sie es tat, ließ auf eine lange Tradition lebhafter Diskussionen schließen. »Neu definiert. Von wem? Von Leuten wie Paulus in seinem Römerbrief, dass allein der Glaube reicht, um Sünden zu vergeben. Wir sind gerecht nicht durch unsere Werke, sondern allein durch den Glauben an Gott. Das ist doch empörend! Wie kann er es wagen! Es gibt nur eine Instanz, die wirklich gerecht ist. Und die die große Waage hält. Wunde um Wunde. Hand um Hand. Leben um Leben. Das ist Gottes Wort. Schuld hat ein Gewicht. Und das ist messbar.«

Damit war alles gesagt. Zumindest von ihrer Seite. Ich verließ die beiden und kämpfte mich gegen die Rückkehrer wieder nach vorne, wo Pfarrer Ludwig aus der Reihe trat, um mich auf den Fensterplatz zu lassen.

Der Rest der Fahrt verlief in Dunkelheit und Schweigen.

Viel Unglück. Mann, Sohn, und ein »und«. Vor der Wende. Kurz danach. Gottes Wort. Leben um Leben. Schuld hat ein Gewicht, und das ist messbar. Bernau. Wenn sie noch ein Mal Bernau zu mir sagt.

Ich schlief, bis wir vor dem Rathaus von Görlitz ankamen.

»Ich kann Sie gerne ein Stück begleiten.«

Pfarrer Ludwig wartete meine Antwort nicht ab, sondern heftete sich gleich an meine Fersen. Er verabschiedete sich hastig von seinen Mitreisenden und hatte offenbar nicht vor, mich aus den Augen zu lassen.

»Und Frau Altenburg hat Ihnen wirklich gestattet, die Wohnung zu betreten?«

»Ja«, bestätigte ich erneut.

Er führte mich mit sicherem, schnellem Gang durch ein Gewirr von Altstadtgässchen, wobei er immer mal wieder kurze Sätze wie »Vom Rathausturm kann man die Landeskrone sehen« oder »Die oberlausitzische Bibliothek hütet den Schatz der schlesischen Regionalgeschichte« oder »Das Tor zum Riesengebirge« von sich gab. Görlitz war zauberhaft. Eine liebevoll restaurierte Altstadt, kleine Gaslaternen erleuchteten Jugendstil- und Barockfassaden. Goldene Buchstaben in altgotischer Schrift, katzenbuckeliges Kopfsteinpflaster, schiefgiebelige Häuser, so alt, dass sie sich eng aneinandergeschmiegt gegenseitig stützen mussten. Dazwischen standen, wie faule Zähne in einem strahlenden Gebiss, skelettierte Ruinen mit eingesunkenen Dächern und vernagelten Fenstern.

Aber wir gingen so schnell durch die Gassen, dass ich kaum etwas davon wirklich betrachten konnte. Vom Turm schlug die Glocke. Elf Uhr nachts unter der Woche in Görlitz. Außer uns war niemand unterwegs.

»Da. Hier ist es.«

Am Ende der Straße schimmerte der Fluss und teilte die Stadt in Görlitz und Zgorzelec. Während hier die Bürgersteige hochgeklappt waren, blinkten auf der anderen Seite die roten Lampen der *Nightclubs* und *Table Dance Bars*, lockten *Free Shops* mit *Tobacco* und *Beer*. Eine Fußgängerbrücke von ebenso gleichgültiger wie betongrauer Funktionalität hatte Margarethe Altenburgs *pont d'amour* ersetzt. Auf dem Kamm eines Berges hoch über der Neiße hockten düstere Plattenbauten und dominierten die lieblich geschwungene Silhouette mit ihrer kantigen Hässlichkeit. Das musste er sein, der Rabenberg. Schwarz und dunkel. Unwirklich und fremd. Das gelbe Licht der polnischen Grenzstation spiegelte sich im schäumenden Wasser vor einem Stauwehr.

Haus Nummer 17 in der Görlitzer Schiffergasse war nicht so hübsch wie die prächtigen Bürgerhäuser am Markt. Ehrlich gesagt, es war ziemlich enttäuschend. Ein kleines, grau verputztes, einstöckiges Haus in einem winterlich darbenden Garten, der eigentlich eher einer flächigen Ansammlung von Gestrüpp glich.

Ich holte den Schlüsselbund aus meiner Aktentasche und probierte herum, bis ich den passenden gefunden hatte. Das Gartentor öffnete sich quietschend. Ich ging hindurch, und noch bevor Pfarrer Ludwig mir folgen konnte, hatte ich es auch schon wieder geschlossen.

»Tut mir leid«, sagte ich. Seine säuerliche Miene sprach Bände. »Aber Sie wissen ja. Pfarrer und Anwälte. Jeder schützt seinen Teil.«

»Nun, dann hoffe ich, dass Sie den Ihren finden.«

»Ganz bestimmt.«

Ich wollte mich verabschieden, aber er ließ nicht locker.

»Wo bleiben Sie eigentlich heute Nacht? Es gibt keine Verbindung mehr nach Berlin. Hat Ihnen Frau Altenburg denn gestattet …«

»Sie hat«, unterbrach ich ihn. »Vielen Dank für Ihre Hilfe.«

»Wenn Sie mich brauchen – ich wohne im Pfarrhaus. Am Rossmarkt.«

Ich nickte ihm noch einmal höflich zu und ging zum Haus. Zwei Betonstufen führten zu einem kleinen Windfang. Ich entdeckte einen Lichtschalter, aber die Lampe funktionierte nicht, so dass ich mit den Schlüsseln lange im Dunklen herumfrickelte, bis ich die Tür geöffnet hatte.

Ich schlüpfte hinein. Pfarrer Ludwig stand immer noch am Zaun. Eine reglose dunkle Gestalt, die beobachtete.

Das Haus war noch winziger, als es von außen aussah. Ein schmaler Flur, in dem eine orange Deckenlampe psychedelisches Licht verbreitete. Die erste Tür gleich rechts führte in die kleine Küche. Eine Essecke, ein Tisch mit Wachstuch, blassgelbe Einbauschränke, ein rasselnder Kühlschrank, ein Gasherd. Alles picobello sauber und aufgeräumt.

Die zweite Tür führte ins Schlafzimmer. Ein Doppelbett mit einem geblümten Polyesterüberwurf. Er war so glatt, als wäre sie zum Abschied mit dem Bügeleisen darübergegangen. An der Wand ein kitschiges Bild von Maria, betend. Zwei kleine Nachttische aus Esche, Nachbildung. Eine Deckenlampe mit blauem Stoffschirm. Ein Schrank, Ankleidespiegel rechts, ebenfalls Esche. Der mit dem Strickkleid vermutlich.

Ich trat wieder in den Flur. Neben einer Messinggarderobe stand eine schmale Telefonbank. Ich öffnete die dritte Tür. Wieder ein Schlafzimmer.

Erstaunt sah ich mich um. Das gleiche Bett, die gleichen Nachttischchen, der gleiche Schrank.

Was sollte eine alleinstehende Frau mit zwei identischen Schlafzimmern? Ich zog eine der Schranktüren auf. Leer. Bis auf eine schuhkartongroße graue Schachtel auf dem Boden. Ich bückte mich und hob den Deckel.

Babysachen. Kleine Mützchen, Strampler, Jäckchen, alle in zartem Rosa. Schwer zu sagen, wie alt sie waren. Sie wirkten unbenutzt, als ob sie seit Jahrzehnten hier in diesem Schrank gelegen und auf ihren großen Moment gewartet hätten. Etwas fiel leise klirrend zu Boden. Ein goldenes Kettchen mit einem Taufring. Ich hob es auf und legte es vorsichtig wieder zurück. Der Pappkarton war dick und mit Klammern geheftet, solche Kartons wurden schon lange nicht mehr hergestellt. *VEB Bekleidungskombinat Görlitz* stand darauf. Das war lange, lange her.

Ich öffnete die Tür mit dem Ankleidespiegel und wurde auch nicht schlauer. Eine Schultüte. Ein hölzernes Tretauto. Auf der Stange hingen drei Kleider. Ein Taufkleid. Ein Sommerkostümchen in der gleichen Farbe wie die Schultüte. Und ein zartweißes, spitzenverziertes Konfirmationskleid. Alle Sachen waren wie neu, wenn auch etwas zu brav und niedlich, um noch in Mode zu sein. Für ein Mädchen, von der Geburt bis zum zwölften Lebensjahr. Margarethe Altenburg hatte also ein Enkelkind. Erstaunlich, dass sie nichts davon erzählt hatte.

Vorsichtig verschloss ich die Tür wieder. Ich zog die Nachttischschubladen auf. In der linken war nichts. In der rechten lag das Neue Testament. Noch erstaunlicher für eine Frau, die sich gerade mit den Büchern Mose beschäftigte.

Ich fand das Bad, eine gelb geflieste, aber auf Hochglanz gewienerte Scheußlichkeit, und schließlich, hinter der letzten Tür, das Wohnzimmer. Alle Rollläden waren heruntergelassen. Ich machte Licht und sah mich um.

Der kleine Raum wurde von einem imposanten Röhrenfernseher dominiert. Um ihn herum standen drei altmodische, durchgesessene Sessel. Die gesamte linke Wand nahm ein wuchtiges Regal mit Glaseinsätzen ein, hinter denen Likörkaraffen und Bowlen vor wem auch immer unter Verschluss gehalten wurden. Und Bücher. Viele Bücher.

In der anderen Ecke stand der Sekretär. Ich stellte die kleine Reisetasche, die ich für Frau Altenburgs Sachen mitgenommen hatte, davor ab. Ich öffnete die rechte Schublade und fand das Kästchen unter einem Stapel Rechnungen. Ohne hineinzusehen, stellte ich es auf den Couchtisch. Dann ging ich in das erste Schlafzimmer, das mit dem Marienbild, und suchte im Schrank nach dem Kleid. Ich fand es auf Anhieb. Ich nahm noch zwei Blusen und eine bequeme

Jerseyhose mit, dazu etwas Wäsche aus einer der Schubladen, und verließ das Zimmer.

Die ganze Zeit hatte ich ein ungutes Gefühl. So, als ob Pfarrer Ludwig immer noch in der Nähe wäre und versuchte, durch die Schlitze der Rollläden hineinzuspähen.

Ich erschrak fast zu Tode, als das Telefon klingelte. Es war so still in diesem Haus. Die verrammelten Fenster, die zugezogenen schweren Chenillegardinen erstickten jedes Geräusch von draußen. Das schrille Läuten hörte nicht auf. Ich ging in den Flur und nahm ab.

»Hallo?«

Nichts.

»Hier ist der Anschluss von Frau Altenburg. Wer ist da bitte?«

Am anderen Ende der Leitung musste im Hintergrund ein Fernseher laufen. Ich hörte Stimmen und leise Musik. *Les parapluies de Cherbourg*. Jemand atmete ganz nah am Hörer.

»Kann ich Frau Altenburg sprechen?«

Ein Mann um die fünfzig, kein Akzent. Zu jung fürs doppelte Doppelbett.

»Sie ist nicht da. Darf ich ihr etwas ausrichten?«

»Wer sind Sie?«

»Ein Freund der Familie. Und wer ...«

Der Anrufer schien keine gute Meinung von Margarethe Altenburgs Freunden zu haben, er legte auf.

Ich ging wieder ins Wohnzimmer und setzte mich in einen Sessel. *Lost in Görlitz.* Das kleine, ärmliche Haus war der Lebensmittelpunkt eines Menschen. Doch während ich mein Spiegelbild in der Mattscheibe des Fernsehers betrachtete, spürte ich, dass etwas nicht stimmte. Hier lebte niemand. Hier hatte sich jemand lebendig begraben.

Wieder schrillte das Telefon. Kein Wunder, dass Margarethe Altenburg einen Schlaganfall nach dem anderen hatte. Ich sprintete in den Flur und suchte an dem altmodischen analogen Apparat nach einer Möglichkeit, das Klingeln leiser zu stellen. Als es mir gelungen war, nahm ich ab.

»Entschuldigen Sie bitte. Mein Name ist Otmar Koplin. Wir haben gerade miteinander telefoniert. Ich war so erstaunt, dass ich aufgelegt habe.«

»Und jetzt sind Sie das nicht mehr?«

»Ich habe gerade mit Pfarrer Ludwig gesprochen. Und der hat mir erzählt, was vorgefallen ist. Ich war nicht mit in Berlin. Sie sind Margarethes Anwalt?«

»Ja.«

»Darf ich fragen, wonach Sie suchen?«

»Selbstverständlich. Aber ich werde es Ihnen nicht verraten.«

Otmar Koplin nahm es leichter als der Herr Pfarrer.

»Wenn alles seine Richtigkeit hat, will ich nichts sagen. Aber wundern darf man sich schon, oder? Margarethe macht einen Ausflug, und plötzlich soll sie auf jemanden geschossen haben, und ein Fremder ist in ihrem Haus. Bleiben Sie über Nacht?«

»Ja. Der nächste Zug nach Berlin geht erst morgen früh.«

»Wollen Sie noch etwas trinken? Am Marktplatz gibt es einen Italiener. Der hat noch auf. Und er hat wirklich guten Wein. Was halten Sie davon, wenn wir uns dort auf ein Glas treffen, und Sie erzählen mir, was passiert ist?«

Ich sah auf meine Armbanduhr. Halb zwölf. Noch sieben Stunden, bis ich diesen Ort wieder verlassen konnte. Wenn ich eine davon bei einem guten Glas Wein hinter mich bringen konnte, war das eine gute Idee. Ich sagte zu. Dann ging ich ins Wohnzimmer, um das Licht zu löschen. Mein Blick fiel auf die Zigarrenkiste. Obwohl ich mir geschworen hatte, diskret zu sein, öffnete ich sie.

Obenauf zusammengefaltet lag eine Sterbeurkunde. Ausgestellt auf Maik Altenburg. Geboren 17.9.1971. Gestorben 2.1.1991, 00.48 Uhr in Görlitz, Schiffergasse 17. Darunter lagen einige ausgeschnittene Zeitungsartikel älteren und jüngeren Datums. Auf dem Boden der Kiste fand ich ein Hochzeitsfoto.

Genauer gesagt die linke Hälfte eines Hochzeitsfotos. Ein junger Mann mit äußerst unattraktiven Koteletten und einer Brille, die man heute nur noch im osteuropäischen Ausland zu sehen bekam, strahlte in die Kamera. Der Schleier der Braut streifte seine Schulter, man sah ihren Arm, den sie höflich auf seinen gelegt hatte. Mehr war nicht von ihr geblieben. Jemand hatte das Bild in der Mitte durchgerissen und die Dame entsorgt.

Ich drehte es um. »Maik und« stand mit Bleistift darauf. Da war es also, das »und«.

Warum hatten alle behauptet, Frau Altenburg hätte keine Verwandten mehr? Immerhin existierte neben einem Enkelkind auch noch die dazugehörige Schwiegertochter. Tot war sie wohl nicht. Das halbe Foto deutete eher auf eine Scheidung hin.

Ich legte es wieder zurück.

Und noch etwas lag in dem Kistchen. Eine kleine graue Faltschachtel, kaum größer als ein Dominostein. Sie war leer. Obwohl ich die Schrift darauf nicht entziffern konnte, wusste ich, was sich darin befunden hatte. Und dass es keine gute Idee war, diesen kleinen Karton Frau Altenburg ins Krankenhaus zu bringen, wo er jederzeit von dem netten B-Posten vor ihrer Zimmertür bei einer flüchtigen Durchsuchung meiner Unterlagen gefunden werden konnte. Ich steckte sie ein, wohl wissend, dass der klassische Anwalt so etwas nicht tat, und in der tiefen Überzeugung, dass ich keinesfalls zu dieser Gruppe gehörte.

In diesem Moment klingelte es, dass die Scheiben zitterten. Es war infernalisch. Noch eine Nacht hier, und ich konnte mich selbst mit Herzrhythmusstörungen ins Krankenhaus einliefern. Hastig legte ich den Rest des merkwürdigen Sammelsuriums zurück in die Zigarrenkiste. Dann ging ich in den Flur und öffnete die Tür. Vor mir stand nicht Pfarrer Ludwig, sondern ein Herr in steingrauem Daunenparka mit einer abgeschabten Prinz-Heinrich-Mütze, der nun endlich geruhte, seinen Finger von der Klingel zu nehmen. Wäre dies ein schlechter Film, würde er im nächsten Augenblick seinen Stasi-Ausweis zücken und das Bedürfnis äußern, mich zu einer staatsinternen Angelegenheit zu befragen. So aber blickte er mich nur durchdringend an, als würde das allein schon reichen, mich zu einem Geständnis zu bewegen.

»Sie sind der Anwalt?«

Er versuchte, einen Blick in den Flur zu werfen.

»Dann ziehen Sie sich was über. Der Weg ist kurz, aber es ist kalt.«

Das also war Otmar Koplin. Am Telefon hatte er wesentlich freundlicher gewirkt. Ich holte meinen Mantel, verschloss ordentlich das Haus und ließ mich abführen.

Die wenigen Straßen hoch zum Marktplatz schwiegen wir. Erst als wir vor einem mächtigen Haus mit schweren Steinbögen stehen blieben, fand er seine Sprache wieder.

»Nach Ihnen.«

Ich betrat einen Innenhof, in dem sich der typische Querschnitt folkloristischer Gewerbetreibender niedergelassen hatte, der tagsüber Touristen mit Handgetöpfertem, Gesponnenem und Selbstgebasteltem ein ziemlich schräges Bild der regionalen Kultur vermittelte. Der Italiener allerdings sah vertrauenerweckend aus. Er hatte sich im Keller des uralten Gewölbes einquartiert und allen Anwandlungen, es dem Massengeschmack recht zu machen, tapfer widerstanden.

Die Einrichtung war kühl, fast elegant. Und wie zu erwarten, waren kaum noch Gäste da. Der letzte Kellner allerdings begrüßte Koplin derart freundschaftlich, dass ich meinem Begleiter seinen barschen Ton verzieh. Wer in solchen Städten in solchen Lokalen verkehrte, gehörte zumindest nicht zur Töpferfraktion.

Koplin bestellte noch im Stehen und ohne mich zu fragen. Er setzte sich an einen Tisch im hinteren Teil des Gewölbes und deutete auf den Platz ihm gegenüber.

»Nun setzen Sie sich schon. Ich beiße nicht.«

Er sah aus wie ein Mensch, der selten an die frische Luft kam.

Seine Züge waren blass, und unter seinen Augen lagen tiefe blaue Schatten. Er wirkte wie einer dieser Männer, die Fahrstühle bedienen oder Schranken vor den Parkplätzen der Geschäftsleitung. Ein Gesicht, ausdruckslos, grobknochig, breitflächig, scheinbar geprägt von lebenslangem Desinteresse. Doch die Augen waren klein und wach, und die tiefen Falten um sie herum zeugten von der seltenen Gabe, viel zu denken und wenig davon preiszugeben.

Ich zog meinen Mantel aus und gesellte mich zu ihm. Der Kellner brachte eine Karaffe Rotwein und zwei Gläser. Dann verzog er sich und begann diskret mit den ersten Aufräumarbeiten.

»Ich sitze oft hier.«

Sorgfältig schenkte Koplin ein. Dann kostete er den Wein und nickte anerkennend.

»Man kann ja sagen, was man will, aber dafür hat sich die Wiedervereinigung gelohnt.«

Wir stießen an. Ich probierte und war erstaunt, einen samtigen, wunderbar weichen Barolo zu schmecken. Koplin beobachtete mich genau.

»Großartig«, sagte ich und roch noch einmal das Bouquet.

In Berlin war so eine Flasche nicht unter 50 Euro zu haben. Vorsichtig tastete ich nach meinem Portemonnaie. Es war noch da. Aber wenn das hier keine Einladung war, vertrank ich gerade meine Fahrkarte und konnte morgen als Anhalter an der Autobahn stehen. Und Koplin sah nicht so aus, als ob er sich diesen Wein wirklich leisten könnte.

»Sie sind natürlich mein Gast«, sagte er. »Das ist die Flasche, die ich heute Abend geöffnet habe, als ich auf Frau Altenburg wartete. Wir wollten uns hier treffen. Dazu ist es ja leider nicht mehr gekommen. Also – weg damit.«

Er trank einen Schluck.

»Machen Sie das öfter? Mit Frau Altenburg so einen Rotwein trinken?«

Er war älter, als ich zunächst angenommen hatte. Aber er passte trotzdem nicht zu ihr. Margarethe war eine liebenswerte, harmlose Dame. Sah man von ihrem kleinen Mordversuch einmal ab. Koplin dagegen benahm sich herrisch und unzugänglich, wie gestürzte Könige das im Allgemeinen taten.

»Wir spielen manchmal Schach. Mehr nicht. Aber auch darüber lernt man einen Menschen kennen. Margarethe hat meistens verloren. Ihre Züge waren vorhersehbar und konservativ. Das dachte ich zumindest.«

Er nahm die Karaffe und schenkte uns nach. »Aber nach allem, was mir der Pfaffe erzählt hat, muss ich mich wohl in ihr getäuscht haben. Oder das war nicht Margarethe.«

»Doch, sie war es. Die Polizei hat das überprüft. Es gibt keinen Zweifel.«

Koplin nickte. Dann pulte er aus einer zerquetschten Packung eine Zigarette heraus und zündete sie sich an.

»Schauen Sie nicht so. Wer mir das Rauchen verbietet, sieht mich nie wieder. Ich vertrinke hier meine gesamte Pension. Damit ernähre ich mindestens zwei polnische Spüler, die sonst nach Berlin müssten, um die Autos reicher Anwälte zu klauen. Warum sind Sie hier?«

Er pustete den Rauch etwas höflicher Richtung Decke.

»Ich hole einige persönliche Dinge ab.«

»Was für Dinge?«

»Persönliche.«

»Wäsche? Papiere?«

Ich nahm mein Glas, schwenkte es sachte, roch erneut und trank einen Schluck.

»Das hätte ich ihr auch bringen können. Komisch, dass sie einen Fremden schickt.«

Komisch, dass schon wieder jemand ziemlich scharf darauf war herauszufinden, was ich in der Schiffergasse 17 suchte.

»Für manche Dinge sind Fremde besser als Freunde.«

»Welche, zum Beispiel?«

»Einen Menschen unvoreingenommen zu beurteilen.«

»Und das können Sie, ja? Oder der Pfaffe? Oder dieser ganze gottverdammte Bibelkreis?«

Koplin schien die Kirchengemeinde ja richtig gernzuhaben. Vermutlich wurde in Görlitz gerade eine sehr interessante Wiederaufnahme von Don Camillo und Peppone gespielt, die ich von meinem Logenplatz aus verfolgen durfte.

»Alles sehr nette Leute«, sagte ich.

Koplin schnaufte und verzog das Gesicht. Ich fand, dass ich genug geredet hatte und er jetzt an der Reihe war.

»Viel mehr Umgang hatte sie ja wohl nicht mehr. Von ihren gelegentlichen Schachabenden abgesehen. Was ist mit ihrem Mann passiert? Und ihrem Sohn?«

»Ihr Mann hat sich vor dreißig Jahren die Lunge in Einzelteilen aus dem Leib gehustet. Kam spät aus dem Krieg zurück und hat sich wohl in der Gefangenschaft schon was geholt. Er hat in einer der vielen Textilfabriken gearbeitet. Chrom. Quecksilber. Phosphate. Weiß der Geier. Damals hat keiner darauf geachtet, was die eingeatmet haben. Sie sind reihenweise abgekratzt. Für Margarethe tat es mir leid. Der Junge war damals elf, zwölf Jahre alt. Ich denke, da ging es los mit allem.«

Er öffnete den Reißverschluss seiner Strickjacke. Darunter trug er ein violett gestreiftes Hemd und ein graues T-Shirt. Dem Anschein nach mussten alle Kleidungsstücke aus derselben Ära heimischer Produktion stammen, von der er gerade gesprochen hatte.

»Maik hieß er. Keine Leuchte. In nichts, offen gesagt. Aber deshalb muss ja einer nicht gleich unglücklich sein. Damals hatte man auch für Leute einen Platz, die nicht in allem die Ersten und die Besten waren. Jedenfalls bringt er irgendwie die Schule hinter sich, geht zur NVA, kommt wieder, kriegt einen Job in der Spinne, Spulen wechseln und warten oder etwas ähnlich Anspruchsvolles, heiratet, und dann kommt die Wende.«

Er unterbrach seine Rede, um zu sehen, ob ich beim Stichwort Wende reagieren würde. Ich trank meinen Wein, bevor er zu warm wurde, und wartete darauf, dass er fortfuhr.

»Als Erstes machte die Spinne dicht. Dann die Strickwaren. Dann die Zuschneidebetriebe. Für eine Mark hat sie die Treuhand verkauft. An jeden, der das Blaue vom Himmel lügen konnte. Die Maschinen wurden nach Polen und Tschechien verramscht, die Leute entlassen, und das war's. Ich glaube, länger als drei Jahre hat hier in der Gegend keine Fabrik durchgehalten. Aber das ist alles kein Grund, sich aufzuhängen. Sonst säßen Sie jetzt allein in einer entvölkerten Stadt. Was ihm wirklich das Genick gebrochen hat, im wahrsten Sinne des Wortes, war seine Frau. Carmen.«

Er musterte mich, als ob mir der Name irgendetwas sagen müsste. Als ich nicht reagierte, fuhr er fort.

»Sie hat ihn im Stich gelassen. Ist durchgebrannt mit dem ersten Besten, der ihr das große Glück im Westen versprochen hat. Einem dieser Treuhandverbrecher, diese Lumpen, dieses Geschmeiß. Da hat er sich aufgehängt. Das war es eigentlich. Und …«

Er brach ab.

Noch ein »und«? Die anfangs übersichtlichen Familienverhältnisse Margarethe Altenburgs verkomplizierten sich mehr und mehr.

»Was und?«, fragte ich. »Gab es noch jemanden? Ein Kind? Ein Mädchen vielleicht?«

Doch Otmar Koplin hatte wohl entschieden, genug getratscht zu haben. Er hob in einer vagen Andeutung von Ratlosigkeit die Schultern.

»Fragen Sie Margarethe. Ich gehöre nicht zur Familie.«

»Ihre Freundin wird wegen Mordversuch angeklagt. Vielleicht hat dieses ›und‹ etwas damit zu tun?«

»Dann soll sich die Polizei darum kümmern. Dafür wird sie schließlich bezahlt. Ich nicht.«

»Sie sind mir ein schöner Freund.«

»Ich habe nie behauptet, das zu sein.«

Er machte den Reißverschluss wieder zu und paffte noch ein bisschen an seiner Zigarette. »Es gibt auch einen Zug um drei Uhr achtunddreißig. Schlafen Sie noch ein paar Stunden.«

»Danke für den Wein. Und die Märchenstunde.«

Er hob die rechte Augenbraue, sagte aber nichts.

»Sie haben nie mit Frau Altenburg Schach gespielt.«

Es war ein Schuss ins Blaue, doch er traf. Fester als nötig drückte Koplin seine Zigarette aus und kippte sich den Rest des Weines in einem Zug hinter die Binde.

»Was wollten Sie von ihr? Oder was wollte Frau Altenburg von Ihnen? Weshalb waren Sie heute Abend noch verabredet? Hier, mitten in der Nacht. In einem Weinkeller, zum teuersten Barolo, den das Haus zu bieten hat. Und erzählen Sie mir jetzt nicht, dass Sie nach ihrer Rückkehr aus Berlin unbedingt noch sizilianische Eröffnungen üben wollten.«

Koplin winkte dem Kellner zu und machte eine Geste, dass er zahlen wollte. Dann teilte er den Rest aus der Karaffe fifty-fifty in unsere Gläser aus. Er hob seines hoch und sah mir in die Augen.

»Auf das, was wir lieben. Und was wir nicht zerstören sollten.« Er trank einen Schluck. »Und darauf, dass man beenden sollte, was man angefangen hat. Egal, um welches Spiel es sich handelt.«

»Dann haben Sie verloren«, sagte ich. »Denn die Dame ist vom Brett. Das ist so gut wie schachmatt, oder?«

»Nicht wenn man noch genügend Bauern hat. Sie sind ein wenig aus der Übung. Vielleicht spielen wir mal eine Partie zusammen?«

Er hielt mir sein Glas hin. Seine grauen Augen musterten mich mit genau jenem Hauch von Geringschätzung, der reichte, um mich aus der Reserve zu locken.

Ich stieß mit ihm an. »Auf zwei Menschen in Görlitz, die einen Mord feiern wollten.«

Ich holte die kleine Faltschachtel heraus und knallte sie vor ihm auf den Tisch. Er wollte danach greifen, aber ich steckte sie blitzschnell wieder ein.

»Eine Achterpackung Patronen. Leer. Russisch. Makarov. Circa zwanzig Jahre alt, bevor sie das Magazin auf 12 Schuss vergrößert haben. Ziemlich veraltetes Modell. Gab es günstig damals auf dem schwarzen Markt, als die Jungens abgezogen sind. Warum haben Sie ihr eigentlich die Drecksarbeit überlassen? Sie sind doch sonst in jeder Hinsicht von der alten Schule.«

Er hielt das Glas immer noch erhoben. Ich ließ ihn nicht aus den Augen. Und er hielt meinem Blick stand.

Schließlich sagte er leise: »Weil es ihr Dreck war. Nicht meiner.«

Wir setzten gleichzeitig an und tranken aus. Es war ein schwerer Wein, und ich hatte seit dem Morgen nichts gegessen.

»Dann erzählen Sie mir doch mal etwas über Margarethe Altenburgs *Dreck*.«

»Ich weiß nicht, wovon Sie reden«, sagte Koplin und senkte die Stimme. »Aber wenn Sie es tun, geben Sie Acht, was Sie sagen. Und zu wem.«

»Sie können mir nicht drohen.«

»Ach.« Er lächelte müde. »Die Grenze zwischen einem guten Rat und einer Drohung ist hauchdünn. Ich musste sie niemals überschreiten.«

Wir verabschiedeten uns wie zwei Gentlemen nach einem unentschiedenen Duell. Ich fand den Weg in die Schiffergasse ohne Probleme. Doch als ich die Tür nach einigen vergeblichen Versuchen endlich geöffnet hatte, spürte ich es.

Ein instinktives, animalisches Gefühl. Jemand war im Haus gewesen.

Der Geruch war anders. Frischer, so, als ob die Tür längere Zeit offen gestanden hätte. Ich machte Licht und schaute vorsichtig in ein Zimmer nach dem anderen. Doch der unbekannte Besucher war fort. Im Wohnzimmer ließ ich mich erleichtert in einen Sessel fallen und begann, an Halluzinationen zu glauben. Kein Wunder. Es war fast ein Uhr nachts, und ich hatte einen wirklich langen Tag hinter mir. Außerdem war ich betrunken.

Ich stierte auf den Couchtisch, so lange, bis mir auffiel, dass die Zigarrenkiste verschwunden war.

Ich suchte alles ab. Schreibtisch, Reisetasche, ich verschob die Sessel und den Tisch, aber die Kiste blieb verschwunden. Schließlich musste ich mir eingestehen, dass man mich nach Strich und Faden verladen hatte.

Ich rannte in den Flur und schnappte mir das Görlitzer Telefonbuch. Ich hätte es auch gleich bleibenlassen können, einen Otmar Koplin gab es nicht. Dafür existierte ein italienisches Restaurant am Untermarkt.

Es dauerte ziemlich lange, bis jemand an den Apparat ging.

»Erinnern Sie sich noch an Herrn Koplin?«

»Koplin, eh? Nein. Scusi, Signore.«

»Der Herr mit dem Barolo?«

»Barolo?«, fragte der Mann am anderen Ende der Leitung. »No, no. Solche Weine führen wir nicht. Wir sind ein kleines Ristorante. Pizza, Pasta, kein Barolo.«

»Wir haben bis vor einer halben Stunde hinten in der Ecke gesessen und Rotwein getrunken. 46 Euro die Flasche. Mein Begleiter hat bezahlt. Bar. Sie müssen sich doch an ihn erinnern. Wer war das?«

»Signore, wenn Sie nicht wissen, mit wem Sie heute getrunken haben, ist das echtes Problem für Sie. Aber wir haben schon geschlossen. Kommen Sie morgen. Können Sie wieder trinken. Und essen. Pizza und Pasta, guter Wein. Aber …«

»Kein Barolo. *Grazie.*«

Ich knallte wütend den Hörer auf. Keines der beiden Ehebetten wollte ich mir antun, und an Schlaf war sowieso nicht zu denken. Also kehrte ich zurück in die noch warme Kuhle des Sessels und machte es mir, so gut es ging, bequem.

Irgendwann musste ich doch eingenickt sein, denn ich erwachte kurz vor sechs aus einem unruhigen, von surrealen Bildern durchwobenen Traum, an den ich mich nicht mehr erinnerte, als ich mich wie gerädert erhob. In Margarethe Altenburgs Küche kochte ich einen Kaffee und fand tatsächlich eine angebrochene Packung Kondensmilch im Kühlschrank, der darüber hinaus vollkommen leer war. Bevor ich das Haus verließ, blieb ich im Flur stehen und versuchte zu begreifen, was Margarethe Altenburg mir sagen wollte.

Vielleicht komme ich nicht mehr zurück.

Dann ist es gut, wenn der Kühlschrank leer und der Müll herausgebracht ist. Die Betten sollten gemacht sein. Die Schränke aufgeräumt. Alles, was darauf schließen könnte, dass ich irgendetwas mit meinem Opfer zu tun haben könnte, wurde von mir vernichtet. Nur die dumme Zigarrenkiste nicht. Die fiel mir erst im Krankenhaus ein. Die Pappschachtel habe ich aufgehoben, weil ich nicht geglaubt habe, alle Patronen zu brauchen. Ich wollte sie wieder zurückgeben. Wie die Waffe. Auf der sind nur meine Fingerabdrücke. Mit der Schachtel verhält es sich anders. Ich hatte vergessen, dass ich den guten Otmar damit in die Bredouille bringen könnte. Eine Kleinigkeit vergisst man immer. Ich hätte sie wegwerfen sollen und nicht zu den anderen Sachen in die Kiste tun. Dumm von mir. Wahrscheinlich wird sich niemand etwas dabei denken, aber die Schachtel, ein zerrissenes Hochzeitsbild und diese Zeitungsschnipsel könnten dem, der genau genug hinschaut, eine kleine Geschichte erzählen. Vielleicht schickt Koplin ja jemanden vorbei, der sich darum kümmert, bevor die Polizei kommt. Vielleicht auch nicht. Sicher ist sicher. Ich beauftrage einfach diesen etwas vertrottelten, schnappatmigen Anwalt, den meine kleinen Geheimnisse genauso sehr interessieren wie warme Gesundheitswäsche und die beeindruckende Auswahl aus der Mode gekommener Strickkostüme. Er wird froh sein, seinen Job so schnell wie möglich zu erledigen, und er wird nicht so genau hinsehen, weil niemand die Wohnungen alter Frauen gerne betritt und in ihnen herumschnüffelt. Er müsste sich sonst vorstellen, selbst eines Tages so zu leben, und das will er nicht, weil er wie jeder hofft, dass sein Alter anders sein wird als meines, ohne zerrissene Erinnerungen, ohne Babywäsche in Kartons, ohne Ehebetten, in denen man alle sechs Monate die Seiten wechselt, damit die Matratzen gleichmäßig durchgelegen werden.

Ich sah genau hin. Ich hörte genau zu. Und ich verstand.

Der Überfall auf Hellmer war ein von langer Hand geplanter, bis ins letzte Detail durchdachter Mord. Alles war von Bedeutung. Sogar Margarethe Altenburgs Gesundheitszustand. Nicht ich war ihr Anwalt. Sondern ihr schwaches Herz. Niemand würde Anklage erheben. In ein paar Wochen wäre sie wieder zu Hause.

Als ich das Licht im Flur löschte, in der Hand meine Reisetasche mit einem Strickkleid und ein wenig Wäsche, nahm ich nicht nur Abschied von diesem Haus, das so unbeseelt war und das seine blutleeren Geheimnisse so gut verwahrte, sondern auch von meinem spektakulären, großartigen, brillant geführten, sich über Monate hinziehenden, die Presse, die Kriminalpolizei und nicht zuletzt eine bestimmte Staatsanwältin faszinierenden, gerade wie eine schillernde Seifenblase zerplatzten Prozess. Und ich fragte mich, warum das Schicksal mir immer so vertrauensvoll die Hand entgegenstreckte, um mich im nächsten Moment fallen zu lassen.

Doch es kam noch schlimmer.

Der Zug traf einigermaßen pünktlich im klirrend kalten Berliner Hauptbahnhof ein. Es war ein Wunder, dass in diesem Winter auf den Bahnsteigen keine Reisegruppen zu reifüberzogenen Terrakottaarmeen festgefroren waren. Dieses ganze gläserne Ungetüm war der Triumph modernster Abfertigungslogistik über die minimalsten menschlichen Bedürfnisse. Noch nicht einmal geschützte Unterstände gab es, um vor diesem sibirischen Wind zu fliehen, der ungehindert durch die riesigen Hallen und zugigen Bahnsteige pfiff.

Und so stand Marie-Luise einfach im Weg, ein kleiner Fels in der Brandung, vor dem sich der Strom der Reisenden unwillig teilte und hinter ihr wieder schloss, sie stand da mit frisch geröteten Wangen und suchendem, nervösem Blick und sah gesund aus, aber keinesfalls fröhlich. Ich hatte nicht mit ihr gerechnet, denn schließlich war Görlitz nicht Alma Ata und meine Rückkehr kein Heimkommen nach monatelanger Schlacht. Es war noch nicht einmal Mittag, und ich wäre fast an ihr vorbeigelaufen, wenn sie mich nicht gerufen und am Arm gepackt hätte.

»Es gibt schlechte Nachrichten«, sagte sie. »Ganz schlechte.«

Sehr viel später, wenn ich an diesen Moment denken musste, erinnerte ich mich daran, dass mir zuallererst meine Mutter in den Sinn kam und dass ich einen Stich im Herzen spürte, weil ich glaubte, es wäre etwas wirklich Schreckliches passiert. An etwas anderes dachte ich nicht, als Marie-Luise mich nahm und aus dem Pulk der Davonhastenden zog.

»Was ist los?«, fragte ich.

»Margarethe Altenburg ist heute Nacht gestorben.«

Es war, wie man mit der Überheblichkeit der Nichtwissenden sagt, ein schöner Tod. Am Nachmittag noch hatte die Stationsärztin kategorisch erklärt, die Patientin sei nicht vernehmungsfähig. Am Abend konnte sie bereits eine Kleinigkeit zu sich nehmen. Sie telefonierte nicht und hatte keine Wünsche. Zur Nacht brachte ihr die Schwester noch einen Pfefferminztee. Um vier Uhr sechsundzwanzig erlitt sie eine Gehirnblutung. Wiederbelebungsmaßnahmen blieben erfolglos.

»Ich weiß es auch erst seit einer Stunde«, sagte Marie-Luise und rammte den vierten Gang ins Getriebe einer automobilen Unzumutbarkeit, der die Gesetze zur Reduzierung der Feinstaubbelastung hoffentlich bald den endgültigen Todesstoß versetzen würden. Seit wir unseren Volvo zu Grabe getragen hatten, wurde Marie-Luise alle paar Wochen von unserem Freund Jazek mit einem neuen Golem versorgt, der gerade noch drei Monate TÜV hatte und dem sie mit ihrem Fahrstil den Rest gab. Eine Großstadt trennte sich gerade von ihren nicht mehr umrüstbaren Dreckschleudern, und wir bekamen sie ab. Wir wussten nie, wann die Dinger liegenblieben und ob wir sie noch mal in Gang brachten. Zu unserer absoluten Basisausstattung gehörte seitdem eine robuste Reisetasche mit einem Überlebensset aus Starthilfekabel, Ersatzzündspulen, diversen Sicherungen, Drahtkleiderbügeln und eine kleine Auswahl an Treibstoffen verschiedener Oktan-Zahlen, um auch das bei sich zu haben, was diese Ungetüme momentan fraßen. In diesen Tagen fuhren wir einen Opel Kapitän, von dem sich gerade auf der linken Seite die Spachtelmasse löste.

»Ich dachte mir, ich sage es dir lieber persönlich. Vaasenburg hat mich angerufen. Die Staatsanwaltschaft hat das Verfahren eingestellt.«

»Aber das kann er nicht machen! Sie hat dieses Ding nicht alleine gedreht. Sie hatte Hilfe. Was ist, wenn jetzt der Nächste auf die Idee kommt, Hellmer umzubringen?«

Leben um Leben. War es nicht das, was in diesem rabiaten Görlitzer Bibelkreis so vehement diskutiert wurde? Margarethe Altenburg hatte Hellmer töten wollen. Kaltblütig und im Vollbesitz ihrer geistigen Kräfte. Dass es nicht geklappt hatte, war einzig und allein ihrem Dilettantismus zu verdanken. Rein alttestamentarisch gesehen wäre sie damit vor ihrem Gott wohl durchgekommen – wenn Hellmer auch ein Mörder wäre. Das war er aber nicht. Niemals. Nicht dieser vom Leben gekrümmte, vom Schicksal gestauchte Mann, der keiner Fliege etwas zuleide tun konnte.

Marie-Luise zog die Stirn kraus und konzentrierte sich auf die Verkehrszeichen und die Stoßstange eines soliden, mit grüner Umweltplakette versehenen und sicherlich beheizbaren Mittelklassewagens vor uns.

»Ich glaube, dass das mit Hellmer reiner Zufall war. Die alte Dame wollte einfach mal was erleben. Alterskriminalität. Übrigens ein stark vernachlässigtes Thema. Alle reden über Jugendgewalt. Aber dass die Straftaten bei der Generation siebzig plus eine genauso hohe Zuwachsrate haben, das interessiert keinen.«

»Weil es nicht normal ist, aus einer Kleinstadt nach Berlin zu fahren und gezielt jemanden umbringen zu wollen.«

»Wieso gezielt? Ich denke, sie hat nicht getroffen?«

Ich seufzte und ließ es gut sein.

In der Kanzlei verrammelte ich mich in meinem Büro. Dann rief ich Pfarrer Ludwig an, der die schlimme Nachricht bereits erhalten hatte und versuchte, mir mit einigen Worten des Trostes beizustehen. Ich konnte ihm schlecht sagen, dass mich der Verlust von Margarethe Altenburg nicht ganz so tief traf wie der meines Mandats, und ließ es über mich ergehen. Schließlich fragte ich ihn, was ich mit Margarethes persönlichen Gegenständen tun sollte. Zumindest mit denen, die man mir nicht geklaut hatte. Er schlug vor, sie ins Krankenhaus zu bringen, wo sie gemeinsam mit der Verblichenen ihre letzte Reise antreten würden. Um das Begräbnis und die Überführung kümmerte er sich bereits.

Ich bedankte mich. Und hatte noch eine Frage.

»Herr Ludwig«, begann ich. »Sagt Ihnen der Name Otmar Koplin etwas?«

Herr Ludwig dachte nach und sagte schließlich: »Nein. Warum?«

»Circa Mitte, Ende sechzig. Grau. Die Haare, die Kleidung, das Gesicht. Er trinkt guten Rotwein und hat mit Frau Altenburg gerne Schach gespielt.«

»Frau Altenburg spielte kein Schach. Sie spielte Mühle, Dame und Halma. Schach war ihr zu kompliziert.«

Zu kompliziert. Ich verabschiedete mich und legte auf.

Nachdem ich im Büro von Salome Noack alle zwanzig Minuten angerufen und die anfangs noch nette Sekretärin an den Rand der Weißglut getrieben hatte, erhielt ich am Nachmittag ein Fax, das die Einstellung des Verfahrens bestätigte. Es läge kein öffentliches Interesse vor, den Fall weiterzuverfolgen, zumal der Bedrohte sich bis heute weder gemeldet noch Anzeige erstattet habe.

Ich startete daraufhin eine telefonische Fahndung durch sämtliche mir bekannten Wärmestuben, Männerwohnheime, Stadt- und Bahnhofsmissionen, Suppenküchen und Kleiderkammern, aber Hellmer war abgetaucht. Die letzte Möglichkeit war das Sozialamt. Doch bis zum nächsten Auszahlungstermin waren es noch vierzehn Tage. Die einzige schale Genugtuung war, dass für Hellmer diese zwei Wochen genauso lang werden würden wie für mich.

Und dann, als mir niemand mehr einfiel, den ich anrufen konnte, gab ich auf.

Am frühen Abend traute sich Marie-Luise zu mir herein und wagte es tatsächlich, eine Teetasse vor mir abzustellen. Sie setzte sich auf Kevins verwaisten Stuhl und schwieg, so lange ein Mensch ihres Temperaments eben schweigen konnte. Und das war nicht sehr lange.

»Er fehlt mir«, sagte sie.

Ich wusste, was sie damit sagen wollte. Aber das war es nicht allein.

Die Dinge entglitten. Ohne dass man wirklich etwas dagegen tun konnte, hatte sich das Leben den Gezeiten angepasst und zog sich zurück.

Wir hatten Kevin durch sein Praktikum und sein erstes Staatsexamen gebracht. Jetzt musste er die nächste Stufe seiner Ausbildung erklimmen, das Referendariat. Es hatte ihn in die Rechtsabteilung des Berliner Büros einer weltweit operierenden Umweltschutzorganisation geführt, wo er gleich am Anfang mit Zwölfstundentagen und einem derartigen Arbeitspensum schocktherapiert wurde, dass ihm die seltenen halbstündigen Stippvisiten in der Dunckerstraße vorkamen wie eine Reise in die Zeit vor der industriellen Revolution. Wenn er über die internationalen Kanzleien und Kollegen redete, mit denen er jetzt zu tun hatte, bekam ich manchmal das Gefühl, wir hatten ihn verloren. An eine Welt ohne Grenzen, in der es reichte, sich mit seinem Laptop an den nächsten *hotspot* zu setzen, und schon war sie dir untertan. Er redete hastig und mit glänzenden Augen, und Marie-Luise und ich hatten die stillschweigende Übereinkunft, ihn nicht darauf hinzuweisen, dass er keinen dieser wunderbaren Kollegen, keine dieser internationalen Kanzleien in London, Singapur und Adelaide je persönlich kennengelernt hatte.

Aus Marie-Luises Büro schwebten leise, melancholische Töne durch den Flur bis in mein Zimmer. The Stars, *In our bedroom after the war.* Kevins Abschieds-Compilation. Vielleicht mochte er diese wehmütige Musik deshalb so, weil sie die Sehnsucht zu einem permanenten Lebensgefühl ernannt hatte, nicht mehr zum Symptom einer Krankheit, gegen die man durchaus etwas tun konnte.

Ich hatte ihm im Gegenzug eine selbstgebrannte CD mit den Ikonen meiner Jugend zusammengestellt: Anne Clark, Jane, Zappa, John Denver. Musik für lange, ziellose Autofahrten und schlaflose Nächte, für Küsse im Matsch verregneter Open-Air-Konzerte, für das Bier danach, wenn man gemeinsam eine Wohnung gestrichen hat, für Lagerfeuer im Herbst, wenn alle auf einmal »I'm leaving on a jet plane« sangen und man plötzlich heulen wollte, ohne zu wissen, warum. Vielleicht weil man ahnte, wo eines Tages alles enden würde und das Einzige, was einen vor verwaisten Doppelbetthälften retten könnte, jemand wäre, der auch schon bei John Denver geheult hatte und der einem das nicht erklärte, sondern einfach nur verstand.

»Hallo? Ist alles okay?«

»Ja«, sagte ich. »Er fehlt mir auch.«

2.

BERLIN, ROSENTHALER STRASSE.
FREITAG, 13. MÄRZ, 23 UHR 52.
TANZVERANSTALTUNG IN DEN HACKESCHEN HÖFEN.

Arslan, der Löwe, schob die Hände lässig in die Taschen seines Anzugs und flanierte gelangweilt an der langen Schlange vor dem *Oxymoron* vorbei, nickte den beiden bulligen Türstehern zu, die ihm respektvoll Platz machten, und betrat den *Sinif Club* mit dem wohlig kribbelnden Gefühl im Rücken, wie es nur die neidvollen Blicke mehrerer Dutzend zähneklappernder, leicht bekleideter Chicks hervorrufen konnte, die ihm sehnsuchtsvoll hinterherstarrten.

Die Leibesvisitation wurde von zwei untersetzten, wortkargen Männern durchgeführt, die ihn pro forma nachlässig abtasteten und anschließend durchnickten. Er passierte die Kasse, wechselte einige kurze Worte mit den Kontrolleuren und tauchte ein paar Schritte weiter ein in die feuchte Hitze eines Dancefloors kurz vor der ultimativen Explosion. Tarkans »Dedikodu« dröhnte aus den Boxen. Hunderte Leiber wiegten sich in dem peitschenden Rhythmus. Junge, extrem teuer gekleidete Frauen kopierten die lebende Dekoration der letzten Hip-Hop-Videos, umtanzt von Männern in engen 300-Euro-Jeans. Stroboskopgewitter zerteilten ihre Bewegungen in abgehackte Bilder, ein surreales Tableau aus Dekadenz und lauernder Begierde, ein Meer aus Armen, Beinen, Körpern, die Hybris nächtlicher Versuchung.

Arslan, der wusste, dass jedes dieser tief dekolletierten Prada-

Gucci-Versace-Geschöpfe von mindestens zwei hässlichen, übergewichtigen Freundinnen und drei muskelbepackten Brüdern begleitet wurde, die sich abseits an der Bar drängelten und genau darauf achteten, wer sich ihrem Goldfasan näherte, wählte den Weg durch die Nebenräume, in denen sich Paare gesucht und gefunden hatten, kichernde Mädchengruppen beisammenstanden und all diejenigen schüchtern die Hände in die Taschen ihrer nicht ganz so teuren Hosen steckten, mit denen sie sich nicht auf die Tanzfläche trauten. Er merkte, wie sie ihn anstarrten und sofort den Blick abwendeten. Niemand wollte in den Verdacht kommen, ihn zu provozieren. Sie wollten keinen Ärger. Sie wussten, wer er war.

Er kam an eine Tür mit der Aufschrift »Privat«, vor der sich ein breitschultriger Mann mit schwarzer Lederjacke aufgebaut hatte. Als der Wächter ihn kommen sah, holte er blitzschnell sein Handy aus der Hosentasche. Ohne eine Vorwarnung schlug Arslan ihm das Gerät aus der Hand und riss die Tür auf.

Es war ein kahler, kleiner Raum. Getränkekisten stapelten sich an der Wand. Vier Männer an einem Tisch sahen überrascht auf, der nächststehende griff reflexartig zu seiner Waffe, wurde aber daran erinnert, dass er sie am Eingang des Clubs abgegeben hatte. Einer der Männer war älter als die anderen. Das Haar an seinen Schläfen war grau, und die beschwichtigende Bewegung, mit der er jetzt die Hände hob, zeugte von einem an unerwarteten Vorfällen reichen Leben.

»*Merhaba.*«

Arslan betrat den Raum und schlug dem Wächter draußen die Tür vor der Nase zu. Von dem infernalischen Lärm blieb ein dumpfes, wummerndes Dröhnen. Er baute sich vor dem Fluchtweg auf, so dass niemand an ihm vorbeikommen würde. Die Männer tauschten kurze Blicke. Vor ihnen lagen die bisherigen Einnahmen des Abends, rund 9000 Euro in mehr oder weniger zerknitterten, durchschwitzten, bankfrischen, abgenutzten, schweren oder leichten Herzens geopferten Scheinen. Arslan würdigte sie keines Blickes.

»Gülay nerde?«

Der Ältere machte eine beruhigende Geste zu seinem Tischnachbarn. Es ging nicht in erster Linie ums Geld. Es ging um ein Mädchen. Er zog einen Stuhl heran und bat seinen unangemeldeten Besucher mit einer Handbewegung, Platz zu nehmen.

»Sie ist nicht hier.«

Er antwortete auf Deutsch. Arslan tat ihm nicht den Gefallen, sich zu ihm auf die Übermenschen-Ebene zu schwingen.

»Gülay nerde?«, wiederholte er und blieb stehen.

Der Mann knipste die Tischlampe aus und stand langsam auf. Der Raum wurde jetzt nur noch von der nackten 15-Watt-Glühbirne erhellt, die an einer Leitung von der Decke hing. Ihr schwacher Schein verwischte die Gesichter und Konturen, verwandelte den Ort in eine Daguerreotypie seiner selbst, verlaufende Schwärze an den Rändern einer diffusen Lichtinsel, vier Männer in der Mitte, einer am Rand, abwartend, lauernd, gespannt. 9000 Euro auf dem Tisch.

Der Ältere vermied es, näher als drei Armlängen an Arslan heranzutreten. Wo viel Geld war, sollte es wenig Stress geben.

»Sie ist achtzehn. Deine Schwester kann also tun und lassen, was sie will.«

»Ich habe gesagt, wenn ich sie noch einmal in diesem Puff erwische, lass ich den Laden hochgehen.«

Zwei der Männer, die bis jetzt stumm danebengestanden hatten, gingen langsam auf Arslan zu. Der Ältere gab ihnen einen kleinen Wink. Sie bauten sich links und rechts neben dem ungebetenen Gast auf, kreuzten die muskulösen Arme vor den breiten Brustkästen und beschränkten sich dann routiniert auf das Abschießen von bösen Blicken. Arslan stieß einen verächtlichen Laut aus.

»*Serefsiz pezevenk*. Denkst du, deine Schoßhunde machen mir Angst? Also sag mir jetzt, wo Gülay steckt, oder ich jage dich und deinen ganzen verdammten Saustall in die Luft.«

Die beiden anderen Männer sprangen auf. Im Bruchteil einer Sekunde warfen sich die bulligen Aufpasser auf Arslan und legten ihn quer über den Tisch. Die kleine Lampe fiel scheppernd zu Boden. Die Birne zerbrach. Geldscheine segelten durch den Raum, keiner achtete darauf. Arslans Kopf wurde brutal auf die Tischplatte gedrückt. Jemand drehte ihm die Arme auf den Rücken. Ein anderer tastete ihn ab, gründlicher diesmal als am Eingang, und nickte. Die beiden Brecher ließen ihn los.

Langsam ging der Ältere zu seinem Stuhl zurück. Die Scherben der zersprungenen Glühbirne knirschten unter seinen Sohlen. Er nahm Platz, während Arslan sich keuchend aufrichtete.

»Hat dir dein Vater immer noch nicht beigebracht, wie du mit mir sprechen sollst?«

Arslan spuckte aus. Obwohl sein Gegenüber sich Mühe gab, jedes Anzeichen von Gefühlen zu unterdrücken, bemerkte er mit Genugtuung das Aufblitzen von Wut in dessen Augen.

»Er hat mir beigebracht, dass man auf seine Schwester zu achten hat. Wenn sie es schon selbst nicht tut. Sie hat hier nichts zu suchen.«

»Aber du, ja?«

Arslan machte sich gar nicht die Mühe zu antworten. Es gab solche und solche Frauen, aber nur eine Sorte Mann. Wenn eine sich wie eine Nutte benahm, musste sie sich nicht wundern, wenn sie auch so behandelt wurde. Alle hier waren Nutten. Er hatte es selbst schon ausprobiert. Sie waren für alles zu haben. Wenn sie erfuhren, wer er war, wenn sie sein Auto sahen, und nicht zuletzt seinen Schwanz, dann hielt sie nichts mehr. Er war kein Engel. Jeder wusste das. Jeder hatte Respekt. Nur dieser ehrlose Zuhälter vor ihm schien zu glauben, dass andere Gesetzte galten, weil der Laden lief und die *jeunesse dorée* der türkischen *community* auf einmal das süße Leben entdeckt hatte und es hier ordentlich krachen ließ. Sollte sie. Nur seine Schwester, die hatte sich da rauszuhalten. Für die hatte er andere Pläne. Doch das schienen sie hier einfach nicht zu kapieren.

»Hör mal, Arslan. Gülay ist ein nettes, ordentliches Mädchen. Ich habe sie nie mit einem Mann gesehen. Immer nur mit ihren Freundinnen. Lass ihr doch ein bisschen Spaß. Ist doch bald vorbei. Wann heiratet sie? Nächsten Monat?«

Arslan nickte. Und wehe, wenn sich herausstellen sollte, dass sie nicht mehr unangetastet war. Zwei Mal hatte er sie an den Haaren aus diesem Laden herausgezerrt. Das erste Mal war es ein Zufall gewesen, und er hatte an eine Erscheinung geglaubt, als er seine eigene Schwester wie eine Rasende auf der Tanzfläche erwischte. Auch sie war überrascht, denn was Arslan abends so trieb und woher das Geld und das Auto und die schweren Silberketten um seinen Hals kamen, davon hatte sie keine Ahnung. Vielleicht keimte in ihr an diesem Abend zum ersten Mal ein Verdacht, und vielleicht hatte er deshalb so hart zugeschlagen, weil er wollte, dass sie den leisesten Anflug gewisser Gedanken so schnell wie möglich vergaß.

Beim zweiten Mal war es kein Zufall. Er hatte ihren Beteuerungen nicht geglaubt und sich auf die Lauer gelegt. Natürlich hatte er sie erwischt. Der Denkzettel war härter ausgefallen. So hart, dass Haluk zwei Tage später bei ihnen vorbeikam und sich bei Arslans Vater über den Zustand seiner Zukünftigen beschwert hatte. Als er erfuhr, warum Gülays Züchtigung vonnöten gewesen war, verflog sein Zorn. Er hatte sich bei Arslan bedankt. Und schon deshalb hatte Arslan nicht vor, Gülay aus den Augen zu lassen. Haluk war wichtig. Diese Verbindung war seine Zukunft. Sie bedeutete einen festen Platz in der Gemeinschaft und schönes Geld, schöne Autos und schöne Nutten.

Dass sie ihm heute Abend entwischt war, schürte seine Wut.

»Ja. Und ich habe vor, sie Haluk intakt zu übergeben.«

»Haluk.« Der Ältere nickte und kratzte sich nachdenklich unter dem Kinn. »Haluk war gestern hier.«

»Ja und? Was soll das? Ich will, dass eins klar ist! Wenn Gülay noch mal hier auftaucht, ist sie tot! Erst recht, wenn sie ihm in die Arme läuft.«

»In Ordnung. Reg dich ab. Ich sage meinen Türstehern Bescheid. Gülay wird nicht mehr herkommen. Okay? Bist du zufrieden?«

Arslan nickte widerwillig. Irgendetwas an diesem Entgegenkommen weckte sein Misstrauen. Er warf einen schnellen Blick auf seine Armbanduhr. Es wurde Zeit. Er hatte noch ein Dutzend Läden vor sich.

»Also dann. Ich hab noch was vor heute.«

Der Ältere gab seinen Männern ein Zeichen. Sie sammelten die Geldscheine ein und legten sie in hastig zusammengeschobenen Bündeln auf den Tisch.

»War kein so guter Monat.«

»Der Laden ist voll. Fünftausend.«

»Drei«, sagte der Ältere. »Mehr ist nicht drin. Vor allem nicht, wenn ich jetzt die schärfsten Mädchen wieder nach Hause schicken muss.«

Arslan schluckte die Provokation. Das hatte er gelernt. Im Knast und auf der Straße. Ruhig bleiben. Es ging um Geld. Da waren Emotionen nicht angebracht.

»Fünf waren angesagt, mit fünf gehe ich hier raus. Willst du handeln, geh zum Chef.«

Der würde sich mit solchen Zickereien keine drei Sekunden aufhalten. Warum glaubten alle, sie könnten mit ihm, Arslan, diskutieren? Er war der Bote. Er hatte einen Auftrag. Und der lautete: Komm mit fünftausend wieder. Nicht mehr, aber auch nicht weniger.

»Vier kann ich dir geben. Ich muss die Leute bezahlen. Den Einkauf. Die Miete. Sag ihm das.«

»Sag es ihm selbst.«

Der Ältere seufzte. Er winkte einen seiner Männer heran und ließ ihn das Geld abzählen. Das dauerte eine Weile, denn die Scheine mussten erst geglättet und wieder in kleine Stapel aufeinandergelegt werden. Arslan schaute ungerührt zu.

Schließlich, als der Betrag stimmte, schob der Ältere ihn über den Tisch.

»Da. Prüf nach.«

»Nicht nötig.«

Arslan verstaute das Geld in der Innentasche seiner Lederjacke. Er drehte sich um und hatte schon die Türklinke in der Hand, da fiel ihm noch etwas ein.

»Wenn Gülay noch mal hier auftaucht, informiere ich den Chef.«

Damit verließ er den Raum und sah sich nicht mehr um. Guter Abgang. Vielleicht etwas zu viel des Guten. Noch war er nicht mit dem Chef verwandt.

Auf dem Weg nach draußen spürte er das Geld an seiner Brust. Fünftausend Euro. Ein Zehntel davon gehörte ihm. Eigentlich zu wenig für den Job. Er würde nachverhandeln. Und er wollte endlich raus aus der Fahrerei und rein ins große Geschäft. Er hatte bewiesen, was er draufhatte. Das musste auch der *patron* einsehen. Doch das Gespräch wollte er sich bis nach der Hochzeit aufheben.

Der Gedanke an Gülay schüttete ätzendes Gift auf seine euphorischen Gedanken. Wütend bahnte er sich einen Weg zum Ausgang. Als er endlich an der frischen Luft war, dampfte er aus allen Poren. Hastig überquerte er den Innenhof und trat hinaus auf die Rosenthaler Straße.

Freitagabend, kurz vor Mitternacht. Er musste noch zu zwei Grillrestaurants und mehreren Döner-Imbissen. Alles in allem kämen heute rund zehntausend Euro zusammen. Ärgerlich, dass er ohne Waffe unterwegs war. Auch das musste er mal mit dem Chef besprechen. Der Ton auf den Touren wurde aggressiver. Die Leute wollten nicht mehr. Sie fragten sich, wofür und für was. Schutzgeld war sowieso ein fast schon nostalgischer Wirtschaftszweig, Drogen waren viel besser. Die Russen hatten zwar viel Land gewonnen, aber das letzte Wort um die Aufteilung der Gebiete war noch nicht gesprochen. Das war sein Kampf. Nicht diese dämlichen Kurierfahrten und die endlose Herumdiskutiererei. Im Reden war er schlecht. Die Tat war sein Ding. Das hatte er mehr als einmal bewiesen.

Er überquerte die Straßenbahnschienen und bog in die Oranienburger ein, auf der Horden betrunkener Briten und französische Schulklassen an knutschenden Italienern, gelangweilt wartenden Prostituierten und Kegelvereinen aus der Nordeifel vorbeidrängten. Er konnte gerade noch einer Gruppe singender Rheinländer ausweichen. Sein Auto stand auf dem verdreckten Trümmergrundstück hinter dem Tacheles. Es war bitterkalt, und er klappte den Kragen seiner Jacke hoch und steckte die Hände in die Taschen. Ein Wagen folgte ihm, langsam. Offenbar auf der gleichen verzweifelten Suche nach einem Parkplatz wie er vorhin.

Er wechselte die Straßenseite, um nicht zu nahe an den Polizisten vor der Synagoge vorbeizulaufen. Im Moment lag nichts gegen ihn vor. Er hatte noch Bewährung, und eine Abschiebung kam auf Grund seines deutschen Passes nicht in Frage. Aber man musste ja nicht provozieren. Er sah südländisch aus, und das reichte den Bullen. Vor allem, wenn er sich vor einer Synagoge herumtrieb, die mittlerweile besser bewacht und gesichert war als das Bundeskanzleramt. Er lief schneller und warf einen Blick über die Schulter. Der Wagen folgte ihm immer noch.

Er legte einen Zahn zu und erreichte den illegalen Parkplatz. Als er sein Auto gefunden hatte, öffnete er die Beifahrertür und verstaute als Erstes das Geld im Handschuhfach. Ein Geräusch hinter seinem Rücken machte ihn nervös. Er richtete sich auf. Der Platz lag in völliger Dunkelheit. Nur aus der hohen, gewaltigen Ruine des alten Kaufhauses drang ein wenig Licht und fiel auf die abblätternden Reklametafeln, das Unkraut, den Müll, die Schlammlöcher und die anderen Autos, die hier abgestellt waren.

Eine Ahnung ließ ihn das Klappmesser aus dem Handschuhfach nehmen. Er steckte es in die Hosentasche und schlug die Autotür zu. Er lauschte.

Ein Wagen fuhr durch die Einfahrt. Der, der ihn verfolgt hatte. Er hielt an. Erst ging das Licht aus, dann der Motor. Arslan tastete nach dem Messer, holte es heraus und ließ die Klinge ausfahren.

Dann ging er vorsichtig Schritt für Schritt um sein Auto herum bis zur Fahrertür. Er streckte die Hand aus, um sie zu öffnen. In diesem Moment explodierte sein Kopf.

Es musste diese Schrecksekunde auf dem Bahnhof gewesen sein, dieser Moment, als Marie-Luise mir sagte, dass etwas Furchtbares passiert sei, und in dem ich sofort an meine Mutter gedacht hatte. Einen anderen Grund konnte ich mir nicht vorstellen, der mich freiwillig in die Mulackstraße getrieben hätte, um dort eine der merkwürdigsten Wohngemeinschaften in dem an Skurrilitäten wahrlich nicht armen Bezirk Mitte aufzusuchen.

Der Innenhof des kleinen Hauses im Scheunenviertel hatte in diesen kalten Märztagen auch noch den letzten Rest von Charme verloren. Im Sommer mochte es angehen, dass hier in einem Gebirge von ausgemusterten Badewannen der Rittersporn blühte, die Heckenrose, die Schafgarbe, in friedlicher Koexistenz mit weiteren fruchtbaren Trieben von namenlosem Unkraut. In diesen kalten Tagen aber kompostierten ausgemergelte Dornenschlingen neben platt geknicktem gelbem Gras, und die Anziehungskraft, die alte Badewannen zu weiterem Bauschutt ausübten, hatte dem Hof noch eine erkleckliche Anzahl verkalkte Duschschläuche, aus gutem Grunde ausgemusterte Klosetts und zerbrochene Fliesen beschert. Was sich in dem aufgequollenen Haufen blauer Müllsäcke in der hinteren Ecke befand, wollte ich gar nicht erst wissen. In gewisser Weise war dieser verwahrloste Patio nur die Open-Air-Fortsetzung der Lebensart meiner Mutter, und so war ich nicht weiter erstaunt, beim Eintreten in den riesigen Geräteschuppen alles andere, nur keine Wohnung vorzufinden.

Das »Loft«, wie meine Mutter diese Behausung zu nennen pflegte, war zumindest beheizt. Im vorderen Raum – denn der war mittlerweile abgetrennt worden – schmiegten sich Zementsäcke so eng aneinander, dass kein Mensch mit Herz sie jemals wieder auseinanderreißen konnte. Neben ihnen stapelten sich nachlässig verpackte Kacheln, die eigentlich für den Fußboden gedacht waren. Im Moment wurden sie als Ablage für Werkzeug, Overalls, gipsverkrustete Schuhe und einen Korb mit Konserven benutzt. Ich wuchtete drei Kilo Thunfisch in Dosen, fünfzig Liter passierte Tomaten und eine Überlebensration an Spaghetti hoch, die die Pro-Kopf-Ration der einstigen Senatsreserve ums Dreifache locker überschritten hätte. Dann suchte ich die einzige Blutsverwandte, die mir das Schicksal gelassen hatte, und fand sie in der Küche, wo sie sich mit Frau Huth über einen Baumarktprospekt beugte.

»Aber so eine Dampfdusche spart doch Wasser, oder?«

»Nee«, grunzte Hüthchen. »Denk doch mal an den Strom, den das braucht. – Ach!«

Beide sahen hoch. Ich stellte den Korb vor ihnen ab, wobei ich das benutzte Geschirr vom Vortag gefährlich nahe an den Tischrand schob. Mutter stand auf, umarmte mich flüchtig und begann reflexartig mit einigen ebenso unkoordinierten wie erfolglosen Aufräumversuchen, die sie immer an den Tag legte, wenn ich plötzlich auftauchte.

»Hast du dein Büro schon gesehen? Vorne?«

Der Vorraum sollte mein Büro werden. So hatte meine Mutter sich das vor Monaten ausgedacht. In der Tat hatte ich beim Hochziehen der Rigips-Trennwände keine Einwände erhoben, wenn ab und zu Bemerkungen in diese Richtung fielen. Ob aus dieser Baustelle jemals ein beziehbares Objekt wurde – von Mutter, Hüthchen und Whithers einmal abgesehen, die ihre Qualitätsmaßstäbe an Behausungen derart nach unten korrigiert hatten, dass die nächste Stufe ein Plätzchen auf Hellmers Parkbank wäre –, ob also tatsächlich eines Tages mit vereinten Kräften und unter Umgehung sämtlicher behördlicher Auflagen hier eine Art generationenübergreifende Wohn-, Arbeits- und Lebensgemeinschaft entstehen würde, in der außer mir auch noch Marie-Luise Asyl bekäme, war nach Lage der Dinge mehr als fraglich. Ich wusste nicht, wer das alles bezahlen sollte, und mit meiner Mutter unter einem Dach zu arbeiten erschien mir alles andere als erstrebenswert.

»Es ist ihm gar nicht aufgefallen«, eroberte Hüthchen wieder Platz eins der Liste aller Unzumutbarkeiten.

»Was ist mir nicht aufgefallen?«

»Komm mal mit.«

Mutter zog mich am Ärmel aus der Küche zurück in das Geviert am Eingang. Dort lehnte etwas an der Wand, das entfernt an drei Fahrräder erinnerte, die ein schrecklicher Unfall ineinander verknäuelt haben musste.

»Wie findest du es?«

Ich sah mir den Schaden genauer an. Jemand hatte mit destruktiver Lust und einem Schweißbrenner verknotete Ketten, verbeulte Schutzbleche und grotesk verbogene Felgen unrettbar zusammengeschmiedet.

»Das waren wir.«

Sie sagte das mit einem wunderbaren Stolz in der Stimme. Ich wagte nicht zu fragen, was mit den Vorbesitzern geschehen war, unmittelbar nachdem meine Mutter unter Zuhilfenahme ihrer Haushälterin und einer Dampfwalze begonnen hatte, das Scheunenviertel von Fahrrädern zu räumen.

»George hat uns gezeigt, wie es geht. Hier, beim ersten vorne. Und dann haben wir weitergemacht. Erst dachten wir, es wird nie was draus. Und jetzt – *voilà,* unsere erste Installation!«

Es gab Dinge in diesem Haus, deren Installation wichtiger gewesen wäre. Aber meine Mutter wurde im Juli vierundsiebzig. Vor ihr lagen Jahre, in denen Premieren normalerweise seltener wurden. Doch seit sie George Whithers kennengelernt hatte, schien sie die Vorstellung eines vorhersehbaren Ruhestandes über Bord zu werfen. Ich dachte an Marquardt und zum ersten Mal seit Tagen wieder an Salome Noack, und wie die beiden damit umgehen würden, wenn ihre sorgfältig frisierten und geschmackvoll gekleideten Erzeugerinnen plötzlich anfangen würden, sich wie ausgeflippte holländische Abiturientinnen bei ihrem ersten Berlin-Besuch zu benehmen. Vermutlich war ich der Einzige weit und breit, dessen Mutter eine solche Kehrtwendung hinlegte, und ich fragte mich, warum es immer mich so treffen musste und wie ich damit umgehen sollte.

Hinter ihr tauchte Hüthchen auf. Das verbot sowieso jeden weiteren Kommentar. Sie hatte einen Marmeladentoast dabei, weil sie keine größere Reise über zehn Schritte ohne ausreichend Proviant antrat, und biss genüsslich hinein.

»Die Straße schlägt zurück.«

»Was?«

»Die Straße schlägt zurück!«, wiederholte Hüthchen mit vollem Mund. »So haben wir es genannt.«

»Und wenn George sein nächstes Konzert hat und wir bis dahin noch ein paar mehr zusammengeschweißt haben, machen wir eine Vernissage.«

Meine Mutter nahm einen dreckigen Putzlappen, der vergessen neben den Fliesen auf der Erde lag, und feudelte etwas Baustaub von einem aufgeplatzten Sattel.

»Herzlichen Glückwunsch«, sagte ich. »Es ist … großartig.«

Mutter strahlte. Hüthchen zog die buschigen Augenbrauen hoch und schob ihre Leibeskugel wieder zurück Richtung Küche. Wir folgten.

Also ging es den beiden gut, und ich musste mir keine Sorgen machen. Solange bei der Ausführung ihres Hobbys keine Menschenleben zu beklagen waren. Meine Mutter stellte einen Wasserkessel auf den Gasherd.

»Ich denke, im Sommer könntet ihr euer Büro hier eröffnen.«

Ich setzte mich an den wackeligen Küchentisch und riss einen Fetzen Papier aus dem Prospekt, damit ich ihn zusammenfalten und das Möbel damit stabilisieren konnte. Das war ein guter Moment. Einer, in dem man tief Luft holen und dann die ganze Wahrheit so schonend wie möglich offenbarte.

Ich wollte nicht hierher.

Ich wollte ein Büro mit einem hübschen, modernen Schreibtisch, staubfrei, einem dunkel glänzenden Monitor, einem Stifteköcher aus Büffelleder und darin zwei, drei edle Füllfederhalter. Ich wollte Lamellen vor den Fenstern, und wenn ich sie zur Seite zöge, fiele mein Blick auf einen hübsch begrünten Hinterhof mit ondulierten Buchsbäumen. In diesem Hof hätte Sarah Wiener die dreiundfünfzigste Dependance ihrer Mittagstische eröffnet, und wenn ich hinunterginge, träfe ich junge, talentierte Filmemacher und unglaublich scharfe neudeutsche Schauspielerinnen, ich würde mich zu Vivienne Westwood setzen, die gerade mit ihren attraktiven UdK-Studenten beiderlei Geschlechts einige erfolgreiche Designer besucht hätte, die ebenfalls bei ihr studiert hatten, und vielleicht käme auch mal Joe Jackson vorbei und würde mir zunicken, eine Zigarette im Mund, die er hier im Exil noch rauchen durfte, und wir säßen draußen gemeinsam in der Sonne, denn dann wäre endlich dieser scheußliche Winter vorbei – es schien immer die Sonne, wenn ich mir vorstellte, irgendwo draußen mit Joe Jackson zu sitzen –, und wir würden über seine neuesten Lieder reden, und er würde mich fragen, ob er aus »Slow Song« doch lieber »Love Song« machen sollte, und meine Antwort wäre: Nein, tu das nicht, denn du singst doch von Musik und nicht von Liebe, auch wenn alle zu diesem Lied geknutscht und gefummelt und gepoppt haben, aber es geht doch um so etwas wie Innehalten und Nachdenken und die Muße dazu, nicht?, und er würde bedächtig nicken und bei einem seiner nächsten Konzerte den Titel ankündigen mit den Worten: »*This song I dedicate to my friend Jack Vernau, who is an extraordinary lawyer in the most exciting city of the world*«, und …

»Willst du Zucker?«

Ich nickte, grabbelte zwei Stück aus einer verklebten Dose und überlegte, während ich die Kristallklumpen auf dem Boden meiner henkellosen Tasse hin und her schob, wie ich meinen Mandanten den Weg zu unserer Kanzlei beschreiben sollte. Mulackstraße 13, Hinterhof, zwischen vierundfünfzig alten Badewannen und direkt neben drei plattgewalzten Fahrrädern, Erdgeschoss, Vorraum zur Hölle. Ich erinnerte mich an Whithers und daran, welche Töne er seinen monströsen Instrumenten zu entlocken imstande war, und fragte: »Machen die Fahrräder auch Musik? Irgendwas wie unkende Robben oder balzende Paviane?«

Ohne auf eine Antwort zu warten, kroch ich unter den Tisch.

»Sie nehmen uns wohl nicht ernst, oder?«

Pikiert zog Hüthchen ihre Beine weg, als ich mir neben ihren Füßen zu schaffen machte. In diesem Moment klingelte mein Handy. Ich hatte den Tisch gerade ein wenig mit den Schultern angehoben und das Papier unter dem Tischbein in Position gebracht. Deshalb bat ich Mutter, den Anruf anzunehmen, und als sie mir den Apparat mit den Worten: »Ein Herr Hellmer«, unter die Wachstischdecke reichte, richtete ich mich so schnell auf, dass ich mir den Kopf an der Tischkante stieß.

»Ich bin's«, meldete er sich.

»Wo sind Sie?«

»Im Sozialamt Mitte. Meine Sachbearbeiterin ist so lieb, dass ich mal telefonieren darf. Ich dachte, ich melde mich mal.«

Ich kroch unter dem Tisch hervor und hielt mir den Hinterkopf. Das war ja richtig nett von meinem ehemaligen, fast-erschossenen Mandanten und seiner liebreizenden Verwaltungskraft. Ohne echtes Mitgefühl fragte ich: »Wie geht es Ihnen?«

»Gut, gut. Danke. Sagen Sie, die Frau von damals, diese Verrückte, was issen mit der?«

»Sie ist gestorben. Noch in der gleichen Nacht.«

»Das tut mir aber leid.«

Es klang ehrlich bekümmert. Damit machte er wieder ein paar Punkte wett. Wer Mitgefühl mit seiner eigenen Mörderin zeigte, konnte kein schlechter Mensch sein. Hellmer seufzte abgrundtief.

»Hat sie noch was gesagt? Also was sie von mir wollte?«

»Nein, leider nicht. Die Staatsanwaltschaft hat das Verfahren eingestellt.«

»Is vielleicht besser so.«

In diesem Moment begann der Wasserkessel ein infernalisches Geheule. Es klang wie das Solo im zweiten Satz von Whithers' letzter Symphonie. Ich verließ die Küche. Erst als ich neben den Fahrrädern stand und das Handy wieder ans Ohr hielt, bekam ich mit, dass Hellmer ununterbrochen redete.

»Was?«, fragte ich draußen. »Was haben Sie gesagt?«

»Mich verfolgt einer.«

Das war bei Hellmer nichts Neues. Er wurde ständig verfolgt. Von der Polizei, dem Ordnungsamt, von irgendwelchen eifrigen Kältebusnovizen, die ihren Ehrgeiz daran setzten, Hellmer doch noch von der Straße wegzuholen, wenigstens für eine Nacht. Das musste man nicht ernst nehmen.

»Jetzt steht er draußen vorm Eingang auf der anderen Straßenseite und guckt dauernd rüber, ob ich rauskomme. Ehrlich, ich will niemandem was Böses. Aber wenn der auch eine Knarre dabeihat?«

»Wie sieht er denn aus?«

»Das ist es ja. Ich kann ihn gar nicht beschreiben. Grau, irgendwie.«

Koplin. Wenn es einen Menschen auf dieser Welt gab, der mit dem Wort *Grau* umfassend beschrieben werden konnte, dann war es Otmar Koplin.

»Trägt er eine dunkle Mütze?«

»Ja. Und eine Jacke. Und Hose.«

Schuhe wahrscheinlich auch, bei dieser Kälte.

»Wie alt?«

»Kann ich nicht sagen. Aber ich seh ihn heute schon zum zweiten Mal. Und er macht mich nervös.«

Das klang nicht gut. Hellmer fühlte, ohne zu wissen. Wer so lange auf der Straße lebte wie er, entwickelte neue Instinkte. Er konnte es riechen, wenn sich jemand mit bösen Absichten näherte. Er spürte, wenn Gefahr drohte. Seine Abwehrreflexe und Fluchtinstinkte hatten sich verfeinert. Wer da draußen überleben wollte, der gab der Ahnung den Stellenwert von Gewissheit und machte die innere Stimme zu seinem wichtigsten Gesprächspartner. Nach dem, was Hellmer in der Littenstraße geschehen war, nahm ich seine Nervosität ernst. Sehr ernst.

»Hören Sie gut zu. Sie bleiben, wo Sie sind. Ich komme und hole Sie ab. Dann bringe ich Sie an einen Ort, an dem Sie in Sicherheit sind. Und ich nehme mir Ihren Verfolger vor. Sind Sie einverstanden? Machen wir das so?«

»Ja, Meister«, antwortete er.

Ich legte auf und ging zurück in die Küche, wo mich beide Damen und eine dampfende Teekanne erwarteten.

»Möchtest du auch eine Tasse?«, fragte meine Mutter.

»Keine Zeit«, antwortete ich. »Übrigens bekommt ihr Besuch.«

Ich fand ihn in der verglasten Vorhalle neben einem unecht aussehenden Gummibaum. Der Pförtner thronte hinter einem derart hohen Empfangstresen, dass jeder, der ihn um eine Auskunft bat, mit dem Kinn auf der Tischplatte lag. Vielleicht sollte das Übergriffe verhindern, ich fand es einfach lächerlich. Als er sah, dass ich zu Hellmer trat und ihn abholte, schaute er missbilligend auf seine Armbanduhr.

»Der dachte, ick will hier überwintern.«

Hellmer schulterte seinen speckigen Rucksack. Er roch etwas streng, aber ich war mir sicher, dass meine Mutter ihn innerhalb der ersten dreißig Minuten ihrer Bekanntschaft in einen nach Babyshampoo duftenden, blitzblank geschrubbten WG-Genossen verwandeln würde.

»Wohin geht's denn?«

»An einen sicheren, sauberen, warmen Ort.«

»Doch nich in den Knast, oder?«

Hellmer kicherte über seinen Witz und ahnte nicht, wie nahe er damit der Wahrheit gekommen war. Ich warf noch einmal einen Blick durch die Panoramascheibe auf die Straße. Ungefähr zwei Dutzend Menschen standen draußen, allein oder in Grüppchen, rauchten und würden sich in der sibirischen Zugluft den Tod holen. Einige sahen aus, als ob nicht die Hilfe zum Lebensunterhalt ihr eigentliches Problem wäre, sondern das Leben an sich. Koplin war nirgends zu entdecken.

»Wo hat der Mann gestanden?«

»Da drüben. An der Bushaltestelle.«

»Wie lange?«

Hellmer hob die Schultern. »Ich kam runter und bin dann hiergeblieben. Ich glaube, der hat gemerkt, dass ich auf jemanden gewartet habe. Vor einer Viertelstunde ist er weg.«

Ich nickte. Wir verließen das Sozialamt und überquerten die Straße. Der Bus kam gerade angefahren, und wir erreichten ihn mühelos. In der letzten Reihe nahmen wir Platz. Außer uns saß niemand so weit hinten.

»Haben Sie den Mann vorher schon einmal gesehen? Vorm Gericht vielleicht?«

Hellmer schüttelte den Kopf. »Das ist heute das erste Mal. Er kam mir nach bis zum Amt und hat dann draußen gewartet.«

»Gibt es einen Grund?«

»Wassen für'n Grund?«

Der Bus sammelte sämtliche Kräfte und fuhr unter ohrenbetäubendem Lärm an, um zehn Meter weiter an der Ampel wieder zu halten.

»Dass Sie jemand verfolgt. Dass Sie vielleicht jemand umbringen will.«

Hellmer sah auf seine ausgeleierten Turnschuhe. Er dachte nach und dachte nach.

»Herr Hellmer, Sie müssen ehrlich zu mir sein. Nur dann kann ich Ihnen helfen. Sie müssen Anzeige erstatten.«

»Bei den Bullen? Nee.«

»Jemand verfolgt Sie. Dafür muss es doch einen Grund geben.«

»Ach, bin icke jetzt der Böse, wa? Ich hab nichts getan. Mal was geklaut, okay. Mehr nicht. Und wenn ich zu den Bullen gehe, dann lachen die mich doch aus.«

»Das stimmt nicht. Man hat auf Sie geschossen.«

»Aber die Frau ist gestorben. Und wenn ich jetzt sage, ich werde wieder verfolgt, denken die doch, ich hab einen an der Waffel.«

Der Bus fuhr an. Und in diesem Moment sah ich ihn.

Er saß am Fenster einer Eckkneipe, schräg gegenüber vom Sozialamt. Er hatte die ganze Straße im Blick und konnte genau beobachten, wer mit wem wann das Haus verließ und in welchen Bus er stieg. Doch er hatte keine Eile. Er gab sich noch nicht einmal die Mühe, sich zu verstecken. Er saß am Fenster, rauchte, vor sich ein Glas Wein, und es war bestimmt kein Barolo.

Unsere Blicke kreuzten sich genau in dem Moment, in dem der Bus vorüberfuhr. Er hob die Hand zu einem nachlässigen Gruß.

Er war noch lange nicht schachmatt. Im Gegenteil.

Und Hellmer war nicht verrückt. Hellmer war so gut wie tot.

Ich lieferte ihn bei meiner Mutter ab, die Gott sei Dank wohlerzogen genug war, sich jeden Kommentar über meinen »Mandanten« zu verkneifen, als den ich ihn angekündigt hatte. Während Hüthchen sich um die Dusche und Mutter um etwas zu essen kümmerte, versuchte ich, Kriminalhauptkommissar Vaasenburg zu erreichen. Er wurde in einer Stunde zurück erwartet. Immerhin.

Ich verabschiedete mich von Hellmer, nicht ohne ihn noch einmal ins Gebet zu nehmen. Aber er wusste nichts, erinnerte sich an nichts, konnte sich auf nichts einen Reim machen. Entmutigt machte ich mich auf den Weg in die Keithstraße.

Wie jede Mordkommission bearbeitete auch die in Schöneberg normalerweise vollendete oder zweifelsfrei versuchte Mord- und

Totschlagsdelikte. Ich konnte mir also vorstellen, mit welcher Freude Vaasenburg meine Ausführungen zu einem weder vollendeten noch angekündigten, quasi nur dräuenden, lediglich zu vermutenden Mordversuch an einem Obdachlosen anhören würde. Die Zweifel hatten nichts mit Hellmer zu tun. Meine Erfahrungen mit Vaasenburg hatten gezeigt, dass die Herkunft von Tätern wie Opfern für ihn keine Rolle spielte. Aber er nahm es für meine Begriffe etwas sehr genau mit dem Unterschied zwischen vollendeten, versuchten und zweifelsfrei vermasselten Delikten am Menschen.

Ich hatte Glück und wurde von einer älteren Dame mittlerer Lethargie nach mehreren hausinternen Telefonaten in den dritten Stock geschickt. Im Moment gab es in seinem Dezernat keine unaufgeklärten Mordfälle, so dass Vaasenburg damit beschäftigt war, den liegengebliebenen Aktenkram zu erledigen. Das erklärte er mir, während er mich vom Aufzug abholte und durch einen fensterlosen Flur mit abgelaufenem Linoleum in sein Büro führte.

Es war ein kleiner Raum mit Blick in einen quadratischen Hof, auf dem mehrere Einsatzwagen parkten. Die Heizung rauschte dermaßen laut, wie sie das nur in großen, alten Gebäuden mit völlig veralteten Kesseln tat. Auf dem Fensterbrett standen zwei Bilderrahmen. Das eine Foto zeigte Vaasenburg, mit Anfang dreißig einer der jüngsten Kriminalkommissare Berlins, Arm in Arm mit einer jungen, hübschen Frau, und die Art, wie die beiden sich anlächelten, ließ darauf schließen, dass sie sich nahestehen mussten. Auf dem anderen waren die Frau und ein kleines Mädchen zu sehen.

Ein uralter Drucker und ein gewaltiger 17-Zoll-Monitor beanspruchten beinahe die Hälfte der Tischfläche für sich. Den Rest teilten sich dicke Aktenordner, Wochenplaner und eine Schreibtischlampe mit Neonröhre, die merkwürdige, singende Geräusche machte. Die alten Aktenschränke an den Wänden sahen aus, als hätte er sie noch vor der Wiedervereinigung per Möbelspende vom Roten Kreuz erhalten. Alles in allem ähnelte sein Büro meiner Kanzlei im Grad der Abnutzung frappierend.

Vaasenburg wies mir einen unbequemen Stuhl neben dem Schreibtisch zu und setzte sich dann. Er schloss den Ordner auf dem Tisch, steckte zwei Stifte ordentlich zu den anderen in ein Gurkenglas, fuhr sich durch die stoppelkurz geschnittenen dunkelblonden Haare, faltete die Hände und sah mich an.

»Wie geht es Ihnen?«

Die Frage traf mich unerwartet, weil sie ernst gemeint war. Ich hatte keine passende Antwort parat. Als wir uns das letzte Mal gesehen hatten, stand ich mit einem bluttriefenden Mantel inmitten eines dantesken Infernos aus Notarzt- und Polizeiwagen mit rotierenden Lichtern. Ein Rettungshubschrauber landete unter ohrenbetäubendem Lärm. Maskierte SEK-Beamte kamen erschöpft aus der Deckung. Drei Zinksärge wurden vorübergetragen, und ich hatte ihnen nachgesehen und dabei geweint.

Es hatte lange gedauert, bis ich diese Bilder verarbeiten konnte. Ganz war es mir immer noch nicht gelungen. Ich hoffte, dass Vaasenburg und seine 73 Kollegen in diesem Haus professioneller mit dem Tod umgingen als ich. Aber ein Blick in sein kantiges Gesicht, in das sich trotz seiner Jugend seitlich der Mundwinkel zwei tiefe Falten gegraben hatten, verriet, dass er mit dem Vergessen wohl genauso wenig zu Rande kam wie ich.

»Ich weiß es nicht«, sagte ich. »Wirklich nicht. Mal gut, mal schlecht.«

Er nickte. »Und Marie … Frau Hoffmann?«

»Alles bestens.«

»Nimmt sie wieder an Treffen linksextremer Gruppen teil?«

»Warum fragen Sie?«

»Weil ich sie auf einigen Fotos wiedererkannt habe.«

»Wann? Und wo?«

»Es sind nicht unsere Fotos.«

Ich verstand. »Die Teilnahme an Versammlungen von Organisationen, die unter Beobachtung des Verfassungsschutzes stehen, ist noch keine Straftat. Was heißt eigentlich linksextrem?«

»Ich habe mich nur nach ihrem Freizeitverhalten erkundigt.«

Und mir zu verstehen gegeben, dass Marie-Luises Privatangelegenheiten so privat nicht blieben. Ich musste mit ihr darüber reden. Je weniger wir in der Kanzlei zu tun hatten, desto mehr kümmerte sie sich um Dinge, die mit herkömmlichem Altruismus nur noch schwer zu vereinbaren waren. Außerdem ärgerte ich mich, dass man in der Keithstraße mehr über sie wusste als ich und offenbar auch noch die hübscheren Fotos von ihr hatte. Vaasenburg nickte mir aufmunternd zu, denn er merkte, dass er genau ins Schwarze getroffen hatte.

»Warum sind Sie hier, Herr Vernau?«

»Wegen Hans-Jörg Hellmer. Der Mann, auf den in der Littenstraße geschossen wurde.«

Vaasenburg nahm einen der Stifte wieder aus dem Gurkenglas heraus.

»Vor dem Landgericht? Vor zwei Wochen?« Er notierte den Namen. »Warum meldet er sich erst so spät?«

»Weil es bis heute für ihn keine Veranlassung gab, wieder aufzutauchen.«

»Er ist untergetaucht?«

Vaasenburg schrieb mit. Das machte mich nervös. Ich wollte nicht, dass diese Unterhaltung in einer Aktennotiz endete, die mir irgendwann einmal in irgendeinem nichtsnutzigen Zusammenhang triumphierend unter die Nase gehalten werden konnte. Ich beugte mich vor, nahm ihm den Stift aus der Hand und legte ihn auf das Papier. Vaasenburg ließ es geschehen.

»Er ist nicht sesshaft. Und Frau Altenburg ist gestorben. Also war er so nett und hat Ihnen eine Menge Aktenkram erspart.«

»Ich nehme das wohlwollend zur Kenntnis. Waren Sie nicht der Anwalt der Dame?«

Ich nickte.

»Und wie kommen Sie jetzt an diesen Herrn Hellmer?«

Ich räusperte mich. »Ich bin quasi gewissermaßen sozusagen auch der Anwalt des Opfers.«

Vaasenburg hob die Augenbrauen, griff nach seinem Stift, dachte einen Moment nach und legte ihn wieder hin.

»Hm«, sagte er nur.

»Wir kennen uns«, fuhr ich fort. »Ich habe ihn wegen einer anderen Sache verteidigt. Und das ist auch der Grund, weshalb er sich heute bei mir gemeldet hat. Er fühlt sich erneut bedroht, und nach allem, was ich weiß, hat er guten Grund zu dieser Annahme.«

»Und was wissen Sie?«

»Ich war in Görlitz, der Heimatstadt von Frau Altenburg. Das ist die verstorbene Tatverdächtige. Dort habe ich einen Mann kennengelernt. Otmar Koplin. Er schien Frau Altenburg nahezustehen. Nahe genug, um jetzt in Berlin aufzutauchen und Herrn Hellmer zu verfolgen. Ich vermute, er will zu Ende bringen, was Frau Altenburg damals nicht mehr geschafft hat.«

»Mit Zu-Ende-Bringen meinen Sie die Schüsse, die sie auf Hellmer abgegeben hat?«

»Ja. Die Waffe hatte sie vermutlich von Koplin. Von Wesen und Art her scheint er derjenige von beiden zu sein, der sie auch wirklich handhaben kann.«

»Gibt es einen Grund, weshalb Herr Hellmer bedroht wird?«

»Er behauptet, nein.«

»Und Sie?«

»Ich kann es mir nicht erklären.«

Vaasenburg seufzte. Dann griff er zu seinem Diensttelefon und wählte eine Nummer. Während er darauf wartete, dass abgehoben wurde, erklärte er mir: »Ich kenne den Chef von der Görlitzer Mordkommission aus Münster Hiltrup. Gemeinsamer Lehrgang zur Führungskräfteschulung. Guter Mann. – Georg? Hier ist Karsten Vaasenburg. Kannst du für mich mal nachschauen, ob ihr etwas über einen Otmar Koplin habt?«

Er wartete. Dann nickte er.

»Danke. Wie geht es deiner Frau? – Mach ich. Sie wird sich freuen.«

Er legte auf. »Den Mann gibt es nicht in Görlitz. Zumindest ist er nicht erfasst.«

»Frau Altenburg war das auch nicht«, sagte ich ungeduldig.

»Jetzt schon«, erwiderte Vaasenburg und grinste. Dann wurde er wieder ernst. »Also, was sollen wir tun? Personenschutz? Eine neue Identität? Ich fürchte, ich kann da nicht viel machen. Will er Anzeige erstatten?«

»Nein.«

»Schicken Sie ihn zu mir. Dann werden wir weitersehen.«

»Er will nicht zur Polizei.«

»Dann kann ich nichts tun.«

Er hob bedauernd die Hände. »Ich verstehe absolut, dass nach allem, was Ihrem Mandanten in der Littenstraße passiert ist, die Nerven blank liegen. Wie ich von der Staatsanwaltschaft erfuhr, lag kein Motiv vor. Täter und Opfer kannten sich noch nicht einmal. Alles deutet auf eine Verwechslung hin. Sonst bleibt nur noch die Erklärung, dass bei der alten Dame ein paar Sicherungen durchbrannten. Herr Hellmer steht unter Schock. Er sollte den sozialpsychiatrischen Dienst in Anspruch nehmen.«

»Sie machen es sich etwas zu einfach.«

Ich beugte mich vor in den Lichtkreis seiner Schreibtischlampe. »Ich habe mit Frau Altenburg vor ihrem Tod gesprochen. Sie wollte Hellmer umbringen, sonst niemanden. Sie wusste, wen sie vor sich hatte. *Ich habe es vermasselt*, das waren ihre Worte, bevor sie starb. Otmar Koplin ist nach Berlin gekommen, um ihren Auftrag zu Ende zu bringen.« Ich sprach leiser, so leise, dass es fast nur noch ein Flüstern war. »Er wird ihn töten.«

Vaasenburg schwieg.

»Koplin ist jemand, der Dinge zu Ende bringt. Wollen Sie das wirklich zulassen?«

»Sie mögen diesen Hellmer, nicht wahr?«

Ich atmete tief ein und lehnte mich wieder zurück. »Er ist mein Mandant. In gewisser Weise mag ich alle meine Mandanten. Und ich möchte tunlichst vermeiden, dass sie verfrüht das Zeitliche segnen.«

Ein kleines Lächeln kroch in Vaasenburgs Mundwinkel. »In dieser Hinsicht hatten Sie ja ein bisschen Pech in letzter Zeit. – Ist Ihnen Hellmers Vorgeschichte bekannt?«

»Er war drogensüchtig und landete dann auf der Straße. Ab und zu verwechselt er dein und mein. Er ist ein harmloser Mensch. Er hat es nicht verdient, dass jemand Jagd auf ihn macht. Niemand hat das verdient.«

Vaasenburg tippte auf die Tastatur. Dann drehte er den Monitor halb zu mir um.

»Ist er das?«

Nein. Doch. Er war es, aber er war es auch nicht.

Ich musste zwei Mal hinsehen, um in diesem Wrack Hellmer zu erkennen. Der Mann auf dem Foto des Erkennungsdienstes war jünger. Viel jünger. Die Haare fielen ihm fast bis auf die Schultern, statt grau und strähnig waren sie dunkel und fettig. Wangen und Hals trugen hässliche, kaum verheilte Kratznarben und eitrige Geschwüre. Dunkle Schatten lagen unter seinen Augen, die Züge wirkten eingefallen und blutleer.

»Wann war das?«

»Vor sechs Jahren.«

Hellmer sah aus, als habe er gerade das Endstadium seiner Drogensucht erreicht. Es war ein Wunder, dass dieser Mann noch lebte. Obwohl die Straße so ziemlich das Härteste war, was man seiner Gesundheit antun konnte – so schlimm wie auf diesem Foto sah er inzwischen nicht mehr aus. Obdachlosigkeit machte die Menschen zu Outlaws. Drogen zu Zombies.

»Weshalb haben Sie ihn festgenommen? BtMG?«

»Auch. Ja. Aber da hatte er noch eine Anzeige am Hals. Hoppla.

Da gab es sogar ein Verfahren. Schien eine größere Sache gewesen zu sein.«

»Warum?«

Vaasenburg drehte den Monitor wieder zu sich. Dann kniff er die Augen zusammen, tippte ein paar Eingaben und lehnte sich schließlich seufzend zurück.

»Es wurde eingestellt. Paragraph hundertsiebzig StPO zwei. Tut mir leid.«

Das tat es natürlich nicht. Ihm schien es ziemlich egal zu sein, warum und weshalb Hellmer ein Strafverfahren am Hals hatte, von dem ich nichts wusste. Alle seine früheren Delikte liefen unter § 153 der Strafprozessordnung. Geringfügige, kleine Rechtsbrüche, die mit Ermahnungen, Geldbußen oder, wie vor kurzem erst erlebt, gemeinnützigen Leistungen gesühnt wurden. § 170 aber war eine andere Nummer.

»Und Sie haben da nicht mehr drin? Gar nichts?«

»Die Akten sind an die Staatsanwaltschaft zurückgegangen.«

»An wen da?«

Vaasenburg tat mir den Gefallen, wenigstens pro forma noch ein wenig in seinem Computer herumzusuchen.

»Ich nehme an, Sie haben eine Vollmacht.«

»Selbstverständlich.«

»Nun, dann wenden Sie sich doch einfach an Frau Noack.« Er lächelte. »Das mit dem einfach war ein Scherz.«

Noack. Noack. Noack.

Salome Noack.

Gleich morgen früh würde ich ihr Büro in einen Belagerungszustand versetzen. Und mein trojanisches Pferd war Hellmer, Hans-Jörg Hellmer.

In allerbester Laune erreichte ich die Mulackstraße. Sie sank schlagartig, als ich Mutter und Hüthchen dort vorfand, nicht aber meine Undercover-Mähre. Hellmer hatte es vorgezogen, nach einer ausgiebigen Dusche, einem kompletten Kleiderwechsel und dem Genuss von sieben Rühreiern mit vier Butterbroten das Angebot zur Übernachtung auszuschlagen und das Weite zu suchen.

»Noch nicht einmal in eine der Badewannen wollte er«, sagte meine Mutter. »Ich kann ja verstehen, dass er lieber unter freiem Himmel schläft, aber das hätte er doch auch im Hof tun können, oder? Hüthchen hätte ihm die Allee der Kosmonauten zurechtgemacht.«

Hüthchen tat so, als ob sie nichts hörte, und beschmierte gerade die fünfte Brotscheibe mit Butter. Die Allee der Kosmonauten war eine Badewanne aus den sechziger Jahren, die bei der Modernisierung der Plattenbauten an Whithers gegangen war, der sie als eine der wenigen ebenerdigen Monumente sozialistischer Badekultur einigermaßen stabil auf dem Katzenbuckelpflaster des Hofes abgestellt hatte. Sie Hellmer als Bett anzubieten hatte schon etwas Eigenartiges, und man konnte es nur verstehen, wenn man Whithers kannte. Und diese beiden Damen jenseits der siebzig, die gerade darüber nachdachten, ob man aus den Wannen nicht vielleicht eine ganz neue, sehr spezielle Hostal-Idee entwickeln konnte.

»Wo ist George eigentlich?«

»In Neuhardenberg. In dem alten Flugzeughangar.«

»Was hat er vor? Arbeitet er jetzt an einer Symphonie für Duschkabinen und Turboprops?«

Das konnte man nur verstehen, wenn man Whithers *wirklich* kannte.

Wie ich mittlerweile am eigenen Leib erfahren durfte, war er einer der führenden avantgardistischen Komponisten, den der Hang zum Experimentellen nicht mehr losgelassen hatte. Nachdem er sich konsequenterweise von allen Konzertsälen der Welt verabschiedet hatte, fand er ausgerechnet in diesem Berliner Hinterhof sein Paradies, sammelte Schrott und Bauschutt, fügte zusammen, was niemals zusammengehören und erst recht nicht zusammen klingen sollte, und schuf tönende Monster und furchteinflößende, aberwitzig große Musikmaschinen, für die er wohl mittlerweile einen Flugzeughangar brauchte.

Hüthchen, die mir ansah, was ich von dieser Art Musik hielt und mich deshalb ohne weitere Differenzierung der Gruppe »André-Rieu-Liebhaber« zuordnete, hatte die Vorbereitungen für ihre nächste Nahrungsaufnahme beendet und stand ächzend auf, um die Butter wieder in den Kühlschrank zu stellen. Wenigstens das hatte sie gelernt.

»Er trifft sich dort mit einem Dirigenten. Ein Brite. Ein Sir.«

»Ein Sir!«, wiederholte meine Mutter. In ihrer Stimme schwang ein Hauch Bewunderung für die angelsächsische Art, dem Adel ab und zu frisches Blut zuzuführen, und man sah ihr an, wie sehr sie einen solchen Ritterschlag auch in unseren Breiten begrüßen würde. *Sir* George Whithers klang ja tatsächlich nicht schlecht. Ich hatte aber im Moment mit dem anderen Ende der Skala gesellschaftlichen Miteinanders zu tun, weshalb mir Whithers' Umgang ziemlich egal war.

»Wisst ihr zufällig, wohin euer neuer Mitbewohner verschwunden ist? Herr Hellmer?«

»Hajo?«, fragte Mutter.

Hajo klang ja schon sehr vertraut.

»Exakt den meine ich.«

»Er wollte morgen wiederkommen. Zum Mittagessen. Das hat er versprochen.«

»Und heute Abend?«

Mutter und Hüthchen sahen sich an. »Das wissen wir nicht. Er wollte dann ziemlich schnell gehen. – Du willst doch nicht auch schon wieder fort?«

Das wollte ich allerdings. Es wurde dunkel, und ich musste noch in die Kanzlei. Wenn der Herr schon die Allee der Kosmonauten ausgeschlagen hatte, dann hatte er es sich vermutlich in einem U-Bahnhof oder auf einer Parkbank gemütlich gemacht. Sein bevorzugtes Areal lag in Schöneberg. Zu weit weg für heute Abend. Ich hatte keine Lust, mir auf der Suche nach ihm die Nacht um die Ohren zu schlagen.

Im Büro aber lag irgendwo seine Akte. Vielleicht konnte sie mir Aufschluss darüber geben, was in seinem Vorleben alles schiefgelaufen war, von dem ich nichts wusste. Außerdem konnte ich von dort aus telefonieren. Ungestört.

Ich verabschiedete mich mit einem zarten Kuss auf die Wange meiner Mutter. Hüthchen nickte ich höflich zu, aber sie steckte bis zur Hüfte im Kühlschrank. Ich hatte mir schon lange abgewöhnt, hier irgendjemanden noch zu irgendetwas erziehen zu wollen. Zur Beachtung von Mindesthaltbarkeitsdaten beispielsweise. Oder zu einem gewissen Augenmerk auf Schimmelbildung, Ausflockungen und Bodensatz. Es war ihr Leben, mit dem sie täglich spielten. Das Einzige, was ich tun konnte, war nie und nimmer etwas zu essen, das diese beiden zubereitet hatten.

»Wenn er wiederkommt, ruft mich sofort an. Es ist wichtig.«

»Hat er was angestellt?«, fragte meine Mutter und brachte mich noch bis in den Vorraum.

»Nein«, antwortete ich. »Zumindest nichts, was bekannt wäre.«

Sie schien das zu beruhigen. Mich nicht.

Ich erreichte die Dunckerstraße kurz vor sechs Uhr. In der Wohnung der kleinen französischen Rock-Chansonette brannte Licht. Sie stand am offenen Küchenfenster, rauchte eine Zigarette und winkte mir zu.

»'err Vernau! 'aben Sie den Brief bekommen?«, rief sie zwei Stockwerke hinunter in den Hof.

»Welchen Brief?«, fragte ich zurück.

»Ist 'eute gekommen. Wir müssen raus. Alle.«

Traurig schnippte sie Asche auf mein Haupt.

»Oh, Verzei 'ung. Es ist alles so plötzlisch, nischt wahr? Wo sollen wir denn jetzt alle 'in?«

Sie wies auf die umliegenden Fenster, hinter denen sich der normale Alltag eines normal gebliebenen Hauses in einem mittlerweile völlig verrückt gewordenen Kiez abspielte. Hier lebten Familien, alleinerziehende Mütter, arbeitslose Paare, zwei Schwule, die sich ununterbrochen in den Haaren lagen, eine Dame mit schätzungsweise dreiundvierzig Katzen in ihrer Einraumwohnung – zumindest roch es so, wenn ich im Treppenhaus an ihrer Tür vorüberging, eine WG mit Germanistikstudenten der Humboldt-Universität, die nie studierten und alle irgendwie minderjährig aussahen, unsere kleine französische Sängerin mit permanent wechselnden Begleitmusikern und wir, Marie-Luise und ich. Noch.

»Können Sie nischt etwas tun? Sie wollen modernisieren. Kein Mensch kann bezahlen, wenn ‘eutzutage modernisiert wird. Eine Wohnung ist keine Ware. Sie ist ‘eimat!«

Es war zu kalt, um marxistische Grundsätze über zwei Stockwerke hinweg auf einem Hinterhof zu diskutieren. Außerdem hatte die Dame mit dem Katzentick mitbekommen, dass sich im Hof eine Unterhaltung ohne sie abspielte. Sie öffnete nämlich auch ihr Fenster, beugte sich heraus und rief:

»Laurien? Lau-rie-hien! – Haben Sie vielleicht Laurien irgendwo gesehen?«

»Sie sucht eine junge Mann, Frau Freytag«, antwortete die Chansonette mit einem Augenzwinkern in meine Richtung.

»Es wird Frühling. Da stromert die Katz’! Passen Sie auf, sonst kommen viele Babys mit Ihre Laurien zurück. Isch ‘öre sie rufen jede Nacht: Wo ist er, wo ist er?«

»Sie ist sterilisiert. Und was ich jede Nacht aus Ihrer Wohnung höre, dagegen sind meine Katzen Caruso.«

Sie warf das Fenster zu. Die kleine Chansonette zuckte mit den Schultern.

»Sag isch nischt gegen ihre Katz’, soll sie nischt sagen gegen meine Musik. So wollen wir lange zusammen leben.«

»Das wollen wir«, beendete ich unser Gespräch.

Ich versprach, mir sofort die Post anzusehen, und eilte hinüber in unsere mehr oder weniger legale Kanzlei, deren Tage nun allem Anschein nach tatsächlich gezählt waren.

Als ich den Flur betrat, hörte ich sie. Laute, zornige Stimmen, die sich gegenseitig übertrumpfen wollten. Dazwischen Marie-Luise, die Ruhe in den eskalierenden Streit zu bringen versuchte. Vergeblich. Ich hatte mich kaum aus meinem Mantel geschält, da stürmten zwei junge Männer in Lederjacken und Palästinensertüchern an mir vorbei. Neugierig lugte ich durch die offene Tür in ihr rauchgeschwängertes Büro.

»Ich rede euch doch nicht rein. Ich warne euch nur. Wenn irgendetwas schiefläuft, solltet ihr wissen, welche Konsequenzen das hat.«

Sie sah hoch und erkannte mich. »Hallo, Joachim. Wir sind gleich fertig.«

In ihrem Büro saßen vier weitere verwegene Gestalten. Zwei Mischlingshunde von erbarmenswürdiger Magerkeit mit neckischen roten Halstüchern hatten sich vor der Heizung ineinander verkrochen und fuhren bei meinem Anblick auseinander. Sie knurrten.

»Aus«, sagte ein Mädchen mit kurzgeschorenen blonden Haaren.

Die Hunde verstummten.

»Wir wollten sowieso gerade gehen. Danke, Marie. Das renkt sich schon wieder ein.«

»Hoffentlich. Passt auf euch auf und macht keinen Blödsinn.«

Die jungen Leute verabschiedeten sich von ihr mit den obligatorischen Wangenküssen. Dann quetschten sie sich an mir vorbei und verließen die Kanzlei. Ich sah ihnen hinterher.

»Was war das denn?«, fragte ich.

Marie-Luise ordnete einige Notizen auf ihrem Schreibtisch, was bedeutete, dass sie mehrere Blatt Schmierpapier auf die verschieden hohen Berge ihrer unerledigten Ablage verteilte.

»Nichts«, sagte sie. »Nur eine kostenlose Rechtsberatung.«

Kostenlos. So viel zum Thema Finanzen und wer was dazu beitrug.

»Wer sind diese Leute?«

»Friedensaktivisten.«

»Friedensaktivisten mit Palästinensertüchern? Das ist mir neu.«

»Dir vielleicht«, antwortete sie.

Ihr Ton verriet, dass jede weitere Nachfrage in einem Streit enden würde. Ich setzte mich auf den noch warmen Stuhl vor ihrem Schreibtisch und wartete darauf, dass sie mir einen Bruchteil der Aufmerksamkeit schenken würde, die sie gerade noch so großzügig an eine Gruppe pazifistischer Israel-Gegner verteilt hatte. Endlich sah sie hoch.

»Ist was?«

»Ja, zwei Dinge. Erstens hat Vaasenburg Fotos von dir gesehen.«

Sie lächelte, als ob ich ihr gerade erzählt hätte, dass die Bundeswehr bei ihrem Fanclub Autogrammkarten für die Spinde bestellt hätte.

»Fotos?«

»Das ist nicht zum Lachen. Nimmst du an Versammlungen von linksextremen Gruppen teil? Solchen wie denen eben?«

Ihr Lächeln verschwand. »Woher hat er die?«

»Woher wohl? Vom Verfassungsschutz. Ich muss dir ja nicht sagen, was das für eine Anwältin heißt, wenn sie sich auf Extremisten einlässt.«

»Du spinnst. Ich muss dir doch nicht den Unterschied zwischen radikal und extrem erklären.«

»Mir nicht. Aber der Anwaltskammer vielleicht.«

»Das ist … unglaublich. Das heißt, ich … und sie werden beobachtet? Hat Vaasenburg dir das gesagt?«

Jetzt musste ich langsam aufpassen. Vaasenburg hatte gar nichts gesagt. Um nichts in der Welt wollte ich, dass Marie-Luise mit Schaum vor dem Mund in der Keithstraße auftauchte und die Herausgabe von Fotos forderte, die sogar ich nur vom Hörensagen kannte.

»Vaasenburg hat mir einen vertraulichen Hinweis gegeben. Vertraulich, okay? Er sagte, er hätte dich auf irgendwelchen Aufnahmen gesehen. Er hat das Wort Verfassungsschutz noch nicht mal in den Mund genommen. Kein Grund zur Panik.«

»Du bist gut. Ich helfe den Kids doch nur, sich nicht tiefer als nötig in die Scheiße zu reiten, und klickklickklick ist man drin im Raster. Überwachungsstaat.«

Sie zündete sich eine Zigarette an. »Aber danke für den Tipp. Ich werde ihn an meine Mittäter weiterleiten.«

»Tu das.«

»Und zweitens?«

»Muss ein Brief von der Hausverwaltung gekommen sein.«

Sie sah mich an, als hätte ich nach den Toilettenpapierrechnungen 1991 bis 93 gefragt. Inklusive ausgewiesener Mehrwertsteuer.

»Nein. Warum?«

Sie legte die Zigarette in eine nachlässig ausgespülte Thunfischdose und wühlte in dem linken Stapel. Er geriet ins Wanken, ich sprang zu Hilfe, und mit vereinten Kräften gelang es uns, die Tagespost von alten Zeitungen, Flugblättern, längst verjährten Fällen und einer Akte mit der Aufschrift »Hans-Jörg Hellmer« zu separieren.

»Was macht die denn hier?«, fragte ich.

Marie-Luise überflog die Briefe. »Hat Kevin hier abgeladen. Er wusste nicht, wohin damit.«

»So geht das nicht.«

»Was?«

»Marie-Luise, es geht so nicht weiter.«

Sie ließ die Post sinken und sah mich zum ersten Mal wirklich, richtig an.

»Wie meinst du das?«

Ich deutete auf das Chaos um mich herum. Auf die Poster. Auf die abgeschabten, nicht zusammenpassenden Stühle. Auf den Kalender vom Vorjahr, der immer noch an der Wand hing. Auf den vertrockneten Geburtstagsstrauß vorm Fenster. Achtunddreißig gelbe Rosen mit hängenden Köpfen. Sie hatte kein einziges Mal das Wasser gewechselt.

»Ich kann nicht so mit Blumen. Das weißt du doch.«

»Das meine ich nicht.«

»Was dann?«

»Das ist doch keine Kanzlei. Das ist …«

Sie nahm ihre Zigarette wieder auf und zog daran. Dann rauchte sie zu Ende, schweigend, sah an mir vorbei auf die Wand hinter mir, auf das jemenitische Mädchen und den zahnlosen Greis, bis sie die Zigarette ausdrückte und entschlossen sagte: »Dann geh doch.«

»Marie-Luise …«

»Wenn dir das alles nicht passt, geh. Da ist die Tür. Du bist damals per Handschlag gekommen, und du kannst auch so wieder gehen. Du bist mir nichts schuldig. Wenn du glaubst, dein Glück woanders zu finden, such es. Oder hast du es schon?«

»Es geht doch nicht um Glück. Es geht um Ordnung, Zuverlässigkeit, um ein Minimum an …«

»… Sauberkeit, Pflichtgefühl und Vaterlandsliebe. Stimmt's? Hör doch auf mit dem Mist. Das ist dir alles zu klein hier. Zu dreckig. Zu chaotisch. Dich stört es, dass unsere Mandanten Parka statt Pelz tragen und noch nicht mal das Geld für eine U-Bahn-Karte haben. Hier. Ich hätte was für dich. Notorisches Schwarzfahren.«

Sie warf mir eine Handakte hin. Ich rührte sie nicht an.

»Ach, ist dir wohl zu wenig? Tut mir leid, mit mehr kann ich nicht dienen. Aber wenigstens sterben mir meine Fälle nicht unter den Händen weg.«

Das war gemein, und das wusste sie. Marie-Luise zielte gerne ein bisschen unter die Gürtellinie, aber sie traf selten lebensgefährlich. Der Fall Margarethe Altenburg hätte uns sanieren können. Insofern hatte sie nicht ganz unrecht.

Ich stand wortlos auf und ging in den Flur. Die alte Holztür hatte in Kniehöhe einen Schlitz für den Einwurf von Briefen. Diesen sehr bequemen Service hatte man leider schon vor langer Zeit mit dem Anbringen von Hausbriefkästen abgeschafft. Aber es war so, wie ich vermutet hatte. Das Schreiben war nicht per Post gekommen, man hatte es von Hand eingeworfen. Der Brief lag neben dem Fußabtreter im schummrigen Halbdunkel, und mehrere Stiefelabdrücke hatten das Weiß in ein schmieriges Braungrau verwandelt. Ich hob ihn auf und öffnete ihn.

»Fides Hausverwaltung Immo Invest« stand auf dem Briefkopf. »Betrifft: Übertragung der Wohnanlage Dunckerstraße 271 von der Erbengemeinschaft Wolfgang Schlüter auf die Fides Immobiliengruppe.«

Marie-Luise hatte sich etwas abgeregt. Sie war mir in den Flur gefolgt und lugte mir jetzt über die Schulter.

»Teilmodernisierung … Erhöhung des Wohnwerts … Kündigung der alten Mietverträge – gib her!«

Sie riss mir das Blatt aus der Hand. »Das geht ja gar nicht! Sie können uns nicht einfach kündigen. Ich werde sofort …«

Fassungslos ließ sie den Brief sinken. »Fristlos?«

Jetzt war ich wieder mit dem Lesen an der Reihe. »Wegen Zweckentfremdung von Wohnraum kündigen wir Ihnen mit sofortiger Wirkung die Räume Dunckerstraße 271, HH, rechts, 2. Stock. – Zweckentfremdung. Dann stimmt es also, was dieser Mensch neulich behauptet hat? Dass es keine Gewerbemietverträge im Haus gibt? – Da steht noch was. Wenn wir die Kündigung akzeptieren, werden sie davon absehen, eine Nachberechnung der Miete anzusetzen. Kannst du mich aufklären, was das zu bedeuten hat?«

»Scheiße«, sagte sie. »Das hat es zu bedeuten.«

Sie trottete hinter mir her in mein Büro. Es war nicht schöner, aber wenigstens aufgeräumt. Aus der Hängeregistratur holte ich einen leeren Ordner, beschriftete ihn mit »Fides« und legte den Brief hinein. Jetzt wusste ich wenigstens, wo er zu finden war. Ich räumte ihn wieder zurück in den Schrank.

»Nach der Wende hat doch keiner gefragt. Die waren doch froh, wenn ihre Ruinen trockengewohnt wurden.«

»Gewohnt«, wiederholte ich nur.

»Hab ich doch auch! Das war meine Wohnung. Früher. Bevor ich in die Mainzer gezogen bin. Dazwischen habe ich sie für zwei Jahre untervermietet. Und dann, nach dem Staatsexamen, wollte mich ja erst keiner. Die guckten doch alle auf meine Unterlagen, und siehe da, Eins in Staatsbürgerkunde, Jurastudium an der Humboldt. DDR. Dass es nur die ersten drei Semester waren, hat doch keinen interessiert. Und dann war die Wohnung wieder frei, und ich dachte, es sei im Sinne des Vermieters, wenn man sie nur tagsüber abnutzt. So kam das.«

Um Verständnis heischend sah sie mich an. Ich war da etwas anderer Meinung, und so seufzte sie ein bisschen herum und ließ demonstrativ die Schultern hängen.

»Und dann hat doch keiner mehr gefragt. Fast zehn Jahre lang. Und guck jetzt nicht so, als hätte ich hier einen Tschetschenen-Puff aufgezogen. Übrigens hast auch du die letzten beiden Jahre von der niedrigen Miete mit profitiert.«

Ich warf die Schranktür zu. Vor meinem geistigen Auge sah ich den jungen Herrn Jonas mit seinem altersschwachen Umzugs-LKW vor unserer Haustür stehen und unser Büro 1 : 1 in einen nie fertig werdenden Rohbau in die Mulackstraße transportieren. Genau dorthin, wo ich nie enden wollte. Das wollte ich hier auch nicht. Aber es sollte nicht plötzlich, unerwartet und unbezahlbar sein.

»Warum hast du mir das nie gesagt?«

»Weil du mich nie gefragt hast.«

Sie stand auf. »Irgendwas wird uns … wird mir schon einfallen. Du wolltest doch sowieso gehen. Freu dich. So eine schöne Gelegenheit bietet dir das Schicksal nicht so schnell wieder.«

Sie ging nach nebenan, holte die Akte Hellmer, pfefferte sie mir auf den Tisch und verließ türenknallend meinen Arbeitsbereich.

Seufzend zog ich die Akte heran, blätterte darin herum und fand, wie erwartet, nichts. Diebstahl, Mundraub, Schwarzfahren, natürlich, die schlimmste Entgleisung war tatsächlich die Sachbeschädigung im Supermarkt. Was war es, das er mir verschwiegen hatte?

Ich sah auf meine Armbanduhr. Es war zu spät, es in Salomes Büro zu versuchen. Trotzdem rief ich an und hatte zu meinem großen Erstaunen ihre Sekretärin am Apparat. Sie erinnerte sich sofort an mich, was meine Chancen, an ihre Chefin heranzutreten, schlagartig minderte.

»Frau Noack ist schon außer Haus. Kann ich Ihnen weiterhelfen?«

Es war eine rein rhetorische Frage. Trotzdem beschloss ich, ihr Angebot anzunehmen.

»Sie möchte mich bitte umgehend zurückrufen. Es geht um Hans-Jörg Hellmer. Das wird ihr nichts sagen. Schreiben Sie bitte das Stichwort Margarethe Altenburg und Littenstraße dazu.«

Die Sekretärin ließ sich die Namen buchstabieren, was meine Hoffnung nährte, dass sie auch mitschrieb. Ich gab ihr beide Telefonnummern, die von der Kanzlei – sofern sie nicht bis morgen zwangsgeräumt wurde – und meine Handynummer.

»Es ist wirklich dringend. Wenn Sie ihr das bitte ausrichten würden?«

»Selbstverständlich.«

Sie legte auf. Vor meinem geistigen Auge zerknüllte sie den Zettel und warf ihn in den Papierkorb. Ich konnte erst einmal nichts tun und blieb noch eine kleine Weile sitzen. Dann stand ich auf und ging wieder zu dem Schrank, in dem ich gerade unsere fristlose Kündigung versenkt hatte. Ich nahm eine kleine, nicht abgeschlossene Kassette heraus, in der ich ausgeschnittene, nicht abgestempelte Briefmarken hortete, um sie während unserer immer wiederkehrenden Engpässe abzulösen und auf unsere Ausgangspost zu kleben. Unter der Einlage fand ich, was ich gesucht hatte. Ich nahm alles mit zum Schreibtisch, griff zu einem Brieföffner und hob damit die kleine graue Pappschachtel mit den kyrillischen Buchstaben hoch. Ich ließ sie in einen Umschlag gleiten, den ich verschloss und in meine Jackentasche steckte.

In diesem Moment klingelte mein Handy.

»Ich bin's.«

Der Klang dieser Stimme machte Gänsehaut. Rieselte den Rücken hinunter, ließ alles vergessen und stumm werden, machte nur noch ein Wollen, dass sie weiterreden möge, immer weiter, stunden-, tage-, nächtelang.

»Ich habe gehört, Sie wollten mich sprechen?«

Ich wusste nicht mehr, warum ich sie angerufen hatte. Bevor sie mich endgültig für grenzdebil halten würde, fiel mir wenigstens mein Name wieder ein.

»Ja«, sagte ich und zog die Akte Hellmer heran, um irgendetwas zu haben, an dem ich mich geistig festklammern konnte.

»Sie erwähnten Frau Altenburg?«

»Ja.«

»Und … einen Herrn Hellmer?«

»Ja.«

»Und?«

Ein Hauch Gereiztheit lag in ihrer Stimme. Ich konzentrierte mich, so gut es ging.

»Die Littenstraße. Sie erinnern sich bestimmt.«

»Natürlich.« Wahrscheinlich sah sie gerade auf ihre Armbanduhr und wunderte sich. »Könnten Sie mir vielleicht verraten, warum Sie mich sprechen wollten?«

»Ja«, sagte ich. Das konnte doch nicht wahr sein! Mutierte ich etwa gerade zu einem siebzehnjährigen Sekundaner? Ich holte tief Luft.

»Herr Hellmer ist der Mann, auf den Margarethe Altenburg geschossen hat. Es besteht Grund zur Annahme, dass dies weder eine Verwechslung noch eine Tat im Affekt war. Herr Hellmer hat sich erst jetzt bei mir gemeldet, weil er erneut das Gefühl hat, verfolgt zu werden. Ich habe den Mann gesehen, der ihm auf den Fersen ist. Es ist ein Freund der Verstorbenen, Otmar Koplin.«

»Koplin?«

»Es sieht so aus, als ob er nur auf eine günstige Gelegenheit wartet, um den Mord auszuführen. Den Mord, der Frau Altenburg nicht gelungen ist.«

Schweigen. Ich hörte sie atmen am anderen Ende der Leitung und freute mich. Endlich war es mir gelungen, sie zu beeindrucken. Mehr noch: Sie war sprachlos.

»Herr Koplin kommt auch aus Görlitz«, fuhr ich fort. »Ich habe ihn dort kennengelernt, als ich im Auftrag von Frau Altenburg einige Dinge abgeholt habe. Ich weiß, dass Koplin Frau Altenburg die Waffe und die Munition besorgt hat. Und jetzt besorgt er einfach den Rest. – Hallo?«

»Ja, ja. Ich bin noch dran. Hat Herr Hellmer Anzeige erstattet?«

»Noch nicht. Aber ich habe das Gefühl, dass der Fall jetzt langsam doch wieder ein gewisses öffentliches Interesse verlangt. Schließlich wird ein Bürger massiv bedroht. Er war bereits in einer lebensgefährlichen Situation. Das kann sich jederzeit wiederholen.«

»Herr … Vernau?«

Meinen Namen! Sie hatte meinen Namen richtig ausgesprochen!

»Ja«, sagte ich.

»Was kann ich in dieser Sache tun?«

»Gegen Herrn Hellmer lag vor sechs Jahren eine Anklageerhebung vor. Sie fiel in Ihren Ermittlungsbereich. Die Anklage wurde fallen gelassen. Ich wüsste aber gerne, worum es sich dabei gehandelt hat. Könnten Sie das für mich herausfinden?«

»Für eine Akteneinsicht bin ich der falsche Ansprechpartner. Sie müssen sich …«

»Sie haben den Fall damals bearbeitet.«

»Ich muss Sie bitten, Ihr Anliegen schriftlich an die Geschäftsstelle der Staatsanwaltschaft zu richten. Meine Mitarbeiterin wird sich dann darum kümmern. Es tut mir leid, aber ich habe noch einen Termin und …«

»Können Sie sich wirklich nicht mehr daran erinnern?«

Jetzt wurde sie zickig.

»Wissen Sie, wie viele Fälle ich im Moment zu bearbeiten habe? Wissen Sie, was seit den Kürzungen im Öffentlichen Dienst eigentlich hier los ist? Und erwarten Sie wirklich von mir, dass ich mich nach sechs Jahren an ein eingestelltes Verfahren erinnere?«

»Koplin ist die einzige direkte Verbindung zu Frau Altenburg. Es steckt doch mehr dahinter als der Überfall einer verwirrten Frau. Vielleicht ihre Vergangenheit. Vielleicht diese Anklage gegen Herrn Hellmer. Ich weiß es nicht. Aber wir müssen darüber reden.«

»Da bin ich mir nicht so sicher. Aber Sie werden nicht lockerlassen, oder?«

»Mache ich diesen Eindruck?«

Ich hörte, wie sie auf ihrem Schreibtisch nach etwas suchte.

»Das Archiv im Westhafen ist schon längst geschlossen. Ich kann wirklich nichts für Sie tun. Nicht heute. Aber wenn ich es recht bedenke, könnten *Sie* mir helfen.«

»Ich?«, fragte ich, freudig überrascht.

»Mein Navigationssystem ist kaputt. Ich habe eine Einladung für den Geburtstagsempfang des Direktors der Staatsbibliothek. Leider feiert er nicht Unter den Linden, sondern im Schloss Britz. Ich habe keine Ahnung, warum und erst recht nicht, wie ich da hinkomme. Also muss ich mir ein Taxi nehmen, oder Sie holen mich in einer Stunde ab und bringen mich. Dann können wir reden während der Fahrt, und Sie erzählen mir, um was es eigentlich geht.«

Ich verkniff mir den Hinweis auf Stadtpläne und fragte nur: »In einer Stunde?«

»Ja«, antwortete sie.

Das waren Situationen, in denen nur einer helfen konnte: mein Freund Jazek. Mit fliegenden Fingern wählte ich seine Nummer und hatte ihn einige angstvolle Sekunden später wirklich am Apparat.

»Ein Auto«, sagte er, nachdem ich mich identifiziert und Jazek begriffen hatte, wer ihn da mitten in seinen Verhandlungen mit polnischen Schwarzbrennern störte. Und warum.

»Aber ihr habt doch den Kapitän. Der ist gut. Ist er schon wieder kaputt?«

»Ich brauche ein richtiges Auto. Groß. Schwarz. Schön. Einen Geländewagen. Eine Limousine. Etwas Richtiges eben.«

»Jetzt?«

»Jetzt.«

»Verstehe ich dich richtig: Es ist eine Sache von Leben und Tod?«

»Ja«, sagte ich.

»Ich rufe dich in fünf Minuten an.«

Er legte auf.

Solche Freunde muss man haben. Menschen, die einen nicht lange herumzappeln lassen mit Erklärungen und Entschuldigungen, sondern die einfach akzeptieren, dass man Hilfe braucht und sich Zeit und Stunde dafür nicht selbst ausgesucht hat.

Die fünf Minuten waren noch nicht um, da klingelte das Telefon.

»Reicht ein V70, 238 PS, Sechszylinder, Kilometerstand 18?«

Keine Ahnung, was das sein sollte. Kilometerstand 18 klang gut.

»Weltklasse.«

»Ist noch nicht auf dem Markt. Wird Samstag eingeführt. Steht in der Werkstatt vom Autohaus Wedding. Tadeusz packt ihn grade aus und kümmert sich um alles Weitere. Er soll auch die Probefahrt machen. Kannst du übernehmen, da hat er eher Feierabend.«

»Danke!«

»Hör zu. 18 Kilometer. Das ist wirklich verdammt neu. Morgen früh steht er wieder da, als wäre er nie fort gewesen. Ist das klar?«

»Natürlich.«

»Dann viel Spaß. Wie heißt sie?«

»Wer?«, fragte ich, legte auf und eilte im Laufschritt zur Tür hinaus, um die nächste U-Bahn Richtung Wedding zu erwischen. Dort hatte Tadeusz bei einem Neuwagenhändler, der mit einer reizenden polnischen Frau verheiratet war, Asyl und Brot erhalten, nachdem Jazek sich für alle überraschend einem anderen Erwerbszweig zugewandt und seine Werkstatt vorübergehend geschlossen hatte. Die Öffnung der Grenzen nach Polen hatte ihn nämlich dazu gebracht, den illegalen Wodkaschmuggel zu überdenken und die Sache vielleicht etwas größer, dafür aber auch lukrativer und vor allen Dingen im Einklang mit dem Import- und Steuerrecht aufzuziehen. Nur die Brennereien zogen nicht so richtig mit. Solange schwarz gebrannt und gehandelt wurde, rechnete sich alles ganz gut. Jetzt aber, wo es um Zollbestimmungen und Rechnungslegungen ging, schraubten nicht nur die Hersteller, sondern auch der Gesetzgeber die Anforderungen an Jazek in derart schwindelerregende Höhen, dass er schon wieder entnervt in einem Kaff hinter Kostrzyn saß und sich seit mehreren Tagen gepflegt volllaufen ließ. Wenn er bis Ende der Woche nicht wieder auftauchte, würden wir ihn holen. Das hatten Marie-Luise und ich in seltener Einmütigkeit zu seinem Besten beschlossen – und dem seiner zahlreichen Kunden, die verzweifelt an die Tore seiner Werkstatt am Rosenthaler Platz hämmerten und nicht wussten, ob sie ihre Autos jemals wiedersahen.

Dreißig Minuten später enterte ich im Laufschritt einen gläsernen Verkaufsraum, und Tadeusz begrüßte mich mit diskreter Zurückhaltung. Ich sah auf die Uhr an der Wand, zwanzig nach sieben. In einer Viertelstunde musste ich in der Turmstraße sein, also hielt ich mich nicht lange mit Erklärungen auf.

Tadeusz zog mich nach draußen. Er trug einen sauberen, gebügelten Blaumann mit eingesticktem Händler-Logo. Er war Anfang zwanzig, ein hübscher, mittelgroßer Junge mit kurzen Haaren und kräftigen Schultern. Er kam aus einem Goralendorf am Fuße der Hohen Tatra, also so ziemlich aus der Steinzeit, wie er uns einmal in einem Anflug von Redseligkeit mitteilte, denn meistens schwieg er, war geschickt im Umgang mit schlotternden Auspuffrohren und lecken Stoßdämpfern sowie Jazeks wechselnden Liebschaften, die er mit bemerkenswerter Umsicht sortierte und aneinander vorbeimanövrierte, und ersparte seinem Chef damit viel Ärger. Wie er diesen Job bekommen hatte, war unklar, und wir vermuteten weit in die bewegte Vergangenheit reichende Bindungen von Jazek zu besagter Gattin. Aber dass Tadeusz ihn wegen mir nicht aufs Spiel setzen würde, machte schon seine erste Bemerkung deutlich, nachdem er sich mehrfach umgesehen und festgestellt hatte, dass wir allein auf dem Hof waren.

»Kein Kratzer. Weder am Lack noch an den Felgen. Nicht essen, nicht rauchen, nicht du weißt schon was. Es ist übrigens – na ja, das siehst du gleich selbst.«

Er öffnete eine Aluminiumtür und gab mir mit einem Kopfnicken zu verstehen, dass ich ihm folgen sollte.

Eigentlich war ich ja durch mit Volvo. Wer so viel gelitten hatte wie ich, der empfand beim Verschrotten eines dreißig Jahre alten Schlachtschiffes nur noch ein Gefühl unendlicher Befreiung. So ähnlich musste man sich nach einer Scheidung fühlen, am Ende einer zutiefst unglücklichen Ehe. Oder am ersten Tag der Haftentlassung nach einer langen Zeit von Buße, Reue und Einkehr. Niemals hätte ich auch nur im Traum daran gedacht, einen Volvo noch einmal als Fortbewegungsmittel in Betracht zu ziehen. Und so blieb ich erst einmal misstrauisch stehen, als Tadeusz eine gewaltige Plane von einem Wagen zog und ihn mir stolz präsentierte.

»Na?«

Es war ein Kombi. Nicht gerade das, was ich erwartet hatte. Eine Mischung aus Riese und Familienkutsche. Unendlich lang, tiefschwarz, chromverziert, bullig und unübersehbar einer von der dominanten Sorte. Aber er war neu. Postfrisch. Spiegelglanz. Unberührt. Von Tadeusz' Staublappen einmal abgesehen.

»60 000 Riesen. Wie er hier steht.«

»Für einen Volvo?«, fragte ich erstaunt. Ich hatte mir immer noch nicht abgewöhnt, Preise für Joghurt, Käsekuchen und Autos in D-Mark umzurechnen, obwohl man damit jeder selbstgestrickten Depression reichlich Vorschub leistete. Dafür hätte man früher einen Porsche bekommen.

»Mit allen Extras natürlich.«

Er öffnete die Fahrertür und wollte gerade anfangen, mich mit den Vorzügen eines Wagens vertraut zu machen, für den ich im Falle eines Umzugs getrost auf den jungen Herrn Jonas verzichten konnte, aber ich hatte keine Zeit.

»Darf ich jetzt?«

Tadeusz seufzte und gab mir den Schlüssel, der aussah wie eine verchromte Streichholzschachtel und mit dem ich nicht wirklich etwas anfangen konnte. Erst als er mir zeigte, wo man dieses Teil hinstecken und welchen Knopf man betätigen, vor allem aber, auf welche Stellung der Automatik man achten sollte, sprang das Ungeheuer an, und ich musste mir eingestehen, in den letzten Jahren eine Menge verpasst zu haben. Vor allem in Bezug auf Autos.

Tadeusz seufzte, wackelte mit der ganzen Weisheit seiner dreiundzwanzig Jahre mit dem Kopf und setzte das Rolltor in Bewegung. Ich suchte die Handbremse, fand sie nicht, er sprang noch einmal herbei, setzte sich, bis wir auf den Hof gefahren waren, neben mich, erklärte mir noch weitere Feinheiten der gehobenen Automobilführung und sagte zum Abschied:

»Er ist vier Meter zwanzig lang. Nur zur Erinnerung. Kommst du klar?«

»Natürlich. Nichts leichter als das.«

Dann rollte ich vom Hof und hatte noch genau zehn Minuten.

Vor dem Amtsgericht ließ ich vor lauter Angst, das Ding nie mehr starten zu können, den Motor laufen. Ich war pünktlich. Sie auch.

Sie trug einen langen dunklen Mantel, der weit aufsprang und hinter ihr herflatterte, als sie die Treppe hinunterlief und selbst diesem Auftritt ohne Publikum etwas Melodramatisches verlieh. Das Handy am Ohr sah sie sich suchend um und entdeckte mich ein paar Meter weiter am Straßenrand. Normalerweise wäre ich ausgestiegen, so aber blieb ich hinter dem Lenkrad sitzen und wartete, bis sie den Wagen erreicht hatte und die Tür öffnete.

»Vielen Dank. Wir müssen nach Alt-Britz. Wo auch immer das sein mag.«

Sie setzte sich, verstaute das Handy in ihrer Aktentasche, klappte mit einem Handgriff die Blende herunter und betrachtete interessiert ihr Gesicht in einem beleuchteten Spiegel. Die Beiläufigkeit, mit der sie das tat, ließ auf einen reichen Erfahrungsschatz in Sachen 60 000-Euro-Autos schließen. Sogar darin war sie mir gegenüber eindeutig im Vorteil.

Das Navigationssystem war nicht eingeschaltet. Und ich hatte so etwas auch noch nie im Leben bedient. Sie unterbrach die Kontrolle ihres perfekten Make-ups.

»Wissen Sie nicht, wie man das macht?«

Schon tippte sie auf dem Display herum und hatte die Adresse eingegeben. Eine warme Stimme gab mir den Rat, bei der nächsten Gelegenheit zu wenden und dann vierhundert Meter geradeaus zu fahren. Langsam gab ich Gas und rollte vorsichtig auf die Fahrbahn.

»Sie haben den Wagen wohl noch nicht lange?«

Ich nickte nur kurz, denn die ungewohnte Anordnung der Bedienungselemente erforderte meine ganze Aufmerksamkeit. Eine Weile schwiegen wir, so lange, bis wir die Stadtautobahn erreicht hatten und ich mich etwas entspannen konnte.

»Ein Kombi. Ich hätte gedacht, Sie fahren ein sportlicheres Auto.«

Ich drückte das Gaspedal durch, der Kick-down warf uns beide in die Sitze zurück, und mit hundertvierzig überholte ich drei vor sich hin zuckelnde Großraumlimousinen.

»Schon gut, schon gut.« Sie lachte.

Ich bremste wieder ab. Braves Auto. Guter Kerl.

»Also, Herr Vernau. Wir wollen ja nicht unsere Zeit vertun. Was wissen Sie über Frau Altenburg?«

Ich wunderte mich etwas über die Frage, doch dann erzählte ich ihr, was sie wissen sollte. Einiges ließ ich aus, zum Beispiel die Zigarrenkiste und alles, was sich darin befunden hatte. Schließlich hatte man sie mir quasi unter dem Hintern weggestohlen. Das wollte ich zumindest in dieser ersten Phase zarter Annäherung nicht gleich vor ihr ausbreiten. Wir erreichten Neukölln schneller, als mir lieb war, und als die nette Stimme mich bat, die Autobahn zu verlassen, war ich gerade erst bei Koplin angekommen.

»Koplin«, wiederholte sie. »Otmar Koplin. Er steht also nicht im Telefonbuch? Das hat nichts zu sagen. Vielleicht ist er komplett auf Handy umgestiegen. Warum kümmert sich Vaasenburg nicht darum?«

»Er braucht die Anzeige.«

»Und warum gibt es sie nicht?«

»Weil Herr Hellmer wohl keine so guten Erfahrungen mit der Polizei gemacht hat.«

»Ein Obdachloser.«

An ihrem Fenster vorbei flog die Mischung aus bescheidener Stadtrandbebauung und beginnendem Industriegebiet. Die Zeit wurde knapp. Wir waren bald da.

»Was macht Sie so sicher, dass alles irgendeinen Grund haben soll? Herr Hellmer lebt in außergewöhnlichen Umständen. Vielleicht versucht er auf diese Weise, auf sich aufmerksam zu machen. Und diesen Koplin wollen Sie vom Bus aus hinter dem Fenster einer Kneipe wiedererkannt haben. Auch das kann Wunschdenken gewesen sein. Sie sind Anwalt. Sie wissen doch selbst, dass es bei vier Zeugen fünf Versionen eines einzigen Tathergangs geben kann. Vielleicht haben Sie sich geirrt? Für mich ist das alles zu viel Spekulation und zu wenig Aussage.«

Ich hatte mich nicht geirrt.

»Es gibt eine Verbindung zwischen Margarethe Altenburg und Hans-Jörg Hellmer. Vielleicht nicht direkt, vielleicht über einen Umweg. Eine Art Rösselsprung. Aber es gibt sie. Ich habe den Beweis. Hier.«

Ich legte meine Hand auf die Brust, dort, wo die kleine Pappschachtel sicher in der Jacketttasche ruhte. Doch für den, der das nicht wusste, wirkte es wie eine etwas zu theatralische Geste, und im Halbdunkel des Wagens konnte ich nicht ausmachen, ob sie nun amüsiert oder spöttisch lächelte. Aber wenigstens lächelte sie. Wenn ich sie schon nicht überzeugen konnte, hatte ich sie wenigstens erheitert. In manchen Märchen war das ziemlich wichtig. Das halbe Königreich hatte ich schon fast in der Tasche.

In fünfzig Metern links abbiegen. Danach haben Sie Ihr Ziel erreicht.

Eine schmale, fast ländlich wirkende Straße mit dichtem, aber vorfrühlingskahlem Baumbestand. Die Parkplätze am Wegrand waren komplett mit Wagen zugestellt, gegen die sogar mein nestwarmer Leihwagen ziemlich alt aussah. Ich fuhr in die hell erleuchtete Auffahrt, bremste und ließ den Motor laufen.

»Danke. Aber mit dem Beweis der Herzen kommen Sie nicht weit.«

Sie nahm ihre Aktentasche und wollte aussteigen. Wenn ich sie gehen ließ, würde sie mich bis ans Ende meiner Tage als verhinderten Chauffeur betrachten. Ich wollte nicht, dass sie ging. Nicht nach diesen kurzen 15 Minuten in einem warmen, teuren Auto, dieser Welt für sich mit ihren glänzenden Armaturen und dem herben Geruch nach neuem Leder, nicht nach einer Viertelstunde in einem Kokon, der einen künstlichen Raum um uns geschaffen hatte und den Rest des Universums auf die andere Seite dieser dünnen Haut aus Aluminium, Lack und Glas verbannte, denn hier, nur hier, waren wir unter uns, waren zusammen, gehörten Seite an Seite, war ich ein anderer. Dieses Gefühl wollte ich nicht einfach mit ihr gehen lassen. Ich griff nach ihrem Arm, eine Geste, die ich mir nur deshalb erlaubte, weil ich hoffte, sie würde es auch erkennen und verstehen, dass etwas Besonderes war zwischen uns.

»Ich brauche Sie.«

Verwundert sah sie mich an, machte sich aber nicht los. Vielleicht sollte ich es jetzt tun. Mich vorbeugen, die Hand sanft in ihren Nacken legen und sie an mich ziehen, und dann würde ich sie küssen, den Mund so rot wie Blut, die Haut so weiß wie Schnee, das Haar so schwarz wie Ebenholz.

»Was genau brauchen Sie von mir?«, fragte sie leise.

Es klang, als hätte sie genau das Gleiche gedacht und fragte sich, warum ich es nicht tat. Alles, wollte ich sagen. Ich will alles von dir. Ich will dich.

»Amtshilfe aus Görlitz.«

Verwundert hob sie die Augenbrauen und wollte gerade etwas sagen, da klopfte jemand an meine Scheibe. Vor Schreck rutschte mein Fuß von der Bremse, der Wagen machte einen kleinen Satz, ruckelte zwei Mal, dann fing ich ihn auf, sie tippte irgendetwas an, und er ging aus. Alles ging aus. Das zarte Glimmen zwischen uns und die leise Vertrautheit, wie sie nur diese nächtliche Autofahrt zwischen zwei Fremden hatte schaffen können, alles erstarb in einem glockenhellen Lachen. Salome amüsierte sich prächtig, öffnete den Gurt, beugte sich über mich, war mir so nah, dass ich den Duft ihrer Haut riechen konnte, ein Duft, so wie die Erde riecht, wenn langer Regen plötzlich endet, lag fast auf mir, so dass ich ihr Gewicht beinahe spüren konnte, nur beinahe, denn sie stützte sich auf meine Armlehne und betätigte einen Knopf, den ich auch gefunden hätte, hätte ich Tadeusz zugehört.

Das Fenster glitt herunter, und ein freundlicher Mann in Reflektorweste beugte sich zu uns herab.

»Sie können hier nicht stehen bleiben.«

»Schon in Ordnung«, sagte ich. »Wir sind gleich weg.«

Salome ließ kichernd das Fenster hochfahren und kroch zurück auf ihren Sitz. Sie öffnete ihre Aktentasche und holte einen großen, schweren Umschlag aus Bütten hervor, die Einladung. Eine Gästegruppe in Abendgarderobe drängte sich maulend um den Wagen herum und lief die Auffahrt hinauf zu dem hell erleuchteten Schloss. Man hörte Lachen, Rufen und Begrüßungsworte.

»Maik Altenburg«, sagte ich.

Schlagartig verschwand ihre gute Laune. »Was … wer ist denn das schon wieder?«

»Der Sohn von Margarethe. Er hat Selbstmord begangen, vor fast zwanzig Jahren. Könnten Sie für mich den Vorgang in Görlitz anfordern?«

Sie ließ den Umschlag sinken. »Das übersteigt jetzt langsam meine Möglichkeiten. Und, ehrlich gesagt, auch meinen guten Willen. Was hat ein zwanzig Jahre alter Selbstmord mit einem Obdachlosen zu tun, der sich verfolgt fühlt? Sie verrennen sich da in etwas.«

Ihre Hand griff zum Türöffner.

»Vielleicht bringt diese Akte etwas Licht in die Zusammenhänge.«

»Ich erkenne keine Zusammenhänge. Tut mir leid.«

Sie öffnete die Tür.

»Es sind die Kindersachen«, sagte ich. »Die gehen mir nicht mehr aus dem Kopf. In Margarethe Altenburgs Haus habe ich unbenutzte Kindersachen gefunden. Und ein altes Hochzeitsfoto, von dem die Hälfte fehlt. Sie fehlt. Vielleicht kann ich herausfinden, wo sich seine Frau heute aufhält. Vielleicht weiß sie etwas, das uns weiterhelfen kann.«

Sie war schon mit einem Bein draußen, aber sie blieb sitzen.

»Mir«, korrigierte ich. »Mir weiterhelfen kann. Verzeihung.«

Sie hatte ihr Gesicht abgewandt, und es wäre mir lieber gewesen, wir hätten unsere Unterhaltung nicht in aller Öffentlichkeit vor den missbilligenden Augen eines Parkwächters inmitten eines Stroms eintreffender Gäste geführt.

»Vielleicht finde ich auch sein Kind. Margarethes Enkel. Es müsste jetzt fast zwanzig sein.«

Sie saß immer noch reglos da. Ihre Hände spielten mit dem Umschlag. Schließlich drehte sie sich zu mir um.

»Ich möchte nicht zu spät kommen. Sie sollten jetzt fahren.«

Ich nickte und suchte nach dem Knopf. Natürlich fand ich ihn nicht. Salome deutete auf die Streichholzschachtel und sagte: »Einfach nur antippen.«

Tatsächlich. Der Wagen sprang an.

»Und Sie sollten jetzt wirklich die Auffahrt freimachen.«

Ich suchte nach dem Rückwärtsgang. Sie stieg aus, beugte sich aber noch einmal durch die offene Tür.

»Da hinten habe ich einen Parkplatz gesehen. Gleich um die Ecke. Mein Mann ist in Karlsruhe. Und die Einladung gilt für zwei Personen. Kommen Sie mit rein. Dann können wir weiterreden.«

Ich verstand nicht. »Ich bin nicht angezogen für so etwas«, sagte ich und hätte mich im gleichen Moment ohrfeigen können.

Sie lächelte. »Mit mir immer.«

Sie hatte recht.

Neben Salome Noack auf dem Geburtstagsempfang des Direktors der Staatsbibliothek zu erscheinen adelte jeden Straßenanzug. Man trat schlagartig heraus aus der Anonymität mitten in den scharf justierten Fokus der mentalen Richtantennen und Zielfernrohre, die allesamt auf uns gerichtet wurden und mich millimeterweise abscannten. Ich konnte sehen, wie es hinter der Stirn der Männer und erst recht der Frauen arbeitete. Salome nahm die Aufmerksamkeit, die unser Erscheinen auslöste, wie einen völlig selbstverständlichen Tribut entgegen.

Sie sah atemberaubend aus. Vermutlich hatte sie sich noch in ihrem Büro umgezogen, denn das hautenge, mitternachtsblau schimmernde Etuikleid hätte in den Fluren des Amtsgerichts ziemlich viel Aufsehen erregt. Es erinnerte ein wenig an Holly Golightly vor dem Schaufenster von Tiffany. Auch weil sie dazu eine sündhaft teure, mit Sicherheit echte Perlenkette und die dazu passenden Ohrstecker trug, es also gar nicht nötig hatte, sehnsuchtsvoll auf unerreichbare Schätze zu blicken, denn sie hatte ja schon alles. In diesem Moment beschloss ich, keinen Gedanken mehr an Herrn Mühlmann, den fernen Gatten in Karlsruhe, zu verschwenden. Nicht heute. Nicht an diesem Abend.

Noch an der Garderobe am Eingang hatte sie eine Winzigkeit von Abendtasche aus ihrem Aktenkoffer gezaubert und ein paar ellenbogenlange, glänzende Satinhandschuhe. Die Haare trug sie weiterhin offen. Mit dieser Sensation an meiner Seite betrat ich eine heiter murmelnde Versammlung in einem festlich erleuchteten, entzückenden kleinen Schloss.

Ich erkannte viele Gesichter, in denen sich neben der allgemeinen Verwunderung, warum die Gattin eines Bundesrichters mit mir auftauchte, auch die Frage spiegelte, wie man mit dieser protokollarischen Unsicherheit umgehen konnte. Die meisten hätten mich im Verhandlungssaal noch nicht einmal gegrüßt. Da aber der Präsident des Berliner Landgerichts mit fliegenden Rockschößen sofort auf uns – genauer gesagt Salome – zugesegelt kam, wurde mein freundliches Nicken nach allen Seiten hin gnädig erwidert.

»Frau Noack! Ich freue mich, Sie zu sehen.«

Der Präsident neigte sich über ihre Hand und hauchte einen angedeuteten Kuss darüber.

»Die Freude ist ganz meinerseits«, erwiderte Salome mit einem derart vibrierenden Timbre in der Stimme, dass mir langsam klar wurde, was Marie-Luise in ihrem Büro gemeint haben könnte. Meine kühle Staatsanwältin war ein schnurrendes Kätzchen mit rasiermesserscharfen Krallen, die sie je nach Bedarf aus- oder einfuhr. Für den Moment hatte sie sich entschieden, den Landgerichtspräsidenten zu einer Art Wollknäuel zu machen. Oder, was den Herrn besser beschrieben hätte, zu einem dicken, schnurrenden Kater, dem sie im übertragenen Sinne gerade den Bauch kraulte. Sie lächelte ihn an, spielte mit ihren Haaren, plauderte charmant kurz über das Wetter und besann sich dann darauf, dass ich auch noch in der Nähe war.

»Darf ich Sie miteinander bekannt machen? Herr Vernau, Rechtsanwalt. Er ist heute Abend so nett, mich an Stelle meines Gatten zu begleiten.«

Überrascht, als hätten wir soeben die Vermählung bekanntgegeben, streckte mir der Präsident des Landgerichts die Hand entgegen, die ich beherzt ergriff.

»Sehr erfreut«, sagte ich.

Er war ein durchaus sympathischer Mittsechziger mit der Ausstrahlung und dem Charme eines Verwaltungsbeamten, der die Spitze der Karriereleiter durch nichts anderes als das Ausbleiben größerer Katastrophen erklommen hatte und nun großzügig auf die herabsehen konnte, die das jahrzehntelange Klettern noch vor sich hatten. Im nächsten Jahr sollte er pensioniert werden. Vielleicht hatten Salomes Stimmlage und ihr verlockendes Lächeln auch damit etwas zu tun. Schließlich hatten scheidende Präsidenten manchmal bei der Nachfolge auch noch ein Wörtchen mitzureden.

Wir begrüßten seine Gattin, die etwas übergangen abseits stand und ihren Kater anschließend wortlos weiterzog. Dann bahnten wir uns durch die Menge im Foyer den Weg hin zu einem holzgetäfelten, nicht allzu großen Saal, in dem das Geburtstagskind Hof hielt.

»Ich habe kein Geschenk dabei«, flüsterte ich, als ich die Schlange vor uns sah.

»Er möchte das auch gar nicht«, gab sie zurück. »Er hat um eine Spende für die Restaurierung des historischen Zeitungsbestandes von 1848 bis 1891 gebeten.«

»Wie viel so im Durchschnitt?«

Sie warf einen Blick auf diejenigen, die noch vor uns mit dem Gratulieren dran waren.

»Der da fünfhundert.«

Der da war der Senator für Stadtentwicklung.

»Und der da fünftausend.«

»Wer ist das?«

»Der russische Botschafter. Die Zeitungen sind erst im letzten Jahr aus Moskau zurückgekommen. In einem erbarmungswürdigen Zustand übrigens.«

Wir rückten weiter auf. Dem Senator für Stadtentwicklung hätte ich gerne ein bisschen etwas über die Entmietungsmethoden am Prenzlauer Berg erzählt. Aber ich verlor ihn aus den Augen, denn wir waren an der Reihe. Salome gratulierte dem Geburtstagskind mit Charme und warmen Worten, in die sie auch dezent die Grüße ihres Gatten einfließen ließ, damit man in Bezug auf meine Anwesenheit keine falschen Schlüsse zog.

Der Herr der Bücher jedweden Zustands und Alters wurde regiert von einer Gattin, die mindestens das Doppelte auf die Waage brachte wie er und vor Aufregung schweißnasse Hände hatte.

»Wie schön, dass Sie kommen konnten!«, jauchzte sie, als Salome die Arme ausbreitete und die Dame symbolisch herzte und küsste. Ich wurde in diesen Strudel überschäumender Gefühle hineingerissen und fand mich in den Armen der Gattin wieder, die mich innig drückte und so freudig willkommen hieß, dass ich es einen Moment für bare Münze nahm und beinahe glaubte, eine große, verzweigte Familie würde sich ihr verlorengegangenes Schäfchen wieder einverleiben.

Da irrten die Augen der Gastgeber aber schon über unsere Köpfe hinweg zu den geduldig Wartenden hinter uns. Unsere Zeit war um, die Nächsten wollten an die breite Brust der Hausherren. An einem der Fenster zum Park stand ein Kellner und bot Champagner an. Ich holte zwei Gläser, reichte eines an Salome weiter, die sich schon wieder nach anderen Bekannten umsah, hierhin grüßte, dorthin lächelte, wieder andere ignorierte und das Glas huldvoll entgegennahm. Wir stießen an.

»Auf diesen überraschenden Abend«, sagte ich.

Salome erwiderte nichts.

Sie schlenderte in den nachfolgenden Raum der Zimmerflucht, in dem es immer noch ziemlich voll war. In einer Ecke fanden wir noch zwei freie Sessel. Hier ließen wir uns nieder, hatten alles im Blick und konnten trotzdem ungestört miteinander reden.

»Also«, begann sie. »Was erwarten Sie von mir?«

»Ich möchte nur einen Blick auf den Totenschein von Maik Altenburg werfen. Und auf Hellmers Anzeige.«

»Das sind ja gleich zwei Dinge auf einmal.«

Sie sah mich an und verengte dabei die Augen um eine winzige Kleinigkeit. Ihre schlanken Finger umspielten den Stiel des Champagnerglases. Es sah nach einer geheimen Botschaft aus, die ich nicht begriff, die mich aber zutiefst verwirrte.

»Ich weiß, dass ich Ihnen damit Mühe und Arbeit mache. Aber ich wäre Ihnen sehr dankbar.«

»Warum wollen Sie das alles wissen?«

»Weil das Leben meines Mandanten auf dem Spiel steht.«

»Das habe ich mittlerweile begriffen. Folgen kann ich Ihnen in Bezug auf diesen Herrn ohne festen Wohnsitz zwar nicht, aber ich werde sehen, was sich diesbezüglich machen lässt. Nein, mich interessiert vielmehr, warum Sie im Leben dieser armen alten Frau herumgraben. Was bringt Ihnen das? Warum spielt der Selbstmord ihres Sohnes irgendeine Rolle? Nach so langer Zeit?«

Sie fixierte mich ununterbrochen, damit ihr auch nicht die kleinste Regung in meinem Gesicht entgehen konnte.

»Es ist so ein Gefühl.«

»Ah ja.«

Jetzt lächelte sie und trank einen Schluck. »Gefühle scheinen Ihnen sehr wichtig zu sein.«

Ein Schatten fiel auf uns. Ich sah hoch, direkt in das breite, lachende Gesicht von Sebastian Marquardt.

»Das gibt's ja nicht! Joachim Vernau! Was machst du denn hier?«

Mit einem formvollendeten Diener salutierte er vor Salome und zog sich dann ungefragt und ungebeten einen zierlichen samtgepolsterten Stuhl heran, auf dem er ächzend Platz nahm.

»Wie geht es denn so? Dumme Sache mit der Littenstraße. Nicht schön.« Er schlug mir aufs Knie, was wohl Anteilnahme signalisieren sollte, aber ziemlich weh tat.

»Sie entschuldigen mich einen Moment?«

Salome stand auf, und ich ärgerte mich maßlos, denn als ich ihr hinterhersah, wie ihr schmaler Rücken hinter all den dunklen, breiten Schultern verschwand, kam es mir vor, als wäre dies ein Abschied für immer. Marquardt wechselte in den frei gewordenen Sessel, und ich hätte ihn dafür ohrfeigen können. Er hielt ein halbleeres Bierglas in der Hand. Als er bemerkte, wohin ich starrte, stieß er mit mir an.

»Mach dir nichts draus. Ich hab's auch schon versucht. Kann gar nicht zählen, wie oft. Hart wie Kruppstahl. Aber … na ja.«

Gemeinsam starrten wir aneinander vorbei auf das lebhafte Kommen und Gehen der Abendgesellschaft um uns herum.

»Wie geht's? Hab ich dich eben schon mal gefragt. War übrigens ernst gemeint.«

Seine Stimme klang etwas schleppend. Ich vermutete ein, zwei Bier zu viel.

»Es geht«, antwortete ich. »Harte Zeiten.«

»Ja. Genau wie bei uns. Wir kommen um vor Arbeit. Das neue Steuerrecht macht mich fertig. Seit Liechtenstein ist die Hölle los. Alle wollen wissen, wohin sie mit ihren Millionen noch gehen können. Du bist nicht zufälligerweise insgeheim eine Koryphäe auf dem Gebiet?«

»Immer noch Strafrecht«, sagte ich. »Von Mundraub bis Mord und Totschlag.«

»Ach, da hätten wir auch so einiges …«

Er trank sein Glas in einem Zug leer.

»Wir müssen mal zusammen essen gehen. Melde dich nächste Woche mal. Vielleicht kommen wir ja mit dem einen oder anderen Ding zusammen.«

Er nickte mir zu, stand etwas mühsam auf und machte sich auf die Suche nach dem nächsten Bier. Ich starrte auf meinen lauwarmen Champagner und fragte mich, was die letzten Jahre eigentlich mit mir los gewesen war. Einfach nur auf die richtigen Partys gehen, die richtigen Leute treffen, und schon war man wieder drin. Als ob es die Dunckerstraße nie gegeben hätte. Als ob diese Zeit mit Marie-Luise nur eine Probe wäre, auf die mich das Schicksal gestellt hatte, um herauszufinden, wie viel man mir zumuten konnte.

An diesem Punkt angelangt stellte ich das Glas auf dem nächsten Fensterbrett ab und machte mich auf den Weg nach draußen. Das war nicht meine Party. Das waren nicht meine Leute. Es waren Salomes Dschungelpfade, denen ich gerade folgte. Nicht meine.

Ich lief die Auffahrt hinunter Richtung Parkplatz. Ich hatte mir nie die Frage gestellt, für wie viel ich bereit wäre, Marie-Luise zu verlassen. Doch seit Tagen spürte ich, dass es sie gab, unausgesprochen und noch nicht einmal zu Ende gedacht. Die Antwort wäre entweder eine Frage der Zeit oder des Preises. Diese Erkenntnis machte mich nicht gerade fröhlich. Es hob meine Laune auch nicht, vor einem verschlossenen Auto zu stehen und nicht zu wissen, wie man es öffnete.

Ich hörte Schritte hinter mir und drehte mich um. Salome schlenderte die Straße herunter, den Mantel trotz der Kälte nur über den Arm gelegt, die Aktentasche in der anderen Hand, mit wiegenden Hüften und wehenden Haaren, eine bildschöne Raubkatze mit pantherhaftem Gang, die sich jedes Schrittes, jeder Geste, jedes Wortes mehr als bewusst war.

Sie blieb stehen und fragte: »Sie wollen mich doch nicht etwa allein lassen?«

Ich sagte: »Nein. Nie mehr.«

Und dann küsste sie mich.

Mit dem Mantel auf dem Arm und der Tasche in der anderen Hand. Sie schmeckte nach Champagner und wilden Beeren, ihre Lippen waren kühl und weich, ihre Schultern schmal, ihre Haare der Schleier, der uns versteckte, ihr Kuss ein Versprechen, das sie schon im nächsten Moment brechen konnte.

Wir küssten uns gefühlte fünfeinhalb Stunden. Erst ließ sie ihre Tasche fallen, dann den Mantel, dann umarmte sie mich und küsste weiter. Ich wusste nicht, dass es so etwas noch gab. Auf der Straße, fast quer über der Kühlerhaube eines Autos, alles vergessen, alles ignorieren, die Kälte, die Dunkelheit, das Lachen und die Lichter von der anderen Seite der Straße. Erst als eine Gruppe fröhlicher Menschen die Party verließ und ihre Stimmen zu uns herüberdrangen, machte sie sich los.

»O mein Gott. Wenn das einer sieht.«

Ich war in einem Hitze- und Erregungszustand, dass mir auch das egal gewesen wäre. Dann fiel er mir wieder ein, der Herr Bundesrichter Mühlmann, der gerade in Karlsruhe die verworrenen Geschicke dieses Landes durch die Legislative zu ordnen trachtete, ich spürte aber nicht den leisesten Hauch von schlechtem Gewissen.

Sie hob ihre Sachen auf und strich sich hektisch über die Haare, das Kleid und den Mund. Der Lippenstift war verschmiert und wohl zur Hälfte auf mein Gesicht gewandert. Die Indizien waren eindeutig, ganz abgesehen von ihrer Nervosität und meiner absolut nicht den Tatsachen entsprechenden Gelassenheit.

Ich suchte die Streichholzschachtel. Sie nahm sie mir ab, tat irgendetwas damit, alle funktionsfähigen Lichter des Wagens blendeten auf und machten auch noch den Letzten darauf aufmerksam, dass wir beide hier gerade ziemlich zerzaust und sehr eng beieinander versuchten, so unauffällig wie möglich die Beifahrertür aufzukriegen.

»Fahr mich weg von hier. Schnell.«

Sie stieg ein.

Ich umrundete das Auto und wusste nicht, wohin mit ihr. Meine Wohnung war in einem katastrophalen Zustand. Die Kanzlei auch. Zu Mutter und Hütchen konnte man eine Menge Leute schicken, aber keine Staatsanwältin, höchstens zur Hausdurchsuchung.

Noch bevor ich mich angeschnallt hatte, nahm sie mir die Entscheidung ab.

»Zu mir. Nach Dahlem.«

Es war weit vor Mitternacht, doch die Gegend lag da wie ausgestorben. Das konnte daran liegen, dass hier der Buchsbaum die neue Version der Berliner Mauer war: hoch und vor allen Dingen undurchdringlich. Botschaften, Repräsentanzen, Villen, Neubauten. Videoüberwacht und von hohen Hecken und Zäunen umgeben.

Ein graues, schmuckloses Tor öffnete sich leise und geräuschlos. Der Wagen glitt hindurch, direkt in eine hell erleuchtete Tiefgarage. Platz war für vier Autos, aber sie war leer, und Salome erklärte mir zwischen Küssen und Küssen, was es mit der Streichholzschachtel auf sich hatte. Dann stiegen wir aus, klebten sofort wieder aneinander, sie gab den Code der Türsicherung ein, wir betraten einen Gang und eine Treppe, küssten uns wieder, gewagter, meine Hände machten nicht mehr Halt vor ihrem Körper, ich suchte und tastete, schob das Kleid hoch, presste sie an die Wand, hätte sie auf der Stelle zwischen Keller und Erdgeschoss genommen, wenn sie nicht unter meinen Armen weggetaucht und vor mir die Treppe hochgestiegen wäre. Ich fing sie wieder ein, sie lachte, riss mir das Hemd auf, die Knöpfe sprangen ab, die Stufen hinunter ins Dunkle, sie fuhr mit der Zunge über meine Brust, tiefer hinunter bis zum Gürtel, setzte sich, öffnete die Schnalle, dann die Hose, mein Schwanz sprang heraus direkt vor ihren Mund, der sich öffnete und ihn aufnahm, ihre Hand fuhr vor und massierte meinen Schaft, ich stieß zu, tief in ihre Kehle, sie fuhr zwei Mal mit der Zunge darüber, bog ihren Kopf zurück, sah mich an mit ihren Schneewittchenaugen, sagte: »Komm.«

Ich half ihr hoch. Wir torkelten und stützten uns gegenseitig, fielen gegen Wände und warfen einen Couchtisch um, weil wir uns küssten und dabei in die Augen sahen und sonst nirgendwo hin. Ich öffnete den Reißverschluss, das Kleid glitt an ihr herab, ich leckte ihre kleinen, festen Brüste, ihren flachen Bauch, streifte den Slip herunter und suchte den Ursprung ihres Geruchs, der mich fast um den Verstand brachte, ein Geruch nach Moos und frisch geschlagenem Holz, nach Erde, Laub und stillen Flussarmen im Licht der tiefen Herbstsonne, ein Duft wie Gebirgshöhlen und unterirdische Seen, gespeist vom Wasser, das von Stalaktiten tropft, wühlte mich in ihren Geruch, badete in seinem Atem, bis sie stöhnte und mich hinauf in ein anderes dunkles Zimmer zog, in dem ein Bett stehen musste. Ich riss mir den Rest meiner Sachen vom Leib, stürzte mich auf sie und drang ein in ihren nassen, heißen Schoß, der mich empfing wie eine Nymphe, die zu lange auf Satyr gewartet hatte, wie Keto auf Phorkys, Andromeda auf Perseus, Götter, die in uns wohnten und durch unsere Körper sprachen, schrien, wüteten, flüsterten, lockten, flehten, Harpyen gebaren und Nereiden, Fabelwesen, aus Lust und Schaum geboren, so unwirklich wie das, was wir gerade zeugten, was war das, ein Ungeheuer oder ein Engel, nur Diebstahl oder schon Liebe, unentschieden, Hermes und Aphrodite im Zweikampf, Gewalt und Hingabe, Lust, brutaler, härter, schneller, sie schlug, biss und kratzte, bis ich ihre Arme nahm und fast gewaltsam auseinanderbog, ihre Handflächen küsste, leckte, den Speichel verteilte, den Schweiß verrieb, sie umdrehte, ihr in den Nacken griff, fester, ihr Stöhnen lustvoller wurde, sich ihr Rücken spannte, sie sich aufbäumte, zuckte und ich über sie kam wie die aufgetürmten Wellen eines sturmgepeitschten Meeres, das sich schäumend an den Klippen bricht, und ich mein Königreich gefunden hatte.

Schweißnass lösten wir uns und fielen nebeneinander auf das Bett. Wir schwiegen, bis sich unser Atem beruhigt hatte.

Ich schaute nach oben und sah über mir im Dunkeln zwei Menschenleiber an der Decke schweben. Mann und Frau, ausgegossen und leergetrunken, hingeworfen, wo die Lust sie liegen gelassen hatte, es war ein riesengroßer Spiegel, in dem ich uns sah, und es dauerte einen Moment, bis ich begriff, dass man hier auch zu zweit nicht unter sich blieb.

Ich zog die schwere Seidendecke hoch, die vom Bett heruntergeglitten war, und bedeckte uns. Salome hatte die Augen geschlossen. Sie sah entspannt aus, ein wenig müde und erschöpft, kein Wunder, denn wir hatten uns gut und gerne zwei Stunden geliebt.

»Wasser«, flüsterte sie.

»Wo?«

»In der Küche. Unten.«

Ich stand auf und schlüpfte in meine Unterhose. Mit nackten Füßen tappte ich eine Marmortreppe hinunter und versuchte, mich zu orientieren. Links lag ein übergroßes ebenerdiges Wohnzimmer. Moderne Möbelstücke waren effektvoll arrangiert, der Blick aus der gewaltigen Glasfront fiel direkt in einen weiten, leeren Garten. Rechts war die Küche. Ich fand einen Krug und Gläser in einem offenen Regal, füllte Wasser hinein und ein paar Eiswürfel, die aus der Front des Kühlschranks abrufbar ins Glas klirrten, und kehrte in den Flur zurück.

Merkwürdigerweise stand der Couchtisch wieder ordentlich vor den tiefen, schweren Sesseln. Und in einem dieser Sessel saß ein Mann, hielt ein Glas in der Hand, in dem ich Whisky vermutete, hob es hoch, als er mich sah, und fragte:

»Sind Sie fertig?«

3.

DIENSTAG, 3. MÄRZ, 12.54 UHR.
BEDECKT, LEICHTE SCHAUER,
HÖCHSTTEMPERATUR 6 GRAD, IN DEN ABENDSTUNDEN FROST.
ESSENAUSGABE DER BERLINER TAFEL AN BEDÜRFTIGE UND
OBDACHLOSE.

Ein feiner Sprühregen legte sich über die Stadt, drang in Augen, Ohren und Mantelkrägen, legte sich auf Haare und Schultern, durch die die feuchte Nässe als Erstes kroch, dann durch undichte Schuhe und langsam und beharrlich in Mark und Bein. Der ungestüme Wind fing sich genau an dieser Straßenecke. Krähen umkreisten den Kirchturm aus roten Ziegeln. Ihre heiseren Schreie hallten durch die enge Häuserschlucht, prallten an die Wände und vervielfältigten sich, mischten sich unter das metallische Schleifen der Straßenbahn und den tosenden Verkehrslärm auf der Seestraße, dann wurde das Echo leiser, der Schwarm drehte ab und flog weiter Richtung Spree und Westhafen, eine dunkle Wolke aus fliegenden Schatten mit unbekanntem Ziel. Hellmer legte den Kopf in den Nacken und sah den Vögeln nach. Dann zog er ihn wieder ein und stellte sich unter. Er achtete darauf, dass man ihn von der Straße aus nicht sehen konnte. Er hatte Angst vor dem grauen Schatten. Immer wieder schien er aufzutauchen am Rand seiner Wahrnehmung, doch wenn er sich hastig umblickte und nach ihm Ausschau hielt, war er verschwunden.

Die kleine Gruppe vor der Seitentür der Kapernaum-Kirche im Wedding rückte zusammen wie eine Herde. Hellmer hatte Glück, denn er stand unter dem schmalen Vordach. Wer später gekommen war, bekam die dicken Tropfen ab, die sich in den Zweigen der Pappeln und den Scharten der Ziegelvorsprünge sammelten, um dann einzeln und wohlplatziert auf Stirn, Scheitel, Schulter oder Nase herabzufallen. Niemand hatte einen Schirm dabei. Denn niemand konnte ein so unnützes Utensil auf seinen Reisen vom einen zum anderen Ende der Stadt gebrauchen.

Hans-Jörg Hellmer stand seit fast einer Stunde oben auf dem kleinen Vorsprung einer ehemaligen Veranda, die nun zum Freiluft-Wartezimmer geworden war für rund zwei Dutzend seiner Schicksalsgenossen, die gottergeben und geduldig darauf warteten, dass Suppenküche, Essenausgabe und Kleiderkammer geöffnet wurden.

»Arschkalt«, sagte die dicke Weinberg-Lotte, und Koffi nickte.

Sie wiederholte diesen Wetterbericht alle zwei Minuten in einem Ton, der alle Hoffnung auf Besserung fahren ließ. Weinberg-Lotte nannten sie sie, weil der Park am Friedrichshain ihr Revier war und sie dort ihre Claims abgesteckt hatte. Koffi hieß Koffi, weil er eigentlich Karl-Friedrich hieß, die korrekte Abkürzung aber irgendwie zu amerikanisch klang, und Koffi sich an jemanden aus der Weltpolitik erinnerte, von dem er nicht wusste, was der eigentlich tat, der aber seines Wissens nicht allzu viel Schaden angerichtet hatte. Koffi war der Einzige, der in den Weinberg durfte, im geografischen wie im biblischen Sinne. Und das auch nur im Sommer. Da sah man sie oft gemeinsam am Märchenbrunnen sitzen. Ein etwas heruntergekommenes, zerzaustes Paar, das ab und zu die Tauben fütterte und niemandem etwas zuleide tat. Zu dem sich trotzdem keiner setzte. Um das die jungen Leute mit ihren Fahrrädern einen großen Bogen machten. Das man nicht grüßte, obwohl es alle kannten. Von dem Mütter ihre Kinder zurückriefen in dem gleichen Ton, in dem sie sie von Hunden fernhielten. Trotzdem saßen sie da, auf der immer gleichen Bank, und waren zusammengewachsen, im Sommer. Der Winter trennte sie, denn die Wohnheime und Notunterkünfte hatten strenge Regeln. Männer rechts, Frauen links, wie im Bunker.

»Arschkalt.«

Sie trat von einem Bein auf das andere und verzog dabei das Gesicht.

»Immer noch nicht besser?«, fragte Koffi. »Geh doch mal zu Jenny.«

»Geh du doch zu Jenny.«

So keiften sie sich an, jahraus, jahrein. Hellmer kannte das Gezeter, so wie er fast alle Gesichter hier kannte und ihre mehr oder weniger abwechslungsreichen Schicksale. Die Obdachlosen waren mittlerweile in der Minderheit. Immer mehr Arbeitslose und Kinder tauchten hier auf. Vor allem für die Kinder tat es Hellmer leid. Manchmal waren ihre Mütter mit dabei. Stille Wesen, die jedem freundlichen Blick auswichen und denen man ansah, dass sie sich vor ihren Kindern schämten.

Das sollten sie nicht, dachte Hellmer. Niemand soll sich dafür schämen müssen zu essen.

Ein Ruck ging durch die Menge, jemand rempelte ihn an.

»Wann machen die denn endlich auf hier?«

Ein paar der Wartenden drehten sich nach dem Fragesteller um. Das waren die Normalos. Von den Obdachlosen scherte sich keiner um den Rufer. Er musste neu sein, denn jeder von ihnen, der hier stand, hatte eins gelernt: Geduld. Geduld kam noch vor der Demut, die war das Zweite, was die Straße lehrte. Erst dann kam die Dankbarkeit. Sie stand erst an dritter Stelle, wurde aber von den Normalos als Erstes bemerkt. Obdachlose waren dankbar. Dankbar für ein Geldstück, den Platz an der Haltestelle, das Weitergehen, wenn man sie bemerkt und entschieden hatte, sie nicht zu beschimpfen, sondern einfach zu ignorieren. So wie man das mit dem Dreck in den Straßen tat, der Graffiti, den verwahrlosten Häusern und Grundstücken, der Hundescheiße, den toten Straßen und den Menschen, die in die Mülleimer guckten auf der Suche nach

Plastikflaschen oder Zeitungen. Selbst hier, wo man dichtgedrängt Schutz suchte vor dem Regen, vermieden die Normalos den Kontakt mit denen von der Straße.

»Arschkalt.«

Weinberg-Lotte rieb sich die klammen Finger und wurde plötzlich zur Seite gestoßen.

Ein junger Mann rempelte sich durch. Einer von der Sorte, die sie alle gefressen hatten. Grüne Haare, schwarze Kleidung, Springerstiefel. Rotteten sich zusammen vorm Tränenpalast in der Friedrichstraße, rund um den Bahnhof Zoo und um alle Kreuzungen, die noch nicht von Polen oder Rumänen besetzt waren. Drängten sich den Autofahrern auf, malten mit dem Wischer lächerliche Smileys auf die Windschutzscheibe, scherten sich nicht um Einwände, bettelten, nötigten, machten Passanten Angst mit ihren vielen Hunden und der unterschwelligen Aura aus Ärger, Mutwillen und Abenteuerlust. Zerschlugen ihre Bierflaschen, wenn sie leer waren, ließen den Müll liegen, schnorrten Zigaretten, waren aufdringlich, unfreundlich, unberechenbar. Nicht dankbar, nicht demütig und erst recht nicht geduldig. Betrachteten das Leben auf der Straße als eine Art Auserwähltsein, hielten ein paar Monate durch und kehrten dann heim in die ausgebreiteten Arme von Mama, Papa, Sozialarbeitern und Jugendamt. Hatten ihr Abenteuer gehabt. Kamen nie wieder. Hinterließen verbrannte Erde. Gehörten nicht zum gleichen Stamm.

Der junge Mann hatte die Kapuze seiner Jacke tief ins Gesicht gezogen. Er warf einen Blick auf das kleine, handgemalte Schild mit den Öffnungszeiten und hieb mit der Faust gegen die Tür.

»Aufmachen! Hallo? Es ist schon fünf Minuten über die Zeit!«

Weinberg-Lotte hielt seinen Arm fest.

»Zurück in die Reihe, Kleiner. Hier wird nicht randaliert.«

Randale war auch etwas, das ein Obdachloser mied wie der Teufel das Weihwasser.

»Fass mich nicht an!«

Der Junge riss sich los. Hellmer sah für einen kurzen Moment seine Augen. Rotgerändert, weit aufgerissene Pupillen, wahrscheinlich war er voll bis zum Stehkragen. Unberechenbar. So, wie er einmal gewesen war, vor langer, langer Zeit.

Jetzt trat der Junge mit den Stiefeln gegen die Tür. Protestgemurmel kam auf, aber niemand griff ein.

»Ey! Wir erfrieren hier draußen! Geht's auch ein bisschen schneller?«

»Mach, dass du auf deinen Platz kommst!« Weinberg-Lotte baute sich auf, Koffi lugte wie ein verschüchterter Waschbär hinter ihrem Rücken hervor. »Jeder steht an, jeder wartet. Also reiß dich zusammen!«

Der Junge drehte sich langsam zu ihr um. Er hatte ein schmales wachsbleiches Gesicht mit zartem Bartflaum, ein Kindergesicht, eines zum Die-Arme-Ausbreiten und Mit-nach-Hause-Nehmen, zum Ins-Bett-Stecken und Zudecken. Nur seine Augen glitzerten gefährlich.

»Ihr habt wohl keinen Hunger, was? Ihr lasst wohl alles mit euch machen? Was seid ihr für ein dämlicher Haufen Scheiße.«

Hellmer zuckte zusammen. Unwillkürlich trat er einen Schritt zurück. Die anderen taten das Gleiche. Es war eine instinktive Reaktion, denn der Gefahr zu nahe kommen hieß, sich mit ihr zu messen. Schließlich kam Demut nicht von ungefähr. Sie kam, wenn man zu oft der Verlierer war.

»Scheiße, kapiert? Ja? – Aufmachen!«

Der Junge trat wieder gegen die Tür. In die Masse kam Bewegung. Von hinten schoben sie, und für die vorne wurde es eng.

»Er soll das lassen!«, quäkte Koffi.

Weinberg-Lotte warf ihm einen ärgerlichen Blick zu. Maulhelden hier, alle zusammen.

»Du sollst das lassen«, wiederholte sie trotzdem. »Wir warten alle hier. Mal machen sie früher auf, mal später. Sei froh, dass dir überhaupt einer aufmacht.«

»Das muss ich mir von einer wie dir sagen lassen?«

Der Junge grinste. Er hatte verdammt schlechte Zähne für sein Alter. Hellmer hatte das Gefühl, in sein Spiegelbild zu schauen, und das bereitete ihm Unbehagen. Er konnte den nächsten Zug des Aggressors genau vorhersagen. Der fühlte sich provoziert, würde die Beschimpfungen auf die Spitze treiben, nur auf ein falsches Wort warten, eine falsche Geste, und dann würde er zuschlagen, um die Oberhand zu behalten. Auch hier gab es noch Hierarchien. Sogar seinen Platz ganz unten musste man sich jeden Tag, jede Stunde neu erkämpfen.

»Junge, jetzt hör mal auf«, sagte Hellmer.

Alle drehten sich zu ihm um. Einmischen war nämlich ganz schlecht. Hatten zwei Streit, so ging das nur diese beiden etwas an. Einmischen aber bedeutete: Nun haben drei Streit. Und die zwei Angesprochenen verbündeten sich gegen den Dritten, der meistens den Kürzeren zog.

»Sei doch still«, zischte Koffi.

»Ganz ruhig«, sagte Weinberg-Lotte.

Sie wunderten sich wohl, dass Hellmer überhaupt sprach. Er war der Größte unter den Raushaltern, der Beste unter den Klemmern. Sie hatten keine Ahnung, dass Hellmer eigentlich mit sich selbst redete.

»Ich soll froh sein, wenn mir einer aufmacht? Ja? Hat sie das gesagt? Hat sie?«

Die flackernden, nervösen Augen des Jungen flogen über die Gesichter der dichtgedrängten Menschen um sie herum. Er trat an Hellmer heran. So nahe, dass er ihm in die Augen sehen musste.

»Denkst du das auch?«

»Ja«, sagte Hellmer. »Sei froh, dass dir einer aufmacht.«

Blitzschnell packte ihn der Junge am Kragen. Hellmer wollte sich wehren, er taumelte auf die erste Treppenstufe zu und verlor den Halt. Der Junge ließ ihn nicht los. Gemeinsam stürzten sie die Treppe hinunter, den anderen vor die Füße.

Der Junge hatte sich die Stirn aufgeschlagen. Blut floss über sein Gesicht. Entsetzt betastete er die Wunde und sprang auf.

»Du Drecksau!«

Er wollte sich auf den am Boden liegenden Hellmer werfen, da wurde oben ein Schlüssel umgedreht. Die schwere Holztür öffnete sich. Eine freundliche, adrette Dame in weißer Schürze trat heraus und sah hinunter auf die Straße.

»Was ist denn hier los?«

Hellmer kam mühsam auf die Beine und erstarrte. Der Mann stand auf der anderen Straßenseite an der Bushaltestelle und studierte den Fahrplan. Er schaute nicht herüber, aber Hellmer wusste, dass er ihn trotzdem im Blick hatte. Und als hätte der Mann sie gerufen, kamen die Krähen wieder. Plötzlich stand ein Schwarm schwarzer Schatten weit oben über dem Kirchturm, und sie krächzten ihre heiseren Schreie, stießen pfeilschnell herab und flogen so nah vorbei, dass Hellmer glaubte, den kalten Wind ihres Flügelschlages zu spüren. Plötzlich war die Angst wieder da. Das instinktive Bedürfnis, Schutz zu suchen, jetzt, sofort. Er spürte einen Schlag und taumelte zwei Schritte zurück. Der Junge grinste ihn böse an und tauchte in der Masse der Wartenden unter.

»Hajo«, sagte die Dame.

Hellmer drehte sich zu ihr um. Hilflos sah er sie an.

»Ausgerechnet du.«

Enttäuscht schüttelte sie den Kopf und wandte sich dann an ihre Gäste.

»Wir bitten um Verzeihung. Aber heute kamen die Lieferungen so spät, dass wir nicht rechtzeitig fertig geworden sind. Herzlich willkommen!«

Hellmer schaute wieder zu der Bushaltestelle. Der Graue war weg. Er fuhr sich über die Augen, stolperte auf die Straße, suchte links und rechts, nichts. Langsam kehrte er zurück, vorsichtig und tastend setzte er einen Fuß vor den anderen, als traue er dem Straßenpflaster nicht, über das er ging, als könne sich jeden Moment eine Hand auf seine Schulter legen, doch da war niemand, und er stieg wieder die Stufen hoch. Er war der Letzte.

Alles schob, drängelte, eilte hinein, um einen Platz an den langen Tischen zu bekommen. Hellmer kam erst ins Warme, als so gut wie alle Stühle schon besetzt waren. Der einzige freie Platz war ausgerechnet neben dem Jungen.

Scheu setzte er sich. Doch sein Tischnachbar war so damit beschäftigt, den Linseneintopf in sich hineinzuschaufeln, dass er ihn gar nicht bemerkte. Vier Ehrenamtliche teilten die Teller aus. Als Hellmer seinen bekam, bedankte er sich leise und höflich.

Der Junge kratzte den Rest seiner Suppe zusammen und leckte den Löffel ab. Dann stand er auf. Er ließ Teller und Besteck einfach liegen und durchquerte den vollen Raum, ohne darauf zu achten, wen er mit seinen weit ausholenden, eckigen Bewegungen anstieß. Hellmer blickte ihm hinterher. Das war einer von der Sorte, die nicht mehr nach Hause kamen. Nie mehr. Es sei denn, ihm passierte das Gleiche, was Hellmer passiert war. Nein. Bloß nicht. Das durfte man im Angesicht des Herrn in einer Kirche noch nicht einmal denken.

Ein Schatten fiel auf den leeren Teller des Jungen.

Jemand setzte sich auf den freien Platz.

Hellmer fröstelte plötzlich, trotz der stickigen, feuchten Wärme, dieser Melange von nassen, lange getragenen Kleidern, Essensgeruch und einer viel zu hoch gedrehten Heizung. Kälte kroch seinen Rücken hinauf, alles Warme, Gute und Geborgene verschwand, die Angst war wieder da, und keiner konnte sie spüren außer ihm, keiner nahm wahr, was gerade geschah, alle achteten nur auf ihre Teller und die Gläser mit dem heißen, dampfenden Tee, niemand bekam mit, wer sich da gerade neben ihn gesetzt hatte, vielleicht konnte ihn auch keiner sehen, weil er nicht echt war, und gleich würde er wieder verschwinden, er musste nur hinschauen, genau hinschauen. Hellmer begann plötzlich zu zittern. Er wagte nicht, den Kopf zu heben. Der Graue. Der Graue war da.

Er schob das dreckige Geschirr zusammen und legte die Unterarme auf die Tischplatte. Dann sah er sich um. Langsam und ohne Hast. Niemand achtete auf sie. Aber jedem wäre es aufgefallen, wenn Hellmer jetzt aufstehen und einen halbvollen Teller zurücklassen würde.

»Guten Tag, Herr Hellmer.«

Hellmer senkte den Kopf so weit Richtung Suppe, wie es möglich war, ohne darin einzutauchen. Der Geruch von Linsen und Räucherspeck war so stark, dass ihm schlecht wurde.

»Ich habe Ihnen neulich einen Schrecken eingejagt. Das tut mir leid. Dabei wollte ich nur mit Ihnen sprechen.«

Hellmer sank noch etwas mehr in sich zusammen. In sein Blickfeld kamen Hose und Schuhe seines Tischnachbarn. Grau. Bequem. Praktisch. Nicht neu, aber auch nicht alt. Der Mann hatte hier nichts zu suchen. Er gehörte nicht hierher. Also war das wieder kein Zufall. Und keine Halluzination. Sein Gefühl hatte ihn nicht getrogen. Und es sagte noch etwas ganz anderes. Renn, sagte es. Renn weg, solange du noch kannst.

Stattdessen schob er kleine orangefarbene Möhrenstücke in seinem Teller auf die Seite und tat so, als wolle er sie zählen.

»Haben Sie mich verstanden? Hören Sie mich? Ich will mit Ihnen reden. Nur reden.«

»Warum?«

»Wegen der Sache in der Littenstraße. Dieser Anwalt, der Sie neulich begleitet hat, was hat er Ihnen erzählt?«

»Herr Vernau? Nichts. Gar nichts. Er hat mich nur abgeholt.«

Der Mann nickte bedächtig. Dann zog er den benutzten Suppenteller seines Vorgängers zu sich heran. Er sah aus wie einer, der soeben eine leckere warme Mahlzeit zu sich genommen hatte und nur noch ein bisschen plaudern wollte. »Und was haben Sie ihm erzählt?«

»Was soll ich ihm denn erzählt haben?«

»Zum Beispiel, was die Dame in der Littenstraße zu Ihnen gesagt hat.«

»Sie hat nichts gesagt. Sie hat meinen Namen gerufen. Und dann hat sie losgeballert. So war's. Mehr weiß ich nicht.«

Hellmer schob nun Linsen zu den Möhrenstückchen. Eine nach der anderen. Wie viele Linsen mochten in einem durchschnittlichen Eintopf sein? Hatte sie jemals einer gezählt? Er begann, sie paarweise nebeneinander zu ordnen, in der absurden Hoffnung, dieses Gespräch damit zu beenden. Doch der Graue war hartnäckig. Er blieb sitzen. Und legte ihm, beinahe unabsichtlich, als ob er ihn trösten wollte, die Hand auf den Arm. Er trug Lederhandschuhe. Sie waren schwarz. Das Einzige, das nicht grau war an ihm.

»Die Dame, die Sie bedroht hat, wusste nicht, was sie tat. Jetzt ist sie tot. Ich habe sie sehr gerne gemocht, deshalb wollte ich die Sache gerne ins Reine bringen.«

Er nahm die Hand wieder weg. Hellmer wagte zum ersten Mal einen Blick ins Gesicht des Mannes. Er sah nicht so aus, als ob er jemals irgendjemanden gemocht hätte. Doch verzog er seine Miene zu einem Lächeln.

»Es soll ihr niemand etwas Übles wünschen, dort, wo sie jetzt ist.«

»Ich wünsche ihr nichts Böses«, sagte Hellmer hastig. »Wenn sie ein bisschen plemplem war, ist das kein Problem. Nicht von meiner Seite.«

Er deutete auf das Kreuz an der Stirnwand des großen, kahlen Raumes. »Und was sie dem da erklärt, is mir egal. Ich hab's ja überlebt.«

»Ja«, antwortete der Mann. »Sie haben es überlebt.«

Hellmer schwieg. Dann rührte er Linsen und Möhren zusammen, nahm einen Löffel von der braunen Suppe, hob ihn hoch und ließ ihn wieder sinken. Der Appetit war ihm vergangen.

Der Graue sprach leise und einfühlsam, als würde er befürchten, Hellmer könnte gleich in Tränen ausbrechen.

»Also nehmen Sie meine Entschuldigung an? Es ist mir sehr wichtig, dass Sie das tun.«

»Klar doch. Nichts für ungut.«

»Dann habe ich etwas für Sie.«

Mit dem Fuß schob der Mann eine Plastiktüte zu Hellmer. Schon das Geräusch ließ seinen Adrenalinspiegel ansteigen. Er musste die Tüte gar nicht öffnen. Er wusste, was in ihr war.

»Das ist doch nicht nötig. Wirklich nicht!«

»Doch«, erwiderte der Mann. »Bitte nehmen Sie es an. Als Entschuldigung. Und trinken Sie einen Schluck auf ihr Wohl.«

Er stand auf und ging. Hellmer hätte schwören können, dass er sich am Eingang in Luft auflöste. Ein grauer Schatten, schon vergessen, kaum dass er aus den Augen war. Er sah seine Tischnachbarn an, niemandem schien etwas aufgefallen zu sein. Fast war es so, als hätte diese Begegnung nie stattgefunden. Nur die Tüte zu seinen Füßen, die war echt. Und seine Angst, als er den Grauen angelogen hatte und sein Gefühl ihm sagte, er merkt es. Er spürt, dass du lügst. Sie hat noch etwas gesagt auf der Straße, bevor sie geschossen hat. Er weiß es. Er weiß sogar, was sie gesagt hat. Und das war das Unheimlichste von allem.

Doch zum ersten Mal seit geraumer Zeit beschloss Hellmer, seine innere Stimme zu ignorieren und sich stattdessen der Tatsachen anzunehmen. Vorsichtig bückte er sich und lugte in die Tüte. Eine ganze Flasche Lippstätter Doppelkorn.

Es gibt nur einen Morgen danach.

Das Erwachen, das Tagträumen, das Nachkosten der Erinnerung, das Abrufen der Bilder, der Worte und der Liebkosungen. Ich wollte ewig liegenbleiben in diesem Gestern. Ich roch es an meiner Haut, spürte es in meinen Muskeln, fühlte es, berührte es, holte jede Geste, jedes Wort wie bunte Murmeln hervor und bestaunte sie, lauschte ihrem Atem nach, glitt über ihren Körper, flüsterte ihren Namen, berauschte mich an meinem Wahn, bevor die Wirklichkeit mich traf mit voller Wucht und alle Träume zerstoben.

Mühlmann.

Ich wusste nicht mehr, wie ich zurück nach oben ins Schlafzimmer gekommen war. Salome musste seine Stimme gehört haben, oder sie hatte geahnt, wer dort unten saß wie ein massiger dunkler Schatten und darauf wartete, dass wir wieder zu uns kamen. Sie stand in einer offenen Tür, die zu einem Badezimmer führte, denn sie hatte sich ein Handtuch um den Körper geschlungen und bürstete sich die Haare.

»Geh jetzt«, sagte sie nur.

Mehr nicht. Sie drehte sich um, und wenig später hörte ich das Prasseln einer Dusche. Ich zog mich an, schlich hinunter, wagte keinen Blick mehr ins Wohnzimmer, wo er immer noch sitzen musste, sein Glas in der Hand, seine Frau oben mit einem anderen, fand tatsächlich wider Erwarten den Weg in die Tiefgarage, setzte mit dem Wagen zurück auf die Straße, kannte den Weg nicht, verfuhr mich, kam irgendwann auf die Stadtautobahn, fuhr nach Norden, stellte den Wagen vor der Werkstatt ab, warf den Schlüssel in den Briefkasten, bekam die erste U-Bahn, taumelte nach Hause, träumte in ihren Armen, erwachte in ihren Armen, überlebte den ersten Tag ohne sie, irgendwie.

Dann kam das Warten.

Auf ihren Anruf, auf meinen Mut, mich als Erster zu melden. Ich nahm das Handy mit ins Bad, aufs Klo, zum Zeitungholen, legte es neben den Herd, wenn ich Kaffee kochte, und unters Kopfkissen, wenn ich mich wieder hinlegte. Sie rief nicht an. Das ganze lange, verfluchte, nicht enden wollende Wochenende nicht.

Die Nacht zum Montag war die dritte ohne richtigen Schlaf. Erst in den frühen Morgenstunden nickte ich ein. Ich erwachte kurz vor Mittag und fuhr in einer Laune irgendwo zwischen den letzten Resten meiner Euphorie und tiefster Depression in die Kanzlei.

Marie-Luise stand in der Küche, die angeknacksten Reste eines Teebechers in der Hand.

»War das eine Orgie in Schloss Britz, die bis heute Morgen gedauert hat?«

Sie ging zur Spüle und rümpfte im Vorbeigehen leicht die Nase. Ich trug immer noch den Anzug von Freitagabend. Es war idiotisch, aber ich wollte nicht raus aus diesen Sachen, die Salome berührt hatte.

»Woher weißt du von Schloss Britz?«

»Alttay war da.«

Sie stellte die Tasse in den Ausguss und drehte mir den Rücken zu. Die nächsten Sätze sprach sie zum Heißwasserboiler, damit ich ihr Gesicht nicht sehen konnte.

»Er hat euch gesehen. Mein Gott, Joachim. Was hat sie vor mit dir? Was will sie von dir?«

Marie-Luise drehte sich zu mir um und schüttelte den Kopf in der Art, wie man untergehenden Schiffen nachsieht.

»Salome Noack ist die Frau eines Bundesrichters. Glaubst du wirklich, sie gibt sich mit einem bankrotten Anwalt ab? Sag mir einen Grund, warum sie für dich ihre Karriere ruinieren sollte.«

»Seit wann ruiniere ich Karrieren?«

»Du weißt genau, wie ich das meine. Joachim, sie spielt mit dir. Schau dich doch mal an. Was kannst du ihr denn bieten?«

»Vielleicht will sie ja gar nichts geboten haben. Vielleicht steht sie ja zur Abwechslung wirklich mal auf Gefühle.«

»Gefühle!« Marie-Luise sah mich an, als wäre ich der Wiedergänger von Quasimodo. »Doch nicht etwa für dich?«

Das war der Moment, der meine Freundschaft zu Marie-Luise auf die wirklich härteste Zerreißprobe stellte. Ich hatte gerade den Mund geöffnet, um ihr die passende Antwort zu geben, als es klingelte.

Ich atmete tief durch und fragte: »Erwartest du jemanden?«

»Nein. Du?«

Wir gingen in den Flur und versuchten, uns wieder wie normale Menschen zu benehmen. Ich öffnete die Tür, lächelte und starrte in das versteinerte Gesicht von Markus Hartung.

»Könnte ich bitte Frau Hoffmann sprechen?«

Marie-Luise verschanzte sich hinter meinen breiten Schultern. Ich vertrat ihm so gut es ging den Weg.

»Um was geht es?«

»Das würde ich ungern hier draußen erläutern. Dürfte ich bitte eintreten? Es geht um die rechtswidrige Nutzung von Wohnraum und die angedrohte Zwangsräumung.«

»Wie war das?«, tönte es hinter meinem Rücken. Empört schubste sie mich weg.

»Zwangsräumung?«

Ich führte Herrn Hartung in mein Büro und bat ihn, Platz zu nehmen. Er wühlte etwas umständlich in seiner Aktentasche und zog dann das Klemmbrett heraus. Nachdem er einige Blatt Papier überflogen hatte, schien er gefunden zu haben, was er suchte. Marie-Luise dampfte in stillem Zorn im Stehen vor sich hin.

»Sie sind Frau Hoffmann, Marie-Luise? 1992 haben Sie diesen Mietvertrag unterschrieben. Seit einigen Jahren nutzen Sie die Räume aber gewerblich. Das ist doch eine Kanzlei, oder irre ich mich da?«

Demonstrativ neugierig sah er sich um.

»Das ist mein Arbeitsraum«, sagte Marie-Luise. »Mein Schlafzimmer ist nebenan. Und das zeige ich Ihnen ganz sicher nicht. Wer sind Sie eigentlich?«

»Hartung ist mein Name. Ich arbeite für die Fides Hausverwaltung Immo Invest. Wir haben die Liegenschaft dieser Tage erworben und beabsichtigen eine umfassende Renovierung und Instandsetzung des Gebäudes.«

»Die Fides. Na, dann ist mir alles klar.«

Verächtlich schnaubend holte Marie-Luise ihr Tabakpäckchen aus der Hosentasche und hatte tatsächlich vor, sich in meinem Büro eine Zigarette anzuzünden.

»Ihr gebt wohl nicht eher Ruhe, bis ihr ganz Berlin gekauft habt, was?«

Sie nahm eine Selbstgedrehte, die sie immer auf Vorrat anfertigte, steckte sie sich in den Mund und zündete sie an. Sofort stank es nach getrockneten Kuhfladen. Herr Hartung war wohl auch Nichtraucher, er hüstelte und fächelte sich mit seinem Klemmbrett ein wenig Luft zu.

»Dies ist ein ganz normaler Vorgang, Frau Hoffmann. Früher oder später werden all diese Ruinen hier …«

»Es ist kein normaler Vorgang, dass Vedder sich selbst posthum noch sämtliche Filetecken unter den Nagel reißt.«

»Moment«, sagte ich. »Wer oder was ist Vedder?«

Marie-Luise okkupierte mein kleines, leeres Tintenfässchen und widmete es zum Aschenbecher um.

»Die Fides *ist* Vedder. Jürgen Vedder. Besser gesagt war es, denn er lebt nicht mehr. Das stand doch in allen Zeitungen. Weißt du das nicht mehr?«

Natürlich. Bei einem Richtfest oder einer Grundsteinlegung war es passiert. Ich hatte den Vorfall genauso schnell überblättert wie vergessen. Marie-Luise aber mit ihrer Sympathie für Hausbesetzer und Ruinen wusste natürlich bestens Bescheid über jeden, der die Welt und ihren baulichen Zustand anders sah. Gesehen hatte, besser gesagt.

»Herzinfarkt lautet die offizielle Version. Einer der größten Investoren, Bauherren und Projektplaner, die Berlin je gesehen hat. Ministeriums- und Renommierobjekte. Aber auch Wohn- und Geschäftshäuser. Hat trotz Verbot des Oberlandesgerichts illegal am Havel-Dreieck weitergebaut. Wollte wie beim Turmbau zu Babel immer höher hinauf. Keiner von der sensiblen Sorte. – Oh, tut mir leid.«

Herr Hartung zog ein Gesicht, als hätte er Zahnschmerzen.

»Wir haben die Zusage, am Havel-Dreieck bis zu einer Gebäudehöhe von 29 Metern gehen zu dürfen. Es geht alles nach Recht und Gesetz. Die Baugenehmigung liegt vor, und danach richten wir uns.«

»Es gibt noch etwas, das über eine Baugenehmigung geht. Ein

Gerichtsurteil zum Beispiel, aber das hat Herrn Vedder ja noch nie interessiert.«

Herrn Hartungs Interesse an weiteren Diskussionen dieser Art tendierte auch gerade gegen null. Er nahm einen Briefumschlag aus seiner Aktentasche und legte ihn auf den Schreibtisch.

»Dies ist die zweite Abmahnung. Wir werden jetzt den Räumungstitel erwirken und ihn im Anschluss durch den Gerichtsvollzieher vollstrecken lassen. Falls wir zu keiner Einigung kommen, ist mein einziges Entgegenkommen, dass Sie selbst den Umzugswagen bestellen. Das spart die Gebühren für die Entsorgung des Mobiliars. Nicht aber unsere Anwaltskosten. Das wird alles sehr, sehr teuer. Es sei denn, Sie gehen freiwillig. Wir geben Ihnen Zeit bis zum Ende des Monats.«

»Wir«, wiederholte Marie-Luise und pustete ein Rauchwölkchen in Herrn Hartungs Richtung. »Ich sehe kein *Wir*. Ich sehe nur Sie. Verschanzen Sie sich beim Überbringen schlechter Nachrichten immer hinter dem großen *Wir*? Machen Sie das bei den Familien hier auch so? Bei der alten Frau Freytag mit all ihren Katzen? Bei den Studenten und den jungen Künstlern hier im Haus, die sich die Miete nach der Modernisierung nicht mehr leisten können?«

Mir wäre bei Marie-Luises Worten das Herz gebrochen. Herrn Hartung nicht.

»Wenn Sie mir das bitte quittieren möchten?«

»Nein.«

»Dann auf Wiedersehen. Bis Ende des Monats.«

Herr Hartung räumte seine Siebensachen ein, sah sich noch einmal um, ob er auch nichts vergessen hatte, und fand den Weg dann alleine hinaus. Mit einem ärgerlichen »Pfff« warf Marie-Luise die brennende Zigarette in das Tintenfässchen, schraubte es zu und stellte es wieder auf meinen Tisch.

»Vedder. Ich hätte nicht gedacht, dass seine kalte Hand selbst aus dem Grab noch nach uns greift. Er ist übrigens an einem Mozzarellakügelchen erstickt. Bolusaspiration oder reflektorischer Herzstillstand. Um es mit unserem alten Dozenten Rohloff zu sagen, der sogenannte Berliner Bockwursttod. Das ist die inoffizielle Version. Komisch, nicht? Da kann jemand sein Leben lang den Hals nicht voll genug kriegen und schlingt und rafft und giert, und dann ist es ein kleines Stückchen Käse.«

Mit einer unendlich traurigen Geste hob sie die Hände und strich sich die Haare aus der Stirn.

»Und jetzt hat er uns doch noch erwischt«, fuhr sie fort. »Was soll ich bloß machen? Ich finde doch nichts, was sich irgendwie bezahlen lässt. Es ist doch schon alles modernisiert und renoviert und saniert und zu Tode yuppisiert. Es gibt doch nirgendwo mehr Platz für Leute wie mich.«

Ich nahm den Umschlag und betrachtete ihn aufmerksam von allen Seiten.

»Du könntest ja mal diesen bankrotten, karrierevernichtenden Anwalt mit der Attraktivität eines benutzten Teebeutels fragen.«

»Dich?«

Das kam so spontan, dass ich mein Angebot fast bereute. Fast. Als ich nämlich das Aufglimmen von Hoffnung in ihren Augen sah und dieses kleine Lächeln neben ihren Grübchen, wusste ich, dass Quasimodos Stunde geschlagen hatte. Ich stand auf und legte den Umschlag in meinem Fides-Ordner ab.

»Und dann müssen wir reden, Marie-Luise.«

»Ja«, sagte sie und ging zur Tür. »Das müssen wir.«

Die ganze Fahrt über zum Kurfürstendamm überlegte ich, ob ich mich noch bei Salome melden sollte oder nicht. Drei Tage. Freitag bis Montag. Das war die Frist, die man sich doch gemeinhin setzte, wenn aus einem One-Night-Stand Zukunft werden sollte. Schließlich nahm ich all meinen Mut zusammen und rief in ihrem Büro an. Salome war in einer Besprechung. Und danach hatte sie einen Termin. Und danach sollte ich es vielleicht am nächsten Tag noch einmal versuchen.

Ich bedankte mich bei ihrer Sekretärin und merkte mir vor, ihr zum nächsten Weltfrauentag vergiftete Nelken zu schicken. Wenig später verließ ich den Bus Ecke Schlüterstraße und wurde von einer orkanartigen Windbö auf die andere Straßenseite geweht. Dorthin, wo die stuckverzierten Häuser ostseeweiß strahlen, wo hochglanzpolierte Messingschilder neben bronzenen Jugendstiltüren glänzten, wo in dicke Decken eingehüllte Menschen unter Heizstrahlern vor den Cafés saßen und beobachteten, wie Passanten vorübereilten zu Juwelieren, Schuhgeschäften, Boutiquen und Maßschneidern, dorthin, wo Kristalllüster in marmornen Hallen leuchteten und roter Teppich auf Eichenparkett lag, wo deckenhohe Spiegel in vergoldeten Rahmen über Kaminen hingen und ich auf dem Wegweiser im Erdgeschoss den Eintrag entdeckte: Marquardt, Himmelpfort & Seliger, 3. Etage, und ich mich plötzlich fühlte, als wäre ich nie fort gewesen.

Ich fuhr mit einem schmiedeeisernen Aufzug im Zeitlupentempo nach oben. Als sich die Scherengitter geräuschlos öffneten, stand ich vor einer gläsernen Tür, die direkt in einen riesigen Altbauflur führte. Hinter einem wuchtigen Empfangstresen saß ein elfenhaftes Geschöpf, das auf Französisch telefonierte. Nach einiger Zeit sah sie auf, unterbrach ihr Gespräch und fragte:

»Kann ich Ihnen helfen?«

»Ich möchte gerne zu Herrn Marquardt.«

»Haben Sie einen Termin?«

»Nein, ich bin ein Freund von ihm.«

Sie flüsterte ein paar Worte in den Hörer und legte auf. Dann lächelte sie mich strahlend an. Sie musste unter zwanzig sein und trug eine fast unsichtbare Zahnspange.

»Da wird er sich aber freuen. Er ist nämlich grade auf dem Weg zum Golf. Ich bin seine Tochter, Mercedes Tiffany.«

Das hübsche Kind schlüpfte hinter dem Tresen hervor und bat mich, ihm zu folgen. Das alte Parkett knarrte unter einem dicken Sisalläufer. Vor einer Tür mit kunstvoll gravierten Milchglasscheiben blieb es stehen, legte verschwörerisch den Finger auf die Lippen, riss sie auf und rief:

»Überraschung!«

Gott sei Dank stand Marquardt nicht in Unterhose da. Er stopfte sich gerade ein zartrosa Polohemd in den Hosenbund und wirkte ziemlich übertölpelt. Mercedes Tiffany kicherte und hielt sich dabei die Hand vor den Mund, um die Zahnspange zu verstecken.

»Tiffy! Anklopfen, verstanden? Anklopfen!«

»Aber er sagte, er ist ein Freund.«

»Ist er auch.«

Marquardt schloss beherzt den Reißverschluss seiner Hose und kam zu uns.

»Ausnahmsweise.« Er klopfte mir auf die Schulter. »Unangemeldet kommt hier sonst nur der Gerichtsvollzieher. Also?«

»An-mel-den«, wiederholte das Töchterchen, das mit Liebreiz, Anmut und Einfalt gleichermaßen gesegnet war, und zog sich zurück. Marquardt schloss die Tür und suchte seine Golftasche.

»Was verschafft mir die Ehre? Brauchst du Hilfe? Haftbefehl? Hausdurchsuchung? Steuerfahndung?«

Er lachte dröhnend.

»Zwangsräumung.«

»Oha.«

Er hatte die Tasche gefunden, schulterte sie und kam mit schnellen Schritten auf mich zu.

»Spielst du Golf?«

»Nein.«

»Dann wirst du es jetzt lernen.«

Wenig später preschten wir die Avus Richtung Wannsee hinunter. Der Club lag im Südwesten, und Marquardt pries die stadtnahe Lage und die erträgliche Jahresgebühr in höchsten Tönen. Als die Ausfahrt in Sicht kam, schaltete er einen Gang herunter und kam auf den Punkt.

»Was wird zwangsgeräumt?«

»Unsere Kanzlei. Meine Partnerin hat kurz nach der Wende einen Mietvertrag abgeschlossen und sich dann irgendwann selbständig gemacht. Das haben die alten Eigentümer aber nie erfahren. Jetzt sind die neuen da. Wir sollen bis Ende des Monats raus.«

»Das geht gar nicht.« Marquardt gab vor einer dunkelgelben Ampel Gas und überquerte die Kreuzung, als seien drei SEK-Einheiten hinter uns her.

»Sofort Widerspruch und dann auf Duldung gehen. Neuer Eigentümer heißt nicht gleichzeitig neue Regeln. Warum machst du das nicht selbst?«

»Im Moment schwindelt sie sich aus der Affäre. Sie sagt, das sei privat genutzter Wohnraum. Da kann ich ja schlecht unter der gleichen Adresse als Anwalt arbeiten.«

»Wer ist *sie*?«

»Marie-Luise Hoffmann.«

»Nein!«, rief Marquardt. »Mary-Lou? Die gibt's noch?«

Seine leuchtenden Augen ließen keinen Zweifel, dass er Marie-Luise in bester Erinnerung hatte. Es war erstaunlich, wie vielen Männern ich begegnete, denen es ähnlich ging. Ich wüsste gerne mal, warum. Wahrscheinlich hatten sie sie alle nicht so gut kennengelernt wie ich.

»Mann, ist das lange her. Ausländisches und europäisches Privat- und Verfahrensrecht an der Humboldt, mit dem ollen Hutter. Ist das möglich! – Joachim, wir werden nicht jünger.«

Statt sich seinem gesetzten Alter gemäß zu verhalten, fuhr Marquardt jetzt durch Nikolassee, als hätte er einen Ferrari unter dem Hintern. Villen und winterharte Vorgärten huschten an uns vorbei, bevor die Straße in ein holperiges Kopfsteinpflaster überging.

»Klar setze ich was für euch auf. Kein Problem. Sag ihr aber, sie soll das lassen mit dem Schwindeln. Ich mache auf gewohnheitsrechtlich anerkannte Nutzung und Formfreiheit. Verträge müssen ja nicht schriftlich geschlossen werden. Wer sind denn die neuen Eigentümer?«

»Die Fides.«

Marquardts Siegesgewissheit verschwand schlagartig.

»Die Fides? Hm. Wir arbeiten eng mit Arndt & Spengler zusammen. Die sind quasi die Hausadvokaten der Fides-Gruppe. Ich pinkle mir damit ans eigene Bein.«

»Ist schon gut. Du musst dich nicht wegen uns …«

»Red keinen Unsinn. Das ist so ein Fliegenscheiß, damit beschäftigen die sich gar nicht. Klar mache ich das. Für Marie-Luise, natürlich. Und um der alten Zeiten willen.«

Jetzt lächelte er wieder in sich hinein. Ein bisschen von dem alten Marquardt schimmerte durch dieses Lächeln, von einem jungen, idealistischen Mann, mit dem wir die Nächte durchdiskutiert und uns betrunken hatten, am Alkohol und an den Bildern unserer Zukunft, die wir in feurigen Farben malten. Jetzt saß er in gedecktem Beige am Kurfürstendamm und ich in deprimierendem Schlammgrün am Prenzlauer Berg. Die Einzige, die sich nicht verändert hatte, war Marie-Luise. Sie malte immer noch an ihrem Bild, in glühendem Revolutionsrot, in lohendem Gerechtigkeitsgelb, in zart-naivem Himmelblau, und die Farben schienen ihr dabei nicht auszugehen. Vielleicht war es auch Wehmut, die in Marquardts Lächeln lag, und ich versuchte, mein Gesicht in den spiegelnden Scheiben zu erkennen, um zu sehen, ob auch ich sie auf und in mir trug.

»Die Fides«, sagte Marquardt. »Du weißt das mit Vedder? Schlimme Sache. Stand in der Blüte seiner Schaffenskraft und dann – Exitus. Ich hab einen Kranz nach Görlitz zur Beisetzung geschickt. War mir ehrlich gesagt ein bisschen zu weit. So nahe standen wir uns ja auch nicht. Aber meine Frau kennt seine Witwe ganz gut über den Rotary Club. Trixi heißt sie. Ich glaube, sie hat alles geerbt. Hoffentlich sucht sie sich die richtigen Leute. Das war ja schon ein richtiges Imperium zum Schluss.«

»Görlitz?«, fragte ich. Die Stadt brachte ja erstaunliche Söhne und Töchter hervor. »Ich dachte, Vedder kam aus Hamburg.«

»Vor Generationen mal, ja. Aber gebürtiger Niederschlesier. Seine Eltern hatten eine Textilmanufaktur. Zu DDR-Zeiten wurde sie verstaatlicht. Die Eltern sind noch vor dem Mauerbau mit dem Jungen in den Westen, aber ganz verkraftet haben sie es wohl nie. Vedder hat die Roten gehasst. Ein richtiger Kommunistenfresser. Nach der Wende kam seine große Stunde. Er ist als einer der Ersten rüber. Hat Staatsbetriebe privatisiert und lohnende Objekte für Investoren gesucht. Irgendwann hat er dann selber investiert.«

Marquardt setzte den Blinker und bog in eine kleine Allee ein.

»Ein richtiger Selfmademan.«

»Und dann kam er nach Berlin und hat die halbe Stadt gekauft.«

»Saniert, mein Lieber. Projekte entwickelt. Das ist ein Unterschied. Hat viel für die Stadt getan. Bausubstanz gerettet, Denkmalschutz eingehalten, ein Mann mit Sinn für Tradition. Und Zukunft. Aber Berlin begreift einfach nicht, wie man solche Leute halten muss. Den roten Teppich hätte man ihm ausrollen sollen. Aber was passiert? Es regiert das unterste Mittelmaß. Paragraphenreiter und Bürokraten. Knüppel zwischen die Beine, wo es nur geht. Hausbesetzungen, Eingaben, Proteste, Gerichtsurteile, Baustopps. Ein Trauerspiel. Zuletzt diese irren Naturschützer am Havel-Dreieck. Nur weil der doppelnöckige Teichmolch dort laicht, wird eines der interessantesten Grundstücke der Stadt zum Biotop. Sollen sie die Viecher doch in Tempelhof ansiedeln. Vedder hat sich das zwei Jahre lang angesehen. Dann ist er zurück nach Hamburg.«

Und jetzt bekam der Verblichene posthum auch noch unseren Widerspruch. Ich schwieg, um ihm wenigstens einen Rest Pietät zu gönnen.

»Die Jägerstraße war sein letztes großes Ding hier. Sonderbare Sache, sein Tod. Spengler hat es mir erzählt, der war dabei. Vedder muss an irgendetwas erstickt sein. Einem Stück Brot vielleicht. Man hat es nicht an die große Glocke gehängt. Du verstehst?«

Ich nickte mitfühlend.

»Kurz vorher hat ihn eine Frau angefahren. Mit einem Einkaufswagen, stell dir mal vor. Kam aus dem Nichts, rennt ihn vor allen Leuten um, und Vedder, Herz aus Gold, lädt sie auch noch auf die Feier ein. Sie war die ganze Zeit dabei, auch als es passiert ist. Und ist dann spurlos verschwunden.«

Marquardt verlangsamte das Tempo und bog in eine wildromantische Allee mit alten knorrigen Bäumen. Sie führte auf einen großen Parkplatz, von dem vielleicht drei oder vier Plätze besetzt waren.

»Wirklich sonderbar.«

»Nee, nicht was du denkst. Das war eine ganz Unscheinbare. So ein Hartz-IV-Mäuschen.«

»Wurde der Vorfall untersucht?«

»Wo denkst du hin. Tot ist tot. Trixi ist da recht pragmatisch. Was hätte das gebracht? Die Frau war weg, und die Leute hätten sich das Maul zerrissen. Klar steht auf dem Totenschein was anderes als in der Zeitung. Aber was genau, wissen nur Trixi, Vedder und der nette Arzt.«

Er schaute auf seine Armbanduhr und nickte befriedigt.

»Wunderbar. Wenig los heute. Bist du bereit?«

Mein Handy klingelte. Marquardt stieg aus, um seine Golftasche auszuladen, und ich hatte Marie-Luise am Ohr.

»Sie hat gerade angerufen, deine Salome.«

»Und?«, fragte ich. Herzklopfen. Atemstillstand.

»Sie will sich noch mal melden.«

»Sie hat doch bestimmt eine Nummer hinterlassen.«

»O nein, hat sie nicht. Ich habe auch nicht danach gefragt. Ich hatte den Eindruck, ihr wärt schon weiter.«

Schweigen.

»Wir sollten was trinken gehen«, sagte sie. »Hast du heute Abend Zeit?«

Ich sah mich um. Vor mir lag ein entzückendes Fachwerklandhaus und dahinter ein weites, unendlich langweiliges Feld. In der Ferne waren ein paar einsame Gestalten zu erkennen, die sich mutig gegen den Wind stemmten und gerade einen Hügel erklommen. Sie zogen Golfcaddies hinter sich her und sahen nicht sehr unterhaltend aus. Ich wog das Vergnügen, mit Marquardt auf weiße Bälle einzudreschen, ab gegen die Freude, mich mit Marie-Luise einem depressiven Zechgelage hinzugeben, und hatte mich entschieden.

»Ja«, sagte ich.

Ich stieg aus und verabschiedete mich von Marquardt mit dem Hinweis auf einen wichtigen Termin. Er nahm es gelassen.

»Dann beim nächsten Mal. Hätte dir gerne den Spengler vorgestellt. Der ist auch hier.« Er deutete auf eine silbergraue Limousine.

»Ich fax dir morgen was zu. Grüß Marie-Luise!«

Das hatte ich fest vor. Zumindest so lange, bis ich sah, wohin sie mich gelockt hatte.

Ich traf sie in einem Hauseingang in der Münzstraße. Gewerbeflächen wurden knapp in Mitte, zumindest die bezahlbaren. Seit die Schwarzmeer-Bar geschlossen hatte – *Hier entstehen 8 hochwertige 3- bis 4-Zimmer-Eigentumswohnungen* –, waren wir heimatlos. Alexej, unser melancholischer Herbergsvater aus dem weißrussischen Dvoryska, hatte noch nichts Neues gefunden, und so verirrten wir uns in Asia-Imbisse, zu Vietnamesen, selten in Bars und heute mal in einen blinden Hausflur, den irgendjemand mit Sinn für revolutionäre Trinkkultur in ein Panoptikum diverser säkularer Glaubensrichtungen verwandelt hatte. Vorne hingen Hanf-T-Shirts mit antiamerikanischen Bekenntnissen, in Regalen standen Aufklärungswerke zum aktuellen Stand der Klima-, Terrorismus- und Weltverschwörungsforschung, und auf einer Warmhalteplatte hinter einem Sperrholztresen schmurgelte zapatistischer Kaffee der Brikettierung entgegen. Außer Marie-Luise war niemand im Raum, aber hinter einem Vorhang aus bunten Plastikschnüren hörte ich jemanden mit Geschirr hantieren. Vor ihr standen eine Flasche Bier und ein Aschenbecher, den sie schon mit einigen Kippen gefüllt hatte.

»Also, was hat sie gesagt?«

»Deine Neue? Nicht viel. Sie wollte dich sprechen und meldet sich noch mal.«

Sie hatte mich nicht erreicht. Ich hatte den einzigen kurzen Moment verpasst, in dem sich die Tür zu einem Wiedersehen um einen Millimeter geöffnet hatte. Marie-Luise bemerkte das natürlich und waidete meine Ängste aus wie ein routinierter Jäger das dampfende Wild.

»Und wenn sie es nicht tut, war sie es auch nicht wert.«

»Ja, ja.«

»Bier ist im Kühlschrank. Man nimmt sich hier selber und wirft das Geld da rein.«

Sie wies auf ein fast leeres Einmachglas. Einige kleine Münzen bedeckten den Boden. Dem Wirt schien es nicht besser zu gehen als uns. Ich ging hinter den Tresen, holte mir eine Flasche und setzte mich neben Marie-Luise auf einen wackeligen Barhocker. Eine Weile starrten wir auf einen grottenschlechten Holzschnitt, die Verklärung Che Guevaras.

»Also«, begann sie. »Du willst gehen?«

»Nein. Nur wenn sich nichts ändert.«

»Was soll sich denn ändern?«

Deine Unordnung, hätte ich sagen können. Das Ablagesystem. Die Schwindeleien. Die kostenlosen Rechtsberatungen. Dein radikales Weltbild ohne Nuancierung. Deine Tabaksorte. Die dämlichen Chakra-Teebeutel, die einem ständig entgegenfliegen, wenn man den Schrank in der Küche aufmacht, und dass nie Kaffee im Haus ist, weil er immer von Menschen mit schlecht erzogenen Hunden und Palästinensertüchern getrunken wird. Die Art, wie du dich anziehst, wenn du nicht gerade ins Gericht musst. Alles,

alles, alles muss sich ändern. Aber ich sagte nichts. Sie trank einen Schluck Bier und drehte sich ein wenig auf ihrem Barhocker hin und her, ohne mich dabei anzusehen.

»Ist es wegen dieser Ische?«

»Nein.«

»Aber seitdem bist du anders. Wir sind doch sonst ganz gut klargekommen. Du machst deins, ich mach meins. Was hast du denn jetzt auf einmal?«

Ich hatte große, schöne, helle Büros gesehen. Glänzendes Holz und lederne Schreibunterlagen. Staubfreie Regale und Füllfederhalter-Halter in Form von kleinen Statuetten, die einen abschlagenden Golfspieler darstellten. Nicht dass ich so ein Ding wirklich gebraucht hätte. Aber es war derart unnötig, dass es allein dadurch schon wieder einen Sinn bekam. Marquardt, Marie-Luise und ich, wir waren das gleiche Semester. Aber der stete Strom der Zeit hatte uns an verschiedene Ufer gespült, und ich war unzufrieden, dass ich es heute mit solcher Deutlichkeit gesehen hatte.

»Du hast dich in sie verliebt. Gib es doch einfach zu.«

Jetzt kam diese Nummer. Vielleicht sollte sie endlich einmal Salome aus dem Spiel lassen. Sie gehörte mir. Die Erinnerung an sie zumindest. Ich wollte sie mit niemandem teilen. Nicht mit einer radikalen Anwältin, und auch nicht mit einem tratschenden Gerichtsreporter.

»Und heute ist der vierte Tag. Große Sehnsucht schien sie jedenfalls nicht zu haben.«

Danke. Zählen konnte ich selbst.

»Joachim, sie macht dir was vor. Salome Noack ist klug, emotionslos, absolut berechnend. Die Art, wie sie früher als Richterin gearbeitet hat, hat ihr nicht viele Sympathien eingetragen. Sie ist eine absolute Einzelkämpferin. Sie geht ausschließlich Zweckallianzen ein. Das funktioniert deshalb, weil beide Parteien genau wissen, was sie von der anderen bekommen. Deshalb beantworte mir eine Frage: Was bekommt sie von dir?«

»Es tut mir leid, aber ich habe sie anders kennengelernt. Sie ist eine humorvolle, warmherzige Frau, die für dein Wohlwollen vielleicht ein bisschen zu gut aussieht.«

»Sie braucht mein Wohlwollen nicht. Sie braucht was anderes.«

»Das ich ihr vielleicht geben kann.«

Jetzt ertrug sie es nicht mehr. Sie sprang auf und lief ein paar Schritte auf und ab.

»Salome Noack ist nicht an dir interessiert. An was dann?«

»Ich höre mir das nicht länger an.«

Ich warf zwei Euro zu dem Kupfer in das Gurkenglas, doch genau in diesem Moment hatte das Schicksal ein Einsehen. Mein Handy klingelte. Eine Büronummer. Ihre Büronummer.

»Herr Vernau?«

Da war sie. Ihre Stimme. Endlich, endlich war sie da.

»Salome?«

Ich sprang auf, schob Marie-Luise zur Seite und lief hinaus vor die Tür. Bitte, flehte ich, lass sie nicht sagen, dass alles ein Irrtum war. Dass es vorbei ist und ich vergessen soll. Lass Marie-Luise nicht recht haben, lass sie nicht sagen, dass …

»Es tut mir aufrichtig leid. Ich wünschte, ich müsste jetzt nicht anrufen, um diese Nachricht zu überbringen. Ich bedaure es sehr.«

»Nicht«, sagte ich. Ich hatte Angst, meine Stimme würde mir wegkippen. »Es muss dir doch nicht leidtun.«

»Doch. Hans-Jörg Hellmer ist tot. Er wurde heute Morgen von einem Spaziergänger am Nordufer in der Nähe des Westhafens gefunden. Er ist erfroren. Ich weiß, wie nahe Sie sich gestanden haben. Deshalb wollte ich Ihnen diese Nachricht auch persönlich überbringen.«

Sie sollte endlich aufhören, mich zu siezen. Und mich nicht zum besten Freund eines toten Obdachlosen machen. Das war ich nicht. Ich war sein Anwalt. Gewesen. Jetzt war ich noch nicht einmal mehr das. Hellmer war tot. Es dauerte einen Moment, bis diese Erkenntnis meine Wut und meine Verzweiflung durchbrach und ich wieder klar denken konnte.

»Was genau ist passiert?«

»Es sieht alles nach einer natürlichen Todesursache aus.«

Sie schwieg, ich schwieg.

»Es tut mir wirklich leid«, wiederholte sie noch einmal leise.

»Salome?«

Es war so still, dass ich fürchtete, sie hätte schon aufgelegt.

»Wie geht es dir?«

»Ich weiß nicht, von was Sie reden.«

Erst jetzt war das Gespräch wirklich beendet.

Ich stand in der Kälte, starrte auf mein Handy, bis das Licht des Displays erloschen war, steckte es weg, atmete tief durch und ging zurück zu Marie-Luise.

»War sie das?«

»Hellmer ist tot«, sagte ich nur. Mehr brachte ich nicht heraus.

Das örtliche Leichenkommissariat war nicht besetzt. Aber ich erwischte einen Kollegen vom Kriminaldauerdienst, und nachdem ich ihm hartnäckig lange genug auf die Nerven fiel, verriet er mir endlich die Vorgangsnummer. So gewappnet stand ich am nächsten Morgen um kurz nach acht in der Schöneberger Mordkommission, genauer gesagt in Vaasenburgs Büro, und hielt mich nicht lange mit Höflichkeitsfloskeln auf. Diese Nacht hatte Spuren hinterlassen. Ich war vom Kronprinzen zum Stallknecht degradiert worden, und das sah man mir an. Vaasenburg, in Unkenntnis der wahren Gründe meiner zerklüfteten Züge, bot mir sofort einen Stuhl an und holte Kaffee. Ich gab ihm die Vorgangsnummer und bat ihn, einfach mal im *Poliks* nachzusehen. Das interne Informationssystem der Polizei brauchte auch nicht lange, und schon erschien der gesamte Vorgang Hellmer auf dem Bildschirm.

Als Erstes betrachteten wir die Fotos. Hellmer auf dem Bauch, so wie er gefunden worden war. Dann Hellmer auf dem Rücken.

Die Augen geschlossen, die Züge ein wenig angestrengt, als wollte er sich in der Sekunde seines Todes an irgendetwas erinnern. Es musste keine Bedeutung haben, denn ich hatte diesen Gesichtsausdruck schon öfter bei ihm bemerkt. Er vergaß immer mehr. Worte, Satzenden, Namen. Der Mund stand ein wenig offen, die Haare waren wirr und zerzaust, aber so kannte ich ihn, ein paar Erdkrumen klebten auf seinen Wangen. Er musste sich erbrochen haben kurz vor seinem Tod.

Die Totale zeigte die Leiche mit den Nummerntafeln. Als bemerkenswert eingestuft hatte man eine kleine Tüte mit alten, verschrumpelten Möhren, zwei Kippen und seinen Rucksack ein paar Schritte weiter. Ich betrachtete alle Fotos noch einmal genau. Nirgendwo eine Parkbank.

Der Totenschein, ausgestellt von einem Arzt, den die Leitstelle um 6:57 Uhr alarmiert hatte. Todesursache: Hypothermie. Unterkühlung also. Dazu die kurze Zeugenvernehmung des Anwohners, der Hellmer kurz nach halb sieben entdeckt hatte, ein Spaziergänger auf dem Weg zum Brötchenholen.

Vier Stunden später war der Fundort freigegeben. Kein Verdacht auf ein Gewaltverbrechen. Ein Wagen der Gerichtsmedizin hatte die Leiche abtransportiert.

Vaasenburg rieb sich nachdenklich über sein frisch rasiertes Kinn. Er sah ausgeschlafen, geduscht und gesund aus. Er musste regelmäßig Sport treiben, ein mehr als zufriedenstellendes Privatleben und den absoluten Überblick über seine Kontobewegungen und Karriereaussichten haben, kurz, alles das, was ich nicht hatte. Plötzlich beneidete ich ihn. Vor allem um das Foto auf seinem Fensterbrett, das mit der hübschen Frau und dem fröhlichen Kind. Und darum, dass er ausreichend Schlaf fand in seinen Nächten und nicht darüber grübeln musste, warum das eigene Leben so verdammt schieflief.

»Der erste Kältetote in diesem Jahr«, sagte er, »und dann auch noch fast Mitte März. Die Temperatur lag in den frühen Morgenstunden nur knapp über dem Gefrierpunkt. Dazu noch der Alkohol, und schon ist es passiert.«

»Er ist nicht erfroren.«

Ich war wütend auf ihn, auf Salome, sogar auf Hellmer. Warum war er nicht bei Mutter geblieben? Warum hatte er sich nicht mehr gemeldet? Warum hatte Vaasenburg nichts unternommen, als noch Zeit dazu gewesen war? Jetzt war Hellmer tot, und alles, was diesem glattrasierten KHK einfiel, war, die Sache auf Kältetod herunterzudeklinieren.

Ich machte vor dem Monitor Platz und ging auf die andere Seite seines Schreibtisches. Vaasenburg seufzte.

»Die Kollegen vom VB I haben nichts, aber auch wirklich nichts am Fundort feststellen können. Er war wohl betrunken. Zumindest war seine Fahne selbst post mortem noch zu riechen.«

»Er würde sich nie auf den Boden legen. Ich sehe keine Bank. Keine Zeitungen. Weit und breit nichts, wohin man sich zurückziehen würde. Obdachlose trinken nicht in der Öffentlichkeit. Die meisten jedenfalls nicht. Hellmers Zuhause war der Kleistpark. Und nicht der Hafen.«

Es waren wacklige Argumente, aber das waren sie auf beiden Seiten. Dieser Tod war mir zu einfach. Vaasenburg machte es sich zu einfach.

»Das ist doch merkwürdig.« Ich trank von dem Kaffee, um wenigstens einigermaßen wach zu werden. »Erst soll er erschossen werden. Dann wird er verfolgt. Und schließlich liegt er tot auf einem Uferstreifen. Nach allem, was passiert ist, würde mich das in höchste Alarmbereitschaft versetzen.«

Vaasenburg verstand unter Alarmbereitschaft, den Computer herunterzufahren. Hans-Jörg Hellmer war und blieb eine geschlossene Akte.

»Wir sehen keine Veranlassung zu weiteren Ermittlungen. Die Staatsanwaltschaft …«

»Ist die Staatsanwaltschaft Frau Noack?«

Vaasenburg sagte nichts.

»Dann verlange ich eine Obduktion.«

Jetzt musste sich zeigen, was er in seinen Deeskalationsseminaren auf der Führungskräfteschulung in Münster Hiltrup gelernt hatte. Unter den ersten drei war er wohl nicht gewesen, denn er trommelte ziemlich ungeduldig mit den Fingern auf seinem Schreibtisch.

»Ich glaube nicht, dass Sie uns vorschreiben können, was wir zu tun und zu lassen haben. Für eine Obduktion muss es gewichtige Gründe geben. Unsere Personalsituation in der Rechtsmedizin ist angespannt, das wissen Sie.«

»Das heißt, Hellmer wird nicht obduziert, weil Sie keine Leute haben? Oder weil er nur ein Obdachloser war?«

Jetzt sah er so aus, als würde er mich herzlich gerne zur Tür hinauskomplimentieren. Ich hob entschuldigend die Hände.

»Verzeihung. Aber nehmen Sie mich bitte ernst. Ich vermute ein Gewaltverbrechen. Ich will eine Obduktion. Und ich kriege sie. Und wenn ich bis zur Polizeipräsidentin gehen muss.«

»Die gute Polizeipräsidentin. Für was die nicht alles herhalten muss. Herr Vernau, ich lasse mich von Ihnen nicht unter Druck setzen. Aber ich weiß, dass Ihre Gedanken bei aller Wirrnis manchmal auch das eine oder andere Körnchen Substanz in sich tragen. Nur deshalb werde ich es versuchen. Ich kann Ihnen nichts versprechen, aber ich versuche es. Reicht das?«

»Nein«, antwortete ich.

Vaasenburg verdrehte die Augen in Richtung Deckenlampe.

»Was denn noch?«

»Ich muss wissen, was damals vor sechs Jahren passiert ist. Wenn Sie jetzt Ermittlungen wegen Mordverdachts einleiten, können Sie die alte Akte von Hellmer anfordern.«

»Ich ermittle nicht. Ich lasse allenfalls einen ganz normalen Kältetod, wie er jedes Jahr bedauerlicherweise ein bis zwei Mal vorkommt, auf Grund Ihrer penetranten Bockigkeit gegen jede Vernunft und alle ärztlichen Atteste genauer untersuchen. Falls, ich betone, falls diese Untersuchungen einen Handlungsbedarf ergeben sollten, werde ich weitere Schritte einleiten. Was in aller Welt wollen Sie mit dieser Akte?«

Sie würde mich zu Salome führen. Das war mit Sicherheit ein wichtiger Grund. Der zweite aber war, dass Hellmer, seit ich ihn kannte, ein Opfer war. Duldsam, freundlich, bedürfnislos. Und dass er das nicht auch noch nach seinem Tod bleiben sollte. Er hatte ein Recht darauf, dass aufgeklärt wurde, was ihm passiert war. Sollte er wirklich erfroren sein, würde ich mich damit abfinden. Sollte es aber einen anderen Grund geben, dann war es die Pflicht von Kripobeamten, Staatsanwälten und mandantenlosen Anwälten mit zu viel Zeit, sich gefälligst darum zu kümmern.

»Weil ich in dem, was vor sechs Jahren geschah, ein Motiv sehe.«

»Für was?«

»Für einen Mord.«

Es war der erste Triumph des noch jungen Tages, und ihm sollten weitere folgen. Auf dem Weg zur U-Bahn kaufte ich einen Stapel Tageszeitungen von der Sorte, die mehr Text als Bilder hatten, und widmete mich dem, was im Berlin-Teil auf Seite vier, fünf oder sechs zu finden war. Die Pressemeldung der Polizei musste in den frühen Abendstunden herausgegangen sein. Die meisten zitierten dieselbe Quelle. Eine hatte einen guten Draht zum Sprecher des Innensenators und quetschte ihn zu den Kürzungen im Sozialbereich aus. Der konterte mit der allseits bekannten Milchmädchenrechnung, dass für jeden Obdachlosen auch ein Bett zur Verfügung stand. Der *Abendspiegel* nahm Hellmers Tod zum Anlass, einen Blick auf die Suppenküchen und Wärmestuben zu werfen, die nach jedem weihnachtlichen Tsunami der Herzen nun ziemlich unter dem Spendenkater zu leiden hatten. Die Leute hatten ihre Pflicht getan. Jetzt gab es kaum noch Essen, keine Kleider, und die Bahnhofsmission hatte noch nicht mal mehr genügend Brot. *altt.*

Alttay.

Ich wechselte die U-Bahn und stand wenig später in Disneyworld Friedrichstraße, wo sich am ehemaligen Grenzübergang Checkpoint Charlie kichernde Touristen mit fast echten Vopos ablichten ließen. Eine frustrierte Schulklasse rannte mich fast über den Haufen, weil der Lehrer mit ihr nicht den nächsten McDonald's ansteuerte, sondern noch zum Mahnmal für Peter Fechter wollte. Das lag um die Ecke und interessierte kein Schwein. Die hollywoodreifen Fluchtinszenierungen in einem selbsternannten Mauermuseum aber lockten Massen von Kegelclubs an, die sich ein bisschen gruseln durften und sich wohl wunderten, warum Berlin seine Geschichte als Mauerstadt auf dem Niveau von Schülerwandzeitungen verwurstete.

Bevor ein Reisebus aus Dänemark mich überrollte, erreichte ich die andere Straßenseite und enterte das Verlagsgebäude des *Abendspiegels*. Keine zwei Minuten später stand ich im dritten Stock, wo Alttay mich vom Fahrstuhl abholte. Der Gerichtsreporter deutete ungeduldig auf eine große Wanduhr.

»In zwanzig Minuten muss ich los. Der Hundewürger von Moabit. Ich hoffe, es ist dringend.«

Den Hundewürger hätte ich auch gerne gehabt. Ein tapferer Zeitgenosse, Fitnesstrainer von Beruf, hatte sich eingemischt, nachdem ein Rottweiler sich auf eine Gruppe spielender Jungen im Stadtpark geworfen hatte. Da das Tier weder auf die Rufe seines hilflosen Frauchens noch auf einige beherzte Tritte reagierte, sondern sein achtjähriges Opfer munter weiter zerfleischte, warf der Mann sich schließlich auf die Bestie und erlegte sie mit nichts als der Kraft seiner Hände. Zwei Tage war er der Held von Berlin. Dann meldete sich die Besitzerin und zeigte ihn wegen Sachbeschädigung an. Der Junge lebte, aber ihr Rottweiler war tot. Anstatt ihr Leinenzwang und Maulkorb auf Lebenszeit zu verpassen, mussten sich die Gerichte jetzt mit dieser Klage beschäftigen. Heute war die Verhandlung, und das Presseaufgebot dürfte gewaltig sein.

Alttay führte mich eilig durch lange, mit Kopierern und Wasserspendern zugestellte Gänge, vorbei an mehreren Großraumbüros bis zu einem Zimmer von der Größe eines begehbaren Wandschranks, in dem mehr als drei Menschen schon unter Käfighaltung fielen.

»Klein, aber mein. Setzen Sie sich. Kaffee?«

»Nein danke, ich hatte gerade.«

Er quetschte sich an mir vorbei hinter einen Schreibtisch, von dem man direkt hinunter auf die Friedrichstraße und den stockenden Verkehr blicken konnte. Er war ein mittelgroßer Mann Anfang fünfzig, mit wachen hellen Augen und sich lichtendem Haupthaar. Er trug seine Hosen eine Nummer zu groß, die Hemden eine Nummer zu klein, vielleicht war es Absicht oder Spleen, jedenfalls passte nichts richtig, und aus dem offenen Kragen quollen graue Locken und kringelten sich watteweich über den Knopflöchern.

»Also, was gibt's?«

»Zwei Dinge. Erstens: Ich möchte Sie bitten, Ihre Beobachtungen am Rande von privaten Festen für sich zu behalten.«

Erstaunt legte er die Stirn in Falten und sah mich mit kugelrunden Augen an.

»Schloss Britz. Letzte Woche. Sie erinnern sich?«

»Ah ja. Die Kollegen vom Inneren wollten, dass ich da mal vorbeischaue. Wäre nett gewesen, ein Foto vom Senatsbaudirektor mit Champagner zu haben. Nur fürs Archiv, leider. Nach dem plötzlichen Dahinscheiden ihrer Zielperson bauen sie jetzt die Vergabepraxis von Landesaufträgen ein bisschen um. Mehr Richtung Senat. Nachdem die nacktmolchige Teichschnecke ihren Gegner ja wohl um einiges überleben wird.«

»Wieso?«

»Ursprünglich ging es um Jürgen Vedder. Aber der musste ja kurz vor der Veröffentlichung das Zeitliche segnen. Wir hatten jemanden aus seinem engsten Kreis, der ein bisschen geplaudert hätte. Warum Vedder immer ein paar Cent unter den Angeboten seiner Konkurrenz lag. Jetzt liegt das alles erst mal auf Eis. Aus Pietätsgründen. Und der Senatsbaudirektor trank den ganzen Abend Tomatensaft. Das passte auch nicht so ganz ins Bild, also keine Fotos. Ja, das war Schloss Britz.«

Er schüttelte bedauernd den Kopf, nahm seine Kaffeetasse hoch, roch daran und stellte sie mit einem leicht angewiderten Gesichtsausdruck zurück.

»Sie haben Frau Hoffmann davon erzählt, dass eine gewisse Staatsanwältin und ich gemeinsam das Fest verlassen haben. Treten Sie diesen Sachverhalt bitte nicht öffentlich breit. Zwischen uns ist nichts.«

»Dann war das aber ein ziemlich deutliches Nichts. Sie haben Ihren Wagen direkt vor meinem geparkt. Da konnten einem gewisse Details nicht entgehen.«

»Ich glaube nicht, dass das in Ihr Ressort fällt.«

»Hm. Soso. Mein Ressort.«

Er faltete die Hände vor seinem Bauch und drehte Däumchen. Dann schaute er hinaus aus dem Fenster auf die gegenüberliegende Häuserfront.

»Ich mag Frau Hoffmann. Sie ist eine der schlechtesten Anwältinnen, die ich kenne. Zu viel Herzblut. Zu engagiert. Und ab und an vergreift sie sich ziemlich im Ton. Aber wissen Sie was? Das sind jedes Mal Sternstunden der Plädoyerführung.«

Ohne es zu wollen, musste ich lächeln. Ich wusste genau, von was er redete. Er drehte sich wieder zu mir um.

»Ich bin noch in keinem Prozess eingeschlafen, an dem sie beteiligt war. Und das heißt eine ganze Menge. Man kann von ihr halten, was man will, aber ich habe sie nie auf der falschen Seite gesehen. Ich mag sie. Ab und zu trinken wir einen Kaffee zusammen.«

»Dagegen ist auch nichts zu sagen. Aber es gibt keinen Grund, sich über mein Privatleben Gedanken zu machen. Frau Hoffmann und ich haben gemeinsam eine Kanzlei. Das ist alles. Mehr nicht.«

»Weiß das auch Frau Hoffmann?«

Natürlich wusste sie das. Schließlich war sie diejenige, die mich immer und immer wieder zum Retter aus ihren verzwickten Lebenslagen machte. Jede Affäre, jeden Liebeskummer bekam ich brühwarm mit. Tonnen von Papiertaschentüchern hatten meinen Papierkorb verstopft. Stundenlange Beschreibungen der Vorzüge diverser Bewerber verwandelten sich Tage später in detailliertes Aufzählen ihrer Unerträglichkeiten. In den letzten zwei Jahren hatte sie ein gutes Dutzend durchaus robuste Liebhaber verschlissen, die ich allein durch ihre Erzählungen so gut kennengelernt hatte, als wären sie meine eigenen gewesen. Wir waren Partner. Freunde, vielleicht. Nicht mehr. Aber bestimmt auch nicht weniger.

»Natürlich.«

»Dann ist die Sache für mich erledigt. Punkt zwei?«

Er sah auf seine Armbanduhr. Wer bei Hundewürgern nicht rechtzeitig erschien, bekam auch keinen guten Platz. Ich machte es kurz.

»Hans-Jörg Hellmer. Der tote Obdachlose vom Nordufer. Ich war gerade bei Vaasenburg und habe eine Obduktion beantragt.«

Sofort hatte er den gleichen Reflex wie der Kripobeamte: Er griff zu Bleistift und Papier.

»Warum?«

»Ich glaube, hinter Hellmers Tod steckt mehr. Um das herauszufinden, brauche ich Ihre Hilfe. Vor sechs Jahren gab es eine Anklage gegen ihn. Die wurde fallen gelassen. Vielleicht haben Sie etwas in Ihrem Archiv, das mir weiterhilft. Die Akten liegen bei der Staatsanwaltschaft, an die komme ich im Moment nicht ran.«

Alttay kratzte sich mit dem Bleistift kurz am Hinterkopf, legte ihn dann beiseite und widmete sich seinem Computermonitor.

»Hellmer, Hans-Jörg.« Er tippte den Namen ein. »Irgendetwas klingelt da bei mir. Aber ich komme nicht drauf. Anklage. Nichts. Vielleicht unter Hah-Punkt. Hah-Punkt Strich Jott-Punkt Hah-

Punkt. Nein. – Tut mir leid. So weit reicht unsere Datenbank nicht. Gibt es noch mehr?«

»Drogen«, sagte ich. »Vielleicht Beschaffungskriminalität. Einbruch. Raub.«

Alttay tippte auf der Tastatur herum und schüttelte den Kopf.

»Nichts zu machen. Da werden Sie sich wohl eine Staublunge im Archiv holen müssen. Wenn es nicht zum Prozess gekommen ist, sehe ich schwarz. Irgendwo unter ›Vermischte Polizeimeldungen‹ vielleicht. Vor sechs Jahren? Wann genau?«

»Ich weiß es nicht.«

»Das sind 360 Ausgaben. Viel Spaß.«

Mit sichtlicher Genugtuung schob er die Tastatur genauso weit von sich wie jede weitere Anstrengung, mir zu helfen.

»Hören Sie, wenn ich irgendetwas herausfinde, erfahren Sie es als Erster«, sagte ich. »Es war Mord. Genauso wie die Sache in der Littenstraße, wenn sie gelungen wäre.«

»Sie meinen, dieser völlig abstruse, lieblos ausgeführte, schlecht vorbereitete, halbherzig nicht zu Ende gebrachte kleine Totschlagversuch hatte was mit Hellmer zu tun?«

»Hellmer war es, auf den geschossen wurde.«

Alttay pfiff leise durch die Zähne.

»Wenn da was dran ist, nehme ich Sie beim Wort. Einverstanden?«

Ich nickte. Er stand auf, quetschte sich an mir vorbei, öffnete die Tür und brüllte: »Fräulein Wittkowski!«

Zu mir gewandt sagte er: »Schülerpraktikantin. Sechzehn. Hat man mir für drei Wochen untergejubelt.«

Wenig später stand Fräulein Wittkowski vor uns. Sie trug den kürzesten Minirock, den ich je bei einer Sechzehnjährigen gesehen hatte, und sah aus, als würde sie ihre Nachmittage vor den Schminkspiegeln von Discountdrogerien verbringen.

»Das ist Herr Vernau. Er ist Anwalt. Wir beide arbeiten an einer hochinvestigativen Sache und brauchen Ihre Hilfe.«

»Ja, gerne«, piepste sie.

»Vor sechs Jahren hat es einen Vorfall mit einem Obdachlosen gegeben.«

»Drogenabhängigen«, verbesserte ich. »Erst danach wurde er obdachlos.«

»Gut. Einem obdachlosen Drogenabhängigen, wie auch immer. Hans-Jörg Hellmer der Name. Kann aber sein, dass wir das aus Gründen des Personenschutzes abgekürzt haben. Hans-Jörg Hah-Punkt. Oder Hah-punkt Strich Jott-Punkt Hah-Punkt.«

»Hah … Punkt?«

»Ich schreibe es Ihnen auf.«

Er notierte die Angaben schnell auf einen Zettel und reichte ihn ihr.

»Und denne?«, fragte sie.

»Wenn Sie ihn gefunden haben, melden Sie sich. Haben Sie das verstanden?«

Sie sah mit lidstrichschweren Augen auf das Stück Papier in ihrer Hand.

»Mach ich. Find ich.«

»Dann Glück auf dem Weg.«

Sie huschte nach draußen.

»Die seh ich nie wieder.«

Alltay wandte sich noch einmal an mich. »Ich bin zu tiefstem Dank verpflichtet. Allerdings fürchte ich doch etwas um das Ergebnis dieser Intensivrecherche. Wenn ich was höre, melde ich mich. Umgekehrt erwarte ich das Gleiche.«

Ich stand auf.

»Reden Sie noch mal mit ihr.«

»Mit Fräulein Wittkowski?«

»Nein«, sagte Alttay. »Mit Frau Hoffmann.«

Am Aufzug traf ich sie wieder. Sie las die Buchstaben immer und immer wieder und sah todunglücklich aus.

»Ein Jahr Zeitungen. Das schaffe ich nie. Ich lese sonst eine im Monat. Mein Vater reißt mir den Kopf ab, wenn ich mein Praktikum versaue.«

»Kopf hoch«, sagte ich. »Jeder hat mal klein angefangen. Sie wollen doch Journalistin werden. Da gehört Recherche einfach dazu.«

»Ich? Nein. Nie im Leben werd ich das. Aber irgendwie ziehe ich immer das große Los.«

»Die Plätze werden verlost? Ich dachte, das geht nach Neigung.«

Sie schnaubte ärgerlich.

»Ja, nach der der Eltern. Mein Dad arbeitet hier in der Poststelle. Der hat mir den Platz besorgt. Er will, dass ich ins Büro gehe.«

»Und Sie? Was haben Sie vor?«

»Ich will Nail-Designerin werden.«

Der Aufzug kam, und gemeinsam enterten wir die Kabine. Ich drückte den Knopf fürs Erdgeschoss, Fräulein Wittkowski den für den Keller. Langsam schlossen sich die Türen. Um die Unterhaltung nicht ganz einschlafen zu lassen, fragte ich: »Also Werkzeug- und Maschinenbau?«

»Nein. Fingernägel. Diese künstlichen mit den Motiven drauf. Das ist sehr kreativ. Und irre gefragt im Moment. Oder ich werde Solarium-Fachwirtin.«

»Das gibt es als Ausbildung? Als richtigen Beruf?«

Fräulein Wittkowski nickte. Sie schien Vertrauen gefasst zu haben, was definitiv nicht auf Gegenseitigkeit beruhte. Langsam konnte ich Alttay verstehen, dass er sie nicht sofort an seine breite Brust gedrückt hatte.

»Herr Vernau, darf ich Sie was fragen?«

»Aber natürlich.«

»Wie liest man eine Zeitung?«

Ich war versucht zu antworten: von links nach rechts. Dann riss ich mich am Riemen.

»Nur den Berlin-Teil. Vermischtes, Polizeimeldungen, aus den

Bezirken. Überfliegen Sie die Überschrift, und wenn sie etwas damit zu tun hat, was wir suchen, lesen Sie weiter.«

»Darf ich Sie anrufen, wenn ich das nicht schaffe? Herr Alttay hat immer so wenig Zeit.«

Sah ich so aus, als ob ich mehr hätte? Aber Fräulein Wittkowski hielt mir schon das Papier entgegen.

»Selbstverständlich.«

Schnell notierte ich ihr meine Handynummer auf den Zettel. Dann war unsere kleine Reise auch schon vorüber. Ich verließ den Aufzug. Am Ausgang sah ich mich noch einmal um. Die Türen schlossen sich gerade, und sie fuhr abwärts mit einem Gesichtsausdruck, als ginge es auf Nimmerwiedersehen in die Kohlengrube. Ich ging hinaus und blinzelte. Die Sonne kam für einen kurzen Moment hinter den Wolken hervor, und ich freute mich, sie endlich einmal wieder zu sehen. Und darüber, dass sie echt war.

Einer der großen Vorteile von Treppenteppichen ist ihre enorme Schalldämmung. Wenn Kultur die Erhebung des Menschen über die reine Existenz hinaus ist, so ist der Treppenteppich eine wichtige zivilisatorische Errungenschaft. Im Allgemeinen wird seine Bedeutung für den Weltfrieden und das Miteinander von Völkern und Kulturen unterschätzt. Man kann jedoch nicht oft genug darauf verweisen, was geschieht, wenn man ihn entbehren muss. Jeder Schritt, jede Stufe wird von aufmerksam lauschenden Zeitgenossen hinter den Wohnungstüren wahrgenommen, Zeitpunkt und körperliche Verfassung des Steigers registriert, und wie in mittelalterlichen Belagerungsszenarien wartet der Feind, bis man erste Zeichen der Erschöpfung zeigt und kurz innehält, um dann direkt in seine Arme zu laufen. In meinem Fall war es Frau Freytag.

»Ach Herr Vernau, gut, dass ich Sie treffe.«

Sie hatte die Tür einen Spaltbreit geöffnet, so dass unserer spontanen Begegnung im Hausflur nur die dünne Kette des Sicherheitsschlosses im Weg war. Um ihre Knöchel streiften zwei Hauskatzen, eine kam mit fragendem Maunzen zwei Schritte heraus und sah sich nach einer Fluchtmöglichkeit um.

»Hat Ihnen die Fides auch gedroht?«

Beflügelt durch meine beiden erfolgreichen Treffen mit Vaasenburg und Alttay war ich den Weg von der U-Bahn fast gerannt. Ich war schon die halbe Treppe an ihrer Tür vorbeigelaufen, als sie mich eiskalt erwischte, und blieb schnaufend stehen.

»Was heißt auch? Hat man Ihnen etwa gekündigt?«

»Ja. Das heißt nein. Ich kann hier wohnen bleiben, aber …«

Sie kramte in ihrer Kitteltasche und holte einen Zettel heraus. Ich erkannte auf den ersten Blick, dass es sich um ein Schreiben der neuen Hausverwaltung handelte. Beziehungsweise das, was davon übriggeblieben war. Vermutlich hatte sie damit Katzenklos gereinigt oder die Pfanne ausgewischt. Widerwillig stieg ich die Stufen zu ihr wieder hinab.

»Sie wollen so vieles anders machen. Die Heizung, die Fenster und die Fußböden. Eine neue Küche, und das Bad wird renoviert. Neulich war ein netter Herr da, der hat mir alles erklärt.«

Merkwürdige Gerüche drangen ins Treppenhaus. Eine Mischung aus vergorenem Katzenfutter und Ammoniak. Eine weitere Katze drängelte sich nun an den anderen vorbei. Sie war schwarz und hatte nur ein Auge.

»Aber ich muss meine Süßen abgeben. Er sagt, Haustiere sind dann nicht mehr erlaubt.«

Ich versuchte, so flach wie möglich zu atmen. Das einäugige Biest schlich auf mich zu und schnupperte an meinen Schuhspitzen. Ich war definitiv kein Katzenfreund. Ich mochte auch Hunde nicht besonders, Wellensittiche schon gar nicht. Ich fand, Tiere hatten in Wohnungen nichts zu suchen, außer in Kochtöpfen und Backöfen. Dieses Vieh zu meinen Füßen schien das aber gar nicht zu interessieren. Es schlängelte sich um mein Hosenbein und fing an, seinen Kopf schnurrend an meinem Knöchel zu reiben.

»Wie viele Katzen haben Sie denn?«

»Ach, mal so, mal so.«

Ich schubste das Tier so unauffällig wie möglich von mir weg.

»Jetzt sind es vierzehn.«

»Vierzehn?«

Wie auf Kommando quollen weitere Fellknäuel an ihr vorbei ins Treppenhaus. Eine hatte nur drei Beine. Der anderen, einem verfilzten Ungetüm in Orange und Weiß, fehlte ein Ohr.

»Das ist ein bisschen viel für eine Wohnung. Waren Sie denn schon mal im Tierheim?«

»Natürlich. Da habe ich sie ja alle her. Die Armen finden doch niemanden sonst.«

Sie schloss die Tür. Die ausgesperrten Katzen hoben aufmerksam den Kopf und witterten im wahrsten Sinne des Wortes Morgenluft. Noch bevor ich mich über das unerwartet plötzliche Ende dieser Unterhaltung freuen konnte, hörte ich, wie sie die Kette entfernte. Die Schwarze strich mittlerweile mit dem Schwanz um meine Knie und schien mich richtig gernzuhaben.

»Kommen Sie, kommen Sie.«

Jetzt hatte sie die Tür geöffnet und lockte mich mit dünnem Zeigefinger. Ich überwand mich und trat einen Schritt näher.

»Nach sechs Monaten sind sie verschwunden. Angeblich in ein anderes Heim. Aber in Wirklichkeit werden sie vergast. Wie die Nerze. Na, Sie tragen ja keinen Pelz.«

Mit einem Zischlaut befahl sie ihre Horde zurück in den Flur. Nur die fette Orange-Weiße und die schwarze Einäugige blieben im Treppenhaus.

»Nein. Ich trage keinen Pelz. Frau Freytag, ich habe leider wenig Zeit.«

Weitere Katzen scharten sich hinter ihr zusammen. Im Halbdunkel erkannte ich alte Tapeten, abgetretenes Linoleum und kein einziges Möbelstück. Es stank wie im Raubtierhaus.

»Vielleicht wäre es keine schlechte Idee, wenn Sie sich das mal durch den Kopf gehen lassen. Weniger Katzen, weniger Arbeit.«

Und weniger Geruch.

Sie war eine dünne, zähe Person mit funkelnden Augen und einem ausgeprägten Damenbart. Die grauen Haare hatte sie am Oberkopf zu einem strengen Dutt zusammengefasst. Mit ihrem verwaschenen Kittel und den ausgetretenen Pantoffeln erinnerte sie mich an eine Figur von Wilhelm Busch.

»Und wo sollen sie hin? Sie haben doch niemanden außer mir. Ich will meine Katzen nicht fortgeben. Außerdem jagen sie Mäuse. Und Wowereit sogar Ratten.«

»Wowereit?«

»Ja.« Sie deutete auf das orange-weiße Einohr. »Und der da ist Diepgen. Da sehen Sie mal, wie lange er schon bei mir ist.«

Der Schwarze hob interessiert den Kopf von meinen Schnürsenkeln.

»Und … Stobbe? Und Weizsäcker?«

»Die sind schon tot. Das hier ist Laurien. Es gibt ja wirklich wenige bedeutende Frauen in der Berliner Politik.«

Laurien hatte schätzungsweise acht Kilo Übergewicht und diese auch noch unvorteilhaft verteilt. Sie hockte auf den Hinterbeinen und sah aus wie eine Klobürste. Es war eine Frechheit, diesem hässlichen Vieh den Namen einer sehr ums Wohl der Stadt bemühten, meines Wissens stets korrekt gekleideten und frisierten Dame zu geben.

»Frau Freytag. Kann ich irgendetwas für Sie tun? Brauchen Sie Hilfe? Ich könnte beim Sozialdienst anfragen, ob man Ihnen jemanden …«

Sie knallte mir die Tür vor der Nase zu. Wowereit erklomm vor Schreck das Fensterbrett, Diepgen fuhr zusammen und drängte sich noch enger an mich. Ärgerlich schüttelte ich die Klette ab und machte, dass ich nach oben in die Kanzlei kam.

Marie-Luise saß in ihrem Büro, die Füße auf dem Schreibtisch, eine Akte auf dem Schoß, den Telefonhörer ans Ohr geklemmt, eine Zigarette im Mund, und diskutierte mit einem Unbekannten über die Verantwortlichkeitsklausel auf einem Flugblatt. Als sie mich sah, deutete sie auf das Faxgerät.

»Ich ruf gleich zurück.«

Dann legte sie auf, schnappte das Fax und wedelte damit vor meiner Nase herum.

»Kannst du mir erklären, was das ist?«

Ich nahm es ihr aus der Hand. Marquardt hatte Wort gehalten und eine saftige Antwort auf das Kündigungsersinnen der Fides formuliert.

»Wie kommt Sebastian Marquardt dazu, mich gegen die Fides zu vertreten? Warst du das? Ist das deine Art von Hilfe, überall herumzuerzählen, in welcher Scheiße ich stecke?«

»Marie-Luise, es war die einzige Möglichkeit, in dieser Kürze …«

»Und ausgerechnet Marquardt! Dieser Kudamm-Advokat! Ich will das nicht! Das ist Vertrauensbruch! Ich erzähle dir meine Sorgen, und die halbe Anwaltskammer lacht sich schlapp. Frau Hoffmann, die Zwangsgeräumte. Und Herr Vernau, schon mit halbem Bein auf dem Weg zurück in die Society. Das ist das Letzte, Joachim. Das Allerletzte!«

Wütend löschte sie die Zigarette in der Thunfischdose.

»Willst du dir nicht helfen lassen?«

»Doch. Aber nicht so. Das sind meine Probleme. Und ich entscheide, wer mir bei der Lösung hilft.«

»Eine ziemlich elitäre Meinung, wenn einem das Wasser bis zum Hals steht.«

»Bei Untergang wie Aufstieg kann man gar nicht elitär genug sein. Vor allem in puncto Aufstieg wirst du mir da recht geben.«

Es klingelte. Marie-Luise sah mit einem Stirnrunzeln auf die Armbanduhr. Dann ging sie in den Flur.

Ich überflog das Fax und entdeckte zwei kleine Formfehler.

»Falls jemand Diepgen und Wowereit sucht, sie sind nicht hier!«, rief ich ihr hinterher.

»Diepgen und Wowereit?«

Ich fuhr herum und ließ das Fax sinken. Mein Herzschlag stolperte, raste, setzte aus. Ich sah mich hilflos um – Marie-Luises Büro war in einem Zustand, in dem man allenfalls noch Einäugige und Dreibeinige empfangen konnte, nicht aber real Regierende Bürgermeister und amtierende Staatsanwältinnen.

Sie trug einen asymmetrisch geschnittenen zartgrünen Bouclémantel und beige Lederhandschuhe im exakt gleichen Farbton wie ihre Aktenmappe, die sie nach einigen suchenden Blicken auf dem letzten freien Stuhl im Raum ablegte. Ihre Haare hatte sie zu einem Ballettknoten im Nacken geschlungen, er betonte ihren langen, schlanken Hals und ließ ihr blasses Gesicht noch zarter und durchscheinender wirken.

»Die hätte ich hier auch nicht vermutet.«

Sie lächelte mich an, und die Sonne ging auf. Hinter ihr erschien Marie-Luise, lehnte sich in den Türrahmen und knabberte gelangweilt auf ihren ungekämmten Haarspitzen herum.

»Darf ich vorstellen: meine Kanzleipartnerin, Frau Hoffmann.«

Marie-Luise stieß sich betont lässig vom Türrahmen ab und kam auf Salome zu. Sie reichte ihr die Hand und blieb dann näher, als es ihre Gewohnheit war, neben mir stehen. Ich legte das Fax auf dem Schreibtisch ab, zu spät. Salome hatte den Briefkopf schon gesehen.

»Ach, Herr Marquardt. Sie arbeiten zusammen?«

»Nein«, antwortete Marie Luise.

Sie legte eine Broschüre von amnesty international darauf.

»Was können wir für Sie tun?«

»Ich würde gerne einen Moment mit Herrn Vernau alleine sprechen.«

»Kein Problem«, sagte ich. »Lassen Sie uns in mein Büro gehen.«

Salome nahm ihre Tasche und nickte Marie-Luise noch einmal zu.

»Es hat mich sehr gefreut, Sie kennenzulernen.«

Meine Kanzleipartnerin brummelte etwas Unverständliches und

verschanzte sich hinter ihrem Schreibtisch. Ich ging mit Salome über den Flur und schloss die Tür hinter uns.

»Kann ich dir etwas anbieten? Einen Tee vielleicht?«

Der Kaffee war ja wieder einmal alle. Aber Salome schüttelte den Kopf und öffnete ihre Aktenmappe. Sie holte einen dünnen Ordner heraus und reichte ihn mir.

»Das ist alles, was mir die Kollegen aus Görlitz geschickt haben. Viel ist es nicht. Aber du siehst, ich habe mich bemüht.«

»Maik Altenburg« stand auf dem Deckel. Ich legte den Ordner auf meine Ablage und bat Salome, Platz zu nehmen. Aber sie blieb stehen.

»Ich habe nicht viel Zeit. Gestern Abend, der Anruf … Ich war noch im Büro. Meine Sekretärin stand direkt daneben. Deshalb klang ich vielleicht etwas reserviert.«

Sie ging hinüber zu meinem Bücherregal und ließ den Blick über die hoffnungslos veralteten Ordner mit Grundsatzurteilen schweifen.

»Mein Mann und ich, wir haben eine Vereinbarung. Jeder lebt sein Leben. Aber wir verletzen einander nicht. Neulich Nacht kam er überraschend nach Hause. Er war in Brüssel. Er ist Berater der Kommission des Europäischen Rates und bleibt meistens über Nacht. Doch am Freitag waren sie früher fertig. Das war nicht geplant. Das mit dir nicht, das mit ihm nicht. Ich wollte ihm nie weh tun und konnte das auch plausibel erklären. Er hat es akzeptiert.«

»Was«, fragte ich. »Was hat er akzeptiert?«

»Dass es ein einmaliger Ausrutscher war.«

Mein feuerheißes Herz gefror zu einem eiskalten Klumpen. Ein einmaliger Ausrutscher, das war ja großartig. Das klang nach Matsch und Hundescheiße, nach Dreck am Schuh und widerwilligem Abwischen. Ausrutschen. Taumeln, stürzen, fallen. Die Balance verlieren. Das Gleichgewicht. Die Kontrolle. Ich erinnerte mich nicht, jemals einen Menschen mit diesen Worten abserviert zu haben. Ich war so wütend, dass ich einfach still blieb. Mir fiel nichts Geeignetes ein, das dieses Wort in etwas Erträgliches ummünzen konnte.

»Es tut mir leid. Es war schön mit dir. Wirklich. Aber wir sollten uns vorläufig nicht mehr sehen.«

Ich ging zu meinem Schreibtisch, setzte mich und zog, um irgendetwas in den Händen zu haben, die Maik-Altenburg-Akte zu mir heran.

»Es lässt sich vielleicht nicht vermeiden. Ich habe für Hans-Jörg Hellmer eine Obduktion veranlasst.«

»Du hast was?«

Ich sah hoch. Sie starrte mich fassungslos an. Es war das erste Mal, dass ich sie so sah, und das gab mir wenigstens etwas Selbstvertrauen wieder. Zumindest konnte ich sie immer noch aus dem Takt bringen.

»Er ist auf keinen Fall erfroren.«

»Dann hatte er eine Alkoholvergiftung. Oder ist an seinem Erbrochenen erstickt. Das kommt doch auf das Gleiche heraus.«

»Was denn nun?«, fragte ich und klappte den Aktendeckel auf. »Erfroren, erstickt oder vergiftet?«

Die Kopie eines blassen Schwarzweißfotos, mit einer Heftklammer an einem amtlichen Schreiben befestigt. Der Totenschein. Die Geburtsurkunde. Mehrere Beurteilungen über seine Schulzeit, den Dienst in der Volksarmee, seine Arbeit beim *VEB Strickwaren Görlitz*. Ich überflog alles, weil ich mich überhaupt nicht konzentrieren konnte und nur den brennenden Wunsch fühlte, ihr zu zeigen, dass man mit mir nicht so umgehen konnte. Privat vielleicht. Dagegen war nichts zu machen. Beruflich aber sollte sie bloß nicht glauben, einen Anfänger vor sich zu haben.

»Ich will wissen, was ihn getötet hat. Ich dachte, in deiner Position hätte man an einer Klärung wenigstens ein peripheres Interesse.«

Ich klappte den Deckel zu. Sie stand da wie ein begossener Pudel.

»Du meinst, es ist ihm etwas passiert? Was denn?«

»Der Tod. Der ist ihm passiert. Aber Hellmer war noch nicht an der Reihe. Jemand hat ihm nachgeholfen und es sehr natürlich aussehen lassen. Ein Obdachloser, erfroren in einer der letzten kalten Nächte. Alkohol. Einsamkeit. Keiner, der nach ihm fragt. Aber dieser Jemand hat sich getäuscht. Denn ich frage nach ihm. Und das so lange, bis ich eine Antwort habe.«

Sie deutete auf die Akte.

»Hat es damit zu tun?«

»Mit Sicherheit. Wo zum Beispiel ist Maik Altenburgs Heiratsurkunde? Das ist es doch, was mich interessiert. Wer war seine Frau? Wo ist ihr gemeinsames Kind? Wir haben mittlerweile drei Tote. Margarethe, Maik und Hellmer. Etwas verbindet sie. Und ich werde herausfinden, was es war.«

Sie sah mich an mit ihren Augen, die blau waren wie das Meer vor einer dieser Inseln auf den Bahamas und in die ich hineinstürzen könnte, um darin zu ertrinken.

»Deshalb die Obduktion. Es gibt einen Mörder.«

Sie kam zu mir, zog die Handschuhe aus und strich mir über Kopf und Nacken.

»Lass das«, sagte ich und zog ihre Hände weg.

»In dein Haar bin ich verliebt, Jochanaan.«

Sie beugte sich hinunter und legte ihren Mund ganz nah an mein Ohr. Sie sprach leise, und jedes Wort kroch wie eine kleine silberne Schlange in mein Herz und schmolz den eiskalten Klumpen.

»Es ist wie die Zedern, die großen Zedern von Libanon, die den Löwen Schatten spenden. Die langen schwarzen Nächte, wenn der Mond sich verbirgt, wenn die Sterne bangen, sind nicht so schwarz wie dein Haar.«

Sie küsste mich. Ich drehte den Kopf weg.

»Deinen Mund begehre ich, Jochanaan«, flüsterte sie. »Die Granatäpfel in den Gärten von Tyrus, glühender als Rosen, sind nicht so rot, die Fanfaren der Trompeten, die das Nahen von Königen künden, vor denen der Feind zittert, sind nicht so rot wie dein roter Mund.«

Sie tupfte die Worte auf meine Stirn, auf Wangen und Hals, ich konnte nicht anders, ich nahm sie in die Arme.

»Wie Purpur in den Gruben von Moab, wie Korallen in der Dämmerung des Meeres, nichts in der Welt ist so rot wie dein Mund.«

Ihr Knoten löste sich, und das Haar fiel über mich wie ein Schleier. Ich strich es zurück und küsste sie, dachte daran, dass Herodes Salome begehrt hatte, so sehr begehrt, dass er ihr das Haupt des Geliebten schenkte, den abgeschlagenen Kopf des Johannes, und fragte mich, was mein Opfer sein würde an die Tochter Babylons, mein Kopf, mein Herz, meine Seele, mein Reich, und in diesem Moment jagte ein Bassakkord durch das Haus, dass die Wände zitterten. Wir fuhren auseinander. Ich sprang auf und rannte hinüber zu Marie-Luise.

»Was soll das?«, brüllte ich.

Sie reagierte nicht. Ich riss das Lautsprecherkabel aus dem Computer. Plötzlich war es totenstill. Überrascht schaute sie hoch.

»Hat sie was gegen Rammstein? Du hast übrigens überall Lippenstift.«

Ich antwortete nicht. Seelenruhig kramte sie ihre Kopfhörer aus der Schublade und stöpselte sie ein. Ich ging wieder hinüber zu Salome, die mittlerweile ihren Mantel zugeknöpft hatte und gerade ein Puderdöschen öffnete, um ihr ramponiertes Make-up zu erneuern.

»Es tut mir leid. Ich weiß nicht, was mit ihr los ist in letzter Zeit.«

Salome zog sich die Lippen nach, presste sie kurz zusammen und musterte den kleinen Ausschnitt ihres Erscheinungsbildes in dem Spiegel.

»Seid ihr zusammen? Ich meine, habt ihr was miteinander außer dieser Kanzlei?«, fragte sie.

»Nein.«

Achselzuckend steckte sie das Döschen zurück in ihre Aktentasche.

»Du musst hier raus. Das ist nichts für dich.«

Ich trat auf sie zu und nahm sie in die Arme. Sie ließ es eine halbe Minute geschehen, dann machte sie sich frei.

»Komm heute Abend in den Majestic Grill. So gegen neun Uhr. Ganz zufällig.«

»Und was erwartet mich da?«

»Keine Ahnung.« Sie lächelte. »Keine Ahnung, was die Zukunft uns bringt.«

Sie ging hinaus, sah sich nicht mehr um, verabschiedete sich auch nicht von Marie-Luise, doch ein Teil von ihr blieb im Raum, erleuchtete ihn, ließ ihn strahlen, denn drei Buchstaben hatten alles verändert, *uns*.

Wenig später rief sie zum ersten Mal an.

Ich hörte ein Rauschen und Knacken, dann hallende Schritte irgendwo in einem langen, kahlen Gang, denn das Echo klang kurz wie in niedrigen Kellern. Atmen.

»Hallo?«, sagte ich.

»Ha … hallo?«

»Salome?«

»Hier is Jana.«

Ich durchkämmte mein Langzeitgedächtnis nach einer weiblichen Bekanntschaft dieses Namens, wurde aber nicht fündig.

»Jana Wittkowski. Aus dem Archiv. Herr Vernau? Sind Sie das? Ich muss mal raus an die frische Luft, eine rauchen.«

Ich hörte, wie sie eine Treppe hochlief.

»Ich wollte mal fragen, welche Sachen Sie genau suchen. Ich hab jetzt ein paar Zeitungen durch, und da sind ganz verschiedene Sachen drüber drin.«

Jetzt musste sie die Vorhalle durchqueren und am Pförtner vorbeikommen. Ich hörte einen kurzen Gruß, dann quetschte sie sich durch die Drehtür und stand draußen in einer Hundertschaft Brasilianer. Oder in einer Kohorte Hertha-Fans auf dem Weg zum Spiel.

»Also zum Beispiel die Sachen mit den Fixerstuben. Da wurde eine aufgemacht. Ist das wichtig?«

»Nein. Das sind ja offizielle Termine. Es geht einzig und allein um Polizeimeldungen.«

»Also auch nichts mit Reso... sozia...«

Üben, üben, üben.

»Resozialisierung und Maßregel-Regelungen und Vollzug und so.«

»Auch nicht. Nur Mord, Totschlag, Überfälle, Unfälle, Einbrüche, Eigentumsdelikte, Raub, schwere Körperverletzung etc. pp.«

»Ah ja. Mit Hah-Punkt-Jott-Punkt.«

»Genau.«

»Mach ich. Find ich.«

Ich ließ sie rauchen und widmete mich wichtigeren Dingen. Zum einen versuchte ich, Marquardt zu erreichen. Allerdings hatte ich nur die liebliche Mercedes Tiffany am Apparat, die mir ehrlich betrübt mitteilte, dass ihr Vater erst gegen Mittag zurück erwartet würde. Ich war eine Sekunde lang versucht, sie fünf Mal das Wort Resozialisierungsmaßnahmen aussprechen zu lassen, bat dann aber nur darum, ihm mein Rückfax weiterzuleiten.

Ich korrigierte Marquardts Fassung dort, wo es vom Sachverhalt her nötig war. Dann holte ich mir von Marie-Luise die Schwarzfahrer-Akte. Sie ließ den Kopfhörer auf und reagierte nicht auf meine Friedensangebote. Es war einfach ein ungünstiger Zeitpunkt, um mit ihr über Zukunftsperspektiven zu reden. Genau genommen über ihr Fehlen.

Später suchte ich eine Expressreinigung auf und nutze die Wartezeit auf Hemd, Anzug und Krawatte, um mir bei einem cut&go-Friseur das Haupthaar stutzen zu lassen. Als ich am Abend die Friedrichstraße Richtung Spree hinunterging, sah ich aus wie ein

VW-Betriebsrat auf dem Weg in einen brasilianischen Puff. Es passte hinten und vorne nicht, und erst recht nicht zur Weltläufigkeit eines Ortes, den man immer wieder gerne als *downtown* Berlin bezeichnete.

Der Majestic Grill gehörte seit einiger Zeit zu den wichtigsten Restaurants der Stadt. Nicht nur weil die Mädels an Empfang und Garderobe aussahen, als hätten sie das gleiche Schweizer Internat wie Marquardts Tochter besucht. Auch die Köche hinter der großen Glasscheibe zur Küche wirkten wie verkrachte Börsenmakler in weißer Schürze. Von den Kellnern ganz zu schweigen. Wer nicht zwei Wochen im Voraus reservierte, hatte keine Chance. So wie ich.

Mit einem bezaubernden Lächeln wies mir der Mercedes-Tiffany-Klon ein Stehplätzchen an der Bar zu. Es war ein langer wengefarbener Tresen, an dem sich bereits einige Verlierer eingefunden hatten und misstrauisch jeden beäugten, der nach ihnen ins Lokal kam und ohne zu warten an seinen Tisch geführt wurde. Das Lokal lag, wie es so schön in Urlaubsprospekten heißt, nur durch die schmale Uferpromenade getrennt direkt an der Spree. Die gesamte Längsseite bestand aus einer einzigen Fensterfront, durch die man den Fluss, die spiegelnden Lichter und die schnell vorbeihastenden Fußgänger bestens beobachten konnte. Es war ein spektakulärer Blick, doch noch faszinierender war das, was sich hinter den zentimeterdicken Scheiben abspielte.

Der Raum hatte die Größe eines mittleren Kirchenschiffs und war auch genauso hoch. Retro-Lampen und futuristische Blumengestecke teilten die Sitzinseln voneinander ab und bewahrten den Gästen einen Hauch von Intimität in diesem riesigen Speisesaal. Moderne Kunst und barocke Dekorationselemente schufen eine Atmosphäre irgendwo zwischen Pariser Markthalle und New Yorker Tea Room. Das Publikum sah aus, als ließe es sich von beidem nicht verunsichern, auch nicht von einem Blick in die Speisekarte, die ich gelangweilt aufschlug und schockiert wieder zurücklegte.

»Vernau! Ich glaub's jetzt wirklich nicht!«

Sebastian Marquardt nahm den kalten Zigarillo aus dem Mund, um ihn weit genug offen stehen zu lassen, damit auch alle im Umkreis von zehn Metern sein Erstaunen mitbekämen.

»Was machst du denn hier?«

Wie ich solche Fragen mittlerweile liebte. Diese Verblüffung, dass Menschen, denen weder Herkunft, Verbindungen noch Edelmetall-Kreditkarten den Eintritt zu diesen Feldgottesdiensten des Hedonismus ermöglichten, es doch immer irgendwie schafften, die Zugangscodes zu knacken.

Der Barkeeper nahm mich jetzt leider auch zur Kenntnis und fragte nach meinem Begehr. Ich bestellte einen Espresso. Als ich mich wieder umdrehte, stand eine dralle, in unvorteilhaftes Pink gekleidete Person neben Marquardt und zupfte an ihrem Paschminaschal herum.

»Marion, erinnerst du dich noch an Joachim Vernau?«

Marion riss die Augen auf. »Jo? Bist du das? Ich hätte dich kaum wiedererkannt. Hast du ein bisschen zugelegt?«

Diese Frau musste seit ihren Studententagen um ungefähr fünf Konfektionsgrößen aufgegangen sein. Ich erinnerte mich an ein hübsches Wesen mit bravem Pferdeschwanz in gebügelten Blusen zu flachen Slippern. Vor mir stand eine Presswurst in einem viel zu engen, aber unzweifelhaft teuren Kostüm.

»Marion und ich haben geheiratet«, erklärte Marquardt.

Marion lächelte stolz. Es schien die Leistung ihres Lebens zu sein, und ich hatte keinen Grund, sie zu schmälern. Sie war eine der Schlechtesten unseres Jahrgangs und im Hafen der Ehe sicher reproduktiver aufgehoben als im Schoße der Jurisprudenz.

»Wartest du auf jemanden?«

Ich sah mich um, aber ich konnte Salome nirgendwo entdecken.

»Ich wollte mich nur aufwärmen. Das spart Heizkosten.«

Der war gut. Marquardt lachte wieder, dass die Wände wackelten.

»Dann lass dich upgraden und komm an unseren Tisch. Ganz nahe am Kamin. Vielleicht kannst du da deine Sachen zum Trocknen aufhängen.« Er nahm mich kurz zur Seite. »Kein Wort über unseren kleinen Schriftverkehr.«

»Natürlich nicht«, beruhigte ich ihn.

Ich nahm mein Tässchen und balancierte es vor den Augen von zweihundert kritischen Gästen quer durch den riesigen Raum bis ans andere Ende. Noch bevor meine Lotsen den langen Achtertisch erreicht hatten, sah ich sie. Sie saß neben einer blonden Dame und schaute nur kurz hoch, als Marquardt mich mit wenigen Worten vorstellte und dann neben sich auf die Polsterbank an der Wand nötigte. Ich setzte mich.

»Wolfgang und Kurt, besser bekannt als Arndt und Spengler«, stellte er mir unsere unmittelbaren Tischnachbarn vor.

»Brigitte Vedder und Salome Noack. Na, ihr kennt euch ja schon.«

Salome lächelte.

Außer uns saßen noch Marquardts Partner am Tisch, Jens Himmelpfort und Volker Seliger. Beide waren etwas älter, also Ende vierzig, Anfang fünfzig, wirkten aber deutlich jugendlicher. Arndt und Spengler hingegen machten den Eindruck, als kämen sie gerade aus dem Gerichtssaal und hätten nur eben schnell die Roben vorne abgegeben. Selbst hier, in diesem Tümpel der Glücklichen, sahen sie aus wie ins Wasser geworfene Kieselsteine. Und wenn man diesen an den Haaren herbeigezogenen Vergleich weiter strapazieren wollte: Die Koi-Karpfen waren Salome Noack und Brigitte »Trixi« Vedder.

Trixi war es gelungen, im Kampf gegen das Alter den einen oder anderen Etappensieg zu erringen. Ich schätzte sie im Original auf Ende fünfzig. Sie war eine durchaus attraktive Frau, die vielleicht etwas zu viel Wert auf ihr Äußeres legte, um wirklich so souverän zu sein, wie sie sich gab. Neben ihr sah Salome aus wie ein Teenager. Wunderschön mit ihren leuchtenden blauen Augen in dem blassen Gesicht und ihren schulterlangen dunklen Haaren, die sie heute Abend offen trug.

Ich schüttete drei Kilo Zucker in meinen Espresso und beschäftigte mich die nächste Minute mit Umrühren. In dieser Zeit wurden die Fäden der Unterhaltung wieder aufgenommen. Allerdings, das spürte ich, nicht mehr ganz so unbefangen wie vor meinem Auftauchen. Marquardt griff zur Wasserflasche und goss reihum jedem etwas in die Gläser nach.

»Mach dir keine Sorgen, Trixi. Für genau diese Dinge sind Anwälte doch da. Die fieseln das schon auseinander.«

Trixi nickte. »Es ist der ganze Kleinkram, der mich wahnsinnig macht. Die Menschen haben einfach keine Pietät. Jürgen ist noch nicht einmal vier Wochen unter der Erde, und plötzlich denkt jeder, er kann machen, was er will. Eingaben. Widersprüche. Androhung von einstweiligen Verfügungen. Ich kann mich gar nicht so schnell um alles kümmern.«

Arndt und Spengler hörten Trixis Klagen mit ungerührter Miene zu. Plötzlich schaltete sich Salome ein.

»Hast du nicht Erfahrung im Mietrecht?«

Alle starrten mich an.

»Ja …«, antwortete ich zögernd.

Abgesehen von unserer drohenden Zwangsräumung hatten wir den einen oder anderen Fall von Mietminderung gehabt. Marie-Luise war in dieser Beziehung federführend und focht den Kampf gegen Wucher, Schimmelpilze und Verantwortungslosigkeit mit nie nachlassender Begeisterung. Aber solche Details wünschte die Gemeinde wohl nicht zu hören, deshalb hielt ich mich etwas bedeckt.

»Wir sind da ganz gut im Stoff.«

»Könnte Herr Vernau nicht das eine oder andere übernehmen? Als Freelancer? Ihr habt doch im Moment wirklich anderes zu tun.«

Arndt und Spengler musterten sich gegenseitig und verzogen keine Miene. Schließlich richtete Spengler das Wort an mich.

»Inwieweit sind Sie mit der letzten Reform des Mietrechts vertraut?«

»Die Grundsatzurteile des BGH der vergangenen drei Jahre, Gewerberecht, Steuerrecht, Zwangsversteigerungs- und Wohnungseigentumsrecht, mandantenorientierte Problemlösung …«

»Was sonst«, fiel mir Marquardt ins Wort.

»Also arbeitet ihr doch zusammen.«

Salome hob ihr Weinglas und trank einen Schluck. Dabei sah sie mir so tief in die Augen, dass es jeder, aber auch wirklich jeder am Tisch mitbekommen musste. Doch niemand nahm Notiz von uns.

»Gelegentlich«, brachte ich heraus.

Marquardt spürte die erlahmende Begeisterung für seine Bekanntschaft und legte etwas nach. »Wir kennen uns schon ewig. Seit dem Studium eigentlich. Joachim hat dann aber einige Seminare an der Humboldt belegt und mich ein paarmal mitgenommen. Und er hat die schärfste Braut des Jahrgangs abgekriegt. Unsere Rotarmistin. So eine Art Ostberliner Uschi Obermaier.«

»Marie-Luise Hoffmann«, ergänzte Marion und hatte, ihrem säuerlichen Gesichtsausdruck nach zu urteilen, etwas andere Erinnerungen.

»Ich fand sie schrecklich. So eine Ewiggestrige mit DDR-Fimmel. Sie lief immer herum wie eine Kosakin. Ich habe nie verstanden, was ihr alle an ihr gefunden habt.«

Damit meinte sie mich. Die Runde wartete auf meinen Versuch, diese Geschmacksverirrung zu erklären. Ich schwieg, weil Salome mit am Tisch saß und so tat, als interessiere sie sich nicht für dieses Geschwätz. Auch Marquardt wurde das Thema etwas unangenehm. Nicht nur weil er Marie-Luise für den Geschmack seiner Gattin etwas zu enthusiastisch gepriesen hatte. Jetzt verstand ich seine Bemerkung an der Bar.

Aber Marion wollte einfach nicht aufhören. Marie-Luise musste sie wirklich sehr beeindruckt haben. So sehr, dass sie selbst fast zwanzig Jahre später nicht aufhörte zu stänkern.

»Ist sie eigentlich wirklich Anwältin geworden? Oder lebt sie mittlerweile im Untergrund? Ich habe mich ja immer gefragt, wie man solche Leute überhaupt zum Staatsexamen zulassen kann.«

Mein Herzschlag stolperte. Salome, die sich noch an den heutigen Vormittag erinnern dürfte, faltete unbeteiligt ihre Serviette zusammen. Lass sie nichts sagen, dachte ich. Und dann: Sag doch selber was. Mach den Mund auf und erkläre allen hier, dass eine Marie-Luise mehr wert ist als zehn Arndt & Spenglers. Doch es kam nicht über meine Lippen, und ich fühlte mich noch mieser. Salome legte das Stück Stoff vor sich hin und glättete es sorgfältig, indem sie mit der Hand darüberstrich und meinem Blick ausweichen konnte.

»Sie hat eine Kanzlei in Prenzlauer Berg«, sagte sie. »Immer noch ziemlich engagiert. Ich betrachte das als nichts Schlechtes. Es muss auch solche geben.«

»Ja«, sagte Marquardt, der jetzt ganz schnell das Thema wechseln wollte und sich wieder an mich wandte. »Aber dann haben wir dich doch aus ihrem raus und rein ins bürgerliche Lager gekriegt. Jedem seine Sturm- und Drangzeit. Einen Kirsch?«

Alle nickten, und der Kellner, der die ganze Zeit schon um Aufmerksamkeit heischend um den Tisch geschlichen war, eilte davon.

»Warst du dann nicht in dieser Grunewald-Kanzlei? Liegenschaften? Steuer? Immobilien? Ihr hattet doch mal einen ganz spektakulären Rückübertragungsfall.«

Heute wurde wohl alles angesprochen, was ich gerne verschwiegen hätte. Ich nickte und machte jetzt endlich auch mal wieder den Mund auf.

»Danach habe ich mich selbständig gemacht.«

Das schien jetzt Referenz genug zu sein. Arndt zog eine Visitenkarte aus einem silbernen Etui und reichte sie mir über den Tisch.

»Rufen Sie uns an. Wir müssen die Nachlassregelungen zügig voranbringen, dürfen aber auch das Alltagsgeschäft nicht aus den Augen verlieren.«

Das Gespräch wurde unterbrochen. Ein Unbekannter trat an den Tisch, grüßte jovial in alle Richtungen und küsste Salome auf beide Wangen.

Marquardt beugte sich zu mir und flüsterte: »Der Deutschland-Chef von General CE. War zwei Mal Manager des Jahres. Hat gerade das erste deutsch-chinesische Joint Venture für Transporter und Nutzfahrzeuge reingeholt. Er und Mühlmann sind gute Freunde. Jedes Jahr im Mai und September lädt er auf seine Yacht vor Sardinien ein.«

Eifrig stand Marquardt auf, denn der Mann reichte nun jedem die Hand und wechselte ein paar freundschaftliche Worte. Als ich an der Reihe war, stellte mich Salome kurz vor.

»Joachim Vernau, ebenfalls Anwalt.«

»Sehr erfreut.«

Sein Händedruck war kräftig, er lächelte mich kurz an. »Albert Hofer. Autoverkäufer.«

Die Runde lachte erheitert.

»Ich will nicht lange stören. Sehen wir euch nächstes Wochenende?«

Er sah zu Salome. Sie strich sich mit einer für meine Begriffe zu lasziven Geste die Haare hinter die Ohren und lächelte ihn etwas zu herzlich an.

»Natürlich.«

»Grüß Rudolf von mir. Einen schönen Abend!«

Für mich hatte sich der Abend erledigt. Mit Yachten vor Sardinien konnte ich nicht dienen. Und Anwalt des Jahres war ich schon gar nicht. Und ob ich mir jemals unbefangen ein »Grüß Rudolf« entringen würde, war höchst zweifelhaft. Ich nahm dem Kellner einen Kirsch ab, kippte ihn in einem Zug und entschied mich, die Zeit und nicht meine Eifersucht für mich arbeiten zu lassen.

»Kommen Sie doch gleich morgen vorbei.«

Trixi schien als Einzige die unsichtbare Verbindung zwischen mir und Salome zu spüren. Wahrscheinlich drängelte sie sich deshalb umso entschiedener dazwischen.

»Um elf? – Könnte er nicht die Dunckerstraße übernehmen? Diesen ganzen fürchterlichen Kleinkram?«

Im Gegensatz zu Trixi hatten Arndt und Spengler jedoch eine überlegtere Vorgehensweise. Auch ihnen ging das alles zu schnell mit dem Dritten im Bunde.

»Vielleicht sollten wir uns erst einmal zusammensetzen.«

»Aber ich will das Zeug vom Tisch haben«, sagte Trixi. »Am liebsten würde ich den ganzen Kasten wieder verkaufen. Eine richtige Ruine mit renitenten Mietern, die nur Ärger machen. Was ist denn dran an dem Haus, dass Jörg es unbedingt haben musste?«

»Die Lage«, antwortete Spengler.

Er sah kurz auf seine Armbanduhr. »In diesen Zeiten geht es nur um die Lage. Zugreifen, bevor es die Saudis oder die Asiaten tun. In ein paar Jahren ist diese Ruine Gold wert. Berlin ist die einzige Großstadt in Europa, die noch Fläche hat. Und Infrastruktur. Meine Herrschaften, ich werde mich verabschieden.«

»Ich schließe mich an.«

Arndt stand mit ihm auf, gemeinsam verließen die Herren unseren Tisch. Marquardt betrachtete seinen Zigarillo mit sehnsüchtigen Augen. Auch seine Partner wirkten nun etwas nervös.

»Nun geht schon«, sagte Trixi.

Auch Salome lächelte ihnen aufmunternd zu. Marquardt erhob sich nun ebenfalls.

»Die Raucherlounge«, erklärte Salome. »Netterweise schicken sie die Gäste nach einem 300-Euro-Essen nicht auf die Straße. – Darf ich euch auch für zwei Minuten alleine lassen?«

»Oh, ich komme mit!«

Marion stand auf und schloss sich Salome in Richtung Waschräume an. Trixi und ich schauten dem ungleichen Paar nach, bis es weit genug entfernt war. Jetzt waren wir allein am Tisch.

»Seit wann kennen Sie sich?«

Sie winkte dem Kellner, der sofort ein weiteres Weinglas vor mich stellte und uns beiden einschenkte. Ich roch daran. Ein Barolo. Ich setzte das Glas ab und schob es von mir weg. Trixi hob nur ein wenig die Augenbrauen und trank einen Schluck.

»Kennen Sie sich besser, als Sie sich kennen sollten?«

»Ich verstehe Ihre Frage nicht.«

Sie legte ihre gepflegte Hand auf meine. Sie war kühl und glatt, und die Geste rief in mir sofort einen körperlichen Widerwillen hervor.

»Salome hat noch nie jemandem einen Job besorgt. Es ist ein ganz neuer Zug von ihr, sich für andere einzusetzen.«

Sie nahm die Hand weg und beugte sich ein wenig vor, so dass ich einen Blick auf ihr Dekolleté werfen konnte. Ihre vollen Brüste hatte sie etwas zu eng geschnürt, die Haut knitterte da, wo sie zusammengeschoben wurden. Sie trug schwarz, aber es war ein frivoles und kein trauerndes Schwarz.

»So gut kennen wir uns nicht, um das zu beurteilen«, sagte ich.

Doch Trixi glaubte mir nicht. Mochte sie auch nicht viel Sinn fürs Geschäft haben, für erotische Schwingungen besaß sie ein geradezu seismografisches Gespür.

»Man muss sich nicht immer gut kennen, um sich zu gefallen.«

»Das stimmt.«

»Sind Sie verheiratet?«

»Nein.«

»Verliebt? Verlobt? Vergeben?«

»Vielleicht. Vielleicht auch nicht.«

Sie klappte ihre kleine Handtasche auf, suchte Lippenstift und Spiegel und malte ihren Mund an. Ich wunderte mich, was eigentlich an diesem Tisch geschah. Ich verleugnete Marie-Luise, ich verleugnete meine Gefühle, ich saß mit einer fremden Frau zusammen und ließ es mir gefallen, dass sie mich nach Dingen fragte, die wirklich niemanden etwas angingen. Ich sollte jetzt einfach aufstehen und gehen. Doch bevor dieser Gedanke sich zu einem Impuls verdichtete, war sie fertig und legte wieder die Miene einer gestressten Geschäftsfrau auf.

»Also um elf? Morgen? In der Hauptverwaltung am Reichpietschufer. Das Haus kennen Sie.«

Jeder kannte es. Der Fides-Schriftzug in Leuchtbuchstaben auf dem Dach war noch bis zum Reichstag zu lesen.

Salome und Marion kamen gerade wieder zurück an unsere Tafel. Dieses Mal setzte sich Marquardts Gattin neben mich.

»Habt ihr euch gut unterhalten?«

»Hervorragend«, antwortete ich.

»Du musst mal zum Essen zu uns kommen. Nächste Woche vielleicht.«

Ihr Mann und seine Kollegen fanden sich einer nach dem anderen wieder ein, bevor aus dieser Drohung eine unumstößliche Absicht werden konnte. Als der Kellner wieder mit der Kirschwasser-Flasche kam, verabschiedete ich mich. Keiner erlaubte mir, meinen Espresso zu bezahlen.

Draußen vor dem Eingang pfiff ein eiskalter Wind. Neben der Glastür stand ein Obdachloser und wartete darauf, dass man ihm eine seiner Zeitungen abkaufte. Dem Restaurant hatte er den Rücken zugedreht, als ob ihn der Anblick langweilte oder er sich irgendwann einmal sattgesehen hätte an den fröhlichen Menschen, die an ihren Tischen Filetsteaks in der Größe von Ziegelsteinen aßen.

Ich gab ihm mein Espresso-Kleingeld. Auf die Zeitung verzichtete ich, doch er pries sie in höchsten Tönen und lief mir bis zur Treppe nach. Schließlich nahm ich sie und machte, dass ich zur S-Bahn kam. »Kältetod« stand auf der Titelseite. Mein Handy brummte.

»Viel Glück«, las ich. »Salome.«

Ich hatte ihre Handynummer. Ich hatte ihre Handynummer!

»Danke«, simste ich zurück.

Eine Sekunde später klingelte es.

»Ja?«, fragte ich atemlos.

»Herr Vernau, hier is Jana. Jana Wittkowski. Kann ich nach Hause gehen?«

Ich sah auf die Uhr. Kurz vor elf. Ich hatte nicht übel Lust, »Nein« zu sagen. Dann beherrschte ich mich.

»Warum sind Sie nicht schon längst im Bett?«

»Ich soll doch suchen, bis ich was gefunden habe. Aber ich habe noch nichts gefunden. Dafür sind mir ein paar andere krasse Sachen aufgefallen. Wäre das nicht vielleicht was für sie? Statt dem Obdachlosen? Dieser Badestrand-Mord in Hakenfelde oder die Tusse im Pflegeheim, die die Alten einfach erstickt hat, und dann wurde sie auch …«

»Jana?«

»Ja?«

»Geh ins Bett.«

Die Zeitung warf ich in den nächsten Papierkorb.

4.

DIENSTAG, 9. MÄRZ, 10.54 UHR.
BEDECKT, VEREINZELTE REGENSCHAUER,
TAGESHÖCHSTTEMPERATUR 8 GRAD.
SANIERUNGSARBEITEN SENFTENBERGER RING, REINICKENDORF.

Sie stand auf dem Balkon, rauchte, zog fröstelnd die dünne Jacke enger über der Brust zusammen und starrte hinunter auf das Schauspiel, das sich fünf Stockwerke tiefer jeden Dienstag und Freitag von acht bis vierzehn Uhr auf dem Platz vor dem Einkaufszentrum abspielte. Markt im Märkischen Viertel, und sie waren gekommen, die Händler und Marketender, die Würstchenverkäufer und Bäcker, die Vietnamesen mit ihrem billigen Tand und die mahnenden Rufer, die ihre unbegreiflichen Apparate priesen und zentnerweise Gurken, Rotkohl und Möhren zu gestifteten, geriffelten und gelockten Bergen aufhäuften. Verschwendung von Atem, Zeit und Lebensmitteln, denn niemand kaufte diese Wundermaschinen hier, wo es das gleiche Gemüse doch viel billiger in den bunten Dosen gab, die man nur öffnen und erhitzen musste. Dosenöffner gingen gut. Dünne, lieblos bedruckte Osterkarten auch. Plastikeier, so leicht und bunt, dass ein Windhauch sie aus dem Pappnest heben und davontragen konnte. Filzeinlegesohlen, Sauerkraut vom Fass, Hornhautcreme. Das ging weg. Halbe Hähnchen vom Grill, da sparte man das Kochen und Abwaschen, wenn die Kinder aus der Schule kamen.

Bleigraue Wolken verdeckten den Himmel. Der Winter hatte sein Verfallsdatum schon lange überschritten. Doch er blieb, trotzig und uneinsichtig wie ein Hund am Grab seines Herrn, ein zu lang gebliebener Gast, ein vergessener Koffer, ein gestrandetes Wrack. Blieb wie das raschelnde Herbstlaub an den Buchen, das kein Sturm, kein Sterben davongetragen hatte, damals. Als der Winter so früh gekommen war, herangeprescht wie ein Imperator, dem alles untertan sein musste und der inzwischen des Herrschens müde war, erschöpft vom ständigen Ausatmen der subpolaren Tiefs, ausgelaugt von seinem eigenen Furor aus Kälte, Schnee und Wind, ein Wanderer am Ende seines Weges, der keine Kraft mehr spürte, nicht mehr aufstehen wollte, der aufgab und einfach liegenblieb, kurz bevor er das Ziel erreichte und die Stafette weitergeben konnte.

Die bunte Lüge vom Frühling lag gebündelt in den schwarzen Eimern der Blumenverkäufer. Tulpen, Hyazinthen, erster Mohn. Nebenan gab es Glühwein, auch der lief schlecht, die Leute wollten dieses süße Zeug nicht mehr, die Leute wollten Sonne, zarte Knospen, frisches Grün und Krokusse.

Sie schnippte die Asche auf die sandige Erde ihrer Balkonkästen. Die gelben Strünke, verfaulte, struppige Überreste von Geranien und Stiefmütterchen erinnerten sie an den alten Vorsatz, den sie jedes Jahr aufs Neue fasste. Dieses Mal würde sie ihren Balkon bepflanzen. Ganz bestimmt.

Die Nässe kroch durch die dünnen Sohlen ihrer Pantoffeln. Unruhig trat sie von einem Fuß auf den anderen. Es war nicht so viel los wie sonst. Das lag am Wetter. Niemand ging bei diesem Nieselregen gerne vor die Tür. Auch wenn der Weg vom Fahrstuhl ins Einkaufszentrum nur ein paar Minuten dauerte. Das war der größte Vorteil der Hochhaussiedlung: Man hatte alles direkt vor der Haustür. Supermärkte, Modeboutiquen, Kinos, Cafés. Keine langen Wege. Nur zum Fahrstuhl. Fünf Stockwerke runterfahren, oder zehn, oder siebzehn. Die Häuser waren unterschiedlich hoch und leicht auseinanderzuhalten. Fremde hatten am Anfang Schwierigkeiten. Meckerten über die zugigen, verdreckten Hauseingänge. Die angekokelten Klingelschilder, vor denen man zehn Minuten stehen konnte, ohne den Namen zu finden, den man suchte. Die schlecht nummerierten Zufahrten. Die Anonymität. Die Leere zwischen den Häusern. Die Kinder und Jugendlichen, die ihre Nachmittage totschlugen zwischen Müllcontainer und Tiefgarage. Merkten gar nicht, wie schön das hier eigentlich war. Alles da. Ärzte, Friseure, Bäcker. Ein Hallenbad. Haustiere. Die Fußpflege im zweiten Stock.

Sie drückte die Zigarette in einer Geranienleiche aus und ging zurück in die warme Wohnung. Fünf vor elf. Um elf wollte er kommen. Sie würde sich nicht umziehen. Er würde ja nicht lange bleiben. Einen Kaffee könnte sie ihm anbieten.

Sie ging durch den engen dunklen Flur in die Küche, füllte die Kanne mit Wasser und goss es in den Tank der Kaffeemaschine. Aus dem Hängeschrank holte sie eine Filtertüte, entfernte die alte, das morsche Papier riss, und ein viertel Pfund braune, feuchte Krümel platschte auf den Küchenboden. Es klingelte. Unentschlossen starrte sie auf die Bescherung zu ihren Füßen. Dann eben kein Kaffee.

Wenigstens war er pünktlich. Sie drückte, ohne nachzufragen, auf den Türöffner und warf einen schnellen Blick in den Garderobenspiegel. Eine etwas füllige, etwas zu leger gekleidete Frau mit hastig zusammengesteckten blondgefärbten Haaren und einem unsympathischen, grimmigen Blick. Sie lächelte. Der finstere Ausdruck in ihrem Gesicht verschwand. Sie musste aufpassen. Noch ein paar Jahre, und die Hunde wechselten die Straßenseite, wenn sie kam. Immer wieder erinnerte sie sich daran, die Mundwinkel hochzuziehen. Und immer wieder legte sich ihr Gesicht in dieses ungemachte Bett aus Falten. Sie griff nach der Bürste und fuhr sich mit hastigen Strichen durch die Haare. Jetzt sah man den Ansatz. Ärgerlich zupfte sie sich ein paar Strähnen in die Stirn.

Durch die Wohnungstür hörte sie, wie der Aufzug sich in Bewegung setzte und nach unten fuhr. Sie blieb unschlüssig stehen –

schnell umziehen oder nicht? –, dann rannte sie ins Schlafzimmer, schleuderte die Pantoffeln in die Ecke und riss sich den Hausanzug vom Leib. Hektisch durchforstete sie das Angebot: Hosenanzug, grau, dunkelblau, schwarz, braun. Mehrere Röcke. Unpassend. Wer empfing schon einen Handwerker im Kostüm? Die weißen Blusen, ein gutes Dutzend. Weiße T-Shirts, weiße Jeans, weiße Kittel. Arbeitskleidung, die sie schon lange nicht mehr brauchte. Jogginghosen, Sweatshirts. Die trug sie zu Hause.

Sie entschied sich für die Jeans, schlüpfte hinein und bekam sie nicht mehr zu. Sie legte sich aufs Bett und versuchte es noch einmal. Verdammter Knopf. Verfluchter Reißverschluss. Das durfte doch nicht wahr sein. Hatte sie schon wieder zugenommen? Sie zog den Bauch ein, den Bund noch höher, und es funktionierte. Gerade als sie sich den braunen Pullover über den Kopf gezogen hatte, hörte sie, wie der Aufzug ankam. Seine Türen rollten auf, Schritte, nach rechts, falsch, nach links, erste Tür, nein, zweite Tür, klingeln.

Sie fuhr sich noch einmal durch die Haare. Plötzlich war sie aufgeregt. Wann hatte das letzte Mal ein Mann die Wohnung betreten? Am Telefon hatte er nett gewirkt, sympathisch. Auf keinen Fall alt.

Sie öffnete.

Er stand da, gekleidet in einen Blaumann, und trug eine Aluleiter und einen Werkzeugkasten. Er war einen Kopf größer als sie, etwa Mitte dreißig, mit kurzen braunen Haaren und einem ernsten, hageren Gesicht. Kein Proll.

»Frau Pohl?«

Sofort wünschte sie sich fünf Kilo leichter und zehn Jahre jünger.

»Ja«, sagte sie. »Bitte kommen Sie doch herein.«

Er trat sich umständlich die Füße auf dem Vorleger ab und ging an ihr vorbei in den Flur. Er lehnte die Leiter vor der Garderobe an die Wand, zog den rechten Arbeitshandschuh aus und reichte ihr die Hand.

»Wir hatten miteinander telefoniert. Schön, dass Sie Zeit haben am Vormittag.«

Sie spürte seinen Händedruck noch, als er schon längst voraus ins Wohnzimmer gegangen war und sich umsah. Er entdeckte die Balkontür und begutachtete den Alurahmen. Dann zog er den Handschuh wieder an und strich sachte über die Fuge zwischen Wand und Tür.

»Das sieht gut aus. Da müssen wir erst mal nicht ran.«

Er trat einen Schritt hinaus auf den Balkon und sah hoch zur Decke. Sie folgte ihm. Sein Blaumann war neu, auch die Arbeitsschuhe, die er trug.

»Sie arbeiten noch nicht lange hier, nicht wahr?«

»Warum?«

»Weil ich Sie noch nie gesehen habe.«

Er ließ seinen Blick von der Mauerfuge hinüberschweifen zu den Hochhäusern.

»Im Gebäudemanagement gibt es eine hohe Fluktuation. Ein Kommen und Gehen. Sagen Sie bloß, Sie kennen alle, die hier zu tun haben.«

Verlegen sah sie auf ihre Füße. Keine Schuhe. Auch das noch. Wenigstens hatten die Socken kein Loch. Aber es waren alte, billige Strümpfe. Marktstrümpfe, Vietnamesenstrümpfe, die herunterrutschten und sich in verfilzten Wülsten um die Knöchel legten.

»Nein«, antwortete sie. »Ich kenne ehrlich gesagt kaum jemanden. Ich wohne noch nicht lange hier. Einen Kaffee?«

Er sah auf seine Armbanduhr, überlegte kurz und nickte dann. Auf dem Weg in die Küche folgte er ihr, aber nur um im Flur seine Leiter zu holen.

»Schwarz«, rief er ihr zu. »Kein Zucker, keine Milch bitte!«

Sie kehrte die braunen Klumpen und die zerplatzte Filtertüte zusammen. Dann bereitete sie die Kaffeemaschine vor, und als das Wasser gurgelnd in den Filter lief und sie zwei Tassen aus dem Hängeschrank geholt hatte, lehnte sie sich kurz an die Wand und lauschte. Sie hörte, wie er die Leiter auf den Balkon stellte, hinaufkletterte, kurz verharrte, dann wieder herunterstieg, den Werkzeugkasten holte, ihn öffnete. Eisen klirrte auf Eisen, Stahl auf Stahl. Er suchte, fand, ging wieder nach draußen und klopfte leise die Wände ab. Die Verrichtungsgeräusche schufen die sehnsuchtsvolle Illusion, zu zweit zu sein. Er draußen, sie drinnen, jeder erledigte seine Aufgabe, anschließend gab es Kaffee, und dann … Vielleicht hatte er Lust, noch ein bisschen zu bleiben. Er hatte breite Schultern. Kräftige Arme. Genau so, wie sie es mochte. Er trug keinen Ring an der rechten Hand. Leider war er jünger. Und hübscher. Aber wenn sie die Gardinen zuzog und die Kerzen anzündete, dann ging es noch mit ihr. Zumindest beim letzten Mal. Er war auch jünger gewesen. Aber nicht so hübsch, nicht so kräftig, und vor allem nicht so nüchtern wie der da draußen. Es war so lange her, das letzte Mal. Alles, was Spaß machte, war so lange her.

Sie holte ein Päckchen mit Keksen aus der Schublade. Als sie das Tablett auf den Tisch stellte, lag da noch das Schreiben der Hausverwaltung.

»*Sehr geehrte Mieter,*

im Zuge von Instandhaltungsmaßnahmen bitten wir Sie, uns den Zugang zu Ihrem Balkon am kommenden Mittwoch zwischen 7 und 15 Uhr zu ermöglichen.«

So etwas war die typische Unverschämtheit von Verwaltungsmitarbeitern, die erwarteten, dass man acht Stunden lang zu Hause saß und auf nichts anderes als die Handwerker wartete.

Natürlich saß sie acht Stunden zu Hause herum. Aber das ging niemanden etwas an. Sie hätte ja auch einen Termin haben können. Beim Arzt. Beim Friseur. Bei der Fußpflege. Beim Anwalt. Und als sie versucht hatte, die Firma anzurufen, hatte sie nur eine telefonische Bandansage erreicht. Sie nahm das Schreiben und ging zu dem Mann nach draußen. Er hatte einen Hammer in der Hand.

»Warum bin ich eigentlich die Einzige, die einen Sturmschaden hat?«

Er ließ den Hammer sinken. »Das weiß ich nicht. Ich soll hier nachsehen, ob schon was durch die Decke kommt. Mehr nicht.«

»Frau Lüdecke hat jedenfalls keinen Brief bekommen.«

Frau Lüdecke war die Nachbarin, die Einzige auf dem Flur, die sie mit Namen kannte und mit der sie ab und zu im Fahrstuhl ein paar Worte wechselte.

»Dann wird Frau Lüdecke keinen Sturmschaden haben.«

»Und warum kann man bei Ihnen nie jemanden erreichen?«

Er nahm ihr den Brief ab und überflog ihn kurz. Dann faltete er ihn zusammen und steckte ihn in die Brusttasche seines Overalls.

»Wir haben den Telefonanbieter gewechselt. Seitdem funktioniert gar nichts mehr. Deshalb haben wir doch angerufen.«

Sie nickte. Als sie in die Küche zurückging, kam er ihr nach. Er hielt immer noch den Hammer in der Hand. Sie nahm die Kaffeekanne von der Warmhalteplatte und schenkte ein. Dabei streifte sie wie zufällig seinen Rücken. Die Berührung kitzelte ihre Haut am Arm, sie spürte, wie sich die Härchen aufrichteten. Er legte den Hammer auf den Tisch und nahm seine Tasse vorsichtig hoch.

»Ziehen Sie doch die Handschuhe aus.«

»Das darf ich nicht. Wer die Handschuhe auszieht, arbeitet nicht.«

Sie lächelte, trank ihren Kaffee, sah ihn an über den Rand ihrer Tasse und stellte sich vor, wie er gebaut war unter dem weiten Arbeitsoverall. Ein Mann, der körperlich arbeitete. Muskeln wahrscheinlich, schmale Hüften, kein Gramm Fett zu viel.

Wenn er jetzt Gedanken lesen könnte, wäre sie bis auf die Knochen blamiert.

»Vielen Dank. Aber ich muss jetzt weitermachen. Könnten Sie vielleicht kurz mit rauskommen? Ich muss die Stromleitungen überprüfen.«

Auf dem Balkon stellte er die Leiter an die Brüstung. Er deutete auf die Glühbirne, die in einer Kunststofffassung in der Mitte der Decke eingelassen war.

»Funktioniert die noch?«

»Ich denke schon.«

Sie betätigte den Lichtschalter, die Lampe flammte auf.

»Und die Steckdose da?«

»Das weiß ich nicht. Ich habe sie noch nie benutzt.«

Er legte den Hammer in einen Blumenkasten und wühlte in seinem Werkzeug herum. Mit einem Schraubenzieher in der Hand richtete er sich wieder auf.

»Könnten Sie so nett sein und kurz auf die Leiter steigen?«

»Ich? Warum denn?«

»Keine Sorge. Ich halte Sie fest. Aber ich muss gleichzeitig die Spannung prüfen. Wenn auf beiden Stromquellen gleichzeitig Saft ist, könnte das gefährlich werden.«

Misstrauisch sah sie hoch zu der Lampe.

»Und was soll ich da oben?«

»Einfach nur die Birne herausdrehen. Nur so viel, dass sie aufhört zu leuchten. Ich kann dann hier unten prüfen.«

»Weiß ich nicht.«

Das gefiel ihr nicht. Mit einer Leiter auf dem Balkon herumklettern, und das im fünften Stock, es widersprach sämtlichen Ratgebern zur Vermeidung von Haushaltsunfällen.

»Okay, in Ordnung. Dann lassen wir es. Ich muss nur kurz einen zweiten Mann dazurufen.«

Er holte ein Handy aus seiner Hosentasche und wählte eine Nummer. Niemand hob ab. Seufzend steckte er das Telefon wieder weg.

»Besetzt. Na, dann warten wir noch ein bisschen. Wird dann wieder nichts mit der Mittagspause. Wäre ich schnell hier durchgekommen, hätte ich Sie vielleicht noch zum Essen eingeladen. Nichts Tolles. Unten beim Chinesen. Der Mensch braucht was Warmes, sage ich immer. Wenigstens ein Mal am Tag.«

Mit einem Lächeln verstaute er den Schraubenzieher wieder im Werkzeugkasten. Sie sah kurz hinunter auf den Markt und den Blumenstand, dann hoch zum Dach. Sie war noch nie beim Chinesen gewesen. Allein traute sie sich nicht.

»Ich mache es.«

»Gut. Kommen Sie, ich helfe Ihnen.«

Vorsichtig kletterte sie die Sprossen hoch. Er legte seine Hände auf ihre Schultern, dann, als sie höher stieg, glitten sie hinunter zu ihren Beinen, den Knien, den Knöcheln. Seine Berührung löste eine Welle von Begehren in ihr aus, sie atmete tief durch und stand nun, etwas wackelig, auf dem obersten Plateau der Leiter.

»Jetzt die Glühbirne. Vorsichtig drehen. Ja.«

Fast hätte sie sich die Hand verbrannt. Sie zuckte zurück, blies sich auf die Finger und begann, die Birne aus der Fassung zu schrauben. Sie flackerte noch einmal kurz auf und verlöschte.

»So bleiben. Genau so.«

Er ließ sie los und trat einen Schritt zurück. Er war klein von hier oben, alles war klein, er sah hoch zu ihr und lächelte sie an.

»Sie werden jetzt sterben«, sagte er.

»Was?«

Sie dachte, sie hätte sich verhört. Zu schnell ließ sie die Lampe los und verlor beinahe das Gleichgewicht. Sie konnte sich gerade noch am oberen Griff der Leiter festhalten.

»Es gibt vier Menschen, die würden Sie gerne wiedersehen. Da oben.«

Er deutete auf den bleigrauen Himmel. Alles Blut stürzte aus ihren Adern ins Bodenlose. Sie zitterte am ganzen Körper. Er machte einen Scherz. Er war verrückt.

»Oder da unten. Je nachdem, woran Sie glauben. Wenn Sie das tun.«

»Ich will jetzt runter.«

»Vier Menschen.«

Schwindel erfasste sie, und eine namenlose Angst. Sie klammerte sich am Bügel der Leiter fest, sah hinunter und spürte, wie die Übelkeit in ihr hochstieg.

Vorsichtig versuchte sie, einen Fuß auf die darunter liegende Sprosse zu setzen. Er gab der Leiter einen Schubs. Sie wackelte, fing sich aber noch einmal.

»Nein«, flehte sie. »Bitte nicht. Lassen Sie mich runter. Ich habe nichts getan. Ich weiß nicht, was Sie wollen. Bitte. Lassen Sie mich gehen. Bitte.«

»Wie war das?«

»Bitte«, wimmerte sie. »Bitte, bitte, bitte. Ich war's nicht. Ich war's nicht!«

Er schüttelte den Kopf, als wäre sie ein Kind neben einem zerschlagenen Krug. Ihre Hände verkrampften sich, ihr ganzer Körper begann unkontrolliert zu zittern. Er stieß die Leiter an, kräftiger, das Gestell kippte, sie schrie, schrie, sah noch die Balkonkästen, die schwarzen Regenschlieren auf den Fassadenplatten, ein Stück Mauer, ihre Hände, die ins Leere griffen, sah diese Hände auf einem Kissen, weiß war es wie die Wand, weich wie die Wolken, sie stürzte in den Wind, sah Fenster vorbeifliegen und das Haus tanzen über ihr, und mit einem Schlag stülpte sich das Schwarz über sie.

Der Blumenhändler starrte auf das, was mit einem dumpfen Aufprall vom Himmel in ein Meer von Papageientulpen gefallen war, und scheppernd, nur einen halben Meter weiter, bohrte sich keine Sekunde später eine Aluleiter durch das Zeltdach seines Standes.

Jürgen Vedder.

Wenn ich in weniger als einer Stunde seiner Witwe gegenüberstehen würde, wäre ein bisschen mehr Hintergrundinformation nicht schlecht.

Ich googelte den Namen und war erstaunt, mehr als 600 000 Einträge zu finden. Die betrafen natürlich sämtliche Vedders dieser Erde, aber gemeinsam mit dem Begriff Görlitz und Bauträger kamen auch nette 86 000 zusammen. Ich druckte mir die vielversprechendsten Artikel aus und ging dann, weil es verdächtig ruhig blieb, erst in Marie-Luises Büro und dann in die Küche.

Sie war verschwunden, der Autoschlüssel ebenso, und auf der Spüle fand ich einen Zettel. »Bin nach Küstrin.«

Erleichtert, dass Jazek mir nun die Arbeit abnehmen würde, ihre schlechte Laune zu ertragen, zerknüllte ich das Papier und sah schnell die Post durch. Neben mehreren Rechnungen, die gerade die dunkelrote Dringlichkeitsstufe erreichten, fand ich ein weiteres Schreiben der Fides, die nun begann, den Ton zu wechseln, und ziemlich unverschämt wurde. Unsere Weigerung blablabla würde Folgen haben blablabla, und es würde blablabla nach Ablauf der Frist blablabla der Rechtsweg beschritten. Nichts also, was ein sofortiges Eingreifen erforderte.

Die Artikel über Vedder steckte ich in die Aktentasche und machte mich auf den Weg zur Fides. Im Bus vom Potsdamer zum Lützowplatz holte ich sie heraus und las sie mir quer durch.

Ein Foto sprang als Erstes ins Auge.

Vedder überreichte gerade den neuen Herren des Marstall-Karrees einen kunstvoll geschmiedeten, aber eher symbolisch gemeinten Schlüssel, alle freuten sich über das tolle Teil und schauten fröhlich in die Kamera. Von dem alten Gebäude am Rande des Nikolai-Viertels war nicht mehr als die Fassade geblieben. Innen öffnete sich ein gewaltiger Lichthof mit Wasserspielen und Sonnensegeln, um den herum sich die verglasten Büros und Flure gruppierten. Obwohl Vedder die Geschosshöhe einhalten musste, hatte er dem Altbau durch das Einziehen von Zwischendecken stolze neun Etagen abgerungen. Ob die Mitarbeiter beim Gehen die Köpfe einzogen, war nicht bekannt. Ich erinnerte mich an das Gebäude, weil dort unter anderem auch das neue Grundbuchamt untergebracht war. Die öffentliche Hand hatte sich die Restaurierung einiges kosten lassen, aber nur, damit sich diese Ausgabe auch so schnell wie möglich wieder amortisierte.

Er sah nicht unsympathisch aus. Ein kräftiger Mann von offenbar zupackender Art. Sein Lächeln war breit und gesättigt von der Befriedigung über das erfolgreiche Ende einer für beide Seiten ertragreichen Zusammenarbeit. Er hatte volles dunkles Haar, an den Seiten von ersten silbernen Fäden durchzogen, ein breites, etwas derbes Gesicht mit einer erstaunlich feinen, fast habichtartigen Nase. Ein Kerl wie ein Baum, würde meine Mutter sagen. Der Gesamteindruck, den er vermittelte, war: Ich bin einer von denen, die es geschafft haben.

Zwei Monate später war er tot.

Das erstickte die vagen Neidgefühle, die mich bei solchen Artikeln immer beschlichen, im Keim.

Geboren vor sechsundfünfzig Jahren in Görlitz. Seine Eltern hatten ein kleines, aber erfolgreiches Textilunternehmen besessen, das ihnen während des Krieges von den Nazis entrissen wurde, die dort Uniformstoffe weben ließen. Zu beiden, Nazis wie Uniformen, war der Alte auf Distanz gegangen, was ihn mir irgendwie sympathisch machte. Kaum bekam er sein Unternehmen nach Kriegsende zurück und hatte es einigermaßen zivil wieder aufgebaut, klopften die Genossen an die Tür. Die konnte er genauso wenig leiden. Vedder senior gelang es, sich der Verstaatlichung bis Anfang der sechziger Jahre zu widersetzen. Doch zwei Gefängnisaufenthalte in Bautzen II brachen den Widerstand. Die Firma wurde Teil des Kombinats Plauen. Kurz vor dem Mauerbau, im Sommer 1961, gingen die Vedders in den Westen, nach Hamburg. Der Alte war ein gebrochener Mann, er starb kurze Zeit später. Der Sohn hatte mit Stricken und Handarbeiten nicht viel am Hut. Er machte eine Lehre auf dem Bau, hängte die Fachoberschule dran, studierte schließlich Architektur und Stadtplanung und legte noch ein paar Semester Betriebswirtschaft nach. Aus der 68er Bewegung hielt er sich heraus, trat stattdessen in den RCDS ein, heuerte bei einer großen Projektplanungsgesellschaft an und war an einigen Nacht-und-Nebel-Abrissen in Altona beteiligt, die ihm in der Szene schnell einen miserablen Ruf einbrachten. Politisch legte er sich ehrgeizlos, aber entschieden in der bürgerlichen Ecke ab, bis ihn der Ruf »Wir sind ein Volk« erweckte.

Vedder ging in den Osten.

Sein Weg führte erst als Berater, dann als Liquidator der Treuhand zurück in die Niederlausitz, und dort begann er mit der Eliminierung der sächsischen Textilwirtschaft, als habe er einen geheimen Auftrag. Getreu dem Motto von Birgit Breuel, »*Privatisierung ist die beste Sanierung*«, zerlegte er ein Kombinat nach dem anderen. Er wickelte ab, so schnell konnten sich die Betroffenen gar nicht die Augen reiben. Er war ein Glücksritter, der in ein wehrloses Land einfiel und alles niedermähte, was man ihm hoffnungsvoll zur »Sanierung« anvertraute. Innerhalb von drei Jahren hatte er über 100 Betriebe geschlossen und rund sechzigtausend Leute auf die Straße gesetzt. Er lernte seine erste Frau kennen, die er 1991 heiratete und nach Hamburg verschleppte. Die Ehe wurde wenig später geschieden, und Vedder hinterließ weiterhin, wo er auch auftauchte, verbrannte Erde. Ob ihm alte, fast verschüttete Familienbeziehungen geholfen hatten oder ob er einfach nur ein Händchen dafür hatte, wahllos marode und überlebensfähige Betriebe gleichermaßen in den Ruin zu stürzen, darüber schwiegen sich die Autoren der Artikel vielsagend aus. Schließlich waren Privatisierer bis 1991 von jeder persönlichen Haftung freigestellt, was Hasardeuren Tür und Tor öffnete. Vedders großer Durchbruch gelang aber erst, als er vor den Toren Görlitz' mehrere Spinnereien dem Erdboden gleichmachte und dann die Seiten wechselte: Vom Liquidator zum Investor. Das Kapital dafür lieh ihm ausgerechnet sein ehemaliger Arbeitgeber: die Treuhand. Der Blätterwald raschelte und zischelte, doch Mauscheleien konnten in diesem Fall weder ihm noch der Liegenschaftsgesellschaft zweifelsfrei nachgewiesen werden. Er kaufte also den Boden und verkaufte ihn gleich weiter an eine dubiose Immobiliengesellschaft. Den nicht unbeträchtlichen Erlös dieser Spekulation beließ er in der Firma. Die schwatzte gierigen Kleinanlegern im Westen, die von nichts eine Ahnung hatten und allenfalls wussten, dass Dresden noch nicht in Russland lag, Geld ab und versprach traumhafte Renditen. Denn Wohnraum sei im Osten knapp und Hochhäuser in unwirtlichen Stadtrandlagen neben absolut sicheren Schiffsanleihen *die* Investition in die Zukunft blühender Landschaften. Ganz abgesehen von der Steuerersparnis.

Vedder erwies sich erneut als gewiefter Geschäftsmann. Noch vor dem ersten Spatenstich, der übrigens nie erfolgte, weil die Firma pleiteging, hatte er schon das nächste Ziel vor Augen. Er zog sein Kapital ab, verließ den schwankenden Boden halblegaler Steuertricks, kehrte Sachsen den Rücken und begann mit soliden Projekten. Sein Aufstieg war nicht mehr aufzuhalten.

Ich ließ die Kopien sinken und starrte durch die Busscheiben auf die Neue Nationalgalerie und den gewaltigen Vorplatz, auf dem sich Pfützen zu Seen gesammelt hatten und der Wind die Wasseroberfläche kräuselte.

Maik Altenburg hatte in einer Spinnerei gearbeitet. Kurz nach der Wende wurde der Betrieb geschlossen. Vielleicht hatte Vedder ausgerechnet diese Schließung mit einer einzigen Unterschrift besiegelt. Sechzigtausend Menschen verloren ihren Arbeitsplatz. Ich war kein Träumer. Mit der Wende war das Ende der meisten DDR-Betriebe nur noch eine Frage der Zeit gewesen. Warum so wenige überlebten und wieso man ein ganzes Land geradezu absichtlich ins Bodenlose getreten hatte – Marie-Luise würden dazu mit Sicherheit eine Menge passender Antworten einfallen. Aber hier war jemand aufgetreten wie ein Terminator. Die Beschäftigten hatten keine Rolle gespielt. Sie waren allenfalls lästig.

Hatten sich die beiden gekannt? Der lebensuntüchtige Zwanzigjährige aus der Spulenwartung, der sogar noch bei seiner Hochzeit mit hängenden Schultern dastand, und der damals vierzigjährige, mit allen Wassern gewaschene Westler, der jetzt die Chance sah zu rächen, was man seiner Familie angetan hatte? Waren sie sich begegnet? Oder hatte Vedder schon damals seine Aktentaschenträger, die das *Wir* wie ein Schild vor sich hertrugen, um nicht persönlich in die Verantwortung genommen zu werden?

Ich packte meine Sachen zusammen, denn die nächste Haltestelle war meine. Unsinn, einen Zusammenhang zu vermuten. Wenn

Vedder umgebracht worden wäre – und es sprach nichts, überhaupt nichts dafür, dass es so sein könnte –, wenn er aber doch sterben musste, weil er etwas mit Maik Altenburgs Tod zu tun hatte, dann wäre das noch irgendwie plausibel. Aber wie passte dann Hellmer ins Bild, der obdachlose Exjunkie, der meines Wissens niemals über Berlin hinausgekommen war?

Die Bustür öffnete sich, und ich stand auf der Straße.

Ich musste wissen, was Hellmer ausgefressen hatte. Wenn es einen Zusammenhang gab, dann musste er in Hellmers Vorleben zu finden sein. Im Laufen wählte ich Salomes Nummer, hatte aber nur die Mailbox am Apparat. Ich bat sie, mich zurückzurufen. Mehr konnte ich im Moment nicht tun. Denn ich war da.

Vor mir ragte das Imperium der Fides auf, ein großes, so modernes und gleichzeitig ästhetisches Gebäude, wie es nur die kühnsten Architekten der frühen 1930er Jahre hatten zustande bringen können. Das futuristische, travertinverkleidete Bürohaus mit seiner wellenförmig zurückversetzten Fassade war eine beschwingte Hommage an den freien Geist der Architektur, der nur wenig später unter dem Gleichschritt der NS-Horden zermalmt wurde. Das Oberkommando der Kriegsmarine zog in das Gebäude, nach dem Krieg die Berliner Elektrizitätswerke, dann die Gaswerke und schließlich Vedder.

Die Fides nutzte nur den letzten, versetzten Flügel des Hauses, hatte aber den Schriftzug weithin deutlich auf das Dach des denkmalgeschützten Ensembles setzen lassen. So sah es aus, als residiere die Firma in dem gesamten Gebäudekomplex. Ein bisschen angeberisch, aber Vedder durchaus angemessen.

In einer gewaltigen Empfangshalle, verblendet mit spiegelglatt poliertem Onyx, hielt ich auf den Empfangstresen zu und ließ mich bei Trixi anmelden. Es dauerte nicht lange, und ich durfte in einem der fünf Fahrstühle bis hinauf in den zehnten Stock fahren, wo ich von einem sehr beschäftigt wirkenden Mann abgeholt und durch mehrere Vorzimmer mit freundlich grüßenden Sekretärinnen in ein riesiges Vorstandsbüro gebracht wurde. Der Mann ließ mich allein, schloss die Tür, und ich versuchte, Trixi zu finden.

»Hier bin ich.«

Sie war fast ganz hinter dem Rücken eines ausladenden Lederchefsessels verschwunden, den sie jetzt mit Schwung zu mir umdrehte, damit ich sie sehen konnte. Ich ging auf sie zu und reichte ihr die Hand.

»Das ist ja eine herrliche Aussicht hier.«

Der Blick aus dem großen Fenster hinter dem Schreibtisch reichte über das Botschaftsviertel bis hin zu Kulturforum und Potsdamer Platz. Dahinter versank die Stadt in Niesel und Nebel.

»Bei schönem Wetter ist es traumhaft. Darf ich Ihnen einen Kaffee anbieten?«

Ich nahm die Einladung an. Sie stand auf und führte mich zu einem Konferenztisch, an dem acht Leute Platz hatten. Darauf lagen einige dicke Aktenordner.

»Dieser Papierkram macht mich wahnsinnig. Der Projektleiter würde lieber heute als morgen mit den Arbeiten beginnen, aber bis jetzt haben erst fünf von zwölf Mietparteien unseren Vorschlag angenommen.«

Sie holte eine silberne Thermoskanne von einem Sideboard und goss Kaffee in die bereitgestellten Tassen ein.

»Dabei haben wir ein so großzügiges Angebot unterbreitet. Wir stellen Ersatzwohnungen zur Verfügung und übernehmen alles, den ganzen Umzug. Hin *und* zurück. Ich verstehe diese Leute nicht. Warum wollen sie in ihren Löchern bleiben? Milch? Zucker?«

»Milch bitte.«

Sie schob ein Kännchen zu mir hinüber und nahm dann am Kopfende des Tisches Platz. An diesem Morgen trug sie einen schwarzen Hosenanzug mit einer leicht transparenten weißen Batistbluse. Er wirkte seriös und entsprach ihrem Alter. Und das erleichterte mir die Kommunikation um ein Vielfaches.

»Vielleicht haben sie Angst, dass sie die Miete hinterher nicht zahlen können.«

»Herr Vernau, ich bitte Sie. Wir können die Häuser doch nicht verrotten lassen. Einige Wohnungen haben ja noch die Toiletten im Hausflur. Das sind Vorkriegszustände. Für die natürlich auch Vorkriegsmieten gezahlt werden. Ich verstehe die Anspruchshaltung dieser Leute nicht. Paläste wollen, aber Hütten bezahlen. So geht das nicht. Mein Projektleiter will in sechs Wochen mit der Sanierung beginnen. Bis dahin müssen sie raus. Alle.«

Ich zog einen Ordner zu mir heran. Freytag, Leclerq, Hoffmann las ich.

»Haben Sie das Haus schon einmal gesehen?«

Sie schenkte sich auch einen Kaffee ein.

»Nein. Aber Herr Hartung, einer unserer fähigsten Außendienstmitarbeiter. Arndt und Spengler waren wohl auch mal da, kurz vor der Kaufpreisbelegung. Nichts Besonderes, habe ich gehört. Kein Denkmalschutz, keine Auflagen. Die Mieteinnahmen sind eine Katastrophe. Deshalb war es wohl auch so günstig. Achthunderttausend. Trotzdem amortisiert sich das ohne Modernisierung in hundert Jahren nicht.«

Sie lehnte sich zurück und starrte an die Decke.

»Ich will das alles nicht. Sollen sie das Haus von mir aus wieder verkaufen. Dann steht auch noch dieser Bau in der Glinkastraße an. Und die anderen Projekte, die Jürgen noch vor seinem Tod angeschoben hat. Ich will das alles natürlich nicht aufgeben. Aber ich weiß nicht, wie.«

Sie schwieg. Ich blätterte in den Akten und sah zu meiner Freude, dass Marquardts Antwortfax bereits abgeheftet war. Sie verflog, als ich am Seitenrand eine handgeschriebene Bemerkung las. »Unverzüglich räumen. Renitent. M. H.« Ich blätterte weiter zu Frau Freytag. »Fristlos kündigen wg. Katzen. Messie. M. H.«

»Bringen Sie die Leute einfach dazu auszuziehen. Legen Sie Ihnen die Daumenschrauben an. Bieten Sie Ihnen Geld. Umzugshilfe. Drohen Sie ihnen. Ich weiß nicht was. Da gibt es doch … Möglichkeiten. Was nehmen Sie die Stunde?«

Vedder hatte 250 DM bei der Treuhand abgerechnet. Und das war fast zwanzig Jahre her. Und da die Umrechnung sowieso schon längst bei eins zu eins angelangt war, legte ich noch ein bisschen obendrauf. Und weil dieser Hartung unter Schmutzzulage lief, noch ein bisschen mehr. Und weil ein Job als Entmieter das Letzte wäre, das ich annehmen würde, rundete ich den Betrag noch um eine Winzigkeit auf.

»Vierhundert.«

Sie fuhr hoch. »Vierhundert? Meinen Sie am Tag?«

»Nein, pro Stunde.«

Sie versuchte, die Augenbrauen zu heben, was ihr aber nicht hundertprozentig gelang. Es reichte nur zu einem minimalen Kräuseln der oberen Stirnhälfte.

»Das werde ich abklären müssen. Ich weiß nicht, ob wir diesen Satz bezahlen.«

»*You get what you pay for.*«

Ich schob den Ordner wieder in die Mitte des Tisches. *Renitent, räumen,* das klang wie: Ungeziefer, ausräuchern. Ich war mir nicht im Klaren, ob Trixi Vedder wusste, was sie hier eigentlich anordnete. Aber das entschuldigte sie auch nicht gerade.

»Salome hat Sie ja empfohlen. Aber dass Sie so eine Koryphäe sind … Wir suchen jemanden für den Kleinkram. Die Schreiben. Anrufe. Hausbesuche. Die Leute ein bisschen unter Druck setzen. Abstimmung mit dem Gerichtsvollzieher und diese Dinge.«

Alles, womit Arndt und Spengler sich die handgenähten Budapester nicht schmutzig machen wollten. Ich hob bedauernd die Hände.

»Da fühle ich mich leider überqualifiziert. Aber ich stehe natürlich zur Verfügung, sollten Sie meine Hilfe dennoch benötigen.«

Sie trank mit spitzem Mund einen Schluck Kaffee und rechnete wohl schon aus, was sie allein diese Unterhaltung kosten würde. Ich sah mich um. Es war ein riesiges, sehr aufgeräumtes Büro mit einigen wenigen persönlichen Gegenständen. Auf dem Schreibtisch stand eine Metallskulptur, die mich entfernt an Mutters Kreativitätsschübe erinnerte. Trixi setzte die Tasse ab und hatte sich entschieden.

»Das ist sehr freundlich von Ihnen. Wir melden uns.«

Sie erhob sich, nickte mir nicht mehr ganz so freundlich zu und ging dann langsam zu ihrem Chefsessel vor der Fensterfront. Einen Schritt davor blieb sie stehen und strich kurz mit den Fingerspitzen über die Lehne.

»Ist der Stuhl zu groß für mich?«

Ich stand ebenfalls auf.

»Geben Sie sich ein bisschen Zeit. Ich bin mir sicher, bald passt er wie angegossen.«

»Vielleicht sollte ich alles verkaufen. Es gibt zwei Angebote. Ich glaube, Bau ist nichts für mich. Die Branche ist hart. Sie braucht Sieger. Jürgen war ein Sieger.«

»Was ist das?«, fragte ich und deutete auf das antiquierte, merkwürdige Eisenstück, das ein wenig an einen Kreisel erinnerte.

Sie nahm es hoch und wog es in der Hand.

»Das ist Teil einer Spinnmaschine. Jürgen hat es als Briefbeschwerer benutzt. Es stammt noch aus der Firma seines Vaters. Hier, sehen Sie? Die Buchstaben?«

Ich nahm das Ding und betrachtete es genauer. Etwas erhaben und schwer leserlich stand »Galanta Strickwaren« auf dem Fuß. Plötzlich hatte ich einen Schriftzug vor Augen. Elegant geschwungen, altmodisch, irgendwie verwittert. Ich versuchte mich zu erinnern, wo ich ihn gesehen haben könnte, aber ich kam nicht darauf.

Ich reichte ihr das Maschinenteil zurück, und sie stellte es vorsichtig, um die Lackpolitur der Schreibtischplatte nicht zu zerkratzen, auf seinen Platz zurück.

»Wie ist er gestorben?«

»Plötzlich. Ganz plötzlich. Mitten aus dem Leben gerissen. Ich kann es immer noch kaum glauben. Es ist erst ein paar Wochen her. Da denkt man noch bei jedem Türenschlagen, er kommt gleich herein. Auf dem Anrufbeantworter ist noch seine Stimme. Ich habe noch Nachrichten von ihm auf meiner Mailbox. Das letzte Mal rief er mich an, kurz bevor diese Grundsteinlegung losging. Irgendwann werde ich sie löschen müssen.«

Jetzt setzte sie sich doch. Mit einem Mal sah sie unendlich alt aus. Daran konnten auch der volle Mund und die glatte Stirn nichts ändern. Ihr unnatürlich jugendlicher Kopf saß auf einem schmalen, gebeugten Körper, der in sich zusammenzufallen schien.

»War es wirklich ein Herzinfarkt?«

»Natürlich. Warum fragen Sie?«

»Weil ich gehört habe, dass sich zum Zeitpunkt seines Todes eine unbekannte Person in seiner Nähe aufgehalten hat.«

Ihre müden Augen verengten sich.

»Klatsch und Tratsch. Nicht das, auf was Sie anspielen.«

»Was dann?«

»Das ist privat. Ich glaube nicht, dass ich Ihnen darüber Auskunft geben muss.«

»Es waren fast dreihundert Personen anwesend. Das sprengt den Rahmen des Privaten um einiges. Ich interessiere mich nur deshalb dafür, weil einer meiner Mandanten wenig später ums Leben kam. Auch plötzlich. Auch unerwartet. Auch nachdem eine ihm unbekannte Person aufgetaucht war. Hans-Jörg Hellmer. Sagt Ihnen der Name etwas?«

Ihr Misstrauen legte sich. Sie dachte nach und schüttelte dann bedauernd den Kopf.

»Nein. Überhaupt nichts.«

»Wer war die Frau?«

»Ich weiß es nicht. Sie kam aus dem Nebel und verschwand darin. Hören Sie, Herr Vernau, ich weiß nicht, was Sie meinem Mann unterstellen wollen. Aber es ist nichts, absolut nichts dran an den

Gerüchten. – An diesen Gerüchten zumindest«, setzte sie mit einem leicht ironischen Lächeln hinzu. Sie griff nach dem Telefonhörer und wählte eine Nummer.

»Ich brauche den Wagen in einer Viertelstunde.«

Sie legte auf.

»Ladys Lunch im China Club. Die *king prawns* in Wasabi-Tempura dort sind einzigartig. Danke für Ihren Besuch.«

Ich verabschiedete mich und ging zur Tür. Doch bevor ich die Klinke in der Hand hatte, drehte ich mich noch einmal um und deutete auf die Ordner, die auf dem Konferenztisch lagen.

»Meine Einschätzung lautet: Renovieren ja, aber nur nach Einverständnis der Mieter. Im Anschluss keinen Cent mehr als die ortsübliche Vergleichsmiete. Anerkennung der geduldeten Sondernutzungen ohne Wenn und Aber. Keine Drohungen, keine Zwangsräumungen. Behutsames Vorgehen. Andernfalls wird sich das über Jahre hinziehen, und Sie werden am Ende doch verlieren. Das war eine kostenlose Rechtsauskunft. Wenn Herr Spengler aufrichtig ist, wird er Ihnen meine Sicht der Dinge bestätigen. Und rufen Sie Ihren Kläffer zurück.«

Trixi starrte mich wortlos an. Sie sah jetzt tatsächlich klein aus in dem riesigen Chefsessel. Sie gab ihm einen Schubs. Langsam drehte er sich zum Fenster und ließ sie hinter seiner hohen schwarzen Rückenlehne verschwinden.

Vor dem Haus stand in der Tiefgarageneinfahrt ein riesiger dunkler Phaeton. An der geöffneten Fahrertür lehnte ein Mann in Anzug und Krawatte und rauchte eine Zigarette. Ohne lange zu überlegen, ging ich auf ihn zu.

»Waren Sie der Fahrer von Herrn Vedder?«

Er überlegte kurz, ob er antworten sollte oder nicht, und entschied sich dann für ein knappes Nicken.

»Ich bin Anwalt und habe da noch die eine oder andere Frage.«

»Wenden Sie sich an die Rechtsabteilung.«

»Ich habe gerade mit Frau Vedder persönlich gesprochen. Sie waren doch dabei, als es passiert ist?«

»Nur bei dem Unfall.«

»Was genau ist passiert?«

Der Fahrer zog an seiner Zigarette und tat so, als müsste er angestrengt nachdenken.

»Mit dieser Frau«, half ich ihm auf die Sprünge. »Es könnte wichtig sein. Erinnern Sie sich an irgendetwas Besonderes?«

»Besonders blöd war sie.«

Jetzt grinste er. »Hatte Tomaten auf den Augen oder so was. Peste um die Ecke und hat Herrn Vedder einfach umgefahren. Ist mitten in ihn rein mit ihrem Einkaufswagen. Wollte Prospekte verteilen oder so was. Und Herr Vedder hat sie dann mit zu der Grundsteinlegung genommen. Mehr weiß ich nicht, weil ich draußen gewartet habe.«

»Einen Namen vielleicht? Wie sah sie aus? Wollte sie etwas von Ihrem Chef?«

Er warf die Zigarette auf den Boden und trat sie aus.

»Nichts, gar nichts. Ich glaube auch nicht, dass sie scharf war auf diese Feier. Sie war nicht angezogen für so was. Sie sah irgendwie … ausgewaschen aus. So wie ein altes T-Shirt. Oder eine abgenutzte Jacke. Das klingt nicht charmant, ich weiß. Aber ich habe mich schon gewundert, warum er sie mitgenommen hat. Wahrscheinlich, um allen zu zeigen, dass er ein Herz für kleine Leute hat.«

»Und, hatte er das?«

Der Fahrer machte ein Gesicht, als hätte ich ihn nach seinem Punktestand in Flensburg gefragt.

»Zu mir war er immer sehr anständig. Tut mir leid. Ich muss jetzt.«

Er stieg ein. Bevor er die Tür schließen konnte, beugte ich mich zu ihm hinunter.

»Fällt Ihnen noch etwas ein? Ein Detail? Eine Kleinigkeit?«

Er zog den Sicherheitsgut um sich herum und klinkte ihn ein.

Dabei schaute er durch die Windschutzscheibe, als ob er in weiter Ferne einen kleinen Punkt fixieren wollte.

»Sie hat telefoniert. Hinterher. Ich saß im Wagen, weil es so geregnet hat, und da habe ich sie gesehen. Sie kam raus, lief in den nächsten Hauseingang und hat telefoniert. Das muss unmittelbar nach seinem Tod gewesen sein.«

Ich seufzte und trat einen Schritt zurück. Das war nichts Besonderes. Wenn vor meinen Augen einer der mächtigsten Bauträger des Landes wegen eines Mozzarellakügelchens das Zeitliche gesegnet hätte, würde ich das auch sofort Marie-Luise erzählen wollen.

»Danke«, sagte ich.

Aber der Mann war noch nicht fertig. »Sie hat gelacht«, sagte er langsam und sah hoch zu mir. »Sie hat gelacht.«

Schade, dass Marie-Luise nie da war, wenn man sie brauchte.

Ich hätte gerne mit ihr geredet. So, wie wir das früher gemacht hatten, wenn der eine einen Fall hatte, an dem er sich die Zähne ausbiss, und der andere eine ganz neue Sichtweise der Dinge ins Spiel brachte. Sie fehlte mir. Und das schon seit geraumer Zeit. Etwas war mit unserer Freundschaft passiert, und ich weigerte mich, diesem bösen, hinterhältigen Gedanken Platz in meinem Kopf zu machen, dass wir vielleicht gar keine so guten Freunde mehr waren.

Vielleicht einfach nur noch gute Arbeitskollegen.

Vielleicht zwei Menschen, die nie richtig zusammengepasst hatten.

Ich rief Salome an, doch ich erreichte wieder nur ihre Mailbox und legte auf, ohne eine Nachricht zu hinterlassen.

Dann probierte ich es bei Kevin. Der hatte keine Zeit, weil sich gerade irgendein Irrer wieder an Tonnen mit Giftmüll gekettet hatte und eine saftige Strafe drohte. Nicht hier, sondern in Südindien. Als ob es nicht auch bei uns genug Giftmüll gäbe.

Schließlich, weil mir auffiel, dass es um Jana verdächtig ruhig geworden war, rief ich Alttay an. Wenigstens ihn erwischte ich, doch als ich mich nach seinem Kellerkind erkundigte, hörte ich nur ein abgrundtiefes Seufzen.

»Da haben Sie mir ja was eingebrockt. Zehn Mal am Tag steht sie in der Tür und hält mir irgendwelche Artikel unter die Nase. Fürchterliche Ungerechtigkeiten, die sich vor Gericht abgespielt haben. Unverdiente Freisprüche, mangelnde Beweise, schwächelnde Indizien, und bei jeder Geschichte will sie, dass wir uns sofort darum kümmern. Nur unseren Freund hat sie noch nicht gefunden.«

Ich bat ihn, ihr meine Grüße auszurichten, was Alttay mit einem ärgerlichen Brummeln quittierte.

»Und bei Ihnen?«, fragte er. »Gibt es da was Neues?«

Ich sah nach oben in den bleigrauen Himmel. Der Wetterbericht hatte einen neuen Schub subpolarer Kälte angekündigt, als ob es nicht schon kalt genug wäre.

»Ich habe das Gefühl, alles hängt mit Vedder zusammen.«

»Ein Gefühl? Oder mehr?«

»Ich weiß es nicht.«

Ich hörte, wie er sich das Haupt- oder Brusthaar kratzte.

»Haben Sie heute schon was gegessen?«

»Nein.«

»Gefühle konkretisieren sich am besten bei vollem Bauch. Kommen Sie um zwei in die Letzte Instanz. Das Lokal kennen Sie. Liegt gleich um die Ecke vom Gericht. Hat eine fantastische Eisbeinsülze.«

Gegen fantastische Eisbeinsülze war ich machtlos.

Als ich das Restaurant betrat, stieg mir sofort ein Duft in die Nase, den ich aus meiner Kindheit kannte. Sonntagsbraten. Rotkohl. Salzkartoffeln. Sauce. Und ein Hauch von Gurkensalat mit Dill. Alttay war noch nicht da, also suchte ich mir einen Tisch an einem der kleinen Butzenfenster und las mich durch die Karte.

Die einzelnen Gerichte trugen Namen wie *Anwaltsfrühstück* – das war ein Pilzguglhupf mit Rahmwirsing, *Beleidigungs-Klage* – Hechtklößchen mit Spreewälder Sauce, *Zeugen-Aussage* – Eisbein, oder *Einstweilige Verfügung* – eine Grillhaxe von Größe und Gewicht, dass ich sie umgehend in *Tatwaffe* umbenannt hätte. Deftige, ehrliche Hausmannskost. Ich sah mich um. Der große Ansturm zur Mittagszeit war gerade vorüber. Die Bedienung hatte alle Hände voll zu tun, die Tische abzuräumen und sich von Stammgästen zu verabschieden. Herzliche Worte, Geschirrklappern, Wärme. Und ein guter Geruch. Mehr war nicht nötig, um sich zu Hause zu fühlen.

Die Herbergseltern hatten natürlich der Lage und der Geschichte des Hauses entsprechend Tribut gezollt. Alte, kaum noch leserliche Gerichtsurteile schmückten die Wände. Justitia mit ihren verbundenen Augen bewachte die Kasse am Tresen, direkt neben einem uralten dunkelgrünen Majolikaofen. Hier waren alle gewesen. Die Schuldigen und die Unschuldigen. Die Richter und die Henker. Ankläger und Verteidiger. Und die Schaulustigen, die bei dem ewig unentschiedenen Kampf mal auf der einen, mal auf der anderen Seite standen.

»Schon da?«

Alttay stand vor mir und schälte sich umständlich aus seinem Anorak. Es hatte wieder angefangen zu schneien. Keine schönen, zarten Flocken, sondern nasse Eiskügelchen, die wie Styropor auf seine krausen Haare gefallen waren. Er schüttelte sich wie ein Hund, und ich ging in Deckung.

»Verzeihung. Scheißwetter. Bald haben wir Ende März.«

Er fuhr sich mit seinen Pranken über das Gesicht, griff dann zu der Karte und legte sie ungeöffnet wieder zur Seite. Eine hübsche, flinke Serviererin kam an unseren Tisch geeilt.

»Herr Alttay! Ich habe heute Morgen Ihren Hundewürger gelesen und musste so an Sie denken. Gestern saß er genau auf Ihrem Platz und hat gefeiert.«

Der Hundewürger war freigesprochen worden, und es hätte

nicht viel gefehlt, dass man ihn auf den Schultern aus dem Gerichtssaal getragen hätte. Die Frau beugte sich zu uns herunter.

»Und da hinten in der Ecke saßen die Tierschützer. Ich dachte noch, na, wenn das gutgeht, aber sie sind sich aus dem Weg gegangen.«

»Ist immer was los hier«, sagte Alttay. »Jule, bring mir die Eisbeinsülze. Und ein kleines Helles. Und für Sie? – Das ist übrigens Joachim Vernau. Anwalt.«

»Sehr erfreut.«

Jule schenkte mir ein herzliches Lächeln und zog dann Blöckchen und Kugelschreiber aus ihrer Schürzentasche.

»Ich schließe mich an«, sagte ich.

Sie nickte zufrieden, notierte sich alles und verschwand dann Richtung Küche. Alttay sah sich um.

»So ist das Leben. Nichts ist fair. Nichts ist gerecht. Schon gar nicht die da.« Er deutete auf Justitia. »Im Gericht geht es noch zivil zu, und dann, wenn alles verkündet ist, treffen sie sich ausgerechnet hier, trinken einen, und plötzlich gehen sie aufeinander los. Alles schon passiert. Aber auch das Gegenteil. Drei Schnäpse, und auf einmal liegen sie sich in den Armen. Das war gar nicht so verkehrt, wie sie das vor hundert Jahren gemacht haben. Den Amtmann in den Dorfkrug bestellt, und dann wurde so lange gesoffen, bis sich alle einig waren.«

Jule durchquerte die Gaststube und stellte im Vorüberfliegen zwei kleine Biergläser vor uns ab, ohne auch nur einen Tropfen zu verschütten. Wir stießen miteinander an.

»Was war heute los?«

»Jugendkriminalität. Raubüberfall auf eine Tankstelle. Intensivtäter. Wird sich endlos hinziehen und nie was dabei herauskommen. Sechzehn. Steckt schon viel zu tief drin. Den kriegen sie nicht mehr raus aus der Szene. Wenn ich all dieses Stammtischgerufe nach Jugendknast höre, kann ich nur lachen. Da bekommen die doch erst den letzten Schliff.«

Die Tür ging auf, und ein Schwall laut diskutierender Gäste betrat den Raum. Alttay drehte sich kurz nach ihnen um und schüttelte dann resigniert den Kopf.

»Da haben wir sie ja schon. Die ganze letzte Zuschauerbank. Manche von denen kennen sich schon seit zwanzig Jahren. Hocken im Warmen, schauen sich das Spektakel an, sitzen dann zusammen und wissen alles besser.«

Ein paar grüßten herüber. Alttay hob sein Glas in ihre Richtung, ohne sich noch einmal nach ihnen umzusehen.

Die Prozessbeobachter hatten sich an einem Achtertisch niedergelassen, und Jule versuchte gerade, so etwas wie eine geordnete Bestellung aufzunehmen. Dann verschwand sie eilig hinter einer Schwingtür, um kurz darauf mit einem großen Tablett an unseren Tisch zurückzukehren. Die Eisbeinsülze mit Hausfrauensauce und Bratkartoffeln sah genauso aus, wie ich sie mir vorgestellt hatte. Und sie schmeckte auch so. Während wir uns schweigsam der am meisten unterschätzten aller Künste hingaben, schaute ich hinüber zu dem Achtertisch in der Kachelofen-Ecke. Es waren nicht sehr auffällige Leute zwischen vierzig und sechzig Jahren. Eine Frau holte gerade ihr Strickzeug hervor und begann, an einem Pullover zu arbeiten, der seinen Entstehungsprozess zweifellos dem Beiwohnen zahlloser Verhandlungen verdankte. Sie schienen sich gut zu kennen. Als ein Nachzügler eintraf, wurde er von den anderen wohlwollend aufgenommen. Sie rückten zusammen und warfen sich Grußworte zu. Hier traf sich also die öffentliche Meinung zum Mittagstisch. Keine Betroffenen, keine Angehörigen, keine Freunde oder Familie, sondern Leute, die die reine Neugier dazu trieb, sich regelmäßig in den Sitzungssälen zu treffen. Vielleicht, weil geheizt war. Vielleicht, weil sie sich über die Jahre hinweg so gut kennengelernt hatten. Vielleicht, weil sie allesamt Voyeure waren, die sich vom Unglück anderer aufs Beste unterhalten ließen.

»Was issen jetzt mit Ihrem Hellmer?«, nuschelte Alttay zwischen zwei Bissen. »Und dem Vedder. Gibt es da eine Verbindung?«

»Wie ich schon sagte, nur ein Gefühl. Vedder hatte kurz vor seinem Tod eine unbekannte Person bei sich. Eine unscheinbare Frau, die er zuvor noch nie gesehen hatte. Eine Prospektverteilerin. Sie hat ihn angerempelt und wurde von ihm zum Dank auf die Grundsteinlegung mitgenommen.«

»Guter Trick.«

»Nein. Sie war nicht sein Typ. Sie war … ausgewaschen. So erinnerte sich zumindest Vedders Fahrer an sie.«

»Ausgewaschen.« Alttay nahm eine Ladung Bratkartoffeln auf seine Gabel und schob sie sich in den Mund. »Komischer Begriff für eine Frau.«

»Vielleicht könnte man versuchen, sie zu finden. Das dürfte ja nicht so schwer sein.«

Ich sah ihn an, aber Alttay kapierte erst nicht. Schließlich schluckte er hinunter und spülte mit einem Schluck Bier nach.

»Meine Ressourcen an Schülerpraktikantinnen haben sich erschöpft. Die eine, die ich hatte, ist ja schon in Ihrem Auftrag abgetaucht. Wen soll ich denn auf so eine Hühnerkacke ansetzen?«

Ich sah mich um, entdeckte aber niemanden, den ich Alttay an die Seite stellen könnte. Der Gerichtsreporter spießte ein saures Gürkchen von seinem Salatteller auf und zermalmte es krachend.

»Der Abovertrieb«, sagte er schließlich. »Die müssten das wissen. Zeitungsausträger sind auch Prospektverteiler. Ich werde mich mal drum kümmern.«

»Klingt gut.«

Wir waren fertig. Jule räumte ab und brachte uns noch zwei Kaffee, da stand ein Mann von dem Achtertisch auf. Er steuerte direkt auf uns zu. Alttay, der gerade mühsam ein Portionsdöschen Kaffeesahne aufpulte, sah erstaunt hoch.

»Ach, Herr Weinmeister. Wie geht es denn so?«

Herr Weinmeister schien nicht daran interessiert, seine private Befindlichkeit zu offenbaren. Ungefragt nahm er auf einem der freien Stühle an unserem Tisch Platz, rückte sich wichtigtuerisch zurecht und holte tief Luft.

»Sie müssen da mal Klartext schreiben. Das geht nicht weiter so mit den Ausländern. Warum werden die nicht einfach in den geschlossenen Vollzug gesteckt?«

»Weil das so einfach nicht ist.«

»Der Junge hat vierundfünfzig Vorstrafen. Was meinen Sie, wo der endet? Der landet doch sowieso im Knast. Warum also nicht gleich, bevor er noch jemanden umbringt?«

»Vorbeugehaft gibt es nicht bei uns.«

»Ja«, sagte Herr Weinmeister. »Leider.«

Irgendwo hatte ich den Mann schon einmal gesehen. Er trug eine dunkelblaue Popelinejacke und sah aus wie … genau. Wie ein Postbote.

»Sie waren bei der Schießerei dabei«, sagte ich.

Herr Weinmeister wendete sein kantiges Haupt und sah mich jetzt zum ersten Mal richtig an. »Kennen wir uns?«

»Ich war der Anwalt von Hans-Jörg Hellmer. Das war der Mann, auf den neulich geschossen wurde. Hier, gleich um die Ecke.«

»Ah ja, ich erinnere mich. Der Ladendiebstahl im Supermarkt. Fünfhundert Euro Schaden, zweihundert Stunden gemeinnützige Arbeit. Angemessen und gerecht. Sie hingegen forderten Freispruch.«

Er schnurrte die Fakten herunter, als habe er ein Notizbuch vor seinem geistigen Auge.

»Sie haben ein gutes Gedächtnis.«

»Fotografisch, sagt man mir immer. Alles hier drin im Kopf.«

Er tippte mit seinem langen, schmalen Zeigefinger an seine Schläfe. Dabei sah er so selbstzufrieden aus, als hätte er sich diese Gabe in jahrzehntelanger, schweißtreibender Kreuzworträtselarbeit verdient.

»Dann wissen Sie bestimmt, dass Herr Hellmer vor Gericht kein Unbekannter war.«

»Sicher, sicher«, räumte Weinmeister ein. »Aber man hätte ihn resozialisieren können, wenn diese Gesellschaft sich endlich einmal um diejenigen kümmern würde, die es auch wirklich nötig haben. Herr Hellmer wurde aus der Bahn geworfen. Mit festen Regeln und harter Hand hätte man ihn wieder eingliedern und doch noch zu einem nützlichen Mitglied unserer Gesellschaft machen können.«

Ich wollte mir nicht vorstellen, an welche feste Hand Herr Weinmeister gerade dachte.

»Was hat ihn denn so aus der Bahn geworfen?«

»Das wissen Sie nicht?«

Er sah mich mit einem derartigen Erstaunen an, dass ich beinahe ein schlechtes Gewissen hatte. Weinmeister blickte sich kurz um, als ob sogar Justitia auf dem Tresen ihre bronzenen Ohren in unsere Richtung ausgefahren hätte, und rückte noch ein Stückchen näher mit seinem Stuhl an den Tisch.

»Die Drogen«, sagte er. »Dieses Teufelszeug. Aber er war nie ein Dealer. Immer nur Konsument. Der Letzte in der Nahrungskette quasi.«

»Das weiß ich«, antwortete ich.

Weinmeister erzählte dummes Zeug, wenn er nur den Mund aufmachte. Ich tauschte einen kurzen Blick mit Alttay, der genau das Gleiche dachte. Doch dann revidierte ich meine Meinung schlagartig.

»Aber das von dem Mädchen wissen Sie nicht.«

Sie hieß Ilona.

Sie war so schön, wie nur siebzehnjährige Mädchen schön sein können. Mit klaren hellen Sternenaugen, einer Haut wie Milch und Honig, vollen, zart geschwungenen Lippen und einem runden Gesicht mit weichen Zügen. Sie hatte helle, schulterlange Haare und beim Lächeln ein Grübchen im Kinn.

Und sie war tot.

Wir standen im Keller des *Abendspiegels*, einem fensterlosen, von Neonröhren erhellten Raum, in dem man kaum Platz zum Stehen hatte. Deckenhohe Regale, riesige Abluftrohre und der Geruch von altem Papier und Druckerschwärze verstärkten noch das Gefühl von Enge. Auf einem großen Holztisch stapelten sich riesige Bücher im Zeitungsformat. Es waren die gesammelten Monatsausgaben, in denen sich Jana bis zu unserem Anruf gerade bis Mitte Februar vorgearbeitet hatte. In diesem Augenblick allerdings lag das Julibuch vor ihr. Der Archivar, ein stiller, blasser Mann in einem grauen Kittel, der auf den Namen Prechtel hörte, rückte uns noch die Lampe zurecht und ließ uns dann allein.

»Hier ist es.«

Jana tippte mit ihrem in Regenbogenfarben lackierten Zeigefingernagel auf einen Artikel in der Mitte der aufgeschlagenen Seite. Alttay hatte sie angerufen und ihr die neuen Stichwörter durchgegeben. Ilona. Und Sommer. Im Sommer war es passiert, so hatte Weinmeister erzählt, und es war ein aufsehenerregender Fall gewesen, an den sogar ich mich dunkel erinnern konnte.

Ilona war aufgewachsen in einer wohlhabenden, behütenden Familie in Lichterfelde. Die Eltern, Katja und Werner Herdegen, besaßen dort eine hübsche, kleine Villa in der Sommerhausarchitektur der zwanziger Jahre. Der Vater hatte geerbt und wirtschaftete besonnen. Er betrieb ein kleines, aber sehr bekanntes Auktionshaus in Steglitz, das sich auf alte Uhren spezialisiert hatte. Er häufte keine Reichtümer an, aber das eine oder andere schöne Stück hatte er selbst erworben und so im Laufe der Jahre eine veritable Sammlung zusammengebracht.

Mit zwölf wurde Ilona magersüchtig. Es gelang ihnen, das Mädchen zu retten. Doch irgendetwas in der Seele konnte nicht richtig repariert werden. Mit vierzehn nahm sie Drogen, mit fünfzehn landete sie auf dem Babystrich, mit sechzehn lernte sie Hellmer kennen. Es war eine Amour fou in rasender Talfahrt. Beide klammerten sich wie Ertrinkende aneinander und zogen sich gegenseitig immer tiefer ins Elend.

Wessen Idee es war, nachts in das Haus von Ilonas Vater einzusteigen und die Uhrensammlung zu stehlen, konnte nicht ermittelt werden. Hellmer stand vielleicht Schmiere, zugegeben hatte er es nie. Ilona brach ein. Ihr Vater hörte ein Geräusch, kam mit der geladenen Pistole nach unten ins Wohnzimmer, wurde niedergeschlagen und schwor bei seinem Augenlicht, dass der Täter ein Mann gewesen war. Als er sich wieder aufrappelte, sah er nur einen schwarzen Schatten, der das Weite suchen wollte. Er drückte ab. Das Mädchen war auf der Stelle tot.

Hellmer wurde wenig später gefasst, bis zur Halskrause mit Drogen vollgepumpt. Man versuchte noch in dieser Nacht, eine halbwegs brauchbare Aussage von ihm zu bekommen. Er wusste von nichts, doch als er endlich ausgenüchtert war und man ihn mit dem Tod von Ilona konfrontierte, brach er zusammen. Er blieb bei seiner Aussage, Ilona zwar gekannt, an diesem Abend aber nicht gesehen zu haben.

Der Vater blieb bei seiner Aussage, er habe Hellmer am Tatort gesehen. Außerdem fehlte eine teure Uhr. Bei Ilona wurde sie nicht gefunden. Bei Hellmer allerdings auch nicht.

»Oh, wie furchtbar!« Jana schüttelte den Kopf. »Der arme Mann!«

Ein Foto der Villa mit dem Wagen der Gerichtsmedizin. Die Eltern, beide die Jacken über die Köpfe gezogen, damit niemand ihre Gesichter erkennen konnte. Ilonas Sarg, der in den Transporter geschoben wurde. Und Hellmer. Irre. Wahnsinnig. Durchgedreht.

Es war das gleiche Foto, das ich bei Vaasenburg gesehen hatte.

Ein schwarzer Balken lag über seinen Augen. Hans-Jörg Hah-Punkt.

Alttay kam aus der Anzeigenabteilung zurück. Er warf einen Blick auf den Artikel, blätterte dann weiter auf die Seiten, die Jana mit kleinen gelben Zetteln markiert hatte, denn die Tragödie hatte sich über mehrere Ausgaben hingezogen.

»Schlimme Sache«, murmelte er. »Hat unseren Polizeireporter ganz schön mitgenommen.«

Er klappte das Buch zu und schob es Jana vor den Bauch.

»Kopieren Sie das alles bitte. Vielen Dank. Gute Arbeit.«

»Ich wollte aber noch sagen, wenn Sie Irrtümer und freie Verdächtige und unfaire Sachen und so suchen, hier steht noch eine Menge mehr drin.«

Sie deutete auf den Stapel neben sich. Alttay nickte. Er zog einen Almanach zu sich heran und schlug wahllos einige Seiten auf.

»Manchmal denke ich, das ganze Leben ist ein Irrtum. Hier, lesen Sie mal die ersten Seiten. Was die Politiker vor sechs Jahren alles so von sich gegeben haben. Welche Kriege beendet werden sollten. Und welche man nie anfangen wollte. Was man den Armen geben und den Reichen verbieten wollte. Wer im Wahlkampf was versprochen und anschließend nicht gehalten hat. Sechs Jahre, das ist doch nichts, denken Sie. Das ist doch alles eben erst passiert. Aber wenn die Zeitung von gestern schon vergessen ist, dann ist das hier Archäologie.«

Er strich ein wenig Staub von dem obersten Buchdeckel.

»Das Archiv ist das Gedächtnis einer Zeitung. Schade, dass es das bald nicht mehr geben wird.«

Der blasse Herr Prechtel lugte wie angesprochen um die Ecke. Alttay grüßte ihn kurz.

»Sie werden das natürlich nicht mehr erleben, mein Guter. Aber unser nettes Fräulein Wittkowski wird in ein paar Jahren gar nicht mehr wissen, was in diesem Keller war. Sie wird nur noch im Internet unterwegs sein und mit dem vorliebnehmen, was andere als bewahrenswert erachtet haben. Nun geh schon.«

Jana nickte etwas ratlos, denn Alttays plötzliche Nostalgie war schwer mit seiner zynischen Art in Einklang zu bringen. Vorsichtig, um ihre Fingernägel nicht in Gefahr zu bringen, wuchtete sie den schweren Band hoch.

»Ich meine ja nicht die große Politik«, versuchte sie es noch einmal. »Das interessiert mich eh nicht so sehr. Aber da sind Dinger drin, die in Berlin passiert sind. So Ungerechtigkeiten und so.«

»Das Leben ist nicht immer fair, mein liebes Kind.«

Sie verdrehte die Augen und schleppte den Band um die Ecke. Wenig später unterlegten die Aufwärmgeräusche des Fotokopierers das leise Summen der Neonröhren.

»Und?«, fragte ich. »Konnte die Anzeigenabteilung weiterhelfen?«

Er hatte uns kurz allein gelassen, um die zweite Spur wenigstens ansatzweise weiterzuverfolgen. Die Anzeigenabteilung des *Abendspiegels* wusste zwar, welche Werbeagentur die Austräger im Bereich Glinkastraße beschäftigte. Doch Alttay zündete sich eine Zigarette an und umwölkte seine verdüsterte Stirn.

»Die Werbeagentur will nicht mit uns reden. So was hab ich gern. Zeitungen brauchen, um ihre dämlichen Prospekte unter die Leute zu bringen, aber wenn es hart auf hart kommt, den Schwanz einziehen und so tun, als sei die Presse etwas ganz Perverses. Sie haben mir den Unfall mit Vedder bestätigt, wollen aber nicht damit rausrücken, wer die fragliche Dame war. So wird das nichts.«

Jana kam mit dem Buch und den Kopien zurück. Er überflog sie noch einmal, brummte in sich hinein, erinnerte sich an das eine oder andere Detail und legte sie wieder auf den riesigen Tisch in einem zugestaubten Achivkeller.

»Hm«, sagte er, und noch ein paarmal: »Hm. Hmhm. Nun, Herr Vernau, hilft uns das wenigstens weiter?«

Ich betrachtete die Zeitungsmeldungen. In Sachen Hellmer hatte die Staatsanwaltschaft nicht weiter ermittelt. Der Prozess gegen den Vater war ein halbes Jahr später angesetzt worden und endete in einem Freispruch.

»Kein Schuldiger«, sagte ich. »Aber ein totes Mädchen.«

Jana, die sich von Alttay eine Zigarette pumpte und nun direkt unter dem Rauchverbotsschild gemeinsam mit ihm den Keller vollpaffte, lugte mir über die Schulter.

»Na ja. Also, wenn ich der Vater wäre, ich hätte schon noch Brass auf diesen Hellmer. Er hat sie ja nicht unbedingt abgehalten, da einzusteigen. Vielleicht hat er sie sogar ermuntert. Guckt euch doch mal das Mädchen an. Das ist doch keine Einbrecherin.«

»Frau Wittkowski hat recht. Ich denke, man sollte mit den Eltern sprechen.«

Ich hatte Alttay bei diesen Worten angesehen, doch der schüttelte energisch den Kopf.

»Bevor ich jemanden auf diese Geschichte ansetze, muss schon ein bisschen mehr Substanz da sein.«

»Also, ich find's spannend.«

Alttay lächelte ihr etwas zerstreut zu, um dieses zarte Pflänzchen aufkeimender Neugierde nicht gleich in den Boden zu stampfen.

»Aber ich bin ja jetzt fertig hier. Dann kann ich ja wieder nach oben.«

Mit einem Ausdruck grenzenloser Erleichterung sah sie sich um. Ihr anhänglicher Blick blieb an Alttay haften, und dem schwante nichts Gutes.

»Nichts da. Mein Büro ist zu eng.«

Dann hatte er eine Idee. Und so, wie sein rundes Gesicht leuchtete, schien es die gleiche zu sein, die ich auch hatte.

»Aber ich hätte was für Sie. Eine richtige Aufgabe. Raus aus dem Archiv, rein ins Leben. Verdeckte Ermittlung. Investigative Recherche. Na, wär das was?«

»Klar!«, sagte sie mit leuchtenden Augen. »Was soll ich tun?«

»Prospekte verteilen«, antwortete ich.

Es dauerte etwas, bis wir Jana von der Wichtigkeit dieser Aufgabe überzeugt hatten. Dann begleiteten wir sie in Alttays Büro und ließen sie bei der Werbeagentur anrufen. Wenn es um Form, Tiefe und inhaltlichen Ausdruck dieses Bewerbungsgesprächs ging, war Jana die geborene Zustellerin. Alttay und ich waren richtig stolz auf sie. Sie betrachtete beim Reden ihre Fingernägel, mit denen sie noch ein bisschen mehr aussah wie aus einem Ü-Ei geschlüpft, und gab sich wirklich Mühe, zu wirken wie eine sechzehnjährige Quietscheente.

»Nee, Zeitungen is nich. Da muss ich so früh raus. Gibt's nich auch was am Nachmittag, so ab drei?«

Am anderen Ende der Leitung wurde wohl intensiv versucht, sie umzustimmen. Aber nicht mit Jana.

»Klar komm ich erst um vier Uhr morgens aus den Clubs. Aber danach will ich doch nich mit 'ner Karre losziehen. Schon gar nich bei dem Wetter.«

Alttay beugte sich vor und tippte sie leicht auf die Schulter. Jana hielt die Sprechmuschel zu.

»Auch Zeitungen. Nimm, was du kriegen kannst.«

»Nee! Mach ich nicht! Das is zu früh! – War mein Dad«, sprach sie wieder in den Hörer. »Der hat mir das Taschengeld gestrichen. Also zur Not ...«

Sie lauschte.

»Okay. Bis nachher.«

Sie legte auf.

»Sie wollen mich kennenlernen. Und Papiere sehen und so. Und dann geht's schon morgen früh um vier Uhr los. Muss das wirklich sein?«

Alttay nickte.

»Wir wollen wissen, wer vor sechs Wochen am Tag, als Vedder starb, rund um die Glinkastraße Prospekte ausgetragen hat. Nur den Namen. Den Rest übernehmen wir. Ich bin mir sicher, du machst das großartig. Genau der richtige Job für dich.«

Misstrauisch zog Jana die streichholzdünnen Augenbrauen zusammen.

»Die Recherche natürlich.«

Jana machte sich auf den Weg zu ihrem Vorstellungsgespräch. Alttay wartete, bis die Tür sich hinter ihr geschlossen hatte. Dann wandte er sich an mich.

»Ich kann mich noch gut an die Herdegens erinnern. Eine richtige Tragödie. Ilonas Tod hat die Familie zerstört. Der Vater hat sich zwei Jahre später umgebracht. Er kam mit dem Verlust seiner Tochter nicht zurecht.«

»Und die Mutter? Wie alt wäre sie jetzt?«

Alttay schüttelte den Kopf. »Die passt nicht in Ihr Raster vom mordenden Racheengel. Ich bin ihr ein paarmal begegnet. Nette, schicke Frau, immer gut gekleidet und topp frisiert. Engagiert sich ehrenamtlich in der Kirche. Ihre Art, mit allem fertigzuwerden. Vielleicht gar nicht mal die schlechteste. Wohl dem, der einen Glauben hat.«

Er nahm einen Bleistift und stieß mehrmals gedankenverloren damit auf die Schreibtischunterlage. Vielleicht dachte er an die vielen Prozesse, die er im Laufe seines Berufslebens schon miterlebt hatte. An verhungerte Kinder. An totgeschlagene Frauen. An hingerichtete Mädchen, die nichts wollten als ihr Leben leben. An Gier, Sadismus, Gleichgültigkeit. An die Sünde der Unterlassung und des Wegschauens. An die, die nicht im Mittelpunkt der Schlagzeilen standen, die zuhören mussten, wie gelogen, gerechtfertigt, hingebogen wurde, vielleicht auch an die Anwälte, die dabei halfen, und bestimmt an die, die ohnmächtig ein Gericht verließen, weil kein Urteil jemals etwas wiedergutmachen konnte.

»Ihre neue Freundin hätte Ihnen da sehr schnell auf die Sprünge helfen können.«

»Wen meinen Sie?«, fragte ich, herausgerissen aus meinen Gedanken.

»Frau Noack. Das war doch einer ihrer ersten Fälle als Staatsanwältin. Bei dem Namen Hellmer hätte es doch sofort bei ihr klingeln müssen. Ilonas Vater hat ja fast ein Jahr bei der Polizei und der Staatsanwaltschaft die Türen eingerannt. Er war sogar hier, in der Redaktion, und wollte, dass wir alles noch mal aufrollen.«

»Und warum haben Sie es nicht getan?«

Ich klang aggressiver als beabsichtigt. Wahrscheinlich aus dem

Grund, weil ich das, was Alttay mir da gerade unter die Nase rieb, nicht allzu nahe an mich heranlassen wollte. Mein Gegenüber hob bedauernd die Hände.

»Der Mann hatte sich in etwas verrannt. Er machte Hellmer für alles verantwortlich. Er behauptete, alle würden unter einer Decke stecken. Die gesamte Presse mit dazu. Kurz bevor er anfing, mein Büro zu zerlegen, habe ich ihn hinauskomplimentiert. Keine vier Wochen später bringt er sich um. Natürlich habe ich mich gefragt, ob man das hätte verhindern können.«

»Und?«

»Ich glaube nicht.«

Alttay nahm den Bleistift wieder auf und biss an seinem Ende herum. Plötzlich warf er ihn an die Wand.

»Scheiße! Ich weiß es nicht! Denken Sie, mir ist das nicht nahegegangen?«

Er suchte nach seinem zerknautschten Zigarettenpäckchen und zündete sich eine an. Mit einer entschuldigenden Geste kippte er das Fenster. Eiskalte Luft strömte herein.

Ich stand auf, um irgendetwas gegen meine Platzangst in diesem winzigen Büro zu tun, und suchte den Bleistift. Er war unter den Schreibtisch gerollt. Vielleicht wollte ich Alttay auch nur Gelegenheit geben, seine Fassung wiederzufinden. Dieser Fall war anders als die übliche Gerichtsreportage auf Seite 3. Er hatte Alttay persönlich berührt. Und er hatte ihm gnadenlos die Grenzen seiner Möglichkeiten aufgezeigt.

»Also«, begann er und hatte sich fast schon wieder in der Gewalt. »Was wollen Sie? Was haben Sie? Worauf läuft das alles hinaus?«

Ich fand den Stift und setzte mich wieder.

»Nehmen wir an, Hellmer und Vedder wurden ermordet. Dann gibt es zwei Personenkreise, die sich darüber besonders freuen dürften: das Umfeld Herdegen und das Umfeld Altenburg. Niemand kann sie mit den Taten in Verbindung bringen. Es sei denn, es gäbe eine Art *missing link*. Gesetzt den Fall, das wäre diese Prospektverteilerin.«

Alttay paffte und sah mich mit seinen großen, runden Augen neugierig an. Ich nahm ein Blatt Papier aus der Ablage und schrieb mit seinem angekauten Bleistift die Namen Vedder und Hellmer untereinander auf. In eine zweite Reihe schrieb ich die Namen Altenburg, Herdegen und »Waschfrau«.

»Hellmer wird von jemandem aus dem Umkreis der Altenburgs ermordet.«

Ich verband die beiden Namen miteinander.

»Vedder wird von der Waschfrau umgebracht.«

Wieder ein Strich.

»Die Herdegens hätten ein Motiv. Aber sie bringen nicht Hellmer um.«

Lange starrten wir auf das Papier. Schließlich nahm Alttay mir den Stift ab. Er malte ein großes Fragezeichen unter Vedder und Hellmer. Und einen Strich von Herdegen auf dieses Fragezeichen hin.

»Noch eine Tat? Vielleicht lösen sie ja gerade im Gegenzug das Problem der Waschfrau? Wenn sie eins hat.«

Alttay hatte recht. Wenn das stimmte, so war es ein ziemlich perfides Mordkomplott. Geplant und ausgeführt nicht etwa von Profis, sondern von ganz normalen, unauffälligen Leuten, die alle eine gemeinsame Erfahrung gemacht hatten: Die Justiz hatte sie enttäuscht. Also nahmen sie die Sache einfach selber in die Hand. Jeder hatte ein Motiv. Und damit sie das nicht überführen konnte, halfen sie sich quasi gegenseitig aus der Klemme und erledigten ihre Opfer kreuzweise.

Alttay stieß einen leisen Pfiff aus und umkreiste das Fragezeichen noch einmal.

»Großartig. Einfach genial. Das kriege ich nie in drei Zeilen unter. Bis da erst mal einer dahinterkommt!«

Er sah auf seine Armbanduhr.

»Und jetzt muss ich Sie leider verabschieden. Der Tag ist fast rum, und ich muss mir bis Redaktionsschluss noch einige Zeilen über Jugendkriminalität abringen.«

»Wie?«, fragte ich. »Sie wollen in der Sache nicht weiter recherchieren? Es gibt doch noch so viele offene Fragen. Woher kennen sie sich. Was ist die Verbindung zwischen ihnen. Wann und wie haben sie sich verabredet …«

»Genau da fangen die Ungereimtheiten an. Das ist ein bemerkenswertes Gedankenspiel, das Sie hier vor mir ausgebreitet haben. Aber es gibt keine Beweise. Noch nicht mal Ihre beiden Morde existieren. Auf einer Was-wäre-wenn-Hypothese baue ich keine Geschichte auf.«

»Ach, kommen Sie, Alttay! Sie haben doch selber gerade gesagt, dass die Waschfrau ein Problem hat!«

»Waschfrauenprobleme kommen bei uns nicht auf die Titelseite.«

»Und Jana? Warum muss das Mädchen dann morgen früh um vier Zeitungen austragen?«

Alttay drückte die Zigarette aus und schloss dann das Fenster.

»Weil sie um zehn so müde sein wird, dass sie freiwillig nach Hause geht.«

»Danke«, sagte ich. »Danke, dass Sie mir Ihre Zeit geopfert haben.«

Wütend schnappte ich meine Sachen. Wieder so ein Umfaller. Jemand mit Angst vor der eigenen Courage und einem Höchstmaß an Ignoranz. Und zwei Minuten vorher hatte er noch feuchte Augen, weil er sich an einen Verzweifelten erinnert hatte und daran, wie er ihn abgewiesen hatte.

»Nun regen Sie sich mal nicht auf. Ich sage ja nicht, dass nichts dran ist an der Sache. Aber ein bisschen mehr müssen wir schon haben.«

»*Sie* sitzen auf einem Archiv.«

Alttay seufzte.

»Ach, wissen Sie, Herr Vernau, ein Archiv allein macht den Grips nicht wett.«

Er widmete sich seinem Computer. Ich konnte mich jetzt wieder hinsetzen und darauf warten, dass ein neuer Tag anbrach. Ich konnte auch gehen und herausfinden, warum Salome mich belogen hatte. Und warum sich für tote Menschen so wenig lebende interessierten.

Ich stand noch nicht ganz auf der Friedrichstraße, da hatte ich schon Salomes Sekretärin am Apparat und diktierte eine wütende Nachricht. Hellmer. Herdegen. Ich bäte umgehend um Rückruf.

»Umgehend«, wiederholte ich im Befehlston.

»Ja, Herr Vernau«, antwortete sie gehorsam.

Vielleicht mussten Sekretärinnen und ihre Staatsanwältinnen einfach anders angefasst werden. Nicht höflich, sondern zack, zack, jetzt oder nie, und wenn nicht, dann gibt es Ärger. Richtigen Ärger.

Salome musste Hellmer gekannt haben. So eine Geschichte vergaß man nicht. Was sollte dieses Hinhalten, dieses Nichtwissen, das Herumzögern und Vorenthalten der Akte? Die Sache Herdegen war einer ihrer ersten großen Fälle gewesen. Freispruch für den Vater, aber um welchen erbärmlichen Preis. Man hatte noch nicht einmal versucht, Hellmer zur Verantwortung zu ziehen. Wahrscheinlich wussten alle, dass es ausgehen würde wie das Hornberger Schießen, und hatten sich gar nicht erst in die Nesseln gesetzt.

Und Hellmer? War er wirklich schuldig? Der Schock brachte ihn dazu, von heute auf morgen von den Drogen loszukommen. Doch ein normales Leben konnte er nicht mehr führen. Sechs Jahre auf der Straße, rast- und ruhelos. Immer auf der Flucht vor der eigenen Vergangenheit. Niemand lebte freiwillig da. Alle hatten Gründe, warum ein bürgerliches Leben für sie nicht mehr in Frage kam. Fast immer hatte es etwas damit zu tun, dass sich die Stufen des Lebens in eine abschüssige Rampe verwandelt hatten, auf der sie keinen Halt mehr fanden. Wenn Hellmer Ilona geliebt hatte, trug er eine Mitschuld an ihrem Tod, egal auf welche Weise, denn er hatte sie mit in den Abgrund gezogen.

Ob ein Prozess etwas gebracht hätte, war fraglich. Aber er hätte dem Vater Genugtuung und Hellmer die Möglichkeit zu Reue und Buße gegeben, und man hätte beginnen können, diese Schuld abzutragen. Dazu war es nicht gekommen. Also hatte Hellmer alleine bereut. Und Ilonas Vater war alleine verzweifelt.

Als ich den *Abendspiegel* verließ, war es kurz vor sechs, und ich wunderte mich, wie hell es immer noch war. Langsam schienen sich die Jahreszeiten voneinander zu lösen. Weit entfernt, irgendwo im Westen, berührte die Sonne gerade den Horizont und stand für einige Minuten in der Lücke zwischen der dichten kontinentaleuropäischen Wolkendecke und dem Land, hinter dem sie gleich versinken würde. Ihr glutroter Schein spiegelte sich am Himmel wider, ein beeindruckendes Schauspiel, denn die schweren Wolken wurden von unten in Licht getaucht und sahen aus wie gewaltige, von nachlässiger Hand übereinandergestapelte Säcke, zum Platzen gefüllt mit Schneeregen, Graupeln und harschem Frostwind. Mit dem letzten Strahl der untergehenden Sonne sank auch die Temperatur wieder um einige Grade. Der Atem stand wie Rauchwolken vor dem Mund, und auf dem Weg zur U-Bahn dachte ich daran, wie sehr sich Winterwolken und graue Gipssäcke ähnelten. Ich musste Mutter besuchen. Bald. Vielleicht wusste sie noch nichts von Hellmers Tod und wartete immer noch mit kaltem Spiegelei darauf, dass er sein Versprechen wahr machte und wiederkam.

Nicht bald. Jetzt.

Ich fand die beiden inmitten eines Schrotthaufens in Whithers' Werkstatt, und als ich ein verbogenes Blechstück aus dem Weg räumen wollte, wurde ich als Erstes von Hüthchen angegiftet, ihre Installation zerstört zu haben.

»*Das* wird eure Installation?«

Die drei Fahrräder lagen nun in einer Badewanne. Mehr war

dazu beim besten Willen nicht zu sagen. Aber wenn Joseph Beuys mit Fett und Filz unsterblich geworden war, warum nicht auch Mutter und Hüthchen mit Blech in Nasszellen.

»Ja. Es ist eine Hommage an George. Es verbindet seine Jugenderlebnisse mit unseren. Er hatte eine Badewannenphobie, weil seine Mutter ihn aus Versehen einmal fast ertränkt hätte.«

Mutter, in schmutzstarrender Latzhose und einem uralten Perlfangstrickpullover, ein Kopftuch um das graue Haar gebunden, umschritt den bisherigen Höhepunkt ihres kreativen Schaffens. Ich betrachtete den Sperrmüll weniger romantisch.

»Und du? Was hast du gegen Fahrräder?«

»Wir hatten nie ein Auto. Erinnerst du dich nicht mehr?«

Natürlich erinnerte ich mich. Ich war selbst zur Uni noch mit dem Rad gefahren und hatte den Führerschein erst spät gemacht.

»Das sind unsere.«

Ich trat näher an das Gebilde heran. Tatsächlich. Erst bei ganz genauem Hinsehen konnte man erkennen, dass es sich um ein Damen-, ein Herren- und ein Kinderfahrrad handelte. Mein Kinderfahrrad. Plötzlich musste ich schlucken. Es war rührend, dass meine Mutter dieses uralte Zeug so lange aufgehoben hatte. Vor meinen Augen entstand das Bild einer kleinen, nicht immer glücklichen Familie, die an Wochenenden mit dem Picknickkorb in den Tiergarten geradelt war.

»Wenigstens etwas von uns soll vereint sein.«

Sie nahm einen ölverschmierten Lappen, mit dem sich Hüthchen gerade die Hände gereinigt hatte, und fuhr über eine der rostroten Lenkstangen. Hätte ich ihr Gesicht nicht gesehen, dieses über die Jahre so gealterte, mir seit meiner ersten Lebensminute so vertraute Gesicht, sie hätte auch eine Fremde sein können. Eine alte, drahtige Frau in Arbeitskleidung und staubigen Schuhen mit Stahlkappen, mit wachen Augen und schwieligen Händen, wie sie mit abschätzendem Blick ihr Werk begutachtete und damit sichtlich zufrieden war. Meine Mutter hatte nie körperlich gearbeitet.

Vom Haushalt abgesehen. Der war sicher anstrengend und auch nicht immer leicht gewesen, aber nichts im Vergleich dazu, mit der Schutzbrille auf der Nase einen Schweißbrenner zu bedienen. Sie wurde mehr und mehr zu einer skurrilen Gestalt, die mich nicht wegen ihrer merkwürdigen Hobbys und ihrer Kleidung irritierte, sondern wegen der starrsinnigen Art, mit der sie ihr Leben neu ordnete und bis dato ungekannte Prioritäten setzte. Welche Rolle Hüthchen dabei spielte, hatte ich noch nicht herausgefunden. Die frühere Haushälterin meiner Mutter übernahm auch in deren jetzigem Leben nicht gerade die Führungsrolle in Bezug auf körperliche Aktivität. Sie hatte sich mittlerweile eine beeindruckende Auswahl an schreiend bunten Turbanen und Kaftanen zugelegt und sah aus wie Elvira Bach mit siebzig im Quadrat. Meistens saß sie in der Ecke, sah zu und gab ungefragt ihren Senf zu allem und jedem, was ich mit Mutter gerne allein besprochen hätte.

Ich hätte zum Beispiel gerne gewusst, warum meine Mutter über zwanzig Jahre nach seinem Tod immer noch an meinen Vater dachte. Und ich wäre gern gefragt worden, ob es mir recht war, dass mein Fahrrad zusammen mit seinem zu einem unlösbaren Schrotthaufen geschmiedet wurde. Als ich mir dann vorstellte, wie mein Einspruch klingen würde, ließ ich den Gedanken fallen.

»Wisst ihr das schon mit Hans-Jörg Hellmer?«

Meine Mutter ließ den Lappen sinken und wechselte einen kurzen Blick mit Hüthchen.

»Es stand in der Zeitung. Wo wird er denn begraben?«, fragte Mutter, die zu Friedhöfen schon immer eine besondere Beziehung hatte. »Ich würde gerne einen Kranz schicken.«

»Ich weiß es nicht«, antwortete ich.

Hüthchen warf Mutter einen Blick zu, ein unterschwelliges »Da siehst du mal« inbegriffen.

»In der Urne wahrscheinlich. Anonym. Ein Massengrab auf einer grünen Wiese. Genau so, wie du das auch willst. Dein Kranz wird zurückkommen mit dem Vermerk: Adressat unbekannt verzogen.«

»So habe ich das doch gar nicht gemeint«, protestierte Mutter. »Ich will nur nicht, dass sich jemand verpflichtet fühlt.«

»Aber Hajo ein Gebinde schicken. Hast du eine Ahnung, was das kostet? Da hätte er zu Lebzeiten mehr von gehabt.«

»Es gehört sich aber so. – Ist er wirklich erfroren?«

Ich zuckte mit den Schultern. Triumphierend warf Mutter den Lappen in die Ecke und ließ sich von Hüthchen das Schmirgelpapier reichen.

»Natürlich nicht. Das kam mir gleich komisch vor. Jemand wie er erfriert doch nicht. Ich finde, wir sollten es ihm sagen.«

»Nein, sollten wir nicht«, entgegnete Hüthchen.

»Was solltet ihr mir sagen?«

Mutter strich leicht mit den Fingerspitzen über das Papier. Dann beugte sie sich über den Fahrrad-Klumpen und suchte offenbar nach Rost, den man mit weniger als einer Sprengung entfernen konnte.

»Nichts«, sagte sie so beiläufig, als hätte sie schon fast vergessen, um was es eigentlich ging. Sie begann, eine Lenkstange abzuschleifen. Es war ein so fürchterliches Geräusch, dass sie sich damit einen eigenen Satz in Whithers' Turboprop-Sonate verdient und ich um ein Haar mein Handy überhört hätte. In letzter Sekunde nahm ich das Gespräch an.

»Was bitte ist so dringend?«

Die Stimme klang schneidend. Aber das beeindruckte mich nicht im Geringsten. Ich nickte Mutter und Hüthchen zu und ging nach draußen in den Vorraum zu den Zementsäcken. Die wenigen Schritte reichten allerdings nicht, mein Herzklopfen zu unterdrücken. Und meine Wut.

»Warum hast du mir verheimlicht, was mit Ilona Herdegen passiert ist?«

Salome tat mir wenigstens den Gefallen, überrascht zu tun.

»Wer ist das?«

»Vater erschießt seine Tochter in Lichterfelde. Und schwört Stein und Bein, dass Hellmer am Tatort war. Sechs Jahre ist es her, einer deiner ersten Fälle als Staatsanwältin. Warum hast du mir das nicht gesagt?«

»Weil ich es vergessen hatte.«

»So ein Unglück? Diese Schlagzeilen? Und nach dem Tod der Tochter die Tragödie des Vaters? *Vergessen*?«

»Joachim, ich habe täglich mit diesen Dingen zu tun. Da kann ich wirklich nicht alles behalten. Was soll das überhaupt? Ist das der einzige Grund, weshalb du dich meldest?«

Ich schwieg.

»Okay. Wenn du mir nichts zu sagen hast, ich schon. Ipecacuanha. Kurz Ipecac.«

»Ist das ein neues Schimpfwort?«

»Klingt so, als hättest du es verdient. Aber es ist eine Wurzel, aus der ein starkes Emetikum gewonnen wird. Hans-Jörg Hellmer hatte den Wirkstoff im Blut. Und da er weder eine Überdosis Schlaftabletten noch vergifteten Fisch im Bauch hatte, fragt sich nicht nur das Institut für Rechtsmedizin, warum er kurz vor seinem Tod ein Brechmittel eingenommen hat.«

»Ein Brechmittel?«

Ich verstand gar nichts mehr. Salome wartete einen Moment, bis sie sicher sein konnte, dass ihre Worte bei mir angekommen waren.

»Es sieht alles danach aus, als müsste ich dir gratulieren. Das tue ich ungern. Vor allem nach deinen haltlosen Angriffen. Aber du hattest recht.«

»Womit?«, fragte ich vorsichtig.

»Hans-Jörg Hellmer starb auf jeden Fall nicht ganz so natürlich, wie wir das bisher angenommen haben. Vaasenburg ruft gleich noch mal an. Vielleicht weiß ich dann mehr. Hast du heute Abend Zeit?«

»Ja«, sagte ich.

»Dann komme ich zu dir.«

Als ich wieder zurück zu Mutter und Hüthchen ging, fiel es mir schwer, einen klaren Gedanken zu fassen. Zum einen, weil ich recht gehabt hatte mit meiner Vermutung. Etwas stimmte nicht an Hellmers Tod, und endlich schien sich auch jemand darum zu kümmern. Und zum anderen, weil Salome zu mir kommen wollte. Ich war auf derartigen Besuch überhaupt nicht vorbereitet.

»Wer war das denn eben?«, fragte Mutter.

»Niemand.«

Sie nickte lächelnd und schmirgelte weiter.

»Also, was wolltet ihr mir sagen?«

Mutter und Hüthchen warfen sich einen verschwörerischen Blick zu. Sie hatten diese Art nonverbaler Kommunikation untereinander geradezu vervollkommnet. Manchmal wunderte ich mich, dass sie überhaupt noch miteinander sprachen und nicht gleich alles auf der telepathischen Schiene erledigten.

»Also was nun?«

»Warst du denn mal bei der Weddinger Tafel? In der Kirche an der Seestraße?«

»Warum?«

»Weil Hajo da immer hingegangen ist. Zum Mittagessen. Ab und zu hat er sich da auch Lebensmittel geholt. Aber nur Dinge, die man nicht kochen muss. Brot von gestern, gammliges Obst. Das, was die Leute nicht mehr brauchen.«

»Und was soll ich da?«

»Es ist nur so eine Idee«, sagte Mutter.

»Ihre Idee«, sagte Hüthchen.

»Was denn für eine Idee?«

Mutter hielt für einen Moment inne.

»Die Kirche und der Hafen«, sagte sie. »Da, wo Hajo gefunden wurde. Beides liegt ziemlich nahe beieinander.«

Natürlich hatten sie mich angeschwindelt. Da musste es noch etwas anderes geben, das sie mir nicht sagen wollten. Ich hatte Hüthchen einfach ein paar Jahrzehnte voraus, was meine Mutter betraf. Doch ein Blick auf den Stadtplan in der U-Bahn überzeugte mich, dass Mutter zumindest in diesem Punkt recht hatte. Aber ich konnte mich jetzt nicht darum kümmern. In zwei Stunden würde Salome bei mir sein, und ich konnte nur hoffen, in den Tiefen meines Kleiderschrankes eine saubere Garnitur Bettwäsche gebunkert zu haben.

Kaum war ich zu Hause, riss ich die Fenster auf. Dann begann ich mit einem Putzmarathon, der mich in den kommenden sechzig Minuten von den Wohnzimmerfenstern über das Badezimmer bis in den letzten Flurwinkel führte. Ich wischte, saugte, bohnerte, was der Küchenschrank hergab. Die Kacheln in der Dusche befreite ich von Stalaktiten, das Waschbecken von Rasierseifenkrusten und Bartstoppelteppichen, die durchaus auch etwas Künstlerisches an sich gehabt hatten. In der Küche rückte ich der Herdumrandung zuleibe, als hätte sie mich persönlich beleidigt. Erst vor dem Kühlschrank machte ich halt. Dazu blieb wirklich keine Zeit mehr.

Ich hatte im Supermarkt an der Ecke eine Flasche Champagner gekauft. Der Zeitpunkt unserer Verabredung stürzte mich in heillose Verwirrung. Sollte man um halb neun etwas zu essen im Haus haben? Wenn ja, was? Als ich feststellte, dass ich mich schon länger als vier Minuten entscheidungslos zwischen Sauerkonserven und Fischspezialitäten aufhielt, gab ich auch diesen Gedanken auf und verließ mich auf meine Loseblattsammlung von Speisekarten der umliegenden Pizzerien und Sushi-Bars, die allesamt bereit waren, ins Haus zu liefern.

Die letzten dreißig Minuten verbrachte ich in meinem blankpolierten Badezimmer, um mich selbst einigermaßen auf Hochglanz zu bringen. Dann trocknete ich die Kacheln ab, richtete den Badezimmerteppich parallel zur Wanne aus, rollte das Toilettenpapier ordentlich auf, kniff die Enden zusammen, schüttelte die Kissen im Schlafzimmer auf, holte die drei Kondome aus der

Nachttischschublade und legte sie in die Manschettenknopfschale, zog die Bettdecke ein viertes Mal glatt, nahm die Kondome aus der Manschettenknopfschale und legte sie unter die Kopfkissen, schlug einen Kniff hinein, strich ihn wieder heraus, setzte mich in meinen abgestaubten Ledersessel vor meinen streifenfrei blitzenden Glascouchtisch und wartete.

Um zwei Minuten vor halb neun hörte ich jedes Auto, das durch die Straße fuhr. Eine Minute vor halb neun dachte ich, die Schritte unten auf dem Trottoir wären ihre. Waren sie aber nicht. Als jemand parkte und die Wagentür zuschlug, stieg mein Puls. Als es zwei Minuten nach halb neun klingelte, erlitt ich die Vorstufe zu einem Herzinfarkt. Mit schweißfeuchten Fingern drückte ich den Türöffner.

Jemand kam ins Haus. Sie. Jemand ließ den Fahrstuhl kommen. Sie. Jemand hielt im dritten Stock. Sie. Jemand verließ den Fahrstuhl, kam zu meiner Wohnungstür und klopfte leise. Sie. Ich wartete zwei Sekunden, öffnete und starrte in Kevins Gesicht.

»Du?«

»Ich habe fünfzig Mal versucht, dich anzurufen.«

Verwirrt sah ich in die Küche, wo mein Handy unaufgeregt neben der Spüle lag.

»Und warum hast du es nicht getan?«

»Weil ich es dir lieber persönlich sagen wollte. Marie-Luise hatte einen Unfall.«

Es klingelte wieder. Ich drückte erneut auf den Öffner und trat dann einen Schritt zurück.

»Komm rein.«

Der Fahrstuhl bewegte sich nach unten. Ich ließ die Tür angelehnt und folgte Kevin ins Wohnzimmer.

»Hast du aufgeräumt? Beim letzten Mal sah es hier aus, als würdest du Champignons züchten.«

»Was für ein Unfall?«

»Mit einem eurer Schrottwagen. Ich habe ja gewusst, dass das eines Tages passieren wird. Sie wollte wohl bremsen, aber sie hatte wohl vergessen, bitte zu sagen.«

»Wie geht es ihr?«

Kevin plumpste in den Ledersessel und fuhr sich mit der Hand über die Augen.

»Das weiß ich nicht. Sie liegt in Küstrin im Krankenhaus, und Jazek ist bei ihr.«

»Nüchtern?«

»So wie er klang, wohl kaum.«

»Und nun?«

»Wir müssen hin.«

Jemand mit hohen Absätzen kam gerade den Hausflur entlang und blieb zögernd vor der Wohnungstür stehen.

»Ich kann nicht.«

Kevin sah hoch, an mir vorbei, und seine Augen weiteten sich erstaunt. Salome trat ein. Sie trug in der einen Hand ihre Aktentasche, in der anderen eine Papiertüte aus den Galeries Lafayette, zwei Baguettestangen schauten heraus.

»Guten Abend. Ich wusste nicht, dass wir zu dritt sind.«

»Das bleiben wir auch nicht.«

Ich ging auf sie zu und küsste sie leicht auf die Wange.

»Darf ich vorstellen: Kevin, unser ehemaliger Praktikant. Er hat schlechte Nachrichten.«

Kevin stand auf, reichte ihr die Hand und verbeugte sich knapp. Entweder hatte er diese Art der Begrüßung in alten amerikanischen Spielfilmen gesehen, oder Salome übte sogar auf militante Umweltschützer eine beängstigende Wirkung aus. Er sagte kein Wort, bekam rote Backen und rieb sich anschließend die feuchten Pfoten an seiner viel zu weiten Hose ab, die ihm immer wieder Richtung Kniekehlen zu rutschen schien.

»Das tut mir leid«, sagte Salome und lächelte ihn an.

Kevin räusperte sich und fuhr sich verlegen durch die halblangen Haare.

»Dann werde ich mal nicht länger stören.«

»Kevin …«

»Schon gut.« Er riss sich von Salomes Anblick los und fand zu seiner schnodderigen Art zurück. »Ich richte Marie-Luise deine Grüße aus. Das wird sie sehr freuen auf der polnischen Intensivstation. Schönen Abend noch.«

»Was ist passiert?«

Salome löste ihr seidenes Halstuch und legte es zusammen mit Aktentasche und Picknicktüte auf dem Ledersessel ab.

»Meine Partnerin hatte einen Unfall.«

Kevin stand schon im Flur. Einen Moment lang sah er so aus, als ob er abwarten wollte, ob ich mich noch anders entscheiden würde. Dann hob er die Hand und ging hinaus.

Ich lief ihm hinterher.

»Kevin, wo willst du hin?«

»Nach Küstrin.«

»Es ist mitten in der Nacht. Wir können morgen früh fahren.«

»In einer Stunde bin ich da. Ich will wissen, was ihr passiert ist.«

»Heute fährt doch gar kein Zug mehr.«

»Tadeusz steht unten.«

Er ging zum Fahrstuhl. Ich wollte ihm folgen, doch Salome war da, hier, bei mir, in einer Wohnung, für deren momentanen Zustand ich zwei Stunden geschuftet hatte und die ich mit ihr gepflegt wieder zu verwüsten gedachte. Hilflos drehte ich mich einmal um die Achse. Dann fasste ich einen Entschluss. Und für diesen Entschluss hätte ich mich ohrfeigen können. Und Marie-Luise gleich mit, sobald sie wieder in der Lage wäre, eine kräftige Schelle zu vertragen.

»Warte!«

Kevin blieb stehen.

»Ich komme mit. Gib mir fünf Minuten.«

»Okay.«

Ich ging zurück ins Wohnzimmer. Salome hatte schon wieder ihre Tasche in der Hand und hielt mir die Papiertüte entgegen.

»Getrüffelte Gänseleber, ein kleines Döschen Sevruga und vier Rehmedaillons, glasiert mit Wacholderjus. Und die Pistazienmakronen von Ladurée. Vielleicht bekommt ihr unterwegs Hunger.«

Ich nahm sie in den Arm und hielt sie so lange fest, bis sie sich lachend befreite.

»Wir können ein anderes Mal darüber reden.«

»Gibt es etwas Neues?«

»Ja. Hans-Jörg Hellmer ist erstickt.«

»Wegen diesem Ipecac-Zeugs? Wer um alles in der Welt will jemanden mit einem Brechmittel umbringen?«

Sie nahm ihr Tuch von dem Sessel und legte es sich um die Schultern.

»Das Ipecacuanha ist eine sehr geschickt gelegte Blindspur. Vermutlich traute der Täter dem Wetterbericht nicht so ganz. Hellmer sollte sich erbrechen, damit es so aussah, als sei er völlig betrunken an seinem Mageninhalt erstickt. Hier.«

Sie öffnete ihre Aktenmappe und holte einen Ordner hervor.

»Das sind die Fotos vom Tatort. Siehst du eine Flasche?«

Ich brauchte die Aufnahmen gar nicht durchzusehen. Und mit einem Mal begriff ich, warum Salome Noack trotz allem so eine verdammt gute Staatsanwältin war.

»Hellmer stank immer noch nach Alkohol, als er gefunden wurde. In seinem Blut haben wir neben dem Ipecacuanha aber nur einen Alkoholspiegel von 0,24 Promille festgestellt. Das entspricht gerade mal zwei Doppelten.«

»Also war er nicht betrunken.«

Sie nickte.

»Nicht betrunken. Vielleicht erfroren. Eventuell erstickt. Ob mit oder ohne Fremdeinwirkung, kann ich noch nicht sagen. Den genauen Bericht bekomme ich erst in achtundvierzig Stunden, vorher kann ich auch nicht den Notarzt durch den Fleischwolf drehen, der diesen Totenschein ausgestellt hat. Doch ganz abgesehen vom Ergebnis der Obduktion, es bleibt eine Frage.«

Ich reichte ihr das Foto zurück. Sie steckte es zurück in die Mappe.
»Genau die.«

Ich begleitete Salome nach unten und brachte sie noch bis zu ihrem Wagen.

»Willst du nicht warten?«, fragte ich. »Wir sind um Mitternacht wieder zurück. Es wäre schön, in die Wohnung zu kommen, und du wärst da.«

»Ich habe nicht so viel Zeit. Mein Mann kommt heute Abend zurück.«

Sie sagte das, als ob es die normalste Entschuldigung der Welt wäre. Ganz selbstverständlich, während sie die Fahrertür zu ihrem Landrover öffnete und auf den Fahrersitz kletterte.

»Und du musst zu deiner Partnerin.«

Sie küsste mich kurz auf den Mund. Es war ein fast freundschaftlicher Kuss, der nichts Romantisches an sich hatte, nur die Eile, nicht zu spät zu Hause anzukommen.

»Grüß Rudolf«, sagte ich.

Sie hob die Augenbraüen.

»Das war ein Scherz. Entschuldige.«

Wortlos startete sie und fuhr davon. Ich sah ihrem Wagen hinterher, bis er um die Ecke gebogen war. Dann hupte es hinter mir, und Kevin rief:

»Willst du festwachsen oder was?«

Tadeusz hatte den Volvo zwangsrekrutiert. Er grüßte kurz, als ich hinten einstieg, und fuhr los. Kevin drehte sich zu mir um.

»Wer war denn diese scharfe Schnalle?«

»Salome Noack. Staatsanwältin.«

Er schürzte die Lippen und nickte anerkennend.

»Und? Wird das was zwischen euch beiden?«

»Nicht wenn du jedes Mal dazwischenkommst.«

»Ach, das erste Rendezvous zu Hause? Tut mir ja wirklich leid jetzt. Weiß Marie-Luise davon?«

Tadeusz beobachtete mich im Rückspiegel.

»Ich habe noch kein öffentliches Bulletin herausgegeben, wenn du das meinst. Frau Noack und ich hatten eine Arbeitsbesprechung.«

Kevin glaubte an diese Art Arbeitsbesprechungen genauso fest wie an die Verwandlung von indischem Giftmüll in organischen Dünger. Um vom Thema abzulenken und Tadeusz am Einschlafen zu hindern, erzählte ich den beiden in aller Ausführlichkeit bis über die Stadtgrenzen hinaus den Teil der Geschichte von Hellmers kurzem Leben, der mir bekannt war. Während wir Berlin in Richtung Polen verließen, merkte ich, wie wenig ich eigentlich über ihn wusste. Ich würde nie erfahren, wie er als Kind gewesen war. Was ihn in die Drogensucht getrieben hatte. Und ob Ilona seine Rettung oder sein Untergang gewesen war.

Obwohl es noch nicht einmal zehn Uhr abends war, lagen die Vororte im Schein der gallegelben Straßenbeleuchtung wie ausgestorben. Vereinzelt brannte Licht hinter heruntergelassenen Rollläden und zugezogenen Vorhängen. Schnellimbisse und Feldküchen hatten längst geschlossen. Ab und zu tauchte der Hinweis auf ein weit abgelegenes Wirtshaus auf. Aus Städtchen wurden Dörfer, aus Dörfern Flecken, zum Schluss drosselte Tadeusz kaum noch das Tempo, wenn wir an einem verfallenden Bauernhof vorbeifuhren. Der Mond stand hoch in einer sternenklaren Nacht. Auf weiten Feldern schimmerte verharschter Schnee. Ich war schon längst am Ende meiner Geschichte angekommen. Eine Weile schwiegen wir.

»Also nichts Genaues wisst ihr nicht«, interpretierte Kevin schließlich das, was Salome mir kurz vor unserem Aufbruch noch sagen konnte. »Und keine Flasche weit und breit. Vielleicht hat sie ein Kollege von Hellmer gefunden und auf den Schock gleich geleert?«

»Unwahrscheinlich«, erwiderte ich. »Erstens wäre er nicht weit gekommen, ohne sich zu übergeben. Zweitens stank Hellmer nach

Alkohol, als hätte er darin gebadet. Jemand hat das Zeug über ihm ausgeschüttet. Würdest du das bei einem Toten oder einem Sterbenden tun?«

Tadeusz schwieg, aber ich konnte erkennen, dass er im Rückspiegel immer wieder zu mir nach hinten schaute.

»Der Tod ist heilig. Niemand würde so etwas machen«, sagte Kevin.

»Doch. Wenn du der Mörder wärst und alles so plausibel wie möglich aussehen lassen willst. Und wenn auf der Flasche deine Fingerabdrücke sind.«

Tadeusz runzelte die Stirn und wollte etwas sagen, doch in diesem Moment passierten wir das Ortsschild von Küstrin-Kiez. Wir fuhren durch Straßen, die so belebt waren wie ein Freibad im Februar, und kamen dann an einigen uralten, verfallenden Wehrmachtskasernen vorbei. Direkt dahinter führte eine Brücke über die Oder. Ein kleines, verlassenes Holzhäuschen stand am Ufer, direkt neben dem deutschen Grenzpfahl. Instinktiv verlangsamten wir das Tempo, aber weit und breit war niemand zu sehen.

Die Brücke führte auf eine Insel. Eisenbahnschienen begleiteten die Straße, dunkel und träge schimmerte die Strömung im Mondlicht. Längst war das Wasser über die Ufer getreten und hatte die Bäume erreicht, ein versinkender Wald in einem gefluteten Tal. Ein neuer Flussarm tauchte auf, weiter abwärts mündete die Warthe in die Oder. Aus dem breiten Strom ragte, wie der dunkle Bug eines gewaltigen Ozeandampfers, die Krone der alten Bastei. Auf ihrer Spitze stand ein hoher Obelisk, Hammer und Sichel aus Bronze erinnerten an den Kampf der russischen Soldaten gegen die Wehrmacht. Eine kleine Kanone auf einem Deichselwagen zielte netterweise direkt auf alles, was im Westen lag. Das also war die Festung Küstrin. Vor zweihundert Jahren musste dort ein junger Mann der Hinrichtung seines besten Freundes zusehen, angeordnet von seinem eigenen Vater. Ich starrte im Vorüberfahren auf die gewaltige Mauer und ein buntes handgemaltes

Schild in deutscher Sprache: *Besuchen Sie die Altstadt*. Dazu blieb wohl keine Zeit.

Aus einem komplizierten Geäst von Wegweisern filterte Tadeusz den heraus, der uns Richtung *Szpital* führte. Vorbei an Tankstellen, Travel Free Shops, Supermärkten und Kantor-Stuben ließen wir den ausgesprochen geschäftstüchtig wirkenden Ortseingang links liegen und fuhren in ein schlafendes Städtchen mit dem osteuropäischen Charme der fünfziger Jahre. Vor einem niedrigen Gebäude, das ich eher mit einer Lagerhalle als einem Krankenhaus in Verbindung gebracht hätte, hielt Tadeusz an. Wir stiegen aus.

Hier war es noch einige Grad kälter als in Berlin. Im Laufschritt erreichten wir einen kleinen, in bleiches Neonlicht getauchten Vorraum. Ein älterer Mann saß hinter einer Glasscheibe und tat so, als würde er uns nicht sehen. Erst als Tadeusz an die Scheibe klopfte, öffnete er ein briefumschlaggroßes Türchen und fragte nach unserem Begehr.

Ich verstand Hoffmann, Marie-Luise, mehr aber auch nicht. Dann kapierte ich allerdings, dass mit dem Namen etwas nicht stimmte. Der Mann setzte eine Brille auf und las sich umständlich durch eine Liste, telefonierte hin und her, diskutierte mit Tadeusz und schloss dann, als die Fragerei ihn nervte, kommentarlos das Fenster.

»Was ist los?«, fragte ich.

»Sie ist nicht hier.«

»Was soll das heißen, sie ist nicht hier? Ist sie verlegt worden? In eine andere Klinik?«

»Nein.«

»Wo ist sie dann?«

Tadeusz wies uns mit einem Kopfnicken an, ihm zurück zum Wagen zu folgen. Außer Hörweite zu dem Portier sagte er: »Sie wurde entlassen. Und wenn es die renitente Rothaarige ist, zu der dieser Verrückte mit den Tätowierungen gehört, dann sollen wir im Hotel Bastion nach ihnen fragen. Unten vor der Altstadt.«

Mit einer resignierten Handbewegung holte er die Autoschlüssel aus der Hosentasche und öffnete die Zentralverriegelung. Schweigend kletterten wir hinein, stumm fuhren wir den Weg zurück bis an die große Kreuzung kurz vor der Grenze.

Das Hotel Bastion war ein Neubau an der Straße nach Slubice, bei dem man sich immerhin etwas gedacht hatte. Eine Festungsimitation im Miniaturformat, mit Drink Bar, Begleitagentur, Friseuren, Zahnärzten und gleich vier Tankstellen in allernächster Nähe, was sämtlichen Bedürfnissen des eiligen und wohl meist männlichen Gastes entgegenkam. Die Hotelbar war an diesem Abend fast leer. Zwei gelangweilte, etwas zu stark geschminkte Damen schauten interessiert hoch, als sie uns eintreten sahen, und widmeten sich enttäuscht wieder ihren halbleeren Martinigläsern, als wir an ihnen vorbei auf einen Tisch in der hinteren Ecke des Raumes zusteuerten. Marie-Luise und Jazek saßen jeder vor einem Bier, und beiden war anzusehen, dass es nicht das erste war.

»*Dobry wiezór*«, sagte sie und hob ihr Glas.

Abgesehen von einer exorbitanten Beule auf der Stirn sah sie putzmunter aus. Jazek drehte sich langsam um. Sein verlorener Blick fand Halt an unseren Konturen und blieb an mir hängen, weil ich in der Mitte stand.

»Joachim! Kevin! Tadeusz, *muj brat. Cz … czech.*«

Ich nahm mir einen Stuhl und setzte mich.

»Wie kommt es zu dieser Spontanheilung?«

Kevin zog die Jacke aus und setzte sich ebenfalls dazu. Tadeusz tat es ihm gleich.

»Hast du nicht gesagt, sie wäre so gut wie im Eimer?«, fragte Kevin.

»Ich? Im Eimer?«

»Und es würde so aussehen, als wäre nichts mehr zu machen?«

Jazek hob sein Bier und trank es in vier Schlucken aus.

»Die Chassis«, antwortete er. »Nicht Marie-Luise.«

Ich beugte mich vor und musterte die beiden Unfallbeteiligten so ruhig, wie es mir unter diesen Umständen möglich war.

»Soll das heißen, wir sind fast hundert Kilometer bei diesem Wetter von Berlin nach Küstrin gefahren … wegen eines Blechschadens?«

»So isses.«

Jazek wischte sich den Mund ab und drehte sich zum Tresen um. Bis auf die beiden Ladys war er verwaist. Resigniert widmete er sich daraufhin wieder mir.

»Ist aber schön, dass ihr da seid. Wir beide können nicht mehr fahren. Aber den Kapitän habe ich wieder hingekriegt.«

»Was soll das heißen?«

Marie-Luise schüttete die Hälfte von ihrem Bier in Jazeks leeres Glas.

»Dass es sehr nett ist, wenn ihr uns nach Hause bringt. Wollt ihr auch was trinken?«

»Ich glaube das nicht!«

Ich sprang auf. Der Stuhl fiel um, und das Geräusch schien einen Angestellten zu wecken. Ein junger Mann lugte durch den Trennvorhang hinter der Bar.

»Kevin! Hast du das gewusst?«

»Natürlich nicht! Schrei hier nicht so rum. Was soll ich denn denken, wenn Jazek von einem Unfall erzählt, Marie-Luise im Krankenhaus ist und das Auto ein Haufen Schrott?«

»Kein Schrott«, widersprach Jazek. »Es läuft wieder. Nimm du es und nimm sie mit, ich fahre mit Tadeusz. Ich wollte sowieso zurück nach Berlin. Kevin?«

Jazek stand schwankend auf und trank sein Glas leer. Kevin half ihm, sich nicht gleich der Länge nach hinzulegen.

»Zahl du bitte, *rybko. Ja cie kocham*. Pass auf deinen Kopf auf.«

Er beugte sich vor und gab ihr einen schmatzenden Kuss auf die Beule. Mit einem Schmerzenslaut fuhr Marie-Luise zurück.

»He! Wo geht ihr hin?«

Jazek, Kevin und Tadeusz waren schon auf dem Weg zum Ausgang.

»Wir fahren schon mal vor«, rief Kevin uns zu und verschwand mit geradezu verräterischer Eile.

Der junge Mann von der Bar begann, mit gerunzelter Stirn eine Rechnung zu addieren, die er mir dann mit aufforderndem Blick auf den Tresen legte. Wenigstens war das Bier nicht teuer in Polen. Ich zahlte und sah mich um nach Marie-Luise, sie war verschwunden.

Ich fand sie draußen auf dem Parkplatz. Sie lehnte an dem völlig verbeulten Kotflügel des Opel Kapitän und versuchte gerade, mit steifen Fingern eine Zigarette zu drehen.

»Irgendwie ist mir schlecht.«

Sie schwankte ein bisschen, nicht viel, aber genug, um Abstand zu halten.

Das konnte ja heiter werden. Ein vollgekotztes Auto wäre die Krönung dieses Abends. Sie leckte das Papierchen an und wies mit einem Nicken in die Dunkelheit hinter dem Hotel.

»Lass uns noch ein paar Schritte laufen. Dann wird mir besser.«

Ich sah mich noch einmal um, aber von meinen Reisegefährten war weit und breit nichts zu sehen. So schnell hatten sich die drei noch nie aus dem Staub gemacht. Tief in mir formte sich der vage Verdacht, dass man uns mit Absicht hier ausgesetzt hatte. Vielleicht dachten sie, wir sollten endlich mal in Ruhe miteinander reden, sofern das mit einer betrunkenen, hilflosen Person auf einer leeren Kreuzung mit vier Tankstellen, zwei Fahrstunden entfernt von der nächsten nennenswerten, deutschsprachigen Zivilisation, überhaupt möglich war. Abgesehen davon, dass getrüffelte Gänseleber, ein kleines Döschen Sevruga, die Pistazienmakronen und vier Rehmedaillons, glasiert mit Wacholderjus, gerade ohne mich die Rückreise nach Berlin in einem Volvo mit beheizbaren Rücksitzen antraten. Hoffentlich warf Jazek einen Blick in die Tüte, bevor er sich auf sie setzte.

Der Opel Kapitän sah aus, als würde er noch nicht mal mehr die fünfhundert Meter bis zur Grenze schaffen. Ich knöpfte meinen Mantel bis zum Kragen zu und steckte die kalten Hände in die Taschen. Schlimmstenfalls müssten wir uns ein Zimmer im Hotel nehmen. Wenn ich mir vorstellte, was die Alternative zu Marie-Luise mit Beule in Küstrin gewesen wäre – bloß nicht daran denken.

Mein Mann kommt heute Abend zurück.

Dazu gab es keine Alternative. Und zu Marie-Luise wohl auch nicht.

Sie zündete ihre Zigarette an und setzte sich in Bewegung. Ich folgte ihr, nicht wissend, was mich hundert Meter weiter erwartete.

Eine Weile schwiegen wir. Sie lief voraus Richtung Fluss, ich roch den Rauch ihrer Zigarette und die feuchte Erde. Vor einer kleinen Brücke mit Eisengeländer blieb sie stehen und wies hinüber zum anderen Ufer. Die gewaltigen Mauern der alten Festung erhoben sich dunkel vor dem mondhellen Himmel. Ein Tor war eingelassen, gebaut aus neuen Ziegelsteinen, mit frischen Fugen und klaren Konturen, das einzig Neue weit und breit, der Rest war alt und brach. An der Mauer klettete Gestrüpp. Hohe Bäume wuchsen aus zerklüfteten Wänden. Sie ging auf das Tor zu, blieb stehen, und deutete auf eine riesige, mehrere Hektar große, leere Fläche im Inneren der Stadtmauern.

»Willkommen in Küstrin.«

Es stand kein Haus. Und doch hatten dort Häuser gestanden. Es gab keine Straßen, und doch hatte es Straßen gegeben. Es war eine weite leere Ebene, durchzogen von schmalen kopfsteingepflasterten Wegen, mit Bürgersteigen aus Granitquadern und bemoosten Treppenstufen hinauf zu Eingangstüren, doch die Türen waren verschwunden, die Wände fort, und Dornenbüsche wucherten, wo Wohnzimmer gewesen sein mussten, Ladengeschäfte, stolze Bürgerhäuser und kleine Katen, nur ihre Grundrisse konnte man erkennen an den letzten Mauerstümpfen, die hier und da noch eine Handbreit aus dem Boden ragten.

»Hübsches Städtchen, nicht? Du stehst übrigens grade in der Badergasse.«

Ich sah hinunter auf das Kopfsteinpflaster und die Bürgersteige. Auf Kellereingänge, verstopft mit Schutt und Erde. Treppen ins Nichts. Der Grundriss einer Stadt, die eine römische Ausgrabungsstätte sein könnte, wenn sie nicht vor sechzig Jahren noch existiert hätte. Ich ging zurück zur Hauptstraße, wo noch eine Mauerecke übriggeblieben war. Verwitterter Putz klebte auf Ziegeln, vielleicht der Rest einer Säule, eines Pilasters. Baudekor, wie man es immer wieder an den Portalen der prächtigen Bürgerhäuser fand.

»Das ist … war Küstrin?«

Marie-Luise nickte und trat ihre Zigarette auf dem Gehweg aus. Sie deutete auf eine Ansammlung flacher Schutthaufen. Vor dem Nachthimmel zeichnete sich die Silhouette eines riesigen Holzkreuzes ab.

»Und das dahinten war St. Marien. Komm mit!«

Sie zog mich weiter. Arm in Arm wanderten wir durch eine Geisterstadt. Werwolfmond. Gruftkälte. Der Wind fuhr ungehindert über das Areal. Die letzten erkennbaren Reste dieser Stadt sahen aus wie eine unvollendete Skizze, ein aufgegebener Versuch.

»Ganz Küstrin lag innerhalb der Festungsmauern. Im Krieg wurde es dem Erdboden gleichgemacht. Danach hat man die Steine zum Wiederaufbau nach Warschau transportiert. Kostrzyn entstand aus der ehemaligen Neustadt außerhalb der Festungsmauern.«

Sie blieb stehen.

»Hier stand das Haus meiner Großeltern. Krachtstraße 14.«

Sie setzte sich auf einen Haufen Steine, vielleicht das Podest eines geschleiften Denkmals, und betrachtete ein Stück Winterwiese.

»Zwei Monate hat der Kampf gedauert. Zwanzigtausend kamen ums Leben. Küstrin fiel im März 45. Heinz Reinefahrth war Generalleutnant der Waffen-SS. Der Henker von Warschau hat man ihn genannt. Er hat den Aufstand im Ghetto niedergeschlagen und wurde von Hitler hierher geschickt. Reinefahrth hat die Festung mit Mann und Maus versenkt. Die letzten Tausend wollten über die Warthe fliehen. Sechshundert wurden dabei erschossen. Der Fluss soll rot gewesen sein vom Blut. Aber Reinefahrth kam davon. Nach dem Krieg wurde er Bürgermeister auf Sylt.«

Sie hob einen zerborstenen Ziegel auf und wischte den Dreck ab. Der Abdruck einer Katzenpfote wurde sichtbar. Wann war das Tier wohl über den feuchten Ton gesprungen? Vor hundert Jahren? Vor fünfhundert Jahren? Ich setzte mich neben sie und betrachtete den rissigen gebrannten Stein.

»Meine Großeltern kamen nie mehr hierher zurück. Ist vielleicht auch besser so. Erinnerung atmet in Jahrhunderten. Manchmal reicht selbst ein langes Leben nicht aus, um das zu begreifen.«

»Ich wusste gar nicht, dass deine Familie aus Küstrin kommt.«

»Du weißt vieles nicht.«

Sie legte den Stein ab und stand auf. Wir kamen zu einer weiteren Treppe, die ins Leere führte. Breit war sie, mit gerundeten Ecken, gemacht aus Granit für die Ewigkeit. Sie stieg die Stufen hoch und wartete auf mich. Oben standen wir auf einer großen, etwas erhabenen Fläche. Sie rieb mit dem Schuh über den Boden.

»Hier stand das Schloss. Und das ist der Rest vom Parkett.«

Fast völlig bedeckt von Flugsand und Erde konnte man den verwitterten Fußboden erkennen. Sie breitete die Arme aus und drehte sich ein Mal um sich selbst.

»Euer Hochwohlgeboren, darf ich bitten?«

Sie nahm mich in den Arm. Dann schloss sie die Augen und summte die Melodie eines Walzers vor sich hin. Tschaikowsky. Klavierkonzert Nr. 1. Oder das, was Marie-Luise gerade daraus machte. Vorsichtig, um nicht zu stolpern, versuchten wir einige Tanzschritte. Der Mond erhellte das weite, leere Plateau, über dem sich einst eine stuckverzierte Decke gespannt haben musste, mit strahlenden

Kronleuchtern und Seidentapeten, leuchtenden Kerzen, spiegelndem Fußboden, blattgoldverzierten Türen, ein Tanzsaal, ein Bankettsaal, ein Raum für große Feste, von dem nichts geblieben war, wir tanzten in einem geisterhaften Presbyterium, in einer Schimärenkathedrale, geschaffen aus Fantasie und Erinnerung, und Marie-Luise legte ihren Kopf auf meine Schulter und summte den letzten Ton. Wir blieben stehen.

Sie öffnete die Augen und sah mich an.

Dann, als ich nichts sagte, löste sie sich von mir und trat an den Rand der leicht erhöhten Ebene.

»Hier muss er gestanden haben.«

»Wer?«

»Friedrich. Als man Katte geköpft hat.«

Ich trat hinter sie und legte meine Hände auf ihre Schultern.

»Achtzehn Jahre alt war er, und er musste am Fenster des Schlosses stehen bleiben, bis es vorbei war. Er ist trotzdem ein guter König geworden.«

Jetzt schwankte sie wieder ein bisschen. Sie fuhr sich mit der Hand über die Augen und betastete vorsichtig ihre Beule.

»Wie kamen deine Großeltern mit allem zurecht?«

»Es ist, wie es ist. So haben sie gesagt.«

Sie zog die Schultern hoch und fröstelte. Zu jeder anderen Zeit hätte ich sie in den Arm genommen. In jeder anderen Situation wäre es genau das Richtige gewesen, sie zu küssen. Weil man das tat nach solchen Sätzen an solchen Orten. Doch ich dachte an Salome, und mit einem Mal, als ich die alten Festungsmauern sah und die in Grund und Boden gerammten Reste einer jahrhundertealten Stadt, die sinnlos gewordenen Straßen und Plätze und die geborstenen Steine, zu kleinen Hügeln aufgeschüttet, über die das Unkraut kroch, blutete mir das Herz. Ich wünschte so sehr, sie wäre hier und stände, wo jetzt eine andere stand, und stellte mir vor, ich würde sie küssen, wie man sich nur küssen konnte im kalten Mondlicht über versunkenen Städten. Küsse, an die man sich in seiner letzten Stunde noch erinnerte oder von mir aus auch bei der Scheidung oder der Geburt des dritten Kindes. Ich hatte eine solche Sehnsucht nach Salome, dass sogar Marie-Luise es spürte.

»Schuld verjährt und vergeht«, sagte sie plötzlich. »Aber nicht der Schmerz.«

Ich nahm meine Hände von ihren Schultern.

»Doch«, erwiderte ich und war so unglaublich überzeugt von dem, was ich gerade sagte. »Eines Tages auch der.«

Es war fast Mitternacht, als wir das Auto erreichten. Erstaunlicherweise sprang es sofort und ohne Protest an, wahrscheinlich wollte es auch nach Hause. Bis ich Marie-Luise vor ihrer Wohnung in Friedrichshain abgeliefert hatte, war es zwei Uhr morgens. Bis ich zu Hause war, halb drei. Ich putzte meine Zähne vor einem glasklaren Spiegel, lief barfuß über den staubfreien Fußboden, öffnete eine gut gekühlte Flasche Champagner und stellte sie unberührt wieder zurück in den Kühlschrank, sank schließlich in ein frisch bezogenes Bett, und dann, endlich, wollte ich an Salome denken. Doch alles, was ich beim Einschlafen noch vor mir sah, war Marie-Luise in dieser eiskalten Nacht, wie sie noch einmal anklopfte bei einer längst verschwundenen Adresse. Vielleicht hätte ich sie nicht unbedingt küssen sollen. Aber ihre Hand nehmen. Doch selbst dazu war es jetzt zu spät.

Eine Stunde später, um Viertel nach vier, weckte mich mein Handy.

»Herr Vernau? Sind Sie schon wach?«

Diese Stimme. Ein hohes, quäkendes Kieksen, irgendwo zwischen jugendlicher Begeisterung und Welpenkindergarten.

»Weißt du eigentlich, wie viel Uhr es ist?«

»Genau siebzehn Minuten nach vier. Ich bin hier in der Disposition, aber die Frau findet mein Einsatzgebiet nicht. Und da ist sie kurz raus. Hier an der Wand hängt so ein Jahresplan mit Farben, und wer das Blau hat, hat Abschnitt vier. Friedrichstraße, Unter den Linden und die Glinka natürlich. Ich bin gelb. Leipziger und so, die ganze Fischerinsel bis hoch zum Märkischen Museum und dem Bärenzwinger.«

»Schön. Wenn du mehr weißt, melde dich wieder.«

»Sie heißt Roswitha. Roswitha Meissner. Mit Doppel-S.«

Oha. Ich knipste das Licht meiner Nachttischlampe an, verließ das Bett und ging in die Küche, wo ich in der Besteckschublade einen Kugelschreiber und die Sushi-Bestellformulare fand. Darauf notierte ich den Namen.

»Hast du eine Adresse?«

»Nee. An den Schreibtisch will ich nicht ran. Sie kann jeden Moment zurückkommen. Herr Vernau, eigentlich kann ich doch jetzt gehen, oder? Ich kann doch sagen, ich fühle mich nicht so.«

Alttay würde mich umbringen.

»Du trägst die Zeitungen aus und hältst die Ohren offen. Vielleicht triffst du diese Roswitha ja noch im Lauf des Tages.«

»Aber ich friere und bin müde und hab doch alles rausgefunden!«

»Jana, weißt du, was der Unterschied zwischen dir und Hans-Jörg Hellmer ist?«

Schweigen.

»Du bringst zu Ende, was du angefangen hast. In Ordnung? Melde dich noch mal, wenn du fertig bist.«

Ich legte auf und kroch zurück in mein warmes, weiches Bett. Während Jana ihre Runde machte und die Zeitungen hoffentlich nicht im nächsten Altpapiercontainer entsorgte, drehte ich mich noch einmal auf die andere Seite und schlief, bis mein Wecker klingelte und man den Morgen guten Gewissens auch so nennen konnte. Um kurz nach acht legte ich auf dem Weg in die Kanzlei einen Zwischenstopp bei der Mordkommission in der Keithstraße ein, um Vaasenburg nach seinem neuesten Stand der Dinge zu fragen – und ihn mit meinem zu konfrontieren.

Vaasenburg empfing mich, frisch rasiert und dezent duftend, einen Becher Kaffee in der Hand und ein zufriedenes Lächeln um die Lippen, in seinem Büro.

»Hat Frau Noack Sie noch erreicht?«

Ich nickte. Er bot mir einen Stuhl an und machte sich gleich darauf an die Durchsicht einiger Papiere auf seinem Schreibtisch.

»Ipecacuanha. In Ambulanzen und von Notfallärzten eingesetzt, um bei Vergiftungen ein schnelles Erbrechen herbeizuführen.«

Er sah hoch. »Was glauben Sie, warum Hans-Jörg Hellmer es im Blut hatte?«

»Ich vermute, dass es im Alkohol war. Kein Mensch nimmt freiwillig ein Brechmittel zu sich. Es wird in der Flasche gewesen sein. Hellmer übergab sich und wurde getötet. Er wird sich ja anschließend nicht selbst mit dem Schnaps übergossen haben. Übrigens – ist niemandem aufgefallen, dass es diese Flasche nicht mehr gibt? Jemand war am Tatort und hat sie verschwinden lassen. Und vielleicht sogar noch etwas nachgeholfen, als es mit dem Erfrieren oder Ersticken zu lange dauerte.«

Vaasenburg legte die Blätter wieder zurück, sagte aber nichts.

»Leiten Sie jetzt Ermittlungen ein?«

»Wir sind schon mittendrin.«

»Und Vedder?«

Vaasenburg seufzte. »Eins nach dem anderen. Es ist ja nicht so, dass ich Ihre Hinweise nicht ernst nehme. Ich habe mir den Bericht noch einmal kommen lassen. Herr Vedder ist eines natürlichen Todes gestorben. Dreihundert Gäste waren Zeugen. Der Notarzt kam acht Minuten, nachdem der Anruf eingegangen war. Es wurde Herzstillstand festgestellt. Er hatte sich verschluckt. Mehr nicht. Sollen wir den Mann deshalb exhumieren lassen?«

Mir war klar, dass es für so eine Anordnung schwerwiegende Gründe geben musste. Aber Mordverdacht wäre so einer. Immerhin hatte ich gerade den natürlichen Tod eines Obdachlosen erheblich in Frage gestellt. Also könnte man mir in Bezug auf meine weiteren Anregungen ein bisschen mehr als wohlwollendes Abwiegeln entgegenbringen.

»Roswitha Meissner ist der Name der Frau, die Jörg Vedder auf die Grundsteinlegung begleitet hat. Sie trägt Zeitungen aus und verteilt Prospekte. Ich weiß nicht, ob es Zufall oder Absicht war, jedenfalls trifft sie Vedder unmittelbar vor dem Ereignis, und er nimmt sie mit. Mehrere Zeugen haben bemerkt, dass sie sich bis zu seinem Tod in seiner Nähe aufhielt.«

»Schon möglich.«

Vaasenburg räumte noch ein bisschen auf seinem Schreibtisch herum und gab mir damit zu verstehen, dass er sich nun gerne von mir verabschieden und sich um wichtigere Dinge kümmern würde.

»Können Sie nicht mal nachsehen, ob Frau Meissner aktenkundig ist? Liegt etwas gegen sie vor? War sie an einem Verfahren beteiligt?«

Vaasenburg antwortete nicht. Ich legte ihm den Sushi-Zettel vor die Nase. Er warf einen kurzen Blick darauf, dann seufzte er noch einmal, zog die Tastatur zu sich heran und tippte den Namen ein. Er runzelte die Stirn und tippte weiter. Ich saß auf der anderen Seite des Schreibtisches und konnte nicht sehen, was er da machte. Aber je länger er suchte, scrollte und die Augen zusammenkniff, desto ungeduldiger wurde ich.

»Und?«

»Tut mir leid.«

Entschlossen schob er die Tastatur zurück.

»Sie haben doch etwas gefunden!«

»Es gibt hier immer noch so etwas wie Datenschutz und Dienstanweisungen. Im Übrigen steht der Vorgang in keinem Zusammenhang mit Hans-Jörg Hellmer oder Jürgen Vedder.«

Vaasenburg machte nicht den Eindruck, zu weiteren Diskussionen aufgelegt zu sein. Er stand auf, nahm seinen Kaffeebecher, sah hinein und fragte: »Auch einen?«

Erst verstand ich nicht. Dann aber fiel der Groschen.

»Wenn Sie die Freundlichkeit hätten und so liebenswürdig wären?«

»Aber mit dem allergrößten Vergnügen.«

Vaasenburg verließ das Büro. Ich huschte um den Schreibtisch herum und warf einen schnellen Blick auf den Monitor. Und dann musste ich mich erst mal setzen.

Sechs Jahre zuvor hatte Roswitha Meissner ihr Kind bei einem Autounfall verloren. Sie und ihr Mann Uwe waren dabei, als es geschah. Im Prozess gegen den Fahrer des LKW sagten sie aus, dass die Fußgängerampel grün gewesen war und er abgebogen sei, ohne zu bremsen. Der Fahrer sagte aus, er habe in den Rückspiegel gesehen, aber ihm sei das Mädchen nicht aufgefallen. Ein kleiner Subunternehmer, der Baustellen belieferte und es eilig gehabt hatte. Mirko hieß er. Mirko Lehmann, zum Tatzeitpunkt einundvierzig Jahre alt.

Sechs Jahre. Landgericht. Salome. Alttay. Die letzte Instanz. Weinmeister. Fischerinsel. Littenstraße. Altenburg. Koplin. Namen und Begriffe schwirrten in Sekundenbruchteilen durch meinen Kopf.

Ich hörte Schritte auf dem Flur, flitzte zu meinem Platz zurück und hatte mich kaum wieder richtig hingesetzt, als Vaasenburg auch schon wieder zurückkam. Er reichte mir einen Plastikbecher mit Kaffee.

»Schwarz. Milch und Zucker sind leider alle. Kann ich sonst noch etwas für Sie tun?«

Ich verbrühte mir fast die Hand und stellte das Ding schnell vor mir ab.

»Ja. Eine Bitte hätte ich noch. Und da Herr Vedder das Zeitliche gesegnet hat und er doch eine Person von öffentlichem Interesse war, können Sie mir doch sicher ganz ohne Datenschutz sagen, ob er vor sechs Jahren zufälligerweise ebenfalls eine gewisse Aktenpräsenz im Landgericht hatte.«

Vaasenburg hörte aufmerksam zu. Dann zog er seine Schreibtischschublade auf und holte ein mit zäher Kugelschreibertinte beschmiertes Stückchen Würfelzucker heraus, das er erst mir anbot und dann, als ich ablehnte, in seinen Kaffee warf.

»Wissen Sie was?«

Er nahm einen Brieföffner aus dem Gurkenglas und rührte gedankenverloren um.

»Wenden Sie sich doch einfach an die Pressestelle. Oder an Herrn Vedders Rechtsnachfolger. Oder … an das Gerichtsarchiv. Fragen Sie bei der Fides nach. Schauen Sie doch mal ins Internet. Sie haben doch einen Internetzugang? Sonst könnte ich Ihnen ein kleines Café gleich um die Ecke empfehlen. Dreißig Minuten einen Euro. Aber lassen Sie mich jetzt einfach meine Arbeit tun. Und glauben Sie mir. Davon habe ich mehr als genug. – Ist das Sushi dort zu empfehlen?«

Er wies auf den Zettel. Ich nahm den Kaffee mit nach draußen.

Was war damals eigentlich noch alles am Landgericht geschehen? Roswitha Meissner war dort, als der Unfallfahrer mit einer Geldstrafe von 1500 Euro nach Hause ging. Die Herdegens erlebten, wie das Verfahren gegen Hellmer eingestellt wurde. Margarethe Altenburg musste auch dort aufgetaucht sein, damals, lange bevor sie mit einer Makarov zurückkehrte und versuchte, Hellmer umzubringen. Koplin. Auch er hatte eine Rechnung offen. Mit Vedder. Langsam, ganz langsam kristallisierte sich heraus, was sie alle miteinander verbunden hatte: das Gewicht der Schuld, mit falschem Maß gewogen. Zum Teufel mit dem Neuen Testament.

Ein dunkler, mörderischer Kreis. Ungesühnte Verbrechen. Ohnmacht, Wut, Verzweiflung. Wo hatten sie sich getroffen? Im Landgericht? In der Letzten Instanz? Wann hatten sie gemerkt, dass sie ein gemeinsames Schicksal teilten? Wer hatte die Idee, dass einer das Leid des anderen rächte? Sie mussten sich kennen. So viele Zufälle konnte es gar nicht geben.

In meinem Büro setzte ich mich sofort an den Computer. Ich recherchierte noch einmal alles über Vedder, was ich im fraglichen Zeitraum finden konnte. Sechs Jahre zuvor war er gerade nach Berlin gezogen und hatte begonnen, die Stadt umzukrempeln. Damals hatte er das Bürohaus Treptower Tor gebaut. Und er war einer der Bewerber für Eiswerder, das Projekt zerschlug sich jedoch. Kein Prozess, keine Bestechungsvorwürfe, kein laichgestörter doppelschleimiger Teichnöck, nichts, was ihn vor Gericht gebracht hätte. Zumindest nichts, was in den Zeitungen gestanden hätte. Aber das musste nichts heißen.

Ich rief bei der Fides an und ließ mich mit Trixi verbinden. Zu meinem großen Erstaunen nahm sie das Gespräch auch sofort an.

»Ich habe mit Herrn Spengler über Ihre Honorarforderungen gesprochen. Wir sind uns einig, dass sie unannehmbar sind.«

Das hatte ich mir schon fast gedacht.

»Ihre Entscheidung. Mir kam aber im Zusammenhang mit der Dunckerstraße eine Idee. Unentgeltlich übrigens. Hatte Ihr Mann schon vorher Schwierigkeiten mit Mietern seiner Immobilien?«

»Gibt es Immobilien, die keine Schwierigkeiten machen?«

Trixi schien sich ziemlich schnell einzuarbeiten. Das gab mir Hoffnung, dass sie auf meine ziemlich aus der Luft gegriffene Frage auch eine Antwort hätte.

»Ich erinnere mich, dass vor sechs Jahren schon einmal eine Klage am Landgericht verhandelt wurde«, sagte ich aufs Geratewohl.

»Mein Mann hatte ständig Klagen am Hals. Entweder weil Subunternehmer plötzlich pleitegingen oder weil schlampig gearbeitet wurde. Entsendegesetz, Mindestlohn, Zeitarbeitsfirmen – all diese Dinge. Und natürlich Mieter. Das war lästiger Alltag. Dafür hat er ja Arndt & Spengler geholt, damit sie ihm wenigstens einen Teil des Ärgers abnehmen.«

»Das heißt, er kannte das Landgericht gut?«

»Das war sein zweites Büro, sozusagen. Zumindest für die zwei

Jahre, die er hier lebte. Deshalb ist der Gerichtsstand für einige Projekte immer noch Berlin.«

»Und die Letzte Instanz? Sagt Ihnen das etwas?«

»Dieses nette kleine Restaurant? Da waren wir öfter. Manchmal auch mit Salome Noack zusammen, wenn es sich so ergeben hat. Jürgen und sie kennen sich schon ewig. Lange vor meiner Zeit. Aber was hat das bitte mit der Dunckerstraße zu tun?«

»Nichts«, antwortete ich wahrheitsgemäß. »Auf Wiederhören.«

Ich legte auf.

Die Tür ging auf, und Marie-Luise tastete sich, einen albern bemalten Teebecher in der Hand, herein. Ihre Beule schillerte in allen Farben des Regenbogens. Die roten Haare hatte sie zu einem Pferdeschwanz zusammengebunden. Ihr fehlte nur noch die Augenklappe, der Dreispitz und ein Bart, und jeder hätte sie auf Kaperfahrt mitgenommen. Sie sagte nichts, setzte sich nur auf Kevins Schreibtischstuhl und nippte an ihrem Tee. Bevor unser Schweigen zu lange für eine unbefangene Unterhaltung dauern würde, beschloss ich, es zu brechen.

»Wie geht es dir?«

»Exakt so, wie ich aussehe. Habe ich viel Müll erzählt gestern Abend?«

»Du warst wie immer.«

»Also ja.«

Missmutig stierte sie in ihren Teebecher und stellte ihn dann mit einem angewiderten Gesichtsausdruck auf meinem Schreibtisch ab.

»Kevin hat mir erzählt, dass du Besuch hattest gestern Abend. Tut mir leid, dass ich dein Privatleben torpediere. Du hättest nicht zu kommen brauchen. Ich komme auch ganz gut alleine zurecht.«

Ich musste lächeln. »Das sieht man.«

»Ihr seid jetzt zusammen? Du und … Salome?«

»Nein«, antwortete ich.

Es war ein Nein jener Sorte, von dem man tief und fest glaubte, dass es doch eines Tages zu einem Vielleicht werden könnte. Das weh tat, wenn man es aussprach, weil mit jedem Mal die Wahrscheinlichkeit für dieses Vielleicht sank. Sie sah mir ins Gesicht, nickte und sagte: »Aber du wärst es gerne. Stimmt's? Es tut mir wirklich und ehrlich leid für dich. Für sie auch, ein bisschen. Sie weiß nicht, was ihr entgeht.«

Ich wollte nicht darüber sprechen. Jedes weitere Wort verankerte das selbst prophezeite Scheitern nur noch tiefer in mir. Auch ohne Marie-Luise war ich nahe daran, den letzten Rest Hoffnung fahren zu lassen. Die Hoffnung, dass ein Wunder geschehen würde, eines Tages, wenn eine Villa in Dahlem, ein Mann in Karlsruhe und eine schwindelerregende Karriere nicht mehr ausreichten, wenn man merkte, dass etwas fehlte, und man sich nach diesem Wunder sehnte, und dass dann jemand da wäre, mit dem man es erleben könnte. Ich vielleicht. Vielleicht.

»Ach Joachim. Ich lese in deinem Gesicht wie in einem offenen Buch. Du hoffst immer noch, und es macht mich ziemlich sauer, dich so zu sehen. Gibt es außer deinem verkorksten Liebesleben irgendetwas Neues?«

»Ja«, sagte ich. »Drei Morde.«

»Gleich drei?«

»Und ich bin der Einzige, der den Tätern auf die Schliche kommen kann.«

»Mmmh.« Sie nickte. »Lass mich raten. Mühlmann, Noack und … ich vielleicht?«

»Das ist kein Witz. Ich habe die Opfer, und ich habe die Täter. Es gibt nur ein kleines Problem: Sie haben nichts miteinander zu tun. Die Täter passen nicht zu den Opfern und die Opfer nicht zu den Tätern.«

»Ach so. Wirklich einfach und plausibel. Und wessen Mandat hast du übernommen? Täter? Opfer?«

Ich sagte nichts. Sie griff sich ihre Teetasse und stand auf.

»Vielleicht solltest du die Finger ganz von dieser Mordtheorie lassen. Bis jetzt hat schließlich jeder, dem du helfen wolltest, das Zeitliche gesegnet. Mich würde das ein bisschen nachdenklich machen.«

»Das tut es auch. Ich glaube nämlich, dass der Kreis größer ist.«

»Wie größer?«

»Es sind mehr als drei. Und wir erleben sie gerade mitten in Aktion. *Work in progress*, sozusagen. Wir müssen sie aufhalten.«

Sie schwieg und dachte nach. Schließlich, als ich schon damit rechnete, dass sie mit einer flapsigen Bemerkung all meine Überlegungen in die Tonne treten würde, sagte sie:

»Und wo willst du damit anfangen?«

»Bei Jana«, antwortete ich.

Jana Wittkowski hatte für die Zweistundentour doppelt so lange gebraucht und sich anschließend entkräftet zurückgezogen. Ihre Mutter weigerte sich, die zarte Konstitution ihrer Tochter noch weiter zu strapazieren, und beschwerte sich bei mir über die Unzumutbarkeiten von Praktikantenstellen. Ich gab ihr absolut recht, aber sie holte Jana trotzdem nicht ans Telefon. Also trafen wir uns am Abend im Hausflur in der Münzstraße, bei zwei Tassen ungenießbarem Kaffee und drei Flaschen Bier. Der Kaffee war für Jana und mich. Das Bier für Marie-Luise, Jazek und Kevin. Wir waren wieder einmal die einzigen Gäste. Ich vermutete langsam, dass der Wirt nur noch vorbeikam, um das Einmachglas zu leeren, das Leergut abzuholen und nachzusehen, ob der Kaffee von letzter Woche auf der Warmhalteplatte schon verdunstet war. Falls es überhaupt einen Wirt gab und das nicht die Reste irgendeiner vergessenen Kunstinstallation waren.

Jana kam herein, und Kevin und Jazek, eben noch wortkarg und irgendwie unausgeschlafen, erwachten zeitgleich. Kevin bot ihr seinen Barhocker an, Jazek nahm ihr die Jacke ab, und Marie-Luise scannte das Gesamterscheinungsbild der Sechzehnjährigen ab, als habe sie es mit einem bis dato nicht bekannten Ureinwohnerstamm Neu-Guineas zu tun. Jana trug ein drei Nummern zu enges pinkfarbenes T-Shirt, heftig mit Glitzersteinen benietete Jeans und ein paar turmhohe ehemals weiße Stiefel. Sorgenvoll musterte sie ihren Zeigefinger und hielt ihn mir anklagend entgegen.

»Das passiert mir immer wieder im Bus. Sie brechen einfach ab. Dabei soll man mit ihnen angeblich 300 Kilo tragen können.«

Interessiert beugte sich Marie-Luise über Janas Hand.

»Du machst das freiwillig?«

»Ich designe das auch. Ist echt Arbeit. Und sauteuer.«

Marie-Luise nickte. Jana blickte verständnislos auf den Kaffee, den ich ihr reichte, und stellte die Tasse auf dem Tresen ab.

»War das eine Tour. Also noch mal mach ich das nicht. Vier Stunden bei Wind und Wetter, ich bin fix und fertig. Aber das mit Rosi war gut, nicht?«

Sie sah mich an, und ich nickte.

»Rosi nennen sie alle. Das heißt die, die sie kennen. Da ist nämlich ein ziemliches Kommen und Gehen. Mich sehen die auch nicht wieder.«

Dankbar nahm sie Kevins Bierflasche und genehmigte sich einen tiefen Schluck.

»Kannst du noch ein bisschen mehr über diese Rosi herausfinden?«, fragte ich. »Sie steht nämlich nicht im Telefonbuch.«

Jana führte die unversehrte Linke an die Gesäßtasche ihrer Jeans und ließ sie dann sinken.

»Kann mir mal einer helfen?«

Jazek und Kevin sprangen gleichzeitig auf, Jazek gewann. Unter Gekicher und Gewinde tastete er an ihrem Po herum, während Marie-Luise und ich nur einen vielsagenden Blick wechselten.

»Wo ist eigentlich Kerstii?«

Kerstii war Kevins Freundin. Ich hatte sie schon seit einiger Zeit nicht mehr gesehen und begann, mir langsam um die Beziehung der beiden echte Sorgen zu machen.

»Sie war ein paar Tage in Tallinn. Jetzt ist sie wieder hier. Eigentlich wollte sie noch vorbeikommen.«

Kevins Augen bekamen einen sehnsuchtsvollen Glanz. Trotzdem starrte er ein bisschen neidisch zu Jana und Jazek. Der hatte endlich einen vielfach zusammengefalteten Zettel aus ihrer Gesäßtasche gepult und wollte ihn gerade entfalten.

»Gib her!« Jana kicherte.

Jazek hielt den Zettel hoch über seinen Kopf.

»Oder …?«, fragte er.

Die beiden spielten gerade das älteste Spiel der Welt. Allerdings wusste Jana nicht, auf was sie sich bei Jazek damit einließ. Er war mindestens doppelt so alt wie sie und hatte bei Frauen und Autos einen uneinholbaren Erfahrungsschatz, was das Anwerfen betraf. Auch im Abwürgen war er nicht schlecht, aber das bekamen Autos und Frauen erst mit, wenn sie ihn ans Steuer gelassen hatten. Im Winter ließ er seine Haare wachsen, die dunklen Locken ringelten sich inzwischen bis auf die Schultern. Der breite, muskulöse Rücken, die dunklen, schmalen Augen und ein Lächeln, das bei niemandem seine Wirkung verfehlte, reichten aus, um bei seinem Anblick sofort die Straßenseite zu wechseln, sofern man sich in weiblicher Begleitung befand und diese auch nach Hause zu geleiten dachte. Marie-Luise war meines Wissens die Einzige, der es gelungen war, diesen Freibeuter in ihr Hafenbecken zu locken. Aber selbst sie hatte irgendwann eingesehen, dass es besser war, ihn wieder ziehen zu lassen. Da er Trennungen mit großem Charme bewältigte, war er uns als Transporteur, Mechaniker, Beschaffer von gemeingefährlichen Schrottwagen und Freund erhalten geblieben. Im Augenblick betrachtete ich mich allerdings als eine Art stellvertretender Erziehungberechtigter zu Janas Wohl, es war also geradezu meine Pflicht, mich einzumischen.

»Jazek, sie ist sechzehn.«

»Oh.« Leicht enttäuscht ließ er von ihr ab.

»Ja und?«, fragte Jana. »Ich sehe aber älter aus.«

»Eben«, antwortete ich. »Was steht auf dem Zettel?«

Jazek gab ihn mir und widmete sich einem Stapel selbstgebrannter DVDs, die auf dem Tresen zum Mitnehmen herumlagen und allesamt das frevelhafte Tun der US-amerikanischen Regierung anprangerten. Neben Che Guevara hing jetzt auch ein Bild des Dalai Lama. Jana setzte sich schmollend auf den Barhocker. Ich faltete das Papier auseinander. Roswitha Meissner, Jacobinerstraße 34.

»Wie hast du das denn geschafft?«

»Paule.«

»Paule?«

»Paule ist Austräger hinten am Schiffbauerdamm. Er kennt Rosi. Und er sagt, sie ist seit sechs Wochen krank. Seit dieser Sache mit der Grundsteinlegung.«

»Ist Paule sonst noch etwas aufgefallen?«

Jana schielte zu Kevins Bier. Er schob die Flasche zu ihr hinüber.

»Nein.« Sie trank einen Schluck und gab sie ihm zurück. »Sie ist einfach nicht mehr gekommen. Das passiert öfter. Ist ja auch kein Wunder bei dem Job. Kein Urlaub, kein Krankengeld, und dann so wenig Kohle, wer macht denn so einen Mist überhaupt?«

»Alle, die in der Schule nicht aufgepasst haben«, sagte Marie-Luise. »Wie sieht es bei dir eigentlich aus?«

»Ganz gut. Ich gehe nach dem Abschluss in die Kosmetikbranche.«

»Hast du schon einen Ausbildungsplatz?«

»Ich hab mich beworben, aber noch nichts gekriegt. Schlimmstenfalls werde ich Journalistin.«

Ich verschluckte mich an meinem Kaffee. Jana warf mir mit ihren Cleopatra-Augen einen verwunderten Blick zu und fragte:

»Ist alles in Ordnung?«

»Ja danke. Dir sind doch im Archiv einige Geschichten aufgefallen. Alle ungefähr zur gleichen Zeit vor sechs Jahren. Kannst du dich noch erinnern, um was es dabei ging?«

Sie dachte angestrengt nach.

»Na ja, da war diese Sache mit der Krankenpflegerin. Sie soll mehrere Patienten umgebracht haben. Zumindest sind die immer in ihrer Schicht gestorben. Aber sie wurde freigesprochen, weil man es ihr nicht beweisen konnte. Obwohl es einen Zeugen gab. Oder diese Geschichte in Hakenfelde.«

»Hakenfelde?«, mischte sich Marie-Luise ein.

»Der Mord am Badesee. Vier Jungens waren betrunken, hatten Streit und schmissen Müll in die Gegend. Ein Mann hat sich eingemischt und gesagt, sie sollen ihren Dreck wegräumen. Da zieht einer das Messer, die Frau von dem Mann geht dazwischen, der Arsch sticht zu, und tot ist die Frau. Der Prozess war echt heftig. Weil dieser Idiot mit dem Messer schon vorher ziemlich viel Mist gebaut hat und besoffen war, und dann bekam er nur eine Jugendstrafe. Zwei Jahre oder so, mit Bewährung.«

»Was ist dir sonst noch aufgefallen?«

Sie ließ sich von Kevin noch einmal die Bierflasche geben.

»Die Sache mit dem Kind in Zehlendorf.«

Mittlerweile hatte sogar Jazek aufgehört, sich durch die Flugblätter zu wühlen, und hörte Jana aufmerksam zu.

»Es ist überfahren worden, von einem LKW. Alles nur weil der Fahrer keinen richtigen Rückspiegel hat. Das fiel zusammen mit einem Urteil am … also da, wo die obersten Urteile gemacht werden oder die Gesetze oder so. Nicht hier, sondern woanders. Also, ich weiß auch nicht genau.«

»Karlsruhe?«, fragte ich.

»Keine Ahnung. Nee. Ich glaube in Brüssel. Wenn die anders entschieden hätten, würden 400 Menschen nicht jedes Jahr beim Rechtsabbiegen totgefahren werden, stand da. Und das Urteil für den Fahrer hätte wohl auch anders ausgesehen. In der Zeitung war ein Kommentar, dass die Autolobby mal wieder gewonnen hätte. Hat sich da eigentlich in der Zwischenzeit was geändert?«

»Nein«, antwortete Kevin. »Nicht wesentlich. Nur für neu zugelassene Wagen.«

Aber ich hörte gar nicht richtig zu. Das war es. Wir hatten gerade das erste Ende des roten Fadens erwischt. Und ausgerechnet Jana hatte es gefunden.

»Gab es denn keine Zivilklage?«, fragte Kevin.

Jana zuckte mit den Schultern. Damit war sie überfragt. Sie hatte die Artikel ja nur überflogen. Trotzdem waren sie ihr aufgefallen, und sie hatte uns wieder und wieder darauf aufmerksam gemacht. Wir hatten es nur nicht hören wollen und waren doch der Lösung die ganze Zeit schon so nah gewesen. Ich zählte zusammen.

»Eine Krankenpflegerin. Ein LKW-Fahrer. Ein Junkie. Ein jugendlicher Intensivtäter. Ein gnadenloser Investor. Fünf Täter, die zu Opfern wurden. Oder noch werden, wenn nicht endlich etwas passiert.«

Marie-Luise hatte jetzt genug von der gesetzlich ungeregelten Nichtrauchersituation für bewirtschaftete Hausflure und drehte sich eine Zigarette.

»Das sagst *du*. Bis jetzt hast du doch nur einen gierigen Bauunternehmer, der sich an Mozzarella verschluckt, und einen Obdachlosen, der sich mit einer Flasche Schnaps übergossen hat und danach, weil die Liebste nicht auf diesen Lock- und Botenstoff stand, erfroren ist. Klingt zynisch, ich weiß. Und nicht sehr plausibel. Aber darauf wird es hinauslaufen, wenn Salome deine These in die Finger kriegt.«

»Wer ist Salome?«, fragte Jana.

Marie-Luise zündete ihre Zigarette an und inhalierte tief. »Das böse Mädchen, das überall hinkommt.«

»Sie ist die Staatsanwältin, die diese Fälle damals bearbeitet hat«, erklärte ich. »Zumindest einen Teil davon.«

Kevin schaltete sich wieder ein.

»Und wie sah die Strafkammer aus? Wer waren die Richter und die Schöffen? Gab es eine Sitzungsvertretung? Wurde irgendwo geschlampt? Was ein Urteil erst zu einem Urteil macht, ist schließlich ein Richterspruch. Und die Gesetze. Und die, die die Gesetze machen. Du kommst vom Hundersten ins Tausendste. Das ist Blödsinn, was du dir da zusammenreimst.«

»Ihr versteht das nicht«, sagte ich. »Es geht um Selbstjustiz! Es gibt einen Kreis aus Opfern, die zu Tätern wurden. Keinen weißen, sondern einen schwarzen Ring. Leute, die auf Recht und Gesetz pfeifen und einfach die Todesstrafe wieder eingeführt haben.«

»Natürlich verstehen wir das«, sagte Marie-Luise. »Du willst all diese Leute, denen man so furchtbare Dinge angetan hat, noch einmal vor den Richter zerren, nur um Salome damit zu imponieren. Soll ich dir mal was sagen?«

Ich holte tief Luft, um den aufsteigenden Ärger in mir zu unterdrücken.

»Sag es«, knurrte ich.

»Lass diese Leute in Ruhe.«

»Wie bitte? Habe ich dich richtig verstanden?«

»Lass sie. Sie haben alle ihre Gründe. Und ich kann sie gut verstehen.«

»Ich auch«, sagte Jana, ohne dass sie gefragt worden war und obwohl sie schon längst im Bett hätte liegen müssen. Damit sie um vier wieder fit für die Zeitungen war und um zehn müde genug, nicht auch noch dem Rest der Welt auf den Zeiger zu gehen.

»Ich auch«, brummte Jazek, der nun überhaupt keine Ahnung hatte und sich wohl nur wieder bei Marie-Luise einschleimen wollte.

Ich sah Kevin an. Alle sahen Kevin an.

Ich konnte immer noch nicht glauben, dass ich von Menschen umgeben sein sollte, die Selbstjustiz tolerierten. Das widersprach jeder Ethik, jeder Moral. Dem Grundgesetz. Dem Eid, den alle Rechtsanwälte geleistet hatten. Und den auch Kevin eines Tages ablegen musste, wenn er nach dem zweiten Staatsexamen eine Zulassung bekommen wollte. Mir hatte dieser Eid viel bedeutet. Jeder Rechtsanwalt sollte sich von Zeit zu Zeit an ihn erinnern. Am besten immer dann, bevor er überhaupt ein gleichgültiges »Lass sie« denken konnte.

Kevin räusperte sich. »Ich halte mich da raus. Erinnert mich sowieso alles nur an einen alten Hitchcock-Film. Lies mal Patricia Highsmith. Oder die Weltverschwörungstheorien in *Das Foucaultsche Pendel* von Eco. Viel Fantasie, wenig Anhaltspunkte. Du verrennst dich da in was.«

»Sag ich doch«, blökte Marie-Luise. »Deine Salome zeigt dir einen Vogel. Abgesehen davon hat sie nach allem, was hier so kunterbunt durcheinander vermutet wird, bei diesen Urteilen auch ihre Finger drin. Und auf die wird sie sich schon nicht hauen lassen. Oder?«

Sie setzte die Flasche an den Mund und ließ mich nicht aus den Augen. Sie wollte mich provozieren, damit ich endlich Stellung bezog. Für oder gegen Salome. Das hieß in ihren Augen: für oder gegen Marie-Luise.

Kevin sah hinüber zu dem Bild neben der Kaffeemaschine, doch selbst das milde Lächeln der beiden Allerheiligsten konnte seiner Ironie nicht die Spitze nehmen.

»Stimmt es eigentlich?«

»Was?«

»Dass du zu Marquardt an den Kudamm gehst?«

Schweigen.

»Wer sagt das?«, fragte ich schließlich.

Kevin hielt weiter Blickkontakt mit Che Guevara und dem Dalai Lama, Marie-Luise mit ihrer Zigarette, Jazek mit den DVDs und Jana mit ihren Fingernägeln.

»Schönen Dank«, antwortete ich. »Für eure Hilfe und die großartige Unterstützung. Es ist schon etwas Besonderes, solche Freunde zu haben.«

»Was hat er denn?«, fragte Jana in die Runde.

Aber niemand antwortete ihr. Marie-Luise rauchte, Jazek kratzte sich den Hinterkopf, Kevin trank, und ich ging nach draußen. Ich hatte hier nichts mehr verloren.

Was mich am meisten ärgerte, war die Sache mit Marquardt. Immer wieder schoben sie mir die Rolle des Renegaten unter, der alles mit Füßen trat, was ihnen hoch und heilig war. Ich war diese Rolle leid. So leid, dass ich tatsächlich mit dem Gedanken gespielt hatte, wie es wohl wäre, wenn man Freundschaft und Solidarität und all das, was ich ihrer Meinung nach ja sowieso nicht würdigte, einfach mal beiseiteschieben würde. Am Kurfürstendamm zu residieren, mit Mercedes Tiffany am Empfang und drei solventen, gediegenen Partnern an der Seite, mit denen man donnerstags zum Golf ging und freitags in den Majestic Grill, wo man zufällig Salome treffen würde und Albert und Rudolf und Trixi, und am Monatsende blieb genug auf dem Konto, um übers Wochenende nach Rom oder Paris oder Sardinien zu fliegen und sich neue Schuhe zu kaufen.

Ja, ich hatte daran gedacht. Und ich tat es wieder, während ich draußen in der Kälte stand und die Nässe spürte, die durch ein Loch in der Sohle gerade das Schuhinnere erreichte. Und es war keine Sünde, darüber nachzudenken. Es war noch nicht mal eine, es tatsächlich zu tun. Und wenn Marquardt angerufen hätte, in diesem Augenblick, in dem ich unweit des Alexanderplatzes stand und den Fernsehturm betrachtete, um den sich schwere, nasse Wolken zusammenschoben, und man langsam das Gefühl bekam, in einer nie enden wollenden präarktischen Regenzeit zu leben, ich hätte ihn gefragt, ob ich morgen bei ihm einziehen könnte. Zumindest war dort anständig geheizt.

Also hatten sie recht, die da drinnen im Hausflur. Alles, was sie sagten, stimmte. Aber alles, was *ich* sagte, stimmte auch. Das begriff nur keiner.

Und weil die Einzige, an die ich mich noch wenden konnte, die Unerreichbarste von allen war, weil ich Sehnsucht hatte und mich alleine fühlte, weil ich Trottel immer noch daran glaubte, dass Liebe auch Vertrauen bedeutete, obwohl sie mich mehr als einmal belogen hatte, rief ich sie an.

»Hallo?«

Schnell, gehetzt, atemlos klang sie.

»Vernau. Joachim. Ich bin es.«

»Ach.«

Das klang großartig. Geradezu enthusiastisch.

Das klang wie: Mit allem habe ich gerechnet. Mit einem Anruf vom Präsidenten des Verfassungsgerichtes, der mich als seine Nachfolgerin vorschlagen will. Mit einer Nachricht von Tiffany, dem Juwelier, nicht der Tochter, dass ich mein Geburtstagsgeschenk abholen kann. Mit Trixis Sekretärin, die unseren Wasabi-Tempura-Krabben-Termin bestätigt.

Mit allem. Aber nicht mit dir.

»Ich muss mit dir reden. Dringend. Wo bist du?«

»Noch in meinem Büro. Aber das geht nicht. Ich werde gleich …«

»Ich bin in fünf Minuten da.«

Bevor sie widersprechen konnte, hatte ich das Gespräch beendet. Es war kurz nach halb neun. Ich winkte mir ein Taxi heran und ließ mich ins Amtsgericht fahren.

Sie stand unten an der Treppe und lief ungeduldig ein paar Schritte auf und ab. Als sie mich aussteigen sah, warf sie einen vorwurfsvollen Blick auf ihre Armbanduhr und kam mir entgegen.

»Was soll das? Rudolf holt mich gleich ab.«

Es war mir egal, was Rudolf vorhatte. Der Mann interessierte mich nicht. Er war mir so gleichgültig, dass sogar Salome das spürte und ich sie einfach von der Straße wegziehen konnte, wieder die Treppen hoch in den Empfangsbereich des alten Gebäudes. Der Pförtner schaute kurz auf, seine Brillengläser reflektierten das Licht einer kleinen Schreibtischlampe. Dann, als er mich in Begleitung der Staatsanwältin sah und wir nicht vorhatten, durch die Schleusen zu treten, widmete er sich wieder seiner Zeitung. Ich zog Salome zu mir heran, fast zu nahe, denn ich atmete wieder den Duft von Silberregen und Blütennebel ihrer Haare ein und spürte durch den Mantel hindurch ihre Arme. Sie trug flache Schuhe und war so groß wie beim letzten und einzigen Mal, als wir uns nackt gesehen hatten. Ich sah in ihre Augen und wusste, ich würde sie küssen.

Sie machte sich los.

»Bist du völlig verrückt geworden?«, flüsterte sie. »Wenn ich gewusst hätte, dass du einer von denen bist, die einfach nicht loslassen können …«

Ich trat einen Schritt zurück und hob die Hände. Der Mann im Glashaus schaute wieder kurz hoch. Salome drehte ihm schnell den Rücken zu.

»Ich bin nicht deshalb hier.«

»Weshalb dann?«

»Ich weiß, warum Hellmer und Vedder getötet wurden. Warum noch mindestens drei weitere Personen in Lebensgefahr schweben.«

»Wer?«

»Eine Krankenschwester, ein jugendlicher Intensivtäter und ein LKW-Fahrer.«

»Namen?«

»Ich habe keine Namen. Noch nicht.«

Sie hob die Augenbrauen und schenkte mir einen Blick von größtmöglich herablassender Arroganz. Sie glaubte mir nicht. Sie hielt mich für einen verrückt gewordenen Stalker, der einfach nicht begreifen wollte, wann etwas zu Ende war. Oder dass es gar nicht erst begonnen hatte. Ihr kühler Blick traf mich genau dort, wo sich das Vielleicht gerade noch schützend vor das Nein gestellt hatte.

»Keine Namen, nur Vermutungen. Du meinst doch nicht diese sechs Jahre alte Geschichte?«

Ich öffnete den Mund und schloss ihn wieder. Es hatte keinen Sinn. Nicht hier, vor den Augen eines müden Pförtners und unter der riesengroßen Uhr, deren Zeiger hörbar von Minute zu Minute sprang und sie daran erinnerte, dass ihr Mann jeden Moment auftauchen konnte.

»Doch«, antwortete ich schließlich, weil ich Angst hatte, sie würde mich sonst stehen lassen. »Diese alte Geschichte. Und noch ein paar andere dazu. Wir müssen ihnen auf den Grund gehen.«

Salome sah nach oben und schüttelte den Kopf. Es interessierte sie nicht, und sie glaubte mir nicht. Ich wusste nicht, was schlimmer war. Ich war so wütend und maßlos enttäuscht, dass ich nur noch flüsterte.

»Ich schwöre dir, ich werde herausfinden, was Hellmer geschehen ist. Ich werde Vedder exhumieren lassen. Und ich werde so lange keine Ruhe geben, bis ich weiß, was Margarethe Altenburg nach Berlin geführt hat. Das ist der Schlüssel. Ich werde ihn finden. Ob hier oder in Görlitz, ich finde ihn.«

Ich hatte sehr leise gesprochen. Der Pförtner kümmerte sich nicht mehr um uns. Aber Salome hatte jedes Wort verstanden. »Das heißt, … du bist gar nicht wegen mir hier?«

Was sollte denn das schon wieder? Ihr Blick veränderte sich, wurde weicher, zärtlicher, und in ihren großen Augen stand mit einem Mal eine unendliche Trauer. Ihr Blick traf mich mitten ins Herz. Wut und Enttäuschung verrauchten. Ich konnte nicht anders. Ich trat auf sie zu und nahm ihr Gesicht in beide Hände.

»Nicht«, flüsterte sie. »Nicht jetzt, nicht hier.«

Ich ließ die Hände sinken.

»Wann dann?«

Die Tür wurde aufgerissen, wir fuhren auseinander. Aus dem feuchten Nieselregen trat ein Mann in den Vorraum, blieb stehen, als er uns sah, und faltete seinen tropfnassen Schirm langsam zusammen.

»Rudolf …«

Sie drehte sich hilflos zu ihm um.

Rudolf Mühlmann war ein Mann mittlerer Größe. Vom Alter her schätzte ich ihn auf Ende fünfzig, Anfang sechzig, mit kerzengeradem Rücken, eisgrauen, kurzen Haaren und dem Gesicht eines Menschen, der der Disziplin immer den Vorrang gegeben hatte. Er beherrschte die Kunst der Untertreibung perfekt, nicht nur was seine ausgesucht teure, aber schlicht wirkende Kleidung betraf, sondern auch seine Haltung mir gegenüber. Er trat auf uns zu und gab mir die Hand. Mit keiner Regung ließ er erkennen, dass wir uns schon einmal begegnet waren.

»Mühlmann«, sagte er knapp.

»Vernau.«

Salome sagte gar nichts. Sie warf wieder einen Blick auf ihre Armbanduhr, obwohl das gar nicht nötig gewesen wäre, denn mit lautem Klacken sprang die Uhr über unseren Köpfen gerade auf Viertel vor neun.

»Wir kommen zu spät.«

Seine Stimme klang anders, als ich sie in Erinnerung hatte. Kein Wunder. Er hatte auch nicht gerade einen doppelten Whisky und die Erkenntnis verinnerlicht, dass seine Frau mit einem anderen schlief. Damals, in diesem dunklen Wohnzimmer, hatte sie heiser und brüchig geklungen. Nun war sie klar, knapp und präzise.

»Wir hatten eine dienstliche Besprechung«, sagte Salome und wandte sich an mich.

»Ich kann Ihnen im Moment nicht weiterhelfen. Ich brauche Namen, Beweise. Irgendeinen Anhaltspunkt, der Ihre Hypothese untermauert. Sonst kann ich nichts tun. Sprechen Sie mit Herrn Vaasenburg. Er hat andere Möglichkeiten als ich.«

»Albert wartet. Die Feier hat bereits vor über einer halben Stunde begonnen. Wenn du dich verabschieden könntest?«

Mühlmann nickte mir zu und ging wieder nach draußen. Der Pförtner sah ihm hinterher. Salome gab mir die Hand.

»Morgen Abend«, flüsterte sie. »Albert hast du neulich im Majestic Grill kennengelernt. Das sind enge Freunde von uns. Ich kann Rudolf nicht warten lassen. Morgen, okay? Bei dir? Mit oder ohne Tüte?«

Sie lächelte mich an, zog ihre Hand aus der meinen, wartete nicht auf eine Antwort und folgte ihrem Mann. Ich sah ihr hinterher, wie sie den Mantel enger um ihren schmalen Körper wickelte.

Sie stemmte die schwere Tür auf. Ihre langen Haare wurden von einem Luftzug erfasst. Sie drehte sich nicht mehr um, und die Tür fiel langsam hinter ihr ins Schloss.

»Der grüßt auch keinen mehr.«

Der Pförtner faltete seine Zeitung zusammen. Die Missbilligung stand ihm ins Gesicht geschrieben.

»Mühlmann?«, fragte ich.

Er nickte.

»Als Richter war er wenigstens noch höflich. Aber wenn die Herren erst mal ihre Schäfchen im Trockenen haben, ist es aus mit der Liebenswürdigkeit.«

»Herr Mühlmann war hier Richter?«

Der Pförtner nickte. »Irgendwelche Vorkenntnisse müssen sie ja aufweisen.«

Jetzt lächelte er. »Aber das ist schon lange her.«

Ich wünschte dem Mann einen schönen Feierabend und verließ das Amtsgericht. Ein weißer Landrover bog weiter vorne um die Ecke. Weiße Geländewagen in der Stadt waren ungefähr so praktisch wie weiße Schornsteinfegerhosen. Aber ums Praktische ging es dabei wohl kaum. Zwei erfolgreiche Menschen waren auf dem Weg zu ihren wichtigen Freunden und gönnten mir noch den Anblick ihrer Rücklichter. Ich überquerte die Straße auf dem Weg zur Bushaltestelle. Plötzlich tauchte aus dem Nichts ein Auto auf. Ich konnte gerade noch zur Seite springen und starrte dem Wagen, der mich beinahe über den Haufen gefahren hatte, wütend hinterher. Er hatte seine Scheinwerfer ausgeschaltet und setzte auch keinen Blinker, als er in rasantem Tempo um die Ecke bot.

Die Ecke, hinter der gerade ein weißer Landrover verschwunden war.

Hatte er auf die beiden gewartet? Folgte er ihnen? Ich griff nach meinem Handy, um Salome anzurufen. Dann fiel mir auf, wie albern ich mich anhören würde, wo sie doch ihren Beschützer neben sich im Auto sitzen hatte, und ließ es bleiben. Sie brauchte mich nicht.

Aber ich brauchte sie.

Bis zum nächsten Abend wollte sie Beweise. Mehr als die kleine Patronenschachtel hatte ich nicht. Koplins Fingabdrücke nutzten mir gar nichts, solange ich nicht den Mann dazu hatte. Ganz abgesehen davon, dass er nicht reden würde. Jemand anders müsste es tun. Jemand, der schwächer war als er.

Am nächsten Tag rief ich Roswitha Meissner an. Sie hatte einen Anrufbeantworter, den ich mit ungefähr sechsundachtzig Nachrichten vollsprach, bis ich irgendwann nur noch auflegte, sobald das Gerät ansprang. Katja Herdegen gab es gar nicht. Weder im Telefonbuch noch über die Auskunft. So kam ich auch nicht weiter. Ich steckte in einer Sackgasse, und das machte mich ungeduldig, nervös und gereizt, denn schon der Vormittag wollte nicht zu Ende gehen, und ich wusste nicht, was ich vom Rest des Tages und erst recht vom Abend erwarten durfte. Ich beschäftigte mich ein bisschen mit dem Thema »Katzen im Mietrecht« und dem Ignorieren von Marie-Luise, die den Abend im Hausflur hatte ausklingen lassen und auch keine bessere Laune hatte als ich.

Dann konzentrierte ich mich auf die Angeklagten.

Eine Krankenschwester.

Ein LKW-Fahrer.

Ein jugendlicher Intensivtäter.

Ich durchforstete das Internet und wurde ziemlich schnell fündig. Die Krankenschwester hieß Margot P., war zum Zeitpunkt ihrer Festnahme sechsundvierzig Jahre alt und beteuerte, dass alles nur ein Irrtum sei. Dem folgte auch das Gericht und sprach sie frei. Der junge Mann mit einer Affinität zu Müll jeglicher Art hieß Arslan Yildirim, war zur Tatzeit betrunken, bereute heftig und verließ das Landgericht Littenstraße als freier Mann. Mirko Lehmann, der LKW-Fahrer aus Vaasenburgs Computer, war ein selbständiger

Kleinunternehmer, litt unter chronischer Geld- und Zeitnot, das Wetter war schlecht, die Sicht miserabel, in den Rückspiegel geschaut hatte er auch, und, das war das Bemerkenswerte, er befand sich nach dem Unfall in psychologischer Behandlung.

Nicht auf der Anklagebank, aber schuldig im Sinne alttestamentarischer Rechtsauffassung: Vedder und Hellmer.

Ich nahm ein Blatt Papier und notierte mir wie schon in Alttays Büro die Namen untereinander. Fünf Täter. Fünf Taten. Neben Margot P. und Arslan Y. machte ich ein Fragezeichen. Diese Aufstellung faxte ich an Alttay. Zwei Minuten später hatte ich ihn am Apparat.

»Was ist das für eine Liste?«

»Das ist unser schwarzer Ring. Zumindest der Kreis von Leuten, die sich vor sechs Jahren in der Littenstraße getroffen haben. Alle Prozesse fanden ungefähr zur gleichen Zeit statt.«

»Und wer sind Margot und Arslan? Wie kommen Sie auf die?«

»Durch Jana«, antwortete ich. »Ihr fielen die alten Gerichtsreportagen auf, weil es zu Herzen gehende Geschichten waren.«

»Soso.«

Alttay schwieg. Wenn er jetzt auch noch damit käme, das alles wäre an den Haaren herbeigezogener Unsinn, würde ich aufgeben.

»Und?«, fragte ich, als ich es kaum noch aushielt. »Gibt es was her? Einen neuen Ansatz? Irgendetwas?«

»Durchaus«, sagte er langsam und nachdenklich. »Margot und Arslan sind tot.«

Erst dachte ich, ich hätte mich verhört. Es war nach all den deprimierenden Erfahrungen der letzten Zeit einfach zu unwahrscheinlich, plötzlich alle Vermutungen bestätigt zu sehen. Und das auch noch auf Kosten von zwei Menschenleben.

»Sie sind … tot? Habe ich Sie da richtig verstanden? Seit wann?«

»Arslan wurde vor kurzem Opfer der türkischen Mafia. Und Margot fiel ein paar Tage später vom Balkon. Sie sollten einfach mal öfter die vermischten Polizeimeldungen lesen. Nicht immer nur das Feuilleton.«

Ich fuhr mir mit der Hand über die Augen, doch ich war wach. Ich telefonierte gerade mit dem Gerichtsreporter des *Abendspiegel*, und er bestätigte mir, dass es zwei weitere Tote gab.

»Der LKW-Fahrer«, sagte ich. »Das ist der Letzte, über den ich noch nichts weiß. Roswitha Meissner hatte eine Tochter, die überfahren wurde.«

Ich hörte, wie Alttay vor sich hin murmelte und wahrscheinlich gerade seinen Computer befragte.

»Lehmann?«

»Mirko Lehmann.«

Finde ihn nicht, dachte ich. Kein Auffahrunfall bei schlechtem Wetter. Keine vergifteten Fischstäbchen an zwielichtigen Autobahnraststätten. Kein Bremsversagen vor einem Bahnübergang. Keine verkohlte Leiche in Kleingartenlauben. Keinen unidentifizierten, kopflosen Torso im Wannsee.

»Nichts«, sagte Alttay. »Ich glaube, der lebt noch.«

Bevor ich mich aufmachte, um Alttay in der Letzten Instanz zu treffen, ging ich in Marie-Luises Büro und fand sie beim Abstauben ihrer Regale. Es war ein ähnlich ungewohntes Bild wie Hüthchen beim Geschirrspülen, so dass ich im Türrahmen stehen blieb und ihr so lange zusah, bis sie mich beim Umdrehen entdeckte und zusammenfuhr.

»Hast du mich erschreckt!«

»Mittwoch, 16. März, zehn Uhr dreiundvierzig, Frau Hoffmann säubert ihr Büro.«

Sie warf mir den Lappen zu. Ich konnte ihn gerade noch auffangen. Dann wischte sie sich die Hände an ihrer Hose ab und holte einen ramponierten Aktenstapel sowie mehrere zerknitterte, uralte Dokumente aus dem Fach. Die Papiere stopfte sie, ohne nachzusehen, worum es sich handeln könnte, in den Papierkorb, der bereits bis über den Rand mit ähnlich verachteten Originalen gefüllt war.

»Was schmeißt du da eigentlich weg?«

»Alles, was älter als 15 Jahre ist. Oder so aussieht.«

Misstrauisch kam ich näher und schaute mir den aussortierten Haufen an.

»Und wenn was Wichtiges darunter ist? Dein Mietvertrag beispielsweise? Oder deine Zulassung? Nach der suchst du doch auch schon ewig.«

»Das da ist alles verjährt und vorbei.«

Sie langte nach einer Spraydose und nebelte die Regalbretter ein. Ich reichte ihr den Lappen.

»Ich hab es jetzt.«

Während sie wischte und den Dreck eigentlich nur gleichmäßig verteilte, fragte sie mehr als desinteressiert:

»Was?«

»Ich weiß, wer die Leute sind, die sich in der Littenstraße getroffen haben.«

Sie betrachtete ihren rußschwarzen Lappen, drehte ihn um und wischte weiter.

»Und sie haben es sehr geschickt angestellt. Sie haben die Morde als Unfälle getarnt oder anderen in die Schuhe geschoben. Otmar Koplin ist der Kopf. Der Denker. Der Stratege. Er muss Erfahrung in medizinischen Dingen haben, denn er weiß, wie man den Tod natürlich aussehen lässt. Außerdem ist er ein Cleaner. Er bringt in Ordnung, wenn jemand Mist gebaut hat, verwischt die Spuren, beseitigt Beweise. Er hat veranlasst, dass jemand aus Margarethe Altenburgs Haus die kleine Zigarrenkiste verschwinden lässt. Verdammt! Hörst du mir überhaupt zu?«

Marie-Luise warf den Lappen in den Papierkorb.

»Was für eine Zigarrenkiste?«

»Eine mit Zeitungssausschnitten. Und einer Patronenschachtel. Und einem Foto von Margarethes Sohn, Maik Altenburg. Einem Hochzeitsfoto, ohne die Frau. Die Hälfte hat jemand abgerissen. Dann wurde die Schachtel aus der Wohnung geklaut, und ich bekomme nicht mehr zusammen, was in den Ausschnitten stand. Sonst wüsste ich, warum Margarethe vor sechs Jahren in Berlin beim Landgericht gewesen ist. Alle waren da. Das Ehepaar Herdegen wegen Hans-Jörg Hellmer, dem man den Einbruch nicht beweisen konnte. Roswitha und Uwe Meissner, denen Mirko die Tochter totgefahren hat. Ein Witwer, dessen Frau von Arslan erstochen worden ist. Angehörige von zwei alten Menschen, die von einer Krankenschwester getötet worden sind. Und Margarethe Altenburg, die ihren Sohn verlor, weil Jürgen Vedder ihn in den Tod getrieben hat.«

»Eine Krankenschwester, ein Arslan und Vedder?«

»Ja! Und alle sind tot, hörst du? Tot!«

»Du musst mich ja nicht gleich anschreien. Was sagt denn deine Salome dazu?«

»Sie hat mir die Akte von Maik Altenburg besorgt.«

»Ach die.« Verächtlich pustete sie sich eine kringelige Haarlocke aus der Stirn. Sie griff nach einem Besen, der an der Wand lehnte, und begann die Decke abzukehren.

»Das soll eine Akte sein? Das ist eine Beleidigung der gesamten Görlitzer Staatsanwaltschaft. Und, ganz nebenbei, auch noch eine Ohrfeige für die sowieso schon gern und genug geschlagene Exvolkspolizei. Wenn das alles sein soll, was von einem Menschen nach zwanzig Jahren und einem Selbstmord übrigbleibt, hat dir Frau Noack ganz schön was vorgemacht.«

»Du hast dir die Akte angesehen?«

»Sie lag ja lange genug auf deinem Schreibtisch herum.«

Sie hatte das Lebenswerk der Spinnen zerstört, stellte den Besen zufrieden in die Ecke und holte ihr zerknautschtes Tabakpäckchen aus der Hosentasche. Dann zündete sie sich eine krumme Zigarette an.

»Kapierst du das nicht? Die Akte ist nicht vollständig. Es fehlen Zeugnisse, Beurteilungen und ein Untersuchungsprotokoll.«

Ich ging um ihren Schreibtisch herum und setzte mich.

»Nicht vollständig, glaubst du?«

»Ja. Jemand hat herausgenommen, was nicht in deine Hände fallen sollte.«

»Die Heiratsurkunde fehlt.«

»Die auch noch? Der Junge war wirklich verheiratet?«

Ich nickte. Aber ich konnte nicht glauben, dass Salome etwas aus der Akte genommen haben sollte. Marie-Luise musste mir meine Zweifel ansehen, denn sie nutzte unsere Unterhaltung als willkommene Pause und setzte sich neben mich auf den Tisch.

»Eine Heiratsurkunde verschwindet nicht so einfach. Die ist da. So lange, bis sie einer wegnimmt. Wäre die Akte so, wie sie ist, aus Görlitz gekommen, hätte es einen Vermerk gegeben. Den gibt es nicht. Mir sagt mein Gefühl, dass sie vollständig bei Frau Noack angekommen ist. Aber dir hat sie nur das gegeben, was unverfänglich ist. Gab es einen Abschiedsbrief? Wer hat ihn gefunden? Welche Dienststelle hat den Vorfall untersucht? Es muss dir doch aufgefallen sein, dass der ganze Vorgang lückenhaft ist.«

»Zweiter Januar 1991. Mitten im Taumel der Wiedervereinigung. Es hätte doch sein können, dass in dieser turbulenten Zeit …«

»Quatsch. Was ihr immer glaubt. Die Polizei war in diesen Wirren die einzige ordnungspolitische Konstante. Wenn es zur Abwechslung mal einen Selbstmord ohne politischen Hintergrund gegeben hat, wurde der mit Sicherheit vollständig protokolliert. Sofern es ein Selbstmord war. Warum also verschwindet auch noch ausgerechnet dieser Wisch?«

Marie-Luise schnippte die Asche auf den Lappen im Papierkorb.

»Es ist was dran an dem Zeug, das du mir hier erzählst. Aber solange du glaubst, mit Salome kommst du weiter als ohne sie, kann ich dir nicht helfen.«

»Du willst mir doch gar nicht helfen.«

»Das ist deine Interpretation. Soll ich dir mal sagen, wie ich das alles sehe? Du ziehst dich mehr und mehr zurück. Gemeinsame Projekte haben wir gar nicht mehr. Nichts gefällt dir. An allem mäkelst du rum. Wenn ich dich frage, was los ist, redest du nicht. Stattdessen treibst du dich mit Leuten rum, die ich allenfalls im Gerichtssaal auf der gegnerischen Seite zu Gesicht bekomme. Und meine heikelsten Privatangelegenheiten trägst du zu Marquardt, ohne mir auch nur ein Wort zu sagen. Du bist illoyal. Seit du Salome Noack kennst, bist du illoyal. Wenn du die Absicht hast, mich hängenzulassen, dann sag es klar und deutlich.«

»Nein.«

»Was?«

»Ich habe nicht die Absicht, dich hängenzulassen.«

Sie sah mir prüfend in die Augen, und ich hielt ihrem Blick stand. Schließlich rang sie sich ein kurzes Nicken ab, aber ich sah ihr an, wie viel Überwindung es sie kostete.

»Ich liebe sie«, sagte ich.

Sie waren mir so einfach über die Lippen gekommen wie noch nie im Leben, diese drei kleinen pathetischen Worte. Ich liebe sie. Egal, was sie tut. Egal, mit wem sie nachts nach Hause geht. Egal, ob sie mich belügt oder Akten manipuliert. Es ändert nichts daran, ich liebe sie.

»Ich habe das so lange nicht mehr erlebt. Das letzte Mal …«

Ich brach ab. Ein klitzekleines Lächeln stahl sich in ihre Mundwinkel.

»Sag es nicht.«

Sie hob die Hand, als ob sie mir durch die Haare fahren wollte. Dann ließ sie sie sinken, vielleicht, weil diese Geste zu viel verraten hätte, über uns und über das Abschiednehmen, das offenbar nach all den Jahren immer noch nicht abgeschlossen war.

»Gegen die Liebe kann man nichts machen«, sagte sie leise. »An der Liebe scheitern heißt nicht, mit ihr aufzuhören. Es wird nicht viel von dir übrigbleiben hinterher. Du brauchst dann jemanden, der dir hilft, dich wieder einzusammeln. Ich bin da. Nur damit du es weißt.«

»Es muss nicht immer so enden.«

Marie-Luise rauchte einen letzten Zug und drückte dann die Zigarette in ihrer Thunfischdose aus.

»Nein. Natürlich nicht.«

Sie stand auf und ging in die Küche. Dort hörte ich sie eine Weile im Schrank unter der Spüle rumoren, bevor sie mit einem neuen Lappen zurückkam.

»Was stehst du hier rum? Willst du mir helfen oder nicht?«

»Bedaure.«

Ich machte, dass ich außer Reichweite kam.

»Wo gehst du hin?«

»Ich treffe mich mit Alttay in der Letzten Instanz. Er kann mir vielleicht mehr über die letzten beiden Toten sagen. Und über den LKW-Fahrer.«

»Soll ich dir helfen?«

Ich grinste sie an. »Ich bitte darum.«

»Dann komme ich nach, wenn ich hier fertig bin.«

»Wir wollen dort nicht die nächsten drei Monate verbringen.«

Ich rannte zur Wohnungstür, weil sie mit dem Glasreiniger nach mir spritzte, mich aber gottlob nicht traf. Im Treppenhaus blieb ich kurz stehen. Alles war anders, auf einmal. Wir waren wieder Freunde. Wir konnten uns wieder aufeinander verlassen. Ich hatte gestanden, dass ich liebte. Damit war ein Gefühl Gewissheit geworden. Es machte das Nein nicht zu einem Vielleicht. Aber es machte, dass es den Schmerz wert war.

Ich kam nicht so schnell aus dem Haus, wie ich vielleicht gehofft hatte. Einen Treppenabsatz tiefer stand die kleine Rock-Chansonette vor Frau Freytags Tür und lauschte. Um ihre Beine strich Herr Diepgen und schnurrte laut.

»Frau Freytag?«

Sie klingelte. Dann sah sie mich die Stufen herabsteigen und lächelte mich unsicher an.

»Die Katz' 'at 'unger.«

»Wie bitte?«

Diepgen übersetzte ihre Worte in ein quengeliges, langgezogenes Miauen.

»'unger. Sie 'at nischt zu fressen.«

Ich sah mir Diepgen an und fand, dass ihm ein paar Tage ohne Futter durchaus bekommen könnten.

»Und Frau Freytag macht nischt auf. Vielleischt ist etwas passiert?«

Ich trat neben sie und lauschte. Es blieb still.

»Dann würden doch die anderen Katzen Alarm schlagen. Wann haben Sie sie denn zum letzten Mal gesehen?«

Mademoiselle runzelte die Stirn. »Das ist doch Ihr Aufgang. Das müssen Sie doch wissen.«

»Ich wohne nicht hier.«

Das war natürlich keine Entschuldigung. Um ehrlich zu sein, ich war jedes Mal froh, diesen Wachtposten unerkannt passieren zu können. Wenn mich Frau Freytag auch noch aufhielt, selbst wenn sie nicht da war, ging mir das etwas zu weit.

Ich klopfte. Die Reaktion war ein leiser Aufprall hinter der Tür und das kaum hörbare Scharren von Krallen auf Linoleum. Vermutlich rotteten sich die Berliner Bürgermeister gerade lautlos zusammen, um sich auf uns zu stürzen, sollten wir vorhaben, die Tür zu öffnen. Diepgen umstrich nun auch meine Knöchel. Er schnurrte und vibrierte in einer affenartigen Lautstärke.

»Wir sollten vielleischt ihre Briefkasten anse' en.«

Gemeinsam gingen wir nach unten, überquerten den Hof und prüften im Vorderhaus die verbogenen und mehrfach aufgebrochenen Blechkästen. Frau Freytags Fach war leer. Da wir jeden Tag mit Prospekten zugemüllt wurden, musste sie es heute geöffnet haben.

»Dann ist es ja gut.«

Die Rock-Chansonette war erleichtert. Vorsichtig bog sie die aufgehebelte Ecke des Blechs wieder zurück. »Isch 'abe mir wirklisch Sorgen gemacht. Das mit der Kündigung ist wirklisch eine *catastrophe* für sie. Sie ist nischt jung. Sie kann nischt kämpfen, so wie isch oder Sie. 'at Marie-Luise schon gesagt, was wir vor'aben?«

»Nein. Was habt ihr denn vor?«

Hinter uns schloss jemand die Haustür auf.

»Was machen Sie denn da?«

Die Gesuchte stand vor uns, ein schweres Einkaufsnetz in der einen, einen Spazierstock in der anderen Hand, den sie drohend erhob und auf uns richtete.

»*Bonjour!*«, rief die kleine Französin. »Wir 'aben uns Sorge gemacht um Sie! Wo waren Sie denn?«

Frau Freytag ließ den Stock sinken. Ich trat zu ihr und wollte ihr das Einkaufsnetz abnehmen, doch sie schüttelte energisch den Kopf.

»Das schaff ich schon noch alleine. Sie müssen sich keine Sorgen machen.«

»Sie dürfen nischt immer Essen kaufen für die Katz'. Sie müssen selber essen!«

In dem Netz befand sich tatsächlich nur Katzenfutter. Es war Frau Freytag peinlich, denn sie drückte sich an uns vorbei und ging schnell in den Innenhof.

»Warten Sie!«, rief ich. »Hat sich die Fides bei Ihnen gemeldet?«

Sie antwortete nicht und drehte sich noch nicht einmal mehr um. Ich wandte mich an Mademoiselle Leclerq.

»Und bei Ihnen? Gibt es etwas Neues?«

Die Rock-Chansonette nutzte die Gelegenheit, auch in ihren Briefkasten zu schauen, und holte einen weißen Umschlag heraus. Mit zusammengekniffenen Augen las sie den Absender.

»Wenn man von Teufeln sprischt …«

Sie öffnete ihn und überflog die wenigen Zeilen. Dann reichte sie das Blatt weiter an mich. Es war die formlose Kündigung zum Monatsende.

»Das dürfen sie nicht«, sagte ich. »Ich werde einen Widerspruch aufsetzen. Sie haben das Recht hierzubleiben. Oder wenigstens auf eine angemessene Frist.«

»Ach, ist doch egal. Isch 'abe nischt zu räumen. Das wird eine lustige *fété,* wenn sie kommen. Marie-Luise sagt ihren Freunden Bescheid, und dann besetzen wir das 'aus. Mit Barrikaden. So viele ziehen aus, dann sind die Wohnungen leer, und wir machen Konzerte und Kunst und *spectacles* rund um die Uhr. *Épater la bourgeoisie!*«

Ihre Augen leuchteten. Vermutlich machte sie sich keine Vorstellung davon, wie eine Räumung heutzutage abging. Ich beschloss, mich noch einmal um Trixi zu kümmern. Auch in meinem eigenen Interesse. *Spectacles* rund um die Uhr waren das Letzte, was ich gebrauchen konnte. Außer, Joe Jackson wäre mit von der Partie. Aber von dem hatte ich auch schon lange nichts mehr gehört. Wahrscheinlich war es ihm zu laut geworden in Berlin, oder das Rauchverbot hatte ihn weiter Richtung Österreich getrieben.

Ich wollte eine stille, ruhige Kanzlei zu einer bezahlbaren Miete, und wenn wir alle an einem Strang zögen, sahen laut Marquardt die Chancen gar nicht so schlecht aus.

»Aber Frau Freytag«, sagte die kleine Rock-Chansonette. »Frau Freytag 'at diesen Brief bestimmt auch bekommen. Isch glaube nischt, dass sie mit dabei sein wird.«

Da hatte sie womöglich recht. Frau Freytag wirkte nicht wie die geborene Hausbesetzerin.

»Laurien!«, hörte ich sie in den Hof rufen. »Lau-rie-hien!«

Mademoiselle Leclerq schüttelte den Kopf. Ich sah auf meine Uhr. Langsam musste ich los, wenn Katzenfutter nicht das einzig Essbare bleiben sollte, das ich heute zu Gesicht bekäme. Sie stopfte den Brief in ihre Hosentasche. Dann warf sie einen Blick in den Innenhof, kam wieder zurück in den Flur und zog die Tür heran, damit niemand außer mir sie hören konnte.

»Sie 'at gesagt, wenn sie die Kätz' weggeben muss, tut sie sisch etwas an.«

»Was macht sie?«

»Sie bringt sisch um.« Die kleine Dame fuhr sich mit der Hand über die Kehle. »Das 'at sie mir gesagt. Glauben Sie das?«

»Nein«, antwortete ich. »Was würde dann aus den Katzen werden?«

»Die sterben auch. Alle miteinander. Das ist doch furschtbar. Können Sie nischt mal im Tier'eim fragen, ob Platz ist?«

»Für Frau Freytag?«

»Schon gut. War eine Idee. Schlechte Idee. Aber besser als gar keine Idee. *Bonjour.*«

Sie ließ mich stehen, zu Recht. Vielleicht sollte ich Mutter auf das Problem ansprechen. Eventuell wüsste sie, was man mit den Viechern anstellen könnte. Sie in Gießharz verewigen und aufeinanderstapeln, beispielsweise. Keine schlechte, eine ganz schlechte Idee. Also lieber gar keine. Ich beschloss, mir um Frau Freytags Katzen Gedanken zu machen, wenn sie an der Reihe wären. Ganz bestimmt. Mit Sicherheit. Ehrenwort. Aber erst dann.

In der Letzten Instanz traf ich ein, wohl wissend, dass es um diese Uhrzeit noch ein bisschen zu früh für Eisbeinsülze mit Bratkartoffeln war, und mit der absoluten Zuversicht, sie trotzdem zu bekommen. Der Laden war relativ leer. Er öffnete erst um elf, um halb zwölf stand ich in der Tür und sah die wohlvertraute Gestalt in der Ecke am Kaminofen, eine schäkernde Jule neben sich, und es roch ein wenig nach Bohnerwachs, Braten von gestern und dem vielversprechenden Ansatz einer deftigen Fleischbrühe.

Alttay rückte mir einen Stuhl zurecht, und Jule ließ uns allein.

»Ist ja ein Ding«, sagte er. »So viele Zufälle sind schon ein bisschen merkwürdig. Womit wollen wir anfangen?«

Ich hatte unterwegs den dräuenden Katzenmord genug verdrängt, um mich auf das zu konzentrieren, was wirklich wichtig war. Nämlich möglichst schnell und umfassend informiert zu werden und Namen nennen zu können. Namen, die ich Salome heute

Abend präsentieren konnte, damit sie mir endlich glaubte und ich ein Mal nicht dastand wie Vernau, der Vollidiot, zu nichts anderem nutze, als anderer Leute Wohnungs-, Navigationsgerät- und Haustierprobleme zu lösen.

»Mit der Krankenschwester und dem Messerstecher. Die beiden kenne ich noch nicht. Was haben sie verbrochen?«

Er nickte und brummte ein wenig vor sich hin.

»Die gute Margot Pohl arbeitete im Klinikum Buch auf der Geriatrie. Es war viel zu tun. Zu viel. Das alte Lied: Überlastung, persönliche Probleme, wenig Geld, kaum Anerkennung. Dazu Patienten, die ziemlich anstrengend sind. Zwei Mal soll sie die Nerven verloren haben. Ein bettlägeriger alter Mann will beobachtet haben, wie sie die Patienten angeschrien und geschlagen hat. Ein Mal soll sie sogar ein Kissen auf den Kopf einer alten Frau gedrückt haben. Die war am nächsten Morgen tot. Der Alte hat sich einem Pfleger anvertraut. Der ging zur Klinikleitung. Die Vorfälle wurden untersucht, es kam zu einer Anklage. Dann starb der alte Mann, und Margot Pohl war aus dem Schneider. Es gab keinen Zeugen mehr. Die Patienten sollen alle eines natürlichen Todes gestorben sein. Soweit im Krankenhaus sterben natürlich ist.«

»Wer war der Nebenkläger?«

»Die Tochter der alten Dame. Moment.«

Alttay holte sein Notizbuch hervor und blätterte umständlich darin herum.

»Sabine Krakowiak.«

Jule, die gerade hinter der gewaltigen Gründerzeit-Theke Gläser polierte, reagierte sofort auf meinen kleinen Wink. Sie kam mit Block und Bleistift, legte beides vor mich auf den Tisch und entschwebte mit den Worten: »Bier kommt gleich.«

Ich notierte mir den Namen. Krakowiak, Sabine.

»Okay. So weit die eine Seite. Was ist dann mit der Krankenschwester passiert?«

»Sie starb, als sie eine Glühbirne auf ihrem Balkon auswechseln wollte.«

»Zeugen?«

»Ein Blumenverkäufer. Er wäre fast von ihr erschlagen worden. Beziehungsweise von ihrer Haushaltsleiter.«

»Ein Stromschlag?«

Er klappte sein Notizbuch zu. »Sie fiel aus dem fünften Stock. Margot. Und die Leiter. In die Tulpen.«

Er sah mich mit einer solchen Befriedigung an, als habe er Tulpen zu seinen persönlichen Lieblingshassobjekten erkoren.

»Wenn Ihre Theorie stimmt, Herr Vernau, dann war das Mord. Wer auch immer sie von da oben runterbefördert hat, er tat es im Auftrag von Sabine Krakowiak.«

Jule stellte zwei Gläser vor uns ab.

»Die Küche hat jetzt geöffnet. Das Übliche?«

Sie wartete unsere Antwort gar nicht erst ab, denn die Tür öffnete sich und ein Pulk neuer Gäste enterte den Raum. Alttay sah auf die Armbanduhr.

»Gleich zwölf. Dann sind das die Zehn-dreißig-Verhandlungen.«

Die Leute waren sichtbar bester Laune. Im Mittelpunkt stand ein rundlicher Mann mit Glatze, der, noch während er Mantel und Schal ablegte, eine Lokalrunde orderte.

»Na, was schätzen Sie, Vernau? Freispruch oder Knast?«

Ich betrachtete mir die fröhliche Truppe genauer. Sie waren in Feierlaune, also war eine Klage abgewiesen worden, oder sie hatten recht bekommen. Nach Gefängnis sah der spendable Gast jedenfalls nicht aus.

»Freispruch. Oder Bewährung.«

Jule brachte unser Besteck. Während sie die Ständer mit den Speisekarten zur Seite schob, um Platz zu machen, zwinkerte sie Alttay verschwörerisch zu.

»Ich glaube, das ist der, der seine Nachbarn in Spandau darauf verklagt hat, die Weihnachtsbeleuchtung ab Mitternacht abzuschalten, weil sie ihn wahnsinnig macht.«

Kopfschüttelnd wollte sie wieder weg, aber Alttay hielt sie am Arm fest.

»Jule, mein Julchen. Setz dich doch einen Moment.«

Er zog sie herunter auf den freien Stuhl neben sich. Jule nahm widerstrebend Platz.

»Ich kann doch nicht, Herr Alttay. Ich muss mich um die Gäste kümmern.«

»Wirf hier doch mal einen Blick drauf. Kennst du diese Leute? Hast du sie schon einmal gesehen?«

Er holte einen Satz Archivkopien aus seiner Aktentasche und breitete sie vor Jule aus. Sie beugte sich darüber, besah sich eine nach der anderen, legte sie zur Seite und nickte.

»Ein paar von den Leuten waren schon mal hier.«

»Wann, Jule?«

Unsicher sah sie Richtung Küche, als ob gleich der Chef mit einem geharnischten Rüffel käme. Die Neuankömmlinge hatten sich unterdessen an einen Fenstertisch gesetzt und harrten geduldig aus.

»Immer mal wieder«, antwortete sie.

»Regelmäßig? Kennen sie sich auch untereinander?«

»Kann schon sein.«

»Ja oder nein, mein Julchen?«

Jule stand auf und schob den Stuhl zurück an den Tisch.

»Ja. Sie haben sich ab und zu getroffen. Im kleinen Zimmer oben im ersten Stock. Damit sie unter sich bleiben. Herr Alttay, ich will nicht, dass das in der Zeitung steht, dass ich mit Ihnen darüber gesprochen habe.«

Ihre Hände fuhren unruhig über die Lehne des Stuhles.

»Julchen. Komm mal her.«

Sie beugte sich zu ihm herab.

»Worüber haben sie gesprochen?«

Sie hob die Augenbrauen und zauberte einen derart verblüfften

Ausdruck auf ihr hübsches, rundes Gesicht, dass ich ihr eine partielle Taubheit auf der Stelle abgekauft hätte.

»Herr Alttay! Ich lausche doch nicht!«

»Fräulein?«

Der Kreuzritter gegen die weihnachtlichen Lichtorgien erhob sich halb und lugte zu uns hinüber.

Jule lächelte Alttay an und huschte davon.

»Nettes Mädchen«, sagte er.

Ich folgte seinem Blick.

»Ich glaube, sie mag Sie«, sagte ich. »Sind Sie eigentlich verheiratet?«

»Ich war es. Scheißjob. Kein Privatleben. Und abends bringt man auch noch die Verbrecher mit nach Hause. Sinnbildlich natürlich. Irgendwann macht das keine Frau mehr mit. Die wollen ins Kino und ins Theater, und man sitzt daneben und hat das Gesicht von ganz normalen Menschen vor Augen, die etwas ganz und gar nicht Normales getan haben. Kennen Sie das? Wie nett sie aussehen, so ordentlich gekämmt und gekleidet, wenn's vors Gericht geht? Die Triebtäter. Die Mörder. Die Kinderschänder. Die Drogendealer. Die Messerstecher. Sehen aus wie du und ich. Manchmal auch wie Kinder. Hier. Der da zum Beispiel.«

Er legte mir eine weitere Kopie auf mein Platzdeckchen. Ein junger Mann, zwanzig Jahre vielleicht, ein hübscher Junge mit römischen Zügen und dunklen Locken.

»Arslan Yildirim. Hat schon früh angefangen, alle Hemmungen aus sich herauszuprügeln. Bekam eine Jugendstrafe wegen der Sache in Hakenfelde. Sticht einfach um sich, weil er seine zerdepperten Bierflaschen einsammeln soll. War achtzehn Monate später wieder draußen. Wurde mit offenen Armen empfangen im Kreis der Tagediebe und Kleinkriminellen. Hat als Kurier für die türkische Mafia gearbeitet. Wurde vor vier Wochen auf einem Parkplatz erschlagen. In seinem offenen Wagen hat man fünftausend Euro gefunden. Kein Raubmord also. Was dann?«

»Mord Nummer vier?«

Alttay nickte. »Der Witwer heißt Rupert Scharnagel. Seine Frau ist in seinen Armen verblutet. Was geht da vor in einem Menschen?«

Er schwieg. Dann wies er noch einmal auf das Foto. »Und nun? Ist es schade um so jemanden? Geben Sie mir eine ehrliche Antwort.«

Lass sie. Jetzt fing Alttay auch noch damit an.

Ich dachte an das, was ich vor langer Zeit einmal geschworen hatte, als ich noch jung und voller Idealismus war. Recht und Gesetz waren die Wehrtürme des Miteinanders, die ich ritterlich verteidigen wollte. Mittlerweile hatte diese Festung Risse bekommen. Die Fassade bröckelte. Faule Hintertüren. Marode Wälle. Schlupflöcher und windige Geheimgänge. Korrupte Wächter, bestechliche Krieger. Die steinernen Wehrtürme verloren an Fundament, unaufhaltsam, und man musste sich entscheiden: mit dem Rücken zur Wand stehen bleiben oder sich heimlich, still und leise aufmachen in die innere Emigration.

»Ja«, sagte ich. Es fiel mir schwer, das zu sagen, aber es gab keine Alternative zu dem, was wir glaubten, mit Paragraphen regeln zu können. »Auch um ihn ist es schade.«

Alttay verengte die Augen und blinzelte hinüber zu Jule, die gerade die Speisekarten einsammelte und den Stapel vor sich her zum Tresen trug.

Ohne mich anzusehen, fragte er: »Warum?«

»Leben um Leben gilt nicht mehr. Wir sind inzwischen dreitausend Jahre weiter. Gott übrigens auch.«

Alttay schien, seinem Gesichtsdruck nach zu urteilen, nicht an die Lernfähigkeit Gottes zu glauben. Stirnrunzelnd beobachtete er eine Gruppe Neuankömmlinge. Langsam füllte sich die Gaststube. Jule flitzte hin und her, zwischendurch brachte sie uns die Sülze, und sie war tatsächlich wieder so gelungen, dass ich alles Böse dieser Welt vergaß, weil sie so etwas Gutes hervorbrachte.

»Und Mirko Lehmann?«, fragte ich. »Haben Sie etwas über diesen LKW-Fahrer herausbekommen? Vielleicht sollte man ihn warnen. Er ist der Letzte, der noch übrig ist. Wir müssen Vaasenburg informieren.«

Energisch und mit vollem Mund schüttelte Alttay den Kopf.

»Nicht jetzt. Das wird meine Geschichte. Unsere natürlich. Die lasse ich mir doch von so einem Klugscheißer von der Kripo nicht kaputtmachen. Wenn die Keithstraße jetzt ermittelt, sind uns die Hände gebunden. Und wir wollen doch noch mehr herausfinden. Oder?«

Ich legte die Gabel hin.

»Wir wollen vor allen Dingen nicht, dass noch ein Mensch stirbt. Es ist nicht so, dass Täter nach einem Freispruch weiterleben, als wäre nichts geschehen. Nicht alle wenigstens. Hellmer hat alles, in was er Ilona hineingezogen hat, schon lange vor seinem Tod abgebüßt. Mirko war in psychologischer Behandlung. Ich will, dass wir ihn finden. So schnell wie möglich. Und dass er gewarnt wird.«

»In Ordnung.« Alttay nickte mir beruhigend zu. »Ich habe andere Möglichkeiten als Sie. Ich kenne eine Menge Leute bei der Polizei, die mir den einen oder anderen Gefallen schulden. Ich finde ihn. Machen Sie sich keine Sorgen. Aber bis es so weit ist, würde ich gerne schon mal in die aktive Recherche gehen.«

Er trank sein Bier aus und wischte sich den Mund ab.

»Wie meinen Sie das?«

»Ich will mit ihnen reden. Katja Herdegen, Sabine Krakowiak, Rupert Scharnagel, Rosi Waschfrau. Und Otmar Koplin.«

»Wo Roswitha Meissner wohnt, weiß ich.«

»Wunderbar. Und ich habe noch die Adresse von Herdegens Villa in Lichterfelde. Wir teilen uns auf. Ich Herdegen, Sie Meissner. Und um Koplin und Scharnagel kümmern wir uns gemeinsam. Mal sehen, was die Herrschaften uns zu sagen haben. – Julchen?«

Er winkte Jule zu und bestellte zwei Kaffee.

»Und dann haben wir sie. Die echte, wahre Geschichte vom Kreis derer, die auszogen, um Rache zu üben.«

Er sammelte seine Papiere ein und verstaute sie in seiner Aktentasche.

»Und Vaasenburg?«, hakte ich nach.

Alttay schloss seine Tasche und verstaute sie wieder unter dem Tisch.

»Der ist natürlich mit von der Partie. Aber erst wenn ich meine Fotos habe. Und die Geschichte.«

Mein Handy summte leise von einer SMS. Sie kam von Salome. *Bin heute Abend bei dir*, schrieb sie, und mein Herz machte einen Sprung.

Etwas an meinem Gesichtsausdruck musste sich verändert haben.

»Was Nettes?«, fragte Alttay.

»Frau Noack. Wir haben heute noch eine Besprechung.«

»Wegen unserer Sache?«

Alttay hatte *meine* Sache sehr schnell zu *unserer* gemacht. Und wenn ich nicht aufpasste, würde er sie bald ganz zu *seiner* machen. Er hatte immer noch nicht begriffen, dass es hier nicht um eine Titelgeschichte ging. Sondern darum, weitere Tragödien zu verhindern, statt hinterher über sie zu schreiben.

»Nein«, sagte ich. »Eine andere Angelegenheit.«

»Erwähnen Sie ihr gegenüber nichts von unseren Nachforschungen.«

Jule warf zwei Tassen Kaffee vor uns ab und eilte weiter.

»Noch nicht.« Triumphierend verrührte Alttay seinen Zucker, schleckte den Löffel ab und trank einen Schluck. Dabei vergoldete die Vorfreude seine Züge, als ob er sich jetzt schon die Gestaltung der Titelseite ausmalte und die Größe der Buchstaben, in der sein Name gesetzt sein würde. Nur die Schlagzeile, an der knabberte er noch.

Ich konnte Alttays Zuversicht nicht teilen. Er hatte Koplin noch nicht kennengelernt.

Man hatte versucht zu modernisieren. Ein bisschen frische Farbe auf die Betonplatten der Außenwände, neue Fenster, ein gut beleuchteter Eingangsbereich. Trotzdem blieb das Haus eine Mietskaserne. Ein gewaltiger Kasten, hochgezogen im Aufbauwahn Ost der sechziger Jahre, Reißbrettarchitektur zur schnellen Wohnraumbeschaffung, noch nicht einmal geeignet, um aus heutiger Sicht ein bisschen gegen die sozialistische Nivellierung des Individuums zu stänkern, denn die Dinger sahen hüben wie drüben gleichermaßen scheußlich aus.

Jacobinerstraße. Meissner, 7. OG.

Ich drückte auf die Klingel neben ihrem Namen und wartete. Als nichts geschah, ging ich ein paar Schritte zurück auf den Bürgersteig, legte den Kopf in den Nacken und versuchte herauszufinden, ob überhaupt jemand im siebten Stock zu Hause war. Helle und dunkle Fenster wechselten sich ab, es war nicht auszumachen, welche von ihnen da oben zu welchem Schild hier unten gehörten.

Ich klingelte wieder. Beim dritten Mal hörte ich ein Knacken aus dem kleinen Lautsprecher neben dem Lichtknopf, und eine Frauenstimme fragte:

»Ja?«

»Frau Meissner?«

Schweigen. Ich holte tief Luft und sagte den Satz, den ich ihr schon fünfhundert Mal auf den Anrufbeantworter gesprochen hatte.

»Ich komme wegen Otmar Koplin und muss Sie sprechen.«

»Wegen wem?«

»Koplin. Otmar Koplin aus Görlitz.«

Zwei Herzschläge lang geschah gar nichts. Als ich schon glaubte, nie wieder etwas von Rosi zu hören, wurde die Tür aufgerissen. Zwei Heranwachsende stürmten heraus und rannten mich fast um.

»Ich komme nach oben«, sagte ich in die Gegensprechanlage hinein. Ich wusste nicht, ob sie mich noch hörte. Ich wartete. Bevor die Tür wieder ins Schloss fiel, betrat ich das Haus.

Eine halbe Ewigkeit später – der Fahrstuhl stammte noch aus dem Erbauungsjahr – stand ich in einem dunklen Treppenflur im siebten Stock und suchte vergeblich nach dem Lichtschalter. Weit hinten öffnete sich eine Wohnungstür. Durch den Spalt fiel das Licht einer Flurlampe wie ein Streifen auf das Linoleum. Dann verdunkelte ihn der Schatten einer Gestalt.

»Frau Meissner?«

Sie hatte eine Kette vorgelegt, wie Frau Freytag. Allerdings war sie nicht so alt wie meine Katzen liebende Nachbarin, und Haustiere schien sie auch nicht zu haben. Sie war einen Kopf kleiner als ich und musste ungefähr im gleichen Alter sein. Die ungewöhnliche Formulierung, die Vedders Fahrer gewählt hatte, kam mir in den Sinn. Irgendwie ausgewaschen, gebleicht, verhärmt. So sah sie aus. Die Haare waren von grauen Strähnen durchzogen und fielen ungekämmt auf ihre Schultern. Sie war mager, ein wenig gebeugt, tiefe Falten hatten sich in ihr Gesicht gekerbt, und der Blick, mit dem sie mich ansah, war misstrauisch und abwartend.

»Was wollen Sie?«

»Ich muss mit Ihnen reden. Darf ich hereinkommen?«

»Um was geht es?«

»Um Herrn Koplin und Ihre Freunde. Die Freunde aus der Littenstraße.«

»Ich habe keine Freunde. Und einen Koplin kenne ich nicht. Sie müssen sich irren.«

Sie wollte die Tür schließen. Ich stellte meinen Fuß dazwischen.

»Ich will nur mit Ihnen reden. Ich war der Anwalt von Margarethe Altenburg. Die Dame kennen Sie doch. Sie ist vor kurzem gestorben. Erinnern Sie sich?«

»Nein. Ich weiß nicht, von was Sie reden.«

Unsere Stimmen hallten in dem langen, leeren Flur. Ich sah mich um. Die Fahrstuhltür schloss sich gerade.

»Lassen Sie mich herein. Ich tue Ihnen nichts.«

Sie starrte mich an. Graue Augen hatte sie. Leere graue Augen, in denen ich mich widerspiegelte. Ein großer Mann, der gerade versuchte, in die Wohnung einer kleinen Frau einzudringen. Ich zog meinen Fuß zurück.

»Ich kann auch zur Polizei gehen. Oder zur Staatsanwaltschaft.«

Sie stieß einen verächtlichen Laut aus, den ich so nicht erwartet hätte.

»Sie machen mir ja richtig Angst. Was soll das? Sind Sie betrunken? Lassen Sie mich in Frieden. Ich muss morgen früh raus.«

Blitzschnell schlug sie die Tür zu. Ein Schlüssel wurde mehrmals im Schloss gedreht.

»Frau Meissner!«

Ich klopfte ein paarmal. Dann lauschte ich. Es war totenstill. Wahrscheinlich stand sie genauso abwartend hinter der Tür wie ich davor.

»Wenn Sie nicht über Koplin reden wollen«, sagte ich, »vielleicht über Ihre Tochter?«

Stille.

»Frau Meissner, ich weiß, was passiert ist. Aber was Sie und die anderen tun, ist keine Lösung.«

Nichts.

»Glauben Sie, Ihre Tochter hätte das gewollt?«

»Was wissen Sie denn schon über …«

Ihre Stimme erstarb. Ich gab auf. Plötzlich wurde der Schlüssel wieder herumgedreht und die Kette entfernt. Die Tür öffnete sich. Roswitha Meissner sah mich an.

»… über meinen Glauben?«

Roswitha Meissner hatte nicht immer Zeitungen ausgetragen. Sie war eine leidlich hübsche Person gewesen, damals, vor fast zwanzig Jahren, als sie Uwe kennengelernt hatte und beide beschlossen, ihr Leben miteinander zu teilen. Es war wohl Liebe, wenn auch keine von der Sorte, die im siebten Himmel endete, eher eine Frage des richtigen Zeitpunktes und der gewogenen Umstände. Sie waren beide alt genug, hatten bescheidene Vorstellungen vom Leben, bezogen eine nette Dreiraumwohnung in Hellersdorf und waren zufrieden. Mit dem kleinen Glück hatten sie gerechnet. Mit dem großen nicht. Das kam mit Kathrin.

Roswitha Meissner hatte alles aufgehoben. Die Strampler, ein Paar winzige Schuhe, einige Schnuller. Kritzeleien auf Buntpapier. Die ersten Buchstaben. Kleine Liebesbriefe. Muttertagskärtchen. Weihnachtswunschzettel. Sechs Aktenordner füllten die selbstgemalten, geklebten, gebastelten Bilder. Zwölf Fotoalben waren voll, für jedes Jahr mit Kathrin eines. Sie reichte mir ein paar, ich blätterte mich durch ein kurzes Leben voller lachender Momente, mit Kindergeburtstagen, Urlaubsreisen, Zoobesuchen, Tortenschlachten, Silvesterbleigießen, Zahnlücken, mit Dreirad, Roller und Fahrrad. Als ich das letzte Album betrachtete, schlug ich die Seiten immer langsamer auf, bis ich es schließlich schloss, bevor ich am Ende angekommen war.

»Was ist passiert?«

Roswitha Meissner zuckte mit den Schultern und starrte durch die Wohnzimmergardine hinaus in die Dunkelheit vor dem Fenster. Weit hinten, von einer Regenwolke in unwirklichen Dunst getaucht, leuchteten die Lichter des Fernsehturms.

»Wir waren im Grunewald. Sie fuhr bei Grün über die Straße. Der LKW auch. Er hat sie nicht gesehen. Es hat ein Geräusch gemacht. Ich höre es heute noch, manchmal. Damals ging es direkt in meinen Kopf und wollte nicht mehr raus.«

Sie strich sich die Haare aus der Stirn und starrte auf ihre Füße. Kleine Füße in billigen Filzpantoffeln.

»Sie hat noch gelebt. Nicht lange. Ich habe ihre Hand gehalten, die rechte. Die linke war … nicht mehr da. Sie sagte, Mami, hilf mir. Immer wieder, Mami, hilf mir doch. Und dann, es ist so kalt … Mami.«

Ihre Stimme war nur noch ein Flüstern. Ich schwieg und ließ ihr diese Minute bei ihrem sterbenden Kind.

»Wann war das?«

»Vor über sechs Jahren.«

»Und der Fahrer?«

»Eine Geldstrafe.«

Ich legte das Fotoalbum zu den anderen. Sie fuhr mit den Händen über ihr Gesicht, als ob sie sich waschen würde, all die unsichtbaren Tränen abwaschen, die sie weinte und die keiner sah.

»Dobli-Spiegel«, sagte sie. »Sie kosten hundertfünfzig Euro. Und vermindern den toten Winkel von dreißig auf unter vier Prozent. Es gab eine Gesetzesinitiative, aber sie ist nicht richtig durchgekommen. Irgendwelche Politiker und Rechtsverdreher haben sie immer wieder torpediert. Keine Nachrüstpflicht für ältere LKW, und selbst die neuen Spiegel entsprechen nicht den Sicherheitsstandards, die diese Dobli-Spiegel erreichen. Kein kleiner Subunternehmer kauft sie, solange sie nicht vorgeschrieben sind.«

»Sind die denn nicht vorgeschrieben?«

»Eben nicht. Dafür muss man europaweit an einem Strang ziehen. Im Moment gibt es nur eine Nachrüstpflicht mit normalen Spiegeln. Und die auch nur für neue LKWs, die ab 2007 zugelassen wurden. Das heißt: Noch mindestens fünfzehn Jahre lang fahren Lastkraftwagen ohne vierten Außenspiegel auf unseren Straßen.«

»Warum führt man denn nicht gleich diese Doblis ein?«

»Fragen Sie das Verkehrsministerium. Oder den Europarat. Die mauern doch die ganze Zeit. Doblis wären ein Sicherheitsrisiko. Sie sollen die Sicht verringern und vibrieren auf der Frontscheibe. In Holland haben sie die schon seit Jahren. Da vibriert nichts. Und die Zahl der tödlichen Unfälle hat sich bei denen halbiert. Aber hier gehen diese Lobbyisten ein und aus in den Ministerien, und so ein Dobli kostet eben was. Das wollen viele nicht ausgeben, bevor sie es nicht müssen.«

Europarat. Mühlmann. Immer wenn ich glaubte, ich hätte diesen Namen erfolgreich verdrängt, tauchte er wieder auf. Und immer in einem Zusammenhang, der ihn mir alles andere als sympathisch machte.

Sie hatte schmale Hände. Kalt mussten sie sein, denn sie rieb jetzt die Handflächen aufeinander, als würde sie frösteln. Hundertfünfzig Euro. Es war nicht der Unfall. Es war der Geiz, der ihre Tochter getötet hatte. Und die mangelnde Bereitschaft des Gesetzgebers, diesen Geiz zu bestrafen.

»Ich war ein Jahr krankgeschrieben. Ich war vorher Verkäuferin in einer Bäckerei. Die hatten dann schon längst eine andere.«

»Und Ihr Mann?«

Sie schwieg. Schließlich begann sie, die Alben millimetergenau auf zwei Stapel zu schichten.

»Wir haben das nicht geschafft. Nicht zusammen, meine ich.«

Sie stand auf und trug den ersten Stapel hinüber zu der Schrankwand, aus der sie die Alben geholt hatte.

»Die Verhandlung gegen den Fahrer war in der Littenstraße?«

»Ja.«

»Und da haben Sie die anderen kennengelernt?«

Der Stapel rutschte ihr aus den Händen und fiel auf den Boden. Ich ging zu ihr und setzte mich neben sie, um ihr beim Aufheben zu helfen. Ein Album lag aufgeschlagen auf dem Boden. Ausgerechnet das zwölfte, ausgerechnet die letzte Aufnahme neben einer leeren Seite. Es zeigte Kathrin, ein hübsches, fröhliches Mädchen mit langen braunen Zöpfen, neben ihrem neuen Fahrrad. An der Lenkstange waren eine riesige rote Schleife und zwei Gasluftballons festgeknotet. Pokémon und Dumbo. Kathrin strahlte. Ihre Mutter starrte auf das Bild, fuhr zart mit der Hand darüber und schlug das Album plötzlich zu.

»Ja. Viele andere.«

»Und Sie hatten einen Plan.«

»Nein. Wir … wir haben uns gegenseitig geholfen. Damit fertigzuwerden. Mit dem, was passiert ist, und mit dem, was die Justiz daraus gemacht hat. Mehr nicht.«

»Wer ist wir?«

»Andere Leute eben. Ich weiß es nicht mehr. Es ist so lange her.«

»Stehen Sie noch in Kontakt miteinander?«

Sie wich meinem Blick aus. Bis jetzt hatte sie aufrichtig geantwortet. Nun aber begannen die Lügen.

»Nein.«

»Erinnern Sie sich noch an das, was den anderen passiert ist?«

Sie seufzte.

»Ich will nicht mehr darüber nachdenken. Ist das so schwer zu verstehen? Ich versuche, damit abzuschließen.« Sie stellte die anderen Alben zurück ins Regal. »Ich versuche zu verzeihen.«

Sie verließ das Zimmer. Ich hörte, wie sie einen Kühlschrank öffnete und Gläser klirrten. Die Wohnung war klein. Eineinhalb Zimmer vermutlich. Der Wohnraum ging direkt in den Flur, und ich erinnerte mich, dass es dort vier weitere Türen gab. Bad, Küche, Schlafzimmer, Eingang. Der Flur war so eng, dass man sich kaum umdrehen konnte. Die Schrankwand und die Couchgarnitur waren nicht neu, aber ordentlich und gepflegt. Der Couchtisch sah aus wie eine solide Tischlerarbeit aus einem Mittelklasse-Möbelhaus. Nur der Teppich, eine billige Wirkware, und die grauen Vorhänge machten den Eindruck, als hätte man sie später angeschafft. Als es nur noch ums Notwendige ging, als es billiger sein musste, als kein Nest mehr eingerichtet wurde, sondern nur noch eine Behausung. Ich stand auf und betrachtete die Regale hinter den Glastüren der Schrankwand. Ein paar Gläser, zwei Bleiglasaschenbecher. Ein Salzstreuer. Er war aus weißem Plastik und auf allen Seiten mit einem blauen *F* bedruckt. Ich kannte dieses *F*. Von Briefköpfen, von Neonbuchstaben auf einem Geschäftshaus und von großen hölzernen Stellwänden an Bauzäunen.

Sie kam mit zwei Wassergläsern zurück und stellte sie auf dem Couchtisch ab.

Dann setzte sie sich und strich ihre Jogginghose glatt. Wieder und immer wieder. Ich nahm mein Glas und trank einen Schluck.

»Klappt das, das mit dem Verzeihen?«

»Mal so, mal so.«

Mir fiel auf, dass nirgendwo ein Foto zu sehen war. Trockenblumengestecke, eine digitale Wetterstation, zwei Keramikigel auf der Fensterbank, eine kobaltblaue chinesische Vase mit kleinen zartgelben Röschen darauf, und all der wertlose, kitschige Tinneff, mit dem sich alleinstehende Frauen so etwas wie Geborgenheit herbeidekorierten, aber kein einziges Foto von ihrem Mann oder ihrer Tochter.

»Jörg Vedder«, sagte ich und wartete ab, ob jetzt die Wahrheit oder die Lüge Oberhand gewinnen würde. »Was ist damals geschehen?«

»Das war Zufall. Ich hatte es eilig, und er stieg in dem Moment aus seinem Auto aus, als ich um die Ecke gebogen bin. Ich habe ihn mit meinem Einkaufswagen angefahren. Es muss richtig weh getan haben, aber er hat sich nichts anmerken lassen.«

»Hatten Sie ihn vorher schon einmal gesehen? In der Littenstraße vielleicht?«

Sie runzelte die Stirn und dachte nach.

»Nein. Ich glaube nicht. Ich war selber überrascht, als ich kapiert habe, wen ich da über den Haufen gefahren habe. Er hat mich mit auf diese Feier genommen. Ich wollte eigentlich nicht. Aber er war jemand, der nicht darauf geachtet hat, was man wollte.«

Sie drehte das Wasserglas in ihren Händen. Erstaunlich, wie gut sie Vedder charakterisierte, obwohl sie ihn kaum gekannt hatte.

»Er hat zu schnell gegessen und sich verschluckt. Es war furchtbar. Er ist vor meinen Augen blau angelaufen und gestorben. Ich konnte gar nichts tun. Ich habe nur danebengestanden und zugesehen. Ich habe nicht begriffen, dass er starb in diesem Moment. Einfach so, auf dem Fußboden, im Dreck. Ich habe immer gedacht, reiche Menschen sterben auch reich. In seidenen Laken. In schnellen Autos. In den Armen von jungen, schönen Frauen. Aber nicht so, auf einer Baustelle, nur Fremde um sich herum und ganz allein.«

Sie sagte das verwundert, geradezu erstaunt. Aber nicht sehr mitfühlend. Dann trank sie ihr Wasser aus und stellte das Glas auf dem Couchtisch ab.

»Was hat Jörg Vedder mit Ihrer Tochter zu tun?«

»Nichts«, antwortete sie.

Ich beugte mich vor. Ihr Blick wich aus und suchte etwas hinter mir im Flur, an der Wand, in der Küche, aber da war niemand, der ihr helfen konnte, und ich spürte, dass sie wieder nervös wurde.

»Das glaube ich Ihnen nicht. Woher wussten Sie, wer Vedder war? Und was er in Görlitz angerichtet hatte? Von Margarethe Altenburg? Oder von Otmar Koplin?«

Bei meinen letzten Worten zuckte sie zusammen. Ängstlich wanderte ihr Blick wieder zur Tür, aber solange ich im Weg saß, konnte sie nicht flüchten.

»Wie kam Koplin in den Kreis? Warum war er dabei? Was hatte er dort zu suchen?«

»Er … er kam mit Margarethe.«

Sie flüsterte wieder, als ob die Wände Ohren hätten. Ich beugte mich vor, um sie besser zu verstehen.

»Er hat sie sehr gemocht. Ich glaube, die beiden hatten mal was miteinander. Aber sicher war ich mir nie. Er hatte auch die Idee zu diesem … Kreis.«

Ich atmete tief durch. »Die Morde.«

»Nein«, widersprach sie. »Nur reden. Nichts weiter. Ein paarmal haben wir auch herumgesponnen, was wäre, wenn …, aber ich habe Vedder nicht umgebracht. Er ist gestorben. Einfach so. Manchmal passiert das eben.«

»*Cui bono*?«

»Was?«

»Wem dieser Tod genutzt hat. Margarethe Altenburg oder Otmar Koplin?«

»Keinem. Das sagte ich doch schon.«

»Haben sich die beiden zusammengetan? Oder hat jeder seine eigene Rechnung beglichen? Wer hatte Vedder im Visier?«

»Ich weiß es nicht. Ich weiß gar nichts. Gehen Sie.«

»Wen haben Sie angerufen? Wer war am Apparat? Koplin? Oder Margarethe?«

Sie presste die Lippen aufeinander und schüttelte den Kopf. Sie sah mir nicht mehr in die Augen, sondern starrte auf den Teppich zu ihren Füßen.

So kam ich nicht weiter. Ich hätte sie vor Wut packen und schütteln können. Roswitha Meissner wusste alles. Den ganzen schönen Plan. Und irgendwo tief in mir drin nagte und fraß das Gefühl, dass dieser Plan, so viel ich von ihm auch wusste, noch immer ein Geheimnis in sich barg. Fünf Morde. Wunderbar geplant und zum Teil schon ausgeführt. Fünf Täter. Und ein sechster, undurchschaubarer, dem ich die Rolle der Randfigur beim besten Willen nicht abkaufen wollte. War Koplin in diesem Kreis wirklich nur der Zuschauer gewesen? Ein *walker* für Margarethe in der großen Stadt Berlin? Ein Händchenhalter, wenn sie Mordkomplotte gegen Vedder schmiedete? Ein verständnisvoller Zuhörer, der sich schweigend im Hintergrund hielt? Nie im Leben.

»Frau Meissner«, sagte ich, so ruhig es ging, »wenn Sie jetzt nicht reden mit mir, werde ich zur Polizei gehen. Dann stehen Ihre Chancen verdammt schlecht. Aber wenn Sie sich mir anvertrauen, kann ich versuchen, Ihnen zu helfen.«

Sie sah immer noch zu Boden. Doch jetzt schüttelte sie beinahe verächtlich den Kopf.

»Wen haben Sie angerufen?«

Sie sah hoch.

»Niemanden. Ich bin sofort gegangen. Mein Wagen mit den Prospekten stand ja noch irgendwo da draußen rum. Ich musste ihn finden. Aber ich habe sie nicht mehr ausgetragen. Später hat man es mir vom Lohn abgezogen.« Sie sprach monoton, wie auswendig gelernt, als diktierte sie bereits ihre Aussage. »Ich habe dann aufgehört. Sie zahlen da schlecht und immer viel zu spät. In zwei Wochen kriege ich was beim Spargelstechen. Wenn das Wetter mitmacht.«

»Wen haben Sie angerufen?«

»Ich habe nicht telefoniert. Ich war unter Schock. Genau wie all die anderen Leute da. Warum fragen Sie die nicht?«

»Weil von denen keiner auf die Straße gelaufen ist, sofort jemanden anrief und dabei laut lachte.«

»Lachte?«, fragte sie, und ihre Stimme klang mit einem Mal dünn und hohl.

»Ich frage Sie jetzt zum letzten Mal«, sagte ich. »Wen haben Sie angerufen? Was haben Sie damit ins Rollen gebracht?«

Sie sprang auf. »Ich will, dass Sie gehen. Auf der Stelle.«

»Warum haben Sie gelacht?«

Sie wollte aus dem Raum, aber ich versperrte ihr den Weg und packte sie an den Schultern.

»Lassen Sie mich los! Sie tun mir weh!«

»Mit wem haben Sie gesprochen, Frau Meissner? Mit Koplin? Wen haben Sie angerufen?«

»Ich habe niemanden angerufen!«

»Wen?«

»Mich.«

Ich drehte mich um und stand Otmar Koplin gegenüber. Und der Mündung einer russischen Armeepistole. Dann spürte ich einen Schlag auf meinem Kopf, und kobaltblaue Scherben mit zartgelben Porzellanblüten regneten hinab in eine schwarze Nacht.

5.

SAMSTAG, 21. MÄRZ, 00.45 UHR.
POTSDAMER PLATZ, SONY CENTER.
ENDE DER SPÄTVORSTELLUNG IM FILMMUSEUM.

Die Straße belebte sich um diese Stunde noch ein letztes Mal. Wie eine freigelassene Herde strömten sie aus den engen Straßenschluchten hinaus auf die weite, leere Kreuzung, zielstrebig die einen, verloren und abwartend die anderen, hin- und hergerissen zwischen der Entscheidung, die letzte U-Bahn zu nehmen oder doch noch in einer dieser mittelmäßigen, austauschbaren Bars einzukehren, die man überall finden konnte – im Flughafen von Tokio, im Bauch des Louvre, in der Fußgängerzone von Oldenburg, so zum Verwechseln ähnlich waren die auf alt getrimmten Schwarzweißfotos an den Wänden, so langweilig die Bloody Marys, so gleich das späte Desinteresse der Barkeeper hinter den leicht zu reinigenden Tresen.

Die Frau blieb einen Moment vor der spiegelnden Tür stehen und warf einen Blick in den halbleeren Raum. *Billy Wilders*. Eine Hommage an den großen Berliner Regisseur sollte diese Bar sein und war im Mittelmaß stecken geblieben wie der ganze Platz mit seinen gesichtslosen Shoppingpassagen, der oberflächlichen Eleganz seiner Hotels, den Schnellrestaurantketten und Donut-Abfertigungsstationen. Keine irritierende Kühnheit, keine scharfen Spitzen, an denen sich der Durchschnitt verletzen konnte, denn für den Durchschnitt in seiner großen Masse war dieser Platz gebaut worden, funktionieren sollte er, Geld machen sollte er, Umsatz und Gewinn, und genau das brachte nur die Masse, nicht das Individuum.

Sie überlegte es sich anders, wandte sich ab und ging zu seinem Taxi.

Er stand als Dritter in der Reihe, deshalb wunderte er sich, dass sie ausgerechnet seinen Wagen wählte. Er hatte sie beobachtet, seit seine Pause um war und er sich wie jede Nacht um diese Uhrzeit in die Schlange gestellt hatte. So, wie er immer die Passanten im Auge hatte, während er unkonzentriert die Schlagzeilen der ersten, druckfrischen Zeitung überflog. Sie war mit einer Gruppe Jugendlicher aus dem Sony Center auf die Potsdamer Straße gekommen. Er fragte sich, welchen Film sie wohl angesehen hatte, denn sie passte nicht zu den kichernden, angetrunkenen Vorstadtkindern, die nun die Bushaltestelle in Besitz nahmen wie ein Schwarm aufgestachelter Hornissen. Sie hätte auch aus der Skulpturensammlung kommen können. Oder der Amerika-Gedenkbibliothek. Der Philharmonie, der Neuen Nationalgalerie, wenn es nicht schon so spät wäre.

Sie blieb neben seinem Wagenfenster stehen und zündete sich eine Zigarette an. Eine Raucherin. Das hätte er nicht gedacht. Er ließ die Scheibe herunterfahren.

»Ich will nach Karow Nord«, sagte sie. »Darf ich die mit reinnehmen?«

Er zuckte mit den Schultern. Nach Karow Nord brauchte er um diese Uhrzeit höchstens eine halbe Stunde. Eine Dreißig-Euro-Fahrt ließ man nicht wegen einer Zigarette sausen.

Sie umrundete den Wagen und öffnete die hintere Tür. Während sie sich setzte, schaltete er das Taxameter ein und gurtete sich an.

»Wohin genau?«

»Das sage ich dann schon. Es ist ziemlich weit draußen.«

Durch den Zigarettenrauch nahm er ihr Parfum wahr. Ein warmer, schwerer Duft, etwas für feierliche Anlässe und Opernabende. Nicht unbedingt das, was man für einen Spätfilm im Cinemaxx trug.

»Sie waren im Kino?«

Sie nickte. Er setzte den Blinker und warf einen Blick in den Rückspiegel.

»Was haben Sie sich angesehen?«

»Einen alten Hitchcock. Das Filmmuseum zeigt eine Retrospektive. Ich war die Einzige im Saal.«

Er nickte. Genau danach sah sie aus. Eine einsame, nicht mehr ganz junge Lady in einem nicht mehr ganz zeitgemäßen Kostüm, die sich nachts in ein leeres Kino setzte und alte, knisternde Tonfilme anschaute.

»*Marnie*?«, fragte er und fuhr los. »*Frenzy*? *Das Fenster zum Hof*?«

Sie schüttelte amüsiert den Kopf, sah aus dem Fenster und antwortete nicht.

»*Rebecca*? *Vertigo*? *Der unbekannte Dritte*?«

Jetzt trafen sich ihre Blicke in seinem Rückspiegel. Er schaute kurz auf die Straße und dann wieder zurück.

»*Bei Anruf Mord*? *Psycho*? *Die Vögel*? Ach, kommen Sie, einer davon muss es gewesen sein.«

Er gab Gas und überquerte das gewaltige Oktagon des Leipziger Platzes. In der Dunkelheit konnte er die Farbe ihrer Augen nicht erkennen. Selbst jetzt, wo er sich wieder ganz auf den Verkehr konzentrieren musste, spürte er, wie sie ihn durch den Spiegel ansah.

»*Der Mann, der zu viel wusste*?«

»Sie sind schon ganz nah dran. Sie mögen Hitchcock?«

»Ich mag alte Filme«, antwortete er.

Die Gewissheit, mit einem seiner Fahrgäste ein persönliches Interesse zu teilen, freute ihn. Meistens drehten sich die Gespräche ums Wetter, die Spritpreise und, vor allem nachts und wenn er Männer mitnahm, um die Qualität der Bordelle.

Sie wandte sich ab. Draußen glitt die Leipziger Straße an ihnen vorbei. Hinter den Hochhäusern Richtung Alexanderplatz verbreiterte sie sich. Er kam gut voran. Kaum Verkehr auf den Straßen. Links führten zwei Spuren in den Tunnel, rechts flog die Fischerinsel vorbei, der Molkenmarkt, gegenüber das Nikolaiviertel und das Rote Rathaus. Schließlich die imposante Silhouette des Landgerichtes, wilhelminischer Jugendstil, mit seiner gewaltigen Haupthalle, verschnörkelten Balkonen und gewaltigen Leuchtern. Ein ehrfurchtgebietendes Haus, immer wieder dachte er das, wenn er vorüberfuhr, und er fragte sich, warum er sein Leben in so vielen Dingen geändert hatte, nur in diesem einen nicht. Vielleicht sollte er raus aus der Stadt und noch einmal neu anfangen, irgendwo, in einem Sommerland, wo alles besser war als hier.

»Und Sie?«, fragte er, um sich abzulenken. »Was mögen Sie?«

Sie nutzte den kurzen Halt an der Ampel neben der Kongresshalle, um das Fenster herunterzukurbeln und den Zigarettenstummel auf die Fahrbahn zu werfen.

»Nichts«, sagte sie.

Offenbar wollte sie nicht mehr reden. Bei Grün gab er Gas. Auf der Schönhauser Allee achtete er auf die vielen Nachtschwärmer, die in Prenzlauer Berg noch unterwegs waren. Doch schon hinter der Greifswalder Straße wurde es wieder ruhiger, und Weißensee schlief bereits. Er entschied sich, hinter Pankow ein kurzes Stück über die Autobahn zu fahren und dann die nächste Abfahrt Richtung Karow zu nehmen. Sie hatte die Augen geschlossen und den Kopf zurückgelehnt. Es sah aus, als ob sie schliefe. Jedes Mal, wenn er sie im Rückspiegel betrachtete, hatte er das Gefühl, etwas Verbotenes zu tun. Plötzlich öffnete sie die Augen. Ihr Blick traf ihn so unvermittelt, dass er beinahe das Lenkrad verriss.

»Wo sind wir?«

»Es dauert nicht mehr lange. Wir sind gleich da.«

Sie setzte sich auf und versuchte, durch das Fenster etwas zu erkennen. Sie fuhren durch die zersiedelten Industriebrachen der nördlichen Vororte.

»Können Sie anhalten?«

»Hier?«

Die breite, in gelbes Licht getauchte Schnellstraße verlor sich in der unwirtlichen Landschaft. Die Kegel der Scheinwerfer erfassten die Gerippe toter Bäume, schwarz von Ruß und Abgasen. Müll lag im Straßengraben. Er verlangsamte das Tempo.

»Hier ist nichts. Weit und breit. Aber bis Karow …«

»Bitte.«

Er hielt Ausschau nach einer Möglichkeit, an den Straßenrand zu fahren. Schließlich entdeckte er die Einfahrt zu einem Feldweg. Er war übersät mit Schlaglöchern. Rumpelnd legte das Taxi gut zehn Meter zurück, bis er den Wagen zum Stehen brachte. Den Motor ließ er laufen.

»Ich komme gleich wieder.«

Sie stieg aus und verschwand.

Er wartete.

Auf dem Taxameter stand der Betrag von zweiunddreißig Euro. Er schaltete den Motor ab und lauschte. Auf der Schnellstraße fuhr ein Auto vorbei. Als das Geräusch verklungen war, gewöhnten sich seine Ohren an die Stille. Er überlegte, was er machen sollte. Sie war schon ein paar Minuten weg. Sollte er nach ihr suchen? Vielleicht war ihr schlecht geworden. Er versuchte sich daran zu erinnern, welche Schuhe sie getragen hatte. Bestimmt keine Wanderstiefel. Hitchcock. Alte Filme. Plötzlich fühlte er sich, als hätte er selber eine Rolle in einem Schwarzweißfilm übernommen. Ein heller Nachthimmel wölbte sich über der Stadt. Millionen Menschen so nah, und er hier draußen in der Einöde mit einem Taxameter, das gerade auf dreiunddreißig Euro sprang.

Vielleicht war sie in Ohnmacht gefallen. Oder hatte sich den Knöchel verstaucht. Er ließ das Fenster herunterfahren und lauschte in die Dunkelheit, doch es blieb still, bis auf das dunkle Rauschen, von dem er nicht wusste, ob es der ferne Herzschlag der Stadt war oder sein eigener.

Er konnte sie nicht einfach so aussetzen. Er musste wenigstens versuchen, sie zu finden. Das war er ihr schuldig. Ihr, Hitchcock und dem Taxameter.

Er öffnete die Tür und stieg aus. Sofort wusste er, dass etwas nicht stimmte. Sie war in der Nähe, aber sie zeigte sich nicht.

»Hallo?«, rief er. »Wo sind Sie?«

Zigarettenrauch. Er verließ den Weg und wäre fast gestürzt, weil die Böschung so steil abfiel und er sich erst in letzter Sekunde wieder fangen konnte. Sie saß auf einem alten Reifen, den jemand auf einem nutzlos gewordenen Feld entsorgt hatte. Das glühende Pünktchen ihrer Zigarettenspitze bewegte sich, leuchtete auf, als sie einen tiefen Zug inhalierte, und beleuchtete für zwei Sekunden ihre Züge.

Ärgerlich lief er auf sie zu.

»Sie können auch im Auto rauchen. Kommen Sie. Sie holen sich den Tod hier draußen.«

Er blieb vor ihr stehen. Sie trug ja noch nicht mal einen Mantel. Aber ihre Handtasche hatte sie bei sich. Sie lag auf ihren Knien, und die rechte, freie Hand hatte sie hineingesteckt, vielleicht, um sie zu wärmen. Sie sah nicht aus, als ob sie sich aus dem Staub machen wollte. Sie sah viel eher aus, als hätte sie hier auf ihn gewartet und genau gewusst, dass er ihr folgen würde.

»Sie holen sich den Tod«, wiederholte er unsicher.

Er war Frauen nicht gewohnt. Erst recht keine, die wollten, dass er hinter ihnen herlief. Er kam gut mit ihnen klar, wenn sie einstiegen, bezahlten und wieder ausstiegen. Immer mal wieder kam es vor, dass eine zu betrunken und zu einsam war. Zu denen hielt er höflichen Abstand. Aber die hier war weder das eine noch das andere. Sie war merkwürdig. Anders.

Sie rauchte und sagte: »Ja.«

Er zog seinen Lederblouson aus und legte ihn vorsichtig, jederzeit bereit, ihn sofort zurückzunehmen, um ihre Schultern. Sie ließ es geschehen. Der Reifen war groß genug für sie beide. Er setzte sich neben sie. Als sie immer noch nichts tat, außer dazusitzen und zu rauchen, legte er seinen Arm um ihre Schulter. Auch das nahm sie hin. Nur um sie zu wärmen, redete er sich ein. Sie schauten gemeinsam auf die dunkle Böschung und den hellen Himmel dahinter.

Sie nahm noch einen Zug. »Vielleicht habe ich ihn ja schon geholt, und er steht direkt hinter uns.«

Er fröstelte. Eigentlich hätte das hier eine romantische Situation sein können. Er und sie und ein Autoreifen, mitten auf einem Acker hinter Berlin-Buch, mit Blick auf eine lieblos aufgeworfene, zugemüllte Straßenbefestigung. Doch irgendwo war immer ein Haken an der Sache. Romantische Frauen fuhren nicht nachts alleine mit dem Taxi nach Karow, stiegen in der Wildnis aus und erwarteten, dass man ihnen folgte und ein Gespräch über den Tod führte. Das Taxameter lief. Er spürte ihre Wärme und ihr Frösteln, und er pfiff auf alle Haken und blieb sitzen.

»Ich glaube, er ist immer da«, sagte er. »Wir wollen es nur nicht wahrhaben. Wir denken alle, wir leben ewig. Und dann – zack.«

Er spürte, wie er rot wurde. Er konnte darüber nicht reden. Noch nicht einmal nachdenken. Er hatte es versucht, aber es hatte nichts daran geändert, dass Dinge wie Meteoriten aufs Leben fielen und alles unter sich begruben.

»Denken Sie manchmal noch an das Mädchen?«, fragte sie.

Die feuchte Kälte kroch unter sein Hemd. Er nahm den Arm von ihrer Schulter.

»Was meinen Sie?«

»Den Unfall.«

Sie trieb einen Pflock in sein Herz.

»Zack. War es das? Zack? Und vorbei?«

Sie drehte den Kopf zu ihm um, und er sah ihre Augen. Dunkle Augen, in denen sich nichts widerspiegelte außer einer kalten, tiefen Glut.

Er wandte den Blick ab.

»Das Fahrrad war noch ganz neu. Sie hatte so lange darauf gewartet. Endlich ein richtiges Rad. Sie fühlte sich so erwachsen an diesem Tag. So groß, wie sie niemals werden durfte.«

Ganz ruhig wirkte sie, ganz gefasst. Sie sprach leise. Kein Vorwurf, keine Hysterie, eigentlich nur die nüchterne Zusammenfassung eines Weltuntergangs.

»Sie hat noch ein paar Minuten gelebt zwischen den Hinterreifen. Es stirbt sich nicht so schnell mit zerquetschtem Unterleib. Der Schock betäubte die Schmerzen, deshalb schrie sie nicht. Es muss still gewesen sein, damals. Haben Sie nicht die Stille bemerkt? Selbst die Vögel sangen nicht mehr.«

Sie machte eine Pause, als ob sie darauf wartete, dass er etwas sagen würde. Er versuchte es, doch aus seiner Kehle kam nur ein trockener, heiserer Laut. Er hatte sagen wollen, dass ihn diese Stille seither begleitete, egal, wie laut es um ihn herum war, und dass er vielleicht deshalb so gerne tauchen ging, weil ganz tief unten nichts mehr zu hören war und er sich dort sicher fühlte, zwanzig, dreißig Meter unter der Oberfläche, schwerelos, schwebend, ein bisschen wie lebendig begraben, ein bisschen wie tot. Und dass er seit diesem Tag nie mehr gelacht hatte und dass das Schweigen, die Stille ihn langsam zerfraß. Doch er sagte nichts, weil er spürte, dass sie noch nicht am Ende war.

»Ihre Mutter war bei ihr und hielt ihre Hand. Sie begriff nicht, was geschehen war. Auch nicht, als die Hand kalt wurde und man sie wegbrachte, weil man ihr das Bergen der kleinen Leiche nicht zumuten wollte. Die Männer, die das Kind von Ihren Reifen schabten, mussten anschließend einen Arzt aufsuchen. Sie haben den Anblick nicht verkraftet.«

Langsam zog sie die Hand aus der Tasche. Mit dem Feuerzeug zündete sie sich eine neue Zigarette an. Er sah, dass auch ihre Hand zitterte. Schnell versteckte sie sie wieder.

»Wer sind Sie?«

Wieder sah sie ihn an mit einem Blick, dem er nicht ausweichen konnte. Ein Blick, der ihn plötzlich tiefer berührte als alles andere.

Der in ihn hineinleuchtete, und er ließ es geschehen, ließ ihn über seine Seele wandern und alles sehen. Alles.

»Wer sind Sie?«, fragte er noch einmal.

»Ich bin die letzte Instanz. Ich stelle die letzten Fragen.«

Sie war verrückt. Er sollte aufstehen und gehen. Schnell. Solange noch Zeit war. Doch die Art, wie sie zu ihm sprach, ließ ihn bleiben. Vielleicht, weil er auf diese letzten Fragen gewartet hatte, um endlich eine Antwort zu geben.

»Wer gibt Ihnen das Recht dazu?«

»Es gibt kein Recht. Tausendfünfhundert Euro Strafe und zwei Jahre Führerscheinentzug. Ist das Recht?«

Sie zog ihre Hand wieder aus der Tasche, und dieses Mal erkannte er eine kleine Pistole. »Leben um Leben.«

Er sah auf die Waffe und spürte, dass seine Angst nichts mit ihr zu tun hatte. Er lächelte, und es war ihm egal, ob sie das in der Dunkelheit erkennen konnte oder nicht.

Sie nahm noch einen letzten Zug. Die Glut leuchtete auf. Er nahm ihr vorsichtig die Zigarette ab, und sie ließ auch das geschehen.

Er zog den bitteren Rauch in seine Lunge und unterdrückte den Hustenreiz. Dann warf er den Stummel auf die feuchte, dreckige Erde und trat mit dem Fuß darauf.

»Es ist seitdem kein Tag vergangen, an dem ich nicht daran gedacht habe. Und daran, dass man so etwas nicht sühnen kann. Nicht in dem bisschen Leben, was seit damals übriggeblieben ist.«

Er hörte ein metallisches Geräusch. Sie hatte die Waffe entsichert. Plötzlich war er ganz ruhig.

»Überlegen Sie sich das gut. Es wird Sie verändern.«

»Ich habe es überlegt. Und es hat mich verändert.«

»Es wird auch in Ihnen still werden.«

»Das ist es schon lange.«

Die Ewigkeit hatte ein Ende.

Dieses Geräusch, wie Kreide auf einer Schiefertafel. Es bohrte sich in das schlammige Moor meines Bewusstseins und riss es einen Spalt weit auf, gerade genug, um zu registrieren, dass ich dieses Geräusch kannte und es selten etwas Gutes damit auf sich hatte.

Die Türklingel.

Nachdem meine Nervenbahnen erste Kontakte zu entfernt liegenden Extremitäten aufgenommen hatten, versuchte ich, mich zu bewegen. Die Folge waren nicht zu lokalisierende Schmerzen, die sich erst beim nächsten Klingeln in Richtung Kopf zurückzogen. Den hatte ich also noch. Mühsam richtete ich mich auf und versuchte zu erkennen, wo ich mich befand.

Unzweifelhaft zu Hause. In meinem direkten Blickfeld lagen die Reste einer Tiefkühlpizza. Wann hatte ich sie gegessen? Gestern? Vor einer Million Jahren? Ich erkannte Staubflocken und eine dunkelbraune Socke, die ich schon ewig suchte. Ich lag auf dem Wohnzimmerfußboden und stierte unter mein Sofa.

Das Klingeln setzte erneut ein. Ich richtete mich auf und versuchte, Schwindel, Übelkeit und Schmerzen zu ignorieren. Mittlere Gehirnerschütterung. Woher? Bei was? War ich auf der Pizza ausgerutscht und hatte drei Tage unbemerkt in meiner Wohnung gelegen? Ich schleppte mich in den Flur und drückte, ohne nachzufragen, den Türöffner. Dann ging ich ins Bad und übergab mich gründlich. Als ich fertig war und mir den Mund ausgespült hatte, stand Salome im Flur. Sie hielt die berühmte Papiertüte in der Hand und stellte sie bei meinem Anblick vorsichtig auf den Boden.

»Was ist passiert? Du siehst schrecklich aus.«

Ich sah sie so ratlos an, wie es mir in meinem Zustand möglich war.

»Es ist kurz nach acht. Wir waren verabredet.«

Bin heute Abend bei dir.

Alttay. Die letzte Instanz. Krakowiak, Herdegen, Scharnagel, Rosi, Koplin. Vor allem Koplin. Salome trat auf mich zu und wollte mich umarmen, doch ich wehrte ab. Ich war einfach noch nicht geeignet für jegliche Art von zivilisiertem Umgang. Ich musste erst einmal einen klaren Kopf bekommen.

Ich bat sie, im Wohnzimmer Platz zu nehmen und auf mich zu warten. Dann stellte ich mich unter die Dusche und ließ so lange eiskaltes Wasser auf mich herabprasseln, bis die Kälte den Schmerz unter Kontrolle bekam. Ich suchte mir irgendetwas aus dem Kleiderschrank heraus, das trocken, sauber und anständig wirkte, und ging zu ihr.

Sie hatte den Tisch gedeckt und tatsächlich eine Kerze mitgebracht. Gerade hatte sie sie angezündet und hauchte das Streichholz aus. Auf dem Tisch standen eine kleine französische Rohmilchkäseauswahl, glasierte Rehmedaillons, zwei halbe garnierte Hummer und eine gerade geöffnete Flasche Champagner.

Sie lächelte mich erwartungsvoll an. Ich konnte schlecht sagen, dass jeder Bissen mich erneut Richtung Badezimmer treiben würde, und nahm vorsichtig Platz. Sie setzte sich mir gegenüber. Sie trug eine dunkle, matt glänzende Seidenbluse, die sie einen Knopf zu weit geöffnet hatte, einen dazu passenden, fließend fallenden Rock und atemberaubend hohe schwarze Lackpumps. Ihre Haare fielen in sanften Wellen über ihre Schulter, ihr Gesicht leuchtete im Kerzenschein. Alles an dieser Frau leuchtete, schimmerte und glänzte, so dass ich mich in ihrer Anwesenheit noch unvollkommener fühlte als sonst.

Sie nahm die Flasche und schenkte in zwei Whiskygläser ein, die sie im Küchenschrank gefunden haben musste. Sie hob das ihre und wartete darauf, dass ich folgen würde.

»Was ist passiert?«, fragte sie noch einmal, als sie sah, dass ich mich nicht rührte.

Ich nahm ein Stück Baguette und zerkrümelte es über meinem Teller.

»Ich war bei Roswitha Meissner.«

Ich beobachtete sie genau. Ihre Augen verengten sich um eine

Winzigkeit, das war alles. Ihr Gesicht behielt den Ausdruck von höflichem Interesse, den man jemandem entgegenbringt, der schon viel zu oft viel zu viel erzählt hatte.

»Dort traf ich Otmar Koplin. Und dann wurde ich zusammengeschlagen. Ich habe keine Ahnung, wie ich hierhergekommen bin. Ich wurde erst wieder wach, als du geklingelt hast.«

Sie beschloss, mit dem Champagner nicht auf mich zu warten, und trank einen Schluck. »Gab es einen Grund?«

»Ich hatte sie fast so weit. Beinahe hätte sie zugegeben, dass sie etwas mit den Morden zu tun hat. Vielleicht hat sie sogar Vedder umgebracht. Sie war die Unbekannte an seiner Seite, sie war bei ihm, als er starb.«

»Neben ein paar hundert anderen.«

»Ich will, dass du eine Exhumierung anordnest.«

Sie hatte gerade einen winzigen Bissen französischen Rohmilchkäse auf der Zunge. Einen Moment sah es so aus, als würde sie ihn ausspucken. Dann würgte sie ihn hinunter.

»Eine Exhumierung? Bist du noch bei Trost? Wie soll ich das denn Trixi erklären!«

Ich musste nicht extra erwähnen, dass mir Trixi in diesem Zusammenhang herzlich egal war. Sie spürte es, und in diesem Moment erwachte wohl auch wieder die Staatsanwältin in ihr.

»Es gibt keinen Anhaltspunkt für ein Verbrechen.«

»Den gab es bei Hellmer auch nicht.«

»Das ist ja wohl etwas anderes. Herr Vedder war eine Person des öffentlichen Interesses. Wenn er Monate nach seinem Tod obduziert wird, hat das andere Auswirkungen als die Untersuchung einer Leiche zwei Tage nach ihrem Auffinden.«

»Für wen?«

»Bitte?«

»Für wen hat das Auswirkungen?«

Sie nahm ihre Serviette und tupfte sich etwas umständlicher den Mund ab, als es nötig gewesen wäre. Dann suchte sie noch ein oder zwei Krümelchen von ihrem Rock, bevor sie schließlich zu ihrem Glas griff und es in einem Zug leerte.

»Warum hast du die Altenburg-Akte manipuliert?«

Sie ließ das Glas sinken.

»Was hast du mit Margarethe, Maik und Otmar Koplin zu tun?«

»Bist du jetzt völlig verrückt geworden?«, flüsterte sie.

»Und mit Jürgen Vedder?«

»Was soll das?«

»Und an Hans-Jörg Hellmer willst du dich nicht mehr erinnern. Auch nicht an den Fall Herdegen. Den Mord in Hakenfelde. Die Krankenschwester Margot Pohl? Der LKW-Fahrer, der die kleine Kathrin getötet hat, draußen im Grunewald? Ist das alles weg? Bleibt da nichts übrig hier oben?«

Ich tippte mit dem Zeigefinger an meine Schläfe.

»Oder da?« Ich deutete auf den Teil ihres Körpers, in dem sich rein anatomisch gesehen ihr Herz befinden musste.

»Alles verschwunden? Keine Erinnerung? Kein Gesicht, kein Name mehr? Rauscht das alles so an euch vorbei?«

»Das waren Fälle! Tragische Einzelschicksale! Ja, ich habe eine Anklage fallen lassen. Es kann sogar sein, dass ich in dem einen oder anderen Fall eine Vertretung übernommen habe. Aber ich bitte dich, nach sechs Jahren, kannst du dich da noch an jede Einzelheit, an jeden Mandanten erinnern?«

Ich sprang auf, weil ich plötzlich das Gefühl hatte, es mit ihr an einem Tisch nicht mehr aushalten zu können. Ich bereute es sofort. Der Schmerz meldete sich mit einer bösartigen Attacke zurück. Ich drehte mich weg, doch da war sie schon bei mir und nahm mich in die Arme.

»Bitte glaub mir doch«, sagte sie leise.

Ich spürte ihren Atem in meinem Nacken und ihren warmen Körper, der sich an mich presste, und ich spürte noch viel mehr, dass ich sie wollte, jetzt und sofort, aber nicht mit einer Lüge, nicht mit so einer großen Lüge.

»Wer ist die Frau auf Maik Altenburgs Foto?«, fragte ich. »Und wo ist das Kind?«

Sie ließ mich los. Ich drehte mich um. Sie ging zum Tisch, nahm ihr Handy und ihre Aktentasche und wollte an mir vorbei. Ich stellte mich ihr in den Weg.

»Sag es mir.«

Sie antwortete nicht, sah mir nicht in die Augen und versuchte, auf der anderen Seite nach draußen zu kommen. Ich hielt sie fest. Und wusste, dass es vielleicht das letzte Mal sein würde, dass ich sie anfasste.

»Sag es. Jetzt.«

»Es gibt nichts zu sagen. Überhaupt nichts.«

Sie wollte weg von mir. Und da küsste ich sie.

Es war mir egal, warum. Ich wollte diesen Kuss, und sie wollte ihn. Er dauerte geschätzte drei Stunden und endete in meinem ungemachten Bett, wo wir uns liebten, als würden wir uns kennen, seit die Erde geschaffen wurde. Als würden wir schon immer zusammengehören, wie Ebbe und Flut, Sonne und Mond, Tag und Nacht, bis weit hinaus über den Anfang, das Land, das Wasser und die Dunkelheit hinaus. So einfach war die Liebe, wenn man sie nicht mit Worten und Zweifeln zerschliff, so unschuldig, wenn man sich ihr hingab, so ewig, wenn man nicht nach dem Morgen fragte.

Doch irgendwann kam der Punkt, wo aus einem Atem wieder zwei wurden. Schweigend lagen wir ineinanderverschränkt, schweigend stand sie schließlich auf, zog sich an, küsste mich noch einmal und verließ mich.

Ich zog die Decke über mich, weil es kalt geworden war ohne sie. Vielleicht kam diese Kälte aber auch von dem Gedanken, dass ich noch einmal nach Görlitz musste, dorthin, wo alle Geheimnisse ihren Anfang hatten, weil ich nur in Görlitz etwas über Salome erfahren würde. Über sie, Jürgen Vedder, Otmar Koplin und alle anderen, die in diesen Kreis von Schuld und Sühne getreten waren. Letzten Endes ging es nicht darum, dass sie mir vertraute. Sondern ich ihr.

Am nächsten Morgen fühlte ich mich fit genug, in die Kanzlei zu fahren. Es war kurz vor neun, als ich den Innenhof überquerte und Markus Hartung fast in die Arme lief.

»Herr Vernau! Gut, dass ich Sie treffe.«

Vielleicht gut für ihn. Nicht für mich. Ich wollte an ihm vorbei, aber er hielt mir schon wieder einen dieser weißen Briefumschläge mit dem großen blauen *F* entgegen, die ich annehmen oder in den nächsten Mülleimer werfen konnte, die juristisch gesehen aber als zugestellt galten.

»Was ist das?«

Er lächelte mich etwas gequält an.

»Ein Vergleichsangebot. Sehen Sie, wir sind ja gar nicht so. Wir müssen hier einfach etwas tun. Das Haus fällt sonst in sich zusammen. Und so eine schöne, frisch renovierte und rundum erneuerte Wohnung ist doch auch nicht zu verachten.«

»Und die Miete?«

»Nicht mehr als die ortsübliche. Das wird keine Luxussanierung.«

»Das heißt, wir bekommen einen Gewerbemietvertrag?«

Markus Hartung nickte und deutete auf das Schreiben. »Nun lesen Sie sich das alles erst einmal in Ruhe durch. Es soll ja niemand hinterher schlechter gestellt sein als vorher.«

Der zarte Mann fürs Grobe schien Kreide gefressen zu haben. Ich traute ihm nicht über den Weg. Vor allem nicht, wenn ich an die ortsüblichen Gewerbemieten dachte. Der Prenzlauer Berg war bürotechnisch für uns ungefähr genauso erschwinglich wie ein Hummer als Geschäftswagen.

»Und Frau Freytag?«

»Da finden wir auch eine Lösung.«

Der folgende Satz kam mir schwer über die Lippen. Verdammt schwer. Aber ich riss mich zusammen und sagte ihn.

»Nur mit den Katzen.«

Ich konnte nicht glauben, dass ich das wirklich gesagt hatte. Aber es musste so sein, denn Hartungs hohe Stirn mit den viel zu früh beginnenden Geheimratsecken umwölkte sich. Das gefiel ihm gar nicht, dass ich hier noch versuchte, ihm Vorschriften zu machen. Wo man uns doch schon so entgegenkam.

»Wir legen an Frau Freytag dieselben ortsüblichen Vergleichsmaßstäbe an wie bei allen anderen Mietern. Mehr als zwei sind nicht drin. Guten Tag.«

Er wand sich an mir vorbei und suchte das Weite. Ich betrat das Treppenhaus und verharrte einen Moment vor Frau Freytags Tür. Das war bitter. Diepgen und Wowereit auseinandergerissen. Laurien entwurzelt. Stobbe heimatlos. Vielleicht wusste sie es schon und brauchte nun seelischen Beistand.

Nicht von mir. Ich schlich weiter.

Marie-Luise war schon da und von einem für ihre Verhältnisse beinahe krankhaften Aufräumzwang befallen. Im Flur stapelten sich bereits die Müllsäcke, und aus ihrem Büro drang laute Musik. Außerdem roch es merkwürdig.

Sie stand neben einer Leiter, auf der sich außer einem Eimer Farbe auch noch Jazek befand, der unter ihren genauen Anweisungen gerade begonnen hatte, die Wand zu streichen.

»Guten Morgen!«, rief sie, als ich den Kopf zur Tür hereinsteckte.

Jazek drehte sich kurz um und murmelte etwas auf Polnisch.

»Warum streichst du denn noch, wenn die Fides das alles sowieso neu macht?«

»Die Fides macht gar nichts.«

Marie-Luise wischte sich die Hände an ihrer Hose ab und stieg über zwei weitere Farbeimer hinweg in meine Richtung.

»Die setzt hier keinen Fuß rein. Das Haus ist besetzt. Ich zahle doch nicht bis an mein Lebensende für einen Anstrich, den ich genauso gut selbst machen kann. Wäre schön, wenn du unserem Beispiel folgen würdest.«

Ich hielt ihr den Briefumschlag entgegen.

»Sie scheinen das mit dem Gewerbe zu akzeptieren. Ruf doch einfach mal Marquardt an und bedanke dich bei ihm.«

Sie drehte sich um und würdigte mich keines Blickes mehr.

Ich verzog mich in mein Büro. Hier war nichts besetzt, hier war gemietet. Und solange ich Teil dieser Bürogemeinschaft war, würde das auch so bleiben. Doch ihre wütende Putzaktion hatte etwas Rührendes. Sie hielt sich an ihren Teil der Abmachung. Jetzt war ich an der Reihe.

Ich rief Alttay in der Redaktion des *Abendspiegel* an und erzählte ihm, was mir in Roswitha Meissners Wohnung passiert war. Zumindest das, woran ich mich noch erinnern konnte.

»Wäre Koplin nicht aufgetaucht, sie hätte alles gesagt. Ich frage mich immer noch, wo er plötzlich herkam. Oder ob er die ganze Zeit schon da gewesen ist.«

»Wusste sie, dass Sie kommen?«

Natürlich. Ich hatte es ihr ungefähr zweihundertsechsundneunzig Mal auf den Anrufbeantworter gesprochen. Widerwillig gab ich es zu.

»Dann hat sie sich natürlich sofort an den Meister gewandt«, argwöhnte Alttay. »Der kam und brachte die Sache auf bewährte Weise in Ordnung. Sie können von Glück sagen, dass Sie zu Hause und nicht im Westhafen gelandet sind. Irgendeine Vorstellung, wie?«

»Nein.«

Ich hatte einen Filmriss. Koplin musste mich durchsucht und dabei Ausweis und Schlüssel gefunden haben. Wahrscheinlich hatte ihm Rosi geholfen, mich in meine Wohnung zu bringen. Ich hatte große Lust, mir die Dame noch einmal vorzunehmen. Egal, was sie mitgemacht hatte, aber so ging man mit Besuch nicht um.

»Gibt es was Neues von Mirko?«

»Ja«, antwortete Alttay. »Er hat vor zwei Jahren seinen P-Schein gemacht und fährt im Winter Taxi. Im Sommer jobbt er als Tauchlehrer. Passiert ist ihm bis jetzt noch nichts. Ich habe seine Zentrale gebeten, ihm auszurichten, dass er mich umgehend zurückrufen soll. Kam nichts bis jetzt. Aber der läuft uns nicht davon.«

Wenigstens etwas. Alttay hatte seinen Schreibtisch kein einziges Mal verlassen und dabei mehr Informationen gesammelt als ich mit meinem zerbeulten Kopf und der vagen Vermutung, dass Rosi mir vielleicht unter Umständen eventuell etwas über Vedder hätte sagen wollen, wenn Koplin nicht dazwischengekommen wäre.

»Ich muss jetzt ins Gericht«, fuhr er fort. »Aber Sie können mich zum Mittagessen begleiten. In die Weddinger Kirche. Dort soll es eine geradezu superbe Suppenküche geben. Und ganz nebenbei: Unsere Frau Herdegen, die unbekannt verzogene Dame und Mutter von Ilona, teilt dort ehrenamtlich die Teller aus.«

Ich pfiff leise durch die Zähne. »Dort hat Hellmer immer zu Mittag gegessen.«

»Dann sollten wir uns den Laden mal etwas genauer ansehen.«

»Heute nicht«, sagte ich. »Lieber morgen. Ich muss noch mal nach Görlitz. Zum Standesamt.«

»Darf man gratulieren?«

»Ich will mit jemandem sprechen.«

»Mit wem?«, fragte Alttay.

»Mit Frau Stein«, antwortete ich.

Ich hatte den Mittagszug genommen, es war eine angenehme, ruhige Fahrt gewesen, und ich wusste, dass ich rechtzeitig auf dem Standesamt eintreffen würde. Es war erst kurz vor vier, als ich den Rathausmarkt von Görlitz erreichte und einen Blick auf die Turmuhr warf. Zu Peter und Paul waren es nur ein paar Schritte. Ich genoss den kurzen Spaziergang durch die engen Gassen vorbei an den prächtigen Bürgerhäusern. Noch am Bahnhof hatte ich versucht, mir den Stadtplan einzuprägen, doch das Labyrinth einer mittelalterlichen Kleinstadt war für Ortsfremde nicht durchschaubar. Aber die Richtung stimmte, und freundliche Menschen wiesen mir den Weg. Vier Mal lief ich um Peter und Paul herum, bis ich endlich den Eingang zum Gemeindebüro fand.

Herr Pfarrer Ludwig war zum Zwecke des seelischen Beistandes ans Bett eines des Trostes Bedürftigen geeilt. Das zumindest behauptete eine ruppige Dame hinter einem gewaltigen Schreibtisch, die nicht ernsthaft überfordert schien und mir anschließend ungefragt mitteilte, dass sie diesen Dienst ja nur ehrenamtlich leiste und offenbar auf meine uneingeschränkte Bewunderung hoffte. Sie war eine fleißige, redliche, aber ewig zu kurz gekommene Dienerin des Herrn, die sich wahrscheinlich langsam zu fragen begann, ob sich das alles eigentlich gelohnt hatte. Brav zu bleiben, Polyesterblusen in gedeckten Farben zu tragen, sein Leben in den Dienst am Nächsten zu stellen und immer darauf zu warten, dass es jemand mitbekam. Ich lobte ihren Einsatz über den grünen Klee und machte darüber hinaus Herrn Pfarrer Ludwig auch noch zu meinem Lieblingsseelsorger. Das alles in der Hoffnung, ihr die nächste Information zu entlocken.

»Frau Stein«, sagte ich. »Wo kann ich sie finden?«

»Ännchen? Sie bereitet die Judika vor. Den fünften Sonntag der Passionszeit. Sie hat eben den Schlüssel abgeholt.«

Ich bedankte mich herzlich und verließ das Büro. Ich umrundete den Bau und erreichte gleichzeitig mit einer untersetzten Gestalt das Eingangsportal, die sich mit Schal und Mantel fast bis zur Unkenntlichkeit maskiert hatte.

»Frau Stein?«

Die Dame lockerte ihren Schal, und ich erkannte das runde, von kaltem Wind und gesundem Leben gerötete Gesicht.

»Ja bitte?«

Sie zog die Handschuhe aus und holte einen kleinen Schlüsselbund aus der Manteltasche.

»Erinnern Sie sich noch an mich? Ich bin Joachim Vernau. Der Anwalt von Margarethe Altenburg.«

Sie drehte sich um und schloss die Kirchentür auf.

»Darf ich mit hereinkommen? Ich würde Sie gerne ein paar Dinge fragen.«

»Margarethe ist gestorben. Das Haus hat sie der Pfarrgemeinde vermacht. Alles ist geregelt. Was gibt es da noch zu fragen?«

Gleich würde sie mir die schwere Holztür vor der Nase zuknallen.

»Ihre Familie …«

»Sie hatte keine Familie mehr.«

Sie schloss tatsächlich die Tür und ließ mich draußen stehen.

Aber nicht lange.

Ich folgte ihr und betrat die hohe dunkle Kirche. Schlanke Säulen führten hinauf zu einem filigranen Rippengewölbe. Die barocke Pracht der blattvergoldeten Altäre und Figuren funkelte geheimnisvoll. Es war so still, dass ich meinen eigenen Atem als Echo hörte.

»Frau Stein?«

Ich sah mich um, aber die Kirche war leer. Dann hörte ich ein Geräusch hinter einem der opulent verzierten Treppenaufgänge. Ich ging darauf zu und sah, wie Frau Stein aus einem kleinen, an der Unterseite der Stufen verborgenen Wandschrank diverse Gerätschaften ans Tageslicht förderte. Ein Schrubber war auch dabei. Sie musste gehört haben, dass ich ihr folgte, aber sie sah nicht hoch, sondern schob einen Putzeimer und einen kleinen, schlichten Holzkasten zu den anderen Utensilien.

»Ich muss mit Ihnen reden. Sie haben Margarethe Altenburg doch gekannt. Dann können Sie mir sicher sagen, wer die Frau war, die Maik geheiratet hat. Und was aus dem Kind geworden ist.«

Sie richtete sich ächzend auf, nahm den Putzeimer und ging einfach so davon. Ich folgte ihr bis zu einer niedrigen Tür im hinteren Teil der Apsis. Sie verbarg die Sakristei, einen einfachen, kleinen Raum, der mit dem Allernötigsten ausgestattet war. In einem schlichten Eichenschrank standen silberne Gerätschaften, bedeckt mit Damasttüchern. In einer Ecke war ein Waschbecken. Hier ließ sie Wasser in den Eimer laufen, fügte etwas Seife aus dem kleinen Putzkasten hinzu und ignorierte mich.

»Ein Kind kann doch nicht einfach so verschwinden. Es ist erwachsen mittlerweile. Ein junger Mann. Eine hübsche Frau. Margarethes Enkel. Irgendetwas müssen Sie doch gehört haben.«

»Es gibt kein Kind.«

Sie drehte mit einer energischen Handbewegung den Hahn zu und wuchtete den Eimer herunter. Ich wollte ihn ihr abnehmen, doch sie schob mich unsanft zur Seite.

»Aber ich habe die Sachen selbst gesehen. In ihrem Haus. Babysachen. Jäckchen. Spielzeug. Ein Tretroller. Ein kleiner goldener Taufring an einer Kette. Es muss doch eine Taufe gegeben haben.«

»Sie waren in ihrem Haus?«

Das Echo dieser Frage hallte bis hinauf in die letzte Ecke des Gewölbes, so empört hatte sie sie gestellt.

»Natürlich. Sie wollte, dass ich ihr etwas zum Anziehen hole.«

Sie schleppte den Eimer zurück zur Treppe und stellte ihn neben dem Schrubber ab. Dann setzte sie sich in eine der hölzernen Bankreihen und verschränkte die Hände in ihrem Schoß. Ich nahm neben ihr Platz.

»Es hatte alles seine Richtigkeit«, sagte ich. »Und das wissen Sie auch.«

Sie warf mir einen Blick aus ihren blanken haselnussbraunen Augen zu, sagte aber nichts.

»Ein Unglück nach dem anderen«, wiederholte ich leise die Worte, die sie mir damals im Bus gesagt hatte. »Erzählen Sie mir von Margarethes Unglück.«

Sie suchte in der Schürzentasche nach einem Papiertaschentuch und wischte sich mit einer kurzen, uneitlen Bewegung über die Nase.

»Es war einfach niemand mehr da. Der Mann früh verstorben, der Sohn, das wissen Sie ja. Und die Schwiegertochter abgehauen. Nachdem sie diesen Kerl aus dem Westen kennengelernt hat. Vedder. Doppelt so alt wie sie. Eigentlich kam er ja von hier. Aber was er nach der Wende hier angestellt hat, war schon einzigartig. Jetzt liegt er drüben. Auf dem Kirchhof von Nikolai. Eine Menge Kränze waren das. Na ja.«

Sie steckte das Taschentuch wieder weg.

»Und das Kind?«

»Sie hat es abgetrieben. Im fünften Monat. In Holland.«

Sie kniff die Augen zusammen und blinzelte hinüber zu dem Altar.

Für mich war es immer ein Mädchen gewesen. Hübsch war es. Eine fleißige Schülerin. Gutes Abitur. Studierte jetzt irgendwo, würde eines Tages wiederkommen und in ein Haus in der Schiffergasse ziehen und ab und zu alte Fotos ansehen von ihrer Familie, solche, die nicht zerrissen waren, und sich an die Geschichten erinnern, die ihre Großmutter erzählt hatte, vom Rabenberg und den verspiegelten Tanzflächen im Café Roland drüben auf der anderen Seite der Neiße, vom Zirkus auf dem Friedrichplatz und den Kasernen mit den hübschen Soldaten, ihr Großvater war einer von ihnen gewesen. Und nun erfuhr ich, dass es das Mädchen gar nicht gab, dass es entfernt worden war aus dem Leben, als es die Größe einer Hand erreicht hatte, und dass Margarethe also die letzte Altenburg gewesen war, es gab keine Fortsetzung der alten Geschichten, sie waren mit ihr gegangen, und niemand würde sich daran erinnern, wie sie lächelte, wenn sie vom Tanzen drüben auf der anderen Seite am Fuße des Rabenbergs erzählte.

»Woher …« Ich musste mich räuspern. »Woher wissen Sie das?«

»Margarethe hat es mir erzählt. Erst ein paar Wochen vor ihrem Tod. Als ob sie gewusst hätte, dass sie das alles sonst mit ins Grab nimmt. Und jetzt trage ich es mit mir herum, die ganze Zeit.«

Sie schenkte mir ein schüchternes Lächeln, das aber schnell wieder verschwand.

»Darum hat er sich aufgehängt, der Maik. Auch so jung. Und so dumm.«

»Vielleicht hat die Frau das Kind auch nur verloren. Solche Dinge passieren.«

Doch Frau Stein schüttelte den Kopf.

»Ich habe sie gesehen. In der Nacht, in der Maik sich umgebracht hat. Sie kam noch einmal zurück nach Görlitz. Es war ein Abend im Winter, und ich sah sie über den Untermarkt gehen, und alle schauten ihr nach. Keiner hat ein Wort gesagt. Niemand hat sie gegrüßt. Als ob sie ein Kainsmal trug.«

Sie holte wieder das Taschentuch hervor. Doch dieses Mal knetete sie es in ihren Händen zu einem kleinen weißen Ball.

»Die Stimmung damals in der Stadt, ... sie war nicht gut. Die feinoptischen Werke gab es nicht mehr. Das Kondensatorenwerk war zu. Die Leuchtenfabrik. Und die Spinne. Bis zum Schluss haben wir geglaubt, wenigstens die Spinne lassen sie uns. Doch dann kam Vedder. Und da wussten wir, dass es aus war. Plötzlich war alles weg, was im Leben wichtig gewesen war. Und übrig blieb nichts. Wir haben gehofft, dass wenigstens ein Betrieb überlebt. Die Spinne hätte es geschafft. Aber Vedder hatte wohl nur seine Provisionen im Sinn. Und Carmen.«

»Carmen?«

Frau Stein lächelte. »Carmen Koplin.«

»Ist das die Tochter von Otmar Koplin?«

»Sie kennen ihn?«

Ich nickte stumm. In meinem Kopf überschlugen sich die Gedanken. Wenn Carmen Maiks Frau gewesen war und dazu noch das gemeinsame Kind auf dem Gewissen hatte, dann ging es hier nicht nur um Margarethes Enkel, sondern auch um Otmar Koplins Familiengeschichte. Das also hatte die beiden zusammengeschweißt. Den bitteren grauen Kommunisten und die gottesfürchtige alte Dame. Es war ein Verlust, den sie beide tragen mussten und der sie schließlich gemeinsam nach Berlin geführt hatte, um Rache zu nehmen. An Vedder? An Carmen? An beiden?

»Ja«, antwortete ich. »Ich kenne ihn. Wo lebt er jetzt?«

»In Zgorzelec. Früher hatte er seine Praxis am Marienplatz. Seit ein paar Jahren wohnt er wieder drüben. Hinter der Ruhmeshalle. Oder dem *dom kultury*, wie es jetzt heißt. Das geht ja alles wieder. Das ist das Schöne. Man kann wieder zurück.«

»Er war Arzt?«

»Bevor er die Praxis hatte, ja. Betriebsarzt in der Spinne. Kein sehr angenehmer Genosse. So ein ganz strammer. Carmen hatte es nicht leicht mit ihm. Ihre Mutter ist ziemlich früh auf und davon. Und das Mädel war gerade mal siebzehn, da hat sie sich den Nächstbesten gegriffen, der so blöd war, sie zu heiraten. Bloß um da rauszukommen. Sie zog zu den Altenburgs. Aber es wäre nicht gutgegangen. Nein. Gutgegangen wäre das nicht.«

Sie hob die Hand mit dem Papierknäuel und fuhr damit über die blankpolierte Lehne der Bankreihe vor uns. Ich wusste nicht, wie alt diese Kirche war, aber sie hatte wohl schon einige Jahrhunderte hinter sich und viel Aufstieg und Niedergang gesehen. Hochzeiten und Trauerfeiern, Kindstaufen und ungezählte kleine und große Katastrophen. So viele Tränen, so viele geflüsterte Gebete in den hinteren Bankreihen. Dort, wo wir gerade saßen und wo man sein Gesicht und seinen Schmerz verbergen konnte vor den anderen.

»Jürgen Vedder traf sie in der Spinne. Von diesem Moment an kam sie gar nicht mehr nach Hause. Er muss sie sogar neu eingekleidet haben, denn sie hat nichts mitgenommen. Sie stieg einfach in sein Auto und fuhr mit ihm davon. Sie hat sich noch nicht einmal verabschiedet.« Sie hörte auf mit dem sinnlosen Polieren. »Er war ihr Licht am Ende des Tunnels. Es hat sie geblendet.«

In diesem Moment schlug die Turmglocke zwei Mal. Halb fünf. Den Gang zum Standesamt konnte ich mir sparen. Ich ahnte, wer Maik Altenburgs Frau gewesen war, und ich wusste, wo ich Otmar Koplin finden konnte. Aber ich wusste noch nicht alles.

»Ich erinnere mich noch genau an den Klang ihrer Absätze auf dem Kopfsteinpflaster. Und an die Art, wie sie lief. Den Kopf ganz hoch erhoben, damit sie niemandem in die Augen sehen musste. So, wie man ein Schiffsdeck überquert auf dem Weg zum letzten Platz im Rettungsboot, kurz bevor alles untergeht. Niemanden ansehen. Nur das Ziel im Visier. Die Haare kurz und feuerrot. Sie trug einen Pelzmantel. Fast knöchellang. So ging sie durch die Stadt runter zur Schiffergasse siebzehn.«

Sie schwieg einen Moment, um ihre Erinnerungen zu sortieren. Die katzenbuckelige Straße am Ufer der Neiße. Die grauen, halb zerfallenen Altstadthäuser. Noch mussten die Sicherungsanlagen stehen, und da, wo jetzt die Fußgängerbrücke hinüberführte, patrouillierten polnische Grenztruppen. Dorthin lief eine Frau mit roten Haaren und knöchellangem Pelzmantel, klingelte an der schiefen Gartenpforte und wartete darauf, dass man ihr die Tür öffnete.

»Sie wollte die Scheidung. Aber Maik wollte das Kind. Er hatte sich so darauf gefreut. Das Einzige, was er je im Leben zustande gebracht hatte. Aber da war es schon weg. Heute denke ich, sie hat es ihm an diesem Abend gesagt. Nur ihm. Sie hat ja auch mit keinem anderen geredet und ist danach sofort wieder gegangen. Sie hat es noch nicht einmal für nötig gehalten, seiner Mutter davon zu erzählen. Hat es wohl Maik überlassen. Aber der kam nicht mehr raus aus dem Zimmer, und am nächsten Morgen … Margarethe hat lange darauf gewartet, das Kind zu sehen. Immer hat sie gehofft, ihr Enkel würde sie eines Tages besuchen. Was Carmen getan hat, hat sie erst viel, viel später erfahren.«

»Wann?«

»Ich weiß es nicht genau. Es ist ein paar Jahre her. Da fand sie einen Zeitungsartikel mit Carmens Foto. Es war das erste Mal seit der Sache damals, dass wir wieder etwas von ihr hörten. Sie lebte in Berlin und hatte wieder geheiratet. Das dritte oder vierte Mal. Margarethe fuhr hin. Und als sie zurückkam, war sie anders.«

»Wie anders? Alttestamentarisch?«

Frau Stein überlegte kurz und nickte.

»Wissen Sie mehr über Carmen Koplin? Was sie macht? Wen sie geheiratet hat?«

»Nein.«

»Und der Artikel?«

Wieder schaute sie hinüber zu dem Altar. Als ob sie von dort eine Antwort erwartete, die keine Lüge wäre.

»Hat Margarethe sie gebeten, die kleine Kiste verschwinden zu lassen? Sie waren doch in dem Haus damals. Am Abend, als Margarethe nicht mehr zurückkam. Als Otmar Koplin mich abgeholt hat. Als ich auf Sie beide hereingefallen bin. Gibt es die kleine Kiste noch?«

Kaum merklich schüttelte sie den Kopf. Es hatte keinen Sinn. Hier würde ich nicht mehr erfahren. Aber drüben vielleicht, auf der anderen Seite der Neiße, wenn ich mich durchfragen könnte zu dem Doktor aus Görlitz, der früher in der Spinne gearbeitet hatte.

»Grüßen Sie Pfarrer Ludwig von mir. Kann ich Ihnen helfen?«

»Nein. Das Putzen lenkt mich ab. Ich hab doch sonst nichts zu tun.«

Wir standen auf. Sie begleitete mich noch bis vor die Tür. Ich reichte ihr die Hand.

»Wissen Sie schon, was aus Margarethe Altenburgs Haus wird?«

»Ein Kindergarten«, antwortete sie.

Sie nickte mir noch einmal zu und verschwand im Dunkel der kalten Kirche.

Die schwere Wolkendecke war aufgerissen und präsentierte einen Himmel, blau wie frisch gewaschen. Der eisige Wind hatte sich gelegt, zum ersten Mal spürte man einen Hauch von Frühling. Im Schatten der schiefen, eng beieinanderstehenden Häuser war es nach wie vor feucht und kalt, doch kaum trat man hinaus ins Licht, spürte man, welche Kraft die Sonne in den letzten dunklen Wochen gesammelt haben musste.

Sie stand auf der anderen Straßenseite neben ihrem weißen Landrover und wartete auf mich. Sie hatte keine roten Haare mehr, und ihr Mantel war nicht aus Pelz, sondern aus diesem frühlingsgrünen, zarten Bouclé, sie trug Wildlederhandschuhe in derselben Farbe, und sie mussten neu sein. Sie sahen aus wie gerade gekauft, Ton in Ton, auch die Schuhe, selbst die Tasche, die sie unter den Arm geklemmt hatte. Höher wanderte mein Blick nicht, denn ich wollte ihr nicht ins Gesicht sehen, dieses schöne, kühle Schneewittchengesicht mit dem weit in die Ferne gerichteten Blick, der sie über den Untermarkt geführt hatte bis zu Margarethes kleinem Haus, damals, an diesem Abend des ersten Januar 1991, dem Anfang eines neuen Jahres in einer neuen Zeit, die Maik Altenburg nicht mehr erlebt hatte.

»Woher …«, fragte ich und brach ab. Es war unwichtig. In meinem Bauch brannte und glühte noch etwas, aber wenn ich nur genug Gleichgültigkeit darauf packte, wäre auch das bald vorbei.

»Deine Kollegin hat mir gesagt, wo du bist. Man findet sich schnell in Görlitz.«

Genauso schnell, wie man sich verliert, wollte ich sagen, aber ich ließ es bleiben. Sie sah hinüber zu der Kirche auf der anderen Straßenseite.

»Und du, hast du gefunden, was du suchst? Bist du nun fertig mit meiner Vergangenheit?«

Ich antwortete nicht.

»Die alte Stein hat es dir gesagt, nicht wahr? Meine Eltern liebten große Oper. Carmen Salome Koplin. Noack ist der Mädchenname meiner Mutter.«

Ich wandte mich ab.

»Wo willst du hin? Was hast du vor?«

»Ich will zu deinem Vater.«

»Nein!«

Sie griff nach meinem Arm und hielt mich fest. »Geh nicht zu ihm. Du wirst ihn nicht finden. Es ist zu spät heute Abend. Lass uns einfach in mein Auto steigen und zurückfahren. Wir haben hier nichts mehr verloren.«

Wir. Jetzt sah ich sie doch an, und das war ein Fehler. Ihr Blick war so flehend, dass ich nicht anders konnte und sie in den Arm nahm. Für einige kurze, verzweifelte Sekunden fühlte ich noch einmal ihren Körper und ihren Atem auf meiner Wange, dann ließ ich sie los, drehte mich um und ging.

Der Weg führte bergab. Ich hörte, dass sie mir folgte. Nach ein paar Schritten hatte sie mich eingeholt und lief, mal auf dem Bürgersteig, mal auf der Straße, neben mir her. Eine Weile schwiegen wir. Ab und zu kam ein Wagen vorbei, aber keiner fuhr langsamer, um einen Blick auf das ungleiche Paar zu werfen. Die schöne, elegante Frau und der große, dunkle, leicht übernächtigt wirkende Mann an ihrer Seite. Einige Fußgänger kamen uns entgegen, sie machten Platz, wir machten Platz, und wenn jemand genauer hinschaute, dann auf Salomes Mantel oder ihre Schuhe und nicht auf ihr Gesicht. Niemand erkannte sie. Niemand blieb stehen und sah ihr hinterher. Ich spürte, wie ihr Schritt etwas leichter wurde und sie mich ab und zu von der Seite ansah.

»Carmen Koplin«, sagte ich schließlich. »Wann hast du deinen Namen geändert?«

»Als ich Jürgen kennengelernt habe.«

Jürgen Vedder. Der Blender. Der Mann, der kam, sah und siegte.

»Weiß Trixi, dass du und ihr Mann …«

»Dass wir verheiratet waren? Natürlich. Unsere Ehe hielt ja nicht lange. Aber wir sind nach der Scheidung Freunde geblieben. Trixi sah das gelassen. Als Jürgen nach Berlin kam, war ich schon längst mit Rudolf verheiratet. Jürgen musste schnell die richtigen Leute kennenlernen, dabei habe ich ihm geholfen.«

So wie sie mir geholfen hatte, mich in ihr zartes Netz gezogen, Beziehungsfäden um mich geknüpft und mich um ein Haar gefressen hätte. Sie blieb stehen und stützte sich an der Hauswand ab. Sie hatte einen Stein im Schuh, und ich wartete, bis sie ihn herausgeschüttelt hatte, und schimpfte mich innerlich einen sentimentalen Trottel, dass ich ihr überhaupt noch zuhörte.

»Ich habe auch an seiner Beisetzung teilgenommen. Es waren nicht viele Leute da. Eigentlich nur der engste Familienkreis. Aber sie wussten gar nicht, wohin mit all den Kränzen. Die ganze Kirche war voll mit Gestecken und Blumen. Allein für die Schleifen hätte sich die Spinne schon wieder gelohnt.«

Sie versuchte ein kurzes Lachen, aber es misslang.

»Und Maik?«

Ich hoffte, dass sie wenigstens vor diesem toten Jungen Respekt hatte und sein Scheitern nicht auch noch mit einem Witz auf die leichte Schulter nahm. Aber sie hatte begriffen. Wir erreichten den Stadtpark und liefen langsam über sanft geschwungene, kleine Wege am Ufer der Neiße entlang.

»Maik. Gut. Du willst es also wissen. Ich habe ihn damals um die Scheidung gebeten. Ich wollte ja im Westen bleiben. Verheiratet und schwanger hätte mich Jürgen nicht genommen. Vielleicht war ich nicht besonders diplomatisch. Jedenfalls bekam ich meine Trennung. Aber anders, als ich sie mir vorgestellt hatte. Manchmal glaube ich, er hat es gar nicht aus Verzweiflung getan. Er wusste einfach, dass ich ihn vergessen würde, wenn er in die Scheidung einwilligte. So aber blieb er. Als eine dunkle Erinnerung irgendwo in den Staubecken meines Gewissens. Auch eine Form von Unsterblichkeit. Das steckt doch oft hinter diesen sinnlosen Selbsttötungen.«

»Das Kind«, fragte ich. »War es ein Mädchen?«

Sie blieb abrupt stehen, legte den Kopf in den Nacken und schaute hoch in eine kahle Baumkrone über uns. Eine hungrige Amsel hüpfte durch die Zweige. Sie flatterte herab und begann ein paar Meter weiter, das alte Herbstlaub vom letzten Jahr Blatt um Blatt zu wenden.

»Wann hört das alles endlich auf? Immer wieder, immer wieder. Das Kind, wo ist das Kind? Es ist fast zwanzig Jahre her. Zwanzig gottverdammte Jahre. Und immer wieder werde ich danach gefragt. Erst Maik, dann Margarethe und jetzt du.«

Wütend starrte sie mich an. »Es war meine Entscheidung. Ganz allein meine. Hätte ich hier verrecken sollen? Ich hatte nur diese eine Chance. Das habe ich versucht, ihr zu erklären. Ich bin erstickt in diesem Haus und diesem Ehebett. Es war ein Fehler. Ein falscher Schritt in eine Sackgasse. Ich wäre nie wieder da herausgekommen, wenn ich Jürgen nicht begegnet wäre. Sie sollte mich in Ruhe lassen. Ich habe doch nichts mehr mit alldem hier zu tun.«

»Das hast du ihr so gesagt?«

»Nein. Natürlich nicht so. Ich war höflich. Ich war nett. Aber ich hatte nicht viel Zeit. Sie hat mich im Landgericht abgepasst, nachdem sie etwas über mich in der Zeitung gelesen hatte. Sie wollte das Kind sehen. Erst wusste ich gar nicht, was sie meint. Welches Kind? Es war alles schon so lange her. Ich bin immer davon ausgegangen, Maik hätte es ihr gesagt. Aber er hat sich ja auf seine Weise auch noch davor gedrückt.«

»Du hast all die Jahre keinen Kontakt zu ihr aufgenommen? Noch nicht einmal zu Maiks Beerdigung?«

»Nein. Warum auch. Damit sie mich teeren und federn? Margarethe hätte es nicht begriffen. Für sie war Schicksal gottgewollt. Für mich ist es menschengemacht.«

Die Amsel gab ihre Suche auf und flog davon.

»Und dein Vater? Hast du ihn jemals wiedergesehen?«

»Ja. Aber erst auf Jürgens Beerdigung. Er saß in der letzten Reihe, ganz weit hinten. Wir haben kein Wort miteinander gesprochen. Ich habe mich gewundert, was er dort zu suchen hatte. Er hat Jürgen gehasst wie die Pest. Er war sein Feind. DER Feind. Als ich nach der Kirche zu ihm wollte, war er verschwunden.«

Wir gingen weiter. In der Ferne konnte man schon das Stauwehr hören. Wir verließen den Stadtpark. Kleine Ufergassen schlossen sich an. Die Fußgängerbrücke war nicht mehr weit entfernt.

»Worüber willst du mit meinem Vater reden?«, fragte sie. »Doch nicht etwa über mich? Da wirst du nicht viel herausbekommen. Seit der Sache mit Jürgen kennt er mich nicht mehr. Ich bin für ihn gestorben.«

Sie tat so, als würde ihr das überhaupt nichts ausmachen. Vielleicht war das ja die einzige Möglichkeit, mit dem Versagen umzugehen. Dem eigenen und dem der anderen. So tun, als passierten diese Dinge eben und perlten ab wie Regen.

»Aber er kennt Roswitha Meissner«, sagte ich. »Hans-Jörg Hellmer. Die Herdegen und die anderen, die damals in der Littenstraße waren. Er kennt sie alle. Du wusstest es von Anfang an. Seit ich seinen Namen zum ersten Mal erwähnt habe. Warum hast du mir nichts davon gesagt?«

Sie lief ein paar Schritte voraus. Das Donnern der Wassermassen war jetzt ganz nah. Ein paar Meter weiter spannte sich die Brücke hinüber zum Rabenberg, und ich wusste, wenn ich sie überquerte, würde ich sie nie mehr wiedersehen.

Sie ging die Stufen hoch, trat an das Geländer und schaute hinunter in die schäumende, tosende Flut. Dann beugte sie sich vor, sehr weit vor, und für den Bruchteil einer Sekunde sah es so aus, als würde sie sich einfach fallen lassen. Angst schoss in mir hoch. Angst um sie und vor dem, was ich vielleicht noch über sie erfahren würde. Ich folgte ihr und stellte mich neben sie, so dass ich sofort eingreifen könnte, wenn sie irgendeine Dummheit vorhatte.

»Was hat sie gewollt?«, fragte sie. »Warum hat sie mich nicht einfach in Ruhe gelassen? Warum taucht sie plötzlich wieder auf und hetzt die Hunde gegen mich?«

»Weil sie nicht die Einzige war.«

»Das ist doch absurd. Was wollte sie mir denn in die Schuhe schieben? Dass ich schuld bin an all dem Unglück? An ihrem und dem der anderen? An geplatzten Prozessen und watteweichen Gesetzen und windigen Anwälten? Und er da drüben.«

Sie drehte ihren Kopf Richtung Zgorzelec, wo die ersten bunten

Lichter der Bars aufflammten und einsame Seelen hinüber auf die andere Seite lockten.

»Er hat ihr das eingeredet. Wenn er es war, der Hellmer getötet hat, ich bringe ihn hinter Gitter. Das schwöre ich dir. Er war es. Er hat sie alle aufgestachelt gegen mich. Gegen mich.«

Ihre Augen weiteten sich erschrocken. Plötzlich packte ihre Hand meinen Unterarm. Es war ein so fester Griff, dass es schmerzte.

»Ich bin es. Verstehst du das nicht? Ich bin es! Sie wollen mich!«

Ich nahm ihre Hand und zog sie vorsichtig weg.

»Er ist dein Vater. Er wollte Vedder strafen. Nicht dich.«

Sie riss sich los und stolperte zwei Schritte zurück. Wieder kam sie dem Geländer gefährlich nahe. Das Wasser brodelte und schäumte zwanzig Meter unter ihr. Ich trat auf sie zu und wollte sie festhalten. Doch sie fuhr nur noch verschreckter zurück, taumelte erneut, und bevor sie den Halt auf den Stufen hinunter zur Straße verlieren konnte, packte ich sie endlich und zog sie vom Geländer weg.

»Sie wollen mich«, flüsterte sie. Der brüllende Fluss war so laut, dass ich sie kaum verstehen konnte. »Sie haben die ganze Zeit nur mich gewollt.«

»Das ist doch Unsinn!«

Ich nahm ihre Hand und führte sie vorsichtig hinunter zu den Stufen. Ihre zartgrünen Wildlederschuhe hatten hässliche dunkle Abschürfungen. Das Görlitzer Pflaster war nichts für sie, sie waren gemacht für glänzende Marmorböden in großen Eingangshallen oder das gewienerte dunkle Parkett feiner Restaurants. Nicht für Stadtparks, enge Gassen und Brücken über Grenzflüsse. Aber sie achtete nicht darauf. Ich hatte das Gefühl, es war ihr zum ersten Mal egal, wie sie aussah.

Ich zog sie hinter mir her, bis wir den breiten, neu gepflasterten Bürgersteig erreichten. Hier blieben wir stehen. Die Straßenlaternen flammten auf. In den Häusern brannten die Lichter. Magrittesche Scherenschnitte vor dunklem Himmel. Sie strich sich die zerzausten Haare aus dem Gesicht und warf einen kurzen Blick hinüber. Dorthin, wo irgendwo ihr Vater leben musste, der zurückgekehrt war in seinen Teil der Heimat, die sie schon längst verloren hatte.

»Was sucht er in meinem Leben? Er und all die anderen.«

»Es geht nicht um dich.«

»Um was denn dann? Was? Gib mir eine Antwort!«

Um die Gleichgültigkeit, hätte ich sagen können. Um Aktenzeichen, Nummern, angesetzte Prozesstage, dehnbare Paragraphen und mangelnde Beweise. Um Absprachen in diskreten Anwaltszimmern und schnelle Karrieren. Und vielleicht ging es auch um eine Frau, die gegangen war, ohne zurückzuschauen. Die schon mit siebzehn geglaubt hatte, keine Träume mehr zu haben, und deshalb die der anderen gestohlen hatte.

Mein Schweigen reichte ihr als Antwort. Sie nickte. Dann wühlte sie in ihrer kleinen zartgrünen Wildledertasche herum, bis sie ein Puderdöschen gefunden hatte, das sie aufklappte. Sie warf einen kurzen Blick in den Spiegel.

»Du gehst nicht zu ihm. Wenn dir an deiner Zulassung etwas liegt, wirst du keinen Kontakt zu Otmar Koplin aufnehmen. Paragraph sieben Absatz fünf und sechs der Bundesrechtsanwaltsordnung.«

»Das ist nicht dein Ernst.«

Sie klappte das Döschen mit einer einzigen Handbewegung zu.

»Doch. Und Paragraph fünfundvierzig Absatz eins Punkt zwei und vier. Unwürdiges Benehmen und Einmischen in private Angelegenheiten außerhalb der Anwaltstätigkeit. Das ist ein wohlgemeinter Rat. Keine Drohung.«

Natürlich. Und die Koplins mussten diese Grenze niemals überschreiten.

Sie wandte sich ohne ein weiteres Wort zum Gehen. Bevor sie die andere Straßenseite erreichte, drehte sie sich noch einmal um.

»Aber ich will sie sehen. Morgen. Alle. Sag es ihnen.«

»Wie soll ich das denn anstellen?«

»Das ist mir egal. Um neunzehn Uhr in der Letzten Instanz. Ich werde mir ihre Geschichten anhören. Und dann will ich wissen, was wirklich dahintersteckt. Und wer in diesem Kreis der letzte große Unbekannte ist. Denn zählen kannst du wohl noch.«

Ich sah ihr lange hinterher. Sie verschwand in einer der kleinen Gassen, ohne sich noch einmal umzudrehen. Dann begann ich zu zählen. Und dann begriff ich. Wütend kickte ich einen Kieselstein vor mir her. Carmen Salome Noack Koplin. Die Frau ohne Gewissen. Die böse Fee in Schneewittchens gläsernem Sarg. Die, trotz allem, immer wieder eine verdammt gute Staatsanwältin war.

Die Weddinger Tafel war nicht schwer zu finden. Man musste nur die Straßenbahn Richtung Kirche verlassen und den Menschen folgen, die einen leeren Einkaufsbeutel bei sich trugen. Es waren viele. Dutzende drängten sich mittlerweile in einem kleinen Nebenraum des Gemeindehauses. Alttay fand ich stirnrunzelnd vor einer Kiste keimender Kartoffeln.

»Das kann doch kein Mensch essen.«

Ich sah mich um. Auf roh gezimmerten Regalen und einem großen Tisch lag das Angebot des Tages ausgebreitet. Abgelaufener Joghurt, matschige Tomaten, welker Salat. Die Äpfel sahen ganz gut aus, der Rest war wirklich und wahrhaftig gewöhnungsbedürftig. Hinter dem Tisch standen zwei robuste Damen, die den Wartenden in der Schlange die Einkaufsbeutel abnahmen und mit dem füllten, was kein Mensch mehr kaufen wollte. Ich ging an ein Regal und betrachtete das Brot. Wenigstens das sah genießbar aus.

»Das kommt von Kamps«, sagte eine der beiden Helferinnen, die uns schon die ganze Zeit nicht aus den Augen gelassen hatte. »Der ist der Einzige von den Großen, der jeden Abend 300 Brote schickt. Und wenn er sie nicht übrig hat, backt er sie uns.«

»Der Einzige?«, fragte ich.

Sie nickte und deutete auf das erbärmliche Angebot. »Wer von

Spenden lebt, darf nicht fragen, wie sie aussehen. Heute ist kein guter Tag. Meistens haben wir ein bisschen mehr Auswahl. Was wollen Sie eigentlich? Das ist nur für Bedürftige.«

»Wir suchen Frau Herdegen«, schaltete sich Alttay ein.

Eine dicke Frau mit struppigen grauen Haaren, die schon länger wartete, drehte sich zu uns um.

»Die macht in der Suppenküche. Aber erst um eins. Da müssen Sie raus und sich wieder anstellen.«

Hinter ihr stand ein kleiner, auch recht rundlicher Mann, der offenbar zu ihr gehörte, denn er reichte jetzt eine abgewetzte Plastiktüte über den Tresen und funkelte mich bösartig an.

»Ist Ihnen nicht gut genug hier, was? Aber Sie kommen schon noch alle. Sie kommen schon noch. Alle.«

»Ist gut, Koffi.«

Seine Begleitung schubste ihn zur Seite, um sich durch einige Tüten angebräunten Mischsalat zu wühlen.

Die Dame hinter dem Tresen packte ein. Zwei Becher Pudding mit überschrittenem Verfallsdatum, eine Tüte glitschige Möhren, vier Äpfel und ein Brot. Und den Salat.

»Ist denn heute Käse da?«

»Nein«, war die brummige Antwort. »Kein Käse. Keine Milch. Kein Quark. Vielleicht morgen.«

»Alle kommen sie her«, quiekte der Mann, den sie Koffi nannten. »Immer mehr werden es. Können sich alles leisten, haben Arbeit und Wohnung und fressen uns auch noch das bisschen hier weg.«

Eine junge Frau, einfach gekleidet, blickte zu Boden. Wahrscheinlich reichte es bei ihr zu Hause hinten und vorne nicht.

»Wir wollen nur mit ihr reden«, sagte ich. »Wo finden wir sie denn?«

Die Verwalterin des Mangels reichte die Tüte zurück an Koffi und seine Gefährtin. Dann deutete sie auf eine Tür hinter dem Kartoffelregal.

»Sie können im Speisesaal warten.«

»In die Reihe!«, keifte Koffi. »Jeder stellt sich hier an!«

Seine Freundin zog ihn am Arm nach draußen. Die junge Frau war die Nächste und deutete auf ein Bündel schwarze Bananen. Alttay schüttelte den Kopf und verließ als Erster den Raum.

»Unfassbar«, sagte er. »Da werde ich mal was anregen. Das ist doch Abfall, was da liegt. In jedem Supermarkt sammeln sie Katzenfutter vom Feinsten, aber für die Menschen bleibt nichts Anständiges übrig. Und nur ein einziger Großbäcker in dieser Stadt stiftet verlässlich Brot. Ein einziger!«

Durch einen kurzen Flur gelangten wir in einen weiteren Raum, der an einer Wand von einem großen, schlichten Holzkreuz dominiert wurde. Der Speisesaal. Noch war er leer, die Tische blank geputzt, und die einfachen Stühle standen ordentlich in Reih und Glied. Alttay zog sich einen heran, stellte seine Aktentasche ab und setzte sich ächzend.

»Nicht gerade die Letzte Instanz, was? Riecht nach Eintopf.«

Ein schwerer Essensdunst lag in der Luft. Vielleicht lag es an dem, was ich eben gesehen hatte, jedenfalls war mir der Appetit gründlich vergangen. Ich holte mir auch einen Stuhl und nahm ebenfalls Platz. Während Alttay sein Notizblöckchen durchblätterte, dachte ich noch einmal über das nach, was mich heute Nacht den Schlaf gekostet hatte und was Salome auf Anhieb aufgefallen war, während wir noch immer fröhlich Ringelreihen auf dem Glatteis tanzten.

»Haben Sie eigentlich mal nachgezählt?«, fragte ich.

Er unterbrach seine Lektüre und sah mich fragend an.

»Altenburg. Koplin. Herdegen. Scharnagel. Meissner. Krakowiak.«

»Sechs«, antwortete Alttay.

»Vedder, Hellmer, Pohl, Yildirim, Lehmann.«

»Fünf.«

Er klappte das Büchlein zu.

»Nee. Nicht doch. Sie meinen, wir haben da was übersehen?«

Er sah sich kurz um. Wir waren immer noch alleine. Trotzdem beugte er sich vor und senkte die Stimme.

»Ein Fall, ein Prozess, der uns durch die Lappen gegangen ist? Glaube ich nicht. Vielleicht nehmen die es ja nicht so genau. Margarethe und Koplin zum Beispiel haben sich einen geteilt. Könnte doch sein, oder? Mit Vedder hatten beide ein Hühnchen zu rupfen. Margarethe versagt, Koplin springt ein.«

»Und wenn nicht?«

Er schnalzte mit der Zunge und lehnte sich zurück. Ungeduldig klopfte er mit dem Notizblock auf die Tischkante.

»Dann fehlt einer. Oder eine. Eines. Ein Opfer. Täter. Wie auch immer. Meine Güte, wissen Sie eigentlich, dass ich seit drei Tagen keine Idee für eine Titelzeile habe? Sonst passiert mir das nie. Schnipp, isses da. Aber hier? Wie soll ich das denn nennen?«

Er wies auf den Raum um uns herum, als ob die Suppenküche der Weddinger Tafel irgendetwas für unsere verfahrene Situation könnte.

»Aber egal. Ob fünf oder sechs. Wir haben sie. Wenn auch nur einer von denen redet, haben wir sie.«

Ich wollte ihn gerade daran erinnern, was das letzte Mal passiert war, als jemand beinahe geredet hätte, da wurde die Flurtür geöffnet und klirrend ein Servierwagen hereingeschoben. Hinter hohen Tellerstapeln tauchte eine schlanke, sehr gepflegte Dame auf, die mich mit ihrer sorgfältig blondierten Dauerwellfrisur ein bisschen an Doris Day in ihren besten Tagen erinnerte. Sie mochte Anfang fünfzig sein, hatte eine tadellose Figur und eine durchaus weibliche Ausstrahlung, die durch die schneeweiße Schürze noch betont wurde. Nicht nur die Frau, auch die Schürze hatte ich schon einmal gesehen. Im Krankenhaus, als Katja Herdegen Margarethe Altenburg besucht hatte.

Sie schob den Servierwagen in die hintere Ecke des Raumes. Dann nahm sie einen Stapel Suppenteller und begann, sie auf den Tischen zu verteilen. Alttay nickte mir zu und stand auf.

»Katja Herdegen?«

Überrascht sah sie hoch. Sie musterte erst Alttay, dann mich, dann wieder ihn und lächelte.

»Irgendwoher kenne ich Sie.«

»Alttay. *Abendspiegel*. Und das ist Herr Vernau, Anwalt.«

Die Erinnerung kam so plötzlich, dass das Lächeln gefror und einer tiefen Bestürzung Platz machte. Sie stellte die restlichen Teller ab, aber nicht sorgfältig genug. Sie glitten schneller auseinander, als sie sie festhalten konnte. Einer fiel auf den Boden und zerschellte. Sofort bückte sie sich und begann, die Scherben aufzusammeln. Alttay warf mir einen kurzen Blick zu und ging dann ebenfalls, wenn auch wesentlich ungraziöser, in die Knie.

»Wir kommen wegen Hans-Jörg Hellmer. Erinnern Sie sich an ihn?«

Sie antwortete nicht.

»Das ist der Obdachlose, der vor ein paar Tagen angeblich erfroren sein soll. Sie haben bestimmt davon gehört. War ja nicht weit von hier. Am Westhafen, glaube ich.«

Langsam richtete sie sich auf. Sie legte die Scherben auf den Tisch und führte ihren Daumen zum Mund. Ein kleiner Blutstropfen war zu sehen. Sie musste sich geschnitten haben und lutschte die Wunde tief in Gedanken aus.

»Er kam doch öfter hierher. Stimmt das?«

Sie zuckte mit den Schultern.

»Sie werden sich doch an Herrn Hellmer erinnern.«

Sie nahm den Daumen aus dem Mund. »Es sind so viele hier. Ich kann mir nicht jedes einzelne Gesicht merken. Und erst recht nicht jeden Namen.«

Alttay ging zu seiner Aktentasche und holte eine Mappe heraus. Ich wusste, was sie enthielt. Frau Herdegen nicht. Alttay schlug sie auf, blätterte kurz darin herum und legte sie dann vor sie auf den Tisch mit den Scherben. Es war der Artikel über den Einbruch in ein Haus in Lichterfelde und den tragischen Tod eines Teenagers, der sein ganzes Leben noch vor sich gehabt hatte. Sie starrte auf das Papier und das Foto von Hellmer, das mit dem schwarzen Balken vor den Augen, und plötzlich fiel ein Tropfen Blut darauf.

»Entschuldigung«, flüsterte sie. Hastig zog sie ein Papiertaschentuch aus ihrer Schürzentasche und wischte den Tropfen weg. Es blieb eine breite rotbraune Spur.

»Haben Sie Hans-Jörg Hellmer umgebracht?«

Ich hielt den Atem an und sah kurz über die Schulter, ob nicht Koplin aus irgendeiner Gulaschkanone heraussprang und erneut auf seine ganz spezielle Weise in die Ereignisse eingriff.

»Ich … ihn umgebracht?«

»Sie haben mich doch genau verstanden, Frau Herdegen. Was haben Sie mit all den Toten zu tun?«

Ihr Blick irrlichterte über den Artikel. Plötzlich gaben ihre Beine nach. Sie schwankte, tastete nach der nächsten Stuhllehne und setzte sich, ohne den Blick von Hellmers Foto zu lösen.

»Tote?«, flüsterte sie. »Mein Mädchen ist tot. Mein Mann ist tot. Meinen Sie das? Das war meine Familie. Mein Lebensglück. Und er hat es zerstört.«

»Und trotzdem haben Sie ihm die Suppe gegeben. Haben seelenruhig mit angesehen, wie er hier ein und aus ging, haben es ertragen, dass er weiterlebte und Ihre Tochter nicht.«

Sie versuchte, sich nichts anmerken zu lassen. Aber ihre Hände begannen zu zittern. Instinktiv suchten ihre Augen die Tür, doch der Weg wurde durch uns abgeschnitten. Alttay setzte sich auf die andere Seite des Tisches.

»Und was für ein Leben er gelebt hat. Was er daraus gemacht hat. Weggeworfen in die Gosse. Nicht genutzt. Abgelebt. Sinnlos, ziellos, aussichtslos. Das ist so unfair. So ungerecht. Dass so einer weitermacht und ihre Tochter nicht. Und das soll Sie kaltgelassen haben? Dann müssen Sie ein Engel sein.«

»Ein Engel?«, fragte sie leise. »Wer sein eigenes Kind tot in den Armen hält, den hat Gott vergessen.«

Ich konnte und wollte mich nicht mehr zurückhalten, Bundesrechtsanwaltsordnung hin oder her.

»Und deshalb haben Sie ihn umgebracht? Einen Mann, der bis zu seinem Tod einen Einbruch gebüßt hat, der ihm nie bewiesen werden konnte? Den er vielleicht gar nicht begangen hat?«

»Er war da.«

»Der selbst nie verwunden hat, was damals passiert ist? Der keiner Seele ein Haar krümmen konnte?«

»Er war da.«

»Sie haben ihn zum Tode verurteilt. Sie und die anderen. Weil Sie glaubten, dass es hier unten keine Gerechtigkeit mehr für Sie gibt und der da oben Sie vergessen hat. War es so? Frau Herdegen, war es so?«

Sie schlug die Hände vors Gesicht und begann zu schluchzen. Das brachte mich zur Besinnung. Was tust du hier eigentlich, dachte ich. Was ist in dich gefahren, dass du dich plötzlich zum Richter aufspielst? Alttay drehte sich zu mir um und hob beschwichtigend die Hände. Ein Zeichen, mit dem er um Zurückhaltung bat, denn Frau Herdegen balancierte gerade am Rande eines Nervenzusammenbruchs entlang.

»Wenn Gott Sie wirklich vergessen hat«, sagte er leise, »was machen Sie dann hier?«

Ich bekam Angst um sie. Dass sie zusammenbrechen könnte oder irgendetwas Dummes tun. Sie zitterte am ganzen Körper. Doch plötzlich richtete sie sich auf, und der Blick, mit dem sie uns ansah, sprach eine ganz andere Sprache. Von Kraft und Stolz, von Härte und Unnachgiebigkeit. Wir hatten sie eiskalt erwischt. Aber es war ihr gelungen, diesen kleinen Moment der Schwäche zu überwinden.

»Der Herr gibt nur das, was man auch ertragen kann. Mehr will ich dazu nicht sagen.«

Alttay schnaufte unwillig und deutete auf das große, schlichte Holzkreuz. »Der Herr. Der Herr! Der Herr mag es nicht, wenn man ihm ins Handwerk pfuscht. Hat er das noch nicht mit Ihnen kommuniziert? Also: Wen haben Sie umgebracht? Und wer steht noch auf der Liste?«

Sie wickelte das Taschentuch um ihren blutigen Daumen. »Ich weiß nicht, von was Sie reden. Entschuldigen Sie mich bitte.«

Sie schlüpfte um den Tisch herum und wollte vorbei.

»Rufen Sie Koplin an«, sagte ich. »Und alle anderen auch. Kommen Sie heute Abend um sieben in die Letzte Instanz. Es ist die einzige Chance, die wir Ihnen geben.«

Sie blieb stehen. »Ich kenne keinen Koplin.«

Alttay sah mich verwundert an, sagte aber nichts.

»Tun Sie es trotzdem. Heute Abend, im ersten Stock. In dem kleinen Hinterzimmer.«

»Ich kenne keinen Koplin. Und auch keinen ersten Stock.«

»Da, wo Sie sich immer getroffen haben. Sagen Sie ihm, Frau Noack wird da sein. Sie wird kommen.«

»Ich kenne …«

Die Flurtür wurde aufgerissen. Menschen strömten herein, sahen die ungedeckten Tische und blieben irritiert stehen.

Sie wandte sich ihnen zu. »Einen Moment«, rief sie. »Einen kleinen Moment noch!«

Doch es wurden immer mehr. Sie schoben und drängelten, eroberten sich ihre Stühle, reichten die Teller herum, holten sich Besteck. Sie hatten Hunger. Zwei junge Zivildienstleistende trugen einen gewaltigen Wärmebehälter herein und wuchteten ihn auf einen kleinen Tisch neben dem Servierwagen.

»Frau Herdegen!«, rief Alttay ihr hinterher.

Aber sie hörte ihn nicht. Sie ging zu ihrem Platz hinter dem Tisch. Lächelnd nahm sie die Suppenkelle und ließ sich den ersten, leeren Teller reichen.

»Was war das denn? Heute Abend sieben Uhr? Ein konspiratives Killertreffen im Hinterzimmer meines Lieblingsrestaurants? Warum weiß ich nichts davon?«

Alttay lief draußen vor der Tür auf und ab und zerzauste sich die Reste seiner Haare.

»Heute ist in der Staatsoper das Herz-Schmerz-Gala-Fressen gegen den Welthunger, das ist Großeinsatz! Ich weiß gar nicht, ob ich so schnell einen Fotografen bekomme! Und bis Redaktionsschluss ist die Story nicht hart zu kriegen! Herrgott, Vernau, wir hatten doch was ausgemacht!«

»Ja!«, brüllte ich zurück. »Aber es geht hier um Menschenleben! Und nicht um den Pulitzer-Preis!«

»Was? Was unterstellen Sie mir da?«

Ich trat so nahe an ihn heran, dass wir uns beinahe berührten. »Dass Sie an nichts anderes als Ihre Auflage denken.«

»Da kennen Sie mich aber schlecht.«

»Keinen Fotografen. Keine Reporter. Und wahrscheinlich schickt Frau Noack Sie auch vor die Tür, wenn sie Sie sieht.«

»Frau Noack? Ach ja. Die ist ja auch eingeladen.«

Alttay wusste bereits viel zu viel. Dass Salome bei diesem Treffen mit dabei sein sollte, schob die ganze Geschichte noch mehr in Richtung Illegalität. Ich würde sie zu gegebener Zeit auch gerne mal mit der BRAO konfrontieren. Die galt nämlich auch für Staatsanwälte.

Alttay nickte übertrieben verständnisvoll. »Da bin ich aber gespannt, was da ausgeheckt wird. Sie glauben doch nicht im Ernst, dass die sich stellen? Oder werden sie in eine Falle gelockt?«

»Es geht um zwei Menschen, die vielleicht bald nicht mehr am Leben sind.«

»Genau. Und um Mord. Vierfachen, gemeinsam geplanten, besonders heimtückischen Mord, wenn ich Sie auch daran erinnern darf. Das ist lebenslänglich. Da kommt keiner freiwillig.«

»Koplin macht das schon.«

Alttay lief wütend ein paar Schritte auf und ab. Ich wusste nicht, was ihm mehr zu schaffen machte. Dass er auf einmal außen vor war oder dass er ahnte, wie tief ich drinsteckte.

»Koplin macht das schon«, wiederholte er meine Worte. »Dann bin ich ja mal gespannt auf heute Abend. Wie er das macht. Und ob er das macht.«

Ich ging nicht mehr in die Kanzlei zurück. Ich telefonierte kurz mit Marie-Luise, die bei all dem Lärm um sie herum kaum zu verstehen war und ins Handy brüllte, dass die Mehrheit der verbliebenen Bewohner sich dafür entschieden hätte, das Haus mit sofortiger Wirkung zu besetzen. Der letzte Häuserkampf in Prenzlauer Berg hatte begonnen.

»Kommst du noch? Mademoiselle Leclerq gibt ein Konzert heute Abend. Kevin feiert Kerstiis Geburtstag und bringt die ganzen Leute aus seinem Büro mit. Und Marquardt habe ich auch angerufen und eingeladen. Er hat sich echt gefreut, von mir zu hören.«

»Ich kann nicht«, sagte ich. »Ich habe noch einen Termin.«

»Mit wem denn?«

Mit sechs Mördern und Schneewittchen. Aber es klang zu dramatisch, deshalb antwortete ich nur: »Nicht so wichtig.«

»Na ja. Vielleicht hast du ja danach noch Lust.«

»Vielleicht«, sagte ich und legte auf.

Dann wusste ich nicht weiter. Es waren nur noch knapp fünf Stunden. Ich ahnte, dass ich mich auf nichts richtig konzentrieren können würde, und fuhr zu meiner Mutter. Ich wollte mit ihr reden. Ich wollte wissen, wozu sie imstande wäre, wenn es mich erwischen würde. Ob Vergeltung oder Vergebung bei ihr an erster Stelle stünde. Wie sie was begründen würde. Ob sie sich jemals Gedanken darum gemacht hatte. Kurz, wenn man es auf den Punkt bringen wollte: Ich wollte wissen, ob sie mich liebte.

»Du stellst Fragen!«

Kopfschüttelnd reichte sie mir eine zu Tode geschleuderte Seidenbluse. »Wieso sollte dir was passieren?«

Ich drapierte das Kleidungsstück mehr schlecht als recht auf einem bis zur Gebrechlichkeit überladenen Flügel-Wäscheständer. Sie bückte sich wieder und wühlte in einem Klumpen undefinierbarer kochfester Unterwäsche herum.

»Weil es jeden Moment überall passieren kann. Neulich hat mir jemand aus Schönefeld erzählt, dass zur ILA ein Hubschrauber mit einem Kleinbus direkt über sein Haus geflogen ist. Stell dir mal vor, du denkst an nichts Böses, und dann fällt ein Kleinbus vom Himmel direkt auf deinen Kopf.«

»Ein Kleinbus. Vom Himmel. Auf den Kopf.« Sie entknotete zwei lange Unterhosen, in denen ich mir allenfalls Whithers vorstellen konnte. »Sonst hast du keine Probleme?«

»Der Mensch plant, und Gott lacht. Genau jetzt in diesem Moment könnte die Decke herunterkommen. Oder dieses Monstrum begräbt dich unter sich.«

Ich wies auf Georges Höllenmaschine. Sie stand in Lauerstellung in der Ecke und war mir noch nie ganz geheuer gewesen. Sie könnte jederzeit vornüberkippen und alles im Umkreis von fünf Metern wie eine eiserne Jungfrau unter Tonnen von spitzzackigem, rostigem Eisen pfählen.

»Du gehst auf die Straße, ein irrer Autofahrer, tot bist du. Du holst deine Rente auf der Post ab, ein Bankräuber schneit herein, peng, alles ist vorbei. Ich gehe ins Kino, nichtsahnend, und ein Amokläufer mäht mich nieder. Was würdest du tun?«

Sie schichtete noch drei Kilo Wollsocken auf den rechten Flügel. Der Wäscheständer gab ein leise ächzendes Geräusch von sich und knickte zusammen. Gemeinsam starrten wir auf die Bescherung.

»Ich muss einen neuen kaufen.«

Sie bemerkte mein Erstaunen und korrigierte sich. »Nein, das täte ich natürlich nicht. Ich würde selbstverständlich trauern um dich. Hilf mir mal.«

Gemeinsam wuchteten wir das Ding wieder in die Höhe und sammelten die heruntergefallenen Wäschestücke ein. Plötzlich hielt sie inne.

»Ich würde sterben«, sagte sie.

Dann breitete sie einen von Hüthchens nassen Kaftanen über die ganze verfilzte Angelegenheit.

»Warum würdest du sterben?«

»Weil es keine Mutter überlebt, ihr Kind zu verlieren.«

»Aber das stimmt nicht. Sie leben weiter, sie kriegen neue Kinder, sie kommen darüber hinweg und ...«

»Nein. Sie leben nicht weiter. Nicht so wie du und ich. – Du bist doch gesund, oder?«

Sie musterte mich sehr genau. Hüthchen war einkaufen, und dies war das erste Mal seit unendlich langer Zeit, dass wir uns ohne ihre störende Anwesenheit miteinander unterhalten konnten.

»Es geht mir gut. Keine Sorge.«

Wir ließen die Wäsche trocknen und gingen hinüber in die kleine Küche. Mutter setzte Teewasser auf, räumte einen kleinen Stapel Schmutzwäsche vom Stuhl und bot ihn mir an.

»Worauf willst du eigentlich hinaus? Mein Testament liegt in der Nachttischschublade. Das weißt du doch. Es ist alles geregelt. Auch das mit dem Geld für die Beisetzung.«

Ich seufzte. Ich war über Art, Ablauf, Musikwunsch und Gästeliste genauestens informiert. Meine Mutter wollte nichts dem Zufall überlassen. Sie plante diesen großen Tag mit ähnlicher Akribie wie eine Taufe oder eine Hochzeit. Es war das letzte sakramentale Ereignis ihres Lebens, und da wollte sie nichts dem Zufall überlassen.

»Aber das meinst du nicht.« Sie setzte sich mir gegenüber. »Hast du Angst?«

»Nein. Nicht um mich.«

Sie sah mich an und wollte etwas sagen. Der Wasserkessel setzte zu einem leisen Fiepen an, das im Handumdrehen zu einem schrillen Kreischen wurde. Sie stand auf, nahm den Kessel vom Herd und goss das kochende Wasser in die bereitgestellte Kanne. Mit ihr kehrte sie zum Tisch zurück.

»Du hast doch nichts vor? Dummheiten oder so?«

»Ich wollte nur wissen, wie du reagieren würdest.«

Sie schob mir die Zuckerdose mit den gesammelten Tütchen der umliegenden Coffeeshops hinüber.

»Wenn du stirbst. Über so etwas denkt man noch nicht einmal nach.«

»Aber es beschäftigt mich seit Wochen. Was passiert, wenn Menschen das Liebste verlieren, das sie haben?«

»Durch Absicht oder durch ein Versehen?«

Ich dachte an einen strahlend schönen Sommertag, an dem ein Paar zum Baden ging und ein Mann allein zurückkehrte. Ich dachte an eine alte Frau auf der Palliativstation, die vielleicht lästig geworden war. An eine Großmutter, die jahrelang glaubte, einen Enkel zu haben. An ein Mädchen, das seinen Vater bestahl und von seiner Hand starb. Und an ein Kind, das auf Grün vertraut hatte, auf Verkehrsregeln, auf Gesetze zu seinem Wohl, die nie erlassen wurden.

»Absicht«, antwortete ich. »Geiz. Sucht. Karriere. Überforderung. Größenwahn.«

Sie nickte. Mit den Fingerspitzen tupfte sie ein paar Zuckerkristalle auf, die aus dem Tütchen auf den Tisch gerieselt waren. Nachdenklich zerrieb sie sie.

»Viel Schuld braucht viel Vergeben. Das kann nicht jeder. Das zeigt sich erst, wenn man selbst einmal in dieser Situation ist. Was Gott verhüten möge. Hat Hajo etwas damit zu tun?«

»Hajo?«

Ich wusste nicht, wie sie ausgerechnet in diesem Zusammenhang auf Hellmer kam. Wahrscheinlich, weil er in seinem zweiten Leben das personifizierte Pech auf zwei Beinen gewesen war und sogar in diesen beiden Frauen ihren verschütteten Beschützerinstinkt reaktiviert hatte.

»Wir haben ja nicht gefragt, warum er damals bei uns war. Und gesagt hat er uns nichts.« Du auch nicht, sagte der Blick, den sie mir über den Rand ihrer Teetasse hinweg schenkte. »Aber er hat uns was dagelassen.«

In diesem Moment kam Hüthchen zurück. Ihr Schnaufen war durch den gesamten Innenhof zu hören, weshalb ich mich beeilen musste.

»Was?«, fragte ich.

»Ich weiß nicht, ob ich es dir zeigen soll. Er hat gesagt, für den Fall, dass ihm etwas passiert, sollen wir es einfach in sein Grab tun.«

»Nein. Ihr tut nichts in sein Grab. Ihr rückt es heraus, egal, was es ist.«

Mutter biss sich auf die Lippen und bereute sichtlich, mir überhaupt etwas gesagt zu haben.

»Wo ist es? Was ist es?«

Zu spät. Hüthchen, wankend unter der Last von zwei Kopfsalaten und einem Sechserpack Eier, schleppte sich in die Küche und ließ sich mit brechendem Blick auf den letzten der drei wackelnden Stühle nieder.

»Ach, Herr Vernau«, japste sie. »Das sind aber auch Wege hier. Nirgendwo mehr ein Supermarkt. Bis zum Alex muss man laufen. Glauben die denn, dass die Leute sich hier ausschließlich von Zitronengrassuppen in Thermobechern ernähren?«

Hüthchens versorgungstechnische Probleme waren mir egal. Dennoch wandte ich mich mit ausgesuchter Freundlichkeit an sie, wohl wissend, dass ich mir an ihr die Zähne ausbeißen würde.

»Frau Huth. Was hat Herr Hellmer in Ihrer Obhut gelassen?«

Überrascht wanderten ihre kleinen Knopfaugen zu meiner Mutter. Die rührte in ihrem Tee und tat so, als wäre mir diese Eingebung gerade vom Himmel auf den Kopf gefallen wie ein Kleinbus.

»Oder soll ich die Staatsanwaltschaft informieren und einen Durchsuchungsbefehl veranlassen? Wollt ihr, dass die Kriminalpolizei und die Spurensicherung hier auftauchen?«

Keine Reaktion. Ich beugte mich vor und nahm Hüthchen weiter ins Visier, die von beiden ohne Zweifel die härtere Nuss war.

»Hans-Jörg Hellmer wurde ermordet. Ihr unterschlagt Beweismaterial. Das sind sechs Monate bis zweieinhalb Jahre. Knast. Für euch.«

»Ermordet?«, flüsterte meine Mutter.

Hüthchen lief rot an und begann zu hyperventilieren. Das konnte sie wirklich gut und täuschend echt. Aber das konnte jeder, der lange genug übte.

»Gut.« Ich wühlte pro forma in meinen Taschen und holte mein Handy heraus. »Wie ihr wollt. In zehn Minuten stehen drei Wannen vor der Tür. Staatsschutz und Landeskriminalamt. Blaulicht. Rotierend. Und die ganze Nachbarschaft kriegt es mit. Sucht euch schon mal einen guten Anwalt.«

»Hast du es ihm gesagt?«

Mutter wäre am liebsten in die Teetasse gekrochen. »Ich dachte …«

»Hildegard! Es war sein Letzter Wille! Du willst doch auch, dass man deinen respektiert. Stell dir mal vor, ich komme hinterher an und sage, nein, keine Urne, lieber einen schönen Eichensarg, was dann?«

Ich hieb mit der Faust auf den Tisch, dass die Tassen tanzten.

»Her damit!«

Erschrocken sahen mich die beiden Frauen an. Fast hätten sie mir leidgetan. Da machte sie schon jemand zum Testamentsvollstrecker, und dann vergeigten sie auch das noch gründlich. Und zum ersten Mal, seit diese kleine, runde Frau mit der Renitenz eines Gummiballs ungefragt in mein Leben getreten war, stand sie widerspruchslos auf und tat, was ich ihr geheißen hatte. Sie ging hinaus und kam wenig später mit einem kleinen, in speckiges Zeitungspapier gewickelten Päckchen zurück. Stumm legte sie es vor mich auf den Tisch. Wortlos starrten wir darauf.

»Wann hat er es euch gegeben?«

Mutter räusperte sich. »Nach den Rühreiern. Wir wollten ja, dass er hier schlafen sollte. Aber er fühlte sich draußen wohler.«

»Er hatte Angst«, fuhr Hüthchen fort. »Aber er wollte nicht sagen, warum. Dann hat er es uns gegeben, damit man es nicht bei ihm findet. Wenn ihm was passiert.«

»Wir mussten versprechen, niemandem etwas zu sagen. Und falls ihm etwas zustößt, sollte keiner sein Geheimnis erfahren. Er wollte es mit ins Grab nehmen.«

Vorwurfsvoll schauten mich beide an. Ich nahm es in die Hand. Es wog schwer. Langsam begann ich, es auszuwickeln.

»Aber wenn ihm etwas passiert«, sagte Mutter, »und genau so hat er es gesagt, dann soll es recht gewesen sein.«

Ich wickelte das Ding aus dem letzten Stück Papier und hielt den Atem an. Ich konnte nicht glauben, was ich da in den Händen hielt. Neugierig beugten sich Mutter und Hüthchen vor und fuhren im gleichen Moment zurück.

»Was ist das?«, fragte meine Mutter.

Ich wagte nicht, es hinzulegen. Zeitungspapier. Sechs Jahre lang hatte Hellmer dieses Stück mit sich herumgetragen. In Notunterkünften, Wohnheimen, Bahnhofsmissionen, auf Parkbänken, in U-Bahnhöfen, in eiskalten Nächten und an glühend heißen Tagen. Und es sah immer noch so aus, als wäre es gerade ein letztes Mal angehaucht und mit einem Wildlederläppchen poliert worden.

»Was ist das?«, wiederholte Hütchen.

Mit glänzenden Augen zeigte ich es ihnen. »Eine Emperador Tourbillon von Piaget.«

»Eine Uhr«, übersetzte meine Mutter. »Ist die was wert?«

Die Letzte Instanz war leer. Das war ungewöhnlich, aber dann sah ich die vielen Reserviert-Schildchen auf den Tischen. Ein Polterabend wahrscheinlich, oder ein Firmenjubiläum. Als ich den Raum betrat, schaute Jule kurz aus der Küche heraus und nickte mir zu.

Ich ging durch alle drei Stuben, stieg dann über die Wendeltreppe hinauf und lief durch ganz ähnliche Räume wieder zurück. Der letzte war der kleinste und niedrigste von allen. Zinnteller und altes Geschirr an den Wänden, knarrende Holzdielen, in der Mitte drei zusammengeschobene Tische. Ich ging ans Fenster und schaute hinüber auf die andere Straßenseite. Ein gemütlicher kleiner Raum mit direktem Blick auf das Landgericht.

Ich hörte Schritte und drehte mich um. Otmar Koplin trat ein. Er begrüßte mich mit einem kurzen Kopfnicken, nahm dann seine Mütze ab und warf sie auf den Tisch. Während er die Jacke auszog und an einen Messinghaken neben der Tür hängte, sagte er kein Wort. Ich schaute wieder hinunter auf die leere Straße. Die altmodischen Lampen verbreiteten gerade genug Licht, damit Ortsfremde nicht die Orientierung verloren.

Koplin rollte seine Mütze zusammen und steckte sie in den Ärmel seiner Jacke.

»Haben Sie noch Schmerzen?«

»Sind Sie noch bewaffnet?«

»Heute nicht.«

Er setzte sich ans Kopfende des Tisches mit dem Rücken zur Tür. Vielleicht ein Reflex aus alten Zeiten, um in nächster Nähe des Fluchtweges zu sein. Äußerlich war ihm nichts anzumerken. Er war die Ruhe selbst.

Ich schaute auf meine Armbanduhr. Keine Piaget im Wert von gut und gerne dreißigtausend Euro, sondern das Werbegeschenk einer Sonntagszeitung für ein Probeabo. Zwei Minuten vor sieben.

Nichts regte sich in seinem Gesicht. Ich suchte in den grauen Linien eine Ähnlichkeit mit Salome. Vielleicht der Haaransatz, herzförmig bei ihr, schon etwas weiter gelichtet an den Schläfen bei ihm. Mehr war nicht zu lesen in seinen Zügen, die abweisend und verschlossen wirkten, während Salomes Feuer, Leidenschaft und Kälte zugleich in sich vereinten.

Er nahm die Speisekarte und legte sie wieder weg. *Justiz-Irrtum, Kreuzverhör* und *Beweismittel* waren heute wohl nicht nach seinem Geschmack. Schritte kamen näher, er drehte sich um und sah zur Tür.

Roswitha Meissner und Katja Herdegen traten ein. Sie sagten kein Wort, zogen auch als Erstes ihre Mäntel aus und suchten sich dann einen Platz am anderen Ende des Tisches, weit weg von Koplin.

Die Glocken der Parochialkirche schlugen sieben Mal. Jule steckte den Kopf herein, bemerkte die unberührten Speisekarten und lächelte alle freundlich an.

»Möchte schon jemand etwas zu trinken bestellen?«

»Wie immer«, sagte Koplin.

Die beiden Frauen nickten. Jule griff zu ihrem Blöckchen und notierte, ohne nachzufragen.

»Ein Bier«, sagte ich.

Jule schlüpfte wieder nach draußen. Wir warteten. Dann sah ich sie. Sie kam mit ihrem Landrover und parkte weit oben an der Kreuzung Klosterstraße. Platz genug wäre gewesen, aber sie stieg lieber ein Stück entfernt aus, blieb einen Moment neben ihrem Wagen stehen und betrachtete das Gebäudeensemble, als sähe sie es zum ersten Mal.

Lüg doch nicht, dachte ich.

Du bist hier doch ein und aus gegangen. Du weißt doch genau, wie es hier drinnen aussieht. Mit Trixi und Vedder hast du hier gesessen. Mit Rudolf und Marquardt. Mit Hofer, um den nächsten Sardinien-Urlaub zu planen oder auch mehr, wer weiß. Vielleicht sogar mit Margarethe, weil du eine stille, diskrete Ecke gesucht hast, in der du mit ihr reden konntest. Nicht im Stehen auf den hallenden Fluren des Gerichts, nein, hier, in der Letzten Instanz, mit einer Kerze auf dem Tisch und einem Glas Rotwein davor, mit leiser Stimme, um Verständnis bittend, nach Erklärungen suchend, rechtfertigend, ungeduldig irgendwann. Hast versucht, eine Siebzehnjährige zu verteidigen, vielleicht mit ihrer Jugend argumentiert, ein Plädoyer gehalten für das Recht auf Selbstbestimmung. Doch irgendwann hast du gemerkt, dass sie dich nie verstehen wird, dass du in ihren Augen eine Mörderin bist und bleibst, und da bist du aufgestanden und gegangen. Hast sie vergessen, nicht mehr an sie gedacht, bis sie eines Tages vor dir auf der Straße lag, eine Waffe in der Hand, die sie nicht auf dich, sondern auf einen anderen gerichtet hatte, direkt vor den Türen des Landgerichtes, durch die du seit Jahren ein und aus gehst, und da hast du zum ersten Mal geahnt, dass du vielleicht nicht ganz so ungeschoren davonkommst, wie du immer geglaubt hast. Und dass du nicht die Einzige bist, die diese Erkenntnis ertragen muss.

Aber vielleicht suchte sie auch nur meine Silhouette hinter den Fenstern. Ihr Blick traf mich, und glühendes Blei floss durch meine Adern. Ich liebe dich, dachte ich plötzlich, trotz allem liebe ich dich.

»Guten Abend.«

Ich fuhr herum. Ein junger Mann trat ein. Er war groß und hager. Um seine Fußknöchel trug er Fahrradklammern, und als er mit vor Kälte steifen Fingern den Sturzhelm abnahm, sah ich in ein schmales, von dunklen Bartschatten konturiertes Gesicht. Seine Augen lagen zu tief in den Höhlen, um einen wirklich gesunden Eindruck zu erwecken. Dennoch war es, als ob mit ihm ein Schwall frischer Luft hereinströmte und alle belebte. Ich fragte mich, wie er es wohl angestellt hatte, Margot Pohl von ihrer Leiter fünf Stockwerke in die Tiefe zu stoßen, und suchte in seinen scharf gezeichneten, blassen Zügen den Täter. Ich fand nichts außer mühsam unterdrücktem Unwillen. Er trat auf mich zu und reichte mir die freie, kühle Hand.

»Rupert Scharnagel.«

»Joachim Vernau.«

»Sie sind Anwalt, hat mir Frau Herdegen erzählt. Darf ich fragen, was Sie zu unserem kleinen Stammtisch führt?«

»Wir sollten warten, bis alle da sind«, sagte Koplin.

»Gut. – Hallo Sabine.«

Eine junge Frau mit blondem Pagenkopf stand im Türrahmen und machte Jule Platz, die mit einem Tablett hereinkam und die Getränke verteilte. Sabine Krakowiak. Eine schlanke, durchschnittlich hübsche Person, sehr konventionell gekleidet. Typ Sachbearbeiterin in einer Behörde. Wie konnte man so einen Menschen dazu bringen, sich nachts auf einem Parkplatz auf die Lauer zu legen und einen türkischen Schutzgeldeintreiber mit einem stumpfen Gegenstand zu erschlagen? Ich sah, wie Koplin ihr kurz zunickte. Eine winzige Geste, doch sie löste die Anspannung in ihrem Gesicht. Koplin war der Boss. Er wusste, was zu tun war. Das reichte. Er thronte am Kopfende des Tisches, nichts brachte ihn aus der Ruhe, und diese fast selbstgefällige Gleichmut übertrug sich auf die anderen.

»Ach, mein Julchen.«

Alttay schnaufte herein, offenbar überfordert von der engen Wendeltreppe. Sabine Krakowiak huschte an ihm vorbei und setzte sich neben Rosi.

»Sie auch wie immer?«, fragte Jule die Neuankömmlinge. Sie machte sich so schmal es ging und drückte sich durch die beiden an der Tür wieder heraus. Alttays Blick mied sie.

»Natürlich, Julchen«, sagte Alttay, und wer ihn ein bisschen besser kannte, so wie Jule und ich, konnte fast hören, wie tief der Ärger in ihm grollte. »Wie immer.«

Er sah sich um. »Jetzt verkehre ich schon seit fast zwanzig Jahren in diesem Haus, aber Ihre Treffen blieben mir immer verborgen. Vielleicht liegt es am Redaktionsschluss. Um diese Zeit komme ich sonst nicht zum Essen. Wie ist denn so die Sitzordnung?«

Scharnagel verstaute gerade seinen Helm unter dem Tisch. Auch er ließ einen Platz frei zwischen sich und Koplin. Ich setzte mich neben ihn. Von den acht Stühlen waren jetzt sechs besetzt. Sabine Krakowiak saß mir gegenüber. Alttay fragte sie, ob der Platz neben ihr noch frei sei. Sie nickte.

Ein Stuhl links neben Koplin blieb leer. Margarethes Stuhl. Salomes Stuhl.

»Guten Abend.«

Alle sahen hoch. Sie trat ein und schloss die Tür. Sie zog die Handschuhe aus, ließ den Mantel aber an und blickte jedem Einzelnen in die Augen. Nur ihrem Vater nicht. Sie stand direkt hinter ihm, und er tat ihr nicht den Gefallen, sich umzudrehen.

»Herr Alttay, bitte verlassen Sie den Raum.«

»Ich denke ja gar nicht daran!« Empört schaute er in die Runde. »Ich habe ein Recht, hier zu sein. Artikel drei Absatz drei …«

»Ich will keine Reporter«, unterbrach ihn Scharnagel schroff. »Ich will überhaupt niemanden hier, den ich nicht kenne. Was soll das werden? Ein Anwalt, ein Schmierfink, und Sie, wer sind *Sie* eigentlich?«

»Mein Name ist Salome Noack. Ich bin die ermittelnde Staatsanwältin.«

»Ermittelnd?«, fragte er.

»Was ermitteln Sie denn?«, schaltete sich Rosi ein. Mit erstauntem Unschuldsblick sah sie zu Salome. »Hier gibt es doch nichts zu ermitteln.«

»Meine Beule zum Beispiel«, sagte ich.

Roswitha verschränkte die Arme vor der Brust. »Ach, haben Sie sich weh getan? Das tut mir aber leid.«

»Herr Alttay?« Salome hatte nicht vor, sich von diesem Geplänkel aus dem Takt bringen zu lassen.

Wütend stand Alttay auf.

»Das ist meine Geschichte! Ich habe sie recherchiert!« Er wandte sich von Salome ab und den anderen zu. »Wenn Sie mit mir reden, bekommen Sie endlich das, was Sie schon immer wollten. Aufmerksamkeit. Genugtuung. Eine Berichterstattung, die auf Ihrer Seite ist.«

»*Herr* Alttay!«

Salome zog ihr Handy aus der Tasche. Sie trug heute den schwarzen, fast bodenlangen Mantel, den sie auch in Britz angehabt hatte und den sie so eng gegürtet hatte, dass ihre Taille noch schmaler und zerbrechlicher wirkte. Ihre langen Haare wurden im Nacken von einer Spange zusammengehalten. Ihr Gesicht war kaum geschminkt, ein Hauch Lippenstift, ein zarter Schimmer Lidschatten, das war alles. Kein Rouge, kein Make-up, sie wirkte geradezu unnatürlich blass.

»Verlassen Sie auf der Stelle den Raum. Oder ich nehme Sie vorübergehend fest.«

»Womit denn? Von wem denn? Ist hier irgendwo Polizei?«

»Noch nicht.«

»Gehen Sie«, sagte Koplin. Es klang nicht wirklich gefährlich. Ein guter Rat, mehr nicht. Aber er bewirkte, dass Alttay endlich den Mund hielt und langsam begriff, dass er hier nicht wirklich erwünscht war. Es tat mir leid für ihn. Er war ein guter Reporter mit genau dem Maß an Empathie, das seine Artikel von denen der Boulevardpresse deutlich unterschied. Aber jetzt war Schluss mit der Recherche. Er konnte nicht mehr Beobachter sein. Er machte mit – oder ging.

Koplin deutete auf mich. »Er kann bleiben. Du auch. Setz dich, Carmen.«

Langsam, fast in Zeitlupe, nahm Salome neben ihm Platz. Alttay sah sich um. Niemand sprach. Keiner rührte sich.

»Gut. Falls Sie es sich anders überlegen – ich warte unten.«

Alttay nahm seine Sachen. Es war besser so für ihn. Wir warteten, bis sich die Tür hinter ihm geschlossen hatte. Koplin wandte sich an mich.

»Was wollen Sie?«

Ich öffnete gerade den Mund, um etwas Nettes zu sagen, das das Eis zwischen uns wenigstens etwas zum Schmelzen bringen würde, da nahm Salome den Faden auf.

»Wer hat wen getötet?«

Alle blickten sie an.

»Und aus welchem Grund? Frau Meissner. Beginnen wir mit Ihnen. Ihre Tochter Kathrin starb vor sechs Jahren bei einem Verkehrsunfall. Richtig?«

Rosi sah sich um und nickte dann zögernd.

»Frau Herdegen. Auch Sie haben ein Kind verloren. Durch die Hand Ihres Mannes. Ein tragisches Versehen, das er nicht verwunden hat. Stimmt das?«

Katja Herdegen sagte gar nichts. Sie presste nur die Lippen aufeinander und starrte an Salome vorbei auf einen Zinnteller an der Wand.

»Sabine Krakowiak. Ihre Mutter Hertha Krakowiak war dement und bettlägerig. Bei ihrem Tod kamen mehrere Gutachter zu dem Ergebnis, dass er die Folge einer Lungenentzündung war, die sie sich im Krankenhaus zugezogen hatte.«

Sie ratterte die Sätze herunter, als läse sie sie gerade von einem imaginären Blatt Papier ab. Sie hatte sich gut vorbereitet. Und das nicht erst, seit wir uns in Görlitz getrennt hatten.

»Rupert Scharnagel. Ihre Frau wurde im Sommer vor sechs Jahren am Strand der Bürgerablage in Spandau-Hakenfelde Opfer einer Messerattacke. Das Gericht stellte fest, dass es sich um einen Unfall mit Todesfolge während eines Handgemenges handelte. Und Margarethe Altenburg, in deren Vertretung Sie, Herr Vernau, erschienen sind, hat ihren Sohn durch Selbsttötung verloren, nachdem er von seiner Frau verlassen worden war. Soweit ich mich erinnern kann, wurde in diesem Fall kein Verfahren eingeleitet.«

Sie blickte mich so unbeteiligt an, als stünden dreihundert Aktenordner zwischen uns. Sie war nicht hier, um irgendetwas zu erfahren. Sie präsentierte Fakten. Sie war die Staatsanwältin. Und plötzlich wusste ich, dass das hier eine Falle war.

»Einzig Herr Koplin bereitet mir Kopfzerbrechen. Bitte verraten Sie mir den Grund, der Sie in diesen Kreis geführt hat.«

Koplin tat ihr nicht den Gefallen. Er fixierte mit gewollt desinteressiertem Gesichtsausdruck einen Punkt an der gegenüberliegenden Wand. Als ob sie nichts anderes erwartet hätte, fuhr sie fort.

»Warum so still? Wir sind doch unter uns. Wir wissen doch alles voneinander. Für was also stehe ich in diesem Kreis am Pranger? Ich habe in einigen Ihrer Prozesse die Anklage vertreten. Für manche von Ihnen nicht hart genug. Aber wir sind hier nicht im Wilden Westen, meine Damen und Herren. Wir leben in einem rechtsstaatlichen ...«

»Es geht hier nicht um dich«, sagte Koplin. Immer noch würdigte er sie keines Blickes und sprach an ihr vorbei wie zu einem unsichtbaren Besucher. »Aber es beruhigt mich, dass du es zumindest annimmst. Dann sind Hopfen und Malz noch nicht völlig bei dir verloren.«

Sie lehnte sich zurück und schaute lächelnd an die Decke. Es interessiert mich nicht, was du über mich denkst, sollte das heißen. Sie wartete, ob Koplin noch etwas hinzuzufügen hatte. Aber da kam nichts mehr. Als sie sicher war, dass sie sich wieder im Fokus der Aufmerksamkeit befand, richtete sie sich auf und nahm uns erneut ins Visier.

»Ich habe heute Morgen die Untersuchungsprotokolle aus der gerichtsmedizinischen Fakultät erhalten. Demnach ist Hans-Jörg Hellmer trotz Einnahme eines Emetikums nicht an seinem eigenen Erbrochenen erstickt. Eine Aspiration ist auszuschließen. Petechiale Blutungen und tardieusche Flecken weisen jedoch auf Fremdeinwirkung hin. Möglicherweise mit einer Jacke oder Ähnlichem. Diese Jacke suchen wir. Und den Täter.«

Sie sah einen nach dem anderen an. Zuletzt Koplin.

»Wer war es?«

Schweigen.

»Gut. Der nächste Fall. Margot Pohl, ehemalige Krankenschwester. Stürzte aus dem fünften Stock vom Balkon ihrer Wohnung im Märkischen Viertel. Zeugen wollen vor dem Unfall beobachtet haben, wie ein Mann Frau Pohls Wohnung betrat. Angeblich jemand vom Gebäudemanagement. Er wird als groß, schlank, zwischen Mitte dreißig und Mitte vierzig beschrieben.«

Ihr Blick fiel auf Rupert Scharnagel. Der polierte gerade gelangweilt seinen Fahrradhelm mit dem Jackenärmel.

»Obwohl die Wohnung mittlerweile renoviert und neu vermietet ist, haben wir berechtigte Hoffnung, auf dem Balkon noch Spuren zu finden, die auf die Anwesenheit dieses Unbekannten zum Todeszeitpunkt von Frau Pohl schließen lassen. Bei Arslan Yildirim liegt der Fall etwas anders. Er wurde mit einem stumpfen Gegenstand getötet. Die bisherigen Erkenntnisse deuteten auf einen Jugendlichen hin, der noch nicht die Kraft hatte, einen einzelnen, gezielten Schlag auszuführen. Wir ermitteln jetzt in eine andere Richtung. Es könnte auch eine Frau gewesen sein.«

Sabine Krakowiak griff nach Katja Herdegens Hand.

»Im Fall Jürgen Vedder bin ich mir noch nicht ganz im Klaren, ob ich eine Exhumierung veranlassen soll. Wurde er getötet? War es ein tragischer Unfall? Er steht am Anfang dieser Kette von Todesfällen. Ich vermute, dass sein Tod eine Art Initialzündung war. Danach legten Sie ja erst so richtig los.«

Sie stand auf und ging langsam, sehr langsam, ein Mal um den Tisch herum. Dabei sah sie jedem Einzelnen in die Augen.

»Hier oben also. Hier haben Sie sich gefunden. Miteinander geredet. Sich getröstet. Geweint. In den Arm genommen. Versucht, sich gegenseitig zu stützen. Doch es half nichts. Reden war vergeblich. Die Wut, der Zorn, die Verzweiflung ließen nur einen Gedanken zu, Vergeltung. Dort drüben haben Sie sie nicht bekommen. Zumindest nicht so, wie Sie sich das vorgestellt haben.«

Sie blieb kurz am Fenster stehen. Die letzten Lichter im Landgericht waren gelöscht. Die Rückseite des gewaltigen Baus, schmucklos und schlicht, ragte weit in den Nachthimmel hinauf.

»Doch ein Gericht übt keine Rache. Es versucht, auf Grundlage der Gesetze einen Rechtszustand wiederherzustellen. Es ist ein unvollkommenes Bemühen. Aber das einzige Mittel, das uns hier unten zur Verfügung steht.«

Koplin schnaufte verächtlich. Ihm stand das Irdische näher als das Jüngste Gericht. Salome ignorierte diese Missfallensäußerung und setzte ihren kleinen Rundgang fort. Kühl, beherrscht, klar, analytisch. Noch hatte sie niemanden hier aus der Fassung gebracht. Alle schienen vorbereitet. Als ob sie so eine Situation schon hunderte Male durchgespielt hätten. Aber nun holte Salome aus. Ein winziges triumphierendes Lächeln huschte in ihre Mundwinkel.

»In diesen Minuten werden Ihre Wohnungen durchsucht, Ihre Freunde befragt, Ihre Autos beschlagnahmt, Ihre Familien verhört. Morgen machen wir an Ihrem Arbeitsplatz weiter. Wir laden Ihre Kollegen vor, Ihre Chefs, Ihre Nachbarn, wir wenden gerade die Matratzen Ihrer Betten, holen die Festplatten aus Ihren Computern, überprüfen Ihre Anrufe, konfiszieren Ihre private Korrespondenz. Wir werden Ihr Leben auseinandernehmen und nicht aufhören, bis wir etwas gefunden haben. Bei jedem Einzelnen von Ihnen. Wir werden Sie überführen. Das verspreche ich Ihnen. Ihre Lage kann sich jedoch um einiges verbessern, wenn Sie kooperieren.«

Jetzt hatte sie sie. Sie brauchten ein paar Sekunden, um zu verstehen, und die Verblüffung konnte man jedem Einzelnen ansehen. Nur Koplin nicht. Er saß immer noch da, kalt wie ein grauer Fels, und wartete darauf, dass sie ihr Pulver verschossen hätte.

»Es ist vorbei, meine Damen und Herren. Das Spiel ist aus.«

Mit einem Krachen zersplitterte die Tür. Ein Dutzend Männer mit Sturmhauben, kugelsicheren Westen und Gewehren im Anschlag stürmte den Raum. In weniger als zehn Sekunden waren wir alle überwältigt, standen an der Wand oder wurden quer über den Tisch gelegt und nach Waffen abgesucht. Salome wartete ein paar Schritte abseits, bis die Festnahme vorüber war.

Ich blieb mit erhobenen Händen am Fenster stehen und verstand jetzt, warum es so ruhig im Haus und auf der Straße gewesen war und Salome ihren Wagen oben an der Ecke geparkt hatte. Blaulicht wanderte über die Häuserwände, mehrere Einsatzwagen der Polizei standen an den Zufahrtswegen und riegelten sie ab. Das Gelände wimmelte nur so von uniformierten Beamten. Ich sah, wie Alttay abgeführt und zu einem der Wagen gebracht wurde. Hoffentlich konnte er sich ausweisen und hatte mehr als Eisbeinsülze zur Erklärung parat, was ihn an diesem Abend hergetrieben hatte. Jule lief ihm nach und rief ein paar Worte, aber die Polizisten ließen sich nicht beirren.

Ich versuchte, so ruhig wie möglich zu bleiben. Im schlimmsten Fall kam ich eine Nacht in Gewahrsam. Für die anderen sah es schlimmer aus. Sabine Krakowiak schluchzte, Katja Herdegen bewegte stumm die Lippen, Scharnagel, auch mit erhobenen Händen, den Fahrradhelm ostentativ über den Kopf haltend, blickte grimmig auf die vermummten SEK-Männer.

»Ihre Namen!«, bellte er. »Weisen Sie sich gefälligst aus!«

Es war lächerlich. Die letzte Klappe war gefallen. Die Täter gefasst. Ich hatte mein Ziel erreicht und recht behalten. Bravo, Vernau. Gut gemacht.

»Und nun?«, fragte ich und drehte mich um.

Salome unterbrach ihr leises Gespräch mit dem Polizeiführer. Sie überlegte einen Moment, dann sagte sie ihm: »Herr Vernau kann nach Feststellung der Personalien gehen. Soll sich aber zur Verfügung halten.«

Im ersten Moment war ich unendlich erleichtert. Ich konnte gehen. Doch dann spürte ich, dass etwas mit mir passiert war. Genau in diesen Minuten, in denen Salome hier oben ihre improvisierte kleine Hauptverhandlung durchgespielt hatte.

»Ich bleibe«, sagte ich.

Sie gab dem Beamten ein Zeichen und kam auf mich zu.

»Mach, dass du wegkommst«, zischte sie. »Sofern dir etwas an deiner Zulassung liegt.«

»Ich möchte eine Aussage machen«, sagte Koplin.

»Ich auch.«

Das war Rupert Scharnagel.

»Ich auch«, flüsterte Sabine.

Langsam, ganz langsam, drehte sich Salome zu ihnen um. Das Spezialeinsatzkommando zog sich zurück, nachdem alle Festgenommenen einen relativ gefassten Eindruck machten. Einsatzbeamte der Polizei übernahmen die Sicherung. Und dann kam Vaasenburg.

Der Kriminalhauptkommissar nickte mir kurz zu und ging dann mit Salome nach draußen.

»Jede Aussage wird gegen Sie verwendet«, sagte ich schnell. »Bitte nur Angaben zur Person, nicht zur Sache. Name, Geburtsname, Meldeadresse. Sagen Sie nichts, bis Sie mit Ihrem Anwalt gesprochen haben. Bewahren Sie Ruhe. Das ist eine Stresssituation. Sie können die Folgen nicht …«

Salome und Vaasenburg kamen zurück. Sie setzte sich auf ihren Stuhl. Vaasenburg stellte sich hinter sie und legte ein kleines Diktiergerät auf den Tisch.

»Bitte nehmen Sie Platz. Herr Koplin, Sie wollten eine Aussage machen?«

»Ja. Ich habe Jürgen Vedder getötet.«

Mit allem hatte sie gerechnet, aber nicht damit. Doch der Reigen war noch nicht zu Ende.

Frau Herdegen räusperte sich. »Ich habe Hans-Jörg Hellmer getötet.«

»Ich habe Margot Pohl vom Balkon gestoßen«, sagte Sabine.

Rupert Scharnagel nahm jetzt auch endlich die Hände herunter. »Ich habe Arslan Yildirim erschlagen.«

Verwirrt sahen sich die Beamten an. Salomes wunderschöne azurblaue Augen verengten sich zu schmalen Schlitzen.

»Auf dem Parkplatz hinter dem Tacheles«, ergänzte er.

Katja Herdegen warf einen unsicheren Blick auf Koplin. Kaum merklich blinzelte er ihr zu.

»Ich habe Herrn Hellmer eine Flasche Alkohol zugesteckt. Später bin ich ihm gefolgt und habe ihn erstickt. Mit einer Daunenjacke aus der Kleiderkammer.«

»Ich habe …«, begann Sabine, aber Salome fiel ihr ins Wort.

»Wollen Sie mich auf den Arm nehmen?«

Wütend schaltete sie das Diktiergerät aus. »Sie haben sich wohl als Mann verkleidet und Frau Pohl über die Balkonbrüstung gehoben? Und Sie, Herr Koplin, haben ein Buffet für dreihundert Leute auf der Grundsteinlegung manipuliert und Herrn Vedder so vom Leben zum Tode befördert? – Abführen!«

Vaasenburg trat einen Schritt zurück. Der mitschreibende Beamte schaute stirnrunzelnd auf seine Notizen.

»Wollen Sie die Vernehmung nicht weiter fortführen?«

»Das ist keine Vernehmung!« Sie griff nach dem Gerät und schleuderte es an die Wand. Es zerschellte, die Gehäuseteile flogen durch den Raum. »Und das sind auch keine Aussagen!«

Sie war außer sich. So, wie ich sie noch nie erlebt hatte. Mühsam versuchte sie, ihre Gefühle unter Kontrolle zu bringen.

»Haben Sie nicht gehört? Abführen. Ich hoffe, der Ermittlungsrichter ist bereits informiert.«

Vaasenburg nickte.

Alle verließen den Raum, nur Salome, Vaasenburg und ich blieben zurück. Salome hob die Einzelteile des Diktiergerätes auf und reichte sie Vaasenburg.

»Es tut mir leid. Ich hätte nicht so die Beherrschung verlieren dürfen.«

»Das kann passieren. Was nun?«

»Fangen Sie mit der kleinen Blonden an. Sie scheint mir am instabilsten. Wenn auch nur einer redet, bricht das ganze schöne Kartenhaus zusammen.«

»Die Spurensicherung hat noch nichts gefunden.«

»Sie wird etwas finden. Man findet immer etwas, wenn man nur lange genug sucht.« Irritiert drehten sie sich zu mir um, denn ich konnte nicht anders. Ich musste lachen. Es kam aus meinem tiefsten Inneren, und es lag mit Sicherheit daran, dass ich noch nie eine solche Posse wie heute Abend erlebt hatte. Ich versuchte, mich zu beherrschen, aber ganz gelang es mir nicht. Vaasenburg und Salome sahen mich an, als hätte ich den Verstand verloren.

»Sie haben euch verarscht«, keuchte ich. »Nach Strich und Faden. Das haben die sich nicht eben so aus den Fingern gesogen. Die nächsten Monate habt ihr nichts anderes zu tun, als jedem Einzelnen zu beweisen, dass er es *nicht* gewesen ist. Und selbst danach seid ihr keinen einzigen Schritt weiter.«

Es war verrückt. Koplin und seine Freunde hatten Jahre Zeit dafür gehabt. Sie hatten sich Plan B in allen Details zurechtgelegt. Die sechs Monate U-Haft reichten im Leben nicht aus, auch nur einen einzigen roten Faden aus dem verwirrten Knäuel zu ziehen.

Ein Funksprechgerät knarrte. Der Beamte an der Tür sagte: »Einsatz beendet. Wir ziehen ab.« Und verschwand.

»Okay«, sagte Vaasenburg. »Ich weiß zwar nicht, was daran so lustig sein soll, aber vielleicht komme ich ja irgendwann noch mal darauf. Ich muss ins Präsidium. Es gibt schon erste Anfragen von Reportern, die den Polizeifunk abgehört haben. Wir müssen uns auf eine gemeinsame Linie verständigen.«

Salome nickte. Sie reichte mir die Hand.

»Danke für Ihre Hilfe.« Es klang nach dem genauen Gegenteil.

Dann ließ sie mich stehen und folgte Vaasenburg. Ich nahm mein schal gewordenes Bier und trank es in einem Zug aus. Mit dem leeren Glas ging ich wieder ans Fenster und schaute hinaus. Vaasenburg und Salome verabschiedeten sich gerade voneinander. Er stieg in einen Einsatzwagen, sie lief weiter. Ich nahm mein Handy und wählte ihre Nummer. Sie verlangsamte ihren Schritt, suchte das Telefon, warf einen Blick auf das Display und blieb stehen. Sie war schon fast an der Ecke, als sie zurückschaute zur Letzten Instanz, mich oben am Fenster stehen sah und den Anruf annahm.

»War es das?«, fragte ich.

»Das war es«, antwortete sie.

»Es sind trotzdem sechs«, sagte ich.

»Ich weiß. Der letzte große Unbekannte. Wir werden ihn finden.«

»Du wirst gegen deinen eigenen Vater ermitteln müssen.«

»Dann lasse ich mich von dem Fall abziehen. Alles kommt auf den Tisch. Aber ich habe keine Angst. Es gibt nichts in meinem Leben, was ich bereuen müsste. Keinen Tag. Keine Nacht. Keine Stunde.«

Sie machte eine winzige Pause.

»Und keinen einzigen Kuss.«

Ich spürte wieder diesen Stich im Herzen. Sie wollte auflegen, aber dann sagte ich es, und ich hoffte, es würde ehrlich ankommen, aufrichtig und so, wie es gemeint war.

»Grüß Rudolf.«

Ich konnte es nicht sehen, aber ich spürte, dass sie lächelte.

»Er ist in Straßburg.«

»Ich könnte dich …«

»Nein«, unterbrach sie mich. »Ich werde keine Minute Zeit haben.«

»Ich könnte trotzdem …«

Sie ließ das Handy sinken. Dann legte sie es noch einmal an ihr Ohr.

»Nein«, sagte sie.

Ich konnte jetzt nicht alleine nach Hause.

Ich fuhr in die Dunckerstraße und hörte schon von weitem, dass Mademoiselle Leclerq ihr Bestes gab, die gesamte Nachbarschaft zu unterhalten. Eine sehr eigenwillige Interpretation von Valérie Leganges *»Mon amour pour toi«* wogte gerade in sphärischen Klängen über die Häuserfronten, mäanderte in melancholischen Endlosschleifen über die kupferblanken, neu gedeckten Dächer, zog vorbei an frisch gestrichenen Stuckfassaden und kroch entlang an doppelt schallisolierten ISO-Norm-Fenstern bis in die Hightech-Lofts, die Singleapartments mit dem blankpolierten Eichenparkett, die steuerbegünstigten Hauptstadtzweitwohnsitze und schwebte dann hoch in den schimmernden, nie ganz dunklen Himmel von Berlin.

Im Innenhof hatten sich rund fünfzig mir zum größten Teil unbekannte junge Menschen versammelt, die ihre Solidarität mit den bedrohten Mietparteien durch ausgiebigen Bierkonsum bekräftigten. Marie-Luise stand mit ihren Friedensaktivisten unter Frau Freytags Küchenfenster. Die Rollläden waren heruntergelassen, von ihr selbst war weit und breit nichts zu sehen. Von den Katzen auch nicht.

Als Marie-Luise mich sah, löste sie sich von der Gruppe, holte eine Bierflasche aus einem der herumstehenden Kästen und kämpfte sich zu mir durch. Ich stand immer noch im Hofeingang und betrachtete das bunte Treiben wie jemand, den der Zufall hier an Land gespült hatte.

»Wo kommst du her?«

»Von einer Festnahme.«

Sie öffnete die Bierflasche mit ihrem Feuerzeug und reichte sie mir.

»Mit Frau Noack, so wie du aussiehst. Die Spatzen pfeifen es schon von den Dächern. Die Littenstraße war weiträumig abgesperrt.«

Ich nickte und trank einen Schluck. Das Bier war zu warm, es schäumte wie ein kleiner Wildbach über den Flaschenhals und tropfte auf den Boden.

»Sie hat sie also gefasst.«

Es klang fast so, als würde sie es bedauern. Sie hob ihre Flasche und stieß mit mir an.

»Aber sie haben sie nicht überführt«, sagte ich. »Und es wird ihnen auch nicht so schnell gelingen.«

»Haben sie die Aussage verweigert?«

»Nein. Im Gegenteil. Sie haben alle gestanden. Nur nicht den eigenen Mord.«

Sie dachte nach, schüttelte den Kopf, dachte noch einmal nach und fragte dann: »Wie bitte?«

»Jeder hat sich selbst bezichtigt. Aber für eine Tat, die er nicht begangen hat. Ich weiß nicht, was man da machen kann. Beugehaft. Verschleierung. Bandenbildung. Aber wenn sie eisern bleiben, reicht das für eine richtige Verurteilung nicht aus.«

»Und Salome?«

Sie forschte in meinem Gesicht nach einer Regung, die verraten könnte, wie es wirklich um mich stand. Ich würde diese Frage niemals beantworten können. Es war schwer, mit dem Lieben aufzuhören. Eigentlich unmöglich. Ich wollte sie beschützen vor dem, was in den nächsten Tagen und Wochen über sie hereinbrechen würde. Es war nur eine Frage der Zeit, bis alle wussten, wer Otmar Koplin war und was sich in Salomes früherem Leben zugetragen hatte. Alttay spitzte schon die Bleistifte, mit denen er sie aufspießen würde, und es würde ein langsamer, schmerzhafter, öffentlich zelebrierter Tod ihrer Träume werden. Aber sie würde meinen Schutz nicht wollen. Und nicht brauchen.

»Ich fürchte, wir werden eine Weile auf sie verzichten müssen. Was wird das hier eigentlich?«

Sie sah sich um. »Ach, eine kleine Party. Ich rechne damit, dass in spätestens zwei Stunden die Bullen hier sind. Laut genug ist es ja. Autsch!«

Begleitet von heftigen Rückkopplungen startete die Band einen überraschenden Angriff auf Plastic Bertrands »Ça plane pour moi«. Der Innenhof tobte. Passanten und Neugierige kamen von der Straße dazu und blieben. Langsam wurde es richtig voll hier. Zu voll. Ich sah, dass Licht in unserer Kanzlei brannte.

»Wer ist denn oben?«

»Kevin. Er bereitet Kerstiis Geburtstagsüberraschung vor.«

In diesem Moment drängelte sich eine hübsche, gertenschlanke Blondine zu uns durch. Sie überragte mich um mehr als Haupteslänge und drückte mich herzlich an ihren Bauchnabel.

»Joachim! Wir haben uns ja lange nicht gesehen. Wie geht es dir?«

Kerstii ließ mich los, damit ich wieder atmen konnte.

»Gut!«, rief ich gegen den Lärm an. »Herzlichen Glückwunsch!«

»Nicht jetzt. Erst in einer halben Stunde.«

Ihre Augen glänzten, aber das kam nicht vom Glück, sondern von einer Menge ungeweinter Tränen. Ich sah sie an, sie schluckte und senkte den Kopf.

»Wie war es in Tallinn?«

»Schön. Sehr schön. Ich weiß noch nicht, ob ich hierbleibe. Ach, lass mich mal trinken.«

Sie nahm meine Bierflasche und leerte sie in einem Zug fast bis zur Hälfte. Sie trank nicht oft, aber wenn, dann mit echter Leidenschaft. Marie-Luise und ich tauschten einen Blick. Kerstii setzte ab, unterdrückte ein herzhaftes Rülpsen und wischte sich den Mund mit dem Handrücken ab.

»Aber jetzt wird erst mal gefeiert. Steht nicht so rum hier draußen. Kommt wieder rein.«

Mit einem tapferen Lächeln verschwand sie in der ekstatischen Menge.

»Was ist da los?«, fragte ich.

Marie-Luise zuckte mit den Schultern und sah ihr nach. »Zu jung für die große Liebe. Sie kommen nicht klar mit dem Gedanken, dass sie so früh den einzigen Menschen gefunden haben, mit dem sie ein Leben lang zusammen sein wollen. – Er kommt nicht klar damit.« Sie wies hoch zu unseren Fenstern. »Jana-Schätzchen ist bei ihm.«

»Wer hat die denn eingeladen?«

»Jazek. Er besäuft sich grade in der anderen Ecke.«

Am liebsten hätte ich Alttay angerufen, dass er sich auf der Stelle um seine Praktikantin kümmern sollte. Aber der hatte im Moment vermutlich anderes um die Ohren.

»Na, das nenne ich eine Party!«

Wir fuhren herum. Marquardt. Mit seinem sonnengebräunten Gesicht, den dunklen, nach hinten gegelten Haaren und dem italienischen Maßanzug kam er dem klassischen Feindbild der übrigen Gäste gefährlich nahe.

»Dachte, ich schaue mal vorbei. Nachdem Mary-Lou mich so nett eingeladen hatte.«

Marie-Luise, die wohl nie im Leben damit gerechnet hatte, Marquardt leibhaftig wiederzusehen, rang sich zu einem Lächeln durch.

»Nun denn, tritt ein. Bring Glück herein. Danke für deine Hilfe.«

»Aber herzlich gerne. Glückwunsch, Joachim. Mir scheint, du hast den großen Jackpot an Land gezogen. Schafft ihr das denn alleine?«

Ich musste ihn so fragend angesehen haben, dass er einen Moment sein joviales Grinsen vergaß und die ehrliche Freude zeigte, mehr zu wissen als wir.

»Na, dann wird Frau Noack dir das wohl morgen mitteilen. Wird ein Riesending. Gigantische Anklage, schätzungsweise mehrere Monate Prozessdauer, und eine komplette Strafkammer nur für dich. Schwer zu stemmen für euch zwei allein. Aber auf Freunde in der Not kann man sich verlassen. Hier bin ich! – Gibt es irgendwo was zu trinken?«

»Drinnen«, sagte Marie-Luise. »Von was redest du, um Himmels willen?«

Marquardt schaute sich um und ging ein paar Schritte vor in den Hausflur. Neben den Briefkästen blieb er stehen und zog uns nahe zu sich heran. Marie-Luise ein bisschen näher als mich, aber das mochte nur dem Umstand geschuldet sein, dass ständig fremde Menschen an uns vorbei in den Hof strömten.

»Als ich von dem Ding heute Abend in der Littenstraße gehört habe, habe ich natürlich sofort bei Salome angerufen und ihr meine Hilfe angeboten. Ganz unter uns natürlich.«

»Deine Hilfe«, bemerkte Marie-Luise.

»Und da sagte sie mir, dass als Zeugenbeistand kein anderer Anwalt als du verlangt wurde.« Er tippte mit dem Zeigefinger auf meine Brust.

»Ich?«

»Keine Ahnung, ob sie dich bezahlen können, aber die Staatskasse ist ja auch noch da. Wie gesagt, wenn ihr Hilfe braucht …«

Er trat einen Schritt zurück und sah uns abwartend an. Ich hatte Schwierigkeiten zu glauben, was ich da gerade gehört hatte.

»Also, Bier gibt's im Hof, ja?«

Er grinste uns an und ließ sich dann von einer Gruppe britischer Designstudentinnen mitziehen.

»Ich muss ins Büro«, sagte ich.

Das war unglaublich. Wenn Marquardt uns da nicht einen ganz großen Bären aufgebunden hatte, müsste jede Minute das Telefon klingeln. Unwahrscheinlich, dass Salome den Tatverdächtigen mit meiner Handynummer aushalf. Ich boxte mich durch den Hof bis zu unserem Treppenaufgang und hastete hoch. Diepgen saß vor Frau Freytags Tür und miaute jämmerlich. Wahrscheinlich hatte er für französischen Punk genauso wenig übrig wie sein Frauchen. Als er mich kommen sah, fuhr er zusammen und flitzte nach oben davon.

Ich stürmte in die Kanzlei und überraschte Kevin mit Jana im Flur. Beide fuhren auseinander, als hätte ich sie bei etwas Verbotenem überrascht. Was es ja irgendwo auch war, wenn Kevins Freundin mit rotgeheulten Augen alleine inmitten von zweihundert Hausbesetzern ihren Geburtstag feiern durfte. Schwer atmend von meinem ungewohnten Treppenlauf blieb ich stehen.

»Ach, Herr Vernau«, piepste Jana. »Haben Sie uns erschreckt!«

Kevin fuhr sich verlegen durch die Haare. Die Hälfte von Janas Make-up fand sich in seinem Gesicht wieder, weshalb leugnen zwecklos war.

Ich sah auf die Uhr. Viertel vor zwölf.

»Jana, solltest du nicht schon längst im Bett sein? – In deinem eigenen«, setzte ich vorsichtshalber hinzu.

»Sie sind doch nicht mein Bewährungshelfer«, flapste sie zurück. »Außerdem iss nich mehr mit Zeitungen. Und mein Praktikum ist auch zu Ende. Montag hab ich wieder Schule.«

Sie verzog ihr entzückend verschmiertes Gesichtchen zu einer gelangweilten Grimasse.

»Aber Kevin hat mir erzählt, dass er als Praktikant bei euch angefangen hat. Und nach allem, was ich beim *Abendspiegel* gelernt habe, wär das im Herbst doch auch nicht schlecht. Oder?«

»Du willst …«

Ich konnte nicht glauben, dass Jana ernsthaft erwog, ein Praktikum in einer Anwaltskanzlei zu machen. Aber es schien Gott sei Dank nur ein flüchtiger Gedanke zu sein, denn sie schaute an mir vorbei auf irgendetwas hinter meinem Rücken.

»Ist das Ihre Katze?«

In der offenen Eingangstür hockte Laurien. Sie sah uns mit ihren wasserblauen Augen an und klopfte mit dem Schwanz auf den Boden.

»Nein.«

Ich knallte ihr die Tür vor der Schnauze zu.

»Kerstii wartet unten auf dich. An deiner Stelle würde ich mich jetzt mal um sie kümmern.«

Jana klaubte ihre Tasche vom Boden und verdrückte sich. Kevin trollte sich Richtung Küche. Ich folgte ihm. Auf dem Tisch stand ein großer, selbstgebackener Möhrenkuchen. Kevin riss eine Schachtel Wunderkerzen auf und begann, sie in den Kuchen zu stecken.

»Ich brauche keine Ratschläge. Misch dich nicht ein.«

»Jana ist doch kein Ersatz für Kerstii.«

»Ach, werden wir jetzt zum Beziehungsratgeber? Was ist übrigens mit dir und deiner Staatsanwältin? Soweit ich weiß, ist sie verheiratet. Da könnte ich dir auch eine Menge Tipps in Richtung Hände weg geben. Hab ich's getan? Nein.«

Er rammte das nächste Stäbchen in den unschuldigen Kuchenleib, als wäre er eine Voodoo-Puppe.

»Übrigens ist Kerstii von sich aus gegangen. Wurde ihr alles zu eng, und zu nah und was weiß ich. Sie ist weg, nicht ich.«

Er holte ein Päckchen Streichhölzer aus seiner Knietasche und warf es wütend auf den Tisch.

»Zwei Monate lang habe ich nicht gewusst, ob sie wiederkommt. Und dann steht sie plötzlich vor der Tür und erwartet, dass ich sie mit offenen Armen empfange! Was hättest du getan?«

»Ich hätte die Arme ausgebreitet.«

Kevin biss sich auf die Lippen. Die Flurtür wurde geöffnet, dröhnende Musik und der Geräuschpegel vieler sich bestens unterhaltender Menschen schwappte herein.

»Herr Vernau? Kevin?«

Jana schon wieder. Kevin drehte sich weg und schüttelte den Kopf. Vielleicht gab es ja noch eine Chance für die beiden. Aber nur wenn ich diese Göre mit der Diskretion eines Megafons aus dem Weg räumte.

»Ich rede mit ihr. Kümmere du dich um das, was wirklich wichtig ist.«

Jana wartete im Flur und zog mich ins Treppenhaus. Und es war nicht Kevin, der ihr in diesem Moment am Herzen lag.

»Hier riecht es komisch.«

Ich schnupperte. Haschisch, Zigaretten, Grillwürstchen, Bier.

»Nicht hier. Da unten.«

Sie deutete auf die Wohnung unter uns. Ich folgte ihr ein paar Stufen, und im nächsten Moment brüllte ich nur noch: »Raus! Alle!«

Sie starrte mich an, begriff und rannte die Treppe hinunter. Ich nahm Anlauf und warf mich mit voller Wucht gegen die Tür. Erst beim vierten Mal zersplitterte das Schloss. Die vorgelegte Kette sprang aus der Halterung. Fauchend und schreiend jagten mehrere Katzen an mir vorbei ins Freie. Ich zerrte mein Hemd aus dem Hosenbund, hielt mir den Zipfel vor die Nase und stürmte durch den Flur in die Küche. Frau Freytag lag auf dem Fußboden, direkt vor dem offenen Gasherd. Sie war nicht mehr bei Bewusstsein. Ich klopfte ihr mehrere Male die aschfahle Wange. Dann lief ich zum Fenster und versuchte, den Rollladen hochzuziehen. In diesem Moment verstummte die Musik im Hof, und aus mehreren hundert Kehlen klang:

»*Happy Birthday to you …*«

Das konnte nicht wahr sein. Das durfte nicht wahr sein.

Ich atmete noch einmal durch den Stoff tief ein, hielt die Luft an, hob Frau Freitag hoch, sie war leichter, als ich dachte, und schleppte sie aus dem Flur hinaus ins Treppenhaus. Was ich sah, ließ mein Blut schockgefrieren.

»Nein!«, brüllte ich.

Aber meine Stimme kam nicht an gegen den Lärm.

»Mach sie aus! Kevin! Nein!«

Er stand oben am Treppenabsatz, auf den Händen den Kuchen mit zweiundzwanzig funkelnden, sprühenden Wunderkerzen.

»Wirf sie raus! Kevin! Kevin!«

Das letzte Bild sah ich nur noch in Zeitlupe. Er drehte sich zu mir um, den leuchtenden Kuchen auf beiden Händen, begriff nicht, warum ich Frau Freytag auf den Armen hielt, dann musste er es gerochen haben, seine Augen weiteten sich vor Entsetzen, der Kuchen fiel ihm aus den Händen, auf uns zu, er wollte ihn noch festhalten, aber er kullerte und sprang die Treppen hinunter, zerbrach in tausend Teile, die Wunderkerzen brannten und malten eine verrückte Lichtspur in die Luft, ich stolperte nach hinten, die Stufen hinunter, warf Frau Freytag in die Ecke, beugte mich über sie, und in dem Moment detonierte das Haus.

SECHS MONATE SPÄTER

Es war ein blitzblanker, klarer Septembermorgen, mit einer Luft wie frisch gewaschen. Der Sommer leerte sich, hatte sich erschöpft nach heißen Monaten mit viel zu frühen Sonnenaufgängen und begann nun ernsthafte Übergabeverhandlungen mit dem Herbst. Die Schatten wurden länger, und langsam kehrte Ruhe ein. Erstaunlicherweise hatten die Obst- und Gemüsebauern doch eine passable Ernte zustande gebracht, die Stände der türkischen Händler auf den Gehsteigen brachen fast zusammen unter der bunten Last, der Tisch war überreich gedeckt, und uns ging es gut. Richtig gut.

Marquardt hatten wir noch von meinem Krankenbett aus zu unserer Vertretung bestimmt. Ich brauchte ein paar Tage, um neben weiteren leichten Blessuren meine Gehörleistung wenigstens zum Teil wiederzuerlangen.

Marie-Luise hatte wie die meisten Gäste nur ein paar Kratzer abbekommen, Kevin dokterte eine Weile an leichten Verbrennungen und dem Verlust seiner Lieblingsjeans herum, Kerstii ein bisschen an ihrem gebrochenen Herzen, aber sie entschied sich für ein weiteres Semester in Berlin, und wir sahen die beiden den Sommer über kaum. Ein gutes Zeichen.

Frau Freytag hingegen hatte jede Menge blaue Flecken, zwei gebrochene Rippen, endlich wieder Kontakt zu ihrer Tochter in Westdeutschland und viel Post von bösen Gebäudeversicherungen und Hausverwaltungen. Die warf sie ungeöffnet in unseren Briefkasten, sobald das Gebäude wieder sicher genug war, um auch an ihn heranzukommen. Da bei ihr nichts zu holen war, blieb der

Schwarze Peter bei Trixi. Womit sich ihr Wohlwollen uns gegenüber gänzlich in Luft aufgelöst hatte.

Das Haus blieb stehen. Durch die Verpuffung war wenigstens ein Problem gelöst: die Renovierung. Alles war ein einziger Scherbenhaufen. Am schlimmsten hatte es Frau Freytags Wohnung getroffen. Erst Tage später kehrten Diepgen, Wowereit und Laurien zurück und wurden von Mademoiselle Leclerq vorübergehend in liebevolle Obhut genommen. Der Rest der Bagage war getürmt. Recht hatte sie.

Bis die Feuerwehr und die Statiker unseren Teil des Hauses wieder freigaben, vergingen mehrere Wochen. Die Renovierung zog sich über Monate hin, so dass wir Marquardts Angebot, zeitweise den leeren Abstellraum in seiner Kanzlei zu nutzen, dankbar annahmen.

Die Dankbarkeit währte so lange, bis wir herausbekamen, was er Trixis Versicherung für das lichtlose Geviert abknöpfte. Allerdings kam Marie-Luise so in den Genuss, das süße Leben am Kurfürstendamm zu kosten und vom Balkon aus Kirschkerne in Russencabrios zu spucken, und ich borgte mir seinen Golfspielerfüllfederhalter-Halter für meinen Schreibtisch aus und ließ mir endlich neue Visitenkarten drucken. Im Gegenzug übernahm Marquardt tatsächlich all das, was uns im Moment heillos überfordert hätte. Die Vertretung von fünf Tatverdächtigen, die allesamt geständig waren, nur nicht hinsichtlich des Mordes, den sie eigentlich begangen hatten. Nun war die Zeit abgelaufen, die sie in Untersuchungshaft bleiben durften. In zwei Stunden würde Roswitha Meissner entlassen. Dann Rupert Scharnagel, dann Katja Herdegen und zum Schluss Sabine Krakowiak. Es war Vaasenburg in keinem einzigen Fall gelungen, den richtigen Täter mit der richtigen Tat zu überführen.

Koplin war der Erste.

Ich stand mit einem braunen Ford Taunus TC 76 vor der JVA Moabit im absoluten Halteverbot. Vermutlich war das der Grund, weshalb er gar nicht weiter suchte, sondern direkt auf mich zuhielt, die Wagentür öffnete und sich ungefragt neben mich setzte.

»Zum Hauptbahnhof«, sagte er. Als wäre ich ein Taxifahrer.

Ich versuchte mich am ersten Gang, entlockte dem Getriebe ein erbärmliches Kreischen und röhrte dann im zweiten unter viel zu viel Standgas langsam los.

Zum Hauptbahnhof hätte er auch laufen können. Zu Fuß keine zehn Minuten. Ich wusste, dass er Berlin unmittelbar nach seiner Entlassung den Rücken kehren wollte. Aber nach einem halben Jahr Schweigen hoffte ich, er würde die ersten zehn Minuten in Freiheit vielleicht dazu nutzen wollen, sich etwas von der Seele zu reden.

Das war natürlich falsch. Er schaute durch die Windschutzscheibe und sagte keinen Ton. Das Einzige, was er Marquardt erklärt hatte, war die Wiederholung seines Schuldgeständnisses. *Ich habe Vedder getötet.*

Wie, warum, wann, wo, darüber hielt er sich bedeckt. Da die Staatsanwaltschaft sowieso Roswitha Meissner im Visier hatte, kam sie um eine Exhumierung Vedders nicht herum. Diese für alle Beteiligten heikle Aktion bewies eindeutig, dass der Mann an seinem Käse gestorben war. Sonst nichts. Damit war Koplin in diesem Punkt entlastet, Rosi auch, und Salome hatte eine Freundin weniger.

Ich konnte nur vermuten, was Vedders Tod alles ins Rollen gebracht hatte. Er sah so wunderbar zufällig aus. Er passte so schön in alle durchgespielten Racheszenarien. Vielleicht hatte Rosi sich falsch ausgedrückt. Vielleicht hatte sie sich auch nur mit fremden Federn geschmückt und als Erste so getan, als hätte sie ihren Teil der Abmachung erfüllt. Sie hatte gelacht am Telefon. Sie hatte triumphiert. Er ist tot, und ich war dabei. Der Unterschied zwischen *ich war dabei* und *ich hab's getan* waren nur zwei winzig kleine Wörter. Doch sie machten aus der Propektverteilerin eine Heldin. Und das Spiel begann.

»Rosi hat Sie belogen.«

Koplin nickte. Diesen Satz hatte er wohl schon hundert Mal gehört.

Ich hatte ihm im Gefängnis das Obduktionsergebnis vorgelegt. Er hatte es ungelesen zur Seite geschoben. Wahrscheinlich hatte Rosi ihm ihre kleine Lüge schon an dem Abend gestanden, an dem ich sie besucht hatte. Aber zu diesem Zeitpunkt war längst nicht mehr wichtig, was den Abhang ins Rutschen gebracht hatte.

Die Exhumierung war Salomes letzte Amtshandlung, danach gab sie den Fall ab, weil die öffentliche Entrüstung sich über ihrem Haupt zu einem Sturm zusammenbraute. Alttay ließ nichts aus. Entgegen seinen ersten Befürchtungen schaffte er jeden Tag die wortgewaltigsten Überschriften. Er stellte sie öffentlich an den Pranger. Sie war die eiserne Staatsanwältin, die Frau ohne Mitleid, das kalte Karrierebiest, selbst Mühlmann bekam den Unmut der öffentlichen Meinung zu spüren und musste sich ernsthafte Fragen gefallen lassen, nach seiner Rolle als Berater bei der Richtlinienausarbeitung des Europäischen Rates beispielsweise. Ich brauchte Alttay gar nichts zu erzählen, er bekam es sowieso heraus. Aber es tat weh. Mir vor allem. Alte Fotos tauchten auf und wurden abgedruckt. Rudolf und Salome, Hofer und eine gertenschlanke, blutjunge Unbekannte. Das Recht und die Wirtschaft zusammen im Urlaub. Der eine Manager des Jahres, weil er die Sparte Nutzfahrzeuge seines Konzerns zur Nummer eins auf dem Weltmarkt gemacht hatte, der andere ein einflussreicher Verkehrs- und Europarechtler mit einer Menge Nebenjobs. Die unscharfen Fotos von glücklichen Menschen auf einer Yacht im smaragdblauen Meer vor Sardinien hätte ich lieber nicht gesehen. Der Präsident des Verfassungsgerichtes auch nicht. Aber Mühlmann hielt sich, noch.

Koplin zog ein Päckchen Zigaretten aus seiner Jackentasche heraus, zündete sich eine an und kurbelte das Fenster herunter. Die Haft hatte ihm gutgetan. Er sah besser aus. Gesünder. Ich führte das auf die Einnahme regelmäßiger Mahlzeiten und jeden Tag Hofgang an frischer Luft zurück.

»Tja«, sagte er und schwieg wieder.

Es gab ja auch nicht viel zu sagen. Ich hatte getan, was ich konnte.

»Sie können mich da vorne rauslassen.«

Er wies mit der Hand auf den Taxistand, vor dem sich bereits ein Dutzend Fahrzeuge hilflos ineinander verknäuelt hatte, weil es den Planern dieses Bahnhofes nicht gelungen war, wenigstens eine anständige Vorfahrt hinzukriegen. Ich quetschte mich zwischen zwei Poller und hoffte auf einen Streik beim Ordnungsamt.

»Was werden Sie jetzt machen?«, fragte ich.

Er warf den Zigarettenstummel aus dem Fenster. »Zurück nach Zgorzelec.«

»Und dann?«

Er zuckte mit den Schultern.

Ich griff an ihm vorbei und öffnete das Handschuhfach.

»Ich habe noch etwas, das Ihnen gehört.«

Ich reichte ihm eine kleine graue Pappschachtel. Er nahm sie und betrachtete sie von allen Seiten. Schließlich steckte er sie ein.

»Sie waren die ganze Zeit auf unserer Seite.«

»Träumen Sie ruhig weiter, Koplin. Sie sind jetzt auf freiem Fuß. Ich möchte nichts im Haus haben, das Sie noch einmal in meine Nähe locken könnte.«

»Warum haben Sie es nicht der Polizei gegeben? Das ist doch ein schönes Beweisstück. Gut für mindestens sechs weitere Monate.«

»Die reichen mir nicht. Ich will, dass Sie lebenslänglich bekommen. Sie haben Hellmer umgebracht. Und ich mochte Hellmer.«

»Ich mochte ihn auch«, sagte er. »Er hatte etwas zutiefst Menschliches, weil er gesühnt hatte. Ich hätte ihm vergeben.«

»Dann verstehe ich Sie erst recht nicht.«

»Frau Herdegen konnte das nicht. Ich kann niemandem vorschreiben, wie er mit dem Verzeihen umgeht. Das entscheidet jeder für sich selbst. Aber wenn ich einen Pakt eingehe, dann weiß ich, was ich bekomme. Und was ich dafür bezahlen muss.«

»Hellmers Tod gegen Vedders Tod.«

Er nickte. »Vedder war einer von denen, die über Leichen gehen. Er hat eine Stadt getötet. Und er hat Carmen zu dem gemacht, was sie heute ist.«

Da hatte ich eine andere Meinung. Aber vielleicht suchten über die Maßen enttäuschte Väter ja gerne die Schuld bei anderen.

»Ist sie die Nächste?«

Überrascht sah er hoch. »Carmen?«

»Habt ihr sie immer noch im Visier?«

»Nein.«

Er schüttelte den Kopf und lächelte sein schiefes, seltenes, ungeübtes, eingerostetes Lächeln, das er wohl nur an hohen Feiertagen zeigte oder wenn er jemanden korrigieren durfte, der in dem falschen Glauben lebte, seine Tochter besser zu kennen als er selbst.

»Nur weil sie der festen Überzeugung ist, alles dreht sich um sie, steht sie noch lange nicht im Mittelpunkt dieser Geschichte. Aber sie ist ein Magnet. Sie zieht nur Eisen und Stahl an. Und pockigen Rost.«

»Und auf wen hatte Margarethe Altenburg es dann abgesehen?«

»Das wissen Sie doch.«

»Koplin, sind Sie sicher, dass Ihre Freunde Ihnen alles gesagt haben?«

Er hatte die Hand bereits gehoben, um die Autotür zu öffnen, und ließ sie wieder sinken. Ein Mehr an Reaktion erlaubte er sich nicht.

»Margarethe Altenburg hatte nichts gegen Vedder. Sie kannte ihn noch nicht einmal. Aber sie wusste, dass er Ihr rotes Tuch war. So hat sie Sie nach Berlin gelockt. In die kleine, traute Runde der letzten Instanz. Weil ihr nicht mehr viel Zeit blieb. Und weil sie jemanden brauchte, der ihren Teil der Bringschuld einlöste, den Mord an Hellmer. Das waren Sie, Koplin. Deshalb konnte sie ruhig sterben. Weil sie sicher war, dass jemand ihr Leid rächte. Aber ihr Feind war nicht Vedder.«

Er schob gleichgültig den Ärmel hoch und schaute auf seine Uhr. Wahrscheinlich wollte er seinen Zug nicht verpassen.

»Koplin, es fehlt ein Tod. Sie haben sich Vedder nicht geteilt. Margarethe Altenburg wollte jemand anderen. Wen?«

Für den winzigen Bruchteil einer Sekunde verengten sich seine Augen. Ich hatte ihn erwischt. Wahrscheinlich rechnete er blitzschnell dieselbe Gleichung durch, die mich seit Monaten um den Schlaf brachte.

»Wer ist es? Steht dieser Jemand immer noch auf Ihrer Todesliste?«

Koplin öffnete die Wagentür. »Sie mögen ein guter Anwalt sein. Aber Sie sind ein lausiger Ermittler. Es geschieht gerade. In diesem Moment.«

»Sie verarschen mich.«

»Leben Sie wohl.«

»Sie sind doch alle noch in Haft. Sie können doch gar nicht … Was haben Sie vor?«

Ich starrte ihn fassungslos an. Die ganzen letzten Monate hatte ich dieses eine kleine Detail gedreht und gewendet. Vier waren tot, einer war davongekommen. Doch der letzte, große Unbekannte, den hatten weder sie noch wir erwischt. Alle Verdächtigen waren hinter Schloss und Riegel, die Kette zerrissen. Und doch lief der Countdown immer noch. Koplin wollte aussteigen, aber ich packte ihn am Arm und zog ihn zurück.

»Was?«, schrie ich. »Was haben wir übersehen?«

»Die Sühne«, antwortete er nur.

Er riss sich los und warf mir die Wagentür vor der Nase zu.

Da sah ich Vaasenburg.

Und ein gutes Dutzend Männer in Zivil, die auf einmal einen

Kreis um uns bildeten. Koplin blieb überrascht stehen. Mit einem Blick stellte er fest, dass ihm jeder Fluchtweg abgeschnitten war, und hob die Hände. Vaasenburg trat auf ihn zu und belehrte ihn über seine Rechte. Koplin wurde durchsucht. Einer der Beamten fand die kleine Munitionsschachtel. Ein anderer legte ihm Handschellen an.

Ich setzte mich wieder ordentlich hinter das Steuer und beobachtete die Festnahme so unauffällig wie möglich, damit sie gar nicht erst auf die Idee kamen, mich auch gleich mitzunehmen. Ich konnte noch immer keinen klaren Gedanken fassen. Seine Stimme hallte in meinem Kopf, klar und nüchtern, jetzt, *in diesem Moment*. Wir hatten die Sühne übersehen. Weiß der Teufel, was er damit gemeint hatte.

Vaasenburg kam auf mich zu. Ich wusste noch immer nicht, was hier gespielt wurde. Aber ich würde es bestimmt gleich erfahren.

»Sie stehen im absoluten Halteverbot.«

»Sie können mich mal.«

»Diese Antiquität ist beschlagnahmt.«

»Wieso? Weshalb? Warum?«

»Wir haben zwei komplette Abhöreinrichtungen verloren, nur weil Sie Ihre Wagen wechseln wie andere Leute die Bettwäsche. Ich musste der Kriminaltechnik versprechen, wenigstens diesen Satz heil zurückzubringen. Aussteigen, bitte.«

Er öffnete den Schlag und wartete. Ich sammelte meine wenigen Habseligkeiten ein und tat, wie mir geheißen.

»Gratulation«, sagte ich. »Dann haben Sie ja mitbekommen, was Koplin gerade angekündigt hat.«

»Deshalb haben wir so schnell zugegriffen. Wir wollten nicht, dass Ihnen etwas passiert.«

»Mir?«

Ich verstand die Welt nicht mehr. »Mir passiert doch nichts. Das hat er doch gar nicht gemeint. Es gibt einen sechsten Mörder. Haben Sie das Prinzip denn immer noch nicht verstanden?«

Er streckte die Hand aus und wartete, bis ich ihm Autoschlüssel und Papiere überreicht hatte.

»Quittung?«, blaffte ich.

Er wies mit dem Kopf zu einem seiner Erfüllungsgehilfen, der neben einem schönen neuen Dienstwagen stand und eifrig Notizen in seinem Durchsuchungsprotokoll machte. Wutschnaubend ging ich zu ihm. Sie begriffen es einfach nicht. Mit viel Glück konnten sie jetzt Koplin Margarethes Tatwaffe in die Schuhe schieben. Ein großartiger Erfolg.

Vielleicht ließ sich aus unserem abgehörten Gespräch sogar so etwas wie eine neue Anklage basteln. Aber aller Wahrscheinlichkeit nach durfte ich ihn im kommenden Frühjahr wieder zum Bahnhof fahren. Sie würden auch weiterhin eisern durchhalten. Die Kette gab es noch. Und Koplin war nicht das schwächste, sondern das stärkste Glied.

Er stand neben einem Zivilstreifenwagen und zündete sich noch schnell eine Zigarette an, so gut das eben mit seinen Handschellen ging. Er inhalierte tief, wohl wissend, dass er in den nächsten Stunden wieder auf sein Laster verzichten musste.

»Wo ist denn Frau … Wie heißt sie jetzt? Noack?«, fragte er. Übertrieben suchend sah er sich um. »Sie ist doch sonst immer in der Nähe, wenn es eine erfolgreiche Verhaftung gibt.«

Er deutete auf den Kollegen, der gerade die kleine Munitionsschachtel in einer Plastiktüte verstaute.

»Ich wusste nicht, dass der Besitz von Altpapier strafbar ist. Wie lautet denn der Tatvorwurf?«

Er grinste spöttisch und zog erneut an seiner Zigarette. Vaasenburg kniff die Augen zusammen und sah ihn mit einem Gesichtsausdruck an, der jeden anderen dazu gebracht hätte, den Mund zu halten. Aber nicht Koplin.

»Dann sind Festnahmen wegen unerlaubten Abfallbesitzes wohl Frau Noacks Sache nicht. Grüßen Sie die Dame von mir.«

Er drehte sich um und wollte in das Auto einsteigen.

»Sie ist im Urlaub«, sagte Vaasenburg. »Seit heute Morgen. Tut mir leid, dass aus dieser kleinen Familienzusammenführung nichts wird. Aber vielleicht besucht sie Sie ja mal im Gefängnis.«

»Im Urlaub?«, fragte Koplin. Er hielt mitten in der Bewegung inne. »Seit heute Morgen?«

»Sardinien«, sagte der Zivilbeamte. »Soll jetzt die schönste Jahreszeit sein. Vielleicht schreibt sie Ihnen ja eine Karte.«

Was dann geschah, hätte ich nie für möglich gehalten. Koplin brach zusammen. Vor unseren Augen ging er in die Knie, gab einen ächzenden Laut von sich und hielt sich beide Hände vors Gesicht. Seine Schultern zuckten. Wenn es nicht so absolut unwahrscheinlich gewesen wäre, hätte man glauben können, dass er weinte.

Ratlos blickten wir auf den Mann. Der Beamte ließ verwirrt seine Notizen sinken.

»Ich hab's doch nicht so gemeint«, sagte er. »Entschuldigen Sie bitte.«

Koplin stieß einen Klagelaut aus, der uns alle zusammenfahren ließ. Es klang wie der Todesschrei eines waidwunden Tieres. Die anderen Polizisten verließen ihre Posten und eilten auf uns zu. Koplin sank noch mehr in sich zusammen und kippte um. Zusammengekrümmt lag er mit dem Rücken zu uns auf dem Boden. Vaasenburg beugte sich herab und berührte ihn mit der einen Hand an der Schulter.

»Herr Koplin?«

Seine andere Hand legte er auf das Pistolenholster an seinem Gürtel. Er war genauso unsicher wie alle hier, was diese zirkusreife Spontanvorstellung zu bedeuten hatte.

»Herr Koplin!«

Ich hockte mich auf die andere Seite. Koplin presste die Augen zusammen. Er biss sich in das linke Handgelenk, bis das Blut lief. Ich versuchte, seine Hände wegzuziehen, aber es gelang mir nicht. Er hatte sich in sich selbst verbissen. Ich schüttelte den Mann, der immer noch Laute aus sich würgte, die keiner menschlichen Kehle zuvor entstiegen waren.

»Rufen Sie einen Arzt!«, schrie ich Vaasenburg an. »Das ist echt!«

Koplin spuckte, Blut lief aus seinem Mundwinkel. Plötzlich öffnete er die Augen. Es war, als ob alle Kraft ihn verlassen hätte. Er schlug mit dem Kopf auf dem Asphalt auf und blieb ruhig liegen.

»Ist alles in Ordnung?«, fragte Vaasenkamp. Der Schreck war ihm in alle Glieder gefahren. »Sind Sie krank? War das ein Anfall? Brauchen Sie Medikamente?«

Koplin richtete sich mühsam auf. Er sah die Beamten um uns herum, alle bereit zum Zugriff, falls er irgendeine falsche Bewegung machte, er sah Vaasenburg, dem die Sorge immer noch im Gesicht geschrieben stand, und zum Schluss sah er mich.

»Ich möchte ein umfassendes Geständnis ablegen.«

Vaasenburg stand auf und klopfte sich den Staub ab. Schaulustige waren stehen geblieben, wir erregten Aufmerksamkeit. Direkt vor dem Berliner Hauptbahnhof war ein ungünstiger Ort für Geständnisse jeglicher Art.

»Gut«, sagte er. »Gut, dass Sie es endlich einsehen. Dann ist es jetzt wohl zu Ende. Wir bringen Sie auf unsere Dienststelle.«

Koplin stand auf. Ich wollte ihm helfen, doch er stieß mich unwillig weg. Er war wieder Herr der Lage.

»Nein«, sagte er. »Es ist noch nicht zu Ende. Retten Sie meine Tochter.«

6.

MONTAG, 21. SEPTEMBER, 11.27 UHR.
40° 33'47.15N/8° 09'46420.
3 KM VOR PORTO CONTE TORRE NUOVA, SARDINIEN.
LUFT 27°, WASSER 22°, SONNIG. WINDSTÄRKE 2 NNO, BÖEN 3–4,
WELLENHÖHE UNTER 2 M.

Sie stand an der Reling und spürte den leichten Wind, der wie eine zärtliche Hand über ihren Körper streichelte. Sie trug eine hauchdünne Seidentunika in Tiefseeaquamarin, Dunkeltürkis, Sonnenazur, Farben wie die des Meeres kurz vor Sonnenuntergang am Capo Caccia, wenn die Welt bewies, dass sie aus Blau gemacht war.

Sie nahm das Fernglas vom Tisch und suchte damit die Bucht ab. Das Boot, nach dem sie Ausschau hielt, lag vor den Klippen der Grifoni, dort, wo die Unterwasserhöhlen zahlreiche Sporttaucher anlockten und das Blau am dunkelsten war. Es tanzte wie ein kleiner Ball auf den Wellen. Die Männer in ihren schwarzen Taucheranzügen sahen aus wie kleine, aufrechte Ameisen mit viel zu schweren Rucksäcken. Einer blickte über die Bordwand in die Tiefe.

Sie legte das Glas zurück und schlenderte hinüber zu ihrem Liegestuhl. Ihre Reisetasche stand halb geöffnet daneben. Ein großes Sonnensegel spendete Schatten. Sie streifte die Tunika ab und legte sich, nur mit einer schwarzen Bikinihose bekleidet, auf die Liege. Gerade als sie sich ausgestreckt hatte, klingelte unten ihr Telefon. Nicht laut, aber störend. Es gelang ihr, das polyphone Ärgernis eine Weile zu ignorieren. Doch der Anrufer gab nicht auf. Er sprach auch nicht auf die Mailbox. Er versuchte es einfach immer und immer wieder.

Sie beschloss, das Gerät auszuschalten. Vorsichtig kletterte sie die Stufen hinunter und schlüpfte in die kleine, luxuriöse Kabine. Das Handy lag in der Nachttischschublade, und sie wunderte sich, wie stark ihr Körper auf jeden noch so leisen Klingelton reagierte. Sie warf einen Blick auf das Display und stöhnte auf. Ärgerlich, dass sie es nicht früher ausgeschaltet hatte. Es klingelte wieder.

Sie warf das Gerät auf das ungemachte Bett und setzte sich daneben. Mit gerunzelter Stirn wartete sie ab, bis der Anrufer auch dieses Mal aufgegeben hatte und das vibrierende Geräusch erstarb. Sie wollte nicht mit ihm reden. Sie wollte ihn am liebsten nie mehr wiedersehen. Er war ihr Fehler. Der einzige, den sie sich erlaubt hatte und der sie nun bis hierher verfolgte.

Sie griff nach dem Handy und wollte es ausschalten. In diesem Moment klingelte es wieder. Sie dachte nicht nach, es war ein Reflex, sie nahm den Anruf an.

»Hallo?«

»Wo bist du?«

Das klang nicht nach Sehnsucht.

»Vor der Küste von Sardinien.«

»Ist dein Mann bei dir?«

Sie ließ das Handy sinken und schaute aus dem Bullauge hinaus auf das blaue Meer. Das ewig Gleiche. Das immer Währende. Wie langweilig die Menschen doch waren, wie vorhersehbar und unflexibel im Handeln, Denken und Tun.

Sie hob es wieder ans Ohr. »Nein«, sagte sie. »Was willst du?«

»Wo ist er?«

»Beim Tauchen.«

»Allein?«

Verwirrt stand sie auf und verließ die Kabine. Auf dem Weg zurück an Deck redete sie weiter.

»Natürlich nicht. Man geht doch nie allein zum Tauchen. Sie sind vor der Costa dei Grifoni, das schöne Wetter ausnutzen.«

»Wer ist bei ihm?«

Langsam begriff sie, dass er nicht angerufen hatte, um ihre Stimme zu hören. Der Wind, eben noch zart und sanft, frischte auf. Ihr wurde kalt. Sie verließ den Schatten und trat hinaus in die Sonne. Eine kleine Wolke hatte sich vor sie geschoben, daher die plötzliche Brise. Ohne ihr strahlendes Licht wirkte das Blau dunkel und bedrohlich. Die Wellen kräuselten sich und trugen kleine weiße Schaumkronen.

»Alfred ist bei ihm. Und der *Guide.*«

»Wer ist der *Guide*? Kennst du ihn? Wie sieht er aus?«

Sie lief zum Tisch, nahm das Fernglas und hielt es vor die Augen.

»Er soll sich sehr gut auskennen. Rudolf und Alfred haben ihn vor ein paar Tagen kennengelernt. Gestern ist er mit ihnen hinaus zu den Klippen von Punta Giglio. Hör zu, ich bin gerade erst angekommen.«

Sie fand das Boot. Es war leer.

»Hol sie sofort zurück. Hast du mich verstanden? Sofort!«

Sie verstand nicht. Doch dann begriff sie.

Sie ließ das Handy fallen und rannte ins Führerhaus. Mit einem Blick erkannte sie, dass der Schlüssel nicht steckte. Sie konnte nicht fort. Er musste ihn abgezogen haben, als er die beiden abgeholt hatte, vorhin, keine halbe Stunde war das her, und sie hatte sie gehen lassen, Scherzworte über Bord gerufen, gewunken, gelacht, ihnen hinterhergesehen. Nichts geahnt. Nichts gewusst. Und jetzt war es zu spät.

In panischer Angst lief sie zurück an Deck, suchte das Handy, krabbelte auf allen vieren über den Boden, bis sie es gefunden hatte, unter der Liege, aber es war tot. Kaputt. Auseinandergebrochen. Der Akku lag vier Meter weiter Richtung Heck, und da hörte sie es.

Jemand war auf der anderen Bordseite und kletterte die Aluleiter hoch. Sie spürte, wie alle Haare ihres Körpers sich aufrichteten, als hätte sie ein elektrischer Schlag erwischt. Sie schätzte die Entfernung zur Luke ab, wer sie wohl eher erreichen würde, er oder sie, dann sah sie, wie er über die Reling kletterte. Eine schwarze Gestalt im Neoprenanzug, sie konnte sein Gesicht hinter der Taucherbrille nicht erkennen, aber sie wusste, er war es. Sie hatte recht behalten, es erfüllte sie mit blitzartiger Genugtuung. Sie schnellte vor und rannte auf die Luke zu, doch er war schneller. Er hatte ein Messer in der Hand, und als er den Arm ausstreckte, um nach ihr zu greifen, touchierte er sie. Sie hörte ein kurzes, singendes Geräusch und spürte den brennenden Schmerz. Sie rutschte aus, fiel die Treppe hinunter, spürte ihre schutzlose Nacktheit, rappelte sich auf und erreichte in letzter Sekunde die Kabine. Sie schlug die Tür hinter sich zu und versuchte, sie zu schließen. Ihre Finger zitterten so stark, dass sie genau die kostbare Zehntelsekunde verlor, die sie vielleicht gerettet hätte. Er trat gegen die Tür, das dünne Holz zersplitterte. Sie kroch auf das Bett, in die hinterste Ecke, kauerte sich zusammen und wartete ab.

Er stand in dem schmalen, niedrigen Türrahmen und nahm die Taucherbrille ab. Sein dunkles Haar glänzte feucht. Wasser perlte von ihm ab und floss in kleinen Bächen über die schwarze, zweite Haut. Er war groß und kräftig, ein bulliger, vierschrötiger Mann, und in der rechten Hand hielt er das Messer.

»Was wollen Sie?«

Ihre Stimme kippte. Sie spürte, dass die Panik jede Faser ihres Körpers vibrieren ließ.

»Was ist mit den beiden passiert? Wo sind sie?«

»Im Wasser«, sagte er und kam näher.

Sie presste sich noch enger an die Wand, spürte das kühle Holz an ihrem aufgeschürften Rücken, das Blut aus dem Schnitt am Oberarm tropfte auf die weiße Bettwäsche, und sie hatte zu viele Tatortfotografien gesehen, um nicht zu wissen, wie das Bett aussehen würde, wenn er mit ihr fertig wäre. Sie nahm das zweite Kissen und presste es vor ihren Bauch.

»Sie kommen damit nicht durch, Mirko. Man wird Sie finden. Und dieses Mal bekommen Sie Ihre Strafe. Haben Sie mich verstanden? Sie werden büßen.«

Er sah sie an und schwieg.

»Sie sind erledigt, Mirko Lehmann. Sie sind tot. Seit Sie das Mädchen überfahren haben, sind Sie tot. Und jetzt missbraucht man Sie, und Sie merken das noch nicht einmal. Die beiden Männer da draußen haben Ihnen nie etwas getan. Sind Sie wahnsinnig?«

Er beugte sich vor und griff nach ihrem Bein. Mit einem Aufschrei wehrte sie sich, rollte sich zur Seite und fiel von der Bettkante in die schmale Lücke vor der Bordwand. Jetzt saß sie erst recht in der Falle.

»Warum tun Sie das? Warum töten Sie unschuldige Menschen? Was habe ich Ihnen getan?«

Er ließ das Messer, das er schon wieder erhoben hatte, sinken.

»Sie sind nicht unschuldig. Sie hatten sechs verdammte Jahre Zeit.«

»Zeit?«, schrie sie. »Für was denn Zeit?«

Sie kauerte sich zusammen und hielt die Arme schützend vor ihr Gesicht.

»Um die Macht zu nutzen, die man Ihnen gegeben hat«, sagte er. Seine freie Hand schnellte nach vorne, griff in ihre Haare und zog sie zu sich heran.

»Stattdessen haben Sie Geld verdient.«

Sie roch das salzige Meerwasser und sah sein grobes, breites Gesicht, kleine Bäche rannen über seine Wangen, aber das war kein Wasser, das waren Tränen. Sie zappelte, schlug, trat um sich, aber er zog sie hoch, halb auf das Bett, und hob das Messer.

»Ich weiß, was du getan hast.«

»Ich?«, schrie sie. »Ich habe doch nichts getan!«

»Denkst du noch manchmal an die alte Frau?«

Er war verrückt. Er wusste nicht, von was er redete. Sie wollte antworten, doch ihre Lippen waren blutleer und kalt, sie zitterte, bittere Galle stieg in ihre Kehle. Gleich würde sie sich übergeben.

»An ihren Sohn? An das Kind? Ich weiß alles über dich. Man hat es mir erzählt. Ich muss das hier nicht tun. Aber ich will, dass du Angst hast. Scheißangst. Todesangst. Dass du ein Mal im Leben etwas empfindest. Ich will, dass du weinst.«

Sie sah in seine Augen. Und plötzlich erkannte sie es. Plötzlich war ihr alles klar, ihr ganzes Leben und seines gleich dazu, und alles war so einfach.

Und so schnell vorbei.

Es war ein Tag, den ich nie vergessen würde.

Ich wählte ihre Nummer den ganzen Nachmittag. Zwischendurch kam Marie-Luise und unterrichtete mich über den neusten Stand der Dinge. Marquardt hatte alles stehen und liegen lassen und Koplin zur Vernehmung begleitet, ich konnte es nicht. Ich saß neben dem Telefon, wählte und wartete. *The number you have dialed is temporarily not available*. Vaasenburg hatte Interpol alarmiert. Die *guardia costiera* und der maritime SAR-Dienst suchten die Küste ab. Costa dei Grifoni. Eine nähere Ortsangabe hatte ich nicht.

»Koplin hat alles gestanden.«

Ich saß an Marquardts Schreibtisch, sie ließ sich in den Ledersessel auf der anderen Seite fallen und zündete sich eine Zigarette an. Sie rauchte ununterbrochen.

»Den ganzen Plan. Hast du ein Ohr?«

Ich legte den Hörer zurück und versuchte, mich zu konzentrieren.

»Vor ein paar Jahren las Margarethe in Görlitz durch Zufall einen Artikel über eine Traumhochzeit. Der prominente Richter und die schöne Staatsanwältin. Aus Carmen Koplin war zwar Salome Noack geworden, erkannt hat sie sie aber trotzdem. Sie fuhr nach Berlin. In der Littenstraße passte sie Salome ab.«

»Das weiß ich doch alles«, sagte ich ungeduldig.

Ich tippte die Nummernkombination, die ich mittlerweile auswendig konnte, und wartete. Nichts. Was war an Bord geschehen? Warum, in Gottes Namen, meldete sie sich nicht? Wenn der Akku leer war, könnte sie wenigstens einen Funkspruch absetzen. Oder eine Leuchtrakete anzünden. Ich hielt die Ungewissheit kaum noch aus.

»In der Letzten Instanz kam es zu dem entscheidenden Gespräch. Salome muss Margarethe ziemlich abserviert haben. Die alte Dame war fix und fertig. Salome war zum Mittagessen verabredet. Mit Vedder, Mühlmann und Trixi. Sie saßen vorne, im ersten Raum, an dem runden Tisch neben dem Kachelofen. Sie waren fröhlich und vergnügt. Sie feierten Mühlmanns Berufung ans Bundesverfassungsgericht. Einen Raum weiter saß Margarethe und verstand die Welt nicht mehr.«

»Nicht schön«, sagte ich. »Und dann?«

»Eine Frau bekam mit, wie schlecht es Margarethe ging. Katja Herdegen hieß sie. Sie war mit ein paar anderen oben im ersten Stock verabredet. Scharnagel, Meissner, Krakowiak. Alles Leute, die am Landgericht die gleiche Erfahrung gemacht hatten. Sie nahm Margarethe mit. So haben sie sich kennengelernt. Später kam Koplin dazu. Er mochte Margarethe. Aus den beiden hätte durchaus was werden können, wenn sie nicht so biblisch und er nicht so kommunistisch gewesen wäre. Sie hat ihm erzählt, dass sie Vedder dort gesehen hat. Und das war für Koplin das Signal. Auf in den Kampf gegen seinen ärgsten Feind. Er begleitete Margarethe nach Berlin, immer öfter, und übernahm nach und nach die Leitung des konspirativen Zirkels. Anfangs war es nur ein Gedankenspiel. Doch dann machten sie Pläne. Gingen verschiedene Situationen durch. Spionierten ihre Gegner aus. Verfolgten und beobachteten sie. Entwarfen und verwarfen immer neue Absichten. Subtil bis ins Detail angeleitet von Otmar Koplin. Noch war alles theoretisch. Bis eines Tages Vedder unserer Rosi tot vor die Füße fiel. Und da ging es los. Das ganze Programm.«

Marie-Luise paffte einen kleinen Rauchkringel nach oben an die Stuckdecke.

»Alles lief wie am Schnürchen. Bis zu Mord fünf. Herdegen gegen Lehmann. Da passierte etwas. Diese Begegnung verlief nicht so, wie sie geplant war. Katja Herdegen erkannte etwas, das bei allen anderen gefehlt hatte: echte, bittere Reue. Lehmann war der Einzige, der nie geleugnet hat. Alle anderen lebten ihr Leben nach dem glücklichen Ausgang ihrer Verfahren weiter wie bisher. Selbst Hellmer hat seine Schuld nie zugegeben und hätte den Beweis sogar noch mit ins Grab genommen. Aber Lehmann war fertig. Sein Leben war verpfuscht. Das hat die Herdegen erkannt. Und ihm angeboten, in ihren Kreis zu treten und Mord sechs auf sich zu nehmen.«

»Salome?«

Marie-Luise schüttelte den Kopf. »Was hast du nur immer mit Frau Noack? Nein, es war Mühlmann. Und Hofer am besten gleich mit dazu. Der Korruptionsverdacht hing schon eine ganze Weile in der Luft. Nicht erst seit Alttay die Fotos veröffentlicht hat. Die Änderung der Straßenverkehrs-Zulassungsordnung, die Dobli-Spiegel zur Pflicht macht, hätte schon längst geschehen sollen. Sie wurde immer und immer wieder unterlaufen. Mühlmann war maßgeblich an der Verhinderung beteiligt. So viele Menschen werden deshalb totgefahren, vor allem Kinder, weil sie so klein und so schlecht zu sehen sind. Ich frage mich, ob die beiden auch nur ein Mal daran gedacht haben, wenn sie auf ihren Champagnerreisen ihre Erfolge feierten. Roswitha Meissner jedenfalls stimmte der Änderung des Planes sofort zu.«

Sie stand auf und ging auf den Balkon, um ihre Zigarette in einem Bambus zu entsorgen.

»Als Koplin hörte, dass Salome unterwegs nach Sardinien war, bekam er es mit der Angst zu tun. Er wusste, dass Lehmann keine Zeugen gebrauchen konnte. Sie ist ihm ins offene Messer gerannt.«

Ich wählte erneut. Mit jedem Mal sanken die Chancen für eine normale Erklärung, warum sie sich nicht meldete. Aber es gab so viele Möglichkeiten, auf einem Boot nicht erreichbar zu sein. Vielleicht war sie ohnmächtig geworden. Oder sie war in ein Funkloch geraten. Vielleicht hatte sie ihre Handyrechnung nicht bezahlt. Oder war Zeugin geworden von dem, was Mirko Lehmann vorhatte. Und dann wollte ich nicht weiter denken.

Mercedes Tiffany schlich herein und brachte eine neue Kanne Kaffee. Sie stellte sie auf einen Louis-Seize-Tisch neben dem überdimensionalen, nie benutzten Kamin und arrangierte zum zehnten Mal die unberührten Kekse auf dem Teller daneben.

»Gibt es schon etwas Neues?«

»Nein«, antwortete ich.

Ich wusste nicht, inwieweit sie über die Ereignisse informiert war. Aber dass ernste Dinge geschahen, das hatte sie mitbekommen. Sie schlich auf den Zehenspitzen hinaus und ließ uns allein. In diesem Moment klingelte das Telefon. Ein Blick auf die Nummernanzeige bestätigte, dass ich mir keine Hoffnungen zu machen brauchte. Der Anruf kam vom Polizeipräsidium am Platz der Luftbrücke. Vaasenburg. Das konnte alles bedeuten.

Marie-Luise sah mich fragend an. Als ich keine Anstalten machte, den Hörer abzuheben, übernahm sie das.

Sie hörte lange zu, und auch wenn sie versuchte, sich zu beherrschen, so sah ich ihr an, dass es schlechte Nachrichten waren. Zum Schluss bedankte sie sich und legte auf. Ich wartete auf das Urteil.

»Sie wurden gefunden.«

»Wer?«

»Mühlmann und Hofer. Beide sind tot. Ein Tauchunfall. Zumindest sieht es auf den ersten Blick so aus.«

»Und Salome?«

»Nichts.«

Ich sprang auf und lief durch das Zimmer. Ich wusste nicht, wohin mit meiner Verzweiflung.

»Sie hatten zu wenig Sauerstoff. Lehmann ist wohl mit ihnen

ziemlich tief getaucht und hat sie dann da unten alleine gelassen. Wahrscheinlich ist er schon über alle Berge. Hafen und Flughafen werden überwacht. Man hat ihn noch nicht gefunden. Joachim, es hilft nichts. Wir müssen abwarten. Hofers Yacht ist fast vierzehn Meter lang. So ein Ding verschwindet nicht einfach. Sie werden sie finden.«

»Wenn er ihr etwas getan hat, dann …«

»Was dann? Was tust du dann? Dann bringst du ihn um?«

Marie-Luise führte mich zu meinem Schreibtischstuhl zurück. Ich ließ es geschehen, als wäre ich ein alter, gebrechlicher Mann, der gestützt werden musste, und genauso fühlte ich mich auch. Der Boden trug nicht mehr. Fühlte man sich so, wenn man alles verloren hatte? War man dann zu allem bereit?

Schritte näherten sich. Marquardt stürmte herein. Er blieb stehen und sah uns an. Dann kam er näher und nahm Marie-Luise in den Arm, die es geschehen ließ wie den überwältigenden Ausbruch einer Naturgewalt.

»Sie haben sie.«

Er löste sich von ihr und ging auf mich zu. Ich stand auf und wankte ihm entgegen.

»Und?«, fragte ich.

Er drückte mich an sich.

»Sie haben sie. Sie lebt. Lehmann ist verschwunden. Auf der Flucht ertrunken, nehmen sie an.«

Er lachte sein tiefes, polterndes Lachen, das die Anspannung lösen sollte. »Ich war dabei, als Vaasenburg die Nachricht bekam. Sie haben sie wohlbehalten gefunden. Na, das wird ein Fest. Jetzt wird gefeiert!«

Marie-Luise war hinter mir stehen geblieben. Jetzt legte sie ihre Hand auf meine Schulter, sagte aber nichts.

»Was ist los? Das wird ein Jahrhundertprozess! Wir sollten uns langsam um die Filmrechte kümmern. Tiffy? – Tiffy!«

Er sprintete hinaus. Wir blieben zurück. Ich spürte, wie die sieben Eisenringe von meinem Herzen sprangen, einer nach dem anderen. Rache, Wut, Verzweiflung, Ohnmacht, Verlust, Grausamkeit, Einsamkeit. Ich war noch einmal davongekommen. Ich würde nicht zum Mörder werden.

Aber ich wusste, dass es in mir war.

Sie kam eine Woche später zurück.

Ich wartete auf sie am Flughafen Tegel. Sie war die Erste, die die Maschine aus Rom verließ. Wir holten ihren Wagen aus der Tiefgarage, ich setzte mich ans Steuer und brachte sie nach Hause. Wir sprachen nicht miteinander. Sie trug eine schwarze Sonnenbrille. Ich sah ihre Augen nicht. Aber ich spürte, dass sie dankbar war, nicht alleine zurückzukommen.

Ich fuhr den Landrover in die Tiefgarage. Dann nahm ich ihre Reisetasche und brachte sie nach oben. Ich kannte ja den Weg. Sie folgte mir, vielleicht dachte sie auch daran, wann und wie wir das letzte Mal gemeinsam diese Treppe nach oben gekommen waren.

Im Wohnzimmer stellte ich ihre Tasche neben dem Sessel ab, in dem Mühlmann damals gesessen hatte. Sie nahm meine Hand und führte mich durch die Räume. Das Arbeitszimmer, die Küche, ihr Schlafzimmer. Sie öffnete Schränke und sah hinein, roch an seinen Anzügen, nahm im Bad seinen Rasierpinsel in die Hand, streichelte ein Handtuch, sagte kein Wort dabei, griff nur immer wieder nach meiner Hand, und als wir zurück ins Wohnzimmer kamen, wusste ich, sie war bereit zum Weinen.

»Ich komme zurecht. Danke. Für alles.«

»Was wirst du machen?«

»Ich verlasse Berlin. Für eine Weile. Es gibt Anfragen aus der Wirtschaft. Vielleicht ist die Beamtenlaufbahn ja doch nichts für mich.«

Sie ging nach oben ins Schlafzimmer. Ich wartete eine Weile und entschied mich dann, ihr zu folgen. Vielleicht kam sie doch nicht so gut zurecht.

Ein Koffer lag auf dem Bett. Als ich eintrat, trug sie gerade mehrere Kleider in Plastikfolie über dem Arm und legte sie auf die Decke.

»Du willst schon wieder weg? Jetzt?«

Erstaunt über die Einfalt meiner Frage sah sie mich an. »Natürlich. Ich habe meine Aussage gemacht. Vaasenburg weiß, wo ich zu erreichen bin. Das Haus wird verkauft. Den Wagen nehme ich mit.«

Sie legte die Kleider sorgfältig zusammen und verstaute sie in dem Koffer. Ich sah ihr dabei zu und verstand überhaupt nichts mehr. Sie richtete sich auf und lächelte mich an.

»Ach Joachim. Was soll ich denn noch hier? Die Verhältnisse haben sich umgekehrt. Jetzt will man meinen Kopf auf dem Silbertablett. Aber den brauche ich noch. Für das hier, zum Beispiel.«

Sie trat auf mich zu und küsste mich. Sanft, zärtlich und sehr gekonnt. Dann ging sie zum Schrank und räumte ihn weiter aus.

»Bleib hier«, sagte ich. »Wir machen eine gemeinsame Anwaltskanzlei auf. Marquardt, du, ich, Marie-Luise. Am Kurfürstendamm. Und du bekommst das schönste Büro.«

Sie hielt die grünen Wildlederschuhe in der Hand, die sie in Görlitz ruiniert hatte. Sie betrachtete sie stirnrunzelnd, ging dann ins Bad und warf sie in den Abfalleimer.

»Der Kurfürstendamm ist nichts für mich«, sagte sie. »Ich will die Madison Avenue. Das war schon immer so. Daran hat sich nichts geändert.«

»Du kannst nicht immer weglaufen.«

»Ich laufe nicht weg. Ich gehe nur weiter. Das ist ein Unterschied.«

Sie schloss den Koffer und zog ihn vom Bett. Ich nahm ihn ihr ab, stellte ihn auf den Boden. Dann legte ich beide Hände auf ihre Schultern und zwang sie, mir in die Augen zu sehen.

»Was ist damals passiert?«

Ihr Augen verengten sich. Es war eine instinktive Reaktion. Als ob etwas Gefährliches sie berührt hätte.

»Auf dem Boot? Das habe ich bereits zu Protokoll gegeben. Lehmann hörte den Hubschrauber und ist geflohen. Mehr war nicht. Wir haben keine drei Worte miteinander gewechselt.«

»In der Nacht, als Maik Altenburg starb«, sagte ich.

Sie stieß einen überraschten Laut aus, machte sich los und trat einen Schritt zurück. Plötzlich sah ich auf dem Grund des tiefen azurblauen Gletschers in ihren Augen den Widerschein von Glut. Nicht genug, um das Eis zum Schmelzen zu bringen. Noch nicht. Denn dazu brauchte es keine Fragen, sondern Erkenntnis. Sie hatte sich mit einer Schicht gläsernen Eises gegen diese Erkenntnis gewappnet und versucht zu vergessen. Bis Margarethe Altenburg erschienen war und sie Maiks alte Akte in den Händen gehalten hatte.

»Du bist die Letzte, die Maik lebend gesehen hat. Was ist in dieser Nacht in Görlitz passiert?«

Sie nahm den Koffer und ging zur Tür. Erst sah es so aus, als ob sie mich wortlos verlassen würde. Dann drehte sie sich noch einmal um.

»Das Schlimmste, was man tun kann, ist, den Dingen die Oberhand zu lassen. Aber ich wollte schon immer wissen, was stärker ist. Die Dinge oder ich.«

Und so war es.

Im Nachhinein betrachtet stellte sich ihr Wille als der Sieger heraus. Sie ging nach München und von dort aus wenig später nach Paris. Sie wurde Justiziarin in einem internationalen Luft- und Raumfahrtunternehmen. Das war der letzte Eintrag im Internet über sie.

Ich googelte sie noch eine ganze Weile. Irgendwann, wenn die Vernunft wieder Oberhand gewinnen würde, würde ich sie vergessen. Bis dahin musste ich durchhalten. Manchmal half es, wenn ich mir sagte, dass sie zwei Menschen getötet hatte und es keine Instanz auf dieser Erde gab, die sie jemals dafür zur Rechenschaft ziehen würde.

Die Dinge aber beschäftigten uns, die wir zurückblieben, noch eine ganze Weile. Wir brauchten über vier Monate für die Prozessvorbereitung. Zwischenzeitlich zogen wir zurück in eine blitzneu renovierte Dunckerstraße, für die sich die Mieten kaum erhöht hatten, weil die Gebäudeversicherung in den sauren Apfel beißen musste. Frau Freytag, vor der Wahl zwischen einem beschaulichen Pflegeheim ohne Haustierhaltung und ihrer Tochter im Sauerland – Tierhaarallergikerin –, entschied sich für die Tochter. Die Katzen wurden aufs Haus verteilt. Wir bekamen Laurien. Proteste halfen nicht. Nach dem dritten Tag im Hausflur holte ich sie rein.

Mit Frau Herdegen traf ich eine kleine, geheime Vereinbarung. Marquardt bezahlte wenig später einen fast neuen Jaguar mit einer vierzig Jahre alten Piaget, und beide Handelspartner entschieden sich, die Herkunft ihrer Neuerwerbungen nicht genauer zu prüfen. Ich bekam zehntausend Euro in bar. Die bekam die Weddinger Tafel. Ein paar Monate lang hatten die Leute etwas Anständiges zu essen. Vielleicht war das das Sinnvollste, was man letzten Endes von der ganzen Geschichte erzählen konnte.

Trotzdem fragte ich sie eines Tages nach Salome. Wir gingen gerade ihre Aussage an der Stelle durch, wo sie das Treffen mit Mirko Lehmann draußen auf einem Acker in Berlin-Buch gestanden hatte.

»Und er hat sich definitiv bereit erklärt, Mühlmann und Hofer umzubringen, wenn Sie ihn verschonen?«

Sie lächelte ihr entzückendes Doris-Day-Lächeln. Sogar die Anstaltskluft sah an ihr ordentlich und frisch gebügelt aus. Überhaupt war sie das genaue Gegenteil eines reuigen Sünders – wie die anderen Angeklagten auch. Selbst bei lebenslänglich wären sie nach siebeneinhalb Jahren und guter Führung wieder draußen. Nichts im Vergleich zu einem Leben in Ohnmacht und Hass, wie mir Rupert Scharnagel erklärt hatte.

»Das klingt, als hätte ich ihn dazu gezwungen«, sagte sie. »Aber er suchte geradezu verzweifelt nach einer Möglichkeit, seine Schuld zu büßen. Dass Herr Hofer in Sizilien mit dabei war, war nicht von Anfang an geplant.«

Ich dachte an den dunklen Wagen vor dem Amtsgericht, der einem weißen Landrover gefolgt war. Sie hatten ihre Opfer über Monate, Jahre hinweg ausgespäht. Ihre Lebensgewohnheiten in Erfahrung gebracht, ihnen Fallen gestellt und sie schließlich kaltblütig ermordet. Nicht im Affekt, sondern bis ins Kleinste genau geplant. Und deshalb war es umso unwahrscheinlicher, dass sie sich verrechnet haben sollten.

»Sie waren sechs in diesem Kreis. Ich kann zählen, so viel ich will. Ich komme aber nur auf fünf Todeskandidaten. Wen haben Sie unter den Tisch fallen lassen?«

Sie strich sanft mit ihrer Hand über den Einband einer kleinen, abgegriffenen Gefängnisbibel, die sie immer mit sich führte. Aber sie antwortete nicht. Außer einem Vollzugsbeamten, der mit vor der Brust verschränkten Armen absolut desinteressiert Löcher in die Luft starrte, war niemand in dem Raum.

Ich beugte mich vor und flüsterte: »Was für einen Deal hatten Sie mit Frau Altenburg?«

»Nur den Pakt, den wir alle untereinander geschlossen hatten.«

»Leben für Leben, ich weiß. Aber es war nicht Vedder, der Margarethe zerstört hat.«

Sie tat so, als ob sie über meinen Satz nachdenken würde. Da ich ihr nichts Neues erzählte, konnte ich ihr dieses vordergründige Bemühen nicht ganz abkaufen.

»Salome?«, fragte ich. »Salome Noack?«

Wieder spürte ich mein Herz schlagen. Heftig und unregelmäßig. Wie immer, wenn ich unvermittelt an sie denken musste oder ihren Namen aussprach.

»Frau Noack war Ihr sechstes Opfer. Stimmt das?«

Sie nickte. Ganz leicht. Kaum dass man es bemerken konnte. Sie nahm die Bibel in beide Hände und stellte sie aufrecht vor sich hin.

Wie eine kleine Mauer stand sie zwischen uns, wie ein Schild, an dem meine Fragen abprallen sollten.

»Koplin kam erst später zu Ihnen«, fuhr ich fort. »Und in dem Moment schwenkte Margarethe um. Sie konnte es ihm nicht sagen, dass sie seine Tochter so sehr hasste. Also schob sie Vedder vor. Und auf einmal war Koplin Feuer und Flamme. Er mischte ihre kleine Selbsthilfegruppe so richtig auf. Ist das richtig?«

Wieder nickte sie.

»Und Koplin bekam, was er wollte. Aber Margarethe? Was haben Sie ihr versprochen? Damals im Krankenhaus. Sie erinnern sich?«

Sie sah mich an mit ihrem hellen, freundlichen Blick. Eine blonde Marianne Koch, der ich auf der Stelle jede Menge Gardinen abgekauft hätte. Doch dann schüttelte sie den Kopf.

»Ist es vorbei?«, fragte ich. Und noch einmal: »Ist es jetzt endlich vorbei?«

»Es ist doch keiner mehr draußen von uns«, antwortete sie. Und ich wusste, dass sie log.

Sie erhob sich und ging zu dem Vollzugsbeamten. Der sprang höflich auf und rasselte mit dem Schlüsselbund.

»Ihre Bibel«, sagte ich. Ich nahm das Buch und trug es zu ihr. Dabei fiel eine Postkarte aus den Seiten und segelte direkt vor meine Füße. Ich hob sie auf und betrachtete sie flüchtig. Sie war adressiert, frankiert und gestempelt. Aber sie hatte keinen Text. Ich drehte sie um. In diesem Moment nahm Katja Herdegen sie mir aus der Hand.

»Danke.« Und zu dem Wachmann gewandt sagte sie: »Ich möchte jetzt in meine Zelle.«

Sie ging aufrecht und mit hoch erhobenem Kopf. In ihrer Bibel eine Postkarte vom Great Barrier Reef vor der Küste Australiens. Bei der Durchsuchung ihrer Zelle noch am gleichen Tag wurde sie nicht mehr gefunden.

Jede weitere Befragung zum Verbleib von Mirko Lehmann blieb erfolglos.

Irgendwann im Spätsommer fuhr ich mit einem Opel Ascona durch die Glinkastraße und kam an Vedders letzter Baustelle vorbei. Die Betonwände ragten schon bis an die Traufen der Nachbarhäuser. Blinde Plastikfolien blähten sich im Wind vor den Fensterlöchern, und Zimmermänner in ihrer schwarzen Kluft standen um eine Lieferung Holz. Einer deutete nach oben. Ich folgte seinem Blick, dorthin, wo noch vor kurzem eine hässliche Brandmauer gewesen war, doch ich wusste nicht, worüber sie gerade sprachen, und die Ampel sprang auf Grün. Ich fuhr weiter mit dem Gefühl, dass mit dieser Mauer noch etwas hinter dem glatten quadratischen Würfel verschwunden war. Bis zum Gendarmenmarkt zerbrach ich mir den Kopf, was es sein könnte. Am Alexanderplatz hatte ich es schon vergessen.

Es war Januar, als der Prozess begann.

Wir hatten uns gut vorbereitet. Ich stand mit Marie-Luise im eisigen Wind vor dem hohen Portal des Landgerichtes und wartete auf Marquardt. Die Imbissbude hatte noch nicht geöffnet. Die Letzte Instanz auch nicht. Ich dachte daran, wie ich vor einem knappen Jahr das letzte Mal in diesem Haus gewesen war. An Salome, auf dem Weg zum Fahrstuhl mit einer winzig kleinen Flasche Multivitaminsaft. An Hellmer, der zum Rauchen hinausgegangen war, an Margarethe Altenburg, die auf ihn gewartet hatte. An Täter und Opfer, Schuldige, Unschuldige, Schuldige, sie hatten sich gegenseitig in einen Abgrund gezogen, und es gab nichts, was das wiedergutmachen konnte. Nichts, was beide Seiten vollständig berücksichtigen würde, nichts, was wirklich gerecht wäre. Es gab keine letzte Instanz. Sinnlos, sich gegen diese Erkenntnis aufzulehnen.

Aber man konnte es versuchen. Trotzdem. Es war ein unvollkommener, ein quecksilbriger Versuch, aber es war das Einzige, was wir hatten.

Marquardt kam mit seinem neuen Jaguar um die Ecke geprescht. Er schlitterte ein wenig, als er zu schnell in die Zufahrt zum Parkplatz einbiegen wollte, aber er schaffte die Kurve gerade noch so.

Menschen tauchten auf, gingen an uns vorüber und fragten den Pförtner nach dem Saal, in dem man auf sie wartete. Anwälte eilten die Stufen hoch, die Robe über dem Arm. Angestellte mit Aktentaschen, ein Briefträger mit mehreren dicken Bündeln Post. Weinmeister, der Prozessjunkie. Und noch ein paar Unvermeidliche mehr. Ich hörte den Takt von hohen Absätzen, und einen Moment lang glaubte ich, es wäre Salome. Doch dann war es eine der Protokollführerinnen, die mir vage bekannt vorkam, und wir nickten uns flüchtig zu.

Marquardt kam angerannt. Wir gingen gemeinsam hinein und versuchten es.

Danksagung

Eine tiefe Verbeugung mache ich vor Oscar Wilde. Die Worte, die Salome Joachim ins Ohr flüstert, habe ich seinem Bühnenstück »Salome« entnommen, erschienen in der Insel-Bücherei unter der Nr. 247, Frankfurt/M. 1959. Eine andere, größere Ausgabe mit den fantastischen surrealen Bildern von Aubrey Beardsley holte Michael Lehr für mich aus der Kellerschatzkammer seines Antiquariats. Seine Leidenschaft für Bücher wird allenfalls noch von seinem Wissen übertroffen, und es ist schön, dass es solche Orte und Menschen gibt. Und solche Bücher.

Nicht nur den Titel, auch die beste Eisbeinsülze meines Lebens verdanke ich Rainer und Christa Sperling vom Wirtshaus »Zur letzten Instanz«. Das älteste Berliner Restaurant (1661 von einem Reitknecht des Kurfürsten als Branntweinstube eröffnet) und das erst viel später erbaute Landgericht in der Littenstraße verbindet eine über hundert Jahre alte, gedeihliche Koexistenz, die von dem Ehepaar Sperling aufs Vortrefflichste gepflegt wird. Hier kehren amerikanische Präsidenten und deutsche Kanzler ein, Touristen und Berliner, Staatsanwälte und Verteidiger, Angeklagte und Freigesprochene oder einfach nur hungrige Gäste. Wer Glück hat, erfährt von Herrn Sperling noch einiges mehr an Anekdoten und Geschichten rund um Land- und Tellergerichte. Zum Beispiel, wie Bill Clinton damals … Aber das soll er Ihnen selbst erzählen.

Bernhard Schodrowski, Kriminalhauptkommissar der Berliner Polizei, stand mir wieder beratend zur Seite. Sein Wissen hat hoffentlich den einen oder anderen Schnitzer verhindert. Sollten sich ermittlungstechnisch bewanderte Personen bei der Lektüre dieses Buches über meine Fehler vor Lachen auf die Schenkel klopfen – dann liegt es nicht an ihm, sondern an mir. Danke für die großartige Unterstützung!

Mein ganz besonderer Dank gilt Dr. Peter Volkmann, der meinen real existierenden oder eingebildeten Krankheiten genau die tröstliche Aufmerksamkeit zukommen lässt, die einen Hausarzt über die Jahre hinweg zu einem Freund werden lässt. Darüber hinaus gehört er zu den Menschen, die sich von der beiläufigen Bemerkung »Ich muss bis Sonntag einen Bundesrichter um die Ecke bringen« nicht aus der Fassung bringen lassen. Im Gegenteil. Sie setzt unerwartete Kreativitätsschübe in Gang. Ob Erstickungstode oder exotische Brechmittel – sein Rat ist verlässlich und hilfreich, solange sich der Tod im Reich der Fantasie abspielt, was selbstverständlich auch die Grundlage dieses Romans ist.

Heike Sponholz und William Götz sind die Freunde, auf die ich mich Tag und Nacht verlassen kann und ohne die ich den Wechsel meines Betriebssystems nicht ohne bleibende seelische Schäden geschafft hätte. Und nicht nur den …

Anke Veil begleitete auch die »Letzte Instanz« mit Rat, Ermunterung und nie nachlassender Begeisterung. Dank auch meiner Lektorin Katrin Fieber und den MitarbeiterInnen des Ullstein Verlages, die einen großartigen Job machen und mir – wie das ganze Haus und alle, die dafür arbeiten – das wunderbare Gefühl geben, voll hinter mir zu stehen. Danke! Und an einige, deren Zuspruch und Loyalität einzigartig sind. Michael Töteberg, Manuel Siebenmann, Dr. Georg Reuchlein, Torsten Mahncke gehören zu ihnen. Meine Freunde, meine Familie. Und Sie, meine Leser.

Meine Tochter Shirin und ihre Freundin Harin Yu erzählten mir, was Kinder über die Ewigkeit denken. Mein Kollege Kemal Hür klärte mich darüber auf, dass Türken definitiv anders fluchen als Deutsche. Meine Mutter, die Religionswissenschaftlerin Loni

Herrmann, erläuterte mir die biblische Rechtssprechung. Und Christian Krempien, Klassenlehrer der 5c der Carl-Orff-Grundschule in Berlin-Schmargendorf, gab etwas Nachhilfe im Ausrechnen von Höchststrafen, die Anlagebetrüger und missratene Bankmanager bei mehrmals lebenslänglich Laubkehren verbüßen müssten. Der Großbäckerei Kamps, mit der mich wirklich nichts weiter verbindet als das gelegentliche Brötchenkaufen, spreche ich an dieser Stelle ausdrücklich meine Hochachtung aus für ihr Engagement für die Berliner Tafel und hoffe auf viele Nachahmer.

Alle Personen und Gegebenheiten sind frei erfunden. Man kann nicht oft genug darauf hinweisen, und es gilt in ganz besonderem Maße für dieses Buch. Durch meine Arbeit aber erlebe ich manchmal Dinge, die lange nachklingen. Ganz besonders gilt das für einen Einsatz am 25.9.2007. Es war ein Unfall mit Todesfolge, über den ich für den rbb berichtete. Der *Tagesspiegel* fasste den Hergang am nächsten Tag folgendermaßen zusammen:

»Ein zwölfjähriges Mädchen ist gestern auf dem Brunsbütteler Damm in Spandau von einem Lastwagen überfahren und getötet worden. Das Mädchen war auf seinem Fahrrad unterwegs von der Schule nach Hause ... Der 3,5-Tonner, der Propangasflaschen geladen hatte, soll nach ersten Erkenntnissen vorschriftsmäßig mit Seitenspiegeln ausgestattet gewesen sein, allerdings nicht mit einem Spezialspiegel (wie dem Dobli-Spiegel), der den toten Winkel verkleinert.«

An diesem Tag fragte ich mich zum ersten Mal, was ein Dobli-Spiegel ist. Und warum diese Spiegel erst im kommenden Jahr Pflicht werden und warum diese Pflicht nur für LKW gilt, die ab 2000 zugelassen wurden und warum die »Richtlinie 2007/38/EG des Europäischen Parlaments und des Rates vom 11. Juli 2007 über die Nachrüstung von in der Gemeinschaft zugelassenen schweren Lastkraftwagen« so viele Ausnahmen zulässt. Spricht doch dieselbe Richtlinie von jährlich über 400 Todesopfern, meist schwächeren Verkehrsteilnehmern, die der sogenannte tote Winkel kostet. Und als Letztes fragte ich mich, wer in diesem, unserem Europa eigentlich die einen Rechtsvorschriften macht und die anderen verhindert oder einfach nur halbherzig im Ansatz stecken bleiben lässt. Und warum das so ist und wohl immer so bleiben wird.

Das Mädchen hieß Lia. Auf der anderen Seite der Kreuzung war sie zu Hause.

Berlin, im Dezember 2008

Unsere Leseempfehlung

512 Seiten
Auch als E-Book
und Hörbuch
erhältlich

Agatha, Ende dreißig, Aushilfskraft in einem Supermarkt und aus ärmlichen Verhältnissen, weiß genau, wie ihr perfektes Leben aussieht. Es ist das einer anderen: das der attraktiven Meghan, deren Ehemann ein erfolgreicher Fernsehmoderator ist und die sich im Londoner Stadthaus um ihre zwei Kinder kümmert. Meghan, die jeden Tag grußlos an Agatha vorbeiläuft. Und die nichts spürt von ihren begehrlichen Blicken. Dabei verbindet die beiden Frauen mehr, als sie ahnen. Denn sie beide haben dunkle Geheimnisse, in beider Leben lauern Neid und Gewalt. Und als Agatha nicht mehr nur zuschauen will, gerät alles völlig außer Kontrolle ...

www.goldmann-verlag.de
www.facebook.com/goldmannverlag

GOLDMANN
Lesen erleben